KB013036

레이디 생존의 법칙 ⓒ시로야차 / 엑저 ⓟ예원북스

LINC

레이디 존의 법칙

레이디 생존의 법칙 1

초판 1쇄 찍은 날 | 2017년 6월 7일
초판 1쇄 펴낸 날 | 2017년 6월 16일

지은이 | 시로야차
펴낸이 | 예경원

편집 | 유경화

펴낸곳 | 예원북스
등록번호 | 제396-2012-000132호
등록일자 | 2012. 7. 25
YRN | 제1-0188호

주소 | 경기도 고양시 일산동구 호수로 646-24 위너스 21-Ⅱ 206A호 (우) 10401
전화 | 031-819-9431 팩스 | 031-817-9432
http://cafe.naver.com/yewonromance
E-mail | yewonbooks@naver.com

ⓒ 시로야차, 2017

ISBN 979-11-6098-281-7 04810
ISBN 979-11-6098-280-0 (세트)

※ 파본은 구입하신 서점에서 교환하여 드립니다.
※ 저자와 협의하여 인지를 붙이지 않습니다.
※ 이 책은 예원북스와 저작자의 계약에 의해 출판된 것이므로 무단 전재 및 유포, 공유를 금합니다.
※ 이 도서의 국립중앙도서관 출판시도서목록(CIP)은 서지정보유통지원시스템 홈페이지(http://seoji.nl.go.kr)와 국가자료공동목록시스템(http://www.nl.go.kr/kolisnet)에서 이용하실 수 있습니다.

레이디 생존의 법칙

Goldline - Romance - Story

시로야차 장편 소설

I

LINE GOLD

C · O · N · T · E · N · T · S

Prologue
네 번의 죽음, 세 번의 환생, 그리고 첫 번째 빙의

"다음!"

인간의 사후를 관장하는 명계의 하루는 숨 쉴 틈 없이 빠르게 돌아간다. 그중에서도 갈 길을 잃은 영혼을 새로운 생으로 인도하거나 혹은 심판하는 역할을 맡고 있는 '염라'는 도통 끝이 보이지 않는 명부를 든 채 두툼한 입술을 움직였다.

오늘만 해도 오만 삼천이백칠 명이나 되는 영혼들을 인도했던 터라 피곤해할 만도 한데 언제나 그렇듯 무표정한 얼굴로 크게 외치던 그는 무심코 명부를 내려다보다 두 눈을 동그랗게 떴다.

항상 냉정을 유지하는 염라가 당황해하는 이유는 단 하나. 다음 차례를 기다리는 영혼의 이름이 낯익어도 너무 낯익었기 때문이다.

'설마……'

아니겠지. 간 지 얼마나 됐다고, 벌써!

굵은 눈썹을 꿈틀거리는 염라의 얼굴이 천 년에 한 번 일어날 법할 정도로 굳어졌다. 그가 근래 이리 동요했던 적은 지금으로부터 딱 24년 전에 한 번, 그리고 그로부터 또 24년 전에 한 번, 그 24년 전의 24년 전에 한 번, 그래서 총 세 번.

자, 잠깐. 그러고 보니 오늘이……!

"아저씨, 오랜만이에요!"

"젠장!"

반사적으로 흘러나온 욕설에 단상 주변에 서 있던 보좌관들의 눈동자가 휘둥그레졌다.

아무리 웃는 얼굴에 침 못 뱉는다는 인간계 속담이 있다지만 저리도 능청스러울 줄이야.

염라는 익숙한 걸음으로 걸어와 자신의 보좌관들과 눈인사까지 나누고 있는 영혼을 돌 씹은 얼굴로 내려다보며 긴 한숨을 흘렸다.

"정말 놀라울 정도로 정확하군. 오늘이 그대를 마지막으로 본 지……."

"딱 24년하고도 11달, 그리고 5일째죠?"

싱긋. 올라가는 입꼬리가 요동치던 염라의 시야 안으로 들어왔다.

지금 이 상황이 아무렇지도 않은 것처럼 이젠 환하게 웃고 있는 영혼의 얼굴에는 두려움도, 슬픔도, 심지어 체념도 느껴지지 않는다. 오히려 지금 이 상황을 즐기고 있는 모습.

영혼을 지켜보던 염라의 하얗고 긴 수염이 콧김에 흩날렸다.

아무래도 시간이 좀 걸릴 것 같군.

염라는 자신의 명을 기다리고 있는 보좌관들에게 살짝 고개를 끄덕였다. 그의 명령이 떨어지기가 무섭게 연기처럼 사라져 버리는 보좌관들의 모습에 히죽거리던 영혼이 눈을 동그랗게 떴다.

염라는 길게 펼쳐 놓은 명부를 덮으며 붉은 입술을 달싹였다.

"이번에는 대체 어떻게 죽은……."

"어휴, 아저씨! 말 한번 잘 꺼내셨어요! 저 이번에도 살해당했다니까요? 으으으. 심지어 독살이에요, 독살! 이게 말이 돼요?"

감히 제 말을 툭 끊어버리고 붉은 입술을 달싹이는 영혼의 눈에 악의는 없다. 염라는 언제나 그렇듯 제 입장에서 말을 이어 나가는 영혼을 내려다보며 긴 수염을 쓸어내렸다.

"독살?"

"네! 마일로 놈이 술을 마시자 해놓고 독주를 준 거 있죠? 아이고. 그놈이랑 후계 싸움에서 이런 식으로 지게 될 줄이야! 정말 상상도 못했다고요! 마일로 그놈이 그렇게 악독한 수를 쓸 줄은……. 뭐, 이제 다 끝났다는 생각에 방심한 제 잘못도 있지만 말이죠. 아니, 그래도 진짜 너무한 거아니에요? 어떻게 누나한테 독주를 주냐고요! 물론 내가 친누나는 아니다만, 마일로 이 괘씸한 놈!"

씩씩거리며 주먹을 세게 움켜쥐는 영혼의 얼굴이 울긋불긋하게 변해갔다.

참으로 괴상한 영혼이야.

속에 든 말을 뱉어낼 수 없었던 염라는 분통을 터뜨리고 있는 영혼을 가만히 응시했다.

'독살이라니…….'

한 번도 아니고, 무려 네 번. 이쯤 되면 이 기이한 영혼을 인정해 줄 수밖에 없어진다.

지난 생애의 기억을 잊게 만드는 망각의 강물도 통하지 않는 한 영혼이 무려 네 번씩이나 스물다섯을 넘기지 못하고 죽음을 맞이하다니. 이번에야말로 다를 것이라 여겼건만, 결국 통하지 않은 건가.

염라는 씩씩거리고 있는 영혼을 바라보았다.

"어쩐지 그대는 죽었다는 사실에 화가 난 것이 아니라 후계 다툼을 더 이상 하지 못해 화가 난 것 같군."

나지막하게 울려 퍼지는 염라의 말에 영혼이 피식 실소를 흘렸다.

"그거야 당연하죠. 저한테 죽음은 이제 뭐, 익숙하니까. 그렇지만 이제는 좀 웃기기도 해요. 아니, 어떻게 매번 스물넷의 같은 달, 같은 날에 죽을 수가 있죠? 그것도 하필이면 라이벌 손에."

"……."

"아저씨. 이거, 아저씨 쪽에서 뭔가 오류가 생긴 거 아니에요?"

"뭐라?"

눈을 가늘게 뜨는 영혼의 말에 말없이 그녀를 지켜보던 염라의 눈썹이 꿈틀거렸다. 뻔뻔스러운 영혼은 흥, 콧방귀를 뀌며 소리치기 시작한다.

"그렇잖아요! 하늘에서 제 운명에 줄을 그어버린 게 아니라면, 어째서 네 번이나 똑같은 날짜에 죽을 수 있냐고요! 뭐야. 생각할수록 이상하네. 아저씨네가 장난친 거 아니에요? 나 엿 먹으라고?"

"어허! 태린! 말이 지나치다!"

"흥. 저 이제 태린 아니라고요. 그 이름이 언제 적 건데. 이젠 아리아나란 말이에요, 아리아나!"

"흠흠. 그, 그래. 아리아나. 어쨌든, 본왕…… 아니, 우리는 그대의 운명에 장난을 치지 않았어!"

'분명히 쳤으면서 무슨' 하고 작게 중얼거리는 영혼의 입술이 눈에 띌 정도로 삐죽였다.

염라는 답답하기 그지없다는 표정을 지으며 토라진 영혼을 내려다보았다. 물론, 그녀의 마음을 이해하지 못하는 것은 아니었다. 한 번도 아니고 네 번이나 똑같은 날짜에 죽음을 맞이했으니 의심이 들 만도 하겠지.

해서 그녀가 세 번째로 명계를 찾아왔을 때 염라가 친히 조사를 한 적도 있었다. 이 가련하기 그지없는 영혼이 어째서 제 삶을 다 채우지 못하고 이른 죽음을 맞이하는지에 대해.

그러나 명계의 내로라는 수사관들은 그녀의 죽음과 관련된 명확한 해답을 내놓지 못했다. 답답한 것은 비단 눈앞의 영혼뿐만이 아니라는 소리.

염라는 돌연 찾아온 두통에 관자놀이를 문질렀다.

그때였을까.

커다란 돌을 얹은 것처럼 무거운 마음으로 영혼을 직시하던 염라의 귀로 낭랑한 음성이 들려왔다.

"그래서, 이젠 어떤 사람으로 환생시켜 주실 거예요?"

염라는 고개를 절레절레 젓던 행동을 멈추곤 시선을 아래로 내렸다. 투정을 부리던 영혼이 어느새 눈을 반짝반짝 빛내며 자신을 올려다보고 있었다. 투명하게 일렁이는 영혼의 눈동자를 응시하던 염라는 하얀 수염을 매만지며 되물었다.

"글쎄. 고민을 좀 해보아야겠군."

차원을 이동시키면서까지 환생을 시켜줘도 사망한 날짜는 똑같다. 어찌 된 까닭인지 연유도 알 수 없으니 다섯 번째만큼은 제 명을 다 살고 오길 바라는 수밖에.

염라는 체념에 가까운 음성을 흘리며 영혼의 답변을 기다렸다. 곰곰이 생각하는 듯 입술을 꾹 다물던 영혼은 한참의 생각 끝에 손뼉을 탁, 치더니 하얀 이를 드러내며 히죽 웃었다.

왠지 불길한 예감이 들어 염라는 몸을 움찔거렸다.

"아저씨!"

그놈의 아저씨 소리는 몇 번을 들어도 적응이 되지 않는다. 다른 영혼들은 감히 제 얼굴을 마주할 생각도 하지 못하는데, 저 뻔뻔스러운 영혼은 대왕이라 불리는 제게 '아저씨' 라는 호칭을 붙여가면서까지 살갑게 대하고 있었다.

정말 특이하지.

염라는 인간계의 별처럼 빛나고 있는 영혼의 환한 미소에 본능적으로 멈칫했다.

그녀는 그런 그의 행동 따윈 아랑곳 않고 말을 잇기 시작한다.

"저, 이번에는 환생 말고 빙의하게 해주세요!"

······뭐?

"그래요. 빙의가 좋겠어! 어차피 이번에도 전생의 기억들이 지워지지 않을 거잖아요. 안 그래요?"

"그, 그건······."

염라는 쉬이 답하지 못했다. 하지만 곰곰이 생각해 보면 일리 있는 말이었다. 이전 세 번의 기억들이 모두 남아 있는 것을 보면 네 번째라고 바뀔 리는 없겠지.

염라의 반응에 탄력을 받은 영혼은 붉은 입술을 움직이는 것을 멈추지 않았다.

"처음부터 다시 시작하는 건 네 번이면 족해요. 그러니 갓난 애기 시절은 건너뛰고 곧바로 성인으로 갈 수 있도록, 빙의시켜 주세요, 빙의! 가능한 거죠? 네?"

"흐음······."

"아이, 참. 고민하지 마시고요! 혹시 알아요? 빙의하면 스물다섯을 넘길 수 있을지. 만약에 이번에도 스물다섯을 못 넘기면, 아저씨."

신나게 말을 하다 갑자기 진지해지는 그녀의 눈빛에 염라는 귀를 기울였다.

그녀는 잠시 숨을 고르더니 다음 말을 이었다.

"저, 그냥 소멸할래요."

"아니 된다! 그건 본왕이 용납하지 않아!"

그녀의 말을 듣자마자 소리를 질러 버린 염라의 외침이 장내를 쩌렁쩌렁 울렸다.

무시무시한 살기마저 흘리는 염라의 반응에 깜짝 놀란 듯 영혼이 눈을 크게 뜨자 흠흠, 헛기침을 흘리며 염라는 중얼거렸다.

"보, 본왕에게…… 실패란 있을 수 없으니까."

"이미 세 번이나 실패하셨으면서 이제 와서 무슨."

"태린!"

"아리아나라니까요."

"그, 그래. 아리아나."

정말 만만찮은 영혼이다. 영혼들을 관리한 지 긴 세월이 흘렀지만 이런 영혼은 처음이었다. 뻔뻔스럽고 능청스럽다 못해 자신을 손에 올리고 주무르듯 하다니. 대화를 하고 있으면 있을수록 그녀의 페이스에 말려들어 가는 것 같았다.

냉정을 찾아야 할 시점이군.

염라는 제 말을 정정하곤 씩 웃고 있는 영혼을 바라보며 물었다.

"태…… 아니, 아리아나. 그대가 특별히 빙의하고 싶은 유형이 있는가?"

"어머. 맞춤형 빙의인가요?"

"그래. 본왕은 빙의에는 관여하지 않는 편이나…… 이번만큼은, 예외다."

저조차도 어떻게 할 수 없는 매우 특이한 영혼이니 평소의 관례를 깨는 것도 나쁘지 않겠지.

염라는 긴 수염을 만지작거리며 중얼거렸다.

그 말을 유심히 듣던 영혼이 입꼬리를 올리며 눈을 반짝였다.

"그럼 거절하지 않고! 음. 어떤 여자가 좋을까. 일단…… 청순가련하고, 예쁘고, 돈도 많고, 가늘고 길게 살 수 있을 만큼 체력도 넉넉한 여자가 좋겠네요! 이왕이면 남자 경험이 많지 않은 여자로요! 참. 아저씨, 그거 아세요? 저 지난 네 번 모두 연애 한번 못하고 라이벌들이랑 경쟁만 했었어요! 어휴. 이번에는 남자들이랑 사귀고 알콩달콩한 연애도 할 거예요! 맞아. 그럴 거야. 아주 막 놀아줄 거야!"

담대한 포부라도 밝히듯 주먹을 불끈 쥐는 영혼의 눈빛이 불타오른다. 염라는 낯 뜨거운 말을 아무렇지도 않게 하는 영혼을 황당한 듯 응시하다 명부를 뒤적였다.

'그런 영혼이 있긴 한……!'

있다.

염라는 크게 놀란 눈으로 명부를 내려다보았다. 어찌 이런 일이 있을 수가 있는 건지. 그의 시야로 들어온 이름은 눈앞의 영혼과 너무도 잘 어울리는 이름이었다.

"마침…… 괜찮은 여인이 하나 있긴 하군."

"어머, 정말요?"

조용히 중얼거리는 염라의 말을 놓치지 않은 영혼의 얼굴에 화색이 돈다. 염라는 '그래' 라고 짧게 대답한 후 슬며시 시선을 옮기며 빙긋, 웃었다.

명계의 염라가 웃음 짓는 모습을 처음 발견한 영혼이 밖으로 튀어나올 정도로 큼지막하게 눈을 떴다. 염라는 한층 더 짙은 눈웃음을 그리며 말을 이었다.

"그래. 이 여인이 좋겠다. 그대와 잘 맞을 것이야. 마침 그대가 이전까지 있던 차원과 같은 차원이기도 하군. 아마 그대의 마음에 들 것이다, 태…… 아리아나."

"진짜죠, 아저씨? 정말이죠?"

"하하. 난 거짓을 내뱉진 않는다. 이번엔 부디 그대에게 주어진 모든 생을 다 채우고 오기를 기원한다, 아리아나."

제 말에 자리에서 방방 뛰고 있는 영혼의 즐거워하는 모습을 보니 입꼬리가 올라간다.

'참.'

그녀를 현실로 보내기 전, 머리를 스치는 생각에 염라는 부드럽게 영혼을 불렀다. 주먹을 불끈 쥐며 좋아하던 영혼이 의아해하며 염라를 바라보았다.

"받거라."

"네? 뭘 받…… 이, 이게 뭐예요?"

염라의 손짓 한 번에 갑자기 자신의 손바닥 위에 목걸이가 하나가 나타나자 영혼의 눈이 동그래졌다. 염라는 긴 수염을 한 번 더 쓰다듬으며 말했다.

"보험이다."

"보험…… 이요?"

"이번 생은 쉽게 죽지 말라는 의미로 본왕이 그대에게 선사하는 선물이다. 꼭 필요한 상황에서 그것을 사용하기를 바란다."

"사용이요?"

"그 목걸이에 박혀 있는 네 가지 색의 보석 안에는 각각의 효능을 가진 액체가 담겨 있다. 먼저 붉은 보석 속의 액체를 마신다면 죽은 사람을 소생시킬 수 있지."

"죽은 사람을 살릴 수 있다는 거예요?"

"그렇다. 비단 죽은 사람뿐 아니라 각종 질병에 걸린 사람도 한 번에 완쾌시킬 수 있어. 허니 함부로 써서는 안 될 것이야."

"아……."

"푸른 보석 안에 든 액체는 특정한 존재를 현혹시킬 수 있다. 단, 액체를 마시고 난 뒤 처음 보는 사람의 말에만 따른다는 점을 잊지 마라. 녹색 보석 안에 든 액체를 마시면 성별을 바꿀 수 있지."

"여자에서 남자가 될 수 있다는 건가요?"

"그런 셈이지. 하지만 그것의 효과는 단 하루뿐이다. 그리고 마지막 금빛 보석의 액체를 마신다면……."

"흐응. 그것의 사용 용도는 때가 되면 차차 알게 되겠죠."

"……뭐?"

목에 목걸이를 걸던 그녀가 돌연 제 말을 끊어버리자 염라는 황당한 표정을 지었다.

그녀는 염라의 구겨진 얼굴에 아랑곳 않고 등을 돌렸다. 느닷없이 뛸 준비를 하는 그녀는 1초라도 더 빨리 빙의하고 싶은 듯했다.

"참, 아저씨! 저 이번에도 저기로 들어가면 되죠?"

염라가 목걸이에 대해 설명하는 사이 형성된 윤회의 구멍을 가리키며 그녀가 물었다. 염라는 눈을 크게 뜨며 외쳤다.

"자, 잠깐만! 아직 내 말이 끝나지 않았……."

"아저씨. 이번에도 애써주셔서 고마워요! 이 목걸이, 용도는 요상하지만 아저씨 마음을 생각해서 나름 잘 써볼게요!"

"태린! 아니, 아리아나! 설명을 더 듣고……."

"다시 만날 때까지 잘 지내세요! 아저씨, 안녕!"

"태……. 허허."

제 말을 뚝 끊어버린 영혼이 일말의 망설임 없이 윤회의 구멍 속으로 발을 내딛자 순식간에 영혼의 흔적이 사라졌다.

염라는 아무렇지 않게 빙의를 받아들인 그녀를 좇으려 애쓰다 허탈한 웃음을 흘렸다. 하얀 수염을 쓸어내린 그는 쯧쯧, 혀를 차며 생각했다.

'이번엔 제대로 되어야 할 텐데……'

오만 삼천이백여덟 번째 영혼에게 다음 길을 안내해 준 염라는 후우, 호흡을 가다듬으며 다시 목청껏 외쳤다.

"다음!"

✧

'으……'

온몸이 천근을 얹어놓은 것처럼 뻐근했다. 마치 첫 번째 죽음을 맞을 때 자동차 뺑소니를 당했을 때처럼 전신이 으스러지는 느낌이었다.

'젠장. 아파 죽겠네.'

몇 번을 느끼는 거지만 윤회의 구멍에 빨려 들어가는 것은 몸이 으스러질 정도로 아프다. 이번엔 염라가 손가락을 튕기기 전 스스로 발을 내딛었는데도 전신이 아려오는 것은 어쩔 수 없었다.

그녀는 미간을 찌푸리며 어쩐지 올라가지 않는 눈꺼풀을 들어 올리기 위해 힘을 주어야 했다.

"대체 ……까지 ……있어야 하는 건지."

……응?

"……만 더 기다려. 아직 완전히…… 아니잖아."

"어휴. 이렇게 살 바엔 ……겠어. 산송장도 아니고, 어떻게 이러고 살아?"

윙윙. 귓속으로 스며들어 와 머리를 쿵쿵 울리는 말들이 두통을 일게 만들었다. 곁에서 들려오는 말 같은데, 눈을 뜰 수가 없으니 답답할 따름이다.

그런데…….

'왠지 익숙한…… 데?'

어디서 많이 들어본 언어.

첫 번째, 두 번째 삶을 살았던 유라시아 대륙의 대한민국에서 사용하는 언어는 아니었고, 오히려 세 번째와 네 번째 삶을 살았던 아시아타 대륙에서 흔히들 사용하는 언어였다.

설마!

「마침 그대가 이전까지 있던 차원과 같은 차원이기도 하군.」

희미하게 올라가던 염라의 입꼬리가 머리를 스친다. 왠지 반가운 마음에 그녀는 눈꺼풀을 들어 올리기에 집중하기로 했다.

힘내자. 조금만 더 하면 올라갈 것 같으니까!

"……도 틀린 건 아니지만, 그래도 각하께서 포기하지…… 으아악!"

됐어!

깜빡깜빡.

아마도 그녀에게 이불을 덮어주려고 했는지 손을 뻗던 웬 시녀 복장의 여성이 눈꺼풀을 아래로 올렸다 내리는 그녀를 발견하고 소스라치게 놀란 비명을 내질렀다.

"야. 갑자기 왜 소리를…… 아아악!"

자신을 귀신 보듯 바라보고 있는 여자를 의아하게 쳐다보던 그녀는 뒤이어 자신을 발견하곤 까무러치는 또 다른 여자를 발견했다.

'그렇게 놀랄 일인가. 하긴 뭐. 거의 죽었다고 생각했을 테니.'

입술까지 파르르 떠는 여자들의 모습에 그녀는 속으로 피식 웃음을 흘렸다. 아마도 이 여자들은 그녀가 깨어날 것이라고는 생각하지 않았던 모양이다.

그녀는 새하얗게 질려 있는 여자들의 얼굴을 머릿속에 각인시키기 위해 눈을 크게 깜빡였다. 그리고는 이내 빙긋, 입꼬리를 올리며 두 여자들에게 말을 건넸다.

"안녕?"

말이 없네.

"저기, 안녕?"

혹시 못 들었나 싶어서 한 번 더 인사를 건넸지만 묵묵부답. 덜덜 떨고 있는 여자들을 누운 채로 바라보고 있던 그녀는 곧 체념하곤 고개를 절레절레 저었다.

인사는 둘째 치고, 일단 일어나기부터 해야겠어. 누워 있으니 뭐가 보여야 말…….

"어?"

새로운 몸에 적응하기가 쉽지 않다 생각하며 몸을 일으키려던 그녀는 아래로 내린 손끝에 무언가 이상한 것이 잡히자 미간을 찌푸렸다.

'뭐, 뭐지.'

이 물컹물컹하고 불쾌한 느낌의 덩어리는?

폭신폭신한 침대의 매트리스만큼이나 부드러운 덩어리가 복부 쪽에서 느껴졌다. 그녀는 낯선 감각에 불길한 예감이 드는 것을 느끼며 천천히 고개를 아래로 내렸다.

"어…… 어어?"

슬쩍. 몸을 덮고 있던 이불을 들어 올리자 지난 네 번의 생애에서는 한 번도 본 적 없었던 웬 덩어리들이 모습을 드러냈다.

잠깐. 잠깐만. 이거…… 이거 뭐야? 설마. 설마 이거…… 지, 지방 아니지? 저 오겹살들. 다 내 거, 아니지? 아니지?

빙의 직후에도 여유롭던 그녀의 입술이 파르르 떨리기 시작했다.

그녀는 자신이 누워 있던 침대에서 멀찍이 떨어져 제 반응을 살피고 있던 두 여자들의 시선 따윈 아랑곳 않고 이불 안의 제 몸을 멍청하게 내려다보다 결국 입술을 움직였다.

"이 망할 염라 자식!"

대체 이 빌어먹을 살들은 뭐냐고!

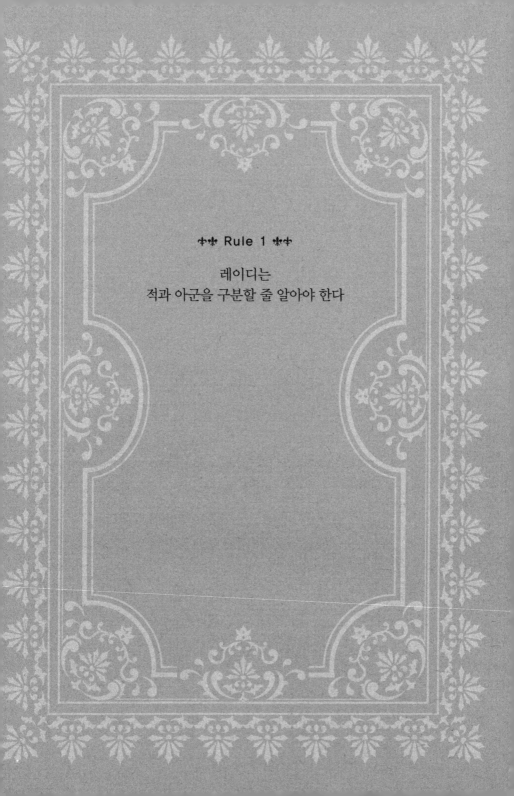

✤✤ Rule 1 ✤✤

레이디는
적과 아군을 구분할 줄 알아야 한다

「그래. 이 여인이 좋겠다. 그대와 잘 맞을 것이야. 마침 그대가 이전까지 있던 차원과 같은 차원이기도 하군. 아마 그대의 마음에 들 것이다.」

험악한 얼굴을 부드럽게 휘며 말하던 염라의 음성이 귀를 울렸다. 휘이잉, 불어오는 바람을 피하지 않고 창가에 서 있던 그녀의 통통한 얼굴이 돌연 일그러졌다.

'마음에 들기는 개뿔!'

아마도 그 빌어먹을 염라 아저씨는 제 말을 한쪽 귀로 듣고 다른 한쪽 귀로 흘린 것이 틀림없다.

그녀는 이를 갈며 창문 너머에 위치한 하늘을 올려다보았다. 투명하기 그지없는 하늘에선 태양이 강렬한 기세로 빛을 뿜어내고 있었다.

젠장할! 더럽게 열 받네. 청순가련하고 예쁜 여자에 빙의시켜 달라고 했더니, 이건 무슨⋯⋯.

'완전 반대잖아!'

부들부들.

저도 모르게 쥐어지는 주먹에 힘이 잔뜩 들어갔다. 안 그래도 두툼한 손을 움켜쥐니 더욱더 큼지막하게 변했다.

「이번 생은 쉽게 죽지 말라는 의미로 본왕이 그대에게 선사하는 선물이다. 꼭 필요한 상황에서 그것을 사용하기를 바란다.」

두툼한 목에 겨우겨우 걸려 있는 빨강, 노랑, 초록, 파란 빛을 띠는 네 가지 보석이 박힌 목걸이. 염라가 제게 건네준 이 목걸이가 명계에서의 일이 단순한 꿈이 아니라는 것을 증명하고 있었다.

'다시 만나면 이번 일에 대해 단단히 따질 거라고요, 아저씨!'

한참 동안 하늘을 노려보고 있던 그녀는 고개를 서서히 아래로 내려 유리창에 비친 제 모습을 뚫어져라 응시했다.

"하아……."

그나저나 아무리 봐도 적응이 되지 않는다.

'이 감당하기 힘든 빅 사이즈는 대체 뭐냐고.'

호리호리하고 늘씬한 편에 속했던 지난 네 번의 삶에서의 몸과는 확실히 차원이 다른, 누가 보아도 뚱뚱하다고 말할 법한 여자 한 명이 자신을 표독스럽게 노려보고 있었다.

망할. 진짜 이거 꿈 아니야?

똑똑.

"아가씨. 일어나셨어요?"

그때, 문밖에서 나긋나긋한 목소리가 들려왔다. 눈싸움이라도 하듯, 창문에 비치는 뚱뚱한 여인과 신경전을 벌이던 그녀는 스윽 고개를 돌렸다.

빙의 1일 차였던 어젠 이 빌어먹을 몸뚱이에 충격을 받아 내내 침대에 누워 있느라 미처 다른 사람들과 깊은 대화를 나누지 못했다. 이제부터 한두 명씩 슬슬 만나보아야겠지.

짧게 숨을 내쉰 그녀는 당황이 섞인 목소리로 소리쳤다.

"어어! 드, 들어와!"

"호호. 아가씨. 아침을 좀 챙겨 왔…… 헉!"

생긋 웃으며 침실 안으로 들어오던 한 소녀가 창가에 서 있던 그녀를 발견하곤 두 눈을 휘둥그레 떴다.

"아가씨! 지, 지금 뭐 하시는 거예요?"

커다란 성에서 일하는 메이드 복장과는 거리가 먼, 비교적 활동하기 쉬운 평복을 입은 소녀가 무언가 잔뜩 담긴 베드 트레이를 들고 들어오다 버럭 소리를 질렀다.

덕분에 오히려 당황한 것은 그녀였다. 그녀는 저도 모르게 뒷걸음질 쳤다.

"어어? 왜, 왜?"

"깨어나신 지 얼마 되지도 않으신 분이, 서 계시면 어떡해요! 어휴. 제가 정말 아가씨 때문에 못 살아요! 어서 이리로 오세요!"

"……어?"

"어서요!"

마치 잘못한 학생을 다그치는 교사처럼 눈을 부라리는 소녀의 모습에 그녀는 얼떨결에 고개를 끄덕였다.

그녀의 무겁기 그지없는 체구에 비해 많이 왜소했던 소녀는 아무렇지도 않게 그녀를 침대까지 부축한 뒤, 안도의 한숨을 내쉬었다.

"정말…… 바람만 불어도 쓰러지시는 연약한 분이 창문 근처에 서 계시면 어떡해요. 아가씨. 앞으로는 절대로 그러지 마세요. 아셨죠?"

"……."

"아가씨!"

"어, 어어. 그, 그래."

대체 어디가…… 연약한 건데?

목구멍까지 차오른 말을 입 밖으로 꺼내지 못했다.

현재 그녀가 들어가 있는 몸이 건강하냐 혹은 건강하지 못하냐를 굳이 따진다면 후자에 속하기는 했다. 물론, 흘러넘치는 이 비곗덩어리들을 모두 제거한다는 전제하에 말이지.

저보다 작고 가녀린 체구의 소녀가 자신을 가리키며 '연약하다'고 말하기엔 어딘가 어폐가 있다고 여기던 그녀는 속으로 풋 웃음을 터뜨렸다.

"자, 그런 의미에서 이것부터 드세요."

"이걸…… 다?"

그녀가 잠시 망설이는 사이 소녀가 다른 곳에 놓아두었던 베드 트레이를 들고 다가왔다. 침대 헤드에 기대어 있던 그녀는 베드 트레이를 내미는 소녀를 황당한 듯 응시했다.

소녀는 그녀의 반응에 고개를 갸웃거렸다.

"왜요? 부족하세요?"

자그마한 베드 트레이에 담겨 있는 것은 빵부터 시작하여 샐드, 수프, 과일, 우유, 그리고 심지어 고기까지. 간단한 아침이라고 보기엔 조금 무리가, 아니, 매우 무리가 있는 음식들이었다.

이걸 다 어떻게 먹냐는 표정을 짓자 돌아온 반문에 그녀는 입을 쩍 벌릴 뻔했다.

"저기…… 그러니까……."

"셰리! 셰리예요, 아가씨."

소녀는, 아니, 셰리는 그녀가 처음 이 몸에서 눈을 떴을 때 여섯 번째로 마주했던 사람이었다.

듣기로는 이 몸의 시녀라고 했었는데.

그녀는 눈을 반짝이며 제 입술이 열리기만 기다리는 셰리를 향해 어색하게 웃었다.

"그래, 셰리. 미안한데…… 우유만 건네주면 안 되겠어? 이상하게 입맛이 없네. 다 먹지는 못하겠어."

아무리 생각해 보아도 저 많은 것들을 한 끼에 해결하는 것은 무리였다. 그녀는 셰리가 들고 있던 베드 트레이 위의 우유 잔을 가리키며 빙긋 웃었다.

"지금…… 뭐라고 하셨어요?"

"어?"

"우유만…… 달라고요?"

그러자 그녀의 말에 천지가 개벽하기라도 하듯 셰리는 소스라치게 놀랐다.

뭐가 잘못됐나?

그 반응에 당황한 것은 오히려 그녀였다.

그녀는 베드 트레이를 든 채 미친 듯이 떠는 셰리를 놀란 표정으로 응시했다. 셰리는 결국 베드 트레이를 근처 테이블에 내려놓고선 황급히 입술을 틀어막았다.

"으흐흑!"

돌연 눈물을 터뜨리는 셰리의 반응에 당황한 그녀는 서둘러 입술을 열었다.

"셰, 셰리?"

"으흡, 흐으윽! 허어엉! 아가, 흑, 아가씨이이!"

커다란 두 눈에서 눈물을 펑펑 쏟아 내며 셰리는 그녀의 두꺼운 목을 끌어안았다.

'컥!'

갑자기 달려든 셰리로 인해 숨이 막혔던 그녀는 미간을 좁혔다.

"헝헝헝! 우리 아가씨! 죽다 살아오시더니 정말 완전히 변하셨어! 엉엉엉! 아가씨가 아침으로 고작 우유 한 잔만을 원하시다니! 이게 대체 무슨 일이에요! 헝헝헝! 리타 님이 한 말이 사실이었어요! 아가씨께서 달라지셨다는 말! 으흐흑, 저는 믿어지지가 않아요! 아가씨, 정말 괜찮으신 거죠? 네?"

빙의 1일 차.

충격적인 현실을 맞닥뜨리는 바람에 멍하니 눈만 깜빡이는 그녀를 지켜보던 사람들은 제멋대로 그녀를 기억상실증이라고 진단했다.

그런 그들을 가만히 내버려 두었던 것은 앞으로 이 몸에 적응하는 데 있어 그편이 훨씬 수월할 것이라는 생각 때문이었다.

환생이 아닌 빙의.

모든 것을 처음부터 시작하는 것이 아니라, 이미 시작된 몸에 들어와 새로운 삶을 개척해 나가야 하기에 선택한 일이었지만, 이렇게 엉엉 울고 있는 시녀를 보니 어찌할 바를 모르겠다.

그녀는 굵은 눈물방울로 제 옷을 적시고 있는 셰리의 등을 토닥여 주며 어색하게 웃었다.

"셰, 셰리. 울지 마."

"흐흑, 아가씨잉!"

"아직 적응이…… 적응이 안 돼서 그래. 적응이."

입맛도 입맛이지만, 이 빌어먹을 몸뚱이가 말이지.

그녀는 차마 입 밖으로 내지 못할 말을 억지로 삼키며 숨을 골랐다.

한참 동안 어르고 달랜 뒤에야 겨우 그녀에게서 떨어져 나간 셰리는 긴 숨을 고르더니 붉어진 눈 주변을 손등으로 비비며 중얼거렸다.

"헤헤, 죄송해요, 아가씨. 제가 너무 추태를 부렸죠?"

그녀는 말없이 고개를 저었다.

셰리는 그녀가 원한 대로 베드 트레이에서 우유 한 잔을 꺼내 들고선 그녀에게 내밀었다.

"어서 드세요!"

"고마워."

꿀꺽꿀꺽. 목구멍을 타고 넘어가는 우유가 갈증을 해소시킨다. 눈 깜짝할 사이에 한 잔을 다 비운 그녀는 자연스럽게 잔을 채우려는 셰리를 손을 들어 저지하고선 손짓했다.

"예, 아가씨!"

말 잘 듣는 강아지를 보는 느낌이었던지라 흘러나오려는 웃음을 겨우 참은 그녀는 눈을 반짝이며 제 명을 기다리고 있는 셰리에게 입술을 움직였다.

"셰리. 넌 지금 내가…… 무슨 상황에 놓여 있는지 알고 있지?"

그 말에 셰리가 순간적으로 침울한 표정을 지었다.

"……예."

그녀는 흐리게 웃으며 자책하는 셰리에게 말을 이었다.

"내가 이렇게 된 건 네 탓이 아니니 자책할 필요 없어, 셰리."

"하지만 제가 아가씨를 제대로 보필하지 못해서 일어난 일인걸요!"

그녀는 고개를 가로저었다.

"틀림없이 너 때문이 아니니 그런 표정은 짓지 마."

그녀가 이 몸에 빙의가 가능했던 까닭은 틀림없이 이 몸의 원래 주인이 스스로 삶을 포기했기에 발생한 일일 것이다.

자진의 폐해 중 하나는 남은 사람들이 스스로를 탓한다는 것인데, 그녀가 직접 이 몸에 빙의한 이상 주변 사람들이 제 탓을 하는 것은 보고 싶지 않았다.

그녀는 일렁이는 눈으로 자신을 바라보는 셰리를 향해 옅은 미소를 지어주며 손을 뻗었다. 슥슥. 셰리의 복슬복슬한 갈색 머리카락을 쓰다듬어 주자 셰리가 눈을 반짝였다.

그녀는 웃음을 잃지 않고 붉은 입술을 움직였다.

"어쨌든 그런 의미에서 셰리, 네게 묻고 싶은 것이 하나 있는데…… 답을 해줄 수 있을까?"

배시시 미소 짓던 셰리는 부드러운 그녀의 속삭임에 고개를 갸웃거렸다.

그녀의 눈꼬리가 휘어진 것은 그 시점이었다. 의아해하는 셰리를 향해 그녀는 붉은 입술을 움직였다.

"내 이름이 뭐니?"

"루키나 이베타 로델린. 아가씨의 이름은 루키나 이베타 로델린이세요!"

루키나.

아시아타 대륙의 달의 여신, 루시나에게 축복을 받은 아이들의 이름으로 흔히들 사용되는 이름.

바로 전 생애였던 '아리아나 로이트' 시절, 만약 자신이 딸을 낳는다면 그러한 이름을 붙일 것이라 생각했던 그녀는 내심 놀라며 그 이름을 속으로 되뇌었다.

루키나.

루키나라…….

"아가씨께서는 리우드 제국의 4대 공작 중 가장 고귀하신 분인 에드문드 매튜 로델린 공작 각하의 유일무이하신 외동 따님이세요!"

"에드문드 매튜 로델린?"

어디서 많이 들어본 이름인데.

"왜요? 기억이 좀 나세요?"

"아, 아니. 미안. 계속해 봐."

빙의 2일 차.

이젠 슬슬 현실을 직시할 시기다.

그렇게 현실과 마주하기 위해서는 '적응'이 필요했고, 그런 적응을 위해서는 '정보'가 필수적이었다. 이 몸의 주인으로 살아가기 위해선 이 몸이 과거 대체 어떠한 사람이었는지 알아볼 필요성이 있다는 소리.

짐작컨대, 아마도 이 몸의 옛 주인과 줄곧 붙어 다녔을 것이라 짐작되는 셰리에게 정보를 먼저 얻기로 했다.

"하지만 아가씨께서는 공작 각하의 친자식은 아니세요. 입양되셨거든요."

"입양?"

"공작 각하께서 아가씨를 발견하신 곳은 국경 근처의 한 마을이었어요. 도적들의 습격으로 인해 폐허가 된 그곳에서 홀로 살아 계신 아가씨를 보고 감격하신 각하께서 아가씨를 입양하기로 결정하신 거죠. 카일 총관님의 말씀으로는 그때 각하께서는 아가씨를 발견하고 말로는 차마 설명할 수 없는 강한 이끌림을 받았다고 하셨대요."

어라? 이 이야기, 어디서 들어본 적이 있는 것 같은……!

「재미있는 일이 발생했습니다, 소단주.」

순간적으로 떠오른 음성이 머리를 가득 채운다.

이젠 과거가 되어버린 이야기.

사라지지 않는 전생의 기억들이 떠올라 그녀는 입을 다물었다.

「재미있는 일이라니?」

「로델린 후작, 아니, 이젠 로델린 공작이겠군요. 얼마 전, 황제로 즉위한 셀레스틴 황태자의 최측근이었던 사내 말입니다. 셀레스틴의 황위 계승을 도왔던.」

「아아, 기억나. 테미란 전쟁 때 우리에게 군수물자를 대라고 요구했던 그 막무가내 애송이?」

「예. 그 애송이가 이번에 웬 여자아이를 입양했다고 하더군요. 그것도 평민가의 아이를 말입니다.」

「뭐라고? 그 애송이, 아직 혼인도 하지 않은 총각 아냐?」

「맞습니다. 그래서 지금 리우드 사교계가 술렁이는 모양입니다. 공작의 작위까지 받은 귀족이, 그것도 아직 가정도 꾸리지 않은 귀족이 웬 평민 아이를 입양했다고 해서.」

「하하! 이상한 애송이라고 생각하기는 했지만, 정말 제정신이 아니군.」

「그러게 말입니다. 아무리 공작이라고 할지라도, 애 딸린 남자에게 쉽게 다가올 여성이 있기는 할까요. 아니, 그전에 황제가 그 아이를 제대로 인정해 줄지가 걱정입니다.」

「후후, 로건. 웬 오지랖이야? 황제가 그 아이를 인정하든 말든, 로델린 공작이 알아서 잘 대처하겠지. 그런데 그 아이, 진짜 운이 좋네. 평민에서 귀족 여식이라니. 그런 신분 상승이면 나 같아도 환영이겠다!」

……젠장.

"아가씨?"

"……."

"아가씨!"

"아, 미안. 뭔가…… 생각나서. 계속해 봐, 셰리."

모르는 척해도 사실은 전부 다 계획된 것이 아닐까.

긴 수염을 만지작거리던 염라의 얼굴이 눈앞에 아른거려 괜히 미간을 좁히고 있던 그녀는 의아해하는 셰리에게 손을 저어주었다.

셰리는 고개를 끄덕이며 다시 입술을 움직였다.

"그날 이후 아가씨는 공작 각하의 둘도 없는 보물이 되셨어요. 아가씨의 일이라면 만사를 제쳐 두고 돌아오시는 일도 허다했다니까요? 제 생각으로는 아가씨께서 이렇게 살이 찌신 것도, 전부 각하께서 아가씨가 원하는 음식은 모조리 갖다 받…… 흠흠, 바, 방금 전 얘기는 잊어주세요. 그래 주실 거죠? 네? 네?"

흠칫 놀라며 주위를 두리번거리는 셰리를 향해 픽 웃음을 흘리던 루키나는 슬며시 고개를 끄덕였다.

셰리는 안도한 듯 짧은 한숨을 내쉬었다.

"어쨌든 아가씨께서 의식을 잃으셔서 기억을 잃지만 않으셨다면, 각하께서 얼마나 아가씨를 사랑하시는지 알 수 있었을 거예요!"

확신에 찬 얼굴로 외치는 셰리의 눈빛은 부담스러울 정도로 반짝였다. 루키나는 웃음이 흘러나오려는 것을 겨우 참고선 옅은 미소를 보냈다.

그러니까 한마디로 딸 바보라 이거잖아.

'이 빌어먹을 살덩이들이 왜 이렇게 감당하기 힘들 정도인지 대충 짐작이 가네.'

제국에서도 알아주는 딸 바보 공작 각하께서 이 미련한 곰 같은 공작 영애의 먹성을 간과한 것이 틀림없다. 사랑하는 딸이 음식들을 잘 먹으니 이것저것 챙겨주다 이런 상황까지 오게 된 것이겠지.

루키나는 혀를 끌끌 찼다.

하지만 도통 풀리지 않는 의문점이 있다.

"그런데 셰리."

"네, 아가씨!"

"대체 나는 왜 의식을 잃게 된 거야?"

"······!"

제국에서 손꼽히는 권력가인 로델린 공작의 소중한 외동딸이자, 공작가의 식솔들에게서도 사랑을 받았다는 로델린의 공작 영애가 어째서 한 달이라는 긴 시간 동안 의식을 잃었던 것인지. 도통 입을 다물 생각을 않는 셰리의 설명을 들으면서도 짐작조차 할 수 없다.

루키나의 허를 찌르는 질문에 셰리가 움찔하는 모습이 보였다.

'뭔가 있긴 한가 보네.'

루키나는 제 질문에 쉬이 대답할 생각을 못하는 셰리를 쳐다보며 그녀의 붉은 입술이 열리기만을 가만히 기다렸다.

"셰리?"

하지만 아무리 기다려도 말을 할 생각을 않는 셰리를 다시 한 번 부르자 그녀의 푸른 눈동자가 서서히 루키나를 향했다.

"아가씨께서 지난 한 달 동안 의식을 잃으셨던 이유는······."

이유는?

"독에, 중독되셨기 때문이에요."

총 여섯 개의 대륙으로 이루어진 세계, 리온. 그중에서도 루키나가 있는 곳은 바로 대지의 여신인 록산느의 사랑을 듬뿍 받았다고 전해지는 아시아타 대륙이었다.

　인간이 살아가기에 가장 이상적인 환경을 지녔다고 하여 일찍이 사람들이 부족을 이르며 살았던 아시아타에는 예로부터 크고 작은, 수많은 나라들이 존재했지만 대륙을 호령할 수 있을 만큼 큰 권력을 지닌 국가는 단 셋뿐이다.

　아시아타의 서편에 위치한 신성 카르틴 제국과 동편에 위치한 페이센 제국, 그리고 그 둘 사이에 위치한 리우드 제국이 바로 그들이었다.

　그중에서도 일천 년이라는 긴 역사를 자랑하는 리우드 제국은 아시아타의 정중앙에 위치한 지리적 이점으로, 명실공히 대륙 무역의 중심지로서 이름을 떨치고 있었다.

　그런 리우드 제국의 중심부에 위치한 황도, 세이번.

　"어째 기분이 좋아 보이지 않는데?"

　얼마 전, 길었던 요양 여행에서 돌아온 제국의 황태자 유리안 아이너 리우드가 주최한 가면무도회가 한창 열리고 있는 라몬 황태자궁의 발코니에서 익숙한 음성이 들려오자 4황자, 휴이렌 프란시스 리우드는 등을 돌렸다.

　뒤를 돌아본 그의 시야로 저와 똑같은 자색 눈동자를 지닌 갈색 머리의 사내가 들어왔다. 휴이렌은 망설임 없이 그를 향해 묵례했다.

　"오셨습니까, 형님."

　"의외야. 너는 보통 이런 곳엔 발도 들이지 않는 녀석 아니었나?"

　의미심장한 눈빛을 담은 채 와인 잔을 건네는 2황자, 렉시어드 필립 리우드의 말에 휴이렌은 쓰게 웃었다.

　"황태자 전하께서 워낙 간곡히 부탁하셨던 터라 끝내 거절하지 못했습니다."

　"아아. 뭐……. 그래. 고귀하신 황태자 전하의 명을 감히 어찌 거부할 수 있겠어. 안 그래?"

"……."

"그나저나 가면무도회라니. 형님도 참, 체력이 약해 궁에서 머무르지 못하니 요즘 사교계의 유행을 알지 못하는군. 아니, 그것과는 조금 다른 가. 평민 황후 소생이라 귀족들의 마음을 헤아리지 못하는 건지도 모르겠어. 허니 이런 무도회를 준비하지. 미천한 것들이 하룻밤 상대나 고를 때나 사용하는 방법이지 않은가? 그렇게 생각하지 않아, 휴이?"

쯧, 혀를 차는 렉시어드의 말에 휴이렌은 대꾸하지 못한 채 어색한 웃음만 흘렸다. 쓰고 있던 황금색 가면이 마음에 들지 않았는지, 계속해서 입술을 삐죽이던 렉시어드는 말없이 그를 쳐다보고 있는 녹색 가면의 휴이렌을 올려다보았다.

"그러고 있지 말고 나가자. 혼자 연회장에 있으려니 심심해서 안 되겠어."

"하지만 저는……."

"괜찮아, 괜찮아. 너한테 먼저 말을 걸 귀족들은 흔치 않을 테니 내 옆에 서 있기만 해."

"……."

"휴이?"

"알겠습니다, 형님."

고개를 끄덕이는 휴이렌의 모습에 렉시어드의 얼굴에 미소가 걸렸다. 휴이렌은 어째 자신이 그의 권력 다툼에 이용당하는 느낌이었으나 앞서 나가는 렉시어드를 말릴 수 없었다.

은은한 달빛이 내려앉던 고요한 발코니와는 달리 궁중 악사들이 음악을 연주하고 있는 연회장 안은 가면을 쓴 수많은 귀족들로 시끌벅적했다.

현 황제의 뒤를 이어 황위를 이을지도 모르는 유력한 두 명의 황자들,

즉 1황자이자 황태자인 유리안 아이너 리우드와 2황자인 렉시어드 필립 리우드에게 각각 줄을 서느라 제국의 내로라는 중앙 귀족들이 전부 모여 있었기 때문이다.

"어머, 렉시어드 황자 전하 아니십니까!"

아니나 다를까.

잠시 자취를 감추었던 렉시어드가 다시 연회장 안으로 모습을 드러내자 그를 발견한 고위 귀족들이 함박웃음을 지어가며 그에게 다가왔다.

깔깔 웃는 그 웃음소리가 어쩐지 거북하게 느껴져 살짝 미간을 좁히던 휴이렌은 호탕하게 그들을 향해 고개를 까딱이는 렉시어드의 뒤로 살짝 물러났다.

렉시어드는 그런 그의 모습을 흘겨보더니 이내 아무렇지 않은 척 입꼬리를 올렸다.

"유난히 저를 반기시는군요, 레이디 미란다. 제가 자리를 비운 사이 무슨 재미있는 일이라도 있었습니까?"

"그럼요! 있다마다요. 황자 전하, 제가 깜짝 놀랄 만한 소식을 알려 드릴까요?"

"깜짝 놀랄 만한 소식이요?"

리우드 사교계의 모든 시시콜콜한 정보는 바로 이 붉은 머리의 중년 여성을 통해 퍼져 나간다.

이번에도 그와 비슷한 가십이겠지.

흥미를 보이는 렉시어드와는 달리 무표정한 얼굴로 지나가는 시종에게 들고 있던 와인 잔을 건네던 휴이렌은 이어 들려온 미란다의 낭랑한 음성에 눈을 크게 떠야 했다.

"깨어났다는군요!"

"……예? 무슨 소리십니까?"

의아해하는 렉시어드를 향해 미란다는 함박웃음을 지으며 외쳤다.

"깨어나셨대요! 로델린의 공작 영애께서!"

"……!"

"축하드립니다, 황자 전하! 정말 다행스러운 일이 아닐 수 없어요! 전하께서는 이 소식이 근래 들어 가장 기쁜 소식이겠죠? 공작 영애의 사고 소식을 들은 후 전하께서 얼마나 슬퍼하셨어요! 지켜보던 제가 다 마음이 아플 정도였는데…… 다행히 의식을 찾았다니, 정말 다행이에요. 진심으로 축하드려요!"

심드렁한 표정을 지으며 미란다의 말을 한 귀로 듣고 다른 한 귀로 흘리던 휴이렌의 얼굴이 딱딱하게 굳었다.

'그녀'의 이름이 나온 이후로 줄곧, 쿵쾅거리는 심장의 박동을 들키지 않기 위해 저도 모르게 주먹을 불끈 쥐고 있던 휴이렌은 반사적으로 슬며시 옆으로 시선을 돌렸다.

'……'

아주 짧은 시간이었지만 제게 닿았던 눈빛을 잊을 수가 없다.

저와 똑 닮은 자색 눈동자가 어떠한 의미를 담고 있었는지 알아차릴 수 있었기 때문이다.

휴이렌은 무의식적으로 입술을 잘근 깨물었다.

곁에 서 있던 자신의 친형이 지금부터 무슨 행동을 취할지 저절로 눈앞에 그려졌다.

"이브…… 이브가…… 깨어…… 났단 말입니까?"

역시나.

"나의, 나의 이브가요? 그것이 사실입니까, 레이디 미란다?"

한 치의 오차도 없이, 예상대로.

굳게 닫힌 입술 사이로 실소가 터져 나오려는 것을 겨우 참아야 했다.

그런 휴이렌의 마음을 아는지 모르는지, 렉시어드는 과장된 연기를 이어 나갔다.

"휴, 휴이. 너는 알고 있었느냐? 이브가 깨어난 걸, 알고 있었어?"

"······형님."

"안 되겠다! 내가, 내가 이러고 있을 시간이 없어! 그래. 당장, 지금 당장 로델린령으로 가야겠다. 랄프! 얼른 마차를 준비해라! 로델린으로 가야겠다! 이브를 만나러, 지금 당장 갈 것이다!"

"······."

모르는 사람이 본다면 충분히 사랑꾼으로 오해하고도 남을 발언들.

휴이렌은 금방이라도 눈물을 흘리려는 듯 손등으로 눈가를 닦던 렉시어드가 연회장을 빠져나가는 것을 지켜보았다.

그 모습을 감동적으로 쳐다보던 레이디 미란다에게 묵례를 한 휴이렌은 저를 붙잡는 귀족들의 손을 뿌리치고선 렉시어드가 나갔던 방향으로 걸음을 옮겼다.

"휴이."

얼마나 걸었을까. 휴이렌은 저를 부르는 낮은 음성에 걸음을 멈추었다. 어두운 곳에서 렉시어드가 자신을 노려보고 있었다.

고개를 돌린 휴이렌을 향해 렉시어드가 자색 눈을 빛냈다.

"알고 있었느냐?"

추궁하듯 묻는 렉시어드에게 말없이 고개를 젓자 그의 잘생긴 얼굴이 처참하게 구겨졌다.

"빌어먹을."

많은 귀족들 앞에서와는 확연히 차이가 나는 렉시어드의 반응에 휴이렌은 쓴웃음을 흘렸다.

"휴이렌!"

"예, 형님."

"알아봐 줘야 할 것이 있다."

"……말씀하십시오."

"이브가 언제 깨어났는지, 어떻게 깨어나게 된 건지에 대해 알아보도록 해라. 사랑하는 약혼녀가 깨어났다는데, 명색이 약혼자로서 가만히 있을 수만은 없지 않겠어?"

스르륵, 올라가는 렉시어드의 입꼬리는 소름 끼칠 정도로 음흉했다.

황위를 차지하기 위해 이용 가치가 있는 것들을 철저하게 이용하고, 그렇지 않은 것들은 매정하게 내팽개치는 차가운 남자. 그것이 2황자임에도 여전히 황위를 노리고 있는 렉시어드의 무서운 면모다.

"어때. 그래 줄 수 있겠지?"

같은 어미의 몸에서 태어났기에 제게 발톱을 드러내지는 않지만, 같은 핏줄이라는 이유로 자신을 철저하게 이용하는 냉혈한 친형.

"친애하는 형님의 부탁이라면 무엇이든지 들어드려야죠."

교묘한 눈웃음을 그리는 렉시어드를 응시하며 휴이렌은 빙긋 입꼬리를 올렸다.

「중독…… 이라고?」

머뭇거리던 셰리의 입에서 흘러나온 말은 전혀 예상치 못했던 답변이었다. 빙의가 가능한 몸이었기에 틀림없이 원래 몸의 주인이 자진을 했을 것이라 여겼건만.

루키나는 힘겹게 고개를 끄덕이는 셰리를 넋 놓고 쳐다볼 수밖에 없었다.

「……아가씨께서 원인을 알 수 없는 독에 중독을 당하신 것을 알아차린
건, 이미 의식을 잃으신 뒤였어요. 때문에 누가 아가씨를 중독시킨 건지 알
아낼 수는 없었죠. 대부분의 사람들은 아가씨께서 외양을 비관하셔서 자진
을 시도하셨다고만 알고 있어요. 중독을 당하셨다는 것을 비밀로 부치라고
한 공작 각하의 명이 있었거든요.」

로델린 공작이 왜 그런 명을 내리게 되었는지 대충은 이해가 간다. 루
키나는 전후 사정을 설명하는 셰리의 말에 연신 고개를 끄덕였다.

어느 날 갑자기 중독당해 쓰러진 공작 영애. 착하고 순수해서 많은 이
들의 사랑을 받았다고는 하나, 실은 그 반대였던 터라 쉽사리 진상을 밝
히기는 어려웠을 거다.

'한마디로 개죽음이란 소리군.'

이미 이 몸의 주인이었던 루키나 이베타 로델린의 본 영혼은 명계로
인도된 지 오래. 그래서 이미 윤회의 굴레를 시작한 그녀를 대신하여 자
신이 몸으로 들어올 수 있었던 거겠지.

창에 비친 제 모습을 들여다보던 루키나는 자조 섞인 실소를 터뜨렸
다.

'귀찮게 됐네.'

네 번의 전생 덕분에 머리 굴리는 덴 소질이 있었다. 짧은 시간이었지
만 원래의 루키나가 어떤 성격을 지녔는지, 평판은 어땠는지에 대해 파악
도 했고 적의 유무에 대해서도 대충은 짐작이 간다.

아직은 정체를 알 수 없는 그녀의 적들은 시간이 지나면 스스로 꼬리
를 드러낼 터. 그녀가 '루키나 이베타 로델린'으로 가늘고 긴 삶을 살아

가는 데에 그런 암 덩어리를 제거하는 것은 필수적인 요소였다.

"아가씨! 준비되셨어요?"

차분하게 가라앉은 녹안으로 창밖을 응시하던 루키나는 귀 익은 음성에 등을 돌렸다.

셰리가 한층 들뜬 얼굴로 그녀를 바라보고 있었다. 살짝 고개를 끄덕이자 셰리는 따라오라는 손짓을 하며 그녀의 침실을 벗어났다. 루키나는 셰리의 뒤를 따랐다.

'지금 이 상황에서, 내가 반드시 해야 하는 일……'

그 일은, 도통 감당이 되지 않는 이 거대한 지방 덩어리들을 제거하는 일이 아니었다. 살을 빼는 일은 단기간에 시행한다면 부작용이 생길 수도 있으니까 천천히, 시간과 공을 들여 다이어트 계획을 세우는 것이 좋을 거다.

그렇다면…….

"각하께서는 이 안에 계세요!"

루키나는 커다란 문 앞에 멈춰 선 뒤 작게 속삭이는 셰리에게 고맙다는 눈짓을 보냈다.

꿀꺽, 침을 삼킨 그녀의 작지만 두툼한 손이 문고리를 향했다. 손목을 약간 비틀자 문이 끼이익 소리를 내며 열렸다.

"……!"

문소리에 곧 고개를 돌리는 건장한 체격의 중년 남성이 루키나의 시야로 들어왔다. 그가 바로 로델린 공작이라는 사실을 알아차리는 데는 오래 걸리지 않았다.

"아, 안녕……."

"이브!"

……응?

저를 바라보는 녹색 눈동자와 눈이 마주쳤던 루키나가 인사를 하기 위해 무릎을 굽히기도 전에, 남자는, 아니, 로델린의 공작은 성큼성큼 그녀에게 다가왔다.

"이브! 아가!"

"컥!"

냉랭한 얼굴을 하고 있던 그에게 뭐라고 인사를 해야 할지 머릿속으로 그려보던 루키나는 눈 깜짝할 사이에 제 앞에 나타나선 양팔을 크게 벌리는 그로 인해 휘청거릴 수밖에 없었다.

'뭐, 뭐야!'

검술로 다져진 탄탄한 근육이 그녀의 통통한 볼과 부딪쳤다. 웬만한 청년들 못지않은 건장한 체격의 중년 남성의 예상치 못했던 포옹에 루키나는 눈을 크게 떴다.

"미안하다. 미안하다, 이브……. 내가 널 지켜줬어야 했는데…… 흐흑."

품 안에 다 들어가지도 않는 커다란 덩치의 딸을 안으며 후드득 눈물을 떨어뜨리고 있는 남자는 제국에 알려진 냉혈 공작이라는 수식어와는 거리가 멀었다.

루키나의 어깨를 적시기로 작정했는지, 그녀를 꼬옥 끌어안고 있던 로델린 공작은 작게 흐느끼다 이젠 아예 펑펑 울기 시작했다.

"어…… 저, 저기……."

"흐흡. 흐으윽."

"……."

그녀가 의문의 독에 중독된 것이 자신의 책임인 것처럼 죄책감 가득한 얼굴로 울고 있는 공작으로 인해 괜스레 가슴이 미어졌다.

루키나는 자신이 또 쓰러질까 봐 어떻게 해서든 그녀를 꽉 붙든 그의 품에 안겨 멀뚱히 서 있다 슬며시 손을 들어 올렸다.

에라, 모르겠다.

"괘…… 괜찮아요, 아버지. 괜찮…… 아요."

슥슥.

두툼한 손으로 제 등을 쓸어내리는 루키나의 손길에 로델린 공작의 흐느끼는 소리는 더욱 잦아졌다.

"뭐? 초대장? 내가 지금 파티에 참석하게 생겼느냐?"

갑자기 문을 열고 들어온 총관 카일의 말에 에드문드 로델린의 얼굴이 굳어졌다. 감히 사랑하는 딸과의 소중한 시간을 방해했다는 사실이 마음에 들지 않았는지 음산한 기운을 마음껏 표출하고 있던 그는 결국 성난 음성을 터뜨렸다.

에드문드의 앞에서 호로록, 홍차를 마시고 있던 루키나는 몸을 움찔거렸다.

"죄송합니다, 각하. 저도 사정을 설명하기는 했지만 델론트 후작 쪽이 워낙 막무가내로 나왔던지라……."

"델론트 후작은 정말 저밖에 모르는군. 내게 그딴 파티의 참석이 중요하지 않다는 걸 모를 리 없을 텐데."

들고 있던 초대장을 구겨 버릴 기세로 작게 중얼거리는 에드문드의 말에 루키나는 끓어오르는 궁금증을 참지 못하고 툭 말을 던졌다.

"파티?"

"미안하구나, 이브. 네가 있다는 것도 잊고 경솔한 언행을 보이다니."

"아니에요, 아버지! 그러실 수도 있죠! 그나저나…… 파티라니? 누가 주최하는 파티인가요?"

"얼마 전 공을 세워 폐하께 후작 작위를 수여받은 델론트 후작이 스스로를 축하하는 축하 연회다. 델론트령은 로델린령과 하루 거리에 있어서인지 반드시 내 참석을 바라는구나."

흐응. 그래?

"그런데 아버지는 참석하고 싶지 않으신 거고요?"

눈을 반짝반짝 빛내는 루키나를 에드문드는 말없이 응시했다.

그는 호기심 가득한 표정을 짓는 루키나를 빤히 바라보다 이내 부드러운 눈웃음을 그렸다.

"그래."

"왜요!"

"……응?"

"당연히 참석하셔야죠!"

에드문드는 제 답변에 화들짝 놀라며 외치는 루키나를 멀뚱히 응시했다. 그의 당황한 얼굴에도 불구하고 루키나는 말을 이어 나갔다.

"아버지의 걱정거리였던 저도 이제 깨어났겠다, 거절할 이유는 없을 것 같은데 말이죠. 듣자 하니 델론트 후작 내외께서 제가 병석에 누워 있는 동안 많은 선물을 보내셨다던데. 감사의 인사도 드릴 겸 참석하는 게 좋을 것 같아요!"

"……그렇게 생각하니?"

"네!"

주저 없는 루키나의 답변에 머뭇거리던 에드문드가 픽 웃음을 흘렸다.

"이브 네가 그렇게 생각한다면…… 그래, 알겠다. 그의 파티에 참석하도록 하마."

"잘 생각하셨어요!"

"카일. 후작에게 답신을 해라. 참석하겠다고."

"예, 각……."

"카일 아저씨! 저도 함께 간다고 해주세요!"

로델린 공작성의 총관을 맡고 있는 카일 아렌의 눈동자가 큼지막해졌다. 그녀의 외침을 들은 에드문드 역시 마찬가지.

에드문드는 생글생글 웃고 있는 자신의 딸을 바라봤다.

"이브, 그게 무슨 소리냐? 넌 깨어난 지 얼마 되지 않아 요양을 조금 더 해야……."

"아버지. 사람은, 은혜를 받았으면 갚아야 한다고 배웠어요."

에드문드는 돌연 제 말을 끊고선 진지한 표정을 짓는 루키나를 멀뚱히 응시했다.

루키나는 눈에 힘까지 주었다.

"델론트 후작 각하께서는 아버지를 보고 제게 선물을 보내셨을 테지만, 결국 그 선물의 주인은 저였어요. 저는 은혜를 받고도 모른 척하고 싶지는 않습니다. 주목받기를 원해 굳이 아버지를 모시려는 델론트 후작 각하께서, 갓 의식을 찾은 제가 파티에 참석한다면 얼마나 좋아하실까요?"

"……이브."

"게다가 저, 지난 한 달 내내 침대에 누워 있기만 했었잖아요."

"……."

"아직 뭐가 뭔지 모르겠지만 바깥 공기도 좀 쐬고, 그 파티에서 제가 기억하지 못하는 저의 친구들도 만나고 싶어요. 잃어버린 기억을 떠올리기 위해서는 과거 절친했던 친구들을 만나는 것도 좋은 방법일 것 같거든요! 안 그래요, 아버지?"

청산유수처럼 말을 늘어놓는 루키나의 언변에 에드문드는 홀린 듯 고개를 끄덕였다.

"이브 네가…… 그러길 원한다면……."

"감사해요, 아버지!"

루키나는 활짝 웃으며 에드문드를 향해 달려들었다. 육중한 몸을 움직여 그에게 달려든 루키나로 인해 에드문드는 다리를 후들후들 떨며 휘청거렸다.

"하하, 녀석 참."

품 안에 넣으려 해도 넣을 수 없는 여식의 찰랑거리는 머리카락을 쓸어내리던 에드문드는 이내 멋쩍은 미소를 그렸다.

'일단 밑밥은 깔았는데…….'

갓 빙의를 한 터라 적과 아군이 누구인지 구분하지 못하는 지금. 누가 자신을 중독시켰는지에 대한 증거도, 목격자도 없는 바로 지금.

루키나 이베타 로델린이 새로운 인생에 적응하기 위해서 가장 먼저 해야 하는 일은 바로…….

'누가 내 적이고, 아군인지 파악하는 것이 우선이지!'

가늘고 긴 삶을 꿈꾸는 레이디 루키나 이베타 로델린이 생존하기 위한 첫 번째 법칙.

레이디는 적과 아군을 구분할 줄 알아야 한다.

"아가씨, 저기 좀 보세요! 요즘 사교 신문에 촉망받는 신흥 귀족으로 자주 오르내리는 파브렌 남작님이세요! 어머, 저기 저분은 파브렌 남작님의 절친한 친우이신 바클리 자작님이시고, 그 옆에 계신 분은 리센트 남작님이세요!"

두 볼을 빨갛게 붉혀가며 소곤거리는 셰리의 눈동자가 부담스러울 정도로 반짝였다. 심드렁한 눈으로 셰리가 가리키는 곳을 흘긋거린 루키나는 흐응, 하고 낮은 콧소리를 흘렸다.

"어머 어머, 아가씨! 저기 저분이 누군지 아세요? 제국의 여성 귀족이라면 한 번쯤은 춤추고 싶어한다는 바로 그분, 쿠르젠 후작 각하시라고요! 세상에. 쿠르젠 후작 각하는 국방의 일이 바쁘셔서 파티에는 자주 참석하지 않으시는 걸로 알고 있었는데……. 아가씨, 아가씨이!"

"셰리. 진정해, 진정."

제 옷자락까지 잡아끌며 흥분한 기색을 감추지 못하는 셰리를 겨우 가라앉혀야 했다. 루키나는 '얼른 저리로 가자고요!' 라는 의사를 피력하는 셰리를 향해 풋 웃음을 터뜨렸다.

"떡 줄 사람은 생각도 안 하는데, 김칫국부터 마시지 말렴."

"……예? 김…… 김 뭐요?"

아차.

"셰리. 너, 눈치 못 챘니? 저 사람들, 나한테 다가올 생각 따윈 눈곱만큼도 하지 않고 있어."

"그게 무슨 소리……!"

의아한 표정을 지으며 주위를 두리번거리던 셰리의 눈동자가 큼지막해졌다. 화제를 돌리는 데 성공한 루키나는 쓴웃음을 삼키며 중얼거렸다.

"네 표현에 의하면 과거의 난 꽤나 성격이 좋았던 것 같은데, 의식을 찾은 내게 축하를 해줄 만큼 친했던 친구는 없었나 보네. 저렇게 내 얼굴만 보면 다들 슬슬 피하기만 하는 것을 보니."

그녀가 루키나의 몸으로 빙의한 지 일주일이 되는 날이자, 델론트 후작의 작위 수여 축하 파티가 열리는 날.

이른 아침부터 준비를 하여 에드문드와 함께 로델린 성을 떠나올 때까지만 하더라도 뛰고 있던 가슴은 어느새 차갑게 식은 지 오래다.

루키나는 일정한 간격을 유지한 채 저를 힐끔거리고 있는 귀족들의 따가운 시선을 애써 모른 체하며 나지막하게 중얼거렸다. 셰리가 창백하게 질린 얼굴로 무어라 변명을 하려 했으나 그보다 그녀가 더 빨랐다.

"셰리. 혹시 나 외톨이였어?"

"네? 그럴 리가요! 아가씨는 정말 인기가 많았어요!"

저렇게 멀리 떨어져서 수군거리는 사람들을 보면 꼭 그런 것 같지도 않은데.

"무, 물론 아가씨께서 다른 귀족 영애들보다 우람한 체구를 지니고 있긴 했지만, 남자 귀족분들께 얼마나 많은 구애를 받았는데요!"

"흐응……."

"사실이라니까요? 게다가, 아가씨께는 정말 친한 친구분도 계셨어요!"

"친구? 누구? 누가 내 친군데?"

델론트령에 발을 디딘 지 벌써 삼십 분가량이 흘렀음에도 불구하고 제게로 다가오는 이는 단 하나도 없다.

아버지인 로델린 공작이 델론트 후작과 담소를 나누기 위해 사라진 사이 잠시 대기하고 있던 루키나는 저녁에 열리는 파티를 위해 델론트 후작성 곳곳에 모여 있던 귀족들과 눈이 마주쳤지만 여자고, 남자고 어느 하나 제게 알은체하는 이들이 없다는 것을 깨닫고 있었다.

허니, 셰리의 말을 의심하는 것은 당연했다.

"미, 밀리크! 밀리크 후작가의 앨리스 아가씨요!"

……앨리스?

그녀는 아마도 말 많고 상상력이 풍부한 셰리가 이전의 자신과 잠깐이라도 이야기를 나누었던 영애의 이름을 댄 것이라 여겼다.

루키나가 반응을 보이지 않고 그저 쳐다보기만 하자 셰리는 얼른 말을 덧붙였다.

"예! 앨리스 밀리크 후작 영애와 아가씨는 둘도 없는 친우 사이세요. 간혹 아가씨가 밀리크 후작성에 놀러 가시기도 했고, 그 반대일 때도 있었죠."

"……그래?"

"그럼요! 아가씨는 외톨이가 아니었다니까요? 하지만……."

"하지만?"

"……저는 아가씨께서 밀리크 후작 영애와 친하게 지내지 않으셨으면 좋겠어요."

루키나는 셰리의 말에 고개를 갸웃거렸다.

"어째서? 밀리크 후작 영애는 나와 가장 친한 친구였다며?"

"……예. 확실히 그건 그랬지만……."

"셰리?"

"아…… 아니에요. 아니에요, 아가씨! 제 착각일 거예요. 어머, 아가씨! 각하께서 나오셨어요. 대화가 다 끝나셨나 봐요! 얼른 가요, 네?"

아무래도 수상하다.

파티가 열리기까지는 아직 적잖은 시간이 남은 상황. 델론트 후작이 거금을 들여 새로 구성했다는 후작성의 정원을 거닐며 셰리와 잠시 시간을 보내던 루키나는 재빨리 셰리의 앞을 가로막고선 눈을 부라렸다.

"셰리."

"……"

"셰리!"

"네, 네? 부르셨어요, 아가씨?"

화들짝 놀라는 셰리의 반응이 심상찮다.

루키나는 가늘게 뜬 눈으로 셰리를 바라봤다. 두툼한 살덩이 사이로 루키나의 녹색 눈동자가 번뜩이자 셰리는 움찔거렸다.

루키나는 수상한 행동거지를 이어 나가는 셰리의 반응에 결국 참고 있던 물음을 쏟아냈다.

"숨기는 게 뭐야."

"예에?"

"너 나한테 숨기는 거 있잖아."

"호, 호호. 아가씨. 제가 숨기는 거라뇨! 무, 무슨 소리를 하시는 건지…… 헉!"

홱, 몸을 돌려 걸음을 움직이는 셰리의 몸짓은 누가 봐도 의심쩍다. 아무래도 아까 밀크인가, 밀리크인가 하는 여자에 대해 말한 이후 줄곧 그런데 말이지.

숨을 크게 들이마신 셰리가 거북스러운 루키나의 눈빛에 어쩔 줄 몰라 하는 모습이 보였다.

루키나는 당황하는 셰리에게 말했다.

"셰리. 나는 이번 생을 다시 시작하면서 결심한 것들이 몇 가지 있어."

"……예?"

"하나는 무조건 눈에 안 띄고 가늘고 길게 살 것. 그리고 또 다른 하나는, 내게 거짓말을 하는 사람들을 멀리할 것."

"……!"

"지금 네가 숨기고 있는 게 뭐야?"

"오, 오호호호. 아가씨도 참. 전 숨기는 게 없……."

"그 밀리큰가 뭔가 하는 후작 영애와 관련된 이야기, 그거 맞지? 왜. 걔가 내 친구라더니…… 사실은 아니었다, 뭐 이런 거야?"

"허억!"

제 말에 입을 쩍 벌리는 것을 보니 아예 틀린 말은 아니었나 보다.

루키나는 차마 손을 내젓지 못하는 셰리의 붉어진 얼굴을 멀뚱히 응시하며 흐웅, 콧김을 내뿜었다.

네 번 정도 인생을 다시 살다 보면 의식하지 못하는 사이 눈치가 빨라지게 된다. 셰리가 무언가를 감추고 있다는 것도, 자신을 바라보는 주변 귀족들의 시선이 따뜻하지 않다는 것도, 타인이 제게 친절하게 구는 것은 다 그만한 이유가 있다는 것도 자연스레 터득하게 된다는 소리.

루키나의 발언에 주위를 두리번거리던 셰리는 후우, 긴 한숨을 흘리며 입술을 열었다.

"사실은요, 아가씨, 제가 왜 그런 이야기를 했냐면……."

그때였다.

중대한 비밀이라도 털어놓는 듯, 비장하게 입을 열던 셰리의 말은 루키나의 등 뒤에서 들려온 청아한 목소리에 뚝 끊어졌다.

"이브!"

……어?

"이브! 너야, 이브?"

뭐야. 셰리의 말을 가로막은 불청객에 미간을 찌푸리려던 루키나의 눈이 동그래졌다.

"정말 이브 너구나! 이브!"

루키나는 붉은 드레스 차림을 한 흑발의 여자가 성큼성큼 걸어와서는 자신을 와락 끌어안자 눈을 깜빡거렸다. 여자의 가는 팔이 루키나의 흘러넘치는 살을 모두 포용하려 애썼으나 쉽지는 않았다.

왠지 좋은 향기가 난다고 생각하며 루키나는 갑작스러운 포옹에 멀뚱히 서 있을 수밖에 없었다.

"네가 참석한다는 소식을 듣자마자 달려왔어. 이브, 얼마나 네가 보고 싶었는지 몰라! 병문안을 가려고 했었는데, 매번 안 된다는 답변만 들려와서 발만 동동 굴렀었지 뭐야. 그래도 이브, 이렇게 다시 의식을 찾아서 정말 다행이야!"

후드득.

루키나는 하얀 얼굴에 보석처럼 박혀 있는 갈색 눈동자에서 방울방울 떨어지는 투명한 액체를 넋 놓고 응시했다.

'백설공주야, 뭐야?'

네 번의 전생에서도 지금 눈앞의 여자보다 아름다운 여자는 본 적이 없었다. 혹시 꿈을 꾸나 싶어 한 번, 두 번 정도 눈을 깜빡여 보았지만 놀랍게도 현실이다.

루키나는 감격에 젖은 표정을 지으며 자신을 안았다 놓아주기를 반복하는 여자를 내려다보았다.

"당…… 신은?"

"정말 보고 싶었어, 이…… 어? 너 방금, 뭐라고 했어?"

루키나보다 약간 작은 키였기에 그녀를 올려다보며 눈물을 훔치던 인형 같은 여자가 나지막한 루키나의 말을 듣고선 오히려 되물었다.

그 눈빛에 움찔하던 루키나는 멋쩍은 웃음을 그렸다.

"아…… 그, 그렇지. 너…… 기억을 잃었다고 했었지."

있는 힘껏 루키나를 끌어안던 여자의 손이 아래로 툭 떨어졌다. 괜히 미안해져 루키나는 제 옆에 서 있던 셰리를 흘긋거렸다.

'응?'

하지만 셰리는 도와달라는 루키나의 눈짓에도 불구하고 슬며시 시선을 피하며 딴청을 피웠다.

"이브, 괜찮아! 기억을 잃어도, 난 영원히 네 친구야."

난감한 상황.

셰리가 도와주지 않는다면 저를 보고 몹시 반가워하는 이 여자에게 이렇다 할 대응을 할 수 없게 된다.

대답을 망설이던 루키나를 향해 하얀 얼굴의 미녀는 어느새 눈물을 지워내고선 밝게 외쳤다.

"친…… 구?"

"그래, 친구! 처음부터 소개할게. 내 이름은 앨리스 밀리크. 이브……
아니, 루키나! 난 너의 가장 친한 친구야!"

"언제였더라? 그래, 아마 열 살 때부터였던 것 같아. 공작 각하를 따라 우리 성에 온 너와 처음 만났었지. 그날 이후 우린 둘도 없는 친구가 되었어! 네가…… 네가, 으흐흑, 그 말도 안 되는 짓을 저지르지 않았다면, 한 달이나 넘게 널 못 보는 일도 없었을 텐데……. 후우우. 그래도 무사히 깨어나서 정말 다행이야!"

앨리스 밀리크.

자칭 루키나 로델린의 둘도 없는 베스트 프렌드.

셰리가 어째서 그녀와 멀리해야 한다고 말했던 건지 의심이 갈 정도로, 앨리스 밀리크 후작 영애는 루키나에게 친절했다.

조금…… 과하다 싶을 정도로.

"맞아, 이브! 너 이거 좋아하지? 얼른 먹어!"

"어머, 이거 이브 네가 제일 좋아하는 음료 아니니? 자, 마셔!"

"저기 잠깐만요! 그거 우리 이브가 정말 좋아하는 후식이거든요? 이리로 열 개만 주실래요? 이브, 너 다 먹을 수 있지?"

"이브, 이것도 좀 먹어봐. 어어, 그래, 이것도! 저기 저것도 한번 먹어 볼래?"

대체 뭐 하는 짓이냐, 이 여자.

영 꺼림칙한 표정을 짓는 셰리를 내버려 두고 루카나의 팔을 잡아끈 앨리스 밀리크는 곧 시작될 연회장 곳곳을 누비며 보이는 음식을 족족 루 카나에게 내밀었다.

뭔가 의심쩍기는 했지만 앨리스 밀리크라는 여자가 어떤 사람인지 살 피기도 할 겸, 그녀와 함께 행동하고 있던 루카나는 앨리스가 건네는 음 식을 얼떨결에 받아 들 수밖에 없었다.

'배 터지겠네, 진짜.'

안 그래도 축 늘어진 이 빌어먹을 살들에 대한 대책이 필요한 시점에 서 달고 칼로리가 높은 음식들을 꾸역꾸역 먹고 있자니 기분이 몹시 찝찝 했다.

그러던 와중, 후작성의 총관이 연회가 시작된다는 말을 하기가 무섭게 악사들이 연주를 시작했다.

"사실 이제야 말하는데 말이지, 어릴 때 네가 얼마나 예뻤는지 알아? 지금은 비록 이렇게 못 봐줄 정도로 살이 찌기는 했지만 그때는 정말 나 보다 훨씬 예뻤다니까? 그러니 이브. 넌 살만 빼면 돼. 살만. 오호호호!"

커다란 홀을 가득 울리는 하프 소리에 다섯 겹이나 되는 두툼한 배를 문지르던 루카나는 곁에서 들려오는 앨리스의 말에 고개를 돌렸다.

"응? 왜 그러니?"

"……아냐, 아무것도."

"오호호. 애도 참, 싱겁긴."

"……"

말없이 저를 내려다보는 루카나의 눈빛이 신경 쓰였는지 갸웃거리던 앨리스를 보고 루키나는 고개를 내저었다. 앨리스는 눈부신 미소를 지으며 하나둘씩 모여들기 시작하는 귀족들을 쳐다보고 있었다.

'루키나 로델린. 너 진짜…… 얘랑 친했던 거 맞냐?'

이미 윤회를 시작했을 루키나 로델린의 영혼을 만난다면 한번 물어보고 싶을 정도다.

길어봤자 한두 시간 정도 같이 있었을 뿐이건만 자칭 루키나 로델린의 베스트 프렌드인 앨리스 밀리크는 미묘하게 루키나를 건드렸다.

활짝 웃는 얼굴이기는 하나 쉬지 않고 음식을 권하는 것부터 시작하여, 괜히 짜증날 법한 말을 뱉어내고, 또 자신과 루키나를 비교하는 등등의 발언을 이어 나갔기 때문이다.

'셰리가 피하라고 했던 게, 바로 이런 이유였나?'

루키나는 시녀들이 모여 있는 구석진 공간을 흘긋거렸다. 셰리가 근심 걱정이 가득한 얼굴로 자신을 바라보고 있는 게 보였다.

'유력한 후보 중 하나군.'

아직 스물셋밖에 되지 않은 철없는 아가씨의 말투까지 신경 쓰고 싶지 않지만, 적과 아군을 구분해야 하는 지금 이 시점에서 앨리스 밀리크의 말과 행동들은 괜스레 거북스럽다.

루키나는 겉으로는 입꼬리를 말아 올리면서도 속으로는 앨리스 밀리크에 대한 경계를 늦추지 않으려 애썼다.

"아니, 레이디 밀리크 아니십니까! 오늘도 어김없이 미모를 뽐내고 계시는군요!"

반가움이 가득한 음성이 귀를 울렸다. 루키나는 일부러 앨리스에게 다가왔음에도 불구하고 마치 우연히 그녀를 발견한 것처럼 구는 낯익은 남자 귀족을 물끄러미 응시했다.

그러니까 이 남자는…….

"호호호, 바클리 자작님. 오랜만에 뵙습니다."

셰리가 침이 마르도록 자랑했던, 제국의 여성들이 연모해 마지않는 몇몇 남자 귀족들 중 한 명이었다.

빙긋 웃으며 바클리 자작에게 인사를 하는 앨리스의 몸짓은 우아하기 그지없다. 루키나는 속으로 혀를 내둘렀다.

"그러게 말입니다. 그동안 몹시 뵙고 싶었습니다."

"어머, 정말요?"

"제가 어디 빈말을 하는 사람입…… 아! 레이디 로델린께서도 계셨군요! 죄송합니다! 레이디 밀리크의 눈부신 미모에 정신을 빼앗겨 미처 로델린의 공작 영애가 곁에 계시다는 것을 눈치채지 못했습니다. 용서해 주십시오, 레이디 로델린."

놀고 있네.

루키나와 앨리스 중 그 누구보다 확연히 제 존재감을 과시하는 사람은 단연코 루키나였다. 웬만한 남자 못잖은 거구가 떡하니 서 있는데 눈치를 못 챌 수가 있다니.

루키나는 과장된 몸짓으로 제게 고개를 숙이는 바클리 자작을 바라보다 입술을 움직였다.

"예. 용서하죠."

퉁명스럽기 그지없는 루키나의 짧은 답변에 바클리 자작을 비롯한 앨리스의 얼굴이 딱딱해졌다.

"하하, 제가 확실히 실례를 범했나 보군요. 그나저나 레이디 로델린. 의식을 찾으신 지 얼마 되지 않으신 걸로 아는데…… 이렇게 움직이셔도 괜찮은 겁니까?"

귀찮은 녀석이군.

"괜찮으니 움직이고 있는……"

"당연히 괜찮다마다요!"

툴툴거리려던 루키나는 그녀가 말을 잇던 도중 끼어들어 외치는 앨리스를 황당한 듯 응시했다.

앨리스는 그런 루키나의 시선을 눈치채지 못했는지 말을 이었다.

"어디 우리 이브가 그런 병에 굴복할 아가씬가요? 보세요, 한 달이나 누워 있었는데 살이 하나도 빠지질 않았잖아요! 어찌나 튼튼한지 원. 어머, 여기 살도 빠져나왔네? 얘, 이브. 너 관리 좀 해야겠다, 정말."

호호호, 웃음을 터뜨리며 깔깔거리는 앨리스의 발언에 루키나의 얼굴이 처참하게 일그러졌다.

'보자 보자 하니 정도가 심하네.'

악의가 있는 건지, 없는 건지 그냥은 알기가 힘들다. 환한 미소로 속내를 감추고 있었기에 더더욱. 하지만 이런 언행이 지속된다면 악의로밖에 보이지 않겠지.

루키나는 저는 안중에도 없이 바클리 자작과 대화를 나누는 앨리스를 아니꼽게 바라보다 시선을 잡아끄는 무언가를 발견했다.

'……뭐지?'

한 번만 더 자신을 건드린다면 아무래도 주의 정도는 줘야겠다 여기며 각오를 다지던 루키나는 춤을 추고 있는 귀족들이 돌연 행동을 멈추자 고개를 갸웃거렸다.

웅성웅성.

음악과 잡담으로 소란스럽던 연회장이 고요해진 것은 그로부터 몇 초가 더 흐른 뒤였다.

"……께서, 도착하셨습니다!"

누군가의 입장을 알리는 외침.

멀리서 고위 귀족들과 이야기를 나누던 루키나의 아버지, 로델린 공작의 행동마저도 멎은 것을 보면 꽤나 높은 신분이 연회장에 모습을 드러낸 것이 틀림없다.

루키나의 궁금증이 커져 갈 때쯤, 그녀의 의문을 풀어줄 사람들이 모습을 드러냈다.

'⋯⋯!'

머리부터 발끝까지, 휘황찬란하기 그지없는 차림의 남자가 연회장 안으로 발을 내딛자 홀 내의 귀족들은 일제히 고개를 숙였다.

루키나 역시 그들을 따라 인사를 하다 슬며시 고개를 들었다.

두근— 두근—

고요하던 심장이, 돌연 거세게 일렁이기 시작한다.

루키나는 무언가에 홀린 사람처럼 수많은 귀족들의 인사를 받으며 발을 움직이는 자색 눈동자의 미남에게서 시선을 떼지 못했다.

'왜, 왜 이러지⋯⋯?'

한 번 뛰기 시작한 심장은 도통 제 의지대로는 멈출 기미가 보이지 않는다. 루키나는 두근거리던 가슴이 쿵쿵, 거칠게 뛰기 시작하자 미간을 좁혔다.

또각또각, 구두의 굽과 대리석의 바닥이 맞물려 청아한 소리를 냈다.

제대로 그를 바라볼 수는 없었지만 살짝 흘끔거렸던 얼굴이 뇌리에서 잊히지 않아 루키나의 귀는 웽웽 울렸다. 그녀는 이상하게 안정을 찾지 못하는 심장을 문지르며 이를 악물었다.

'빙의의 부작용인가. 한 번도 이런 적이 없었는데⋯⋯.'

빙의한 지 일주일이 흘렀음에도 이와 같은 증상은 처음이다.

루키나는 구두 소리가 더욱 가깝게 들려올수록 정신을 차리지 못하는 심장의 박동 소리에 인상을 썼다.

연회장의 입구에서부터 루키나가 서 있던 곳까지는 꽤나 거리가 있었던지라 숨을 죽이며 다시 음악 소리가 들리기를 기다리던 그녀는 눈을 질 끈 감고 있는 상태였다.

'……응?

얼마나 흘렀을까.

왠지 모르게 주변이 고요하다 못해 적막이 흐른다는 것을 느끼던 루키나는 있는 힘껏 감고 있던 눈꺼풀을 스르륵, 올렸다.

"……!"

그녀의 앞에는 조금 전까지 입구 쪽에서 제 존재를 과시하고 있던 갈색 머리의 미남자가 옅은 미소를 그린 채 루키나를 내려다보고 있었다.

'설마…… 날 보고 있는 거야?'

고개를 좌우로 두리번거리지 않아도 알 수 있다. 지금 이 순간, 모든 이의 시선이 제게 주목되고 있다는 사실을.

루키나는 저도 모르게 침을 꼴깍 삼켰다.

그런 루키나의 긴장한 모습을 보던 남자는 픽 웃음을 흘리더니 이내 살짝 무릎을 굽혀 루키나의 통통한 손을 향해 제 손을 뻗었다.

'어, 어어?'

루키나는 얼떨결에 제 손을 붙잡고선 촉촉하고 붉은 입술로 제 손등에 입을 맞추는 남자를 지켜볼 수밖에 없었다.

몹시 당황스러운 지금 이 상황으로 인해 그만 얼굴이 빨갛게 익어버린 루키나를 올려다보던 갈색 머리의 미남자는 달콤하게 속삭였다.

"나의 이브. 그대가 깨어나기를 얼마나 바랐는지 모른다."

쿵, 심장이 바닥으로 떨어졌다.

네 번이나 다시 인생을 살다 보면 또 하나 좋은 점이, 자신도 의식하지 못하는 사이 적응력이 빨라진다는 것이다. 빙의는 처음이라지만 본능적으로 주어진 환경에 스스로를 맞추어 나가는 것은 일도 아니라는 소리.

단적인 예를 들어보면 그녀는 빙의를 하자마자 앞으로 쏠쏠한 정보를 안겨줄 셰리와 친분을 나누었고, 새로운 죽음을 맞이할 때까지 제 가족이 될 공작에게도 애교를 부릴 만큼 넉살을 부리기도 했다.

이번에야말로 가늘고 긴 삶을 살기로 다짐했던 그녀에게 있어서는 새로운 삶에 적응하는 것은 더 이상 큰일이 아니었고, 확실히 지난 일주일 동안은 아무 문제가 없었다.

「나의 이브. 그대가 깨어나기를 얼마나 바랐는지 모른다.」

웬 미남자에게서 그 빌어먹을 말을 듣기 전까지는.

쿵쿵. 쿵쿵.

'젠장!'

풍랑을 만난 바다 위의 배처럼 가슴이 세차게 뛰었다. 그 일이 일어나고 약간의 시간이 흘렀음에도 불구하고 한 번 들썩이기 시작한 심장은 도통 가라앉을 기미 따위는 보이지 않는다.

덕분에 붉어진 얼굴을 식히느라 루키나는 연회장 밖의 발코니로 나와야만 했다.

"아가씨, 괜…… 찮으세요?"

"……."

"아가씨?"

"셰리 미우."

루키나는 음산한 목소리를 흘렸다. 염려 섞인 표정으로 루키나를 응시하던 셰리가 몸을 움찔거렸다.

휙, 고개를 돌린 루키나는 버럭 소리쳤다.

"셰리! 너 왜 나한테 약혼자가 있다는 얘기를 하지 않았어!"

주르륵.

연회장 밖의 발코니에서는 시원한 밤바람이 불고 있음에도 불구하고 어쩐지 등 뒤로 식은땀이 줄줄 흘러내린다.

이유인즉 간단했다. 전혀 생각지도 못했던 혹이 있는 몸이라는 것을 알고야 말았으니까.

있는 힘껏 외치는 루키나의 목소리에 셰리는 바다처럼 푸른 눈을 동그랗게 떴다.

"알고 계신 거…… 아니었어요?"

기억을 잃었다는데 알 리가 있나!

루키나는 오히려 되묻는 셰리를 황당하다는 눈으로 바라보았다.

셰리는 머쓱한 표정으로 뒷머리를 긁었다.

"아가씨께서 하도 여러 가지를 물어보셔서 마, 말씀드린 줄 알았어요!"

"하!"

"놀라…… 신 건 아니죠?"

조심스레 묻는 셰리의 눈꺼풀이 파르르 떨렸다. 루키나는 어이없는 얼굴로 셰리를 응시하다 긴 한숨을 내쉬었다.

"놀랐지, 매우 놀랐어."

설마하니 이 몸에 정혼자가 있을 줄이야…….

마음에 드는 남자를 만나서 가늘고 길게 살 거라는 내 꿈은 와장창 무너지는 거잖아.

빙의를 하면서 세웠던 계획에 차질이 일어날 가능성이 높아지자 루키나는 입술을 삐죽였다.

셰리는 대답 않고 미간을 좁히는 루키나에게 부채를 부쳐 주며 속삭였다.

"아가씨. 물론 갑자기 생긴 정혼자의 존재로 염려하시는 건 알겠지만, 렉시어드 황자 전하는 제국에서도 알아주는 미남이시라고요! 제가 알고 있기로는 외모로 따지시면 다섯 손가락 안에 드시는 분이시라고 들었어요! 아가씨께서는, 그런 분의 피앙세인 거예요. 한마디로 완전 봉 잡으신 거죠!"

"……뭐? 셰리 미우. 너 방금 뭐라고 그랬어? 내가 봉을 잡았다고?"

"오, 오호호호. 마, 말이 그렇다는 거죠. 호호호!"

발코니를 가득 울리는 셰리의 웃음소리가 점차 가늘어졌다.

루키나는 흥, 코웃음을 치며 발코니 창문 너머로 보이는 연회장 안의 모습을 응시했다.

'……'

손등에 입을 맞추는 것을 거부할 틈도 없었다.

아주 자연스럽게, 제 앞으로 다가와 존재감을 드러낸 갈색 머리의 미남자는 눈을 크게 뜨고 있는 루키나를 내려다보며 화사하게 웃었다.

'다섯 손가락이라……'

확실히 그녀가 빙의 이후 보았던 그 어떤 남자들보다 아름다운 외모를 지니고 있기는 했다.

하지만 내 취향은…….

"셰리."

"네, 아가씨!"

겨우 마음을 가라앉힌 루키나가 또 화를 낼까 노심초사하며 셰리가 즉각적인 대답을 했다. 그에 웃음이 터져 나오려는 것을 겨우 속으로 삼킨 루키나는 애써 심드렁한 표정을 지으며 입술을 움직였다.

"그 렉신가 뭔가 하는 황자 말이야. 내 정혼자. 그 남자 뒤에 있던 사람도…… 황자야?"

"누굴…… 아! 휴이렌 황자 전하를 말씀하시는군요!"

"……휴이렌?"

"예, 휴이렌 황자 전하는 황제 폐하의 네 번째 아드님이세요. 참고로 렉시어드 황자 전하는 두 번째 아드님이시고요."

아아.

"혹시 나와 렉시어드 황자가 약혼한 게, 권력을 차지하고 싶어서였어?"

날카로운 루키나의 질문에 멈칫하던 셰리는 고개를 갸웃거리며 옆얼굴을 긁적였다.

"음, 저같이 미천한 것이 두 분의 약혼 과정에 대해서 자세히 알지는 못하지만…… 단순히 권력 다툼의 이유는 아니에요! 렉시어드 황자 전하께서 5년 전, 아가씨를 처음 뵙자마자 구애를 했거든요!"

뭐?

"처음 보자마자?"

"네! 두 분은 밀리크 후작 영애께서 주최하셨던 파티에서 만나게 되었는데, 그날 밤 이후 황자 전하께서 자주 공작성에 드나드시며 아가씨와 가까워지셨어요! 아가씨께서 예전에 제게 말씀하시기를, 렉시어드 황자 전하가 아가씨께 첫눈에 반했다고 하셨던 게 기억나요! 오호호. 맞아요, 맞아. 그 말을 하시던 아가씨의 얼굴은 정말 수줍어 보이셨는데…… 아가씨? 제 말, 듣고 계세요?"

셰리의 말을 들으며 연회장 안의 모습을 지켜보고 있던 루키나는 시선을 사로잡은 광경에 굳은 얼굴을 펴지 못했다.

그것을 발견한 셰리가 의아한 음성을 흘렸지만 루키나는 미동도 하지 않았다.

"첫눈에 반했다…… 라."

이거 냄새가 나는군.

"아가씨?"

"궁금한 게 하나 있는데."

"말씀하세요, 아가씨!"

"5년 전의 나, 어떤 모습이었어?"

"예?"

"지금과 별반 차이 없었어, 아니면……."

"아! 아가씨는 5년 전이나 지금이나 그대로셨어요! 아가씨께서 렉시어드 황자 전하를 좋아하셨던 건 그런 이유기도 했어요. 있는 그대로의 모습을 좋아해 주시는 게 신기하고, 고맙다고."

"……흐응. 그래?"

아무래도 루키나 이베타 로델린은 그녀의 상상 이상으로 순진한 여자였던 것이 틀림없다. 낭만이 가득하다며 두 손까지 맞대어 눈을 반짝이는 셰리에게 현실적인 말을 늘어놓으려다 말았다.

루키나는 다시금 연회장 안으로 시선을 옮겼다.

'흐음…….'

의식하지 않으려 해도 단번에 눈길을 잡아끄는 이들이 시야로 들어온다.

기다랗게 늘어뜨린 흑발에 하얀 얼굴을 지닌 인형 같은 얼굴의 여자와 자색 눈동자가 매력적인 갈색 머리의 남자가 음악에 맞추어 춤을 추고 있는 모습.

루키나 이베타 로델린의 베스트 프렌드와 루키나 이베타 로델린과 결혼을 약속한 약혼자의 모습이다.

'잘 어울리네.'

조금 전 루키나에게 입을 맞추었던 남자의 부드러운 눈빛은 앨리스에게 집중되어 있었다.

적어도 겉으로 보기에는 너무나 잘 어울리는 한 쌍. 렉시어드와 앨리스는 한 폭의 그림처럼 조화로웠다. 렉시어드가 자신과 서 있을 때와는 달리.

'과한 생각인가?'

어쩌면 그녀가 너무 비관적으로 생각하는 건지도 모른다. 몇 번의 인생을 살았다고 해서 사람의 내면까지 들여다볼 수 있는 것은 아니니까.

저보다 몸 하나는 더 큰 루키나에게 첫눈에 반했다던 렉시어드의 말을 쉬이 믿지 않는 것은 그녀가 바로 이전의 생에서 끊임없이 남을 의심하고 경계했기 때문인지도.

두근두근.

다시금 불쾌하게 뛰는 심장의 박동 소리가 기분 나빠 미간을 좁히고 있을 때였다.

"날이 찬데, 어찌 나와 있는 거야?"

연회장 안에 시선을 빼앗겨 바로 옆 발코니에 누군가가 서 있다는 것을 눈치채지 못했다.

루키나가 음성이 들려온 방향으로 고개를 돌리기가 무섭게 셰리가 소리쳤다.

"휴, 휴이렌 황자 전하!"

주위가 어두워 셰리의 표정이 잘 보이지는 않았지만 소스라치게 놀란 것으로 보아 정말 당황한 것이 틀림없었다.

루키나는 거의 엎드릴 듯 몸을 숙이는 셰리를 바라보다 피식 실소를 터뜨렸다.

달빛에 반사되어 더욱 찬란하게 빛나는 금색의 머리카락을 귀 뒤로 넘긴 잘생긴 남자는 옅은 미소를 그리며 말했다.

"오랜만이구나, 셰리. 그동안 잘 지냈니?"

"네? 네! 미천한 저를 기억해 주시다니 영광이옵니다, 황자 전하!"

"당연히 기억해야지. 이브의 둘도 없는 친군데."

"……!"

"셰리. 이브와 인사를 하고 싶은데, 잠깐……."

"아, 네네! 말씀들 나누세요! 아가씨, 저는 요 앞에 있을게요!"

금발의 미남자가 말끝을 흐리기가 무섭게 셰리는 고개를 끄덕이며 발코니에서 연회장 안으로 뛰어들어 갔다. 달칵 닫히는 문 앞에 서선 씩 웃는 셰리의 모습은 무척이나 귀여워 헛웃음이 났다.

"이브."

두 사람의 대화를 방해하지 못하도록 문 앞에서 망을 보는 셰리를 흘긋거리던 루키나는 곁에서 들려오는 음성에 남자를 응시했다.

자수정처럼 빛나는 남자의 눈동자가 자신을 내려다보고 있었다. 가슴이 울렁거려 루키나는 잠시 숨을 골라야 했다.

"기억을 잃었다고 들었어. 만약 그게 사실이라면…… 내가 누군지 기억하지 못하겠구나."

"……휴이렌."

"……!"

"휴이렌 황자 전하시잖아요."

살짝 무릎을 굽혀 치맛자락을 들어 올리고는 목례를 하자 그 모습을 지켜보던 휴이렌이 놀란 표정을 짓다 이내 쓰게 웃었다.

"그러고 보니 날 보자마자 셰리가 내 이름을 외쳤었지."

루키나는 말없이 미소 지었다.

휴이렌은 자신이 서 있던 발코니의 난간을 뛰어넘어 루키나가 있는 발코니로 다가왔다. 갑작스러운 그의 행동에 그녀가 눈을 동그랗게 뜨는 사이 휴이렌은 루키나의 코앞까지 당도해 있었다.

'뭐, 뭐야.'

거침없는 황자의 행동에 멀뚱히 서 있던 루키나는 자신을 내려다보는 그의 눈빛이 무언가 숨기고 있던 렉시어드의 눈빛과는 다르다고 생각해 버렸다.

'확실히…… 이쪽이 더 취향이긴 한데.'

렉시어드만큼이나 화려하게 생긴 얼굴이기는 하나, 보다 더 부드러워 보이는 인상. 루키나는 그의 자색 눈동자에 빨려 들어가는 스스로를 제어하느라 애써야 했다.

"이브."

"……아, 네! 휴, 휴이렌 황자 전하."

홀릴 뻔한 걸 들킨 건가?

루키나는 갑자기 자신을 부르는 휴이렌의 말에 움찔했다.

휴이렌은 당황하는 루키나를 내려다보며 밤하늘에 떠 있는 반달처럼 눈꼬리를 휘었다.

"황자 전하는 무슨. 휴이 오라버니라고 불러. 기억하지 못하겠지만, 넌 예전부터 날 그렇게 불렀어."

"……예? 아…… 네, 네. 휴, 휴이…… 오라버니."

으으윽.

왠지 온몸에서 닭살이 오소소 돋아나는 것만 같다. 루키나는 어색하게 웃으며 입술을 움직였다.

"추워?"

"……응?"

"······!"

소름이 돋아 몸을 부르르 떨고 있는 그녀가 추위를 느낀 거라 착각한 휴이렌은 자신의 어깨에 걸쳐 두었던 망토를 내려 루키나에게 덮어주었다.

놀란 루키나가 고개를 홱 돌리는 순간, 그녀는 입술을 쭉 내밀면 닿을 거리에 그의 입술이 있다는 것을 발견하곤 눈을 크게 떴다.

두근―

약하게 뛰던 심장이 미친 듯이 발작하기 시작했다. 루키나는 멍청하게 휴이렌의 붉은 입술을 응시했다.

굳게 닫혀 있던 휴이렌의 입술이 열린 것은 그쯤이었다.

"레이디는 감기 걸리기 쉬우니까 항상 조심해야 해."

루키나는 느릿한 입술의 움직임을 넋 놓고 응시하다 다시금 들려오는 제 애칭에 겨우 정신을 차렸다.

"아, 고, 고마워요. 오라······ 버니."

빌어먹을. 이런 어린애의 말에 설레다니.

확실히 이번 생에서는 남자를 만들기는 해야겠다. 아니, 있는 남자를 잘 관리해야 하나.

한 번도 스물다섯을 넘긴 적은 없었지만 전생의 기억을 가지고 또 다른 생을 살았기에 거의 백 년이 넘는 삶을 살았다고 해도 과언은 아니다. 하지만 단 한 번도 제대로 연애를 해본 적이 없었기에 부드러운 미소를 쏘아대는 남자의 공격에는 속절없이 흔들리게 된다.

자신을 챙기는 사소한 호의에 이렇게 멋대로 심장이 뜀박질하는 것을 보면 말이지.

"호······ 호호. 왜 이렇게 더, 덥지?"

루키나는 겨우 정신을 차리고선 휴이렌과 조금 거리를 두기 위해 뒷걸음질 쳤다.

'조심해야겠어.'

쓸데없는 오해를 사지 않기 위해서는, 더더욱.

"……래서 말이야, 그때, 바로 렉스 오라버니께서 나타나신 게 아니겠어? 이브. 난 오라버니가 아니었더라면 아마 그때 죽었을지도 몰라! 동화 속의 왕자님도 그보다 멋있을 순 없을걸?"

앨리스 밀리크가 양 볼을 붉히며 외쳤다. 루키나는 '아아' 하고, 심드렁하게 호응해 주었다.

"내가 아니더라도 앨리 너를 구해줄 사람은 있었을 거다. 하지만 널 구한 사람이 나라서 다행이구나."

렉시어드 황자는 그런 앨리스의 말에 부드러운 미소를 지으며 중얼거렸다. 루키나는 '흐응' 하고, 콧소리를 내었다.

"오라버니. 제가 오라버니께 얼마나 감사하는지 모르시죠? 그래서 저는 너무 기뻐요! 오라버니가 저의 가장 친한 친구와 약혼을 하셨다는 사실이 말이에요! 이브! 너와 렉스 오라버니가 정식으로 혼인을 한다면 나를 꼭 들러리로 세워줄 거지? 아, 뭐, 그 걱정은 안 해도 되겠네! 네 친구는 나밖에 없으니까 말이야. 오호호호!"

앨리스 밀리크는 손으로 조막만 한 입을 가리며 깔깔거렸다. 루키나는 어색하게 웃었다.

"그거 좋은 생각이구나, 앨리. 황실의 혼인에 들러리를 세울 수 있는지에 대해서는 알아봐야겠지만, 신부 들러리가 된 네 모습은 분명 아름다울 거다."

눈치가 없는 것이 분명한 렉시어드 황자는 빙그레 웃으며 앨리스에게
대꾸해 주었다.

뭐 하는 거야, 이 인간.

루키나는 말없이 렉시어드 황자를 바라봤다.

"오라버니 생각에도 그런가요? 오호호. 아마도 전 무척이나 아름다운
신부 들러리가 될 거예요! 제국에서 가장 아름다운 신부 들러리, 앨리스
밀리크! 생각만 해도 웃음이 나네요!"

"네가 좋아하니 나도 기쁘구나. 참, 그러고 보니 오찬 중에 델론트 후
작이 내게 장미 정원을 만들었다고 그렇게 자랑을 하던데…… 함께 구경
을 가는 것이 어떠니?"

"어머, 제게 제안하시는 건가요?"

"아, 물론 이브 그대에게도 하는 말이다."

렉시어드 황자의 제안에 볼을 붉히며 뛸 듯이 좋아하는 앨리스와, 그
녀를 쳐다보며 미소를 그리다 말고 자신을 바라보는 황자의 말에 루키나
는 실소를 삼켰다.

"저는 어제 봐서 크게 관심이 없네요. 두 분이서 다녀오세요."

"어머, 그래도 되니?"

"으응, 뭐."

"그럼 어서 가요, 오라버니!"

"그래도……."

"이브가 싫다잖아요. 우리끼리 어서 보고 와요! 네?"

"……."

"오라버니이!"

"하하. 어쩔 수 없구나. 휴이, 이브와 담소라도 나누고 있어라."

"……예."

휴이렌이 고개를 끄덕이기가 무섭게 앨리스가 '만세!'를 외쳤다. 루키나는 못 말린다는 듯 고개를 좌우로 흔들고선 뒤편에 위치한 델론트 후작의 장미 정원 쪽으로 걸음을 옮기는 두 남녀의 뒷모습을 쳐다보았다.

델론트 후작성에서의 둘째 날.

간밤에 열렸던 파티 첫날을 보낸 후 이틀 연속으로 후작성에서 머물며 그동안 만나지 못했던 약혼자 일행과 시간을 보내던 루키나는 슬슬 짜증이 치밀어 오르는 것을 느끼는 중이다.

'저것들 대체 뭐 하는 것들이야?'

장미 정원으로 들어가는 입구에서 장난을 치는 두 남녀의 뒷모습은 누가 봐도 영락없는 연인의 모습이다.

「어머, 나와 렉스 오라버니? 당연히 친하지! 오라버니의 어머님이신 로레나 2황후 마마께서 우리 집안 출신이시잖니. 아…… 호, 혹시 이브, 너 내가 오라버니와 친하게 지내는 게…… 불편한 거니? 그렇다면 자제…… 할게. 자제를…… 흐흡. 흐으윽!」

고작 '너랑 렉스 황자, 무슨 사이야?'라는 물음을 던졌을 뿐임에도 불구하고 지나치게 과장된 울음을 터뜨리는 앨리스의 행동에 오히려 당황한 것은 루키나였다.

그녀의 커다란 눈동자에서 닭똥처럼 흘러내리는 물방울이 도통 끊이지 않자 루키나는 '그냥 질문일 뿐이야, 질문!'하고 겨우 그녀를 달래야 했기 때문이다.

'단순한 친인척 관계…….'

앨리스의 설명에 의하면 두 사람은 간단하기 그지없는 관계이나, 이상하게 실제 보이는 것은 그렇지 않다.

루키나는 이미 장미 정원 안으로 들어가 보이지 않는 두 남녀의 흔적을 좇다가 슬며시 고개를 돌렸다.

"하고 싶은 말이라도 있니, 이브?"

두 남녀가 취하는 행동들이 이미 익숙했던 것인지, 묵묵히 차를 마시던 남자는 저를 노려보는 루키나의 따가운 시선에 고개를 들어 올렸다.

'이 녀석도 보통은 아닌 것 같고⋯⋯.'

이상하게 그의 눈을 보면 멋대로 팔딱거리는 심장은 본능적으로 위험하다는 신호를 흘리고 있는 중이다.

루키나는 빙긋 웃는 휴이렌을 물끄러미 응시하다 홱, 눈을 거두었다.

"아무것도 아니에요."

"싱겁긴."

풋 웃음을 터뜨리던 휴이렌은 테이블 위로 내렸던 찻잔을 다시 움켜쥐며 호로록, 차를 마시기 시작했다. 루키나는 그 모습을 지켜보다 미간을 찌푸렸다.

'더럽게 복잡하네.'

생각지도 못했던 '몸 주인'의 애정 관계 때문인지, 적과 아군을 구분하기는 것이 쉽지만은 않다.

"아가씨, 아침 드세요!"

벌컥 문을 열고 들어온 셰리의 얼굴이 웬만한 꽃보다 활짝 피었다.

공작성을 떠나온 것이 어지간히 좋은 모양이다.

루키나는 싱글벙글 웃음을 잃지 않고 베드 트레이에 무언가를 잔뜩 들고 온 셰리를 빤히 바라보았다.

"셰리."

"예, 아가씨!"

대답은 잘해요.

"너, 내가 몇 번을 말했니."

"……예? 뭐를요?"

하아. 루키나는 도통 무슨 말인지 모르겠다는 표정을 짓는 셰리를 향해 긴 숨을 흘려야만 했다.

"나 아침에는 빵 안 먹는다니까!"

무려 일주일간, 셰리는 아침으로 빵을 대령했다. 단순한 식빵이 아닌 생크림이 잔뜩 든 고칼로리의 케이크로.

처음에는 셰리의 성의를 생각해서 억지로 먹는 척을 했지만 가만히 내버려 두니 날이 갈수록 케이크의 질이 달라진다.

이러다간 공작성으로 돌아가서는 아침으로만 3단 케이크를 먹을 것만 같아 루키나는 몇 번이고 셰리에게 아침은 먹지 않겠다고 선언했었지만 그때마다 돌아온 답은 '저는 아가씨께서 입맛이 없으신 것 같아 보여서…… 흑'이었다.

하도 울상을 짓길래 어쩔 수 없이 받아주었던 것이 화를 불러일으킨 게 틀림없다. 아니. 입맛이 없어 보이는데 왜 칼로리의 양을 늘리는 거냐고!

결국 루키나는 눈을 동그랗게 뜨는 셰리에게 앞으로 케이크는 달라고 할 때만 달라는 엄포를 놓아야 했다.

칫. 입술을 삐죽이며 들고 왔던 베드 트레이를 근처의 테이블 위에 올려두는 셰리를 향해 루키나는 물었다.

"그래서, 오늘은 또 무슨 일정이래니?"

"아아. 그게 말이죠, 아가씨! 공작 각하와 델론트 후작, 그리고 몇몇 귀족분들은 이른 새벽부터 뒷산에 사냥을 떠나셨고요, 남은 젊은 귀족들은 곧 다 함께 모여서 다과 타임을 가질 예정이에요!"

"다과?"

또 먹는 거야?

"네! 다과 타임을 가지면서 책도 읽고 시도 쓰고 하는 그런 시간을 갖나 보던데요? 참. 안 그래도 밀리크 후작 영애가 아가씨께서도 참석하시냐고 물으시던데 참석…… 하실 거죠?"

신분이 신분이라 그런지 별거 하지 않는 것 같은데도 하루 일과가 **빽빽**하다.

루키나는 제 답변을 기다리는 셰리를 향해 심드렁하게 고개를 끄덕여 주고선 한숨을 내쉬었다.

'귀찮게 다과 타임은 무슨.'

귀찮다 못해 짜증이 치밀어 오른다.

지난 네 번의 생애를 살아오면서 이보다 더 꽉 막힌 생활을 살았던 적은 없었다.

단순히 '파티'를 즐길 수 있을 것이라 여겨 방문했던 델론트 후작령에서 루키나는 생각지도 못했던 복병을 만나게 되었다. 일명 '귀족들의 취미 생활'이라는.

'답답해 죽겠어, 아주.'

빙의한 지 2주 차가 되어가는 시점. 주말 동안 열리는 줄 알았던 델론트 후작령에서의 연회는 무려 일주일 넘게 지속되고 있었다.

자신, 아니, 정확히는 '루키나 이베타 로델린'을 아는 또 다른 사람들을 만나기 위해 이곳까지 오기는 했으나 슬슬 상황 파악도 됐겠다, 이제 공작성으로 돌아가고 싶은 마음이 굴뚝같건만 델론트 후작이란 작자가 루키나의 아버지인 로델린 공작을 도통 놓아주지를 않는다.

지난 일주일 동안 루키나가 로델린 공작을 본 것이 겨우 다섯 번에 꼽을 정도면 말은 다 했다.

"준비 다 되셨어요, 아가씨?"

곧 있으면 열릴 젊은 귀족들의 다과 타임을 위해 의상을 또 갈아입은 루키나는 재촉하는 셰리에게 고개를 끄덕이는 것으로 답을 대신했다.

또각또각.

퉁퉁한 발을 구두에 억지로 집어넣었던 터라 한 발, 한 발 내딛기가 쉽지 않다.

"어머, 이브! 여기야!"

셰리의 부축을 받아가며 육중한 몸을 이끌던 루키나는 델론트 후작이 자랑하는 성채 내의 장미 정원에서 이미 자리를 잡고선 제게 손을 흔드는 앨리스를 발견했다.

무의식적으로 얼굴을 찌푸릴 뻔한 루키나는 그녀의 곁에 껌처럼 철썩 붙어 있는 렉시어드와 휴이렌을 발견하곤 억지로 웃음을 그려야 했다.

'저것들은 왜 매번 같이 있는 거냐.'

속으로 툴툴거리던 루키나는 호호, 어색하게 미소를 그리며 그들에게 다가갔다.

"일찍 일어났구나, 앨리."

"응! 한두 시간 전에 기상했지 뭐야. 미인은 잠이 많다는 말은 아무래도 잘 모르는 사람들이 퍼뜨린 게 틀림없어! 내가 잠이 적고, 네가 많은 걸 보면 말이야!"

"……아. 그…… 래?"

이 빌어먹을 여자. 아침부터 또 시비네.

보통 일주일 정도 사람을 대하다 보면 속내를 완벽히 아는 것은 무리지만 대충 어떤 성격을 지녔는지는 파악 가능하다.

루키나는 아무렇지도 않은 얼굴로 제게 면박을 준 것이 재미있는지 깔깔 웃어대는 앨리스 밀리크를 쳐다보다 그녀의 맞은편에 자리를 잡았다. 그러고는 무엇이 그리 즐거운지 제게 생글생글 미소를 보내고 있는 앨리스를 빤히 직시했다.

"앨리. 뭐 할 말이라도 있어?"

"응? 아, 아니. 그런 건 아니지만…… 이브. 너 진짜 덩치 크다. 그거 알아?"

무언가 하고 싶은 말이 잔뜩 있다는 얼굴로 쳐다보길래 꺼림칙해도 물어봤더니 돌아오는 답변은 황당하기 그지없다. 어이없는 표정을 짓는 루키나가 보이지 않는 건지 생글생글 웃으며 앨리스는 말을 이어 나갔다.

"이브 네가 오기 전까지 태양빛이 너무 강해서 미간을 좁히기 일쑤였거든? 그런데 네가 와서 커다란 등으로 태양을 가려주니까 빛이 하나도 안 오지 뭐야!"

"……."

"오호호호. 안 그래요, 렉스 오라버니?"

앨리스 밀리크. 스물세 살. 자칭 루키나 로델린의 베스트 프렌드.

'그런데 진짜 이거, 루키나의 베스트 프렌드…… 맞기는 한 거야?'

눈부시게 환한 미소를 지으며 아무렇지도 않게 비수를 꽂는 앨리스의 말에 루키나는 주먹을 뻗으려다 말았다.

지난 일주일 동안 몇 번을 느꼈지만 이 교활한 여자는 천사의 탈을 쓴 마녀인 게 틀림없다. 겉모습은 누가 봐도 사랑스럽고 아름답건만 어찌 된 셈인지 제게, 그러니까 루키나 로델린에게 하는 행동을 보아서는 웬만한 마녀 못지않다.

'루키나. 너 어떻게 참고 살았냐…….'

짐작컨대 루키나 로델린은 방실방실 웃으며 순진무구한 척을 하는 앨리스 밀리크에게 많은 한을 품었을지도 모르겠다. 그것이 아니라면 지나치게 순수해서 앨리스 밀리크가 제게 악담을 늘어놓고 있다는 것을 눈치채지 못한 것이거나. 그렇지 않고서야 델론트 후작성에 있는 일주일 내내 저리 싸가지 없는 말을 늘어놓을 리 없으니까.

루키나는 굳어진 얼굴로 앨리스를 노려보았다.

"앨리. 이브에게 그게 무슨 말버릇이냐. 미안하다, 이브. 그대도 알다시피 앨리가 아직은 철이 없으니 그대가 이해하도록 해."

다음 사람은 렉시어드 필립 리우드. 스물아홉 살.

루키나 이베타 로델린의 약혼자이자 앨리스 밀리크와의 친인척 관계인 제국의 2황자.

루키나는 부드럽게 미소 지으며 앨리스 대신 사과하는 렉시어드를 응시했다.

"어머, 오라버니! 그게 무슨 말씀이세요, 제가 철이 없다뇨! 전 사실을 말했을 뿐인걸요."

"앨리."

"오라버니도 솔직히 그렇게 생각하시잖아요. 이브가 오는 것을 보고 빛을 가릴 수 있겠다고 제게 말씀하신 건 오라버니셨다고요!"

……뭐?

"이, 이브 오해다."

루키나는 씩씩거리며 외친 앨리스의 말에 두 손을 내젓는 렉시어드에게 옅은 미소를 보냈다.

오해는 무슨.

인정하고 싶지는 않지만 아마도 앨리스의 말이 사실일 것이다. 일주일간 지켜본 렉시어드의 성격으로 보아선 더더욱.

'어쩌다 이런 녀석이랑 약혼을 하게 된 건지 모르겠네.'

다시 한 번 생각건대, 루키나 이베타 로델린은 천하의 호구였던 것이 틀림없다. 그것이 아니라면 지독한 바보였든가.

아무리 눈을 씻고 찾아보아도 셰리가 말했던 것처럼 렉시어드가 자신에게 구애한 흔적은 찾아볼 수가 없다.

오히려…….

"몰라! 나 기분 나빠졌어!"

"뭐? 그게 무…… 앨리! 어딜…… 후우. 휴이, 이브를 네게 맡기마."

"예?"

"기다려라, 앨리!"

"싫어요! 오라버니 미워요!"

"기다리라니까!"

……놀고 있네.

저 대신 루키나에게 사과를 한 렉시어드의 행동이 마음에 들지 않았던 건지 앨리스는 결국 자리를 박차고 일어나 장미 정원의 뒤편으로 달려갔다. 당황한 렉시어드가 따라 일어나더니 원형 테이블을 두고 앉아 있는 루키나와 휴이렌을 내버려 두고 앨리스를 쫓았다.

루키나는 그런 그들을 멀뚱히 응시하다 아무렇지도 않게 차를 마시는 휴이렌을 바라봤다.

"황자…… 아니, 휴이 오라버니. 한 가지 묻고 싶은 게 있어요."

휴이렌의 자색 눈동자가 그녀를 향했다. 말없이 저를 쳐다보는 휴이렌의 눈빛이 허락의 의미인 것 같아 잠시 입술을 꿈틀거리던 루키나는 천천히 입술을 움직였다.

"저 말이에요. 어쩌다 렉스 오라버니와 약혼을 하게 된 거죠?"

빙긋 웃으며 그녀의 말이 입술 사이로 흘러나오기를 기다리던 휴이렌의 손이 잠시 멈췄다. 루키나는 놀란 듯 저를 빤히 응시하는 휴이렌의 시선을 피하지 않았다.

"글쎄."

의중이라도 살피듯, 한참 동안 입을 다물고 있던 휴이렌은 그녀에게서 시선을 뗀 후 들고 있던 찻잔을 테이블 위로 내려놓았다.

"가끔은…… 나도 그게 궁금할 때가 있어."

옅은 눈웃음을 그리며 나지막하게 중얼거리는 휴이렌의 말은 왠지 모르게 의미심장했다.

'아무래도 루키나의 천적은 그 여자야.'

앨리스 밀리크.

하나밖에 없는 친구라는 탈을 쓰기는 했지만 사실은 자신을 돋보이게 하기 위한 도구로밖에 생각하지 않는 그 여자가 결코 아군으로는 보이지 않는다.

며칠간의 고심 끝에 내린 결론이었기에 이제는 확신까지 든다.

'그렇다면 아군은…… 대체 누구지?'

노골적으로 제게 질투, 혹은 적개심을 보이는 앨리스와는 달리 모호한 태도를 취하고 있는 두 사람에 대한 정의는 아직까지 내리지 못하겠다.

루키나 로델린과 가까이 지냈던 귀족들 중 적과 아군을 구분하기 위해 이곳, 델론트 후작령까지 왔지만 앨리스 말고는 제게 적의를 드러내는 사람을 만난 적이 없었으니까.

앨리스 밀리크의 경우에도 사실은 너무나 노골적인 감정이었기에 괜히 의심을 하게 된다. 그렇게 대놓고 자신을 깔보며 무시하는 사람이 은밀하게 독을 쓰지는 않았을 것이다. 보통 그런 류의 사람은 대놓고 칼을 들이미는 편이었다.

루키나 이베타 로델린이 가장 친하고 가깝게 지냈던 사람들은 손에 꼽을 정도다. 굳이 따지자면 자칭 베스트 프렌드 앨리스 밀리크와 약혼자인 렉시어드 필립 리우드, 그리고 렉시어드의 동생인 휴이렌 프란시스 리우드가 다였으니 만약 적이 있다면 틀림없이 그들 중에 있어야만 했다.

그래야 루키나가 자신도 모르는 사이 그들이 건넨 독을 받아들였을 테니까.

'어쩌면 둘 다, 아군이 아닌 적일지도.'

지난 며칠 동안 몇 번이고 생각하고 또 생각했다. 세 번째 삶이었던 범죄 수사관의 능력을 살려 추론을 해본 결과 루키나는 어떠한 결론을 내렸다.

로델린 공작이 눈치채지 못하는 사이 루키나가 독을 접할 수 있는 시간은 오직 로델린 공작의 시야 밖에 있는 시간. 황자 일행과 지내는 시간뿐이라는 것.

때문에 루키나에게 독을 쓴 범인을 유추하는 것은 쉬워진다. 그녀와 가깝게 지내던 세 사람 중 하나라는 소린데. 아무리 생각해도 꽤나 멍청해 보이는 앨리스는 용의 선상에 두기에는 무리가 있어 보였다.

하지만 아직 확신은 이르다.

그렇다면…….

"……는 뭐예요! 언제까지 참아야 하냐고요!"

……응?

저벅저벅.

늦은 밤, 침실을 나와 정원을 향해 걸음을 옮기려던 루키나의 발걸음이 익숙한 음성을 듣고선 저절로 멈추었다. 그녀는 소리가 들려오고 있는 본성과 외성 사이의 어두운 공간을 응시했다.

'앨리스?'

셰리까지 깊은 잠에 빠져 있는 시각.

갑자기 잠에서 깨어났던 터라 머리를 식힐 생각으로 성곽을 따라 걷고 있던 루키나는 앙칼진 그 음성이 앨리스 밀리크의 것이라는 것을 알아차렸다.

그녀는 반사적으로 귀를 기울였다. 그런 루키나의 귀로 귀 익은 음성이 또다시 들려왔다.

"앨리. 이러지 마라. 너까지 이러면 머리가 더 아파져."

"이러지 않게 생겼어요? 오라버니. 대체 일을 어떻게 하셨길래 이런 일이 발생한 거냐고요. 오라버니만 믿고 따랐는데…… 어떻게 제게 이럴 수가 있어요!"

"하아, 앨리."

"언제까지 그 애 앞에서 억지 미소를 지어줘야 할지 모르겠어요. 보기만 해도 역겨워 죽겠는데, 내가 언제까지 그 빌어먹을 연극을 계속해야 하는 거냐고요! 네? 입이 있으면 말 좀 해보세요!"

"……앨리."

"오라버니도 그래요. 그 애가 누워 있을 땐 내게만 보내던 그 미소를, 그 애가 깨어나니 보란 듯이 보내요? 그거 나 자극하려는 거 맞죠? 그런 거죠!"

"앨리. 그게 무슨 소리야. 자극이라니."

"그럼 대체 뭔데요! 정말 날 사랑하는 거 맞아요?"

……뭐?

'무슨 소리를…… 들은 거지?'

둔탁한 둔기로 머리를 맞은 것만 같다.

소리가 들려오는 방향으로 걸음을 옮기려던 루키나는 덜컥 내려앉은 가슴으로 인해 더 이상 움직일 수가 없었다.

잠깐. 그, 그러니까 저기 저 인간들이 지금…… 뭐라고?

"앨리. 알고 있잖아. 나도 괴롭다. 이브가 깨어나서 나도 머리가 아파 죽겠어. 젠장!"

멀리서 들려오는 낮은 욕설이 새벽바람을 타고 귓가로 흘러들어 온다.

아직은 완벽하게 '루키나 이베타 로델린'에 빙의하지 않았다 여겼기에 냉정해질 수 있을 거라 생각했지만 멋대로 떨리는 입술을 보자니 그것은 또 아닌 모양이다.

루키나는 귀가 먹먹할 정도로 뛰는 심장 소리에 이를 악물어야 했다.

"몰라요. 전 오라버니만 믿고 약을 탄 거였다고요. 무색무취의 독이라 면서요. 단번에 죽는다고 했던 건, 바로 오라버니였다고요!"

"……앨리!"

"만약 오라버니께서 이브와 파혼하지 않는다면, 저 이번엔 그냥 두고 만 보고 있지 않을 거예요."

"그게 무슨 소리지?"

"이브한테 모든 걸 다 말할 거라고요! 오라버니께서 이브를……."

왠지 눈앞이 어지러워 제대로 서 있을 수가 없었다.

이대로 있다가는 정말 큰일이라도 날 것 같아 뒤를 돌아 침실로 돌아 가려던 루키나는 불을 밝히기 위해 들고 있던 촛불을 아래로 떨어뜨렸다.

툭―

'제길.'

"거기 누구냐!"

앨리스에게 온 신경을 쏟고 있던 렉시어드가 뒤를 돌아보며 버럭 외친 것은 당연했다.

"누구냐!"

두근두근.

"누가 감히 황자의 대화를 훔쳐 듣는 것이지? 정체를 밝혀라!"

두근두근. 두근두근—!

잘못한 이는 자신이 아니건만 엄청난 죄를 지은 것처럼 가슴이 들썩였다. 루키나는 모퉁이만 돌면 제게로 모습을 드러낼 렉시어드의 램프 빛이 가까워지고 있다는 것을 깨달았지만 한 발자국도 뗄 수 없었다.

'제, 제기랄!'

몸이 뜻대로 움직이지 않는다. 육중한 몸이라서가 아니라 정신적인 이유로 움직일 수 없었다는 표현이 더 정확했다.

루키나는 또각또각 구두 소리가 가까워질수록, 램프 빛이 더 환해질수록 숨을 참고 서 있어야 했다.

"대체 누······."

"아. 죄송합니다, 형님. 접니다."

빠르게 제 옆을 스쳐 지나가는 낯선 이의 기척을 알아차린 루키나가 고개를 들기가 무섭게 그는 모퉁이 쪽으로 성큼성큼 걸음을 옮겼다.

루키나는 마치 자신을 보호하는 것처럼 제 앞을 가로막고 선 입을 여는 남자의 금색 머리카락을 멍하니 응시했다.

"······휴이? 너였나?"

"하하. 네. 왠지 방해하면 안 될 분위기인 것 같긴 했는데······ 장소가 장소인지라. 아무래도 주의를 드려야 할 것 같아, 본의 아니게 끼어들고 말았습니다."

그들의 대화를 듣게 된 것은 저뿐만이 아닌 모양이다.

루키나는 제게 다가오지 말라는 듯 등 뒤로 수신호를 보내고 있는 휴이렌의 말에 얼굴을 딱딱하게 굳혔다.

"그러고 보니 내가 꽤나 경솔했던 것 같군. 이런 곳에서 나눌 이야기가 아닌데 말이지. 앨리. 이번 일은 황도로 돌아간 뒤 내 거처에서 다시 상의해 보도록……."

"흥. 몰라요. 모른다고요!"

타타타, 달려가는 소리가 이어 들려왔다. 루키나가 서 있는 곳이 아닌 반대쪽에서 본성 쪽으로 달려간 것이 틀림없다.

루키나는 입술을 터트릴 듯 짓눌렀다.

"형님. 늦었으니 이만 돌아가 쉬시는 게 어떻겠습니까."

"……."

"형님?"

"그러는 게 좋겠다. 휴이. 너도 너무 늦지 않게 자도록 해라."

"걱정해 주셔서 감사합니다."

별거 아니라는 듯, 톡톡 휴이렌의 어깨를 두드리던 렉시어드도 앨리스가 달려간 방향 쪽으로 걸음을 옮기는 것 같았다.

루키나는 멀어져 가는 렉시어드의 발걸음 소리를 듣고 있다 그 소리가 완벽히 사라졌을 때 고개를 들었다.

"……하!"

휴이렌 프란시스 리우드의 자색 눈동자에 비친 제 모습은 놀라울 정도로 처량해서 루키나는 실소를 터뜨렸다.

"이브."

어떻게든 제게 말을 걸어야겠다고 생각했던 건지, 휴이렌의 붉은 입술이 벌어졌다. 루키나는 그런 그의 말이 이어지기 전에 손을 들어 올렸다. 휴이렌이 움찔거리며 열렸던 입을 다무는 게 보였다.

루키나는 굳은 얼굴로 사고회로를 굴려보았다. 방금 전 일어난 일을 정리해 보면 다음과 같다.

자신들의 이야기를 누군가 들을지도 모른다는 위험을 감수하면서까지 사랑 다툼을 하고 있던 두 남녀.

멍청하게 타인에게 저지른 악행을 자신들의 입으로 뱉어낸 두 남녀.

겉으로는 상냥하고 다정한 척 굴었으면서 사실은 속에서 누군가를 향한 칼날을 갈고 있었던 두 남녀.

가증스러운…… 두 남녀.

그러니까 한마디로 저것들이 루키나를, 아니, 나를…….

"배신했다는 거네?"

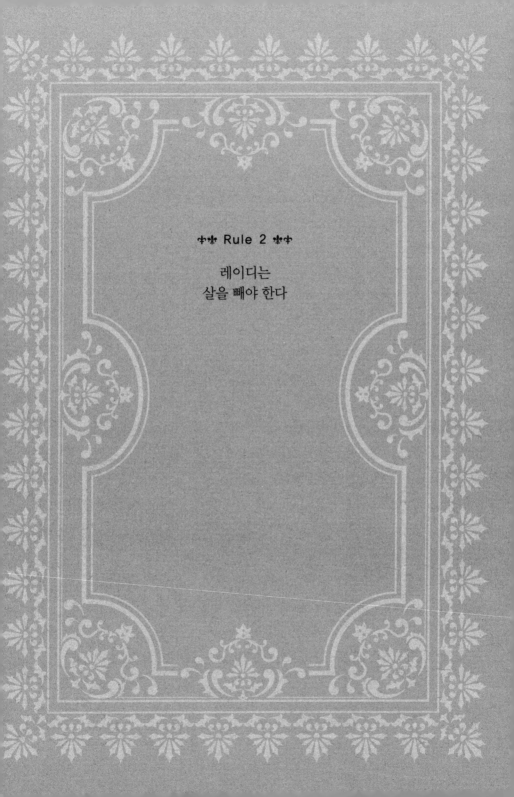

✤✤ Rule 2 ✤✤

레이디는
살을 빼야 한다

하얀 달.

눈부실 정도로 환해서 어쩐지 어지럽게 느껴지는 달빛이 정원 내에 위치한 연못 위를 비추고 있었다. 루키나는 달빛을 가득 품은 연못 위에 비친 제 모습을 말없이 들여다보았다.

'문제가…… 없지는 않지.'

스스로가 보기에도 감당하기 힘든 살들이 살짝만 움직였음에도 눈에 띌 정도로 출렁였다. 터질 듯 부풀어 오른 지방 덩어리는 오늘따라 그 존재감을 더욱 드러내는 중이다. 확실히 느낌이 좋지만은 않았지만 그것이 사실로 밝혀지자 기분이 좋지만은 않다.

"진짜 개똥 같은 상황이구만."

"……!"

나지막하게 중얼거리는 그녀의 말에 반사적으로 반응하는 누군가의 움직임이 느껴졌다.

루키나는 두툼한 미간을 찌푸리며 느릿하게 고개를 들었다. 그러고는 신경질적으로 옆을 응시하며 상대를 향해 외쳤다.

"왜요. 교양 있는 레이디의 입에서 나오기엔 너무 격이 떨어지는 말이라 놀랐어요?"

그녀의 퉁명스럽다 못해 날카로운 반응에 연신 제 옆을 지키고 있던 휴이렌의 눈이 동그래졌다. 그는 흥, 콧방귀를 뀌며 입술을 잘근잘근 깨무는 루키나에게 중얼거렸다.

"내가 아는 이브는……."

"으으으!"

"……?"

"그놈의 '내가 아는' 이브! 이봐요, 휴이렌 황자 전하. 이제 당신이 아는 루키나 이베타 로델린은 없어요. 그 점은 꼭 인지하고 있었으면 좋겠네요!"

뺨은 렉시어드에게 맞고 화풀이는 휴이렌에게 하는 격이다. 그것이 잘못됐다는 것을 알고 있음에도 루키나는 부글부글 끓는 마음을 가라앉히지 못했다.

제게 달려들 듯 눈을 부라리며 외치는 루키나의 반응에 주춤하던 휴이렌은 콧김을 씩씩 내뿜고 있는 루키나를 향해 풋, 웃음을 터뜨렸다.

"큭……. 푸, 푸하하하!"

뭐야, 이건.

큭큭거리며 시작된 휴이렌의 웃음소리는 어찌 된 셈인지 점점 강도를 높여갔다.

밤이 깊은 시각.

성내의 모든 사람을 깨울 생각인지, 미친 듯이 웃음을 터뜨리는 휴이렌의 태도에 당황한 것은 오히려 루키나였다. 그녀는 큰 눈으로 주위를 두리번거리더니 두꺼운 손을 들어 올려 휴이렌의 입을 틀어막았다.

"뭐, 뭐 하는 거예요! 누가 오면 어쩌려고!"

"큭큭, 크크크……."

이 인간도 확실히 제정신은 아니군.

루키나는 인상을 쓰며 속으로 혀를 끌끌 찼다.

갑작스레 웃음을 터뜨린 휴이렌은 약간의 시간이 흐른 뒤에야 진정했는지 후우, 숨을 몰아쉬며 이제 괜찮다는 반응을 보였다. 미심쩍기는 했지만 루키나는 뒤로 물러날 수밖에 없었다.

"이브."

"왜요."

"설마 네가 그런 말을 할 줄은 몰랐어."

뭔 소리래.

루키나는 슬며시 입꼬리를 올리는 휴이렌의 말에 떨떠름한 표정을 지어 보였다. 무엇이 그렇게 즐거운지 옅은 미소를 짓던 그는 말을 이었다.

"네 성격상 틀림없이 펑펑 울 거라 생각했는데."

"말했잖아요. 저, 예전의 그 소심한 루키나가 아니라니까요. 몇 번을 말해야 알아들어."

구시렁거리는 루키나를 내려다보던 휴이렌은 '그런 것 같네' 라 대답하며 낮게 웃었다.

'알 수 없는 인간.'

루키나는 모든 사실을 알게 된 제 옆에서 도통 떨어지려 하지 않는 휴이렌의 잘생긴 얼굴을 올려다보았다. 조각으로 빚어놓아도 이보다 환상적일 수 없을 금발의 미남자는 별보다 반짝이는 눈동자에 자신을 가득 담고 있었다.

루키나는 그런 그의 자색 눈을 홀린 듯 들여다보다 입술을 움직였다.

"묻고 싶은 게 있어요."

"얼마든지."

"……렉시어드 황자와 저, 진짜 약혼한 이유가 뭐예요?"

루키나의 직설적인 질문에 잠시 요동치던 그의 눈동자는 이내 평정을
되찾았다.

"정확히 뭘 말하고 싶은 거야?"

오히려 되묻는 그를 보며 능구렁이라고 생각하던 루키나는 퉁명스레
대답했다.

"렉시어드가 날 이용한 건가요?"

어쩌면 진실을 말해주지 않을지도 모른다. 그녀가 알고 있기로는 휴이
렌은 렉시어드의 친형제였으니까. 렉시어드의 뒤치다꺼리를 주로 한다고
알려져 있기는 하나 그래도 피를 나눈 형제.

하지만 그런 질문을 할 수 있었던 것은 바로 전 생애에서 그녀는 이복
형제와 권력 다툼을 한 적이 있었기 때문이었다. 겉으로는 둘도 없는 우
애를 나누면서도 언제든 돌변할 수 있는 것이 권력 다툼을 시작한 형제자
매들의 일이다.

그 점을 잊지 않고 있던 루키나의 질문에 휴이렌은 잠시 그녀의 녹색
눈동자를 직시했다.

두근—

왜, 왜 이래.

입술을 굳게 다문 채 말없이 들여다보기만 하는 휴이렌의 시선이 이상
할 정도로 강렬하다. 루키나는 돌연 뛰기 시작하는 심장 소리로 인해 미
간을 좁혀야 했다.

홀리지 마라, 홀리지 마. 그래 봤자 어린 녀석일 뿐이라고.

물론 지금의 루키나보다는 나이가 많겠지만 고작 얼굴과 눈빛에 홀리

기에는 그녀가 겪은 일들이 너무 많다. 그녀는 들썩이려는 심장을 가라앉히려 애썼다.

"이용…… 이라."

꽤 오랜 시간 동안 입을 다물고 있던 휴이렌이 슬며시 입술을 뗀 것은 그 시점이었다. 하마터면 그의 눈 속으로 빨려 들어갈 뻔했던 루키나는 안도의 한숨을 내쉬었다.

"내 입으로는 대답해 주기 어렵네."

모호하게 답변하기는 했으나 충분히 의미를 파악할 수 있는 말이었다. 루키나는 픽 웃음을 터뜨리며 중얼거렸다.

"어쩐지. 너무 잘해준다고 했어. 하긴…… 지금 내 외모에 그렇게 잘해주는 게 좀 이상하기는 하지. 아까 보니 나를 아주 경멸하는 것 같던데. 우리 집안이 힘이 있기는 한가 보네요? 마음에도 없는 여자를 약혼녀로 삼을 만큼."

비꼬는 루키나의 말에 휴이렌은 대답하지 않았다. 루키나는 쿵쿵 뛰려는 심장을 가라앉히며 말을 이었다.

"후우. 뭐, 이제 좀 진정이 된 것 같으니 일단 들어가 볼게요. 무슨 꿍꿍인지 모르겠지만, 함께 있어줘서 마음의 안정을 찾을 수는 있었어요. 고마워요, 휴이렌 황자 전하."

치맛자락을 살짝 들어 올려 인사를 마친 루키나는 침실로 돌아가기 위해 몸을 돌리려 했다.

"이제 어떻게 할 생각이야?"

그녀가 굵직한 다리를 한 발 앞으로 뻗으려 할 때쯤, 등 뒤에서 의문을 가득 담은 목소리가 들려왔다.

루키나는 두툼한 목을 뒤로 돌리며 고개를 갸웃거렸다.

"어떻게 하다니요?"

의아한 표정을 짓는 루키나에게 휴이렌은 말했다.

"형님의 진심을 알았잖아."

아.

"복수라도…… 할 생각이야?"

꽤나 진지하기 그지없는 그 질문에 루키나는 순간 할 말을 잃었다. 하지만 이내 그녀의 입술 사이로 터져 나온 답변은 '네' 혹은 '아니오'가 아닌 실소였다.

"풋."

휴이렌은 갑자기 웃음을 터뜨리는 루키나를 보고 크게 당황한 눈치다.

"복수라니. 당신의 입에서 나왔다고는 믿기 힘든 말이네요."

루키나는 말없이 저를 직시하는 휴이렌을 향해 환한 미소를 그려 보였다.

"복수. 복수라……. 하긴 뭐, 그 두 연놈들이 감히 나를 속이고 몇 년 동안 붙어먹은 걸로도 모자라서 독까지 먹여 나를 죽이려 했다는 사실은…… 괘씸하기는 하네."

"……!"

"어디 보자. 그 두 빌어먹을 연놈들한테 어떻게 복수를 해야 잘했다는 이야기를 들을까나. 황자 전하, 좋은 생각이라도 있나요?"

루키나의 질문에 휴이렌의 눈썹이 꿈틀거렸다.

멈칫하는 휴이렌을 향해 루키나는 깔깔 웃으며 손을 내저었다. 그녀는 곧 차분해진 얼굴로 미소 지었다.

"당신의 기대하는 마음은 알겠지만 아직은 아무것도 하지 않을 예정이에요."

휴이렌은 옅은 웃음과 함께 등을 돌리는 루키나에게 말했다.

"아무것도…… 하지 않는다?"

앞으로 성큼, 발을 내딛으며 루키나는 중얼거렸다.

"복수보다 더 급한 일이 생겼거든요."

날이 밝았다.

아침에 눈을 뜨자마자 루키나는 에드문드가 기거하고 있던 게스트 룸으로 향했다. 마침 후작과 함께 또다시 사냥을 떠날 준비를 하고 있던 에드문드는 갑자기 제게 찾아와 집으로 돌아가자고 하는 루키나의 요구를 들어주었다. 일주일 넘게 이어지던 파티로 인한 고단함이 바로 그 이유였다.

못 말리는 딸 바보였던 에드문드 로델린이 피곤에 젖은 딸을 위해 공작성으로의 귀환을 선언하자 후작성에 머물고 있던 웬만한 고위급 귀족들은 모두 후문으로 나와 그들의 배웅 준비를 했다.

"갑자기 가야 한다니. 이브, 무슨 중요한 일이라도 생긴 거니? 너 없으면 심심해서 어떡해!"

요 망할 계집애야, 입술에 침이나 바르고 그런 소리를 해라.

루키나는 제 손을 덥석 잡고선 왕방울 같은 눈을 글썽이는 앨리스를 바라보며 속으로 중얼거렸다.

"아무래도 의식을 찾자마자 몸을 움직인 건 무리였나 봐. 공작성으로 돌아가서 휴식을 취해야겠어. 참, 앨리. 언제 시간 나면 로델린령에 놀러 와! 넌 언제나 환영이야."

"어머, 그래도 되니?"

"그럼. 대신 오기 전에 서신을 넣어줘. 미리 준비할 수 있도록 말이야."

방긋 웃는 루키나를 보며 앨리스는 힘차게 고개를 끄덕였다.

루키나는 그녀의 얼굴이 아래로 내려갔다 올라올 때마다 주먹을 쥐어 박고 싶은 충동을 꾹꾹 눌러야 했다.

"이브. 그대만 원한다면 내가 로델린령까지 함께……."

"어머, 오라버니! 그러실 필요는 없어요. 저 혼자 가는 것도 아닌걸요. 나중에 몸이 회복되면 제가 직접 황도로 갈게요."

"이브……."

"다시 뵙게 되어 너무 즐거웠어요. 연락드릴게요. 그리고……."

루키나는 렉시어드 옆에 서선 제 행동을 지켜보고만 있는 휴이렌을 응시했다. 휴이렌은 아무 말도 하지 않은 채 그저 그녀를 바라보고 있을 뿐이었다. 루키나는 싱긋 웃으며 고개를 까딱였다.

"또 봬요."

짧게 인사를 한 뒤 일찍 마차에 오른 에드문드와는 달리 앨리스를 비롯한 두 황자들과 짧은 대화를 나눈 루키나도 셰리의 부축을 받아 마차에 몸을 실었다.

"인사는 다 했니?"

"네."

"그럼 출발하자꾸나."

에드문드가 신호를 주자 마부가 채찍을 휘둘렀다.

히이잉―!

마차는 앞으로 달려나가는 말의 추진력으로 움직이기 시작했다. 루키나는 환하게 미소 지으며 마차에 손을 흔들어주고 있는 그들을 향해 답해야 했다.

"어땠니?"

"예?"

"파티 말이다. 즐거웠느냐?"

달그닥달그닥.

말발굽 소리가 울려 퍼지는 마차 안에서 고요에 잠겨 있던 루키나는 돌연 뱉어내는 에드문드의 말에 정신을 차렸다. 무언가 묘한 표정을 짓고 있는 에드문드의 의중이 무엇인지 정확히 파악하지는 못했지만 루키나는 미소를 보낼 수 있었다.

"예. 아주 즐거웠어요."

적어도 적과 아군이 누군지 알았으니, 즐겁고도 남지.

루키나의 환한 미소에 에드문드 역시 흡족한 표정을 지었다.

"참, 아버지."

루키나는 창문으로 시선을 옮기려는 에드문드를 불러 세웠다. 에드문드의 녹색 눈동자가 루키나를 향했다. 루키나는 빙긋 웃으며 붉은 입술을 움직였다.

"한 가지 여쭙고 싶은 것이 있어요."

"말해보아라."

일단 숨을 한번 고르고.

"만약 제가…… 황자 전하와의 약혼을 파기하고 싶다고 한다면, 아버지께선 제 편에 서주실 건가요?"

"……!"

루키나의 말을 들은 에드문드의 녹색 눈동자가 크게 일렁였다. 그의 반응을 예상했던 루키나는 덤덤하게 답변을 기다렸다.

"무슨 일이 있었느냐?"

후작성에 머무는 내내 루키나에게 관심을 갖지 못한 것이 미안했는지 걱정을 가득 담은 음성으로 에드문드가 물었다. 루키나는 옅게 웃으며 고개를 내저었다.

"아뇨. 그냥 만약에요. 만약이라는 가정하에 드리는 말씀이에요."

"……."

고뇌에 휩싸이는 것은 순식간이다. 단지 에드문드의 반응을 알고 싶었던 질문에 그가 이리도 당혹스러워할 줄이야.

루키나는 대답하기 어려우면 말하지 않아도 좋다고 말하려 했다.

"……네가 정말 그러기를 원한다면, 난 네 편에 설 것이다."

"……!"

"폐하께 황자는 여럿이지만 너는 내 하나밖에 없는 딸아이이니, 아비가 자식 편에 서는 것은 당연한 도리일 터."

부드럽게 휘어지는 에드문드의 눈웃음에 가슴이 쿵쿵 뛴다. 루키나는 올라간 에드문드의 입꼬리를 바라보며 하얀 이를 드러냈다.

"빈말이라도 감사드려요, 아버지!"

루키나는 맞은편에 앉아 있던 에드문드에게 달려들며 소리쳤다.

"허허, 녀석 참."

갑작스러운 루키나의 행동으로 인해 휘청거리는 마차 안에서 태연함을 유지하고 있던 에드문드는 고개를 절레절레 저으며 쑥스러운 미소를 지었다.

루키나 이베타 로델린.

살만 뒤룩뒤룩 찐 순진한 귀족 영애인 줄 알았더니 적과 아군도 구분하지 못하는, 한마디로 바보 멍청이였다.

제일 친하다고 생각했던 친구가 제 약혼자와 놀아나는 꼴을 모르고 있었다니. 과연 두 연놈들이 저를 두고 희희낙락거린다는 것을 알고는 있었을까.

그녀는 거울에 비친 제 모습을 들여다보며 혀를 끌끌 찼다.

'하지만 걱정하지 마, 루키나. 나는 복수에는 아주 도가 튼 사람이니까.'

좋든 싫든, 이미 루키나의 몸에 빙의해 버린 이상 그녀는 앞으로 루키나로 살아갈 수밖에 없다. 이번에야말로 스물넷을 넘겨 스물다섯 이상의 삶을 살 거라 다짐했던 터라 고작 이런 일에 주저앉을 수는 없다는 소리.

루키나는 순진무구한 표정을 짓는 거울 속의 자신을 향해 눈을 부라리며 주먹을 불끈 쥐었다.

'두 연놈들을 향한 완벽한 복수를 위해서는……'

다이어트가 필수지!

"윽!"

루키나는 코르셋으로 차마 가려지지 않는 자신의 두꺼운 살들을 움켜쥐었다. 그녀가 옷을 입는 것을 도와주던 셰리가 눈을 동그랗게 떴다.

"아, 아가씨. 괜찮으세요……?"

"크으으. 괘, 괜찮아."

셰리는 힘겹게 고개를 끄덕이는 루키나를 당황한 눈으로 응시하다 다시금 드레스로 시선을 옮겼다. 루키나는 비교적 펑퍼짐한 드레스를 고르려는 셰리를 향해 소리쳤다.

"안 돼, 셰리!"

"……예?"

"그 옷은, 저리로 치워 버려!"

"그, 그게 무슨 말씀이세요, 아가씨? 이 드레스는 아가씨께서 가장 좋아하셨던……."

가장 좋아했던 건, 이 빌어먹을 살들을 다 가려줄 수 있어서 그랬던 거겠지.

루키나는 의아해하는 셰리에게 단호한 음성을 날렸다.

"어쨌든 한동안 그 드레스는 입고 싶지 않으니 옷장에 박아둬."

"아……."

"셰리!"

"아, 네, 넵!"

그녀의 무시무시한 시선에 백기를 들어 올린 셰리는 '이번엔 얼마나 가려나'라 중얼거리며 고개를 절레절레 흔들었다.

루키나는 조금 전의 편안한 드레스와는 달리, 활동하기에도 비교적 수월한 회색 드레스로 시선을 옮겼다.

셰리의 도움 없이 드레스를 입자니 약간 힘들어 후우, 숨을 들이마시던 그녀는 겨우겨우 옷을 다 입고선 다시 거울 앞에 섰다.

사람들은 다이어트에서 가장 중요한 것으로 보통 꾸준한 운동이나 적절한 식단 관리를 꼽을 것이다. 하지만 루키나 로델린이 생각하는 다이어트의 필수 조건은 단 하나.

"의지지!"

수많은 지방 덩어리를 제거하고자 하는 확고한 의지가 없다면, 다이어트는 개나 주라지.

루키나는 거울을 향해 힘차게 외쳤다.

여전히 구시렁거리며 옷장을 정리하던 셰리가 눈을 동그랗게 뜨고 자신을 쳐다보는 것이 보였지만 루키나는 개의치 않고 '할 수 있어!'를 외쳐 댔다.

저를 가만두지 않으려는 두 연놈들에게 대응하기 위해서는 다이어트는 필수 중의 필수였다.

가늘고 긴 삶을 꿈꾸는 레이디 루키나 이베타 로델린이 생존하기 위한 두 번째 법칙.

레이디는, 살을 빼야 한다.

❖

루키나와 에드문드가 델론트 후작의 작위 수여 축하 연회를 다녀온 지 사흘 뒤.

리우드 제국 동북쪽의 로델린 공작령 본성 4층에 위치한 응접실을 향해 누군가 걸음을 옮기고 있었다.

찬란하게 하늘을 밝히고 있던 태양은 이미 산등성 너머로 져 버린 지 오래. 공작의 명으로 본성 4층을 이용하는 것을 자제하고 있었던 터라 복도를 밝히는 불빛은 그리 많지 않다. 칠흑 같은 어둠이 드리워진 창밖의 풍경과 더불어 복도는 어쩐지 음산한 분위기마저 풍겼다.

철컥철컥.

허리춤에 찬 검이 걸음을 옮길 때마다 소리를 내어 복도를 가득 울렸다. 그가 멈춰 선 것은 희미한 불빛이 새어 나오는 응접실 앞에 당도한 직후였다.

'후우.'

꽤나 긴장한 기색이 역력한 얼굴. 그는 한참이나 망설인 끝에 응접실의 문고리를 잡아 돌렸다.

달칵—

"……!"

작게 일렁이는 가슴을 애써 무시하며 응접실 안으로 들어선 로델린 공작가 소속 '칼튼 기사단'의 기사단장, 슈비트 에단은 아무도 없을 거라 여기며 열었던 응접실 안에서 낯익은 얼굴들을 발견하고 눈을 동그랗게 떴다.

"에단······ 경?"

"단장님께서 여긴 어쩐 일이세요?"

"에단 경이 여긴 어떻게······?"

에드문드 매튜 로델린 공작을 보필한 지 어언 10년이 넘어가는 슈비트 에단은 공작성 내에 위치한 연무장을 제외하곤 두문불출하기로 유명했다. 공작의 명이 없는 한 본성은 발걸음도 하지 않는 슈비트 에단의 등장에 두 명의 여자와 한 명의 남자가 깜짝 놀라 외쳤다.

슈비트 에단은 살짝 동요했으나 이내 태연한 얼굴로 그들을 향해 터벅터벅 걸어갔다.

"여러분들도 그 '편지'를 받으신 겁니까?"

로델린 공작 부녀가 공작성으로 귀환한 후 사흘 동안 로델린 공작 영애의 상태로 침통에 빠져 있었던 공작성은 다시 의식을 찾은 영애로 인해 활기를 띠고 있는 상황.

그런 와중 어느 날 갑자기 거처로 도착한 의문의 편지는 슈비트 에단을 놀랍게 만들기 충분했다. 최대한 비밀리에 와달라는 명을 받았으므로 이곳으로 오기까지 자신에게 달라붙는 수많은 기사단원들의 저녁 식사 요구를 뿌리치며 응접실까지 온 슈비트 에단의 질문에 세 남녀는 고개를 끄덕였다.

"아무에게도 알리지 말라 하셔서."

"어? 저도 그랬습니다!"

"어머. 저 또한 그런 편지를 받았어요!"

응접실에 모여 있던 네 남녀의 눈동자에 의아함이 스쳐 지나갔다. 대체 무슨 일로 자신들을 이리 비밀리에 호출한 것일까.

서로 눈치만 보며 흠흠, 헛기침을 흘리던 그들 중 고요하게 흐르던 침묵을 다시 깨뜨린 것은 슈비트 에단이었다.

"그럼, 혹시 여러분들을 소집하신 분이……."

"아, 그거 저예요!"

슈비트 에단을 비롯한 네 명의 남녀가 응접실 입구 쪽으로 고개를 돌렸다. 생글생글 웃고 있는 셰리의 곁에 선 거구의 여성이 손을 들어 올리며 밝게 외치고 있었다. 슈비트 에단과 세 명의 남녀는 눈을 동그랗게 떴다.

"아가씨를 뵙습니다."

"아가씨!"

"아, 아가씨!"

"아가씨, 언제 오신 거예요?"

각자의 성격에 맞는 인사를 쏟아내며 그들이 루키나 로델린을 향해 일제히 고개를 숙였다. 셰리에게 고개를 끄덕인 그녀는 셰리가 열려 있던 응접실 문을 닫자 사뿐, 아니, 쿵쿵거리며 그들을 향해 걸어왔다.

"다들 늦지 않으셨군요. 일단 앉으세요. 서서 이야기하면 불편하잖아요. 안 그래요?"

하얀 이를 드러내며 웃던 루키나는 그들의 당혹스러운 표정을 무시하며 응접실 한가운데 있는 소파로 걸어갔다. 느긋하기 그지없는 그녀의 행동에 우물쭈물하던 네 명의 남녀는 얼떨결에 발을 내딛었다.

루키나는 흐뭇한 얼굴로 제 주변에 자리를 잡는 그들을 쳐다보다 자신의 곁으로 다가온 셰리에게 물었다.

"셰리. 이분들이 바로 그분들이야?"

셰리는 의아한 얼굴을 하고 있는 그들을 한 번씩 훑어보며 미소 지었다.

"예, 아가씨. 일단, 아가씨의 오른편에 계시는 찰스 아저씨는 공작성 식구들의 식사를 책임져 주시고 계세요."

"찰스턴입니다, 아가씨. 편하게 찰스라고 불러주십시오."

"찰스 아저씨 옆에 계신 분은 아가씨의 의상을 담당해 주시는 재단사, 미스 미레이예요."

"수잔 미레이입니다, 아가씨."

"그리고 미스 미레이의 맞은편에 앉아 계신 분은 아가씨께서도 아시다시피, 공작성의 안방마님이나 다름없는 유렐 시녀장님이시고요."

"아가씨, 무슨 변고라도 생기신 겁니까? 아님 왜 갑자기 저희를 은밀히 부르신 건가요. 혹, 몸이 불편하시기라도 한 겁니까! 아님 후작성에서 좋지 않은 음식이라도 드신 거예요?"

"호호. 유렐. 그런 게 아니니 너무 걱정 마세요. 셰리. 그럼 이분이 바로……?"

루키나의 녹안이 자신의 왼편에 앉아 있는 어두운 얼굴의 남자에게 꽂혔다. 굳은 표정을 짓고 있던 남자, 칼튼 기사단의 기사단장 슈비트 에단은 고개를 들어 올려 루키나를 바라보았다.

"슈비트 에단입니다, 아가씨. 공작성의 호위 및 관리를 맡고 있습니다."

루키나는 절제 넘치는 슈비트 에단의 인사에 활짝 웃었다.

"에단 경이시군요. 만나서 반가워요! 루키나예요."

장소와 시간만 남긴 의문의 편지를 보내온 사람이 다름 아닌 공작 영애라니.

네 명의 가솔들은 어리둥절한 표정을 지으며 목례를 하는 루키나에게 덩달아 인사를 했다.

"실례가 되지 않는다면, 질문을 해도 되겠습니까?"

누구 하나 속내를 드러내지 못한 채 의문만 증폭시키던 와중, 루키나를 향해 말을 꺼낸 사람은 다름 아닌 슈비트 에단이었다.

"그럼요. 그 질문이 무엇이죠, 에단 경?"

싱긋 웃는 루키나를 보고 슈비트 에단은 잠시 망설였다. 그러다 곧 결심한 듯 도톰한 입술을 움직였다.

"이렇게 늦은 시각, 은밀하게 저희를 이곳에 부른 연유가 무엇입니까?"

돌려 말하지 않는 에단의 질문에 루키나는 짙은 미소를 그렸다. 루키나는 스윽 시선을 옮겨 자신을 바라보고 있는 셰리를 쳐다봤다. 셰리가 히죽 웃으며 어깨를 으쓱이자 흠흠, 숨을 고른 그녀는 제게로 집중된 이목에 아랑곳 않고 말하기 시작했다.

"글쎄요. 에단 경이 한번 짐작해 보실래요? 기사단장과 요리사. 재단사와 시녀장을 제가 소집한 이유가 과연 뭘까요?"

에단은 의미를 담은 루키나의 되물음에 미간을 좁혔다.

그걸 모르니 질문을 한 건데, 역공격을 당하다니.

인상을 쓰며 눈치를 살피는 에단의 모습에 풋 웃음을 터뜨리던 루키나는 입술을 움직였다.

"간단해요. 전담 팀을 꾸리기 위해서예요."

"전담…… 팀이요?"

전담 팀이 대체 뭐야? 유렐의 옆에 있던 수잔 미레이가 찰스턴을 향해 속삭였다.

찰스턴은 어깨를 으쓱였다.

루키나는 결의에 찬 얼굴로 소리쳤다.

"루키나 로델린의 다이어트 전담 팀 말이에요!"

"……예?"

"다, 다 뭐요?"

"……이런."

"…….'

뭐야. 어쩐지 반응이 괴상한데.

예상치 못했던 루키나의 답변에 네 명의 남녀들은 난감한 표정을 지으며 서로를 흘긋거렸다.

왠지 찜찜하기는 했지만 루키나는 그에 아랑곳 않고 외쳤다.

"축하해요, 여러분. 여러분은 이 루키나 로델린의 다이어트 전담 팀의 일원이 되었어요! 우리, 무슨 일이 있어도 이 빌어먹을 살들을 처리할 수 있도록 함께 힘내봅시다! 파이팅!"

❖

「전담…… 팀이요? 그게 뭔데요?」

생소한 단어에 의문을 표한 셰리의 말에 루키나는 씩 웃었다.

「내가 보다 수월한 다이어트를 할 수 있도록 전문적인 도움을 주는 사람들을 일컫는 말이지. 일명 루키나의 다이어트 전담 팀. 어때? 소름 돋지 않니?」

눈을 반짝이는 루키나에게 떨떠름한 기색을 숨기지 않던 셰리는 나지막하게 중얼거렸다.

「아가씨. 정말 그 다이어트…… 하실 거예요?」

「당연하지!」

「흐응. 하신단 말이죠…….」

제 말을 쉬이 믿지 않는 셰리의 모습이 심상찮다.

루키나는 미간을 좁혔다.

「왜. 너 내 말 못 믿어?」

「아뇨. 안 믿는 건 아니지만…… 흠, 알겠습니다. 그럼 말씀하신 그분들께 연락을 드리도록 할게요. 저 그럼 편지 쓰러 갑니다.」

「어이, 셰리 미우. 너 내 말 안 믿는 거지? 야! 너 거기 안 서? 셰리!」

셰리의 심드렁한 행동으로 짐작컨대, 아마도 과거의 루키나 역시 다이어트를 시도했던 것이 틀림없다. 그러나 지금 몸매로 보아선, 금방 손을 들어버렸겠지. 루키나는 혀를 끌끌 차며 침실을 빠져나가는 셰리를 향해 외쳤지만 이미 셰리는 나가 버린 뒤였다.

그리고 전담 팀에 속할 전문가들의 반응 역시, 셰리와 크게 차이가 있는 것은 아니었다.

「그러니까 아가씨의 말씀은 곧, 아가씨께서 다이어트를 하는데 저희의 도움을 필요로 하신다…… 이겁니까?」

「아가씨. 예전 일 기억 안 나세요? 다이어트하실 거라고 공작성을 들썩여 놓고 결국은…… 아아, 맞다. 기억을 잃으셨지.」

「진심이십니까, 아가씨? 샌드위치를 포기하실 수 있습니까? 케이크는요? 고기는요!」

「…….」

묵묵부답을 유지하는 슈비트 에단과는 달리 한마디씩 거드는 가솔들의 반응에 루키나는 자신의 의지를 피력할 수밖에 없었다.

「이번엔 진짜 다르다니까요? 저 예전의 루키나 로델린과는 완전 다른 사람이에요. 그러니까, 반드시 성공할 거예요! 이 다이어트, 무슨 일이 있어도!」

시간은 빠르게 흐른다.

그녀가 루키나의 몸속으로 들어온 지 벌써 3주 차. 그러니까 공작성으로 돌아온 지 벌써 일주일이 지났다.

똑똑—

창문 너머로 보이는 가솔들의 모습을 내려다보던 루키나는 침실을 두드리는 노크 소리에 고개를 돌렸다.

"유렐!"

루키나는 셰리와 함께 들어오는 유렐을 발견하곤 함박웃음을 지었다. 엄격한 가정교사와 같은 빨간 안경을 쓴 유렐이 양피지를 든 채 그녀에게 다가오고 있었다.

두근두근.

왠지 모르게 가슴이 뛴다고 생각하며 루키나는 유렐이 제 앞에 당도하는 모습을 지켜보았다.

"좋은 아침입니다, 아가씨."

기다란 머리를 위로 말아 올린 유렐은 그녀에게 허리를 숙이며 아침 인사를 건넸다. 루키나는 옅은 미소를 띠며 덩달아 인사했다.

"지난 나흘 동안, 예고 드린 대로 저희는 아가씨의 의지를 테스트했습니다."

　네 명의 전문가들은 루키나의 다이어트 전담 팀에 합류하기 전, 조건을 하나 내걸었다.

　이미 과거 몇 번이나 다이어트를 실패했던 전력이 있었던 터라 쉽게는 응하지 않을 거라 여긴 루키나는 그들의 조건을 받아들이기로 했다.

　그들이 내건 조건은 의외로 간단했다. 나흘 동안 루키나의 다이어트를 향한 의지를 테스트하는 것. 덕분에 루키나는 지난 나흘 동안 셰리가 선사하는 끊임없는 디저트의 유혹을 견뎌내야 했다.

　빌어먹을 셰리. 언젠가 꼭 복수를 하겠어.

　"그래서요? 결과는요?"

　쿵쿵.

　아직 유렐의 입술이 열리지 않았음에도 불구하고 가슴이 미친 듯이 뛴다. 루키나는 기대에 가득 찬 얼굴로 그녀의 대답이 이어지길 기다렸다.

　후우, 숨을 고른 유렐은 말했다.

　"합격입니다."

　"만세!"

　됐어!

　쿵쿵!

　이번에는 심장에서 나는 소리가 아니다. 루키나가 제자리에서 뜀박질하면서 발생한 소리였다. 셰리는 몸소 뛰어 기쁨을 표하는 루키나를 보고 웃음을 터뜨렸다.

　"받으십시오, 아가씨."

　응?

　유렐은 자신을 으스러지게 안을 듯한 기세로 달려들려는 루키나를 뒷걸음질 치며 피한 뒤, 셰리에게서 무언가를 건네받아 그녀에게 내밀었다.

물이 담긴 유리컵과 아몬드다.

루키나는 눈을 크게 떴다.

"아가씨는 매일 새벽, 일어나자마자 아몬드 한 알과 물 한 잔을 마시는 걸로 하루를 시작합니다. 알고 계실지 모르겠지만 다이어트에 있어서 물은 필수적인 요소지요. 적당한 양의 물은 숙변을 제거하기에도 좋고요. 그렇게 간단하게 입요기를 하고 난 후, 아가씨께서는 곧장 연무장으로 내려가셔서 아침 운동을 시작합니다. 기사단원들이 오기 전, 에단 단장님이 아가씨의 운동을 봐주실 예정이니 크게 긴장하진 않으셔도 됩니다. 그렇게 아침 운동을 마치면 부엌에서 찰스가 아가씨를 기다리고 있을 겁니다. 아가씨께서 전날 드셨던 음식들을 살펴본 후 오후에 있을 운동을 대비하여 식단을 함께 짤 예정입니다. 잦은 운동을 할 예정이라 아예 굶는 것은 불가능하다는 결론을 내렸으므로 점심은 일단 아가씨께서 원하시는 든든한 음식을 제공할 겁니다. 하지만 이전처럼 아예 짜거나, 맵게는 조리가 불가능한 점, 양해 부탁드립니다. 점심을 먹은 뒤에는 다시 오후 운동이 시작될 예정입니다. 오후 운동에서는 주로 등산, 근력 운동, 혹은 검술 등의 많은 칼로리를 소모하는 운동을 할……."

한 번 열린 유렐의 입은 닫히질 않았다.

쉬지 않고 말을 이어 나가는 유렐을 보며 루키나는 눈을 동그랗게 떴다.

숨은 쉬고 있는 거야?

「제가 다이어트 일정을 짜면, 아가씨는 틀림없이 고통스러우실 겁니다. 그래도 괜찮으시겠어요?」

이미 유렐의 경고를 듣기는 했었지만, 설마하니 이렇게 **빡빡**할 줄이야.

루키나는 이젠 저녁 운동에 대해 말하고 있는 유렐을 향해 혀를 내둘렀다.

"……까지 하면, 아가씨의 하루 일과는 끝이 나게 됩니다."

"아."

"후우. 어떻습니까, 아가씨. 제가 짠 일정이 마음에 드십니까?"

안경 너머로 보이는 유렐의 갈색 눈동자가 매섭게 빛났다.

역시 보통 인물이 아니군. 처음 유렐의 얼굴을 마주했을 때, 저 가녀린 몸으로 공작성의 하녀들을 총책임 지고 있는 것이 믿기지 않았는데 말이지.

루키나는 제 답변을 기다리고 있는 유렐을 향해 흡족한 미소를 보냈다.

"아주, 매우 마음에 들어요, 유렐! 너무 완벽한 계획이에요! 나 정말 다이어트에 성공할 수 있을 것 같아요!"

루키나는 크게 웃으며 유렐을 향해 달려들었다.

"큭, 하아. 아, 아가씨, 수, 숨 막힙니다!"

이번에야말로 으스러지듯 유렐을 끌어안아 버린 루키나로 인해 유렐이 가쁜 숨을 내쉬었다. 그에 아랑곳 않고 루키나는 '나 진짜 성공할게요! 유렐, 고마워요!'를 외쳐 댔다. 끅끅거리던 유렐은 못 말린다는 듯 옅은 웃음을 터뜨렸다.

"흐음."

그렇게 의지를 다지던 두 여자의 모습을 지켜보던 셰리는 진한 한숨을 흘리며 중얼거렸다.

"이번엔 얼마나 가려나……."

그로부터 한 달이 지난 어느 날.

로델린의 영애를 둔 묘한 소문이 돌기 시작했다.

시종의 안내를 받아 움직이던 휴이렌의 걸음이 멈췄다.

자신이 들어왔는지도 알아차리지 못하고 굳은 얼굴을 하고 있던 렉시어드가 시야로 들어왔기 때문이다.

잠깐 내버려 둘까, 다시 뒤를 돌아 나갈까도 생각해 보았지만 그는 곧 생각을 접었다. 만약 지금 돌아간다면 의심 많은 2황자는 제게 의도가 있을 거라 여길지도 모르니까.

"형님."

"아, 왔느냐?"

결국 소리를 뱉어낸 휴이렌은 고개를 드는 렉시어드에게 짧게 묵례했다. 렉시어드는 미소를 지으며 앉아 있던 의자에서 일어났다.

"걱정거리라도 있으십니까?"

시종에게 차를 내오라는 지시를 내리는 렉시어드를 물끄러미 응시하던 휴이렌은 물었다. 델론트 후작성에서 황궁으로 귀환한 지 3주가 흘렀건만, 그동안 자신을 한 번도 호출하지 않던 렉시어드가 돌연 그를 불렀기 때문이었다.

"역시 네가 내 마음을 잘 아는구나, 휴이."

렉시어드는 그의 대답을 기다리는 휴이렌에게 쓴웃음을 그리며 말을 이어 나갔다.

"사실은 골치 아픈 일이 생겼다."

"큰…… 황태자의 일입니까?"

"하하, 황태자의 일이라면 내 손에서 해결할 수도 있었겠지. 아니다. 공녀의 일이다."

뭐?

"로델린의 공녀에게 무슨 일이라도 있습니까?"

말이 끝나기가 무섭게 외치는 휴이렌의 음성에 짐짓 놀란 표정을 짓던 렉시어드는 당황했는지 주춤거리는 휴이렌을 무심히 바라보며 중얼거렸다.

"차라리 무슨 일이라도 있었으면 좋았겠지."

"……."

"휴이. 요즘 사교계에 도는 소문을 들은 적이 있느냐?"

"소문이요?"

"로델린의 공녀가 다이어트를 시작했다는 소문 말이다. 듣자 하니 그 뚱녀가 넘치는 지방을 빼기 위해 각종 운동을 하고 있다는군. 벌써 다이어트를 한 지 한 달이나 되었다는 이야기도 들었다."

명치를 타격당한 느낌이었다. 휴이렌은 순식간에 얼얼해지는 기분을 느끼며 렉시어드를 바라보았다.

렉시어드는 픽 실소를 터뜨렸다.

"내가 그 이야기를 들었을 때도 너와 같은 표정을 지었지."

"이브가, 다이어트라고요?"

그것도 한 달씩이나?

"그래. 믿어지느냐? 제기랄. 대체 무슨 생각인 건지 모르겠군. 다이어트라니! 그 뚱녀가 대체 무슨 생각을 하는 건지 모르겠단 말이다!"

렉시어드는 씩씩거리며 손으로 테이블을 내려쳤다. 쾅— 울리는 소음에 문밖에 있던 시종과 시녀들이 화들짝 놀라 안으로 들어왔지만 휴이렌은 곧 손을 들어 올려 그들을 내쫓았다.

다시 둘만 남은 2황자의 거처에서 휴이렌은 욕설을 흘리고 있는 렉시어드에게 말했다.

"진위를 확인하기를 원하시는 거군요."

"그래 줄 수 있겠느냐?"

저를 빤히 바라보는 자색 눈동자에 휴이렌은 고개를 내젓지 못했다.

"제가 형님을 위해 못할 일이 무엇이 있겠습니까."

"후우. 고맙다, 휴이. 후일 내가 황제가 된다면 섭섭하지 않게 보답하도록 하마."

버젓이 황태자가 존재함에도 불구하고 여전히 황위에 대한 미련을 버리지 못한 렉시어드를 보고 휴이렌은 빙긋 웃었다.

"감사합니다. 헌데……."

렉시어드에게서 나가라는 지시가 내려지기 직전, 휴이렌은 말끝을 흐렸다. 안도의 한숨을 내쉬던 렉시어드가 의아한 표정을 지으며 휴이렌을 응시했다.

"형님께선 이브가 다이어트를 하는 것이 싫으십니까? 이브가 건강해지는 건, 보기 좋은 일인……."

"좋기는 뭐가 좋아!"

"……!"

휴이렌의 목소리에 귀를 기울이던 렉시어드가 일말의 망설임도 없이 소리쳤다. 휴이렌은 말을 이으려다 말았다.

"어쭙잖은 다이어트를 시도하다가 또 저번처럼 사달이 나면 어찌하느냐. 게다가 이도 저도 아닌 모습이 된다면, 으으, 끔찍하다. 생각만 해도 끔찍해!"

얼마나 치를 떠는지 양팔을 슥슥거리는 렉시어드를 휴이렌은 냉정하게 응시했다. 아직 그 모습을 발견하지 못한 렉시어드는 중얼거렸다.

"그 뚱녀는 지금 모습으로 있는 것이 나를 위해서도, 앨리를 위해서도 좋다. 혹여나 파혼을 하게 될 경우나 만약 정말로 결혼을 하게 되더라도 그 뚱녀를 피할 구실을 마련해 두는 게 나쁘지는 않을 것 아니냐. 헌데…… 왜 그런 표정을 짓는 거지, 휴이?"

휴이렌은 낮게 투덜거리다 문득 제 모습을 발견하곤 미간을 좁히는 렉시어드의 말에 빙긋 웃었다.

"역시 형님의 머리는 정말로 비상한 것 같아서 감탄하던 중이었습니다."

"사실이냐?"

"하하. 제가 형님께 거짓을 고할 리 있겠습니까."

"……흥."

이내 렉시어드에게서 나가라는 지시가 내려졌고, 휴이렌은 인사를 한 뒤 그의 거처를 벗어났다.

「당신의 기대하는 마음은 알겠지만 아직은 아무것도 하지 않을 예정이에요.」

자신들보다 한 주 전 델론트 후작성을 떠났던 루키나 이베타 로델린의 목소리가 돌연 들려왔다.

휴이렌은 복도의 창밖으로 보이는 광경에 걸음을 멈추었다. 청명하다는 말이 잘 어울리는 푸른 하늘을 올려다보던 그는 쓴웃음을 흘렸다.

"에에취!"

으.

콧물.

"젠장. 누가 내 욕을 하나……. 왜 이렇게 귀가 가려워."

벅벅. 인중을 살짝 덮은 콧물을 슥, 닦으며 루키나는 입술을 삐죽였다.

아까부터 연신 귀가 가렵더니 결국 분비물까지 쏟아냈다. 한창 신경전 중이었는데 말이지.

미간을 좁히며 속으로 생각하던 루키나는 다시금 고개를 들어 올렸다. 그러고는 있는 힘껏, 눈앞의 상대를 향해 소리쳤다.

"방금 그건 무효예요!"

무효.

이건 절대 무효야!

"자연의 법칙에 의한 불가항력적인 문제였다고요! 그래, 맞아. 기침이 나오려는 걸 내가 무슨 수로 막아. 어쩔 수 없이 눈을 깜빡인 건 진 게 아니에요. 안 그래, 셰리?"

"죄송합니다, 아가씨. 안타깝지만 저는 미처 그 장면을 보지 못했어요."

"야!"

미안하다는 말을 눈 한 번 깜빡이지 않고 말하는 셰리를 향해 버럭 소리를 지른 루키나는 마음을 가다듬었다.

'이럴 때가 아니지.'

지금 이 상황에서만큼은 셰리에게 신경 쓸 겨를이 없다. 목표를 쟁취하기 위해서는 타깃에 집중해야 하는 법!

루키나는 눈에 힘을 주며 저를 응시하고 있는 상대를 바라봤다.

"내놔요."

나뭇잎처럼 맑은 녹색 눈동자가 불타듯 이글거렸다. 찌릿거리는 전기가 바깥으로 튈 만큼 강렬한 시선에 주눅 들 만도 한데, 대치한 상대 역시 만만하지는 않다.

루키나의 맞은편에 서 있던 상대는 다짜고짜 요구하는 루키나를 향해 단호할 정도로 고개를 가로저었다.

"이미 결정된 일입니다, 아가씨. 절대로 드릴 수 없으니, 양해 부탁드립니다."

명백한 거부.

거절.

반항!

잠깐. 지금 이거 틀림없는 하극상 맞지?

누가 봐도 눈을 부라리고 있는 자신 쪽이 더 높은 계급인 것이 분명하건만 손에 쥔 것을 아예 뒤로 감추어 버리는 상대의 모습에 루키나는 미간을 좁혔다.

저 빌어먹을 아줌마가 정말 나랑 끝장을 보고 싶은 건가!

험악하게 얼굴을 구기던 루키나는 결국 성난 음성을 입 밖으로 흘려야만 했다.

"유렐! 내가 꼭 화를 내야겠어요? 얼른 이리 안 내요? 내놓으란 말이야, 당장!"

"고용인의 명에 반기를 들 수 없지만, 아가씨께서는 분명 제게 이렇게 말씀하셨습니다."

내가? 뭘?

"'유렐. 그 어떤 일이 있더라도 내게 그걸 넘겨서는 안 돼요. 아무리 마음이 약해져도 절대로 안 돼요. 아셨죠? 만약 마음이 약해진 유렐이 그걸 내게 넘긴다면, 난 평생 유렐을 저주할 거야!' 라고."

"내, 내가? 내가 언제!"

"죄송합니다, 아가씨. 저는 아가씨의 유모로서 아가씨께서 옳지 못한 길로 가시는 걸 막아야 합니다."

"무슨 소리를 하는 거예요, 유렐! 내가 알기론 내 유모는 미리트 부인이거든요? 그리고 그걸 달라는 게 왜 옳지 못한 길이야!"

"미리트 부인은 저의 후배니, 제 후배가 한 일은 곧 저의 일과도 같습니다."

"아니, 무슨 그런 말도 안 되는 억지를 부리는 거예요!"

"양해해 주십시오, 아가씨!"

팽팽한 줄다리기를 하는 것처럼 날이 선 대치 상황.

검정색 메이드 복장의 중년 여성에게서 원하는 것을 빼앗지 못한 루키나는 괜히 제 곁에 서 있던 셰리에게 소리쳤다.

"셰리! 너 진짜 아까부터 뭐 하고 있는 거야! 당장 유렐한테서 저걸 빼앗으라니까!"

고함이 오가고 있음에도 불구하고 느긋하게 사태를 주시하던 셰리는 어색한 미소를 흘리며 고개를 돌렸다.

"아가씨. 저는 그냥 지켜만 볼게요. 그러니 전…… 패스."

"야! 너 그 단어 누가 가르쳐 줬는지 잊었어? 으으으! 정말!"

씩씩거리며 소리친 루키나는 얼굴을 찌푸리며 근처에 있던 소파에 털썩 엉덩이를 붙였다. 그러고는 신경질적인 표정을 지으며 여전히 그 '물건'을 등 뒤로 감추고 있는 유렐을 노려보았다.

"하아, 하아. 유렐. 진짜…… 안 줄 거예요? 정말 안 줄 거예요? 유레엘. 그거, 나 줘요. 네? 응? 나 주세요. 나 얼마나 불쌍해. 안 그래요?"

명령이 통하지 않는다면, 이번엔 애원이다. 루키나는 최대한 울먹이며 그녀를 응시했다.

로델린 공작성의 총시녀장을 맡고 있는 중년 여성인 유렐은 방법을 바꿔 애처로운 얼굴의 루키나를 말없이 내려다보더니 이내 긴 한숨을 내쉬며 그녀에게 다가왔다.

"아가씨."

"유렐!"

설마 주려는 건가?

"그렇게 불쌍한 표정을 지으실 정도로 이걸…… 원하시는 건가요?"

한숨을 가득 내쉬며 등 뒤에 감추어두었던 그것, 즉 부엌에서 갓 구워 온 '메이드 바이 찰스' 제, 수제 비스킷을 내미는 유렐의 모습에 루키나는 함박웃음을 지었다.

"네! 원해요, 원해요! 엄청 원해요! 지금 이 순간, 그 무엇보다도 원……."

와그작—

"……!"

와그작, 와그작—!

"유, 유렐! 지금 뭐 하는…… 으악! 그거 왜 먹어! 내 거, 내 거란 말이야! 왜 다 먹은 거야! 뱉어내! 뱉어…… 크흑! 유렐!"

달려드는 루키나를 뿌리친 유렐은 일말의 망설임도 없이 들고 있던 최후의 비스킷을 자신의 입안으로 털털 털어 넣었다.

루키나는 유렐의 손바닥에만 남은 비스킷의 부스러기들을 넋 놓고 응시하다 털썩 주저앉았다.

"용서하십시오, 아가씨! 이게 다 아가씨를 위한 길입니다! 이 유렐, 한 몸 바쳐서 아가씨를 위해 희생을…… 어머!"

"맛있죠?"

얼빠진 루키나를 보는 것이 미안했는지, 눈을 질끈 감은 채 비스킷을 베어 물던 유렐이 눈을 동그랗게 뜨며 감탄사를 흘렸다.

그 모습을 지켜보던 셰리가 눈을 휘며 묻자 루키나의 정신이 번쩍 돌아왔다. 유렐은 멍하니 셰리를 응시하며 고개를 끄덕이고 있었다.

셰리는 말을 이었다.

"찰스 아저씨가 아가씨의 식단 연구를 하던 도중에 그 비스킷을 만들었다더라고요."

"셰리 너도 먹어봤니?"

"당연하죠. 제가 제일 먼저일걸요?"

"찰스에게 칭찬을 좀 해줘야겠어. 베이킹 실력이 언제 이렇게 늘었데?"

"요즘 열심히 공부하나 봐요. 제가 몰래 몇 개 더 만들어달라고 했는데, 완성되면 유렐 님도 좀 챙겨 드릴까요?"

"호호호. 역시 나 챙기는 건 너밖에 없어, 셰리."

"뭘요! 응당 해야 할……."

쾅—!

"나가!"

이 망할 여인들!

"당장 나가! 나가! 얼른 나가! 나가 버리라고!"

좌절한 주인의 심정은 아랑곳 않고 입가에 묻은 비스킷의 부스러기를 닦아내던 두 여인의 말에 루키나는 자리에서 벌떡 일어나 그들을 침실 밖으로 몰아냈다.

"아가씨! 조금만 더 참으시면 돼요! 살만 빼면, 아가씨께서 살과의 전쟁에서 이기시면, 이거, 맘껏 드실 수 있어요!"

하고, 루키나의 마음을 알 리 없는 셰리가 굳게 닫혀 버린 문밖에서 소리쳤지만 루키나는 온몸만 부들부들 떨며 문고리를 잠갔다.

'빌어먹을. 빌어먹을. 빌어먹을!'

오전 내내 고작 아몬드 몇 개와 우유 한 잔만 마셨기에 아직도 그 망할 비스킷이 눈앞에 아른거린다.

"두고 봐. 내가, 빼고 만다. 빼고 말 거라고!"

그래. 이 뒤룩뒤룩한 살을 모두 다 제거한 다음, 그 비스킷을 반드시 한입 베어 먹고 말겠어! 반드시 그럴 거야!

루키나는 주먹을 불끈 쥐며 의지를 다졌다.

꼬르륵―!

그에 응답이나 하듯, 배 속에서 요란한 소리가 들려왔다.

'젠장!'

루키나 이베타 로델린이 전담 다이어트 팀을 꾸린 지 한 달하고도 1주째.

그녀의 갈 길은, 아직 멀고도 험난하다.

"그 소문, 들었나?"

루키나 이베타 로델린이 의지의 다이어트를 시작한 지 두 달쯤 되어가던 어느 날.

리우드 제국 동북쪽에 위치한 로델린 공작령에는 기이한 소문이 떠돌기 시작했다.

"소문이라니?"

"공작성의 유령 말일세!"

"유령? 유려엉?"

"그래. 유령! 해가 지고 밤이 자욱해지는 시각, 기사단원들이 모두 귀가한 칼튼 연무장에 글쎄 유령이 나타난다는 게 아닌가!"

"그, 그게 사실이야?"

"사실이지! 내 주변에 공작성에서 일하는 마부가 하나 있는데, 그자가 말을 해주더군! 마구간에 갔다가 퇴근하는 길에 우연히 칼튼 연무장을 지났는데 웬 여자의 비명 소리를 들었다고!"

"헉. 여자? 그럼 나타나는 유령이 무려 여자 유령이란 말이지?"

"단순히 헛소린 줄 알았는데, 에단 기사단장이 해가 진 이후 연무장 출입을 금했다는 걸 보면 뭐가 있기는 한가 보더라고."

"서, 설마. 공작성에 유령이라니. 그게 어디 말이나…… 잠깐! 호, 혹시?"

"자네도 그렇게 생각하나? 그래. 어쩌면 돌아가신 마르셀 공작부인의 망령일지도 모르지. 억울하게 돌아가셨다는 이야기도 있으니……."

"쉿! 말을 삼가게! 그게 언제 적 얘긴데! 공작 각하의 조모이신 그분의 일은 단순한 루머일 뿐이야."

그 소문의 내용인즉, 다음과 같았다.

금녀의 구역이라 불리는 로델린 공작성의 공식 기사단, 칼튼 기사단의 연무장에 밤마다 웬 여자의 비명 섞인 울음소리가 들려온다는 이야기였다.

공작성에서 늦게까지 일을 하던 잡역부 몇몇이 그 여자의 그림자를 목격하거나, 비명 소리를 듣게 되면서 소문은 걷잡을 수 없이 크게 번졌다.

그로 인해 칼튼 기사단장인 슈비트 에단 경이 직접 해가 진 이후 연무장 출입을 금할 정도였다.

마을 외곽에 위치한 펍에 앉아 소곤소곤 이야기를 나누던 두 명의 사내들은 왠지 스며드는 오싹한 한기에 온몸을 부르르 떨었다.

재수 없는 일이 생길지도 모른다며 마지막 잔을 비우고 일어나는 그들의 발걸음은 어쩐지 재빨랐다.

"하아, 하아!"

그리고 소문의 진원지인 공작성 내에 위치한 칼튼 기사단의 연무장.

로델린령의 치안과 군기를 책임지고 있는 칼튼 기사단의 용맹스러운 단원들이 이른 아침부터 나와 검을 휘두르는 곳으로 알려져 있는 연무장에는 헉헉거리는 여성의 거친 숨소리가 가득하다.

마침 해가 졌던 터라 불빛이라고는 연무장 안에서 흘러나오는 은은한 촛불밖에 없는 상황.

휘휘, 바람을 가르는 소리와 숨소리가 섞여 묘한 분위기를 흘리는 바로 이곳은 유령이 출몰한다는 소문이 무색하지 않을 정도였다.

"으윽…… 앗!"

탁一!

손에 굳은살이 생길 정도로 세게 목검을 쥐고 있던 소문의 주인공은 결국 아래에서 위로 올리려던 목검을 지탱하지 못한 채 바닥으로 그것을 떨어뜨렸다.

요즘 칼튼 기사단원들의 마음을 심란하게 만들고 있는 당사자인 '여자 유령', 루키나는 손을 뻗어 목검을 다시 쥐려다 말고선 그 자리에 털썩 주저앉았다.

"아가씨. 지금 뭐 하시는 겁니까?"

루키나는 그 어느 누구보다 냉정하게 자신을 내려다보고 있는 슈비트 에단을 응시했다. 무슨 생각을 하는지 도통 읽을 수 없는 슈비트 에단의 푸른 눈동자가 제게 닿는다. 루키나는 울상을 지었다.

"에단 겨엉!"

"애교는 통하지 않습니다, 아가씨. 그리고 당장 검을 주우십시오."

"……."

"왜 그렇게 보십니까?"

루키나는 입을 쭉 내미는 자신을 의아하게 바라보는 슈비트 에단을 향해 소리쳤다.

"에단 경, 여자한테 인기 없죠?"

슈비트 에단의 미간이 좁아졌다. 루키나는 흥, 콧방귀를 뀌며 눈앞에 떨어진 목검을 노려보았다.

"없을 거야. 그러지 않고서야 이렇게 여자의 마음을 알지 못할 리 없어!"

지금 그녀의 눈앞에 서 있는 저 남자는 여자의 마음을 하나도 모르는 것이 틀림없다. 만약 제대로 헤아린다면 해가 진 후 밤이 깊어진 지금까지, 끙끙거리며 정면 베기를 이어가고 있는 그녀의 이마에 송골송골 맺힌 땀방울을 포착하지 못할 리 없으니까.

'대체 쉬는 시간은 언제냐고!'

첫 번째 삶이었던 국가대표 펜싱 선수 '이태린'으로서의 삶과 그에 이은 두 번째 삶, 의대생 '양진경'으로서의 삶을 살면서 그녀는 웬만한 스파르타식 교육을 모두 경험했다.

하지만 슈비트 에단이 선사하는 '체력 기르기 및 살 빼기용 검술 훈련'은 그 어떤 혹독한 훈련 중에서도 거의 최고봉이었다.

빌어먹을.

바들바들 떨리는 손에는 힘이 하나도 들어가지 않는다. 해가 진 후 지금까지 계속해서 위에서 아래로 검을 휘두르는 행위를 반복했던 터라 입이 바짝 마를 정도.

웬만하면 쉴 틈을 줄 만한데 도통 그럴 기미 따위는 없어 보이는 슈비트 에단을 향해 루키나는 불만을 표했다.

"어머, 오해세요, 아가씨! 에단 경이 공작성에서 얼마나 인기가 많은

데요!"

통명스러운 어조로 입을 쭉 내민 행위는 이제 훈련은 그만 시키고 쉬는 시간을 선사해 달라는 반항적 의미였건만. 눈치 없이 비스킷을 베어 물며 루키나의 훈련을 지켜보던 셰리가 손을 휘휘 저으며 소리쳤다.

갑작스러운 셰리의 외침에 루키나는 고개를 돌렸다.

"에단 경은 아마 공작성에서 가장 인기가 많으신 분일걸요?"

"과찬이십니다, 레이디 미우."

"호호. 레이디 미우라니! 제가 무슨 레이디예요. 부끄럽게…… 오호호호!"

짧게 목례하는 에단의 인사에 셰리는 두 볼을 빨갛게 붉히며 손을 휘휘 저었다. 루키나의 얼굴이 처참하게 일그러진 것은 당연했다.

'이것들이 내 다이어트는 안 도와주고 어디서 연애질이야.'

그러고 보니 요즘 들어 에단과 셰리 사이가 심상찮다. 루키나는 의심스러운 눈으로 하하 호호 웃고 있는 두 남녀를 쳐다보다 흥, 입을 삐죽였다.

"어쨌든 에단 경도 내 블랙리스트에 올랐어요. 그러니 앞으로 조심하는 게 좋을 거예요."

"블랙리스트? 그건 뭡니까?"

눈을 부라리는 루키나의 살벌한 목소리에 움찔거리던 슈비트 에단이 고개를 갸웃거렸다. 그 말을 들은 셰리는 피식 웃음을 흘렸다.

"신경 쓰지 마세요, 에단 경. 아가씨께서 화나면 그냥 하시는 말씀이시니까."

"아. 그렇습니까?"

"네! 그러니 더 강하게 아가씨를 다뤄주셔야 해요! 저기 저 살을 보세요! 아직도 튀어나와 있다고요! 아가씨. 스스로도 느껴지시지 않으세요?

아직 빼야 할 살은 한 뭉텅이라고요! 언제까지 돼지로 살 거예요! 빨리 일어나요!"

루키나는 얼른 목검을 집어 들어 훈련을 이어가라는 셰리의 강한 자극에 바닥에 떨어진 목검을 들고 그녀에게 달려들려다 말았다.

얼마나 지났을까.

"오늘 훈련은 여기까지 하도록 하겠습니다."

슈비트 에단의 쉬지 않는 지적과 셰리의 끊임없는 채찍질을 감내하며 목검을 휘두르던 루키나는 긴 숨을 토해내며 자리에 털썩 주저앉았다.

하아!

"아가씨, 수고하셨어요!"

"그래, 수고했어."

……응?

무심코 셰리가 내민 흰 수건을 받아 들고 얼굴을 닦던 루키나는 어디선가 귀 익은 음성이 들려오자 고개를 들어 올렸다.

"어억?"

그런 루키나의 눈에 이곳에 있을 거라 생각지도 못했던 사람의 얼굴이 들어왔다.

"다, 당신이 왜 여기 있어요!"

"아가씨."

셰리가 사뭇 진지한 표정을 지었다. 한때, 루키나의 다이어트에 대해 비관적인 입장을 취했던 셰리는 요즘은 루키나의 괴로움을 즐기는 것으로 태도를 바꾸었다.

루키나는 저를 부르는 셰리의 말에 미간을 좁혔다. 요 앙큼한 계집애가 이번엔 무슨 수작을 부리려고. 어쩔 때 보면 진정한 적은 빌어먹을 2황자와 앨리스가 아닌 눈앞의 셰리일지도 모른다는 생각이 들 정도다.

아침 식사로 겨우 물 한 잔과 사과 반쪽을 먹은 것이 다였던 루키나는 꽤나 예민한 표정을 지으며 고개를 들었다.

경계하던 루키나의 눈에는 아니나 다를까, 누가 보아도 먹음직스러운 머핀을 하나 들고 있는 셰리가 보였다. 젠장. 보는 게 아니었어.

"정말…… 안 드실 거예요?"

생글생글, 지독하게 환한 미소를 지으며 셰리가 물었다. 루키나의 녹색 눈동자가 세차게 일렁였다. 그녀의 흔들리는 마음을 눈치챈 셰리는 다시 한 번 속삭였다.

"이건 아가씨를 위해 마을 베이커리의 알프레드 씨가 손수 만든 블루베리 머핀이라고요. 얼마나 맛있는지 아시죠? 왜, 아가씨께서 의식을 찾으신 후에 몇 번 드렸었잖아요!"

크게 외치는 셰리의 말에 루키나는 고개를 끄덕이지도 못했다.

그녀의 말이 맞았다.

저 머핀이 얼마나 맛있는지 지금의 루키나는 너무나 잘 알고 있었다. 한입 베어 문다면 그대로 사르르 녹아버릴 저 달콤한 블루베리 머핀은 그녀가 빙의한 후 가장 좋아하는 빵 중 하나였다.

루키나는 저도 모르게 침을 꼴깍 삼켰다.

'정신 차려, 루키나!'

무의식적으로 머핀을 향해 손을 내밀려던 루키나는 순간 떠오른 생각에 세차게 고개를 내저었다.

만약 그녀가 침을 질질 흘리며 머핀을 움켜쥐기 위해 손을 뻗는다면 얄미운 셰리는 '그럴 줄 알았어요! 아가씨, 이런 유혹에도 넘어오시면 살은 절대로 못 **빼신다고요!** 라고 외칠 것이 분명했다.

'제기랄.'

루키나는 끓어오르는 충동을 겨우 가라앉히며 고개를 내저었다.

"안…… 먹어."

"네? 진짜요?"

"그…… 래. 안 먹어."

오늘도 참아야 한다고.

루키나는 꽤나 강경한 자세를 취했다.

그러자 이번엔 셰리가 서 있던 그녀의 맞은편이 아닌 소파 쪽에서 소리가 들려왔다.

"정말 안 먹을 거야, 이브?"

루키나는 소리가 들려온 방향으로 고개를 돌렸다. 자연스럽게 그녀는 인상을 썼다.

"그거 꽤 맛있어 보이는 머핀인데. 진짜로 안 먹어?"

권유를 하는 건지, 아니면 놀리는 건지.

눈치라고는 눈을 씻고 찾아봐도 없는 남자는 셰리가 들고 있던 머핀과 루키나의 얼굴을 흥미로운 눈으로 번갈아 보며 말했다. 기다란 다리를 꼰 채 제게 말하는 그의 붉은 입술이 번들거렸다.

인상을 쓰며 그 모습을 지켜보던 루키나는 결국 오물거리기만 하던 입을 크게 벌렸다.

"안 먹어. 안 먹어! 안 먹는다고! 유렐! 그렇게 보고만 있지 말고 셰리 좀 내보내요! 그리고 저 빌어먹을 황자도 같이요! 젠장할! 두 인간들이 들러붙어서 유혹을 하는데 어떻게 다이어트가 되냐고!"

후우, 후우 숨을 고르던 루키나가 침실이 떠나가도록 소리를 지르자 놀란 눈으로 그 모습을 지켜보던 시녀장 유렐이 후우 길게 한숨을 내쉬며 큭큭 웃고 있는 '빌어먹을 황자', 휴이렌을 향해 공손히 묵례를 했다.

"친애하는 휴이렌 전하. 부디 양해 부탁드립니다. 저희 아가씨께서 어젯밤부터 줄곧 굶주리셨던 터라 평소 이상으로 까칠하십니다."

제 편이 되어줄 것이라 생각했던 유렐이 놀랍게도 휴이렌을 향해 고개를 숙이자 루키나는 눈을 큼지막하게 떴다.

"아아. 왠지 그런 것 같았어. 괜찮아. 이브가 꽤 많이 변했다는 건 이미 알고 있으니까."

마치 이 상황을 예상이라도 했다는 듯, 휴이렌은 아무렇지도 않게 유렐의 사과를 받아들였다.

"이해해 주시니 감사합니다."

"뭘, 그 정도야."

"……."

"어머. 아가씨. 어디 가세요?"

루키나의 얼굴이 구겨지든 말든 저들끼리 대화를 주고받는 두 명의 남녀를 응시하던 루키나는 말없이 근처 의자에 걸려 있던 타월을 집어 들었다.

루키나를 대신하여 자신의 조그마한 입안으로 머핀을 넣던 셰리가 호호 웃고 있는 남녀에게서 시선을 뗀 채 말을 걸었다.

루키나는 셰리를 비롯한 여섯 개의 눈동자가 자신을 향하자 신경질적으로 외쳤다.

"아침 운동하러 간다!"

"솔직히 말이야, 이브. 소문으로만 접했을 땐 쉽게 믿기 힘들었다. 다이어트만 시작하면 하루도 안 돼서 포기하던 네가 다이어트라니, 말이 안 되는 소리잖아. 안 그래?"

헛둘, 헛둘.

누가 보든 말든 개의치 않고 앉았다 일어나기를 반복하고 있던 루키나를 향해 그가 툭 말을 던졌다.

그의 말을 똑똑히 듣고 있으면서 묵묵부답을 유지하던 루키나는 계속해서 앉았다 일어나기를 반복했다. 그녀는 앞으로 이 운동을 다섯 세트를 더 해야 했다.

눈앞에 놓인 찻잔을 우아하게 집어 들던 휴이렌은 피식 웃으며 중얼거렸다.

"하지만 2주 동안 이곳에 머물며 너를 지켜본 결과, 내 생각이 섣부른 추측이었다는 결론을 냈지."

헉헉.

"어쩌면 이번에야말로 너의 그 야심찬 계획이 성공할 수도 있다는 생각이 들었어."

하아, 하아.

"그런 의미에서 말이야, 이브. 너의 그 의지를 축하해 주고 싶은데."

크으으. 하아.

"우리, 오늘 저녁에 바비큐 파티라도 하는 게 어때?"

……뭐?

앉았다 서기를 반복하며 거친 숨소리를 흘리던 루키나는 정원 내의 의자에 앉아 사과를 베어 무는 4황자의 말에 결국 행동을 멈추었다.

"왜?"

싱긋 올라간 입꼬리는 그의 화려한 얼굴을 더욱 빛나게 해주는 요소 중의 하나다.

저를 빤히 노려보는 루키나의 무시무시한 눈빛에도 아랑곳 않고 오히려 되묻기까지 하는 남자의 뻔뻔함에 루키나는 속이 부글부글 끓는 것을 느꼈지만 가까스로 화를 억눌렀다.

후우. 숨까지 고르며 냉정을 되찾은 그녀는 이마에 송골송골 맺혀 있던 땀을 슥 닦으며 살짝 미소 지었다.

"휴이렌 황자 전하."

"휴이 오라버니."

"……휴이 오라버니."

"그래. 이브. 무슨 일이니?"

겉으로 보기에는 상냥하기 그지없는 말투나 그 꿍꿍이를 알 수 없기에 얄밉게 느껴졌다. 루키나는 빙긋 웃고 있던 얼굴을 순식간에 차갑게 굳히며 눈을 부라렸다.

"환궁, 안 하세요?"

그래, 이 빌어먹을 인간아! 제발 돌아가. 돌아가라고!

루키나 로델린이 다이어트 전담 팀을 꾸린 지 어언 세 달째.

그간 통통하다 못해 뚱뚱, 아니, 그 이상을 달리던 루키나의 몸은 포엑스라지 사이즈에서 무려 두 사이즈를 줄이는 쾌거를 이룩했다.

이것은 순전히 지난 두 달 동안 당이 잔뜩 들어간 디저트류를 멀리하고 몸에 좋은 각종 채소를 섭취한 루키나가 전문가들의 도움하에 각고의 노력이 담긴 운동을 병행했기 때문이었다.

다이어트를 시작하며 목표로 잡았던 스몰 사이즈까지는 아직 적잖은 노력이 필요할 테지만 사이즈를 하나 줄였다는 사실에 만족하던 그녀는 정확히 다이어트를 시작한 지 한 달하고 일주일이 흘렀던 시점, 제 앞에 나타난 불청객의 존재에 기겁을 해야 했다.

「당신이 왜 여기 있냐고요!」

공작성에서 다시 조우할 것이라고는 생각하지 못했던 존재, 휴이렌 프란시스 리우드는 번들거리는 낯짝을 미소로 꽃피우며 그녀를 향해 다가왔다. 슈비트 에단과의 운동으로 잔뜩 지쳐 있었던 루키나 로델린에게서 큰소리가 흘러나올 만큼 충격적인 일이었다.

델론트 후작성을 나선 후, 다이어트에 성공하기 전까지 그녀가 보고 싶어하지 않던 사람들 중 넘버원은 단연코 그 망할 두 연놈들이었고, 두 번째는 눈앞의 남자였기에 루키나는 기겁했다.

「재미있는 소문이 들리길래, 겸사겸사. 그나저나 다이어트를 시작했다는 소문이 있던데 정말 예뻐졌구나, 이브. 허니 이제 그만 빼도록 해.」

놀라는 루키나를 보며 휴이렌은 맑게 웃었다. 얼마나 환한 미소인지 저절로 손을 들어 올리고 싶을 정도다.

망할 인간.

그리고 그날 이후로, 제국의 4황자라는 인간은 공작성에 눌러앉아 버렸다.

휴이렌 프란시스 리우드.

그는 루키나 이베타 로델린의 다이어트 계획에 있어 크나큰 장애물이었다.

「뭐? 아침 운동? 이봐, 이브. 귀찮게 그걸 왜 해. 그러지 말고 나랑 식사하러 가자. 아까 보니 너희 요리사가 날 위해 음식을 준비한 모양이던데. 황궁 요리사들의 실력과 비교해 봐야겠어.」

공작성에 온 첫 주는 그래, 아직은 루키나의 다이어트를 믿기 어려웠기에 그런 반응을 보였던 거라 이해는 한다.

하지만⋯⋯.

「섬플 백작이 내가 공작성에 머무르는 걸 알고 사슴 고기를 선물했군. 어때, 이브? 찰스턴에게 말해 그걸 요리해 달라고 할 생각인데. 너도 먹을 거지?」

—부터 시작하여,

「뭐? 내가 사준 옷이 맞지 않는다고? 이상하군. 내가 알고 있기로는 넌 포엑스라지를 입었던 걸로 기억하는데⋯⋯. 혹시, 더 늘어난 거야?」

라든가,

「이브. 그렇게 운동만 하고 있으면, 따분하지 않아? 내가 알기론 로델린 령 근처에는 이스턴 남작의 영지가 있는 걸로 아는데. 거기 가서 파티나 즐겨볼까?」

라든가,

「공작과 함께 멧돼지를 잡아왔어! 이브, 당장 요리해서 먹자!」
「이브. 로델린 공작이 요즘 들어 수척해진 널 보며 걱정을 하더군. 아무래도 식단 관리는 이만하는 게 어때?」
「하아. 이브. 진심으로 말하는데, 이제 그만 빼도록 해. 넌 지금 이 상태로도 충분히 예쁘니까. 너무 많이 빠지면 사람들이 널 몰라본다니까?」

―같은 말을 뱉어내기 일쑤였다.

그리고 그녀를 가장 분노케 했던 일은 불과 이틀 전의 일이다.

「정말 아쉽군.」

「뭐가요?」

「그냥. 사실 난 말이야…… 네 건강한 몸을 몹시 좋아했는데.」

혀를 차며 고개를 절레절레 젓던 휴이렌의 말에 루키나는 고귀한 황자의 얼굴로 주먹을 뻗는 대신, 그에게 달려들어 멱살을 움켜쥐려 했다.

그 모습을 발견한 셰리가 엉엉 울면서 루키나를 만류했기에 망정이지, 그러지 않았다면 루키나는 황족 모독죄로 황도 서편에 위치한 이베리트 감옥섬으로 유배당할 뻔했다.

"섭섭하다, 이브. 넌 내가 돌아가길 원해?"

이를 가는 루키나의 신경질적인 말에 휴이렌이 과장될 정도로 서운한 표정을 지었다.

순간 미안해질 뻔했으나 이 능구렁이 같은 작자가 일부러 그런 얼굴을 한다는 것을 지난 몇 주 동안의 일로 짐작한 루키나는 흥 콧방귀를 뀌었다.

"전하, 아니, 오라버니는 제 다이어트에 손톱만큼도 도움이 안 되니 드리는 말씀이죠."

"도움이 안 되다니. 서운하구나. 내가 네 다이어트에 도움이 되려고 얼마나 많은 음식들을 가져다 바쳤는지 잊은 거냐? 갑작스러운 다이어트로 혹 너의 그 튼튼했던 몸이 허약해질까 싶어 제국 곳곳에서……."

"물론, 오라버니께서 저를 위한답시고 각종 고기들을 공수하기는 하셨죠. 그 고기들은 하나같이 살찌는 걸로 유명한 음식들이었지만 말이에요."

"그, 그랬나?"

날카로운 루키나의 지적에 휴이렌은 하하, 멋쩍게 웃으며 어깨를 으쓱였다.

심드렁한 눈으로 그를 쳐다보던 루키나는 휴이렌의 맞은편 의자에 걸려 있는 타월로 손을 뻗으며 목덜미를 닦았다.

휴이렌이 말없이 그녀를 지켜보자 후우, 숨을 흘리며 의자에 착석까지 했다. 그녀는 어느새 웃고 있던 얼굴을 진지하게 그리고 있는 휴이렌을 직시했다.

"무슨 꿍꿍이예요?"

"꿍꿍이라니!"

"오라버니. 아니, 휴이렌 황자 전하. 대체 제 다이어트에 대해 왜 이렇게 관심이 많으신 거예요? 그놈이 시키기라도 했어요? 내가 다이어트를 한다는 소문이 퍼지니까 감시라도 하고 오라고? 그래서 몇 주 동안 황궁도 가지 않고 이렇게 저를 감시하고 있는 거예요?"

거칠게 몰아붙이는 루키나의 발언에 휴이렌은 입을 다물었다.

이 인간이 왜 자신의 거처로 돌아가지 않고 공작성에 머물고 있는 것인지 대충 짐작은 간다. 델론트 후작성을 떠나올 때 저를 찝찝한 눈으로 바라보던 렉시어드 황자가 의심을 한 거겠지.

제가 진실을 알게 되었다는 것을 휴이렌이 렉시어드에게 말한 건지는 알 수 없지만 저를 지켜보라는 명이 있었던 것은 틀림없다. 살짝 일렁이는 그의 자색 눈동자의 움직임으로 짐작해 보면 말이지.

"아예 틀린 말은 아니다."

거세게 몰아치는 루키나의 발언에 가만히 그녀를 바라보던 휴이렌은 루키나의 의심을 부정하지 않았다.

루키나는 인상을 썼다.

"네 추측대로 형님의 명이 있긴 했지."

역시!

"그 망할 놈이!"

그 젠장할 바람둥이는 타고난 의심꾼이기도 했다.

루키나는 이를 갈았다.

내가 꼭 복수하고 만다!

부드득, 부드득, 눈에서 불꽃을 튀기는 루키나를 보며 큭큭거리던 휴이렌은 말을 이었다.

"하지만 지금은 꼭 그런 이유만은 아니다."

"그게 무슨 소리예요?"

감시 역이면 감시 역인 거지.

지금은 또 아니라니.

루키나는 퉁명스러운 눈빛을 쏘아댔다. 그녀의 따가운 시선을 태연하게 받아내던 남자가 빙긋 입꼬리를 올렸다.

'뭐, 뭐야.'

루키나는 갑작스러운 그의 미소에 몸을 움찔거렸다.

두근두근.

이미 운동으로 인해 자극을 받은 상태였던 몸속의 아드레날린이 미친 듯이 날뛰었다. 당황한 티를 내지 않기 위해 애썼지만 이 빌어먹을 몸뚱이는 이미 벌겋게 달아오른 뒤다.

휴이렌은 넋을 놓고 제 얼굴을 들여다보고 있는 루키나를 향해 빙긋 웃었다.

'제…… 제길…….'

스윽 올라가는 붉은 입술이 탐스러울 정도로 반짝였다. 루키나는 저도 모르게 침을 삼켰다.

솔로로 지내온 지 어언 몇십 년.

남들은 자주 한다는 그 연애를 무려 네 번의 삶 동안 전혀 경험하지 못했던 그녀의 연애 세포가 하필 지금 이 순간 반응했다.

'어, 얼굴은 확실히…… 내 스타일이지만…….'

루키나는 슬며시 떨어지는 그의 입술을 멍하니 응시했다.

쿵쿵. 쿵쿵─

휴이렌의 앵두 같은 입술이 슬로우 모션처럼 느릿하게 움직이자 그에 비례하여 그녀의 가슴 역시 들썩였다. 루키나는 휘어지는 그의 눈꼬리에서 시선을 떼지 못했다.

"지금은 말이지……."

지, 지금은 뭐! 지금은 뭐!

"지금은─"

꼴깍. 침이 넘어갔다.

망할! 그러니까 이놈아, 지금은 뭐냐고!

"지금은 내……."

"황자 전하!"

……응?

"여기 계셨군요!"

긴장된 분위기를 와장창 깨뜨리는 또 다른 불청객의 등장에 루키나는 결국 입 밖으로 욕설을 뱉어냈다.

❖

'아무래도 단련이 필요하겠어.'

며칠 전 있었던 휴이렌과의 사건 이후 루키나는 새로운 결심을 해야 했다. 남자와 후계의 자리를 두고 다툼을 벌인 적은 있어도 애정을 나누어본 적이 없었던 그녀에게, 무슨 의도인지 알 수 없이 제 곁을 맴도는 휴이렌은 매우 위험한 존재였다.

어느 날 갑자기 나타난 황실의 찰거머리.

루키나 로델린의 다이어트 방해자이자, 죽어 있던 연애 세포를 깨우려 하는 휴이렌을 떼어내기 위해 루키나 로델린이 각고의 노력을 기울였다는 것을 모르는 이들은 적어도 로델린 공작성 내에는 없었다.

그러나 불행하게도 로델린 공작부터 시작하여 공작성의 총관인 카일, 루키나의 시녀인 셰리, 공작성의 시녀장인 유렐, 부엌을 책임지는 찰스턴, 심지어 칼튼 기사단의 에단까지.

찬란한 금색 머리카락에 자수정처럼 반짝이는 눈동자, 언제나 생글생글 웃으며 사람들을 맞이하는 휴이렌 프란시스 리우드를 싫어하는 사람은 공작성 내부에는 없다고 봐도 무방했다.

적어도, 루키나를 제외한다면.

"아가씨는 왜 그렇게 휴이 전하를 싫어하세요?"

휴이렌이 저를 찾는다는 이야기만 들으면 기겁하며 연무장으로 달려가는 루키나를 향해 셰리는 고개를 갸웃거리며 물었다.

루키나는 내심 동요하지 않으려 했지만 몸을 움찔거리며 말을 더듬어야 했다.

"……시, 싫어하기는. 내가 왜 휴이렌 전하를 싫어하겠어? 안 싫어해!"

"싫어하시는 거 맞네. 예전엔 휴이 오라버니~ 오라버니~ 하고 그렇게 잘 따르시더니……."

"셰리. 내가 예전이랑 지금이랑 같아? 나도 다 컸다고. 아무 남자나 오라버니~ 하면서 따르면 안 된다니까? 게다가 나는 그 빌…… 아니, 렉시어드 황자와 약혼한 사이잖니!"

"흐응……. 뭐, 아가씨의 말씀도 틀린 건 아니지만. 그래도 확실히 아가씨께서 휴이 전하를 대하시는 게 뭔가 달라지셨어요! 뭐라고 해야 하지. 음, 그러니까…… 아, 맞다! 경계! 경계하는 느낌이랄까?"

셰리의 표현은 정확했다.

현재의 루키나는 휴이렌을 매우 경계하고 있었다.

「만약 네가 원한다면 나는 네 곁에 설 것이다, 이브.」

델론트 후작성에서의 그날 밤, 두 연놈들에게 아무런 복수도 하지 않을 거라고 말했던 루키나를 향해 휴이렌은 가라앉은 자색 눈동자를 고정시키며 말했었다.

놀란 루키나의 시선을 피하지 않고 말하던 휴이렌의 눈동자에는 진심이 가득해 보였다. 쉽게는 믿기 힘든 말에 코웃음 치고 돌아서기는 했지만.

어째서 휴이렌이 제 곁에 서겠다고 말한 건지는, 시간이 흐른 지금까지도 이해하지 못하는 일이다.

허나 한 가지 확실한 것은 그가 자신과 있었던 일을 렉시어드에게 쉽사리 발설하지 않을 거라는 거다. 몇 번의 생을 살아오면서 느는 것에는 상대가 거짓말을 하는지 아닌지, 알아볼 수 있는 식별 능력도 있었으니까.

게다가 렉시어드의 명을 받고 수도인 세이번에서 로델린령까지 온 휴이렌은 그녀를 감시한 후 렉시어드에게 보고하는 것이 아니라, 그저 단순하게 루키나의 다이어트를 방해하는 데 열중하고 있었다.

하지만 아직까지도 휴이렌의 속을 읽을 수 없었던 터라 루키나는 하루라도 빨리 그가 환궁하기를 바라고, 또 바랐다.

그러던 차에, 루키나에게도 광명이 찾아왔다. 무려 두 달 가까이 공작성에 머무르고 있던 휴이렌을 흘긋거리며 찰거머리도 이 정도이진 않으리라 여기고 있던 시점. 황궁에서 전서가 하나 도착했다.

"어머, 어머, 뭔데 그래요?"

가만히 전서를 읽고 있는 휴이렌의 모습이 꽤나 심상찮았던지라 루키나는 씩 웃으며 물었다. 매섭게 전서를 내려다보던 휴이렌이 천천히 고개를 들어 그녀를 응시했다.

"폐하께서 나를 부르시는군."

"우와! 폐하께서요? 그럼 가보셔야 하는 거죠? 이러언! 너무 아섭네요, 오라버니! 조금 더 머무셨으면 했는데!"

"이브. 입에 침이나 바르고 그런 소리를 해. 그리고 그 올라간 입꼬리부터 내리지 그래?"

"응? 제가 언제 입꼬리를 올렸다고 그러세요? 저의 이 입꼬리는 원래부터 올라가 있었답니다."

"……그렇게 좋아? 내가 떠나는 게?"

루키나는 어쩐지 음울한 표정을 짓는 휴이렌의 얼굴을 발견하고는 '그럼 좋지, 안 좋겠어요?'라고 대답하려다 말았다.

'만세!'

그리고 사흘 뒤.

장장 두 달 동안이나 로델린의 공작성에서 머물던 4황자가 드디어 황궁으로 돌아가는 날이 왔다.

쾌재를 부르짖고 싶은 마음을 가까스로 억누른 루키나는 환한 미소를 지으며 마차 앞에 섰다.

제국의 4황자를 배웅하기 위해 나와 있던 공작성의 사람들은 신분의
귀천을 가리지 않고 잘 지내라는 인사를 건네고 있는 휴이렌에게 아쉬운
시선을 보내는 중이다.

　"이브."

　제 맞은편에 서 있던 루키나를 본체만체하고 굳이 양쪽 끝에 서 있던
사람들에게 인사를 건넨 휴이렌은 드디어 루키나를 내려다보았다.

　루키나는 활짝 웃으며 그를 응시했다.

　"잘 가요, 오라버니!"

　루키나는 함박웃음을 지으며 그에게 손을 흔들어주었다. 기쁨이 흘러
넘치다 못해 행복에 젖어 있는 루키나를 못마땅한 시선으로 내려다보던
휴이렌이 손을 들어 올렸다.

　"악! 뭐, 뭐예요!"

　갑자기 딱밤을 맞게 된 루키나가 신경질적으로 그를 노려보며 인상을
쓰자 휴이렌은 심드렁하게 중얼거렸다.

　"내가 떠나는 걸 너무 좋아하는 것 같아서."

　……뭐?

　"이브."

　휴이렌의 대답에 황당한 표정을 짓고 있던 루키나는 돌연 그녀에게로
다가오는 그의 행동에, 눈에 힘을 줬다.

　'이 인간이 또 왜 이래.'

　갑작스러운 그의 눈빛이 꽤나 당황스러웠던지라 루키나는 움찔거렸
다. 그녀의 주변에 서 있던 공작성의 가솔들이 흥미진진한 표정을 지으며
그들을 주시하고 있었지만 아무도 휴이렌의 행동을 막지는 못했다.

　공작마저도 의아한 표정을 지으며 서 있을 뿐이었다.

　'무, 무슨 짓을 하려고!'

공작성에 머무르던 두 달 동안 내내 웃고만 있던 휴이렌이 사뭇 진지한 표정을 짓자 루키나는 심장이 덜컹거리는 것을 느꼈다.

가끔 휴이렌은 의미를 알 수 없는 시선으로 저를 바라본다. 그때마다 준비되지 않은 심장은 미친 듯이 쿵쾅거렸다.

'이게 다 저 잘난 얼굴 때문이야! 그래, 그거 말고는 아무 이유 없다고!'

루키나는 잘생긴 남자들을 자주 마주하며 이런 어택에 익숙해져야 한다고 다짐하고, 또 다짐했다.

"이브."

꼴깍.

루키나는 침을 삼켰다.

"지난번, 내가 미처 하지 못했던 말…… 말이다."

휴이렌은 무슨 연유에선지 뜸을 들였다.

루키나는 괜스레 숨이 막히는 것을 느끼며 고개를 돌리려 했지만 이미 그의 덫에 걸려 버렸던 건지 그것도 쉽지 않았다.

'어어……?'

금발의 미남자가 뿜어내는 강렬한 자색빛 시선이 그녀를 꼼짝 못하게 만들었다.

"호…… 호, 오라버니, 무슨 말씀을 하시…… 흐억!"

그렇게 그녀가 움직이지 못하는 사이, 휴이렌은 재빠르게 루키나에게로 다가와 귓속말로 무어라 중얼거린 후 뒤로 물러났다.

"출발하지."

휴이렌의 돌발 행동에 깜짝 놀란 것은 비단 루키나뿐만이 아니어서, 그를 지켜만 보던 공작성의 사람들은 이내 아무렇지도 않게 준비된 마차 위로 올라타곤 사라져 버리는 그를 멍하니 좇을 수밖에 없었다.

"아가씨."

"……."

"아가씨!"

"어?"

"휴이 전하께서 뭐라고 하신 거예요?"

뜨거운 입김이 닿았다 떨어진 것을 뒤늦게 인지하게 된 루키나는 돌아서서 본성으로 들어가 버리는 로델린 공작의 뒤를 따라 걸음을 옮기다 셰리를 응시했다.

셰리가 호기심 가득한 눈으로 그녀를 올려다보며 대답을 기다리고 있었다. 루키나는 멍하니 그녀를 내려다보며 휴이렌의 말을 떠올렸다.

「내가 네 곁에 머물렀던 건, 단지 형님의 명이 있었기 때문만이 아니었다. 또다시 잃기 싫었기 때문이야. 그래서 자꾸 변하려 하는 네가 괜히 멀게 느껴지는 건지도 모르겠구나. 다이어트 적당히 해. 지금 네 모습, 딱 보기 좋으니까. 그럼…… 간다.」

"아가씨?"

옅은 미소를 그리던 휴이렌의 잘생긴 얼굴이 눈앞에 선명해졌다. 얼마나 선명한지 주먹으로 휘두르면 아주 잘 맞을 것 같은 면적으로 그녀의 앞을 둥둥 떠다녔다.

무의식적으로 걸음을 멈춰 선 루키나는 의아해하는 셰리는 거들떠보지도 않고 인상을 썼다. 그녀는 곧 부드득, 이까지 갈며 얼굴을 찌푸리더니 주먹을 불끈 쥐며 붉은 입술을 열기 시작했다.

"딱……."

"딱?"

"딱 보기 좋기는 뭐가 보기 좋아!"

으르렁거리는 루키나의 말을 따라하던 셰리가 눈을 동그랗게 떴다. 루키나는 이를 갈며 외쳤다.

"저 인간이 떠나는 순간까지 방해하려고 아주! 속아 넘어갈 줄 알고? 예쁘긴 뭐가 예뻐! 아직도 이렇게 살이 삐져나와 있는데! 웃겨! 내가 빼고 만다. 반드시 사이즈를 더 줄일 거라고! 당신이 몰라볼 정도로 예뻐져 주마! 암! 그렇게 될 거야! 두고 보라지! 나, 완전 변할 거라고!"

휴이렌이 떠난 방향을 쳐다보며 소리치는 루키나를 보고 휴이렌의 배웅을 나와 있던 공작성의 가솔들은 고개를 절레절레 저었다. 그들은 자신들의 아가씨가 지나친 다이어트로 인해 슬슬 미쳐 가고 있다고 생각했다.

인간은 가장 최악의 상황을 맞이하면, 어떻게 해서든 그 상황을 벗어나기 위해 발버둥 친다.

한때는 이태린이었고, 한때는 양진경이었으며, 한때는 로레인 테아, 그리고 또 한때는 아리아나 로이트였으나 이제는 루키나 이베타 로델린이 된 그녀는 지금으로부터 여섯 달 전, 전례 없던 상황을 맞이했었다.

차마 제 입으로 언급하기도 부끄러운 수많은 살덩어리를 바로 이 거울 앞에서, 마주하게 된 것이다.

하여 그녀는 의지를 다져야 했다. 보다 긴 삶을 살기 위해서라도 그녀는 그 빌어먹을 살덩이와 작별을 해야 했으니까.

「셰리. 지금부터 네가 내 앞에 데려와야 할 사람들이 있어. 입이 무겁고 믿을 수 있는 사람들이어야 하고, 권력에 굴복하지 않는, 고집스러운 사람들이어야 해. '루키나 로델린의 다이어트 전담 팀'이 될 사람들이거든!」

델론트 후작성에서의 일이 있은 후, 루키나는 자신의 최측근이나 다름
없는 셰리에게 딱 지시를 내렸다.

싹싹한 셰리는 그녀의 말을 철석같이 알아들었다.

세상 사람들이 비웃었던 루키나 로델린의 다이어트는 그렇게 시작되
었다.

반년.

아시아타 대륙은 그녀의 첫 번째, 두 번째 생이었던 한국에서와의 같
은 주기의 역법을 사용하고 있었으므로, 달로 치면 여섯 달. 하루하루가
지옥과도 다름없던 지난 여섯 달 동안, 고단하다 못해 혹독하게만 느껴졌
던 날들이 불현듯 눈앞을 스쳐 지나갔다.

'인간 승리였어. 암. 이게 인간 승리가 아니라면 뭐가 인간 승리야!'

덕분에 빙의한 지 여섯 달이나 되었음에도 리우드 제국의 황도에 한
번도 가지 못했지만, 포엑스라지 사이즈로 시작하여 무려 다섯 단계나 사
이즈를 줄인 지금의 상태에 그녀는 만족하기로 했다.

「오늘 저녁으로 제가 아가씨께 가르쳐 드리려던 검술의 기본과 체력 훈련
은 끝이 났습니다. 그동안 힘드셨을 텐데 지금까지 따라와 주셔서 감사합니
다. 제가 아가씨께 마지막으로 당부드리고 싶은 것은 한 가지입니다. 아가
씨. 본디 수련이란 끝이 없습니다. 아무리 지겹더라도 한 번 검을 잡게 된 이
상 평생 수련을 게을리하지 않아야 합니다. 이 점 잊지 마시고, 언제든 제 도
움이 필요하시면 말씀하십시오.」

그녀의 체력을 단련해 주고 또 검술 지도를 담당하던 칼튼 기사단의

슈비트 에단의 마지막 말은 루키나의 풀빛 눈동자에서 후드득, 눈물방울을 흘리게 만들었다.

그녀의 첫 번째 생애였던 펜싱 선수 시절, 국가대표에 발탁되어 올림픽을 준비하기 위해 태릉에서 미친 듯이 연습해 금메달을 땄을 때보다 훨씬 감격적이었다면 말은 다 했지.

물론 예전 같았으면 일 년은 꼬박 준비해서 만들었을 몸매를 고작 반 년 만에 만들려니 몇 배는 더 힘들었던 것도 사실이었다.

사후 세계를 몇 번이나 경험했던 그녀였지만 허기를 참는 것은 죽음의 고통에 버금가는 일이었다고 봐도 과언은 아니었으니.

「아가씨 주려고 만든 음식 아니니 거기 그 아몬드나 드십시오!」

「이 옷을 입어야 혼인을 하실 수 있다고요. 설마, 평생 홀로 살다 죽을 건 아니겠지요?」

「당장 일어나 처음부터 다시 시작하십시오. 앉아 있는 시간만큼, 횟수를 추가하겠습니다.」

「아가씨, 일어나셔서 등산하실 시간이에요. 뭐 하십니까? 얼른 일어나세요! 기사앙!」

루키나 이베타 로델린의 명을 받들어 셰리 미우가 소집한 루키나의 다이어트 전담 팀원들은 총 네 명.

식단 관리를 해주는 주방장, 찰스부터 시작하여 의상 관리를 해주는 재단사 미레이, 체력 관리를 해주는 칼튼 기사단장 에단, 그리고 마지막으로 루키나 로델린의 하루 일과를 총괄해 주는 유렐까지.

'전담 팀'이라는 이름답게 루키나 로델린을 새로운 인물로 변화시키는데 일조한 네 명의 남녀들은 정말이지…… 가차 없었다.

자신이 선택했고, 자신이 그렇게 하기로 결정했던 일이었지만 지난 여섯 달간 겪었던 수모의 나날들이 눈앞을 스쳐 지나가 괜히 다시 울컥 눈물이 차오른다.

"아가씨. 준비…… 되셨어요?"

마음의 안정을 찾기 위해 가슴팍을 쓰다듬던 루키나에게 어느새 다가온 셰리는 부드러운 음성을 흘리며 그녀의 답변을 기다리고 있었다.

루키나는 셰리를 바라보며 고개를 끄덕였다.

"좋아요, 아가씨. 자 그럼…… 시작할게요!"

루키나의 허락이 떨어지기가 무섭게 셰리는 씩 웃더니 그녀의 몸을 두르고 있던 옷을 한 꺼풀, 두 꺼풀, 그리고 마지막 꺼풀이 나타날 때까지 벗기기 시작했다.

스르륵─

툭.

스르륵─

툭!

최후의 보루나 다름없던 붉은색 튜닉이 바닥으로 떨어졌다.

코르셋과 속옷만 입은 상태였던 루키나는 후우, 크게 숨을 들이마시는 셰리에게 결의에 찬 눈빛을 보냈다.

셰리는 저만 믿으라는 듯 입술을 세게 악물더니 이내 침대에 놓아두던 붉은 드레스를 집어 들었다.

두근두근.

심장이 세차게 뛰는 것은 결코 상체를 압박하는 코르셋의 영향 때문만은 아니다. 루키나는 저를 따라 심호흡을 하다 곧 드레스의 소매 부분을 제게 끼우려는 셰리의 행동을 내버려 두었다.

"헉!"

정확히 루키나의 오른쪽 팔이 소매에 들어가자 셰리가 숨을 크게 들이마셨다.

"아, 아가씨!"

셰리는 몹시 떨리는 음성을 흘렸다.

"드…… 들어갔어요!"

"……."

"아가씨! 들어갔다고요!"

"호들갑 떨지 마, 셰리. 저번 달에도 양팔은 들어갔어."

루키나는 흥분하는 셰리를 가라앉히기 위해 냉정하게 말했다.

"아. 하…… 긴. 그, 그랬었지."

그래. 그랬다.

지금으로부터 4주 전, 그러니까 한 달 전에도 양팔은 저 빌어먹을 붉은 드레스에 쏙 들어갔다.

언제나 문제는…….

"아가씨. 숨 크게 들이마시는 거, 아시죠?"

언제나 루키나에게 음식을 가져다 대며 그녀의 의지를 시험하던 얄미운 셰리도 지금 이 순간만큼은 진지하기 그지없다.

셰리가 말하기도 전에 이미 들숨을 시도하던 루키나는 미친 듯이 고개를 끄덕였다. 두 여인은 비장한 각오를 다지며 어깨에 걸쳐 있던 붉은 드레스를 입기 위해 용을 쓰기 시작했다. 숨을 참는 루키나와 그런 루키나의 어깨에서부터 발목까지 드레스를 내려 버리는 셰리.

"읍!"

"헉!"

두 여인의 입술 사이로는 짧은 신음이 터져 나왔다.

'……어?'

눈까지 질끈 감으며 어떻게 해서든 몸의 부피를 줄이기 위해 애쓰던 루키나는 이전과는 달리 셰리가 제 허리에 걸려 끙끙거리지 않는다는 사실을 인지했다.

스르륵, 그녀가 눈꺼풀을 위로 올린 것은 바로 그 시점이다.

"……."

"아가씨이! 아가씨이이!"

깜빡깜빡.

루키나는 저를 부르는 셰리의 외침에 동요하지 않고 그저 그 자리에 꼿꼿하게 서 있었다.

셰리는 그런 루키나를 보며 소리쳤다.

"들어…… 갔어요!"

……뭐?

루키나는 있는 힘껏 외치는 셰리를 올려다봤다. 셰리는 커다란 눈에 투명한 눈물방울을 단 채 말했다.

"들어갔다고요, 아가씨! 이번엔 한 번도 안 걸리고 그냥 쑥 들어갔다니까요? 아가씨이! 다 들어갔어요, 아가씨이! 성공하셨어요! 성공하셨다고요!"

울먹거리는 셰리로 인해 귀가 먹먹하다. 루키나는 감격에 젖어 있는 셰리를 쳐다보다 어느새 놓여 있는 전신 거울로 눈을 옮겼다.

루키나 로델린의 다이어트 기간 동안, 공작성 내에서는 거울을 찾아보기가 힘들어졌다. 시녀장 유렐이 전 가솔들을 향해 명을 내렸기 때문이다.

이유인즉 간단했다. 조금이라도 살이 빠지는 것이 보인다면 그대로 안주할지도 모르는 루키나의 의지를 차단하기 위해서.

덕분에 그녀가 다이어트를 하고 있다는 것을 모르는 가솔들은 의아해하면서도 유렐의 명을 충실히 실행했다.

그런 까닭에선지 얼굴을 씻을 때나 창문에 흐릿하게 비치는 모습, 호수나 연못 등에 비친 모습 말고는 현재의 자신을 제대로 들여다본 적이 없던 루키나는 다이어트를 시작한 지 거의 6개월이 되고 나서야 진정한 자신을 마주할 수 있었다.

아니, 뭐 대체 얼마나 빠졌길래 셰리가 저렇게 호들갑을…….

두근두근―

그저 보기만 했을 뿐인데, 심장이 이성을 잃고 뜀박질했다.

루키나는 한 번 두 번, 눈을 깜빡였다. 거울 속의 여인이 그런 그녀를 따라 한 번, 두 번, 눈을 깜빡이고 있었다.

'아―'

그 어떤 말도, 나오지 않았다. 두근거리는 심장의 박동이 머릿속을 울리기만 해서 약간의 현기증까지 일 정도다.

"흐엉엉― 아가씨이―!"

곁에 있던 셰리는 이젠 아예 통곡을 하며 눈물을 흘리는 중이다. 루키나는 그런 주위의 소음에도 아랑곳 않고 그저 거울 속에서 자신을 바라보고 있는 여인을 직시했다.

눈꽃처럼 하얀 얼굴에, 찬란한 은색의 긴 머리카락, 작고 탐스러운 빨간 입술, 그리고 커다랗고 푸르른 녹색 눈동자를 지닌 '미녀'가 그녀를 응시하고 있었다.

"말도 안 돼. 다이어트라고? 아무리 우리 아가씨라지만, 틀림없이 하루도 못 가서 실패할걸?"

뚱뚱하기로 소문난 로델린의 공작 영애가 반년 전 다이어트를 시작했다는 이야기가 제국 전역에 떠돌기 시작했을 때, 당시 로델린령에서 거주하고 있던 누군가는 그 소식을 들은 뒤 코웃음을 쳤다.

잘못 걸리면 웬만한 남자도 뼈를 못 추린다는 소리가 있을 정도로 비대한 몸집을 자랑하는 루키나 로델린의 지방 덩어리들은 고작 운동으로는 제거될 수 없다고 확신했기 때문이다.

흘러넘치는 살은 둘째 치고서라도 세간에 알려진 루키나 로델린은 의지박약으로 유명했다. 가장 단적인 일화 중에는, 제국의 2황자인 렉시어드와의 혼인이 정해지고 난 뒤의 일이다.

약혼식을 앞둔 루키나 로델린이 공작성이 들썩일 정도로 다이어트에 돌입한 적이 있었다. 다른 이도 아닌 제국의 황자와의 약혼식이었던지라 야심찬 마음으로 시작했던 그녀의 다이어트는 다른 이들을 놀라게 만들었는데, 이유는 간단했다.

다이어트를 시작한 지 이틀도 채 되지 않아 배가 고프다는 이유로 공작 영애의 체통도 신경 쓰지 않고 공작성 내의 부엌으로 달려가 밤이 될 때까지 디저트를 먹었다는 그 이야기는 로델린령의 영주민들이라면 모르는 이들이 없었다.

그러한 여러 가지 이유로 인해 루키나 로델린의 무려 열 번째 다이어트 시도 소식을 들은 로델린령의 영주민뿐 아니라 리우드 제국민들은 코웃음을 쳤다. 루키나 로델린이 다이어트에 성공하리라 믿는 사람들은 아무도 없었다.

그리고 그렇게 반년이 흘렀다.

"……."

스르륵—

촛불에 반짝여 탐스럽게 빛나는 은발이 손가락 사이로 흘러내린다. 하얀 얼굴의 여인은 섬세한 손으로 자신의 머릿결을 쓸어내리고 있었다.

슬며시 고개를 들어 거울을 바라본 여인은 어두운 주위에도 불구하고 거울 속에서 환하게 빛나고 있는 제 얼굴에서 시선을 떼지 못했다.

푸른 물결처럼 작게 요동치는 녹안, 보기 좋을 정도로 붉게 물들어 있는 도톰한 입술, 하얗고 탱글탱글한 피부, 그리고 어느새 날카로워진 콧대까지.

루키나는 한동안 아무 말도 하지 않고 거울을 응시했다.

두근두근—

고요하던 심장이 파동이 인 호수처럼 반응한다.

홀린 것처럼 정면을 주시하고 있던 루키나는 나지막하게 중얼거렸다.

"진짜 더럽게 예쁘네."

그래. 예쁘다.

무심코 내뱉은 그 말처럼 예뻐도 너무 예쁘다.

예쁘다는 말이 부족하다는 생각이 들 만큼, 예쁘다.

예뻐. 아주 예쁘다고.

「제가…… 제가 아가씨를 너무 못 믿었던 것 같아요! 정말로 반성하고 있어요. 전 정말 나쁜 시녀였어요. 아니, 시녀의 자격이 없어요! 아가씨를 믿지 못하다니! 아가씨, 아가씨께서 저를 못마땅하게 여기셔서 버리신다 해도, 저 셰리, 이해할게요! 전혀 원망하지 않을게요! 평생 사죄하며 살게요!」

다이어트 내내 제게 얄밉게 굴던 셰리가 어느 순간부터 루키나의 다이어트와 관련되어서는 불신의 늪에 빠졌었다며, 참회의 눈물을 흩뿌렸던 게 돌연 떠올랐다.

그러고 보니 다이어트의 초중반쯤, 셰리의 얄미운 증상과 관련하여 유렐과 진지한 상담을 했던 일화도 눈앞에 아른거리기까지 했다.

하지만—

'그럴 만했네.'

루키나는 이제 제 말이면 껌뻑 죽는 셰리를 떠올리며 풋 웃음을 터뜨렸다.

"흐응."

그녀는 깊은 상념에서 벗어나 다시 거울을 들여다보았다. 몇 번이고 거울을 보고, 다시 거울을 보고, 또 거울을 보고, 한 번 더 거울을 봐도 이 비현실적인 얼굴은 사라질 생각을 하지 않는다.

천천히 손을 들어 올린 루키나는 잡티 하나 없는 제 얼굴을 만지작거렸다.

「어릴 때 네가 얼마나 예뻤는지 알아? 지금은 비록 이렇게 못 봐줄 정도로 살이 찌기는 했지만 그때는 정말 나보다 훨씬 예뻤다니까?」

그 괘씸한 자칭 베스트 프렌드의 말은 사실이었다. '루키나'는 그녀가 앨리스를 처음 마주하고 생각했던 인형보다 더 인형 같은 얼굴을 가지고 있었다.

그동안 대체 어떻게 이 미모를 숨기고 있었던 거지?

순간 그런 생각이 머리를 스쳤지만 그녀는 곧 이해했다.

'하긴. 살이 워낙 많긴 했었지.'

굳이 따지자면 주체할 수 없는 지방 덩어리들과 식단 관리를 하지 않아 발생한 성인 여드름 등등의 복합적 요인들이 기막힌 조화를 이루었기 때문에 그런 모습을 지녔던 건지도 모르겠다.

루키나는 제 손길을 따라 움직이는 거울 속 여인의 녹색 눈동자를 주시하며 픽 웃었다.

똑똑.

잠시 물을 뜨러 간다던 셰리가 침실 문을 두드렸다. 그녀가 허락을 하자 싱글벙글 웃으며 침실 안으로 들어온 셰리는 거울 앞에 앉아 있는 루키나를 향해 눈을 동그랗게 떴다.

"또 앉아 계시는 거예요?"

씩 웃는 셰리의 말에 루키나는 진지한 표정으로 말했다.

"셰리."

"네, 아가씨!"

"너 솔직히 말해봐."

"뭘요?"

"앨리스랑 나 중에서 누가 더 예뻐?"

어쩌면 제 미적 기준이 다른 사람들과 차이가 있을 수도 있기에 루키나는 꽤나 심각했다.

셰리는 무슨 말도 안 되는 소리를 하냐며 혀까지 끌끌 차더니 소리쳤다.

"당연히 아가씨죠!"

일말의 망설임도 없이 꺼낸 셰리의 외침에 루키나의 입꼬리가 올라간 것은 당연했다. 셰리는 정말? 하고 되묻는 루키나를 보며 감동에 젖은 음성을 흘렸다.

"실타래처럼 늘어진 눈부신 이 은빛 머리카락! 백옥보다 하얗고 매끈한 이 얼굴! 순수하기 그지없는 이 초록색 눈동자! 가느다랗고 섬세한 이 손가락! 오뚝 솟은 콧날은 말할 것도 없고, 보기만 해도 아찔한 이 붉은 입술은 당장이라도 입을 맞추고 싶을 정도라니까요!"

어……. 무, 물론 이런 찬양은 듣기 좋지만, 셰리와의 입맞춤은 사양이다. 루키나가 격한 제 표현에 움찔거리자 깔깔 웃던 셰리는 그녀의 손을 덥석 잡으며 외쳤다.

"아가씨! 지금의 아가씨는 제국, 아니, 대륙 그 누구보다도 아름다우세요! 밀리크 후작 영애? 흥! 그 영애가 아무리 날고 긴다 할지라도 아가씨보다 아름다울 수 없을걸요!"

"진짜?"

"네, 진짜요!"

확신을 가지며 외치는 셰리의 말은 꽤나 과장을 담은 것 같았지만 결코 거짓은 아니다.

셰리의 말대로다.

확실히 예전엔 많다 못해 터질 것만 같던 볼살로 인해 작다는 인상을 주던 눈은 현재는 힘을 주면 부담스러울 만큼 커져 버렸고 두툼했던 손가락들은 가느다래졌다.

전체적인 얼굴의 윤곽이 살아났으며 숨겨져 있던 코는 높게, 입술은 탐스럽게 익은 과일처럼 번들거렸다.

"역시 나만 그렇게 생각한 게 아니었어."

"아가씨, 방금 뭐라고 하셨어요?"

작게 중얼거리는 루키나의 말을 놓치지 않은 셰리가 귀를 쫑긋거리며 물음을 던졌다. 아무것도 아니라는 듯 웃으며 고개를 내젓던 루키나는 순간 머리를 스치는 생각에 입술을 움직였다.

"맞다, 셰리. 오늘 오전에 유렐이랑 카일이 분주하게 움직이던데. 누가 오기라도 했어?"

오전쯤 복도에서 시녀장인 유렐과 총관인 카일을 마주친 적이 있었다. 평소 같으면 그녀에게 말을 걸지 못해 안달이 났을 그들이 안절부절못하다 묵례만 한 채 사라지던 모습이 떠올라 묻자 셰리는 빙긋 웃었다.

"아, 네! 누가 온 건 아니고요, 몇몇 귀족분들이 아가씨께 보낸 선물들이 도착했거든요!"

……선물?

"누가 보낸 선물인데?"

델론트 후작성에서 돌아온 후 바로 지독한 다이어트에 돌입하느라 공작성에 박혀 지냈다. 제멋대로 공작성으로 찾아온 휴이렌을 제외하고는 귀족이라곤 단 한 명도 보지 못했던 루키나는 선물이라는 말에 고개를 갸웃거렸다.

하지만 곧 그녀는 수긍하고야 말았다.

'맞다, 나는 로델린이지.'

현재 그녀는 루키나 이베타 로델린.

평범한 귀족 영애가 아닌, 제국의 4대 공작가 중에서도 가장 강력한 세력을 구축하고 있는 로델린 공작의 하나뿐인 외동딸이다.

비록 피는 섞이지 않았다 할지라도 딸 바보라 불릴 정도로 딸 사랑이 넘치는 로델린 공작을 모르는 귀족들은 없었으니.

그런 그녀가 불행한 사건에서 목숨을 건져 의식까지 찾았다는 소식은 줄을 잘 서고 싶은 귀족들이라면 놓치기 힘든 기회가 되었을 게 분명하다. 게다가 로델린 공작 영애는 호시탐탐 황위를 노리고 있는 2황자, 렉시어드와 약혼한 사이가 아닌가.

"어떤 선물이 왔는지 알고 있어?"

심드렁한 표정을 짓던 루키나는 셰리에게 물었다. 셰리는 활짝 웃으며 답했다.

"예! 아까 총관님께 들었어요. 음, 제 기억으로는 고급 와인부터 시작해서, 드레스, 보석 등의 장신구, 부채, 구두, 서적, 그리고……."

"하나같이 아부용 물품들이네. 됐어. 안 들어도 뻔해."

바로 이전의 삶인 '아리아나 로이트'였던 시절, 귀족들에게 잘 보이기 위해 비밀리에 선물을 보냈던 기억이 떠오른다. 그때는 그렇게 아깝게 느껴졌던 고가의 귀금속들이 지금의 제겐 하등 쓸모없는 것들이어서 흥미가 뚝 떨어졌다.

손을 들어 올려 셰리의 말을 막은 루키나는 순간 번뜩이는 아이디어에 씩 입꼬리를 올렸다.

잠깐. 이거……

"어쩌면 기회일 수도 있겠는데?"

"예?"

셰리가 입가를 만지작거리는 루키나의 말에 의문을 표했다. 루키나는 의미심장한 미소를 지으며 셰리를 응시하다 창밖을 바라봤다.

"셰리. 아버지께서 언제 돌아오시기로 했지?"

"각하께서는 내일 오전쯤 귀환하실 예정이세요!"

잘됐네.

"좋아. 그럼 내일 날이 밝으면 당장 카일을 불러와."

"카일 총관님을요?"

루키나는 되묻는 셰리에게 하얀 이를 드러냈다.

"아버지께 말씀드리기 전에, 카일과 먼저 상의를 해봐야겠어."

끼이익—

"이브!"

말에서 내리자마자 본성의 문 앞으로 달려간 에드문드는 마침 그를 기다리고 있던 시종이 문을 열기도 전에 먼저 문을 세게 밀었다.

루키나의 다이어트가 시작된 지 세 달쯤 되었을 때, 갑자기 황제에게 불려가 무려 지금까지 황도에서 돌아오지 못하던 에드문드는 총관인 카일과 시녀장인 유렐, 그리고 간혹 루키나의 편지 교환으로 그녀의 안부를 듣고 있었다.

"이브, 어디 있느냐! 내 딸!"

루키나가 다시 의식을 차린 이후 이전보다 훨씬 더 못 말리는 딸 바라기가 되어버린 에드문드는 무려 석 달이나 보지 못했던 여식의 얼굴을 마주하기 위해 힘껏 외쳤다.

"이브! 이브!"

만약 황도의 귀족들이 지금과 같은 에드문드의 모습을 보았다면 혀를 내두를 테지만, 알게 뭐냐.

에드문드는 루키나를 찾기 위해 고개를 이리저리 움직였다.

"각하. 오셨습니까."

"아, 카일!"

"폐하께서는 안녕하신지요."

"몹시 안녕하시다. 소문과는 달리 매우 건강하셔서 며칠 전에는 함께 사냥을 나갔…… 아. 그게 중요한 게 아니다. 이브는 어디에 있지? 내 소중한 딸, 우리 이브는 어디에 있는 거지? 내가 왔다는 것을 알리지 않은 것이냐? 어째서 보이지 않는…… 카일. 그 기분 나쁜 웃음은 대체 무슨 의민가?"

과묵한 공작답지 않게 쉬지 않고 말을 늘어놓는 것을 보며 카일은 말없이 웃었다. 한창 고개를 갸웃거리던 에드문드는 카일의 기묘한 미소에 인상을 썼다.

카일은 두 손을 휘휘 내저었다.

"하하하. 기분 나쁜 웃음이라니요. 각하, 무슨 말씀이신지."

"······숨기는 게 있나 보군. 뭐지? 이브가 깜짝 놀랄 만한 선물이라도 준비한 건가? 아니, 그것보다, 이브는 왜 아직도 보이지 않는 거냐."

이젠 아예 툴툴거리기까지 한 에드문드는 확실히 예전의 딸 바보 증세에서 한층 업그레이드된 상태였다. 카일은 이브가 어디 있는지에 대해 노래를 불러대는 에드문드에게 옅은 미소를 그린 채 뒤를 돌아보았다.

"직접 물어보시지요."

"그게 무······!"

영문을 알 수 없는 카일의 말에 미간을 좁히던 에드문드는 그들이 서 있던 본성의 그레이트 홀로 오기 위해 계단을 타고 내려오는 발걸음 소리를 느끼며 고개를 들었다.

흩날리는 눈발보다도 눈부신 은색 머리카락을 한데 올린 하얀 얼굴의 여인이 검은 드레스를 입은 채 사뿐사뿐, 계단을 내려오고 있었다.

에드문드는 그녀가 제 앞에 설 때까지 넋을 놓고 서 있을 수밖에 없었다.

또각—

마지막 한 걸음.

그녀를 상징하는 녹색 눈동자만 아니었더라면, 눈앞의 여인이 제가 아는 딸아이가 아니라고 생각해 버렸을지도 모르겠다.

에드문드는 어느새 자신의 앞에 멈춰 선 루키나가 슬며시 고개를 드는 것을 지켜보았다. 은발의 미녀는 가녀린 손으로 치맛자락을 살짝 들어 올리며 다소곳이 인사했다.

"이브, 아버지를 뵙습니다."

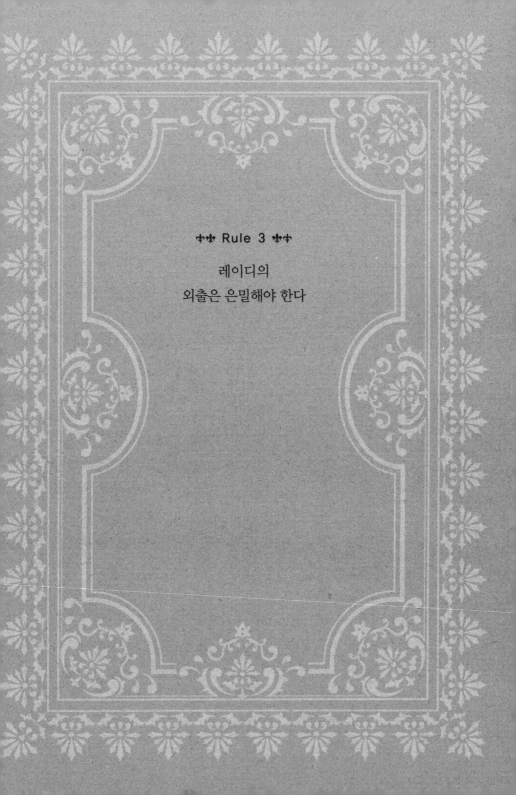

✠✸ Rule 3 ✸✠

레이디의
외출은 은밀해야 한다

똑똑.

고요한 집무실 문을 두드리는 소리가 길게 울렸다. 서책을 들여다보던 그의 벽안이 천천히 문 쪽으로 움직였다.

"들어와."

짧고 강한 대답.

이어 달칵 문을 열고 들어온 이는 다름 아닌 그의 총관이었다. 손에 무언가를 잔뜩 쥐고 나타난 총관, 드미트리는 말없이 자신을 쳐다보고 있는 그를 향해 묵례를 한 후 붉은 입술을 달싹였다.

"각하. 오늘 도착한 서신들입니다."

말없이 서책을 들고 있던 그가 책상 위로 책을 내려놓자 드미트리는 다음 행동이 이어지기를 기다렸다. 스윽, 드미트리의 코앞으로 다가온 커다란 손은 그로 하여금 들고 있던 우편물들을 건네게 만들었다.

"총 세 개군."

"예, 각하."

"황궁에서 온 것, 사령부에서 온 것, 그리고…… 로델린 공작가?"

심드렁한 표정으로 서신들을 훑어보던 그의 눈동자가 살짝 요동쳤다. 드미트리는 피식 웃음을 흘리며 중얼거렸다.

"저도 깜짝 놀랐습니다. 로델린 공작가에서 서신을 보내온 것은 거의 처음 아닙니까?"

"누가 이런 걸 보냈지?"

"로델린 공작의 여식, 루키나 공작 영애인 걸로 사료됩니다."

루키나?

어디서 많이 들어본 이름에 그는 미간을 좁혔다.

"그 여자는 죽었다고 하지 않았었나?"

"모두 그럴 거라 생각했었죠. 한 달간 혼수상태에 빠져 있었으니. 하지만 여섯 달 전 의식을 찾았다고 합니다."

"그래?"

그동안 황명을 받아 국경을 오가느라 사교계에 대한 정보가 미흡했다. 그는 차갑게 가라앉은 얼굴로 턱 끝을 매만졌다.

그가 무슨 생각을 하는지 대충 짐작했던 드미트리의 말은 이어졌다.

"일전에 각하의 이름으로 쾌유를 축하하는 선물을 보낸 적이 있었습니다. 그러니 걱정은 하지 않으셔도 됩니다."

"고맙군, 드미트리."

"별말씀을."

"헌데 서신이라니. 무슨 내용이 담겨 있는 거지?"

로델린 공작가와 그는 황궁에서 얼굴을 몇 번 보기는 했으나 이렇다 할 친분은 없었다. 서신이 오갈 정도의 친분도 없다는 소리.

하여 의문을 표하는 그의 말에 드미트리는 피식 실소를 터뜨렸다.

"파티의 초대장입니다."

"……파티?"

"예. 저의 짧은 식견으로는 아무래도 죽었다 살아난 영애가 그사이 뭔가 깨달은 것이 있나 봅니다. 허니, 평소 하지 않던 파티를 열 생각을 하는 거겠죠."

무표정한 얼굴로 로델린 가문의 인장이 찍혀 있는 초대장을 내려다보던 그의 벽안은 흔들리지 않았다.

말없이 그 모습을 지켜보던 드미트리는 옅은 미소를 그리며 말을 이었다.

"탐탁지 않으시다면 불참한다는 의사를 표하겠습니다. 하긴. 애초에 각하께서 참석하실 곳이 아니긴 하죠. 일개 공작 영애가 주최하는 파티잖습니까? 제가 알아서 처리할 테니 너무 걱정하지 마십시오."

"초대장을 받은 이는 누구누구지?"

"로델린령 주변의 귀족들에겐 모두 초대장이 간 걸로 알고 있습니다. 그리고 평소 로델린 공작 영애와 친분이 있던 2황자와 4황자 역시 참석할 것으로 예상됩니다."

"……."

"각하?"

"참석한다고 전해."

"예?"

제 주군의 입에서 흘러나왔다고는 쉬이 믿어지지 않는 말에 드미트리는 눈을 동그랗게 떴다.

그는 당황하는 드미트리를 향해 중얼거렸다.

"한 번쯤은 로델린령을 살펴보려고 했었지. 폐하께서도 로델린 공작을 주시하고 계시는 건 사실이니. 어쩌면 이번이 좋은 기회가 될지도 모르겠군. 화답을 해라. 기꺼이 참석하겠다고. 게다가……."

제국의 4대 공작가 중 하나인 윈스턴 공작가를 이은 지 막 3년째로 접어든 미르티스 윈스턴은 피식 웃으며 예의 초대장을 내려다보았다.

"부활 기념 파티라니. 꽤 흥미롭잖아?"

「파티?」

제대로 듣지 못한 건지, 아니면 이해하려 들지 않는 건지.
무려 세 번씩이나 되묻는 에드문드를 향해 루키나는 환한 미소를 지어 보였다.

「예, 아버지! 파티를 열고 싶어요. 그동안 다이어트를 하느라 좀처럼 다른 귀족들의 연회에 참석하지 못하기도 했고, 그래서인지 친구도 못 만났잖아요! 하지만 이제 살도 빼고, 몸도 다 회복했으니 슬슬 움직여도 될 것 같아서요. 어떠세요, 아버지? 그래도 될까요?」
「그럼 그렇게 하자꾸나.」

루키나의 말이라면 손이 발이라고 해도 믿을 표정으로 에드문드는 고개를 끄덕였다.
그가 승낙할 것이라 여기긴 했지만 실제로 허락이 떨어지자 루키나는 하얀 이까지 드러내며 그에게 달려들었다. 다행스럽게도 에드문드가 휘청거리는 일은 더 이상 없었다. 때문인지, 에드문드는 눈을 의심할 정도로 달라진 루키나의 등을 쓰다듬으며 쑥스럽게 웃었다.

그날 밤, 루키나는 셰리의 도움을 받아 초대장을 작성했다.

─친애하는 리우드의 귀족 여러분들께.

여섯 달 전, 불의의 사고로 인해 의식을 잃고 지냈던 저를 걱정해 주신 리우드의 귀족 여러분들께 가슴 깊은 곳에서 우러난 감사의 인사를 전합니다.

여러분들의 관심과 격려에 보답을 하고자, '루키나 로델린의 부활 기념 파티'라는 이름의 조촐한 연회를 열려고 합니다. 부디 귀한 시간을 내주시어 참석을 해주시면 감사하겠습니다.

─마음을 담아, 루키나 올림.

초대장을 받아 든 리우드의 귀족들은 긴 한숨을 내쉬었다.

그녀를 향한 공작의 애정이 친자식 못지않게 두텁다는 사실은 너무도 유명했고, 그녀가 황실의 권력가 중 하나인 2황자 렉시어드의 약혼자였던지라 루키나의 초대를 무시할 수 없었던 까닭이다.

그 덕분에 루키나는 귀족들에게 초대장을 보낸 지 일주일 만에 모든 귀족들에게서 참석하겠다는 답장을 받았다.

'무대의 막은 그렇게 오르게 되는 거지!'

예상하지 못했던 몸뚱이에 들어와 무려 반년이나 이어졌던 고통스러운 훈련을 마친 루키나는 창가에 선 채 줄지어 들어오는 마차들을 내려다보았다.

다가오는 주말.

그러니까 앞으로 이틀 뒤에 열리는 공작 영애의 '부활 기념 파티'로 인해 로델린 공작성이 수많은 귀족들로 바글거렸다.

'흐응.'

자신의 세력을 뽐내듯 화려하게 치장된 마차들을 무심하게 내려다보던 루키나는 똑똑, 들려오는 노크 소리에 뒤를 돌아봤다. 셰리가 열린 문 틈 사이로 작은 얼굴을 빼꼼 내밀며 그녀를 쳐다보고 있었다.

루키나는 피식 웃으며 그녀에게 손짓했다.

"오늘은 얼마나 왔어?"

셰리는 살랑살랑 불어오는 바람처럼 그녀의 곁으로 다가와선 입술을 달싹였다.

"오전만 열 분이 오셨어요. 그중 헤수스 소후작께서 파티가 열리기 전, 아가씨께 인사를 드리고 싶다고 하시던데 어떻게 할까요?"

"예외를 둘 수는 없어. 죄송하지만 지금 당장은 만날 수 없다고 전해."

"예. 알겠어요, 아가씨. 총관님께는 그렇게 전할게요. 그런데……."

응?

"저, 질문이 있어요!"

셰리가 조심스럽게 물음을 던지자 루키나는 흔쾌히 고개를 끄덕였다.

"어째서 등장을 미루시는 거예요?"

아아. 난 또 뭐라고.

루키나는 풋 웃음을 터뜨렸다.

셰리는 웃고 있는 루키나가 이해되지 않는 눈치다.

그녀는 입술을 씰룩이며 중얼거렸다.

"만약 제가 아가씨였다면 남들한테 달라진 모습을 무척 보여주고 싶을 것 같은데……. 너무 참는 것도 좋지 않다고요!"

루키나는 '우리 아가씨가 달라진 걸 다른 사람들이 얼른 알았으면 좋겠어요'라며 툴툴거리고 있는 셰리에게 물었다.

"셰리. 요즘 들리는 게 많구나?"

셰리의 푸른 눈동자가 세차게 일렁이더니 이내 루키나의 녹안을 회피했다. 그녀는 우물쭈물거리며 답하기를 꺼렸다. 루키나는 마차에서 내려

본성 안으로 안내를 받는 귀족들을 내려다보았다.

"하긴. 이번 일을 두고 말이 많기는 하더라. 로렐린 공작 영애가 주제를 모르고 설친다는 말부터 시작해서 파티를 주최해도 주인공은 되지 못할 거라는 말도 떠돈다지?"

"아, 아가씨! 어, 어떻게 그걸⋯⋯!"

크게 당황하는 셰리를 바라보던 루키나는 의연한 미소를 지었다.

"나는 말이야 셰리, 사람들이 나를 깔봤으면 좋겠어."

아직은 내가 누구인지, 어떠한 생각을 하고 있고, 어떠한 인생 계획을 가지고 있는지 알려져서는 안 된다.

"그들은 내가 둥둥하다 여기고, 소극적이라 여기면서 자기들의 발밑보다 못한 존재로 생각해야 해. 그래야 충격이 극대화되거든. 방심하며 상대를 대할 때, 일격을 당하기가 쉬우니까."

"⋯⋯!"

"부활 기념 파티라는 거창한 타이틀을 달고 있기는 하지만 사실은 이번 파티는 내가 처음으로 주최하는 사교 파티야. 그런 파티의 주인공이 내가 아닌 다른 사람이 된다는 건, 말이 안 되잖아? 그런 사람들한텐 보기 좋게 한 방 먹여줘야지. 안 그래?"

씨익, 입꼬리를 올리는 루키나의 말에 셰리가 멍하니 그녀를 쳐다봤다. 루키나는 그런 셰리의 어깨를 톡톡 두드렸다.

"그러니 셰리, 지금 좀 안 좋은 소리를 들어도 꾹 참아. 본디 주인공은 말이지 극의 클라이맥스에 등장하는 거야. 가장 긴장되고, 극적인 순간에 말이지. 허니 너무 걱정하지 마. 이번 파티가 끝나면 네 아가씨는 리우드에서 가장 주목받는 귀족 레이디가 되어 있을 테니!"

우하하하— 하고 크게 웃고 싶은 것을 루키나는 꾹 억눌렀다.

이번 방법은 꽤나 모험일지도 모른다. 가늘고 긴 삶을 살기 위해서는 지나치게 눈에 띄는 것은 좋지 못하니까.

그러나 빙의 직후 일어났던 일들을 곰곰이 떠올려 보면, 다른 사람들에게 깔보고 무시당하다가 오히려 더 안 좋은 상황을 맞닥뜨릴 수 있었다.

그렇다면, 차라리 주목을 받고 다가올 위험을 방지하는 것이 낫겠지.

게다가 이번 파티를 통해 반드시 해야 할 일도 있고.

"셰리? 내 말 듣고 있니?"

말없이 저를 바라보고만 있는 셰리의 태도가 이상했다.

의아해하며 그녀에게 다시 말을 건네려던 루키나는 갑자기 자신의 허리를 감싸는 셰리의 행동에 다음 말을 잇지 못했다. 셰리는 어깨를 들썩이며 그녀를 올려다보았다.

"아가씨."

"셰리?"

"흐윽. 우리 아가씨!"

"뭐, 뭐야! 너 왜 울어?"

루키나는 닭똥 같은 눈물을 뚝뚝 흘리는 셰리를 당황스럽게 내려다보며 소리쳤다. 루키나의 만류에도 아랑곳 않고 후드득, 눈물방울을 떨어뜨리던 셰리는 울먹이며 외쳤다.

"정말 장해요! 장하다고요! 어찌나 이리도 똑똑하신지……. 크흑! 저 셰리, 우리 아가씨가 당당해지셔서 너무 행복해요! 의식을 찾으신 이후로 아가씨가 꼭 딴사람이 된 것 같아요!"

어, 사실은 말이지 정말 딴사람이라 그래—라는 말은 할 수가 없었다.

루키나는 감격에 젖은 셰리의 말을 한동안 듣고 있다 이내 쓴웃음을 흘리며 그녀의 등을 토닥여 주었다.

가끔 보면 얘도 참 나밖에 모른다니까.

"그나저나 준비는 잘되어가니?"

눈이 퉁퉁 붓도록 울던 셰리를 달래며 그녀의 울음이 그치기를 기다리던 루키나는 코를 훌쩍거리며 손등으로 눈을 닦던 셰리에게 물음을 던졌다. 셰리는 그녀의 질문이 떨어지기가 무섭게 대답했다.

"그럼요! 총관님과 유렐 님이 애쓰고 계세요. 초대받으신 귀족분들께선 따로 각각 배정받은 게스트 룸에 머무시면서 파티를 준비하고 계시고, 공작성을 나가 로델린 영지를 둘러보시는 분들도 계세요. 귀족분들이 영지에 오신 건 매우 오랜만이어서 오랜만에 로델린령이 북적북적하다고요. 흐흐흐."

로델린 영지……?

무심코 고개를 끄덕이던 루키나의 눈이 큼지막해졌다.

그러고 보니 자신이 루키나 로델린의 몸으로 들어온 지 어언 반년가량이 지났지만, 델론트 후작성을 제외하고는 단 한 번도 공작성을 나선 적이 없다는 사실이 떠올랐기 때문이다.

다이어트 전담 팀과 셰리 말고는 공작성의 다른 식솔들도 모르게 극비리에 다이어트를 했고, 달라진 제 모습이 밖으로 새어 나가는 것을 방지하기 위해 파티가 열리기까지의 보름 동안은 줄곧 제 침실과 연무장만을 오갔다.

몰라보게 바뀐 체격을 감추기 위해 옷까지 겹겹이 입는 치밀함을 보이면서 다이어트에 매진하느라 로델린 영지민들의 마을을 구경할 생각조차 하지 못했다.

그래. 어쩌면 지금 이 시기가 남들의 눈치를 보지 않고 마음껏 돌아다닐 수 있는 마지막 기회인지도 몰라.

그렇다면……!

"아가씨?"

꼬리를 물고 늘어지는 생각으로 인해 말없이 입을 다물고 있던 루키나는 자신을 부르는 셰리를 향해 시선을 옮겼다.

셰리는 휘어지는 루키나의 눈웃음에 고개를 갸웃거렸다. 그녀가 의아한 음성을 다시 한 번 흘릴 틈도 없이 루키나가 의미심장한 미소를 지었다.

"셰리."

자신을 부르는 루키나의 목소리가 묘한 꿍꿍이를 담은 것 같아 셰리는 잠시 멈칫했다.

아니나 다를까. 루키나의 붉은 입술 사이로 예상치 못한 말이 흘러나왔다.

"너, 내 공범이 되어줘야겠다."

"공범…… 이요?"

불안함을 가득 담은 시선을 보내는 셰리를 향해 루키나는 짓궂게 웃었다. 셰리의 푸른 눈동자가 지진이라도 난 것처럼 떨리는 것을 마치 즐기는 것만 같았다.

셰리는 수상쩍은 루키나의 미소에 안 좋은 예감을 느끼며 뒷걸음질 쳤지만 도망치려는 그녀보다 루키나의 손이 셰리에게 뻗어나가는 것이 더 빨랐다.

그리고 그로부터 정확히 세 시간 뒤.

"어머, 셰리. 어딜 가니?"

"흐익!"

셰리는 공작성 후문을 향해 은밀한 걸음을 옮기다 들려온 음성에 온몸을 움찔거렸다.

덜커덩—

덕분에 그녀가 밀고 가던 손수레가 요란한 소리를 내며 멈추었다. 뒤를 돌아본 셰리의 두 눈에 안경을 써서 더욱 깐깐한 인상을 주는 유렐이 싱긋 미소 짓는 것이 보였다. 셰리는 침을 꼴깍 삼켰다.

"호호, 얘도 참. 뭘 그리 놀라?"

"유, 유렐…… 님. 조, 좋은 아침이에요!"

누가 봐도 경직된 자세를 취하는 셰리의 모습은 의심스러웠다. 유렐은 과장된 외침을 흘리며 하하, 웃어대는 셰리를 발견하고선 눈을 가늘게 떴다.

쿵쾅쿵쾅!

셰리의 콩알만 해진 심장은 미친 듯이 뛰기 시작했다. 등 뒤로 주르륵 식은땀이 흘러내리는 것 같아 셰리는 목을 축였다. 유렐이 의미심장한 눈빛을 보내며 한 걸음, 두 걸음, 제게 다가올수록 셰리는 경직된 안면을 움직이려 애써야 했다.

"셰리."

"흐억! 예, 옙!"

"……너, 평소와는 많이 다르다?"

공작성의 안살림을 도맡아 하는 시녀장 유렐은 모르는 것이 없었다. 특히 루키나와 관련된 일이라면 더더욱.

루키나의 다이어트 전담 팀으로 들어온 직후 유렐은 루키나가 어떤 속옷을 입고 어떤 음식을 먹었으며 몇 시간이나 운동했는지 보고받는 사람이었다.

물론 그런 보고를 하는 사람은 당연히 셰리였다. 루키나의 가장 가까운 곳에서 언제든 그녀와 함께하는 유일한 사람이었으니까.

셰리는 자신의 어색하게 웃는 얼굴과 그녀가 등 뒤로 감추려 애쓰는 손수레를 번갈아 응시하던 유렐의 입술이 서서히 열리는 것을 지켜보아야 했다.

"그거 뭐야?"

"호호. 무, 무엇을 말씀하시는 건지……."

"셰리. 그 손수레에 든 거, 뭐야?"

셰리의 얼굴이 창백하게 질려갔다.

어떻게 말해야 하지?

이런 적은 난생처음이었던지라 셰리는 파리하게 질린 입술을 뻐끔거렸다.

유렐은 그런 셰리의 코앞까지 다가왔다.

"볏짚 아니니? 이 많은 볏짚은 대체 왜……."

"아가씨께서 수련 인형을 만들어오라고 명하셨어요!"

유렐은 있는 힘껏 소리치는 셰리의 말에 멀뚱히 그녀를 응시했다. 셰리는 어느새 빨갛게 달아오른 얼굴로 말을 이어 나갔다.

"유렐 님도 아시잖아요. 아가씨께서 검술 연습을 즐기시는 거."

"알지. 에단 경께서 아가씨를 지도하고 계시잖니."

"호호, 네. 그런 아가씨의 수련 인형이 부족해졌어요. 이 볏짚들로 아가씨의 수련 인형들을 만들려고요! 마을 내 잡화상점의 토레스 아저씨가 그런 걸 또 잘 만드시거든요!"

"아……."

"유렐 님, 아세요? 우리 아가씨의 힘이 어찌나 센지, 목검으로 수련 인형들을 다 부숴 버리신다니까요! 가끔 저는 우리 아가씨가 남자로 태어나셨으면 얼마나 든직했을까 하고 생각해요! 오호호호!"

셰리는 당황한 티를 내지 않기 위해 일부러 더 깔깔 웃었다. 그런 셰리를 말없이 쳐다보던 유렐은 볏짚들이 수북이 쌓여 있던 손수레를 흘긋거리다 고개를 끄덕였다.

"아가씨께서는 다이어트가 끝이 나도 검술 훈련을 게을리하지 않으시는구나."

"당연하죠! 누구의 여식인데요!"

유렐의 중얼거림에 셰리는 외쳤다.

제국 제일의 검술 가문의 가주이자 대륙에서도 세 손가락에 꼽히는 검사인 에드문드 로델린의 여식답다.

유렐은 흐뭇한 미소를 지으며 셰리를 향해 얼른 나가보라는 손짓을 했다. 셰리는 헤헤, 웃더니 그런 그녀에게 공손하게 인사를 하고선 후문을 향해 손수레를 움직였다. 끙끙거리는 셰리의 이마에는 송골송골 땀방울이 맺혀 있었다.

긴장된 얼굴을 하고 있던 셰리가 후문을 지키는 병사의 허가를 받고 마을로 향한 지 얼마쯤 지났을까.

끼이익—

"됐어요, 됐어!"

셰리는 돌연 손수레를 멈추더니 볏짚들을 향해 소리쳤다.

마을로 향하는 황량한 벌판 위에는 셰리 말고는 아무도 없었기에 누군가 그녀를 보았다면 의심을 했을지도 모르겠다.

"푸하!"

바로 그 순간.

손수레를 가득 채우고 있던 볏짚 사이로 누군가가 고개를 빼꼼 내밀었다.

"어휴, 숨 막혀 죽을 뻔했네. 셰리. 넌 평소엔 안 그러던 애가 왜 그렇게 연기를 못해?"

찰랑거리는 은발 곳곳에 묻은 지푸라기들을 떼어내며 루키나는 투덜거렸다. 셰리는 좌우를 두리번거리며 주변을 살피더니 긴 한숨을 내쉬

175

었다.

"아가씨. 저 두 번은 이 짓 못하겠어요. 못 보셨겠지만, 아까 유렐 님 얼굴이 얼마나 무시무시했는 줄 아세요? 하아아. 안 들킨 게 천만다행이라고요! 심장이 터질 뻔했다니까요? 으으으."

온몸을 부르르 떨며 말하는 셰리를 보고 루키나는 풋 웃었다. 확실히 갑자기 맞닥뜨린 유렐의 모습은 꽤나 무서웠을 것이다. 나쁜 짓을 하던 중이었다면 그런 유렐의 서늘한 시선을 피하기가 쉽지는 않았겠지.

루키나는 안도의 한숨을 내쉬며 다시는 안 해요──를 중얼거리는 셰리를 향해 볏짚 사이에 넣어두었던 무언가를 툭 던졌다.

"이게 뭐예요?"

손목에 차고 온 머리끈으로 기다란 머리카락을 한데 묶고 있는 루키나를 올려다보며 셰리는 고개를 갸웃거렸다.

루키나는 직접 행동하는 것으로 대답을 대신했다.

"아가씨?"

"셰리. 원래 밀행에서는 변장이 필수야."

게다가 이번 외출은 은밀해야 하니까.

"얼른 벗고 난 뒤에 로브 뒤집어써. 우리가 몰래 나왔다는 게 알려지면 귀찮아질지도 모르니까."

루키나는 근처 풀숲으로 들어가 입고 있던 드레스를 벗어 던지고 평민 남성들이 입고 다니는 바지를 입고 있었다.

셰리는 체통 따위는 신경 쓰지 않고 눈 깜짝할 사이에 변장 준비를 마친 루키나가 검정색 로브를 걸치는 모습을 멍하니 응시했다.

"뭐 해, 셰리? 안 움직여?"

"아…… 네, 넵! 버, 벗을게요! 벗을게요!"

눈을 가늘게 뜨며 지시하는 루키나의 명령에 셰리는 흠칫 놀라며 고개를 끄덕였다. 입고 있던 치마를 훌러덩 벗는 셰리를 루키나는 흐뭇하게 응시했다.

가늘고 긴 삶을 꿈꾸는 레이디 루키나 이베타 로델린이 생존하기 위한 세 번째 법칙.

레이디의 외출은 은밀해야 한다.

"아가…… 혀, 형님! 흠흠, 보, 보세요! 저 팔찌, 너무 예쁘지 않아요? 어머, 저 손수건은 뭐지? 헉! 아가…… 형님! 저 코르셋 좀 보세요! 대체 무엇으로 만든 거야? 안 되겠어요. 아가…… 형님! 잠깐만 여기 계세요! 저 저것 좀 자세히 보고 올게요! 기다리세요!"

오래전, 로델린 공작에게서 하사받았다던 작은 단검을 허리에 찬 채 사뿐사뿐 발을 뻗던 셰리가 잔뜩 흥분한 눈으로 주위를 두리번거렸다.

루키나는 자신에게 '몰래 성을 빠져나온 대신 절대로 주목을 끌지 않는다고 저랑 약속해 주세요!'라고 신신당부를 했던 셰리가 반짝반짝 빛나는 액세서리 노점상을 발견하곤 달려가는 것을 보며 풋 웃음을 터뜨렸다.

'저렇게 좋을까.'

신이 난 셰리를 보고 있자니 괜히 미안해진다. 극비리에 진행되던 다이어트로 인해 마음 놓고 마을을 오가지 못하던 셰리가 떠올랐기 때문이다.

검은 로브를 쓰고 있던 루키나는 노점상들이 줄지어 있는 거리에서 정신을 놓아버리는 셰리를 보고 고개를 절레절레 저었다.

"잠깐! 그냥 가지 말고 이거 한 번만 보고 가요! 1페니면 여기 이 예쁜 손수건을 살 수 있다고! 다신 없을 기회라니까?"

"1페니에 이 머리끈을 두 개 줄게요, 어때요?"

"사과 한 바구니에 1페니! 엄청나게 싸다고 생각하지 않아요? 파격 가격이라고!"

"그런 칙칙한 로브 대신, 20페니에 이 천으로 새로운 로브를 만드는 건 어때? 비싸다 생각하면 더 할인해 줄게!"

불과 얼마 전까지만 하더라도 고요하기 그지없었을 로델린 공작령은 그 어느 때보다 활기가 넘쳤다.

루키나는 줄지어 늘어선 노점상들이 제게 손짓하는 것을 바라보며 옅은 미소를 그렸다.

태양이 쨍쨍 내리쬐는 오전부터 시작하여 하늘이 검게 물든 저녁까지, 가릴 것 없이 거리엔 사람들로 북적였다.

황도와 꽤 떨어진 곳에 위치해 있었던지라 비교적 한적한 분위기를 흘리던 로델린 공작령이 지금처럼 야시장을 형성하기 시작한 것은 바로 2주 전, 공작의 하나뿐인 여식 루키나 이베타 로델린의 파티 개최 선언 덕택이었다.

한때는 공작뿐 아니라 로델린 공작령에 살고 있는 모든 영지민들의 사랑을 독차지했던 아리따운 공작 영애는 성인이 되어가면서 미운 오리 새끼보다 못한 취급을 받았다.

소극적이고, 뚱뚱하며 세상과 단절된 삶을 살고 있는 공작 영애를 자랑스러워하는 영지민은 아무도 없었으니까.

다른 지역의 영지민들이 로델린 공작령의 영지민들에게 루키나에 대한 이야기를 거론하면 미간을 좁히던 그들은 죽음의 늪에서 벗어난 로델린 공작 영애의 선언에 화들짝 놀랐다.

「공녀가 미쳤나?」

「다른 귀족들한테 무시당하지 않으면 다행이련만. 우리 영애가 각하의 이름을 더럽힐까 봐 걱정일세.」

「그러게 말이야. 로델린 공작 각하께서 이 일을 허락해 주셨다는 사실이 놀랍군!」

「딱히 놀랄 것까지야. 각하의 딸 사랑은 널리 알려진 사실 아닌가.」

루키나 로델린의 부활 기념 파티.

거창한 타이틀을 붙여가며 파티를 열겠다고 선언한 루키나로 인해 불만을 터뜨리는 영주민들이 없지는 않았지만, 제국 각지에서 소식을 듣고 찾아온 타지민들로 인해 침체되었던 로델린 공작령의 상권이 활발해지면서 그 불만은 점점 잠잠해졌다.

"뭘 그렇게 보고 있어?"

저와 똑같은 검은색의 로브를 쓴 채 토끼처럼 시장 곳곳을 뛰어다니던 셰리는 노점상 가판대 위의 무언가를 뚫어져라 응시하고 있었다.

루키나는 그런 그녀에게 다가가선 속삭였다. 갑작스레 다가온 루키나로 인해 셰리가 흠칫 놀라 고개를 들더니 이내 배시시 웃었다.

"아무것도 아니에요."

"아무것도 아니긴! 이보쇼, 형씨. 여기 이 아가씨는 아까부터 이 목걸이를 쳐다보고 있었다니까?"

"아, 아가씨라뇨! 저는 나, 남자입니다만!"

"남자는 무슨. 체격부터가 여잔데!"

……그럼 나는?

걸걸한 음성을 흘리던 노점상의 주인은 손을 가로젓는 셰리의 말에 픽 웃었다.

루키나는 제게 '형씨' 라는 말을 건넸던 노점상 주인을 아니꼬운 얼굴로 바라보았다.

'하긴 뭐…….'

그가 오해하는 것도 이해는 한다.

아무리 평민 남성과 같은 복장을 하고 있대도 셰리는 제국의 평범한 여성들 만큼 평범한 키를 지니고 있었으니까. 옷으로 가렸다 할지라도 그녀를 여자라고 생각할 만하겠지.

하지만 루키나는 다르다.

그동안 비대한 지방에 가려 그저 '거대하다' 는 인상을 주던 그녀의 체격은 지방들이 사라진 후엔 거대라기보단 잘 빠졌다는 말이 어울릴 정도로 슬림하게 변모했다.

두툼한 다리는 길쭉해졌고, 그로 인해 제국의 여성들보다 훨씬 큰 키를 자랑하던 그녀의 키가 도드라졌다. 타고난 체격이 있었기에 어깨는 좁은 편이 아니었지만 그리 넓지도 않아 딱 보기가 좋았다.

아마 그러한 까닭으로 보통 여성들보다 훨씬 큰 눈높이를 자랑하는 그녀를 여성으로 여기지 않은 거겠지.

차라리 잘된 것일 수도 있다.

셰리야 그렇다 치더라도 제 변장은 먹혀들어 간다는 소리니까.

루키나는 씩 웃으며 일부러 쉰 소리를 냈다.

"어떤 목걸이를 보고 있었지, 셰리?"

"헉. 아가씨! 갑자기 왜 그런 이상한 말투를 쓰세요?"

셰리가 낮은 목소리를 흘리는 루키나를 보며 화들짝 놀라더니 작게 속삭였다.

루키나는 어깨를 으쓱이며 로브를 쓴 두 여자를 흥미롭게 응시하고 있는 노점상 주인에게로 시선을 돌렸다.

"이 목걸이, 얼맙니까?"

"하하, 형씨. 여동생에게 하나 사주려고 그러지? 형씨의 마음씨가 가상해서 내가 특별히 할인된 가격을 제시해 주지!"

"할인?"

"30페니! 어때? 이거 하나도 안 남는 장사라니까?"

루키나는 달콤한 유혹을 하며 목걸이를 들어 올리는 노점상 주인을 향해 픽 실소를 터뜨렸다.

갑작스러운 그녀의 행동에 그녀를 예의 주시하고 있던 노점상 주인과 셰리가 의아한 표정을 지었다. 루키나는 대답 대신 손을 들어 올려 손가락 다섯 개를 펼쳤다.

"뭐, 뭐야?"

활짝 펴진 그녀의 다섯 손가락을 바라보던 노점상 주인이 미간을 좁혔다.

그러다 아— 하고 탄성을 터뜨리며 소리쳤다.

"설마 50페니를 주겠다는……?"

"15페니."

"……뭐?"

"15페니가 적당할 것 같습니다."

노점상 주인은 어이없는 숨을 토해냈다.

"허허. 젊은 청년이 너무 많이 깎는 거 아닌가? 에이, 좋다! 그래. 내가 많이는 못 깎아주고…… 29페니. 29페니까지는 해줄게."

"15페니."

"아니, 이봐. 형씨. 15페니는 너무하잖아. 그럼…… 28페니. 28페니로……."

"15페니."

"뭐야! 후우우. 그래, 형씨. 내가 저엉말 많이 봐줬다. 27페니. 그 이하로는 절대로 안 돼! 그럼 난 손해라고!"

도통 물러날 기미를 보이지 않는 루키나를 빤히 응시하던 노점상 주인은 두 손 두 발을 다 들어 올리는 포즈를 취하며 중얼거렸다.

혀까지 끌끌 차며 고개를 젓던 그는 마지막 수를 던졌다.

"아, 아가씨."

강경한 자세를 취하는 노점상 주인의 태도에 곁에 있던 셰리가 나지막하게 속삭이며 루키나의 로브 자락을 잡아당겼다.

물러나자는 의미였지만 셰리의 간곡한 바람과는 달리 루키나는 꿈쩍도 하지 않는다.

결국 루키나는 피식, 코웃음을 치며 붉은 입술을 달싹였다.

"아저씨."

낮은 그녀의 음성에 주인이 눈을 동그랗게 떴다.

루키나는 후후 웃으며 말했다.

"아무리 원가를 남겨야 한다지만 솔직히 너무한 거 아닙니까?"

"뭐?"

"27페니라니. 15페니도 많은 것 같구만, 뭘."

"이봐. 그게 무슨 소리야? 그, 그럼 내가 지금 댁들한테 바가지라도 씌우고 있다는 거야?"

루키나는 당황하는 셰리의 손을 떼어내곤 가판대 위에 장신구들을 진열해 놓은 상인의 앞으로 걸어갔다.

"그럼, 아니라는 소립니까? 우리가 무슨 엄청 값비싼 물건을 고른 것도 아니고, 고작 큐빅 하나 박힌 목걸이를 골랐는데 처음부터 30페니를 부르다니. 양심이 없는 것 같은데?"

"야, 양심이 없다니! 이건 30페니만큼의 가치가 있는 거라고!"

"가치는 무슨. 그 큐빅 원가가 3페니도 안 한다는 걸 내가 뻔히 알고 있는데 뭘. 아저씨, 이 목걸이, 로이트 상단을 통해 구한 거 아닙니까?"

"헉! 그, 그걸 어떻게……!"

당황하는 장신구 상인의 얼굴이 딱딱하게 굳어졌다.

루키나는 두리번거리며 주위를 살폈다. 그들 사이에 오간 실랑이 덕분에 왁자지껄하던 야시장 내의 사람들이 하나둘씩 그들에게 시선을 꽂고 있었다.

미간을 좁히며 어쩔 줄 몰라 하는 상인을 향해 루키나는 씩 웃었다.

"아저씨. 저도 소란을 일으키고 싶은 마음은 없습니다. 어차피 선물을 할 거라, 가격을 엄청 깎고 싶은 마음도 없고 말이죠. 아저씨도 다 먹고살자고 하는 짓 아닙니까?"

"흠흠……."

"전 단순히 여기 내 동생에게 선물을 해주고 싶을 뿐이란 말입니다. 그러니 우리 적당한 선에서 합의를 봐요. 안 그러면 여기 아저씨가 팔려고 내놓은 물품들 원가를 확!"

"헉!"

잿빛 로브에 가려 잘 보이지는 않았지만 루키나의 올라간 입꼬리만큼은 그의 좁은 시야 안에 제대로 들어왔다.

입가를 매만지던 검은 로브의 루키나와 안절부절못하는 셰리를 번갈아 쳐다보던 그는 쳇, 입술을 삐죽이더니 말을 던졌다.

"젠장. 얼마면 되겠어?"

"아가씨. 이 큐빅 좀 보세요. 진짜 반짝거리죠? 그 가격에 이걸 살 수 있다니……. 이건 완전 거저 준 거나 다름없다고요! <u>으흐흐흐!</u>"

가만히 내버려 두었다가는 침까지 줄줄 흘릴 기세다.

루키나는 싱글벙글 웃으며 붉은 손잡이 끝에 투명한 큐빅이 박혀 있는 목걸이를 만지작거리고 있는 셰리를 바라봤다.

"그렇게 좋아?"

"당연하죠! 아가씨, 저 이거 가보로 삼아도 되죠? 아냐, 그냥 가보로 삼을래요!"

루키나는 헤실헤실 웃는 셰리를 향해 중얼거렸다.

"오버하긴. 그 큐빅 가짜야."

"상관없어요! 이 보석이 가짜든, 진짜든 전혀 중요하지 않아요! 이건 아가씨께서 처음으로 제게 주신 물건인걸요!"

……뭐?

"가격은 중요하지 않다고요. 저, 이거 대대로 물려줄 거라고요! 헤헤!"

하얀 이를 드러내며 외치고는 목걸이를 품속에 소중히 갈무리하는 셰리의 말에 루키나는 결국 풋 웃음을 터뜨렸다.

고개를 절레절레 저으며 그녀의 곁을 걷던 루키나는 마침 시야로 들어온 군것질거리를 발견하곤 셰리를 끌고 갔다.

로델린령에서만 맛볼 수 있는 통감자 꼬치 두 개를 사서 셰리에게 건네자 셰리는 활짝 웃으며 그것을 크게 베어 먹었다.

"긍뎅, 움움, 아가씽, 정 궁긍항 겡 잉엉용!"

"그러다 튀어나오겠다. 다 먹고 말해."

부드럽게 미소 짓자 힘차게 고개를 끄덕인 셰리는 한입 가득 넣은 통감자를 꼭꼭 씹은 후 외쳤다.

"그러니까 제가 하고 싶었던 말은…… 우리 아가씨, 언제부터 협상을 그렇게 잘하셨어요?"

"……어?"

루키나는 눈을 동그랗게 떴다. 셰리는 고개를 갸웃거리며 의미심장한 눈길을 보냈다.

"제가 알던 아가씨는 협상의 '협' 자도 모르시는 분이었거든요. 저 아까 얼마나 놀랐는지 아세요? 어찌나 가격을 잘 조율하시는지. 오죽하면 제 눈을 의심했다고요!"

"하, 하하."

등 뒤로 식은땀이 주르륵 흘러내렸다. 정곡을 찔린 루키나는 어색하게 눈을 휘었다. 당황하는 루키나를 보던 셰리의 눈은 점점 가늘어졌다.

"30페니 목걸이를 단돈 17페니에 사다니. 그건 진짜 엄청난 흥정이었어요!"

"그, 그래?"

"아가씨. 솔직히 말씀하세요. 어디서 그런 기술을 배우신 거예요? 잠깐. 설마 아가씨, 제가 알던 아가씨가 아닌 거 아니에요? 그러고 보니 수상해!"

루키나는 눈을 크게 뜨며 제게 다가오는 셰리에게 뭐라고 대답해야 할지 막막해졌다.

경직된 미소만 지으며 웃고 있는 루키나를 셰리는 몰아붙였다.

루키나는 어떻게든 화제를 돌리기 위해 두리번거리다 대형 펍 근처에 모여 있는 사람들을 가리켰다.

"셰, 셰리! 저기 봐. 무슨 일이 났나 봐!"

"아가씨. 말 바꾸지 마시고……."

와장창―!

……응?

"이 버러지 같은 것들! 감히 내가 누군지 알고! 너희들같이 미천한 것들이 함부로 대할 수 있는 사람이 아니란 말이야! 난, 밀리크의 후작 영애라고!"

콧방귀를 뀌던 셰리의 얼굴이 반사적으로 돌아갔다.

루키나의 시선이 향한 곳 역시 셰리가 보고 있는 곳과 별반 차이가 나지 않는다.

꽈악—

저 망할 년이 여기 왜 있는 거야?

반사적으로 쥐고 있던 주먹에 힘이 들어갔다.

"아, 아가씨."

루키나는 셰리의 만류에도 불구하고 굳은 얼굴로 웅성거리는 소리가 들려오는 곳으로 걸어갔다.

많은 사람들 사이를 파고들어 가자 익숙한 얼굴이 들어왔다. 짙게 깔린 어둠 아래서도 자신의 존재감을 유감없이 과시하고 있는 밀리크의 후작 영애가 씩씩거리며 누군가를 표독스럽게 노려보는 것이 보였다.

루키나는 밀리크의 후작 영애, 그러니까 앨리스 밀리크의 시선이 향하고 있는 곳으로 눈을 옮겼다.

"흑흑. 아가씨. 아가씨, 정말 잘못했습니다. 정말 잘못했습니다! 뭐 하고 있어? 너 얼른 사과하지 않고!"

"흐어어엉! 으어어엉!"

"잭슨!"

대체 무슨 상황인 거지?

악연도 이런 악연이 있을까.

어떻게 밀행을 나오면서까지 앨리스와 만날 수 있는 건지.

만약 오늘 아침까지의 루키나였다면 그런 앨리스와 마주치지 않기 위해 뒤도 돌아보지 않고 물러났을지도 모른다. 파티가 열리기 전까지는 앨리스 앞에 모습을 드러내서는 안 되니까.

그러나 루키나의 몸은 결코 돌아가지 않았다.

그녀는 씩씩거리고 있는 앨리스의 발 앞에 머리를 조아리고 있는 두 명의 모자(母子)를 발견하곤 미간을 좁혔다. 딱 보기에도 화려한 복장의 앨리스와는 달리 몇 번이고 옷을 수선한 것 같은 너덜너덜한 복장의 모자가 엉엉 울면서 손을 비벼대고 있었다.

잔뜩 겁을 먹고 울기만 하는 소년과 그런 소년의 머리를 억지로 땅으로 조아리려고 노력하며 빌고 있는 중년 여성.

덜덜 떨고 있는 그들의 두려움이 멀리 있는 루키나에게까지 전해지는 것 같아 인상을 쓰고 있을 때, 멀지 않은 곳에서 누군가 중얼거렸다.

"어휴. 저걸 어쩌나 정말……."

루키나는 고개를 돌렸다.

"그러게 말이야……. 엠마도 안됐지. 하필이면 잭슨이 재수 없게 높으신 귀족 영애와 부딪혀서는……."

"진짜 어쩌면 좋아. 단단히 화가 난 것 같은데……."

"실례합니다."

루키나는 사건 현장을 바라보며 안타까운 표정을 짓고 있던 영주민들에게 다가갔다.

갑작스러운 그녀의 등장에 대화를 나누던 두 명의 남녀가 루키나를 응시했다.

"대체 무슨 일인 겁니까? 꽤 심각한 상황인 것 같은데."

그들의 말로 짐작해 보건대, 아마도 땅에 머리를 조아리고 있는 저 소년이 앨리스에게 잘못을 저지른 것이 틀림없다. 루키나는 일부러 굵은 음성을 뱉어냈다. 그러자 하아, 길게 한숨을 내쉰 여성이 혀를 차며 설명해 주었다.

"그러니까 말이죠. 저기 저 소년, 잭슨이 펍을 나오던 저 귀족 영애와 부딪혔지 뭐예요. 그런데 하필 잭슨이 통감자 꼬치를 들고 있었던지라 그게 저기 저 영애의 드레스에 묻어버렸고요."

······아.

"신이 나서 뛰어다닌 게 문제지. 자식 관리를 못한 엠마가 문제야."

"당신, 무슨 말을 그렇게 해요! 따지고 보면 앞을 안 본 건 저 영애라고요. 잭슨은 제 갈 길을 가고 있었는데, 갑자기 뛰어나온 저 영애가 잭슨이 뛰어가는 방향으로 불쑥 나온 거, 당신도 봤잖아요!"

"그래, 봤어! 하지만 그걸 보면 뭘 하나. 우리는 저 아이를 도와줄 힘이라곤 없잖아!"

"그건······."

"잭슨과 엠마의 운명인 거지. 하아. 하필이면 높으신 귀족 영애 같은데, 사달 났네, 정말······."

고개를 절레절레 흔드는 그들의 얼굴엔 근심이 가득했다.

루키나는 눈물과 콧물이 범벅된 얼굴로 싸늘한 눈길을 보내는 앨리스를 향해 손을 싹싹 비비는 두 명의 모자를 내려다봤다.

"아가씨."

그런 루키나를 향해 셰리는 조용히 음성을 흘렸다.

서늘한 얼굴로 고개를 돌리자 셰리는 말했다.

"흔히들······ 일어나는 일이에요. 귀족분들이 영지를 방문할 때마다 이런 크고 작은 사건들은, 벌어지기 마련이라고요."

"······."

"일일이 신경 쓰시다가는 쓸데없는 사건에 휘말리실 수도 있어요. 마음은 이해하지만······ 우리, 들키기 전에 다른 곳을 둘러봐요. 네?"

이상할 정도로 불안해하는 셰리의 말에도 불구하고 루키나는 꿈쩍도

하지 않았다.

"아가씨."

로브 자락까지 잡아당기는 셰리의 손을 뿌리친 루키나는 두려움이 가득한 눈으로 앨리스와 그녀의 일행들을 응시하고 있는 두 모자를 바라봤다.

그때였다.

"잘못? 고작 잘못했다는 말 한마디로 이 상황을 무마하려는 거야?"

루키나는 앙칼진 목소리가 제 고막으로 흘러들어 오는 것을 똑똑히 인지했다. 얼마나 신경질적인 말투인지 루키나가 반사적으로 이를 악물 정도였다.

"웃겨! 감히 누구의 드레스를 망쳤는데! 로델린의 주민들은 미천한 제 주인을 닮아서 그런가, 하는 행동들이 왜 이렇게 무례한 거야!"

......!

"안 돼요, 아가씨."

발을 앞으로 뻗으려는 루키나의 손목을 셰리가 잡지 않았더라면 그녀는 이미 소리치고 있는 앨리스의 코앞까지 다가갔을 것이다.

루키나는 냉정하게 고개를 젓고 있는 셰리를 내려다보았다.

"파티에서 모습을 드러내기로 하셨잖아요."

"셰리."

"이해해요. 전적으로 이해한다고요. 다 이해하지만, 아가씨. 그럼 지난 보름 동안 아가씨께서 공작성을 나가지 않으셨던 노력이 물거품이 된단 말이에요. 클라이맥스, 잊으셨어요?"

다급하게 속삭이는 셰리의 말은 일리가 있었다.

다이어트 사실을 전담 팀 이외의 사람들에게 알리지 않았던 것은 주말에 열릴 루키나 로델린의 부활 파티를 위해서였다. 새로운 시작을 알리기 위해서는 강한 임팩트가 필요했으니까.

'그래. 참아야……'

외면해야 했다.

상황을 지켜보던 사람들이 쉽사리 나서지 못하는 것은 높으신 귀족들과 실랑이를 벌이다가는 뼈도 못 추린다는 것을 알고 있었기 때문이다.

루키나 역시 마찬가지.

두 모자에 대한 연민을 느끼기는 했지만 앨리스의 앞에 이런 식으로 나설 수는 없었다. 그녀는 더 자극적인 방법으로 앨리스의 앞에 나타나야 했다.

'그래, 루키나. 미안하지만 저 모자를 무시해야 돼. 이번 빙의를 하면서 생각했잖아? 가급적 타인의 일엔 끼어들지 않기로……'

소란은 쉽사리 가라앉을 생각을 하지 않았다.

그렇게 고민하던 루키나의 귀에 신경질적인 외침을 토해내는 앨리스의 음성이 들려왔다.

"바클리 자작님!"

"왜 그러십니까, 레이디 밀리크."

왠지 불안한 예감이 들어 루키나는 익숙한 얼굴의 남자 귀족과 앨리스를 응시했다.

앨리스는 차갑고 서늘한 얼굴로 흐느끼고 있는 두 모자를 가리키며 소리쳤다.

"들고 계신 바로 그 검으로, 저 미천한 것들의 손을 당장 잘라 버려요."

……뭐?

"레, 레이디 밀리크!"

"자작님께서도 보셨잖아요! 감히 저것들이 제 드레스에 이걸 묻혔다고요!"

"하, 하지만 레이디 밀리크……."

"자작님. 이게 누구한테 받은 건지 아세요? 친애하는 2황자 전하께서 저의 스무 번째 생일 선물로 주신 거란 말이에요! 제국에서 구하기 힘든 비단과 진주로 만들어진 단 하나밖에 없는 드레스라니까요! 그런데 감히…… 감히 저 무례한 것들이 제 드레스를 망쳐 버렸어요!"

"레이디 밀리크……."

"렉시어드 황자 전하께서 이 사실을 아시게 되면 얼마나 슬퍼하실까요! 저런 것들로 인해 제가 다시는 이 드레스를 입지 못한다는 것을 알게 된다면!"

"……!"

"제 드레스를 망친 저것들의 손을 잘라야 해요. 그래야 한다고요!"

미쳤군.

루키나는 무심코 그 말을 뱉어내려다 겨우 참았다. 앨리스의 입에서 흘러나온 '황자'라는 단어에 구경꾼들이 더욱 술렁거리기 시작했다.

'설마 동요하는 건 아니겠지.'

루키나는 제 영지도 아닌 무려 로델린 공작의 영지까지 온 바클리 자작이 멋대로 영주민을 해할 리 없다 여기며 그를 바라보았다.

'……!'

허나 그런 그녀의 눈에는 결의에 찬 얼굴로 두려움에 온몸을 떨고 있는 두 모자에게 다가가는 남자의 모습이 보였다.

"서, 설마 정말로 손을 자르려나 봐!"

"어떡해! 어떡해!"

"말려야 하는 거 아니야?"

"쉬이. 그랬다가 우리까지 얽힌단 말이야! 귀족들의 일엔 끼어드는 게 아니라고!"

다급하게 숨을 토해내던 영주민들의 속닥거리는 소리가 귀를 울렸다.

'저 빌어먹을 것들이 정말!'

심장이 바닥으로 내려앉는 기분을 느끼던 루키나는 반사적으로 발을 앞으로 내딛었다.

"아가씨!"

그녀를 놓쳐 버린 셰리가 소리쳤으나 루키나는 아랑곳 않고 눈을 부라리며 주변을 살폈다.

뭔가…… 뭔가 저 남자를 막을 무언가가…….

두 모자에게 다가서는 바클리 자작을 저지하기 위한 도구를 찾던 루키나의 눈에 무언가가 들어온다.

'어?'

슥—

"……!"

마침 저와 멀리 떨어지지 않은 곳에 있었던지라 일말의 망설임도 없이 그것을 향해 손을 뻗은 루키나는 갑작스러운 제 행동에 획 고개를 돌리는 남자와 두 눈이 마주쳤다.

"죄송한데 이거 잠깐만 빌릴게요!"

그 역시 저처럼 로브를 입고 있었기에 전체적인 얼굴은 볼 수 없었지만 잠시 마주쳤던 푸르게 일렁이는 벽안의 눈동자가 아름답다고 생각했다.

하지만 그뿐.

빠르게 머리를 스치는 감정을 날려 버리고는 남자의 허리춤에서 뽑아든 검을 들고 루키나는 성큼성큼 걸음을 옮겼다.

사건 현장으로 돌진하려는 그녀의 행동에 펍 주변을 감싸고 있던 관중들이 강이 갈라지듯 길을 비켜주었다.

"살려주세요! 사, 살려주세요! 아가씨, 부디 자비…… 아악!"

"엉엉엉! 흐어어엉!"

두근두근.

서늘한 얼굴을 하고 있던 바클리 자작이 두 모자를 향해 검을 들고 다가갈수록 심장이 미친 듯이 뛰었지만 루키나는 멈추지 않았다.

스릉—

"악의는 없다."

차갑게 말을 늘어놓으며 검을 들어 올리던 바클리 자작이 검집에서 검을 뽑아 들었다.

그의 수하로 보이는 이들이 두 모자의 손을 잡아 그에게 내밀었다.

"그저 너희들의 운이 없었다고 생각해라."

바클리 자작은 후우, 길게 한숨을 내쉬며 날카로운 검날로 그들의 손목을 내려치려 했다.

챙—!

그러나 그런 그의 검날이 막 잭슨이라는 소년의 손목에 닿기 직전, 금속끼리 부딪치는 소리가 거리를 가득 울렸다.

앨리스를 비롯한 군중들의 눈동자가 동그래졌다.

"뭐 하는 짓이냐!"

바클리 자작은 제 검을 막고서 두 모자 앞에 서 있는 검은 로브를 향해 음산한 목소리를 흘렸다.

루키나는 힐트를 쥐고 있던 손에 힘을 주며 다물고 있던 입술을 달싹였다.

"그건 오히려 내가 묻고 싶은 말인데?"

루키나 로델린의 다이어트 전담 팀원 중 한 명인 슈비트 에단과의 기초 체력 훈련이 슬슬 익숙해져 갈 무렵, 검술 훈련을 하고 싶다고 했던 루키나의 제안을 받아들인 슈비트 에단과의 첫 검술 훈련 때의 일이다.

「아가씨께선…… 어째서 그런 포즈를 취하고 계시는 겁니까?」

앙 가르드(En Grade).
펜싱 경기를 치르기 직전, 상대 펜서를 향해 검을 겨누는 동작.
앞발과 뒷발의 간격을 발 길이의 두 배 혹은 어깨 넓이 정도로 벌려준 뒤, 앞발 무릎과 발 사이가 수직으로 세워진 자세를 유지하여야 하는 매우 기본적인 준비 동작을 취하는 루키나를 가만히 바라보던 칼튼 기사단의 슈비트 에단이 의미심장한 말을 흘렸다.
펜싱 검보다는 굵고 무거웠었지만 당시의 루키나가 들기에는 적합한 목검을 들고 있던 루키나는 그제야 아차─하는 생각에 얼른 차렷 자세로 돌아왔다.

「미안해요, 에단 경. 에단 경께서 검을 쥐라길래 무심코. 이, 이렇게 잡는 게 아니었나 보네요. 오호호호!」

무의식적인 행동이었다.
오랜 세월 동안, 검만 잡으면 무심코 저도 모르게 펜싱의 기본 동작을 취하게 된 것은.
첫 번째 생애 이후로도 줄곧 검을 잡을 때마다 이전의 기억을 떠올렸던 터라 습관이 되어버린 것이 틀림없었다. 육중한 몸으로도 그런 자세를 취하는 것이 불편하지 않았던 것을 보면 더더욱.
루키나는 콩닥콩닥 뛰는 가슴을 가라앉히며 슈비트 에단을 힐끔거렸다.

오해하는 것은 아닐까?

불안한 시선으로 하하 웃고만 있는 루키나를 에단은 그저 아무 말 없이 응시하고 있을 뿐이었다.

리우드 제국의 내로라는 검술 명가인 로델린 공작가에는 황실을 대표하는 아그노스 기사단만큼이나 명성 높은 기사단이 존재했다. 그것은 바로 로델린 공작가의 4대 가주인 칼튼 로델린이 창설한 칼튼 기사단이었다.

4년마다 열리는 제국 기사단 대회에서 언제나 강력한 우승 후보로 꼽히는 칼튼 기사단은 검에 뜻을 품은 기사 지망생들이 입단하고 싶어하는 1순위였다.

그런 칼튼 기사단의 35대 단장이자 제국 내에서도 다섯 손가락에 꼽히는 검사인 슈비트 에단은 매서운 눈으로 목검을 쓸어내리고 있는 루키나를 바라보다 후우, 한숨을 내쉬며 말했다.

「지금부터 제가 아가씨께 가르쳐 드릴 검술은 지키기 위해서 사용되어야 하지, 해치기 위한 수단으로 사용되어선 안 된다는 점을 명심하셨으면 좋겠습니다.」

체력 훈련이 아닌, 검술 훈련을 처음으로 시작하면서 사뭇 진지한 얼굴로 경고하는 슈비트 에단의 말에 루키나는 적잖이 놀랐다.

첫 번째 생애에서 처음으로 펜싱 검을 들었을 때 그녀의 스승에게서 들었던 그 말을 슈비트 에단에게서 다시 듣게 될 거라고는 생각하지 못했다.

해치는 것이 아닌 지키는 것.

펜싱 검을 들고 국가를 대표하여 올림픽에 나갔을 때도, 다이어트를 목표로 다시 검술 훈련을 하게 되었을 때도 그녀에게 있어서 검이라는 것은 언제나 무엇을, 누군가를 지키기 위해 사용되어야 했다.

"무례한 자군."

검은 로브에 싸인 루키나의 발언에 침묵에 휩싸여 있던 주변이 바클리 자작이 뱉어낸 말로 인해 긴장감에 휩싸였다.

그에 아랑곳 않은 루키나는 거친 숨을 몰아쉬고 있는 두 모자를 향해 뒤로 손짓을 몇 번 한 다음 굽혔던 무릎을 서서히 들어 올렸다.

끼릭—

부딪쳐 있던 두 사람의 검날이 기분 나쁜 소리를 내며 주위로 퍼져 갔다.

그들을 주시하던 몇몇 군중들이 미간을 좁히며 귀를 막았다.

루키나는 천천히 일어난 상황에서도 결코 바클리 자작과 맞댄 검을 놓지 않았다.

다행스럽게도 상대의 키가 다른 남자 귀족들에 비해 큰 키가 아니어서 두 사람 간의 눈높이는 크게 차이 나지 않았다.

그녀는 힐트를 쥐고 있던 손에 온 힘을 보내며 상대를 노려보았다.

"무례한 건 내가 아니라, 그쪽인 것 같은데."

물론 지금 이 상황에서 얼굴을 드러낸다 할지라도, 저 빌어먹을 밀리크의 후작 영애가 자신을 알아볼 리 만무하지만 일단은 쉽사리 정체를 드러내는 것은 삼가기로 했다.

일부러 굵은 음성을 흘리는 루키나의 말에 그녀를 노려보던 바클리 자작이 얼굴을 찌푸렸다.

"무례한 건…… 우리다?"

"잠깐! 그게 무슨 소리죠? 바클리 자작님이 무례하다니요! 이봐요! 대체 누구인지 모르겠지만, 낄 곳이 있고 안 낄 곳이 있어요! 당장 물러나지 못해요?"

저 눈치 없는 밀리크의 후작 영애, 앨리스는 바클리 자작의 말을 끊어 버리고선 버럭 소리쳤다.

루키나의 뒤에서 엉엉 울며 서로를 토닥이고 있는 두 모자의 손목을 자르지 못해서인지 신경질이 나도 잔뜩 난 모양이었다.

루키나는 어느새 그들을 향해 다가가 두 모자를 부축하고 있는 셰리에 게 고개를 끄덕이더니 다시 피식 웃으며 앨리스를 응시했다.

"그대. 밀리크의 후작 영애라 했었나?"

"그래요! 난 무려 밀리크 후작 각하의 하나밖에 없는 외동딸이에요! 그 러는 당신은 대체 누군데 나를 이렇게 모욕하고 있는 거죠? 감히 대귀족 의 일에 간섭하려 들다니!"

모욕?

"하! 정말, 어리석은 발언이군."

"……뭐라고요?"

실소를 터뜨리며 중얼거리는 루키나의 말을 앨리스는 놓치지 않았다.

루키나는 눈을 치켜뜨는 앨리스를 내려다보며 입술을 달싹였다.

"밀리크의 잘나신 후작 영애이시여. 지금 그대가 얼마나 큰 죄를 짓고 있는 건지, 알고는 있는 건가?"

"크, 큰 죄라니 무슨……."

일갈하는 루키나의 말에 앨리스의 얼굴이 울긋불긋해졌다.

하얀 얼굴이 흥분하여 붉게 물들어가자 루키나는 입속에 머물던 말을 이어 나갔다.

"이곳은, 그대의 이름이라면 모든 이들이 고개를 조아리는 밀리크령이 아닌, 로델린 공작 각하께서 다스리시는 로델린령이다."

"그, 그게 무슨 상관이라는 거죠!"

"그런 로델린의 공작령에서, 그대는 로델린 공작 각하의 비호를 받고 있는 영주민의 손을 멋대로 자르겠다는 멍청한 소리를, 앞뒤 생각도 하지 않고 늘어놓고 있다는 말이다!"

"……!"

크게 울려 퍼지는 루키나의 외침에는 힘이 있었다.

웅성웅성—

그녀의 말에 움찔거리는 것은 비단 앨리스와 바클리 자작뿐만이 아니었다.

"저, 저…… 맞는 소리, 아니야?"

"그, 그렇지! 맞는 말이지! 우리는 공작 각하의 비호를 받는 몸이라고!"

"맞아! 우리는 공작 각하께서 직접 허락해 주셔서 이곳에 살고 있었어!"

멀찍이 떨어진 채 상황을 지켜보던 로델린의 영주민들이 하나둘씩 쏟아낸 말들의 파급력은 엄청났다.

루키나를 옹호하는 그들의 발언에 앨리스가 얼굴을 처참하게 일그러뜨렸기 때문이다. 바클리 자작은 무슨 생각을 하는지 알 수 없는 얼굴로 여전히 루키나와 검을 맞대고 있었다.

"더 이상의 소란을 일으키려 들지 마라. 그대들은 로델린 공작 영애의 초대를 받아 이곳까지 온 '손님'이 아니었던가. 이곳의 주인은 로델린이지, 밀리크가 아니란 말이다!"

"무, 무슨 소리를 하는 거야! 그렇다면 내 드레스는 어떻게 할 건데! 저 미천한 것들이, 내 드레스를 망쳤단 말이야!"

으으. 그놈의 드레스!

루키나는 불현듯 눈앞을 스치는 렉시어드와 앨리스의 기분 나쁜 밀회를 떠올리며 입술을 악물었다.

그녀는 다시금 조용해진 앨리스에게 외쳤다.

"그대의 드레스는 통감자가 묻었다고 형편없어진 것이 아니라, 원래부터 형편없었다. 내가 듣기론 밀리크의 후작 영애는 제국에서도 제일가는 패션 센스를 가지고 있다 들었는데, 사실은 아니었던 모양이군! 지금 그대가 입고 있는 옷은 그대와 전혀 어울리지 않는다. 돼지 목에 진주 목걸이를 걸어둔 격이랄까? 풋. 그대의 패션 센스는 알려진 것과는 다르게 아주 최악이군 그래. 그런 옷이 귀하다 난리는 치는 꼴이라니."

"뭐, 뭐? 너…… 바, 방금 뭐, 뭐라고 그랬어! 이게 얼마짜린 줄 알고, 누가 줬는지 알고 하는 말이냐고! 야! 너 대체 뭐야! 대체 뭐…… 하아—"

챙—!

"레이디 밀리크!"

이가 갈리는 것을 꾹 참으며 외친 루키나의 말을 듣고 있던 앨리스는 갑자기 현기증을 일어났는지, 이마를 잡고 비틀거렸다. 그 모습을 발견한 바클리 자작이 루키나와의 신경전을 포기하고 검까지 떨어뜨린 채 앨리스를 향해 달려갔다.

'고작 그거 가지고 뭘. 흥.'

루키나는 온몸을 부르르 떨며 제게 손가락질을 하는 앨리스가 더 이상 몸을 일으키지 못하자 입술을 삐죽였다. 그녀는 검을 들고 있던 손에 서서히 힘을 빼며 말했다.

"불만이 있다면 로델린 공작 각하께 직접 제기하도록. 각하께서는 공정하신 분이니 제국법에 의거하여 그대들의 일을 판단해 주실 거다. 물론, 그래 봤자 각하의 영주민을 건드린 죄로 쓴소리를 들을 것은 그대들이겠지만."

흥, 콧방귀까지 뀌는 루키나를 보며 근처의 시종에게 앨리스를 부축할 것을 명하던 바클리 자작은 다시금 일어나 그녀를 향해 다가왔다.

뭐. 뭐 어쩔 건데!

인상을 쓰고 있던 루키나는 살짝 풀었던 손목에 다시금 힘을 주었다.

"그대는, 대체 누구지?"

……응?

루키나는 조금 전과는 달리 비교적 차분해진 바클리 자작을 바라보며 멈칫했다.

바클리 자작은 로브를 쓰고 있는 루키나를 응시하며 말했다.

"그대의 말에…… 일리가 있다는 것을 인정한다."

"……!"

"그래. 이곳은 그대의 말처럼, 우리의 영지가 아닌 로델린 공작 각하의 영지다. 그대의 말과 같이 우린 초대를 받은 손님일 뿐이지. 그런 곳에서 소란을 일으켰을 땐, 제국법에 의거하여 영지를 다스리는 통솔자의 앞에서 재판을 받게 되지. 그래. 그대의 말이 전적으로 옳다. 하지만……."

하지만?

"한 가지, 거슬리는 것이 있어."

"거슬리는 것?"

루키나는 발아래 놓여 있는 자신의 검을 집어 드는 바클리 자작을 노려보았다.

바클리 자작은 갈색 눈을 빛내며 루키나에게 말했다.

"아직 그대는 그대가 누구인지 밝히지 않았다."

"……!"

루키나는 순간적으로 숨을 크게 들이마셨다.

그동안 그들의 말에 교묘하게 대꾸하며 아직까지 자신이 누구인지 정체를 드러내지 않은 것은 사실이었다.

두근두근, 뛰는 가슴 소리를 느끼며 루키나는 입술을 악물었다.

바클리 자작의 말은 이어졌다.

"만약…… 만약 그대가 그 되도 않은 로브에 정체를 감춘 평민이라면."

"……."

"평민 주제에 감히 귀족들의 일에 끼어든 것이라면—"

스릉—

"내 명예를 걸고, 그대를, 너를, 용서하지 않을 것이야!"

있는 힘껏 힐트를 움켜쥐고선 제게 달려들려 하는 바클리 자작의 행동에 루키나는 반사적으로 쥐고 있던 검을 다시금 그를 향해 겨누었다.

젠장할!

진심을 다해 달려드는 남자 귀족의 검을 제대로 받아낼 수 있을지에 대한 불안감이 머릿속을 스쳤지만, 그동안 저 역시 놀고 지낸 것은 아니다.

다른 영애들이 꽃꽂이를 배우고 다과 타임을 가지며 자수를 놓고, 춤을 배우는 동안 루키나는 살을 빼면서 검술 훈련을 게을리하지 않았다.

게다가 그녀의 검술 스승이 누구인가.

로델린 공작가에서 공작의 바로 아래 실력을 가지고 있다는 슈비트 에단 단장이 아닌가.

'스스로를 믿어보자, 루키나.'

루키나는 꽈악 손목에 힘을 주며 땅 먼지를 일으키는 바클리 자작을 노려봤다.

다섯 걸음.

네 걸음.

세 걸음.

그리고 그가 루키나와 두 걸음 정도 떨어졌을 때.

챙―!

투득!

저를 향해 검을 높이 쳐드는 바클리 자작에게 블레이드를 가져다 대려던 루키나는 순식간에 일어난 상황에 눈을 깜빡거렸다.

바클리 자작이 움켜쥐고 있던 검이 바닥으로 떨어졌다.

그와 동시에 루키나의 손에 들린 검 역시 땅으로 곤두박질친다.

'뭐, 뭐가 어떻게 된 거지?'

무슨 일이 일어난 건지 아직 감을 잡지 못하는 루키나의 귀에 지독할 정도로 냉정한 음성이 들려왔다.

"거기까지."

루키나는 천천히 고개를 들어 올렸다.

'어?'

로브 속에 감추어진 낯익은 눈동자의 주인이 자신을 내려다보고 있는 것이 보였다.

루키나는 미간을 좁혔다.

"넌, 넌 또 뭐야!"

제 공격이 무산되었다는 사실에 화가 난 바클리 자작이 그들 사이를 가로막아 버린 잿빛 로브를 향해 이를 갈며 소리쳤다.

잿빛 로브를 입고 있던 큰 키의 남자는 말없이 손을 들어 올려 후드를 내렸다.

스르륵.

"헉!"

루키나는 남자의 후드가 내려옴과 동시에 바클리 자작의 눈동자가 튀어나올 정도로 큼지막해지는 것을 발견했다.

바클리 자작은 숨까지 크게 들이마시며 뒷걸음질 쳤다.

뭐야. 대체 누구길래 저래?

루키나는 제 앞을 가로막고 서 있는 남자의 앞모습을 보지는 못했지만 그의 머리카락이 지금의 하늘과도 같은 흑색이라는 것 정도는 알 수 있었다.

어리둥절해하는 루키나를 향해 고개를 돌릴 생각을 않던 남자는 입술만 파르르 떨고 있는 바클리 자작을 내려다보며 낮은 소리를 흘렸다.

"바클리 자작. 밀리크의 후작 영애를 데리고 로델린 각하의 성으로 돌아가는 것이 어떠한가?"

"……."

"바클리 자작?"

"네, 네! 네! 가, 가겠습니다! 가겠…… 레이디 밀리크! 젠장! 어서 레이디 밀리크를 부축해라! 우린 돌아간다!"

"자작님?"

"돌아간다고!"

바클리 자작은 땅에 떨어진 자신의 검을 주섬주섬 줍고선 앨리스를 부축하고 있던 시종에게 소리친 뒤 뒤도 돌아보지 않고 사라졌다.

루키나는 멀어지는 바클리 자작과 앨리스의 뒤를 멍하니 응시하다 제 앞에 서 있는 남자의 널찍하고 커다란 등을 응시했다.

'이 남자…….'

「죄송한데 이거 잠깐만 빌릴게요!」

그 검 주인이잖아!

루키나는 그녀의 발아래 떨어진 검을 향해 무릎을 굽히고 있는 남자를 쳐다보았다.

잿빛 로브의 사내는 루키나가 제게서 강제로 빌려갔던 검을 주워 자신의 검집 안에 밀어 넣은 뒤 천천히 몸을 돌렸다.

푸르게 일렁이는 그의 벽안과 루키나의 녹안이 허공에서 부딪쳤다.

쿵―

심장이 멈추었다.

두근두근 울리는 박동 소리가 커져 간다. 루키나는 그의 눈을 마주한 순간 정지되는 것 같은 가슴의 반응에 인상을 썼다.

'왜…… 이러지?'

얼굴이 화끈거렸다.

"공자님!"

루키나가 정신없이 사내의 눈을 바라보고 있을 때였다. 그녀는 등 뒤에서 들려오는 외침에 겨우겨우 정신을 차렸다. 스윽 고개를 돌리자 저를 향해 달려오고 있는 중년 여성이 보였다.

"감사합니다! 정말…… 정말 너무 감사합니다, 공자님!"

제 앞에 무릎이라도 꿇을 기세로 머리를 내리는 중년 여성을 발견하고 루키나는 화들짝 놀랐다. 얼른 그녀를 일으켜 세운 루키나는 일부러 굵은 음성을 내려 애쓰며 말했다.

"그대들은 로델린 각하의 비호를 받고 있는 로델린의 주민입니다. 각하를 존경하는 한 사람으로서, 각하의 주민인 그대들을 위해 당연히 해야할 일을 했을 뿐입니다. 더 큰일이 일어나지 않아 다행이군요."

"공자님!"

"그리고…… 너. 잭슨이라고 했니?"

"흑흑, 네, 공…… 아얏!"

"앞으로는 앞을 잘 보고 돌아다녀라. 안 그러면 또 이런 일이 일어날 수 있어. 이번엔 운이 좋았다. 어머니께 죄송하다고 하고."

"히잉…… 네! 명심할게요! 명심할게요, 공자님! 엄마, 미안해요! 미안해요……."

이마에 딱밤을 때리며 일침을 놓는 루키나의 말에 울상을 짓던 잭슨은 힘없이 한숨을 내쉬며 중년 여성, 엠마를 응시했다. 엠마는 그런 잭슨을 힘껏 안아주며 어깨를 들썩였다. 잭슨 역시 흐느끼는 엠마를 따라 커다란 눈동자에서 굵은 물방울을 떨어뜨리기 시작했다.

'후우.'

두 모자가 안도하는 것을 지켜보던 루키나는 가슴을 쓸어내렸다.

일단은 사건이 일단락된 것이다.

그녀는 그들을 지켜보던 사람들이 흐뭇하게 그들을 바라보다 다시금 제 갈 길로 뿔뿔이 흩어지는 것을 발견했다.

어쩐지 쓴웃음이 흘러나오려는 것을 겨우 참으며 그녀는 한동안 두 모자를 바라보고 서 있었다.

"아가씨!"

루키나는 손이 잘릴 위기에서 가까스로 기사회생한 두 모자가 손을 흔들며 사라지는 모습을 응시했다. 그리고 그런 그들이 멀어질 때까지 입을 꾹 다물고 있던 셰리가 갑자기 그녀를 향해 소리쳤다.

물론 루키나에게만 들릴 만한 작은 외침이었지만, 적어도 그녀의 주목을 끌기에는 충분했다.

루키나는 검은 로브를 쓰고 있었고 주위 역시 어두웠던지라 셰리의 얼굴을 정확하게 볼 수 없었지만 셰리의 목소리 톤으로 짐작해 보건대, 그녀는 단단히 화가 나 있었다.

어쩐지 귀찮아질 것 같은 예감이 들었지만 루키나는 입꼬리를 슥 올리며 셰리를 응시했다.

"응, 셰……."

"정말 제정신이세요? 하마터면 정말 큰일 날 뻔했다고요!"

금방이라도 눈물을 흘릴 목소리로 셰리가 작게 소리쳤다. 심장 부근을 문지르며 울먹이는 셰리를 향해 루키나는 속삭였다.

"미안. 많이 놀랐지?"

"놀라다마다요! 제 간이 떨어지는 줄 알았단 말이에요. 특히 바클리 자작님이 아가씨께 달려들었을 땐…… 흑."

결국 참고 있던 울음이 터져 나오려는 건지, 셰리가 말을 잇다 말고 고개를 숙였다. 루키나는 그런 셰리의 등을 말없이 쓸어주었다.

"그런데 아가씨. 그거 아세요?"

펑펑 울 것 같던 셰리는 어느새 고개를 들어 루키나를 빤히 올려다보았다. 로브 속에서 보이는 셰리의 푸른 눈동자가 몹시 반짝이는 것을 발견한 루키나는 의아한 표정을 지었다.

셰리는 짙은 어둠이 깔린 하늘 아래서도 환한 빛을 뿜어내는 이를 드러내며 루키나에게 외쳤다.

"아까 아가씨 진짜 멋있었어요! 웬만한 검사 못잖게, 바람을 가르면서 휙휙! 와. 에단 경께서 진심을 다해 지도하셨나 봐요. 단기간에 어쩜 그리 멋진 검술을 익히신 거예요? 저 정말 완전 놀랐다니까요! 바클리 자작님은 젊은 남자 귀족분들 중에서도 검을 잘 쓰시기로 소문난 분인데 말이죠! 우리 아가씨가, 탁! 크흐흐!"

마치 제 손에 검이 들린 것처럼 모션을 취한 셰리는 양팔을 쉭쉭 휘둘러 가며 외쳤다.

루키나는 과장된 그녀의 행동에 어이없는 표정을 지으며 서 있다 픽 웃음을 터뜨렸다.

아, 그렇지.

"아가씨?"

"잠깐만, 셰리."

고개를 절레절레 젓던 루키나가 돌연 무언가를 발견한 것은 바로 그 시점이었다.

갑자기 어딘가를 향해 발을 내딛는 루키나의 행동에 셰리가 깜짝 놀라 그녀를 불렀다.

살짝 웃으며 셰리에게 대답하기를 미룬 루키나는 성큼성큼 걸음을 옮기기 시작했다.

'뭐 이렇게 높아?'

웬만한 여자 귀족들보다 큰 키의 소유자인 루키나는 남자들과 비교했을 때도 작지는 않았다.

하지만 제 앞에 서 있는 이 남자의 눈높이는 높아도 너무 높다.

루키나는 바클리 자작 때와는 달리 목을 위로 들어 올려야 하는 불편함을 느꼈다.

'……'

푸르게 일렁이는 벽안.

셰리 역시 파란 눈동자의 소유자였지만 눈앞의 이 흑발의 남자의 눈동자는 파래도 너무 파랬다. 깊고 맑은 그 눈동자에 잠시 멍하게 서 있던 루키나는 미묘한 느낌을 받으며 미간을 좁혔다.

정신 차려야지, 루키나.

워낙 드문 인상의 남자여서 이성을 잃었던 모양이다. 그의 조각 같은 얼굴에 하마터면 넋을 놓을 뻔했으니.

조금 전, 가슴이 터질 듯 뛰었던 것을 떠올리던 루키나는 속으로 쓰게 웃었다. 아무래도 확실히 잘생긴 남자에 대한 면역이 아직은 부족한 모양이다. 고요한 심장이 미남만 만나면 미친 듯이 반응하는 것을 보면 말이지.

아니면 내 심장은 미남 레이더냐, 뭐냐.

겨우 마음의 안정을 찾은 루키나는 자신이 앞으로 다가올 때까지 아무 말도 하지 않고 있던 그를 향해 붉은 입술을 달싹이려 했다.

"공께서 도와주지 않으셨다면 더욱 큰 소란이 일어날 뻔했습니다. 제가 빚을……."

"어느 가문의 자제지? 바몬트? 미레? 이리엔? 설마. 로델린?"

바클리 자작이 그의 얼굴만 보고 꽁무니를 뺐던 것으로 보아 심상찮은 신분의 소유자일 것이다.

저와 검을 맞대고 있을 때도 그런 표정을 짓지 않았던 바클리 자작을 떠올리며 눈앞의 남자가 어떤 신분을 지녔는지 추론해 보려 했으나 쉽지 않았다.

게다가 남자 귀족들에 대해 빠삭한 셰리 역시 의아한 표정을 지으며 이 흑발의 남자를 흘긋거리고 있는 것으로 보아서는 그의 정체에 대해 쉽게는 알기 어려울 듯싶었다.

그런 상황에서는 일단은 존대를 하는 것이 편하다는 생각에 말을 이으려던 루키나는 제 말을 끊고 툭 던지는 그의 낮고 굵은 음성에 눈을 동그랗게 떴다.

벽안의 사내는 놀라는 루키나를 내려다보며 중얼거렸다.

"아, 그렇지. 로델린 공작 각하의 슬하에는 공녀뿐이군."

푸른 눈동자가 그녀의 머리부터 발끝까지 천천히 쓸고 내려갔다 다시 올라온다.

그 시선에 어쩐지 가슴이 뜨거워지는 것을 느끼던 루키나는 순간적으로 고뇌에 빠졌다.

'어떻게 해야 하지?'

다행스럽게도 루키나는 앨리스 일행의 앞에서 자신의 정체를 드러내지 않았다. 한마디로, 이번 고비만 잘 넘긴다면 모레 열리는 파티에서 제 본모습을 드러낼 수 있다는 소리.

그녀는 주위를 둘러보았다. 아직 펍 앞을 떠나지 않은 몇몇 군중들이 자신과 남자의 대화를 흥미롭게 지켜보고 있었다.

루키나는 미간을 좁혔다. 그러다 닫혀 있던 입술을 움직였다.

"저는……."

"되었다. 딱히 그대의 정체가 궁금한 것은 아니니."

……뭐?

"디마. 이만 돌아가도록 하지. 쓸데없는 곳에서 시간을 너무 지체했다."

"예, 주인님."

어어?

큰 결심을 하고 말을 뱉어내려던 루키나는 갑자기 등을 돌리는 남자를 황당하다는 듯 응시했다.

이미 눈 깜짝할 사이에 세 걸음씩이나 멀어진 남자는 어이없는 얼굴로 서 있던 루키나를 신경도 쓰지 않고 제 갈 길을 가려 했다.

뭐야.

뭐야, 저 인간!

"잠…… 잠깐만요!"

일말의 미련조차 없는 그 행동에 얼이 빠져 있던 루키나가 정신을 차린 것은 몇 초 후의 일이다.

그녀는 이미 다섯 걸음이나 앞서 나가는 그의 커다란 등을 바라보다 발을 뻗었다. 셰리가 놀라 '헉!' 숨을 들이켜는 소리가 들려왔지만 루키나는 멈추지 않았다.

그녀는 그를 향해 손을 뻗으며 달려갔다.

"공! 잠깐만 기다려 보십시오! 잠…… 악!"

그와 남은 거리는 겨우 두 걸음 정도.

빠르게 달려왔던지라, 굵은 음성으로 말해야 한다는 사실까지 망각한 채 뒤를 돌아보지 않는 남자에게 소리를 지르던 루키나는 하필이면 길목에 놓여 있던 커다란 돌부리에 걸려 몸을 비틀거렸다.

털썩—

'……어?'

허공에서 회전하며 바닥으로 몸을 찧으려던 루키나는 어쩐지 제 등이 닿은 곳이 딱딱한 땅바닥이 아닌 비교적 폭신한 무언가인 것을 깨닫고선 눈을 깜빡거렸다.

정면을 향해 있던 제 얼굴을 가로막은 것이 누군가의 벽안이라는 것을 알아차렸다. 맑고 푸른 눈에 비친 그녀의 모습은 얼굴을 반쯤 가리고 있던 로브가 아슬아슬하게 정수리에 걸쳐 있는 상태였다.

루키나는 그의 앞에 얼굴이 훤히 드러나자 순간적으로 크게 당황했지만, 얼굴을 드러냈다는 사실보다 그녀를 더욱 충격에 빠뜨린 것은 따로 있었다.

"놀랍군."

말없이 그의 품에 안겨 있던 루키나를 내려다보며 남자의 붉은 입술이 움직였다.

"영식이 아닌 영애였다니."

두근—

"하마터면 눈치채지 못할 뻔했다. 하는 행동이며, 말투, 모든 것이 다른 영애들과는 달랐으니."

아…….

"형편없군, 레이디로서는."

코웃음 치는 그의 목소리가 고막을 타고 흘러들어 와 머리를 웽웽 울렸다. 루키나는 올라간 그의 입꼬리를 넋 놓고 응시했다.

작게 중얼거리는 그가 루키나를 여자로 확신하는 이유는 딱 한 가지. 그녀를 감싼 그의 손끝이 정확히 루키나의 오른쪽 가슴에 닿아 있었던 까닭이다.

푹—

"죽어."

앞으로 뻗어 나가는 목검의 움직임엔 주저가 없다.

푹푹, 루키나는 정확하게 짚으로 만든 수련 인형의 몸통을 뚫으며 음산한 목소리를 흘렸다.

'몸통으로는 부족하지!'

서슬 퍼런 눈으로 고개를 든 그녀는 몸통으로 향했던 목검을 조금 위로 들어 올렸다. 수련 인형의 목 부분에 목검 끝이 닿자 자연스럽게 누군가의 얼굴이 떠올랐다.

두근.

흑요석처럼 흩날리던 검은 머리카락과 바다처럼 파란 눈동자가 눈앞에 아른거리자 심장이 방방 뛰었다.

루키나는 귓불이 붉어지는 것을 느끼다 세차게 고개를 저으며 이를 갈았다.

"내가 무슨 생각을! 그 망할 인간한테 두근거리다니! 빌어먹을!"

푸푹—

"역시, 죽어! 사라져! 내 눈앞에서 사라져!"

어쩐지 살벌하기 그지없는 그 목소리는 듣는 사람의 몸에 소름이 돋을 만큼 오싹했다.

푸푹!

샤샥—

"죽어! 죽어! 죽으라고! 으아아악!"

헉헉. 거칠어지는 숨결을 삼키며 소리를 지르는 루키나의 음성은 날카롭기 그지없다.

그녀는 있는 힘껏 검을 휘두르며 수련 인형을 향해 달려들었다.

"정말 단단히 화가 나셨네."

하긴. 그녀의 마음을 모르는 것은 아니었다.

셰리는 이를 가는 루키나를 지켜보며 고개를 절레절레 저었다.

땀에 범벅이 된 채 소리를 질러대고 있는 루키나는 꽤나 이성을 잃은 듯했다. 저러다가 겨우 공수해 온 수련 인형들을 볏짚들이 아닌 딱딱한 나무로 만들어야 할 판이다.

셰리는 광분을 하고 있는 루키나의 은색 머리카락이 허공에서 휘날리는 것을 멍하니 응시했다.

"좋은 아침입니다, 레이디 미우."

등 뒤에서 귀 익은 음성이 들려온 건 바로 그때였다.

셰리는 차분하기 그지없는 목소리에 고개를 돌렸다. 슈비트 에단이 저를 향해 고개를 까딱이는 것이 보였다. 셰리의 얼굴이 환해졌다.

"어머, 에단 경! 어서 오세요!"

지금으로부터 정확히 한 달 전.

칼튼 기사단의 연무장 옆에는 로델린 공작의 특별한 지시를 받은 작은 건물이 생겼다. 로델린 공작가의 가주 에드문드 로델린이 사랑하는 딸, 루키나가 검술에 관심을 가진다는 사실을 알게 된 후 그녀를 위한 특별 훈련 시설을 만들어주었기 때문이다.

완벽한 방음과 은폐를 자랑하는 이 건물은 오로지 허가를 받은 이들만
이 출입 가능했다. 루키나 로델린의 검술 스승인 슈비트 에단은 바로 그
허가를 받은 이들 중 한 명이었다.

"죽어! 죽어! 죽으라고! 죽으란 말이야!"

푹, 푹!

슈비트 에단이 훈련실에 들어왔다는 것도 눈치채지 못할 만큼 루키나
로델린은 검을 휘두르는 데 온 신경을 쏟고 있었다.

물론 끈질긴 노력 끝에 다이어트에 성공한 루키나 로델린은 다이어트
이후로도 결코 검술 훈련을 게을리하지 않았지만 오늘은 그 정도가 심하
다는 것을 느끼던 슈비트 에단은 고민 끝에 셰리를 바라보며 물음을 던졌
다.

"레이디 미우."

"네, 에단 경!"

"아가씨께 무슨 일이 있습니까?"

셰리는 의아한 표정을 짓는 슈비트 에단에게 어떤 말부터 늘어놓아야
하는지 잠시 고민했다. 안 그래도 어젯밤, 영지 내에서 일어난 일로 인해
오늘 아침 공작성이 발칵 뒤집어졌다는 소문을 들었던지라 더더욱.

「누군가 밀리크 후작 영애한테 단단히 망신을 준 모양이더라고! 밀리크
후작 영애가 그 사람의 정체를 알아내려고 혈안이 되어 있어!」

……암. 절대로 말 못하지.

셰리는 어색하게 웃으며 어깨를 으쓱였다.

"어젯밤 아가씨께서 악몽을 꾸셨나 봐요. 그걸 떨쳐 내려고 이른 아침

부터 훈련을 하시나 본데요?"

"……아가씨께서는 매우 성실하시군요. 그런 점은 본받아야겠습니다."

진심이 가득한 말을 중얼거리는 슈비트 에단을 향해 사실을 말할 수는 없었다. 셰리는 말없이 미소를 지어 보였다.

"하아아! 이 빌어먹을 자식! 뭐? 레이디답지 않아? 망할 인…… 어, 어머. 에단 경. 어, 언제부터 계셨어요? 오호호호!"

광란의 검술을 이어 나가던 루키나 로델린이 두 동강이 나버린 수련 인형을 푹푹 쑤시고 있을 때였다. 이를 갈며 소리치던 그녀는 무심코 고개를 돌리다 체념한 셰리의 옆에 서 있는 슈비트 에단을 발견했다. 거친 숨을 몰아쉬던 루키나는 심각한 표정의 그를 향해 다가갔다.

"볼일이 있어 아가씨를 뵈러 갔다가, 이곳에 계신다는 이야기를 듣고 왔습니다."

"에단 경이…… 저를요?"

드디어 검을 아래로 내려놓은 루키나를 보고 셰리가 들고 있던 수건을 그녀에게 건네주자 루키나는 이마에서 줄줄 흘러내리는 땀을 닦으며 물었다.

슈비트 에단은 조금 전의 정신없는 모습과는 달리 비교적 차분해진 루키나에게 말했다.

"일전에 아가씨께 드린 말씀, 기억하십니까? 아가씨께서 다이어트에 성공하셨을 때에 대한 보상으로 제가 드리겠다고 약속한 것이 있었는데."

약…… 속?

「만약 아가씨께서 모든 과정을 마치신다면 제가 아가씨께 선물을 하나 드리겠습니다.」

「선물이요?」

「아마도 아가씨와 매우 잘 어울릴 한 쌍이 될 겁니다. 기대하십시오.」

"선물!"

순간 머리를 스치는 일화에 루키나는 크게 외쳤다.

슈비트 에단은 고개를 끄덕였다.

"아가씨의 다이어트 성공을 축하드리며 제가 약소한 선물을 준비했습니다. 원래는 저번 주에 드릴 계획이었는데 사정이 생겨 조금 미뤄지고 말았습니다. 다행히 오늘 모든 준비가 되었다고 하더군요. 내일 파티가 열리기 전에 아가씨께 드리고 싶었던 것이라 레이디 미우께 선물이 있는 상점을 알려 드릴 예정입니다. 지금, 레이디 미우가 그 물건을 가져오면 당장이라도 사용하실 수……."

"에단 경!"

루키나는 셰리와 시선을 주고받으며 말을 잇는 에단을 가로막았다. 의아해하는 슈비트 에단을 향해 소리쳤다.

"저한테 직접 알려주세요!"

"……예?"

슈비트 에단뿐 아니라 셰리의 눈도 동그래졌다.

루키나는 이글거리는 눈빛을 쏘아대며 외쳤다.

"그 물건, 제가 직접 가지러 갈게요!"

"아가씨."

"……."

"아가씨!"

"아. 불렀어, 셰리?"

이제 하루 앞으로 다가온 로델린 공작 영애의 파티로 인해 로델린 영지는 오전부터 왁자지껄했다.

어젯밤에 열렸던 야시장보다 한층 더 많은 사람들로 가득한 마을을 누비며 걸어가던 루키나는 버럭 외치는 셰리의 목소리에 걸음을 멈추었다.

셰리는 그런 루키나를 보며 눈을 가늘게 뜨더니 붉은 입술을 달싹였다.

"정말 말씀 안 해주실 거예요?"

"뭘?"

"성을 나와야 했던 진짜 이유 말이에요."

"무슨 소리……."

"그 남자 때문이죠? 그 남자 찾으려고, 또 밀행을 나오신 거잖아요!"

젠장.

가끔 보면 셰리는 눈치가 참 빠르다. 그러니 제국의 공작 영애의 최측근으로 살아남은 거겠지.

루키나는 제 마음을 들여다본 듯 말을 뱉어내는 그녀를 놀란 눈으로 응시했다. 그러다 흥 콧방귀를 뀌자 셰리는 한숨을 푹 내쉬었다.

"아가씨. 그건 사고였어요! 그러니 너무 마음에 담아두지 마세요. 만약 그분이 그때 손을 뻗지 않으셨다면, 아가씨는 머리를 크게 다치셨을 거예요! 게다가 그분이 아니었다면 아가씨의 정체는 밀리크 후작 영애님과 바클리 자작님께 드러났을 거라고요!"

……잠깐만, 셰리 미우.

너 지금 그 빌어먹을 놈의 편을 드는 거냐?

루키나는 그녀를 설득하려 애쓰는 셰리를 노려보았다. 셰리는 로브 속에서 흘러나오는 루키나의 따가운 시선에 어색하게 웃으며 말을 이었다.

"사, 상황이 그렇다는 거죠. 그러니 이렇게 흥분할 필요는 없……."

"셰리."

"예?"

"거기까지만 해."

"……!"

꽤나 음산하게 들려오는 루키나의 낮은 목소리에 셰리가 말을 이으려다 말고 입술을 꾹 다물었다.

루키나는 어두운 얼굴로 다시금 걸음을 옮겼다.

그래.

백번 양보해서 셰리의 말이 맞다 치자.

그 남자 덕분에 앨리스와 바클리 자작 앞에서 자신의 정체를 드러내지 않을 수 있었다. 그 남자 덕분에 돌부리에 걸려 뒤로 넘어지면서도 무탈하게 뒤통수를 보호할 수 있었다.

그래. 틀림없이 그랬다.

하지만…….

「하마터면 속아 넘어갈 뻔했군.」

물컹―

커다란 손이 닿았다 떨어지는 그 감각을 루키나는 똑똑히 느꼈다.

얼마나 충격적이었으면, 아직까지 그 감각이 머리를 지배하고 있었다.

나지막하게 중얼거린 그가 자신을 똑바로 세운 후 어둠 속으로 사라질 때까지 움직이지 못했던 것은 그녀의 한이 되었다.

그 때문에 이른 아침부터 훈련실로 달려가 수련 인형을 향해 미친 듯이 검을 휘둘렀던 건지도.

'그 망할 자식!'

부글부글, 화가 치밀어 오르는 것은 제 가슴을 멋대로 주무르다 못해 존재의 의미까지 부정하려 했던 그의 정체를 알지 못한다는 사실이다.

루키나는 이를 갈며 주먹을 움켜쥐었다.

달칵—

"어서 오십쇼!"

공작성을 나선 지 얼마 되지 않아 마을 동쪽 편에 위치한 무기 상점의 문을 연 루키나는 제국에서도 소문난 대장장이인 호리온의 외침에 정신을 차렸다.

"오늘 왜 이렇게 로브 쓴 사람들이 많이 오는 건지. 후우. 무슨 일로 오셨습니까, 손님?"

낮게 중얼거리던 호리온은 이마에 흐르는 땀방울을 슥 닦으며 루키나를 응시했다.

루키나는 셰리에게 고갯짓을 했다. 셰리가 들고 있던 종이 한 장을 호리온에게 내미는 것을 확인한 그녀의 입술이 움직였다.

"칼튼의 에단 경께서 부탁하신 물건을 찾으러 왔어요."

"예? 에단 경…… 아! 그것 말씀이시군요!"

그것?

"잠깐만 기다리십쇼! 금방 가져오겠습니다!"

의미심장한 미소를 흘리던 호리온은 상점 안에 있던 창고 속으로 들어갔다.

루키나는 그 모습을 바라보다 신기한 얼굴로 상점 내를 두리번거리는 셰리를 내려다보았다.

"에단 경께서 대체 어떤 선물을 준비하신 걸까요? 건틀렛이려나? 아니면…… 갑옷?"

"글쎄."

슈비트 에단이 무엇을 준비했는지는 모르겠지만 적어도 그녀에게 큰 도움이 될 것이 분명했다.

루키나는 말없이 호리온이 돌아오기를 기다렸다.

달칵—

"오래 기다리셨습니다!"

얼마나 서 있었을까.

아마도 무기류의 선물을 준비했을 거라 짐작하며 서 있던 루키나는 헉헉, 숨을 몰아쉬고는 그녀의 앞으로 다가오는 호리온을 응시했다.

호리온의 손에는 기다랗고 날렵한 날을 자랑하는 무언가가 들려 있었다. 셰리를 비롯한 루키나의 눈이 동그래졌다.

"이것이 바로 단장님께서 제게 특별 제작을 요구했던 레이피어입니다!"

호리온은 코끝을 슥 닦으며 힘차게 외쳤다.

루키나의 녹색 눈동자가 세차게 흔들렸다.

레이…… 피어?

아무리 슈비트 에단의 가르침으로 새로운 검술을 배우고 있다 할지라도 오래전 익혀두었던 펜싱과 관련된 습관을 쉽게 떨칠 수는 없었다.

슈비트 에단에게 배운 로델린가의 검술과 펜싱의 검법을 적절히 조화시키며 제게 맞는 검술을 구사하던 루키나에게 슈비트 에단은 말했다.

특히나 찌르기와 베기에 소질을 보이는 루키나를 곰곰이 지켜보던 슈비트 에단은 턱 끝을 매만지며 중얼거렸다.

「아가씨께서는 찌르기에 매우 익숙하시군요.」

헉헉, 숨을 몰아쉬던 루키나는 씩 웃으며 대답했다.

「전에 해본 적이 있거든요. 버릇은 남 못 주나 봐요.」

「해본…… 적이요?」

「아, 하하. 아니에요! 그냥 나온 말이에요! 음, 그러니까…… 찌르기나 베기가 마치 예전에 해본 것처럼 수월하다는 소리였어요!」

「……그렇군요. 흐음.」

「왜요, 에단 경?」

「별건 아닙니다만, 아가씨께 어울릴 검을 생각하고 있었습니다.」

「제게 어울릴 검이요? 어떤 검이 어울릴 것 같으세요?」

「글쎄요. 굳이 따지자면…… 레이피어 정도가 괜찮을 것 같군요.」

상념에 잠긴 루키나를 흘긋거리던 호리온은 나무 테이블 위에 그것을 내려놓으며 싱글벙글 웃었다.

"시중에 나와 있는 레이피어들보다 가볍고, 더욱 날카로운 칼끝을 자랑합니다. 블레이드 부분엔 단장님이 일러주신 글자를 새겼습니다. 게다가 여기 이 컵 모양의 가드는 단장님이 말했던 크기의 손을 보호하기엔 충분할 겁니다. 힐트는 요구하셨던 대로 붉은 가죽으로 덧댔고 또…… 아! 그렇지! 아가씨. 제가 폼멜에 장미를 새겨 넣는 것을 잊지 않았다고 단장님께 말씀해 주시겠습니까?"

하나하나, 세심하게 설명하는 호리온의 목소리엔 자부심이 가득했다. 루키나는 어느새 그의 말 하나하나에 귀를 기울이고 있었다.

"참! 품질은 걱정 마십시오. 제국 최고의 대장장이, 저 호리온 특제 레이피어이니 문제없을 겁니다! 그래도 걱정이 되신다면 한번 직접 확인해 보시는 것도 좋겠지요."

에헴, 기침을 흘린 호리온은 루키나의 입이 열리기만을 기다리고 있었다. 루키나는 호리온이 설명했던 부분들을 자세히 들여다보기 위해 눈을 움직였다.

뒤엎은 컵 모양의 가드는 확실히 그녀의 손을 모두 가려줄 만큼 동그랬다. 화려한 빨강을 뽐내고 있는 힐트 끝 부분인 폼멜에는 칼튼 기사단을 상징하는 붉은 장미 표식이 새겨져 있었다.

쿵쿵.

블레이드에 미세하게 새겨진 자신의 이니셜이 가슴을 뛰게 만들었다. 루키나는 특수 제작된 레이피어에서 눈을 뗄 수 없었다.

"어머! 너무 예쁜 검이에요, 아가씨!"

얼떨결에 검을 건네받고선 검신에서 눈을 떼지 못하는 루키나를 향해 셰리가 크게 외쳤다. 루키나는 대답 대신 한동안 그것에 시선을 떼지 못했다.

"아가씨. 정말로…… 그렇게 하실 거예요?"

셰리의 불안한 목소리가 루키나의 귀를 울렸다. 루키나는 아무 말 없이 성큼성큼 걸음을 옮겼다.

"아가씨이."

"그만. 더 말하면 두고 간다?"

"헉! 말 안 할게요! 안 해요! 웁읍!"

화들짝 놀라 입을 다물어 버리는 루키나의 말에 셰리가 손까지 흔들며 외쳤다. 루키나는 흥, 콧방귀를 뀌며 허름한 여관을 응시했다.

「잿빛 로브? 물론 봤습죠! 손님께서 오기 직전, 막 나가셨는걸요? 아아, 이 검을 손질해 달라고 부탁하셨습니다만……. 거처요? 흠. 제가 듣기로는 서편에 위치한 마리스 여관에 잠시 머무는 중이라고 하셨습니다. 혹시 아시는 분이십니까?」

상점에 막 들어왔을 때, 호리온이 말했던 로브라는 단어가 걸려 혹시 잿빛 로브를 입은 사람을 아느냐 물었더니 호리온은 루키나가 묻지 않은 정보까지 알려주며 고개를 갸웃거렸다.

그에게 빙긋 미소를 지은 루키나는 레이피어를 갈무리하고선 무기 상점을 나와 호리온이 말했던 마리스 여관으로 성큼성큼 발을 움직이는 중이다.

"어제 바티의 펍 앞에서 있었던 사건, 기억나?"

"정체불명의 검은 로브 공자 얘기 말이지?"

"대체 누굴까? 밀리크 후작 영애나 바클리 자작이면 쉽게 무시할 수 없는 존재들인데 말이야."

"공작성에 내 조카가 일을 하고 있는데 말이지, 어젯밤 그 일로 밀리크의 후작 영애가 화가 나도 엄청 났다더군."

"그럼 엠마랑 잭슨이 나중에 화를 당하는 거 아니야?"

"아, 그건 걱정하지 않아도 될 것 같아. 사정을 들은 공작 각하와 밀리크 후작이 오히려 섣부른 행동을 하려 했던 밀리크 후작 영애와 바클리 자작을 꾸짖었다는 소문이 있더라고. 게다가 칼튼 기사단의 에단 단장님이 각하의 명을 받고 엠마와 잭슨을 보살필 수하를 보냈다던데."

"허허, 그거 참 다행이군!"

어젯밤 있었던 일은 공작성뿐 아니라 로델린 영지 역시 발칵 뒤집어놓았다. 아직까지도 검은 로브에 대해 수군거리는 것을 보면 말이지.

루키나는 자신에 대해 거론하며 이야기꽃을 피우고 있는 영주민들을 지나쳤다. 셰리가 '아가씨 얘긴가 봐요!' 하고 사뿐사뿐 걸어가며 외쳤지만 그녀의 시선은 오로지 이제 가까워진 마리스 여관의 간판에 집중되어 있었다.

"어서 오십시오! 식사와 숙박, 어떤 걸 원하십니까?"

"아, 저희는 그게 아니라……."

저기 있군.

"헉! 어, 어디 가세요!"

문을 열자마자 자신을 반기는 종업원에게 무어라 말하던 셰리는 서늘한 표정을 지으며 주위를 두리번거리는 루키나를 발견하고선 눈을 크게 떴다.

루키나는 그런 셰리의 말에도 멈추지 않고 성큼성큼 발을 뻗었다.

"헌데 아직 모습을 드러내지 않고 있……!"

털썩—

"누구냐!"

절대로 잊을 수 없는 로브색.

틀림없이 어제 보았던 바로 그 색이 분명하다.

누가 보아도 넓은 어깨와 비밀스러운 분위기를 풍기는 그 잿빛 로브를 발견한 루키나는 여관의 구석진 곳에서 누군가와 대화를 나누던 남자의 옆 의자에 자리를 잡았다.

회색 로브의 정면에 있던 남자가 갑자기 나타난 그녀를 발견하곤 자리에서 벌떡 일어나 소리쳤다.

루키나는 그에 아랑곳 않고 어느새 고개를 들어 자신을 주시하는 회색 로브를 응시했다.

"괜찮다."

"주인님!"

"소란 피우지 마라, 디마."

"……알겠습니다."

루키나는 손을 들어 올려 그녀를 주시하던 그의 붉은 입술이 움직이는 것을 똑똑히 바라보았다. 회색 로브의 사내는 멈칫하던 자신의 수하에게 말을 건네고선 루키나에게 말했다.

"익숙한 로브색이군."

"그러게요. 저 역시 익숙한 로브색이군요."

싱긋 웃는 루키나의 말에 남자가 풋 실소를 터뜨렸다.

그는 테이블 위에 놓인 술잔을 집어 들어 한 모금 마신 뒤 다시 음성을 흘렸다.

"무슨 일이지? 우리가 다시 볼 거라곤 생각해 본 적이 없는데."

루키나는 자신을 예의 주시하는 그의 말에 짙은 눈웃음을 그리며 어깨를 으쓱였다.

"그건 공의 생각이고요. 저는 아직 공께 볼일이 조금 남았죠."

"내게?"

샐쭉 웃는 루키나를 보며 그의 미간이 좁아졌다.

"이상하군. 내 기억으로는 우리 사이의 빚은 더 이상 없다."

"물론 공께서는 분명히 말씀하셨죠. '그대를 도와주었던 것은 내 스스로가 귀찮아지는 것을 방지하기 위한 일이었다. 내 검을 들고 있다가 일어나는 소란에 대한 책임은 전적으로 내가 지게 되는 거니까. 허니 내게 빚을 진 게 아니다'라고."

그가 뱉어낸 말 한마디, 한마디를 기억하며 말하자 검은 로브의 눈이 동그래졌다.

그러다 루키나가 이을 다음 말이 궁금하다는 듯 입을 다물었다.

루키나는 그런 그를 응시하며 씩 웃었다.

"그 건은 공께서 원하시지 않으니 그렇다 치더라도……."

스르륵—

"⋯⋯!"

"저는 공께 목숨을 빚진 것을 반드시 갚아야겠어요."

기브 앤 테이크는 언제나 확실해야 하는 법이지.

쓰고 있던 로브를 내리자마자 눈부신 은색의 머리카락이 모습을 드러냈다. 루키나는 눈을 일렁이는 잿빛 로브를 향해 미소를 건네며 말했다.

"허니 오늘 하루, 제게 은혜를 갚을 기회를 주실 수 있을까요?"

히이잉—!

마부가 고삐를 잡아당기자 윤기가 흐르는 하얀 털을 흩날리던 백마가 높은 하늘을 향해 발길질을 했다.

겉으로 보기에도 고급스러운 분위기를 풍기는 마차가 본성 앞에 멈추자 기다리고 있던 에드문드 로델린이 빙긋 웃으며 앞으로 나아갔다.

"어서 오십시오, 전하."

마차의 문이 달각 열리는 것과 동시에 모습을 드러내는 찬란한 금발의 미남자를 향해 에드문드는 고개를 숙였다.

눈부신 햇살에 미간을 찌푸리던 남자는 제게 인사하는 에드문드를 발견하곤 얼른 마차에서 내려왔다.

"우리 사이에 그리 예의를 차리지 않으셔도 됩니다, 로델린 공."

"본디 가까운 사이일수록 더욱 예의를 지켜야 하는 법이지요."

"하하. 그렇습니까? 이거, 제 생각이 짧았네요."

에드문드의 말에 머쓱한 표정을 짓던 금발의 미남자, 휴이렌은 슬며시 고개를 돌렸다.

"이브를 찾으십니까?"

그런 그의 행동을 지켜보던 에드문드가 빙긋 웃으며 물었다.

움찔거리던 휴이렌은 뒷머리를 긁었다.

"역시 공을 속이진 못하겠군요. 이번 파티의 주인공은 왜 마중을 나오지 않은 겁니까? 섭섭한데요?"

"하하. 그리 생각하지 마십시오, 전하. 이브는 파티에 참석하는 모든 분들을 마중 나오지 않았습니다."

"예?"

"파티에서 모습을 드러내겠다고 하더군요. 모두를 깜짝 놀라게 해주겠다고 말이지요. 대체 무엇을 그리 준비하고 있는 건지. 허허."

휴이렌은 껄껄 웃는 에드문드를 물끄러미 응시했다.

순간 머리를 스치는 것이 있는지 에드문드가 갑자기 고개를 돌려 마차를 응시했다.

"헌데 렉시어드 전하께서는 함께 오지 않으셨습니까?"

"형님께서는 폐하의 명으로 남은 업무를 보느라 오늘 밤중에야 출발하실 것 같습니다."

"호오, 그렇습니까? 우리 이브가 많이 기다릴 터인데……."

어떤 의미로 기다리는 건지 의문이 든다.

휴이렌은 목구멍까지 차오른 말을 꺼내려다 말았다.

에드문드는 그런 휴이렌을 흘긋거리다 손으로 본성의 대문을 가리키며 들어가자는 제스처를 보였다. 고개를 끄덕이던 휴이렌은 근질거리던 입술 사이로 소리를 흘렸다.

"얼마나…… 변했습니까?"

휴이렌이 머물 거처 쪽으로 발을 움직이던 에드문드가 뒤를 돌아보았다. 휴이렌의 자색 눈동자에 호기심이 가득한 것이 보였다.

휴이렌은 말없이 웃는 에드문드를 몰아붙였다.

"제가 환궁한 뒤에도 계속 다이어트를 한 겁니까? 사실 제가 여기 머물 때도 과거에 비해서는 정말 많이 빠졌었는데 말입니다. 몰라볼 정도로…… 변한 건 아니겠죠?"

눈에 힘까지 주며 말하는 휴이렌에게 에드문드는 굳게 다문 입술을 움직여 주었다.

"내일 밤, 전하의 눈으로 직접 확인하십시오."

"그러지 말고 좀 알려주십시오, 로델린 공. 안 그래도 환궁 후에도 살을 그만 빼라고 이브에게 서신을 보낸 적이 있었는데 모두 묵살당했단 말입니다."

"후후. 그랬습니까? 녀석 참."

"로델린 공!"

"휴이 오라버니!"

평소의 휴이렌과는 달리 아이처럼 에드문드를 조르는 모습에 그들의 뒤를 따르던 로델린 공작가의 총관 카일이 옅은 미소를 그렸다.

타인의 시선을 의식하지 않고 에드문드를 닦달하던 휴이렌은 맞은편에서 들려오는 하이톤의 목소리에 반사적으로 미간을 좁혔다.

"왜 이제 오셨어요! 제가 얼마나 기다렸다고요!"

사뿐사뿐, 깃털처럼 가벼운 몸짓으로 그들을 향해 다가온 앨리스 밀리크는 언제나 그렇듯 맑은 미소를 지으며 달려왔지만 어쩐지 오늘은 그 강도가 조금 더 심했다.

에드문드는 순식간에 자신들 앞으로 다가와 인사를 하는 앨리스를 향해 고개를 끄덕이더니 휴이렌을 바라봤다.

"앨리가 왔으니 저는 남은 볼일을 보러 가보겠습니다."

"아, 로델……."

"그러세요! 오라버니는 제가 숙소까지 안내할게요!"

"그래 주겠니?"

"그럼요!"

본인의 의사는 묻지 않고 저들끼리 결정해 버리는 에드문드와 앨리스를 내려다보던 휴이렌은 '그럼' 하고 인사를 한 채 사라지는 에드문드를 막지 못했다.

"오라버니. 렉스 오라버니는 어디 계세요? 어째서 보이지 않으시는 거죠?"

에드문드가 사라지기가 무섭게 주위를 두리번거리며 렉시어드를 찾는 앨리스의 모습에 휴이렌은 서늘해진 얼굴로 그녀를 응시했다.

"형님께선 저녁쯤 출발하신다."

"제기랄! 어째서 그렇게 늦게 출발하시는 거예요!"

휴이렌은 붉은 입술 사이로 거친 욕설을 흘리는 앨리스를 묘한 눈으로 응시했다. 그가 알고 있던 앨리스는 자신의 체면과 명예를 위해서라도 욕설 따위는 하지 않는 영애였는데.

앨리스의 얼굴이 차갑게 일그러졌다는 것을 깨달은 휴이렌은 왠지 귀찮아질 것 같은 예감이 들었지만 결국 물을 수밖에 없었다.

"무슨 일 있었느냐?"

"있었다마다요! 오라버니. 어제 제가 얼마나 큰 모욕을 당했는지 아세요?"

모욕?

"빌어먹을 로델린 것들! 주인을 닮아 비천하기 그지없는 그것들이 제게 얼마나 큰 모욕을 주었는지, 오라버니는 감히 상상도 못하실 거예요!"

로델린 공작이 자리를 비운 것이 천만다행으로 느껴질 정도다.

휴이렌은 씩씩거리는 앨리스의 갈색 눈동자가 미친 듯이 요동치는 것을 알아차렸다.

"로델린 공작은 그저 소동이었으니 저보고 참으라 하는데, 참을 수가 있어야죠! 젠장! 얼른 우리 렉스 오라버니가 오셔야 그것들을 모두 처단해 버릴 텐데! 어휴!"

"앨리. 무슨 일인지는 모르겠지만 내일 아침 형님이 오실 테니 그때 말씀드리는 것이 낫겠구나."

"오라버니께서는 나서주시지 않는 거예요?"

······내가?

앨리스를 달래려 하던 휴이렌은 눈을 크게 떴다.

저를 빤히 바라보고 있는 앨리스에게 '왜 내가 나서줘야 하지?' 라고 되물으려 했으나 머리가 지끈거렸다.

앨리스는 고운 미간을 꿈틀거리며 말했다.

"가끔 보면 오라버니께선······ 절 그리 좋아하지 않는 것 같아요. 저만 보면 자리를 피하시고, 말도 잘 안 섞으려 하시잖아요. 제가 듣기로는 이브와는 자주 다과 타임도 가지셨다고 했는데······. 어째서 저는 그렇게 홀대하시는 거예요?"

젠장.

휴이렌은 의문스러운 표정을 짓는 앨리스의 말에 숨이 컥 막혔다.

그녀를 멀리하려는 제 행동을 앨리스가 쉬이 눈치채지 못한 것은 언제나 그녀의 곁에 렉시어드가 있었기 때문이었다.

렉시어드를 방패 삼아 자리를 비울 수 있었건만, 하필 그가 없는 순간 태클을 걸다니.

왠지 껄끄러운 마음이 들었지만 휴이렌은 싱긋 웃으며 고개를 내저었다.

"그럴 리가. 앨리 넌 내가 사랑하는 형님이 매우 아끼는 동생인걸. 형님이 아끼는 동생은 나 역시 아낀다."

"호호, 역시 그렇죠? 하긴. 날 싫어하는 남자는 있을 리가 없지."

"……."

"그나저나 오라버니. 그거 아세요? 이브 얘가 초대받은 게스트들한테 한 번도 얼굴을 비치지 않은 거? 이 얼마나 무례한 일이에요! 깨어난 이후로 확실히 이브가 달라지긴 했어요. 예전엔 저한테 시시콜콜한 이야기도 다 늘어놓던 애가, 요즘은 서신 하나도 보내지 않았다고요! 참 나. 지가 잘나면 얼마나 잘났다고! 이번 파티에서 아주 단단히 망신을 줄 거예요! 이번에 로델린령에서 내가 겪은 망신만큼이나, 큰 망신을 주고야 말거라고요!"

휴이렌은 발을 움직이면서 특정한 누군가를 열심히 모욕하고 있는 앨리스에게서 시선을 떼며 창밖을 응시했다.

'어디서 뭘 하고 있는 거지, 이브…….'

D—Day 1.

내일 밤이면 드디어 지난 반년간의 고생이 결실을 맺는다.

누군가를 놀라게 만들고, 누군가에겐 잊지 못할 충격을 선사할 내일 밤을 완벽하게 만들기 위해서 루키나 로델린은 연회장의 그 어떤 레이디들보다 아름답고, 완벽해야 했다.

「형편없군. 레이디로서는.」

하지만, 어젯밤 일어났던 바로 그 사건은 그녀를 충격에 빠뜨리기에 충분했다.

내일을 위해 만반의 준비를 하고 있던 루키나에게 있어서는 잿빛 로브가 뱉어낸 그 말은 지금까지 그녀가 노력해 온 모든 것들을 부정하는 것과 같이 들렸다.

'진정해라, 루키나. 진정해야 해.'

아침 일찍부터 수련 인형과 열띤 혈투를 벌이고 나니 정신없이 뛰던 심장이 제정신을 찾았다.

그녀는 천천히 흥분이 가라앉는 것을 느끼며 후우, 숨을 가다듬었다.

「예? 시험…… 이요?」

「그래, 셰리. 이건 어쩌면 내일을 성공적으로 맞이하기 위한 마지막 관문일지도 몰라. 그러고 보니 내가 누군지 모르는 사람에게 이 모습이 얼마나 먹히는지 시험해 본 적은 한 번도 없었잖아! 물론 너나 아버지, 그리고 공작성의 다른 사람들은 모두 내가 예쁘다고 해줬지만…… 가끔 특이한 취향을 가진 사람들이 나타나기 마련이니까. 셰리. 나는 그런 사람들마저도 인정하는 완벽한 레이디가 되어야 한다고. 잊었어?」

어째서 루키나가 생각만 해도 이가 갈리는 잿빛 로브를 찾는 것인지에 대한 이유를 묻는 셰리를 향해 루키나는 대답했다.

「하지만 아가씨. 우리는 그분이 어떤 분인지 정확히 모르는데…….」

「괜찮아, 괜찮아. 바클리 자작이 그렇게 꽁무니를 뺀 것으로 보아 평범한 인물은 아니겠지. 로브를 썼으니 제 정체를 쉽게 드러내고 싶어하지 않는 것 같고. 내 얼굴을 보고도 눈 한 번 깜짝 않는 것을 보면 웬만한 남자들보다는 내공이 높아.」

「내공이요?」

「그런 게 있어. 어쨌든 딱 시험하기 좋은 상대라는 거지. 그리고…….」

「그리고?」

그 남자에게 내가 형편없는 레이디가 아니라는 것을 인정하게 만들어야 해.

탁—

마리스 여관으로 들어가기 직전, 셰리와 나누었던 대화를 떠올리던 루키나는 앞서 나가던 회색 로브가 멈추어 서자, 덩달아 우뚝 섰다.

"언제까지 따라올 거지?"

꽤나 음산하기 그지없는 남자의 말이 루키나의 귓가로 들려오자 루키나는 이마를 닦는 시늉을 하며 중얼거렸다.

"하아, 하아. 공께서는…… 걸음이 빨라도 너무 빠르시군요. 하마터면 따라가지 못할 뻔했어요."

"……."

"왜 그렇게 보시죠?"

연약한 척, 긴 숨을 내쉬던 루키나는 저를 빤히 내려다보고 있는 남자를 향해 고개를 갸웃거렸다. 사내는 루키나를 내려다보며 픽 웃었다.

"그대는 뭔가 잊은 것 같군."

응?

"난 이미 그대가 바클리 자작의 검을 막는 것을 목격했다. 그런 상황에서 그대가 조금 빨리 움직인다고 숨을 헐떡거릴 것 같지는 않군. 그러니 되도 않은 미인계는 그만두지."

"……!"

"무슨 꿍꿍이로 그대가 내 뒤를 따라오는 건지는 모르겠지만, 이제 와……."

"어머! 그러고 보니 정말 잊은 게 있었네요!"

루키나는 이어지던 남자의 말을 뚝 끊어버리고선 손뼉을 쳤다. 잿빛 로브는 그런 루키나를 빤히 바라보았다. 루키나는 자신의 다음 말을 기다리는 잿빛 로브에게 외쳤다.

"저는 이브예요! 편하게 이브라고 불러주세요. 오호호호!"

"……."

"그럼, 실례가 되지 않는다면 공의 존함을 여쭈어도 될까요? 미스터……."

걸려들어라. 제발 걸려들어라!

"……라펠."

떨떠름한 답변이긴 했으나 끝내 그에게서 대답을 이끌어낸 그녀의 눈꼬리가 반달처럼 휘어졌다.

사냥감이 미끼를 무는 것은 좋은 징조였다.

잿빛 로브 속에 가려지긴 했지만, 망설이던 그가 대답하자 루키나의 입술이 스윽 올라갔다.

"좋아요, 미스터 라펠! 일단 우리, 식사부터 하러 갈까요? 여기 엄청 맛있는 레스토랑이 있거든요!"

"……."

"어서요!"

머뭇거리던 회색 로브, 라펠은 생글거리는 루키나를 말없이 쳐다보다 그녀가 걸어가는 곳을 따라 다리를 옮기기 시작했다.

터벅터벅. 울려 퍼지는 발걸음 소리를 들으며 루키나는 속으로 씩 웃었다.

당신이 지껄인 그 형편없는 레이디라는 말, 반드시 사과하게 만들겠어!

루키나는 결의를 다지며 힘차게 발을 내딛었다.

"어서 드셔보세요. 여기가 로델린에서 아기 돼지 통구이를 가장 잘하는 가게랍니다. 여기 좔좔 흐르는 윤기 보이시죠? 한입 베어 물면 사르르 녹는다고 해서 영주민들에게 인기가 많은 음식점이에요."

자신감 넘치게 걸음을 옮긴 루키나가 향한 곳은 한때 셰리가 제게 침이 마르도록 칭찬했던 바로 그 식당이었다.

아기 돼지 통구이를 전문적으로 하는 레스토랑.

셰리에게서 이 가게의 이름을 들을 때마다 미친 듯이 배가 고파지는 것을 겨우 억누르던 루키나는 어느새 자신이 앉은 테이블 위에 놓여 있는 아기 돼지 통구이를 가리키며 싱긋 웃었다.

로브의 후드를 뒤로 넘긴 라펠은 생글생글 웃으며 음식을 설명하고 있는 루키나와 아기 돼지 통구이가 놓인 그릇을 번갈아 바라보더니 굳게 다물고 있던 입술을 움직였다.

"그런 그대는 이 음식을 먹지 않는 건가?"

……응?

루키나는 아기 돼지 통구이를 비롯하여 다른 샐러드들이 수북이 쌓여 있는 라펠의 자리와는 달리 작은 그릇 위에 고작 완두콩 몇 개만이 놓여 있는 제 그릇을 가리키는 라펠의 물음에 몸을 움찔거렸다.

"오호호호. 미스터 라펠. 잘 아시잖아요. 원래 완벽한 레이디는 과식을 하지 않는답니다."

"……그래도 좀 과한데."

"호호호호. 배려는 감사하지만, 저는 괜찮답니다. 사실 배가 안 고프기도……."

꼬르륵.

'빌어먹을!'

"……해, 해서. 호호호."

올라간 입꼬리 끝에 파르르 경련이 인다. 루키나는 말을 잇던 도중 천둥과도 같은 크기로 울려 퍼진 뱃고동 소리에 애써 평정을 유지해야 했다.

하필이면 그때 딱 소리가 날 게 뭐람.

루키나는 눈물을 머금고 미소 지어야 했다.

"하긴. 요즘 레이디들이 드레스 때문에 단식을 한다는 이야기를 들은 것 같기는 하군."

심드렁하게 중얼거린 뒤 루키나에게서 시선을 뗀 라펠은 제 앞에 놓인 포크를 집어 들었다.

루키나는 어색하게 웃으면서도 홀린 듯 그가 아기 돼지 통구이의 고기 한 점을 찢어 먹는 것을 지켜봐야 했다.

'거참…… 맛있게 먹네.'

확실히 셰리가 미친 듯이 칭찬을 했던 이유가 있었다.

겉으로 보기에도 저렇게 고기의 육질이 좋아 보이는데, 입안에 넣으면 얼마나 쫄깃하고 맛있을까.

꿀꺽.

루키나는 저는 안중에도 없이 식사를 시작하고 있는 라펠을 넋 놓고 응시했다.

'아냐. 참아야 해, 루키나!'

그래. 마음 같아서는 라펠이 먹고 있던 저 포크를 빼앗아 들어 제 입에 넣어버리고 싶지만 내일 있을 파티를 생각한다면 그 욕구를 꾹꾹 억눌러야 했다.

하필이면 준비한 드레스는 온몸의 실루엣을 완벽하게 드러내는 블랙

드레스가 아니었던가. 루키나는 눈물을 삼기며 완두콩 한쪽을 콕 집어 입 안에 쏙 넣었다.

"맛은…… 맛은, 어떠세요?"

"맛있다."

"어떤 맛이에요?"

"……."

"아, 아뇨. 그냥 좀 구, 궁금해서."

오호호. 경직된 미소를 지으면서 라펠의 눈앞에 놓인 아기 돼지 통구 이에 시선을 떼지 않는 루키나의 행동에 그는 가만히 그녀를 바라보았다.

그러다 후우, 고기 한 점을 찢더니 자신의 그릇이 아닌 완두콩이 두 알 정도 남은 루키나의 그릇에 올려주며 말했다.

"먹도록."

"네? 어, 어머! 괜찮아요, 미스터 라펠. 호호호. 저는 배가 하나도 고프 지 않……."

"그럼 도로 가져갈까?"

"먹을게요. 당장 먹습니다."

루키나는 제 앞에 놓여 있는 통구이 한 점을 다시 가져가려고 손을 뻗 는 라펠을 저지하고선 포크를 집어 들었다.

꾸욱, 포크로 고기를 찍은 루키나는 제 목적을 완벽하게 잊은 채 입을 크게 벌렸다.

'헉. 대…… 대박!'

「그 집 고기 맛이요? 흐흐. 아가씨께서 직접 드셔봐야 할 텐데 말이죠. 입 안에 넣으면 그냥 사르르 녹아요! 너무 빨리 녹아서 언제 사라졌는지도 모른 다니까요?」

세리의 말은 결코 과장된 것이 아니었다.

혀 위에 닿자마자 케이크처럼 사르르 녹아버린 고기는 그 맛을 음미하는 사이 순식간에 사라졌다.

루키나는 눈물이 찔끔 새어 나오려는 것을 겨우겨우 참아냈다.

"레이디 이브라고 했나?"

또 한 점 더…… 안 주려나? 라는 생각으로 입맛을 다지고 있던 시점, 루키나는 자신을 현실로 돌아오게 만드는 남자의 음성에 정신을 차렸다.

'어휴, 큰일 날 뻔했네.'

하마터면 저 완벽한 고기에 홀려 그만 목적을 잊을 뻔했어.

루키나는 언제 고기를 탐냈냐는 듯, 아무렇지 않게 냅킨으로 입가를 닦으며 미소를 그렸다.

"예, 미스터 라펠."

순식간에 일어난 그녀의 태도 변화에도 미동하지 않던 라펠은 냉랭한 얼굴로 그녀를 응시하고 있었다.

그의 입술이 천천히 움직였다.

"이제 그만 그대의 목적을 밝혔으면 좋겠는데."

"목적이라뇨?"

"고작 넘어지려는 것을 잡아주었다고 식사를 대접하지는 않으니까."

"……!"

"난 내 시간이 쓸데없이 허비되는 것을 반기는 편이 아니라서 말이야."

싸늘하기 그지없는 그의 말에 루키나는 순간적으로 인상을 쓸 뻔했다.

역시 만만한 녀석이 아니군.

머리부터 발끝까지, 수상쩍기 그지없는 눈앞의 남자는 심해처럼 깊은 벽안만큼이나 속을 읽을 수 없었다.

하지만 그럴 때일수록 침착해져야 한다. 내일, 그녀가 마주할 상황들은 지금 이 상황보다 더욱 복잡하고, 곤란하고, 난감할 테니까.

루키나는 제게 날카로운 시선을 보내고 있는 라펠에게 짙은 미소를 그렸다.

"다른 의도는 없습니다, 미스터 라펠. 단지 당신께 감사를 표하고 싶었을 뿐이에요. 어젯밤 제 목숨을 구해준 당신께 제대로 인사도 하지 못하고 헤어졌던 터라 밤새도록 마음에 걸렸었는데…… 마침 아까 그 여관에 계시다는 말을 전해 들었고, 은혜를 갚지 않는 건 레이디로서 있을 수 없는 일이라고 생각해서 말이죠."

유독 '레이디'라는 단어를 강조하는 루키나를 바라보던 라펠이 피식 실소를 터뜨렸다.

"그저 보답을 하고 싶을 뿐이다?"

"네. 저는 빚지는 것을 그리 좋아하지 않지만 만약 빚을 지게 된다면 반드시 보답을 해야 한다고 생각하는 주의랍니다. 해서 미스터 라펠, 당신께 이렇게 신세를 갚기 위해 노력하는 거고요. 허니, 오해하지 마세요."

물론 내겐 또 다른 꿍꿍이가 있기는 하지만, 이 남자에게 굳이 알려줄 이유는 없지. 암.

빙긋 웃는 루키나의 얼굴은 뻔뻔했다.

주위의 시선을 의식하여 다시 로브를 쓴 상태였지만 적어도 제 앞에 앉아 있는 그에게는 자신의 얼굴이 정확하게 보였을 거라 확신했다.

미인계가 먹히려면 뻔뻔해지기도 해야지.

라펠은 푸른 눈으로 루키나를 직시하고 있다 더 이상의 말을 잇지 않고 식사에 열중했다.

"그런데 미스터 라펠. 몇 가지 여쭙고 싶은 것이 있는데 말이에요."

맛깔나기 그지없는 통구이를 혼자 다 해치우고 있는 남자를 야속하게 응시하던 루키나는 말라 버린 목구멍 사이로 침을 삼키며 입술을 열었다. 라펠이 그녀를 바라보지도 않고 고개를 까딱이자 루키나는 궁금증을 쏟아냈다.

"혹, 미스터 라펠께서도 이번 로델린 공작 영애의 파티에 초대받고 이곳 로델린령까지 오신 건가요?"

스윽.

고개를 드는 그의 벽안과 루키나의 녹안이 마주쳤다.

찌릿한 감각에 움찔거렸지만 루키나는 말을 이어 나갔다.

"아, 아뇨! 그냥 조금 궁금해서……. 만약 실례가 된다면 대답하지 않으셔도……."

"초대를 받은 건 사실이지."

그럴 줄 알았어!

루키나는 무심코 말을 내뱉으려다 꾹 참았다.

라펠은 심드렁한 표정을 지으며 대답하고선 고개를 들어 그녀를 응시했다.

"레이디 이브, 그대 역시 이번 파티에 참석을 할 예정인가?"

"어머, 당연하죠!"

나는 무려 주최자인걸!

루키나는 힘껏 고개를 까딱이며 대답했다. 라펠은 씩 웃는 루키나를 바라보다 중얼거렸다.

"그럼 또다시 그들과 마주치게 될지도 모르겠군."

그들? 누구…… 아.

불현듯 떠오르는 누군가에 대한 생각에 반사적으로 미간이 좁아졌다. 그가 자신을 쳐다보기 직전 겨우 얼굴을 편 루키나는 말했다.

"하지만 다행스럽게도 저를 알아볼 수는 없을 거예요. 바클리 자작님, 그리고 밀리그 후작 영애님께서 제 얼굴을 보신 건 아니잖아요? 아, 물론…… 미스터 라펠, 공께서는 난감한 상황에 처하실 수도 있을 것 같지만……."

"상관없다."

……어?

"바클리 자작이 머리가 돌아간다면, 내가 누구인지 밀리크 영애에게 알리지는 않겠지."

"……네?"

"그대가 신경 쓸 이야기가 아니다. 그리고 나 또한 그대에게 물어보고 싶은 것이 있는데……."

물어보고 싶은 것?

의아해하는 루키나에게 답해줄 생각을 않던 라펠은 푸른 눈동자 안에 그녀를 담으며 입술을 움직였다.

"따로 검술을 배운 적이 있는가?"

두근―

질문을 기다리던 루키나의 눈이 동그래졌다. 로브를 쓰고 있지 않았더라면 당황한 얼굴이 그대로 드러났을지도 모르겠다.

라펠은 말을 이었다.

"바클리 자작은 제국의 젊은 귀족들 중에서도 꽤나 손꼽히는 검술을 익히는 귀족이다. 그대는 그런 귀족의 검을 아무렇지 않게 받아냈어."

"그건……."

"다과나 자수를 즐기는 귀족 레이디들은 손바닥에 생기는 굳은살 때문이라도 검을 잡기를 꺼려한다고 들었다. 헌데 그대의 손은……."

루키나는 그의 시선이 테이블 위로 올려놓은 제 손에 닿자 얼른 그것을 아래로 내렸다. 라펠은 당황하는 루키나의 모습에 픽 웃었다.

"그대를 곤란하게 하고 싶었던 건 아니다. 단지, 레이디들 중에서 검술을 익히는 이가 전무했기에 놀랐을 뿐이야. 그래서……."

그래서?

"레이디로서…… 형편없다고 말을 했던 거고."

루키나는 자신을 꿰뚫을 듯 응시하는 라펠을 보고 눈을 크게 떴다. 라펠은 그녀에게 향한 시선을 돌리지 않았다.

"그대가 왜 내게 수줍게 웃으려 애쓰고, 음식을 적게 먹고, 상냥한 말투를 사용하는 건지 대충은 짐작한다. 어제 내가 그대에게 했던 말이 걸리는 거겠지. 물론, 나는 어제 그대에게 했던 말을 주워 담을 생각 따위는 없다. 그것은 거짓이 아닌 사실이니까. 하지만……."

어쩐지 그의 벽안에서 자유로울 수 없었다. 루키나는 무언가에 홀린 사람처럼 그를 바라봤다.

"레이디로서 형편없던 그대는 한 명의 검사로서는 완벽했다."

"……!"

"만일 그대가 여성이 아니었더라면, 난 그대에게 내 기사단으로 들어오라는 권유를 했을지도 모르겠어."

"무슨 생각을 그렇게 하세요, 아가씨?"

정신을 차렸을 땐, 어느새 침실 안의 거울을 바라보고 있었다. 제 머리를 빗겨주던 셰리는 그런 루키나를 말없이 응시하다 결국 물음을 던졌다. 루키나는 거울 속에 비친 은발의 미녀에게서 시선을 뗀 후 셰리를 응시했다.

"셰리."

"네?"

"넌 말이야…… 만약 내가 전문적으로 검을 잡겠다고 선언하면 어떻게 될 것 같아?"

"……예?"

셰리의 푸른 눈동자가 뜬금없는 루키나의 말에 큼지막해졌다.

루키나는 짙은 어둠이 깔린 눈을 아래로 내리며 말을 이었다.

"내가 기사의 길을 걷게 된다면……."

과연 어떻게…… 될까.

솔직히 지금까지는 단 한 번도 생각하지 못했던 일이었다. 만약 그가 그런 말을 꺼내지 않았다면, 아마도 영영 그런 일은 생각하지 않았겠지.

귀족 레이디로서 검을 잡는 일이 쉬운 일이 아니라는 것 정도는 잘 알고 있었다. 특히 폐쇄적인 리우드 사교계에서는 더더욱.

미인계를 사용해서 눈앞의 남자에게 레이디로서 인정받겠다는 계획은 그의 그 말을 듣자마자 순식간에 머릿속에서 지워졌다.

루키나는 그 말을 들었던 그 순간처럼 미친 듯이 뛰는 가슴 위로 손을 얹으며 숨을 골랐다.

"아가씨. 일단 내일에 집중하세요. 내일 밤은 아가씨께서 고대하셨던 바로 그날이잖아요."

심란한 표정을 짓고 있던 루키나는 곁에서 들려오는 셰리의 말을 듣고 고개를 들었다.

"그래. 하긴. 일단은 내일의 일이 더 중요하지. 맞아. 내일 밤 파티에 집중해야지. 내일 열리는, 루키나 로델린의 부활 기념 파티!"

누군가에게는 더할 나위 없는 충격을,

누군가에게는 쾌감이 일어날 짜릿한 복수를,

누군가에게는 잊을 수 없는 놀라움을 선사할 바로 그 파티는 어느덧 하루도 채 남지 않았다.

루키나는 빗질을 끝낸 후 연신 고개를 끄덕이는 셰리를 향해 빙긋 미소를 그려주었다.

❖

하압─!

카일 총관에게 부탁했던 새로운 수련 인형이 훈련실에 놓여 있는 것을 확인한 루키나는 일말의 망설임도 없이 꽂아두었던 목검을 집어 들었다.

아래에서 위로.

좌에서 우로.

에단의 말대로 본디 검술 훈련이란 하루도 게을리해선 안 되었기에 파티 당일이 되어서도 그녀는 일찍부터 훈련실에 나와 있었다.

물론 그런 저를 못마땅하게 여기는 셰리의 태클이 있었지만 교묘하게 빠져나온 그녀는 다른 귀족들의 눈을 피해 무사히 특별 훈련실에 도착할 수 있었다.

"후우."

이마에 송골송골 맺힌 땀방울이 툭, 바닥으로 떨어졌다.

무심코 손등으로 땀을 닦던 루키나는 벽 근처에 세워둔 레이피어를 발견하고 행동을 멈추었다.

「어쩌면 그리 머지않은 시기에 다시 만나겠군.」

「만일 그대가 여성이 아니었더라면, 난 그대에게 내 기사단으로 들어오라는 권유를 했을지도 모르겠어.」

함께 있던 것은 고작 몇 시간밖에 되지 않았지만 아무래도 그는 제게 강렬한 인상을 남긴 것이 틀림없다.

이렇게 계속 띠오르는 것을 보면 말이지.

루키나는 마지막 인사를 건넨 뒤 뒤도 돌아보지 않고 사라지던 그를 떠올리며 피식 웃음을 흘렸다.

'정말 깜짝 놀랄지도 모르겠네.'

저 역시 라펠의 정확한 신분이 무엇인지는 모르겠지만, 사교계의 인사들에 대해 빠삭한 정보를 지닌 셰리도 그를 알아차리지 못하는 것을 보면, 그 잘난 얼굴에 비해서 널리 알려지지 않은 귀족 중 한 명인 게 틀림없다.

연회장에 모습을 드러낼 자신을 발견하곤 눈을 크게 뜰 라펠에게 아주 우아한 몸짓으로 다가가 인사를 건네야겠다고 다짐하며 키득거리던 루키나는 어느덧 셰리와 약속했던 한 시간이 지났다는 것을 인지했다.

그녀는 주섬주섬 장비를 챙기기 시작했다.

"······열린다고 했지?"

······응?

루키나 이베타 로델린의 부활 기념 파티에 참석한 귀족들은 그레이트 홀과 나이트홀, 그리고 로델린 공작의 가족들이 기거하는 내성, 즉 본성이 아닌 주로 게스트 룸을 모아놓은 내성 뒤의 부속 건물로 안내되었다.

루키나의 특별 훈련실은 바로 그런 부속 건물과 외성 사이에 위치해 있었기에 각별한 주의를 요했다.

외성과 가장 가까운 연무장의 바로 옆에서 문을 열고 나온 루키나는 검은 로브를 뒤집어쓴 채 밖으로 나오다 어디선가 들려오는 음성에 몸을 움찔거렸다.

'이 목소리 어디서 들어봤는데······.'

처소가 있는 본성 쪽으로 살금살금 걸음을 옮기려던 루키나는 왠지 익숙하게 들려오는 음성에 뒤를 돌아보려 했다.

"이브?"

"……!"

하지만 그보다 더 먼저 자신을 발견한 이가 있었으니.

귀 익은 음성을 들었던 부속 건물 쪽이 아닌, 정확히 자신의 앞쪽에서 들려온 말에 루키나는 고개를 들어 올렸다.

"뭐 하고…… 있는 거야?"

루키나는 저보다 훨씬 눈높이를 지닌 남자를 발견하곤 얼굴을 찌푸렸다.

"간 떨어질 뻔했잖아요!"

적반하장으로 화를 내던 루키나는 '뭐?' 하고 되묻고 있는 휴이렌을 향해 후다닥 달려가더니 그의 팔을 잡아끌어 근처의 건물 옆으로 몸을 숨겼다.

"이브?"

"쉿. 조용히 해봐요, 오라버니."

난데없는 그녀의 행동에 의아함을 느낀 휴이렌의 말까지 끊어버린 루키나는 부속 건물 쪽에서 정원 쪽으로 걸어가고 있는 두 명의 남자를 주시했다.

"대체 뭘 그렇게 보는…… 아."

"아는 사람이에요?"

루키나는 작게 탄성을 터뜨리는 휴이렌을 올려다보았다.

휴이렌은 호기심을 가득 담고 있는 그녀의 눈동자와 정원을 가로질러 본성으로 발걸음을 옮기는 두 명의 남자들 중 한 명을 유심히 번갈아 보며 말했다.

"팬텀 공작이잖아."

팬텀 공작?

"아니. 그렇게 말하면 못 알아들을 수도 있겠군. 우리끼리 부르는 은어나 마찬가지니……. 저자는 윈스턴 공작이야."

"윈스턴 공작이요?"

루키나의 시선이 어느새 본성으로 들어가 버린 그에게서 떨어질 줄 모르자 휴이렌은 설명을 덧붙였다.

"네 아버지인 로델린 공과 마찬가지로 제국에 네 명밖에 없는 공작 중 하나로, 가장 어린 편에 속하지."

아아.

그러고 보니 생각이 날 것 같기도 하다.

과거 셰리에게서 귀족들에 대한 설명을 듣던 와중 윈스턴이라는 이름의 가문을 들었던 기억이 났다.

아마도 그녀의 아버지인 에드문드가 그를 초대한 게 틀림없다.

'왜 그 목소리가 익숙했던 거지?'

훈련실을 나오면서 스치듯 들었던 말이었기에 어쩌면 착각을 했던 건지도 모른다.

괜히 찜찜한 기분이 들었지만 애써 떨치려 애쓰던 루키나는 머리를 스치는 호기심에 다시 질문을 던졌다.

"그런데 왜 팬텀 공작이라고 불리는 거예요?"

"간단해. 워낙 모습을 드러내지 않거든. 게다가 얼굴을 반쯤 가리고 있던 그 가면, 봤지?"

"……네."

"어딜 가든 그걸 쓰고 있어서 그래. 유령과 같다고 해서 그렇게 불리지. 헌데 재미있군."

"뭐가요?"

루키나는 픽 웃는 휴이렌에게 고개를 갸웃거렸다. 그녀를 의미심장하게 내려다보던 휴이렌은 낮게 중얼거렸다.

"제국의 황태자가 주최하는 파티도 참석하지 않는 자가 일개 공녀의 파티에 참석하다니 말이야. 무슨 바람이 분 거지?"

턱 끝을 만지작거리며 예의 팬텀 공작이 들어갔던 본성을 주시하던 휴이렌의 모습에 루키나 역시 심각해졌다.

'착각인가.'

어디서 들어본 음성이라 여겼는데, 그런 무시무시한 신분의 사람은 빙의 이후 만난 적도 없었다.

루키나는 대수롭지 않게 일을 치부하려 말고선 여전히 팬텀 공작이 사라진 곳으로 시선을 두고 있는 휴이렌을 올려다보았다.

"저기요, 오라버니."

"……."

"오라버니!"

"아. 불렀니, 이브?"

루키나는 언제 얼굴을 굳혔냐는 듯 씩 웃고 있는 휴이렌에게 인상을 쓰며 눈을 가늘게 떴다.

제대로 보이지는 않지만 아마도 그녀가 저를 노려보고 있을 거라 확신한 휴이렌은 더욱 짙은 미소를 그렸다.

루키나는 한 걸음 그에게 다가가더니 말했다.

"오라버니는 제가 여기 있는 줄은 어떻게 알고 오신 거예요?"

"어?"

추궁하는 루키나를 보던 휴이렌은 꽤나 당황하는 눈치였다. 승기를 잡은 루키나는 거세게 그를 몰아붙였다.

"셰리가 말했죠? 아님, 그놈이 또 감시하라고 해서 절 찾은 거예요? 아님 앨리스 그년이?"

"히하. 이브. 갈수록 말투가 험해지는구나."

험해질 수밖에. 자신, 아니, 루키나를 까맣게 속이고 저들끼리 붙어먹던 연놈들의 화기애애한 모습이 아직도 눈에 선하다.

루키나는 더욱 눈에 힘을 줬다.

"하긴. 성격이 거칠어지는 것도 나쁘지는 않지. 예전의 너는 지나칠 정도로 온순했으니."

이 남자도 인정할 정도면 대체 과거의 루키나는 얼마나 순진했던 거야?

루키나는 혀를 끌끌 찼다.

"예전의 너를 좋아했지만, 지금의 너도…… 무척 좋다."

속으로 투덜거리던 루키나는 돌연 툭 말을 던지는 휴이렌의 말에 멈칫했다.

"방금…… 뭐라고 했어요?"

잘못 들은 건가?

루키나는 귀를 의심하며 휴이렌을 올려다보았다. 휴이렌의 자색 눈동자가 부드럽게 일렁였다.

"지금의 네가 좋다고."

두근두근. 심장이 멋대로 뛰어 루키나는 인상을 썼다.

이 인간이…… 갑자기 왜 이래?

그에게 관심이라곤 한 톨도 없지만 잘생긴 남자가 흘리는 말에 흔들리는 것은 어쩌면 당연한 일이다.

루키나는 입술을 삐죽였다.

"이봐요, 휴이렌 오라버니. 아니, 휴이렌 황자 전하. 제가 지금은 비록 렉스 그놈에게 치를 떨고 있기는 하지만, 아직까지 전 당신 형님의 약혼자거든요?"

"응. 알고 있어."

'알고 있어'는 무슨! 하나도 모르고 있구만! 하여간 이 형제랑 얽히면 기분만 나빠진다니까.

루키나는 의미심장한 미소를 짓는 휴이렌의 반응에 흥, 콧방귀를 뀌며 눈썹을 씰룩거렸다. 철거머리 같은 휴이렌은 오랜만에 봤는데도 루키나를 귀찮게 하고 있었다.

대체 이 인간을 어떻게 떼어내지?

"그나저나 이브."

고민하고 있던 루키나는 진지한 음성을 흘리는 휴이렌의 말에 고개를 들었다. 그가 후우, 한숨까지 흘리며 제게 말하는 게 보였다.

"왜 이렇게 홀쭉해진 거야."

"네?"

"예전이면 꽉 끼일 로브가 이렇게 헐렁거리다니……. 안 되겠다. 이번에 환궁하게 되면 특별히 궁중 요리사에게 일러서 너를 위한 특별 영양식을 준비하라……."

"아아악! 오라버니! 저 살 뺀 지 이제 겨우 보름쯤 지났거든요! 그러다 다시 찌면 어쩌려고요!"

"그럼 다행이지. 지금 이 손목 좀 봐봐. 너무 가늘잖아! 이러다간 부러질지도 몰라."

"정말 맞을래요? 한번 맞아볼래요?"

"아가씨!"

제게 시비를 걸러 온 것이 틀림없는 휴이렌에게 꼬리를 세우고 있을 때였다. 루키나는 버럭 소리치며 제게 달려오고 있는 셰리를 발견했다. 휴이렌이 헐레벌떡 숨을 내쉬는 셰리를 보고 반갑게 손을 흔들었다.

루키나는 얼굴을 붉히며 휘이렌에게 인사한 뒤 저를 쳐다보는 셰리에게 무슨 일이냐고 물었다. 셰리는 한껏 상기된 표정으로 외쳤다.

"준비 다 됐어요!"

······준비?

"오늘 아가씨께서 입을 드레스 말이에요!"

"어머나! 레이디 밀리크 아니세요!"

서서히 지기 시작한 해는 어느덧 하늘에서 자취를 감추었다.

리우드의 내로라는 귀족들은 황궁인 카르디아 궁전 내의 연회장 못지않은 규모를 자랑하는 로델린 공작성의 나이트홀로 하나둘씩 모습을 드러내고 있었다.

고위급 귀족들 사이에서 공식적인 사교 파티가 열린 것은 근 두 달 만의 일이었던지라 서로 안부 인사를 나누고 있던 귀족들 중에서도 황금빛 드레스를 입고 서 있던 앨리스 밀리크는 제게 건네는 것이 분명한 말에 등을 돌렸다.

"안녕하세요, 코베니 남작 부인. 오랜만에 뵙네요. 그동안 안녕하셨죠?"

"레이디 밀리크 역시 잘 지내셨나요?"

호호, 웃음을 흘리며 미소를 주고받았지만 사실은 앨리스와 코베니 남작 부인과의 사이는 그리 좋지 않았다.

언제나 사교 파티에 등장할 때마다 대부분의 남성 귀족들을 사로잡는 앨리스를, 코베니 남작 부인은 탐탁잖게 여겼기 때문이다.

앨리스는 일부러 제게 말을 건 것이 분명한 코베니 남작 부인을 향해 화사한 미소를 날렸다.

"부인 덕분에 매우 안녕했어요. 오호호호."

미리 준비한 부채를 들어 올리며 입을 막자 코베니 남작 부인의 눈동자가 큼지막해졌다.

"레이디 밀리크. 그 부채는…… 어디서 나셨나요? 정말…… 아름답네요."

일부러 그녀의 앞에서 부채를 펄럭거린 보람이 있었다.

앨리스는 질투 섞인 표정을 지으며 그녀의 부채를 바라보고 있는 코베니 남작 부인을 향해 수줍게 웃었다.

"호호. 이거요? 별거 아니에요. 몇 달 전 제 생일 때, 친애하는 렉시어드 황자 전하께서 제게 선물로 주신 부채예요."

"예? 렉시어드…… 황자 전하께서요?"

하이톤으로 되묻는 코베니 남작 부인의 말에 주변을 서성이던 다른 귀족 영애들이 그들의 대화에 관심을 가지기 시작했다.

앨리스는 콧대가 더욱 올라가는 것을 느끼며 샐쭉 웃었다.

"네. 상아로 대를 만들고, 양가죽으로 살을 붙였다고 하시더라고요. 여기 이 루비 보이시죠?"

"아……."

"제가 루비를 좋아하시는 걸 아시고, 손잡이 부분에 루비를 넣어주셨어요. 호호. 어찌나 예쁜지 그냥 들고 다니기 아깝다니까요?"

"어머나!"

"너무 아름다워요!"

"정말 멋져요!"

자랑을 늘어놓기 시작하는 앨리스의 말을 듣고 있던 귀족 영애들이 감탄사를 흘렸다.

코베니 남작 부인의 얼굴이 순식간에 일그러졌다 펴지는 것을 앨리스는 놓치지 않았다.

감히 누구한테 기어오르려고 해?

비록 이번 파티의 주최자는 아니지만, 어느 파티에서나 그랬듯 결국 주인공이 되는 것은 바로 그녀, 앨리스였다.

앨리스는 어색하게 웃는 코베니 남작 부인을 향해 생글생글 웃었다.

"2황자 전하께선…… 정말로 레디 밀리크를 아끼시는군요."

"호호, 그럼요. 우리끼리 하는 얘기라 그렇지만, 제가 보기에 황자 전하께서는 이브보다 저를 더 좋아하시는 것 같기도 해요."

"아…… 그, 그래요?"

왜 저런 표정이야?

비밀을 읊는 척하며 사실을 말했지만 떨떠름한 표정을 짓는 코베니 남작 부인이 마음에 들지 않는다.

앨리스는 이미 백기를 들어 올린 코베니 남작 부인을 흘긋거리다 도통 모습을 보이지 않는 누군가를 떠올렸다.

"무슨 생각을 그렇게 하세요?"

그때 누군가가 제게 말을 걸어왔다. 테세 자작가의 영애였다. 앨리스는 빙긋 웃으며 대답했다.

"아, 레디 테세. 저는 그저 우리 이브가 대체 언제쯤 얼굴을 비칠까 하고 생각하고 있었어요."

멀리 나이트홀의 출입구 쪽에서는 로델린 공작이 남자 귀족들과 이야기를 나누는 모습이 보이건만 악사들이 연주를 시작했음에도 불구하고 파티의 주인공이라는 자신의 친구는 도통 얼굴을 볼 수가 없다.

투덜거림에 가까운 앨리스의 말에 곁에 있던 귀족 영애들이 맞장구를 쳤다.

"그러게 말이에요! 우리를 무려 2주 전부터 초대해 놓고선 파티가 열리는 당일까지 모습을 드러내지 않다니. 이게 무슨 황당한 경우란 말인가요!"

"맞는 말씀이세요. 파티의 호스트가 게스트를 맞이하지 않는 경우는 처음 봐요!"

"그래서 저는 생각해 봤는데 말이죠. 왜, 요즘 레이디 로델린을 둘러싼 여러 소문들이 있잖아요?"

"아아, 그 다이어트!"

"네네. 전 그것 때문에 레이디 로델린이 파티 당일까지 자취를 감춘 게 아닌가 생각해요."

의미심장한 표정을 짓는 리데츠 백작 영애의 말에 앨리스를 비롯한 귀족 영애들의 눈이 동그래졌다.

어째서?

리데츠 백작 영애는 웃으며 말을 이었다.

"이번에는 정말 성공했다는 소문이 있었잖아요! 하지만 알고 보니 그게 다 오보였던 거죠. 그 포엑스라지를 고작 몇 달 만에 줄인다니. 말도 안 되지 않아요?"

그건…… 확실히 그렇지만.

"일단 우리를 초대하기는 했는데, 소문과는 달리 전혀 달라지지 않은 제 모습을 드러내기가 꺼려지는 거죠. 그래서 로델린 공작 각하의 뒤에 숨어 모습을 나타내지 않는 것 아니겠어요?"

"호오, 일리가 있네요!"

"하긴. 그 비대한 몸이 금세 빠질 수 있는 것은 아니죠!"

"맞는 말씀들이세요! 레이디 밀리크. 레이디 밀리크께선 어떻게 생각하세요? 혹, 근래에 레이디 로델린을 만나신 적이 있으세요?"

앨리스는 저를 향하는 여섯 쌍의 시선을 받으며 호호 웃어버렸다.

아쉽게도 델론드 후작성에서의 파티 이후로 루키나를 만난 적이 없지만 그녀 역시 루키나의 다이어트에 대한 소문을 들었던 바다.

앨리스는 확신에 찬 목소리를 흘렸다.

"당연히 실패했겠죠! 어디 우리 이브가 다이어트에 실패한 적이 한두 번인가요! 걔는 의지가 약해서 절대로 다이어트에 성공 못한다니까요? 그런 의미에서 이브가 왜 아직도 모습을 드러내지 않는 건지 알 것 같네요! 오호호호!"

깔깔 웃는 앨리스를 필두로 하여 로델린 공작 영애의 파티에 참석한 귀족 영애들은 나이트홀이 떠나가라 웃음을 터뜨렸다.

"……풋."

그런 그녀들의 모습을 조금 떨어진 곳에서 지켜보던 휴이렌은 저도 모르게 실소를 흘렸다.

휴이렌의 곁에서 샴페인을 마시고 있던 렉시어드가 휴이렌의 행동에 의아한 표정을 지었다.

"왜 그렇게 웃는 거지, 휴이?"

아.

"별거 아닙니다. 형님."

"……?"

"그냥 이 상황이 조금 재밌는 것 같아서요."

"재미?"

파티가 개시되기 한 시간 전, 겨우 도착한 렉시어드는 제게 인사를 하는 수많은 귀족들에게 둘러싸였다 이제 막 풀려난 상태라 아직까지 상황 파악을 하지 못했다.

휴이렌은 미간을 좁히는 렉시어드에게 옅은 미소를 보내고선 손을 내저으려다 이제 막 홀 안으로 들어오고 있는 한 남자를 발견했다.

"뭘 그렇게 보는…… 아."

순식간에 미소를 거두고선 경직된 표정을 짓는 휴이렌의 모습에 말하던 렉시어드의 입이 다물어졌다.

두 형제의 시선 끝에는 짙은 흑발에 얼굴의 반을 검은 가면으로 가리고 있는 남자가 서 있었다.

에드문드와 인사를 주고받고 있는 그 남자는 황제의 측근인 윈스턴 공작이었다.

"저 자식이 어째서 여기에 있는 거지?"

낮게 으르렁거리는 렉시어드의 말에는 가시가 돋쳐 있었다.

휴이렌 역시 경계 어린 눈빛으로 그를 주시했다.

미르티스 윈스턴 공작.

3년 전 타계한 세르지오 윈스턴의 뒤를 이어 윈스턴 공작가의 가주가 된 그는 에드문드 로델린과 더불어 치열하게 이루어지고 있는 황태자와 2황자 간의 황위 다툼에서 물러나 있는 몇 안 되는 귀족이었다.

굳이 따지자면 오히려 황제의 편에 서 있었고, 현 귀족들 중에서 황제가 가장 총애하는 귀족이었기에 그를 제 편으로 둔다면 황위 계승에 도움이 된다는 소문이 퍼질 정도였다.

그런 까닭으로 렉시어드는 몇 번씩이나 윈스턴 공작을 제 편으로 회유하려 애썼지만…….

「어디까지나 제 본분은 황실의 안위를 지키는 것입니다. 두 분 황자님들 중 누가 황제가 되는지 따위는 제게 중요하지 않습니다. 오직 제 관심은 황제 폐하께 머물 뿐이니 더 이상 저를 귀찮게 하지 말아주십시오.」

255

어쩌면 간절했던 제안에도 불구하고 냉랭하다 못해 불손한 답변을 보내온 원스턴 공작을, 렉시어드는 몹시 못마땅하게 여기는 중이었다.

휴이렌은 '저 자식이랑 얽히면 재수가 없는데……' 라고 중얼거리는 렉시어드를 흘긋거리다 저들을 발견하고선 터벅터벅 걸어오는 '팬텀 공작' 원스턴을 응시했다.

"신, 원스턴. 두 분 황자 전하께 인사드립니다."

여전히 그의 트레이드마크나 다름없는 검은 가면을 쓴 상태로 원스턴 공작은 두 황자들을 향해 인사했다.

미간을 좁히는 렉시어드와는 달리 휴이렌은 살짝 목례하는 것으로 그에게 화답했다.

"그대가 이곳까지 올 줄은 몰랐소, 원스턴 공. 원스턴 공작령은 로델린령과 이틀 정도 걸리지 않나?"

"형님."

퉁명스러운 렉시어드의 말에 휴이렌이 그를 저지하려 들었지만 이미 렉시어드는 말을 모두 뱉어낸 뒤였다.

휴이렌은 얼른 원스턴 공작을 응시했다.

동요할 거라 생각했던 저와는 달리 가면 속에 표정을 감추어둔 원스턴 공작은 그저 싱긋 미소 지을 뿐이었다.

"로델린 공께서 친히 초대를 해주셨는데 어찌 오지 않을 수 있겠습니까."

"흐응. 그렇소?"

"헌데……."

"……?"

"파티의 주인공은 어째서 보이지 않는 겁니까?"

예의상 꺼낸 원스턴 공작의 말에 렉시어드의 미간이 좁아졌다.

휴이렌은 윈스턴 공작이 루키나에게 관심 가지는 것을 불쾌하게 여기는 렉시어드를 보며 속으로 웃어버렸다.

바로 그때.

'응?'

휴이렌은 잔잔한 음악이 울려 퍼지던 나이트홀 내의 소리가 돌연 멈춘 것을 알아차렸다.

악사들이 어느덧 연주를 멈추고 특정한 곳을 바라보고 있었다.

휴이렌의 자색 눈동자가 악사들이 응시하고 있는 나이트홀의 출입구 쪽으로 옮겨갔다.

"드디어 주인공이 도착했나 보군요."

두 황자들과 나란히 서 있던 윈스턴 공작이 나지막하게 중얼거리는 소리가 들려왔지만 대꾸하는 이는 아무도 없었다.

휴이렌을 비롯한 렉시어드의 입술이 굳게 다물어졌다.

웅성웅성—

2주 전부터 제국 전역에서 게스트들을 초대해 놓고 무려 이틀씩이나 얼굴을 비치지 않던 예의 공작 영애 드디어 모습을 드러내는 것인가!

호스트가 오기만을 기다리던 리우드의 귀족들은 너 나 할 것 없이 파티의 호스트를 상상하며 소곤거렸다.

휴이렌은 그런 군중들의 반응에 픽 웃음을 흘리며 땡땡 샴페인 잔을 두드리는 공작성의 총관, 카일을 응시했다.

"로델린 공작 영애님의 파티에 참석해 주신 리우드의 고귀하신 여러분들, 오래 기다리셨습니다!"

근사한 턱시도를 입은 로델린 공작의 유능한 측근, 카일 총관은 흠흠 헛기침을 흘리며 목소리를 가다듬었다.

그의 우렁찬 목소리에 속닥이던 귀족들이 약속이나 한 듯 입을 다물었다.

"그럼, 오늘 파티의 주인공이시자 에드문드 로델린 공작 각하의 사랑스러운 따님이신 루키나 이베타 로델린 공작 영애님을 소개하겠습니다!"

홱, 손으로 출입구 쪽을 가리키며 힘껏 외치는 카일의 음성에 공작성의 악사들은 팡파르를 터뜨렸다.

끼이익―

나이트홀의 모든 시선들이 일제히 움직인 바로 그 순간.

고요를 깨뜨리는 소리를 내며 연회장의 유일한 출입문이나 다름없는 자줏빛 문이 열렸다.

❧ Rule 4 ❧

레이디의
복수는 통쾌해야 한다

또각.

약속이라도 한 듯, 정적이 흐르는 나이트홀에서는 일제히 그들을 향해 걸어 들어오는 그녀를 바라보고 있다.

또각.

물결처럼 펄럭이는 검은 드레스 자락이 바닥에 닿을 듯 말 듯한 분위기를 풍겼고, 그 드레스 자락 아래서는 검은 구두를 신고 있는 작은 발이 얼핏 보였다.

또각.

자신감 넘치게 앞으로 걸어오는 그녀의 머리카락은 밤하늘에 떠 있는 달빛처럼 환한 은빛으로 넘실거렸다.

목덜미를 타고 봉긋 솟은 가슴 쪽으로 흘러내려 온 머리카락은 보는 이로 하여금 아찔한 상상마저 일으킬 정도다.

또각.

우유처럼 뽀얀 얼굴에 사과로 물을 들인 것 같은 붉은 입술.

오뚝한 코와 커다란 녹색 눈동자의 조화는 가히 환상적이었다고 봐도 무방했다.

들어갈 곳은 들어가고, 나올 곳은 확실히 나온 그녀의 완벽한 몸매는 멍한 표정으로 그녀만을 좇고 있던 뭇 귀족 영애들을 질투에 휩싸이게 만들었다.

그녀의 머리색만큼이나 반짝이는 은색 허리띠로 포인트를 준 검은 드레스는 상체 부분은 그녀의 아름다운 몸매가 훤히 드러날 정도로 달라붙어 있었고, 허리띠의 아랫부분은 동그란 컵을 엎어놓은 것처럼 퍼져 있었다.

누군가의 얼굴은 창백하게 물들었고, 누군가의 얼굴은 몽롱해졌다. 누군가의 벌어진 입은 다물어질 줄 몰랐고, 누군가는 쉬지 않고 손톱을 물어뜯었다.

이미 그녀의 변화를 알고 있었던 로델린 공작성의 식구들 몇몇을 제외하고는 모든 이들이 그녀에게서 시선을 떼지 못했다.

아마도 시녀로 보이는 갈색 머리카락의 소녀에게 손을 맡긴 채 나이트홀을 가로지르는 발걸음엔 거침이 없었다.

그녀가 움직일 때마다 물결처럼 갈라지던 귀족들은 그녀가 지나갔던 흔적에서 느껴지는 달콤한 향기에 반사적으로 숨을 크게 들이마셨다.

그리고 그런 그녀가 우아한 발걸음 행진을 멈추어 도착한 곳은, 제국의 4대 공작 중 한 명인 로델린 공작의 앞이었다.

"늦었구나, 이브."

대리석으로 만들어진 연회장을 쉬지 않고 울리던 그녀의 구두 소리가 멎자 빙긋 미소를 지은 로델린 공작은 자신을 바라보고 있는 사랑스러운 딸을 향해 부드러운 음성을 흘렸다.

그의 하나밖에 없는 여식이자, 제국의 몇 없는 공작 영애 중 한 명인 루키나 로델린은 그런 에드문드를 올려다보며 살짝 고개를 끄덕이더니 이내 슬며시 등을 돌렸다.

"여기 있어요, 아가씨."

제게 쏟아지는 수많은 시선들. 충격과 경악, 그리고 공포까지 담고 있는 사람들의 시선에 알 수 없는 쾌감을 느끼던 루키나 로델린은 제게 유리잔을 건네는 셰리에게 옅은 미소를 흘렸다.

톡톡—

여전히 그 누구도 입을 열지 않은 고요한 침묵을 깨뜨리는 청아한 소리가 나이트홀을 가득 울렸다.

이번 파티의 호스트인 루키나 이베타 로델린은 앵두처럼 반들거리는 도톰한 입술을 달싹이며 맑고, 고운 음성을 내기 시작했다.

"바쁜 시간을 내어, 제가 처음으로 주최한 파티에 참석해 주신 리우드의 귀한 여러분들께 진심으로 감사드립니다. 이번 파티는 그동안 제게 많은 관심을 가져 주신 여러분들께 감사하는 마음으로 보답을 하고자 마련한 자리이니, 부담 가지지 마시고 편안하게 즐겨주시길 바랍니다. 그럼 공식적으로 파티를 시작하도록 하겠습니다."

스윽. 손을 들어 올린 그녀의 신호에 맞추어 공작성의 악사들이 미리 준비하고 있던 음악을 연주하기 위해 악기를 들어 올렸다.

웅성웅성—
웅성웅성—
'……'

속닥거리다 못해 수군거리는 소리가 멀지 않은 곳에서 들려오고 있었다.

분명히 저를 두고 이야기를 나누고 있는 것은 틀림없는데, 주목할 만한 사실은 파티가 개시된 지 벌써 약간의 시간이 흘렀건만 아직까지 제게 말을 걸어온 귀족들은 단 한 명도 없다는 것이었다.

　'뭐지? 나…… 뭐 잘못한 건가?'

　이상했다.

　이상해도, 너무 이상했다.

　루키나는 마치 저를 병균 덩어리 취급하듯 멀리 떨어진 채 그녀를 주시하고 있는 수많은 귀족들을 흘긋거리며 미간을 좁혔다.

　이 적응되지 않는 상황을 타파할 방법은 그녀의 유일한 구세주이자, 가족인 에드문드가 물꼬를 터주는 것뿐이건만 어찌 된 셈인지 에드문드는 흐뭇한 미소만 지은 채 다른 귀족들과 같이 저를 멀리서 바라보고 있을 뿐이었다.

　'아버지도 참!'

　루키나는 두근두근 뛰는 가슴을 가라앉히며 곁에 서 있는 셰리를 내려다보았다.

　"셰리."

　"네, 아가씨."

　왠지 모르게 상기되어 있는 셰리의 표정은 에드문드의 그것과 다를 바 없었다.

　겉으로는 멀쩡하지만 속이 타들어가는 루키나와는 달리 셰리는 묘한 미소를 지으며 루키나를 향해 고개를 까딱였다. 루키나는 셰리에게 가까이 오라는 신호를 한 후 생글생글 웃는 그녀를 향해 심각하게 물었다.

　"왜 아무 반응이 없어?"

　"예?"

　"아니! 이쯤 되면 반응이 있어야 하는 거잖아!"

하마터면 상황과 체면도 잊은 채 버럭 소리를 지를 뻔했다.

가까스로 그 위기를 넘긴 루키나는 마침 들고 있던 깃털 부채로 입을 가리며 말을 이었다.

"젠장할. 내가 뭐 잘못한 거야? 혹시 내 등장이 최악이었어? 내가 약간 삐끗한 거, 이 인간들이 알아챈 걸까?"

그랬다.

화려한 런웨이를 걷는 모델들처럼 완벽한 걸음걸이를 선보이려 했던 루키나 로델린의 발걸음은 생각보다 녹록지 않았다.

틀림없이 기품 넘치게 앞으로 걸어가고 있다고 생각했건만 사실은 아주 조금, 정말 미세하게 비틀거렸다.

그리고 몇 분 뒤.

나이트홀 안에는 웅성거리는 귀족들의 대화들만큼이나 큰 음악 소리가 울려 퍼지고 있었건만 제 곁으로 다가오는 이들은 단 한 명도 존재하지 않았다.

틀림없이 등장에 문제가 있었던 거야!

태연함을 유지했으나 입이 바짝 말라가는 것을 느끼던 루키나는 불안한 표정을 지으며 셰리를 바라보았다.

"걱정 마세요, 아가씨."

파티 시작 이후로 줄곧 그녀의 곁에 서서 그녀의 흐트러진 드레스를 바로잡아 주고, 유리잔을 건네주며 간혹 돌아간 루비 목걸이를 정돈해 주던 셰리는 의미심장한 미소를 그렸다.

"지금 이 상황은 말이죠, 아가씨. 그거예요. 폭풍이 불어오기 직전의 상황. 한바탕 난리가 나기 직전의 고요함. 바로 그 상황이라고요! 어머. 말을 하기가 무섭네요."

……어?

"레이디 로델린."

작게 소리치며 그녀를 안심시키는 셰리의 말에도 불구하고, 루키나는 초록색 눈동자가 요동치는 것을 주체하지 못했다.

그 순간, 등 뒤에서 들려온 익숙한 누군가의 음성은 그녀의 고개를 돌아가게 만들었다.

'휴이렌!'

루키나는 샹들리에 아래에서 더욱 화려하게 빛나는 금색 머리카락의 소유자인 미남자가 어느새 제 코앞까지 다가와 있다는 것을 발견하곤 하마터면 크게 외칠 뻔했다.

'이 인간이 이렇게 반가울 줄이야!'

고맙다, 휴이렌 황자!

휴이렌이 이렇게 반갑기는 처음이다.

루키나는 함박웃음이 터져 나오려는 것을 겨우 참아야 했다.

"휴이렌 전하."

루키나는 한쪽 무릎을 살짝 굽히고, 손을 아래로 내리며 인사를 하는 휴이렌의 행동에 얼른 자신의 검은 드레스 자락을 들어 올렸다.

인사를 나눈 두 사람 중 다시 대화를 건넨 것은 휴이렌 쪽이었다.

"이미 그대에게 약혼자가 있다는 것을 알고 있지만 아직 본인이 그럴 마음이 없어 보이니 제가 먼저 한 곡 청해도 되겠습니까?"

루키나는 미소 지으며 제게 손을 내미는 휴이렌의 보드라운 손바닥을 빤히 응시했다.

뭐…… 나쁠 건 없지.

"기꺼이."

그녀는 하얀 레이스 장갑을 끼고 있던 손을 뻗어 휴이렌의 손 위로 얹었다.

스슥—

루키나를 에스코트하며 나이트홀의 중앙으로 걸어가는 휴이렌의 행동
에 모여 있던 귀족들이 다시금 갈라졌다.

잠시 음악을 멈춘 악사들을 향해 연주를 시작하라는 지시를 내리는 휴
이렌이 순식간에 제 허리를 감싸자 루키나는 흡, 숨을 들이마시며 그의
품속으로 끌려가야 했다.

"이브."

악사들이 연주하는 음악에 맞추어 기다란 다리로 우로 몇 걸음, 좌로
몇 걸음.

그리고 빙그르르 회전하여 휴이렌과 가까워지기를 반복하고 있을 때
였다.

루키나는 제게만 들릴 듯한 음성을 흐리는 휴이렌의 목소리에 고개를
들었다.

긴 드레스 자락이 바닥에 닿을 듯 말 듯 아슬아슬하게 움직여서 신경
이 곤두서 있던 루키나는 저를 빤히 내려다보고 있는 휴이렌의 자색 눈동
자가 일렁이는 것을 인지했다.

"이거였어?"

두 남녀가 추는 춤은 1/3 정도가 진행되고 있는 상태였다.

가벼운 발걸음으로 그의 품에서 벗어나 한 번 더 회전하고, 다시 손이
닿자 휴이렌은 의미심장한 말을 뱉어냈다.

루키나는 의아한 표정을 지으며 그를 올려다보았다.

"뭐가요?"

"네가 웬만한 귀족들을 소집한 이유."

속을 꿰뚫어 보겠다는 듯 미소 짓는 휴이렌의 말에 루키나는 눈썹을
꿈틀거렸다.

"어때요. 오라버니가 보기에는…… 제 방법이 좀 먹히고 있는 것 같아요?"

여태껏 이 남자를 제외하면 파티에 참석하고 있던 그 누구도 제게 다가오지 않았기에 왠지 모를 불안한 마음마저 든다.

이상하지.

틀림없이 완벽한 등장 계획을 세웠건만 어째서 저렇게 소 닭 보듯 하는 건지. 그 누구도 홀려 버릴 법한 미인으로 변모했지만 반응이 없으니 괜스레 걱정을 하게 된다.

"아마 우리의 춤이 끝나게 되면, 그걸 알 수 있겠지."

"……네?"

"그나저나 이브. 정말……."

어느덧 그들의 춤은 막바지를 향해 달려가고 있었다.

이제 한 번만 더 함께 회전을 하면 그들을 위해 준비되었던 음악도 끝나게 된다.

무사히 댄스를 마칠 수 있어서 다행이야.

이번 파티가 열리기 전 셰리와 미친 듯이 무용 레슨을 받은 보람이 있다 생각하던 루키나는 제 손을 꽉 붙든 채 말을 잇지 못하는 휴이렌을 의아하게 응시했다.

"오라버니?"

"……."

무슨 말을 하려고 이런 표정을 지어?

루키나는 보석 같은 눈동자로 제게 웃기만 하는 휴이렌의 뜨거운 시선에 이상하게 얼굴이 화끈거리는 것을 느꼈다.

"아름답구나."

탁.

……뭐?

"멋진 춤이었습니다, 레이디 로델린."

마지막 회전을 마친 뒤 다시금 그의 품속으로 들어갔을 때, 귓가로 들려온 다정한 음성은 순식간에 제게서 떨어져 나가는 남자의 인사와 중첩되었다.

루키나는 정중하게 허리를 굽혀 팔을 배 쪽으로 굽힌 뒤 마무리를 하던 휴이렌을 따라 얼떨결에 드레스 자락을 움켜쥐었다.

'저 녀석…… 방금 뭐라고 했지?'

워낙 눈 깜짝할 사이에 일어난 일이라 어안이 벙벙했다.

루키나는 환하게 웃고 있는 휴이렌이 자신을 내려다보고 있자 묘한 표정을 지으며 그를 바라봤다.

"저기……."

와아아!

짝짝짝짝—

'……!'

의미심장한 발언.

왠지 신경에 거슬리는 그 말에 휴이렌에게 말을 걸려고 하던 순간이었다.

그녀의 입술이 열리기가 무섭게 나이트홀을 뒤흔들 만큼 강한 진동이 곳곳에서 터져 나왔다.

우레와 같은 박수를 치며 환호하고 있는 좌중들의 행동들이 루키나를 깜짝 놀라게 만들었다.

"레이디 로델린! 저와 함께 춤추시겠습니까?"

"레이디 로델린. 제게도 춤을 출 수 있는 영광을 선사해 주시죠!"

"레이디 로델린!"

"레이디⋯⋯!"

말이 경주를 시작하듯, 멀뚱히 서 있던 그녀에게 수많은 리우드의 남자 귀족들이 달려든 것은 휴이렌이 그녀의 곁을 지나치고 난 뒤의 일이었다.

「아주 잘 먹히고 있는 것 같은데?」

루키나는 어떻게 해서든 제게 어필하려 하는 젊은 귀족들에게 둘러싸이면서도 휴이렌의 말이 귓가에 맴도는 것을 느끼고 있었다.

"지⋯⋯ 진심으로 아름답습니다, 레이디 로델린!"

누군가가 진심을 가득 담아 외친 그 말은 루키나 로델린의 아름다운 외모에 대한 찬사의 스타트를 확실히 끊었다.

"그대는 제가 봤던 그 어떤 영애보다 아름답습니다! 한 떨기의 사랑스러운 장미 같군요!"

"겨우 장미가 뭡니까! 순결한 백합이 어울리지요!"

"하하! 제가 보기에는 그 모든 꽃들을 합쳐 놓아도, 레이디 로델린의 미모를 따라갈 수는 없을 겁니다!"

"그건 맞는 말씀입니다. 오늘의 연회는 확실히 레이디 로델린, 그대의 것이에요!"

"아마 여기 모든 영애들의 미모를 합쳐 놓아도, 그대보다 아름답지는 않을 겁니다!"

─등등.

가만히 듣고만 있기에는 어쩐지 낯 뜨거워지는 찬사의 향연을 루키나는 옅은 미소를 지은 채 듣고 서 있었다.

"모두들 과찬의 말씀이세요. 제가 어찌 다른 영애에 비할 수 있겠어요. 그저, 오늘 파티의 주인공으로 인정해 주신다니 감사할 뿐이죠."

"무슨 그런 말씀을!"

"레이디 로델린. 주위를 둘러보십시오! 그대보다 아름다운 영애들은 눈을 씻고 봐도 찾아볼 수 없습니다!"

"맞습니다, 맞아요!"

체면과 명예 따위는 전혀 생각지 않은 젊은 남자 귀족들의 발언은 쉬지 않고 이어졌다.

소름이 오소소 돋아날 정도로 오글거리는 말들을 쉴 새 없이 늘어놓는 이 귀족들의 미래가 새삼 걱정스러워졌다.

그래도 이 중 몇몇은 저기 서 있는 영애들과 약혼이나 결혼을 하게 될 텐데 말이지.

'미운털이 단단히 박히겠네.'

안타까운 마음이 들면서도 한편으로는 왠지 고소해져서 입꼬리를 슥 올리던 루키나는 저를 무시무시한 시선으로 노려보고 있는 누군가와 눈이 마주쳤다.

"여러분. 잠시 실례하겠습니다."

"예? 레이디 로델린!"

"어디 가십니까!"

"저희랑 조금 더 얘기를……!"

니들이랑은 이미 볼일 끝났어, 이것들아.

루키나는 갑자기 걸음을 옮기는 제 행동에 놀라 어쩔 줄 모르는 남자 귀족들의 만류를 뿌리친 뒤, 또각또각 발을 내딛었다.

탁.

지금 이 순간만큼은 나이트홀의 그 누구보다 자신감이 넘치는 루키나 로델린의 발걸음은 황금빛 드레스를 입고 있는 앨리스의 옆에 선 남자의 앞에 멈춰 섰다.

"오라버니."

"……."

"렉스 오라버니."

"아, 아! 이, 이브!"

제 곁에 앨리스가 서 있다는 것도 망각한 채 그녀를 빤히 주시하던 렉시어드는 한 번 더 루키나가 그를 부르자 답지 않게 움찔거렸다.

루키나는 그 모습을 지켜보던 앨리스의 얼굴이 처참하게 일그러지는 것을 목격했다.

그리고는 그저 그녀를 홀린 듯 응시하는 렉시어드를 향해 빙긋 미소 지었다.

"어째서 권해주지 않으시는 건가요?"

렉시어드는 섭섭한 표정으로 묻는 루키나를 향해 눈을 크게 떴다.

"그, 그게 무슨 소리지, 이브?"

루키나는 하아, 한숨을 터뜨리며 가련한 표정을 지어 보였다.

"휴이 오라버니와 춤을 춘 후…… 사실 저는 기다리고 있었답니다."

"……어어? 무, 무엇…… 헉!"

렉시어드는 처량하게 그를 올려다보는 루키나의 커다란 눈망울에 크게 당황하며 뒷걸음질 쳤다.

놀란 렉시어드의 얼굴은 누가 봐도 새빨개서 곁에 있던 앨리스는 이미 이를 갈고 있는 중이었다.

루키나는 안절부절못하는 렉시어드의 앞에서 나지막하게 중얼거렸다.

"오라버니께서 제게 춤을 신청해 주기를 말이에요."

"아, 그건……."

“앨리와 계시느라 또 저를…… 잊으셨던 거군요.”

“……!”

이어지는 루키나의 말에 렉시어드의 자색 눈동자가 급격하게 흔들렸
다.

“오, 오해다, 이브! 난 한 번도 그대를 잊은 적이 없어!”

순 사기꾼 같으니.

손사래를 치며 제게 믿어달라 말하는 렉시어드의 모습에 속으로 흥,
코웃음을 치던 루키나는 큰 눈을 다시 그에게 고정시키며 물었다.

“그럼 저와 춤춰주시는 건가요?”

렉시어드는 외쳤다.

“당연히 그래야지!”

“오늘 밤 내내 저 한 명하고만…… 춰주실 수 있는 건가요?”

“……뭐?”

루키나는 제 물음에 화들짝 놀라 무의식적으로 앨리스의 시선을 살피
던 렉시어드를 발견했다.

'안 돼요, 오라버니!' 라는 표정을 지으며 앨리스가 휘휘, 미친 듯이 고
개를 가로젓는 모습이 보였다.

그에 루키나는 슬픈 얼굴로 중얼거렸다.

“역시…… 인기가 많으셔서 저 혼자만 독차지하는 건 무리겠군요. 저
는 오라버니의 약혼자임에도 언제나 오라버니를 공유해야…….”

“이브. 공유라니. 말도 안 되는 소리.”

침울하게 말하던 루키나의 고개가 단호하기 그지없는 렉시어드의 말
을 듣고 스윽 올라갔다.

렉시어드는 결의에 가득 찬 표정을 지으며 선언했다.

“나 렉시어드 필립 리우드는 오늘 밤, 그대하고만 춤을 출 것이다.”

"……오라버니!"

앨리스가 그 말에 기겁하여 소리를 지른 것은 당연한 일이다.

루키나는 '정말요?' 하고 그에게 되물었다.

"난 한 번 뱉은 말을 다시 주워 담지는 않아!"

렉시어드는 제 옆에 서 있던 앨리스의 갈색 눈동자가 광기에 휩싸이는 것을 아직 눈치채지 못했는지 루키나를 향해 손을 뻗었다.

'어머!' 하고, 작게 탄성을 터뜨리던 루키나는 '말이 나온 김에 한 곡 출까?' 라 묻는 렉시어드에게 수줍게 미소를 지어 보이며 고개를 끄덕였다.

"오라버니! 어디 가시는 거예요!"

손을 맞잡은 루키나와 렉시어드가 성큼성큼 나이트홀의 중앙으로 걸어가는 것을 바라보며 앨리스가 붉어진 얼굴로 소리쳤다.

'벌써부터 흥분하면 섭섭하지, 앨리.'

루키나는 자신을 부드럽게 내려다보고 있는 렉시어드에게 옅은 웃음을 보낸 뒤, 앨리스를 흘긋거리며 씩 입꼬리를 올렸다.

이제부터 시작이라고.

복수의 1단계는, 균열부터다.

루키나 로델린의 일명 부활 기념 파티는 첫째 날 밤의 연회를 시작으로 둘째 날로 접어들었다.

"아가씨 정말 어제 얼마나 멋졌는지 아세요? 위풍당당한 우리 아가씨를 지켜봐서 이 셰리, 너무 행복했어요! 특히, 어젯밤 앨리스 아가씨가 그렇게 분노하는 모습은 처음 봤다니까요!"

셰리는 간밤의 일을 떠올리며 두 손을 맞대었다.

루키나는 초롱초롱한 셰리의 눈동자를 흘끔거리다 픽 웃었다.

"이제 겨우 한 발 내딛었어, 셰리. 계획대로만 된다면 이 파티가 끝날 때쯤엔 앨리스는 아마 화병이 나고 말걸?"

"화병이요?"

"그런 게 있어. 그나저나…… 아까부터 궁금했던 건데."

"네, 아가씨! 말씀하세요!"

의아해하는 셰리에게 의미심장한 미소를 짓던 루키나는 돌연 침실의 출입문 근처에 잔뜩 쌓여 있던 무언가를 가리키며 미간을 찌푸렸다.

"저건 다 뭐야?"

루키나 로델린이 이른 아침부터 슈비트 에단에게 선물받은 레이피어를 갈고 닦을 수밖에 없었던 이유는 오직 하나.

간만에 숙면을 취하고 있던 그녀의 침실 문을 누군가가 두드렸기 때문이다.

유렐의 갑작스러운 등장으로 인해 하품을 하며 눈을 비비고 있던 루키나는 두 팔에 무언가를 가득 안고 들어오는 공작성의 시녀들을 발견했다.

적잖은 시간 동안 이어지던 그들의 출입에 대해 이유라도 물어보려 했지만 파티 둘째 날의 준비를 위해 물건을 내려놓자마자 사라져 버린 그들에게 연유도 듣지 못했다.

셰리는 그런 루키나의 질문에 하얀 이를 드러내며 씨익 웃었다.

"아가씨께 도착한 선물이에요!"

선물?

"그건 이미 저번에 받지 않았어?"

고개를 갸웃거리는 루키나를 보며 셰리는 검지를 휘휘 저었다.

"모르시는 말씀. 이건, 이번 파티에 참석한 젊은 남자 귀족분들이 개인적으로 보내온 선물이에요."

"개인적으로?"

"어떻게 해서든 아가씨께 자신을 어필할 생각인 거죠. 보통 귀족이 주최하는 파티에서 영애들을 만난 영식들이 마음에 드는 영애들한테 몰래 선물을 보내서 자신의 마음을 전한다는 이야기가 있기는 했거든요!"

흐응. 그런 일들이 있단 말이야?

"헌데, 이미 약혼자가 계시는 아가씨께 이런 선물을 보내온 걸로 보면…… 아가씨가 어지간히 마음에 들었던 모양이에요!"

루키나는 흐뭇하게 웃는 셰리의 말을 들으며 수북이 쌓인 선물 더미를 흘긋거렸다. 아직 풀어보지 않아서 무엇이 들어 있는지는 알지 못하지만 그들의 태세 전환이 놀라울 정도로 완벽해서 헛웃음이 일어날 정도다.

「레이디 로델린께서도 계셨군요! 죄송합니다! 레이디 밀리크의 눈부신 미모에 정신을 빼앗겨 미처 로델린 공작 영애가 곁에 계시다는 것을 눈치채지 못했습니다.」

오래전, 델론트 후작성에서 있었던 일들과는 확연히 다른 모습이다.

루키나는 자신과 마을 내에서 부딪친 적이 있었던 바클리 자작 역시 제게 선물을 보내온 것을 확인하곤 실소를 터뜨렸다.

"참. 셰리. 한 가지 더 묻고 싶은 게 있는데……."

"말씀하세요, 아가씨!"

루키나는 문득 스치는 생각에 입꼬리를 올렸다.

"이번 파티에 참석한 귀족 영애들 중에서 나 말고 이런 선물들을 받은 영애가 있어?"

"네?"

아니다. 이렇게 말하면 눈치 못 챌 수도 있으니까.

"앨리 말이야. 앨리네 방에도 이런 선물이 쌓여 있니?"

약혼자가 있는 자신과는 달리 앨리스 밀리크는 아직 그 어떤 남자 귀족과도 혼담이 오가지 않은 솔로니 저보다는 많은 선물을 받았겠지.

루키나는 살짝 긴장한 표정을 지으며 셰리를 바라보았다.

아아, 하고 낮은 탄성을 터뜨리던 셰리가 입술을 씰룩거렸다.

"흐흐. 그게 말이죠, 아가씨. 밀리크 후작 영애는……."

"어떻게…… 어떻게 이럴 수 있지?"

우뚝 멈추어 선 흑발의 여인이 입술을 잘근 깨물며 소리쳤다.

"내가, 다른 누구도 아닌 이 내가! 그 흔한 선물 하나 받지 못하다니!"

딱딱, 이를 부딪치는 앨리스의 얼굴은 처참하게 일그러진 상태다.

루키나 로델린의 파티 둘째 날.

오후부터 시작되는 일정 중 하나인 다과 타임에 맞추어 걸음을 옮기던 앨리스는 분노를 참지 못하고 이를 갈았다.

그녀의 시녀로 따라온 안나는 흥분하여 외치는 앨리스의 말을 누군가 들을까 싶어 노심초사하고 있었지만 앨리스는 막무가내였다.

"망할 이브!"

"쉿, 아가씨! 누가 들으면 어쩌려고 그러세요!"

"들으면 들으라지! 너도 봤잖아! 이브 그 발칙한 계집애가 나한테 어떤 망신을 줬는지!"

"아, 아가씨……."

"가만 안 둬. 가만 안 둘 거라고!"

나이트홀에서 일어났던 일들은 앨리스 밀리크의 고고한 자존심에 스크래치를 남겨도 너무 확실하게 남겼다. 안 그래도 그 일로 인해 잔뜩 약이 올라 있었는데, 공작성 내에 위치한 정원으로 오던 와중 들었던 말들은 앨리스를 흥분의 도가니로 밀어 넣었다.

「그 얘기 들었어? 오늘 아침 아가씨의 문이 닫힐 생각을 안 했다던데?」

「어머, 정말? 왜?」

「어제 아가씨를 본 영식들이 너도나도 할 것 없이 몰래 선물을 보냈다고 하더라고. 셰리의 입이 아주 올라가 있던걸?」

「흥! 우리 아가씨를 무시할 때는 언제고 이제 와서. 어차피 아가씨께는 렉시어드 전하라는 근사한 약혼자가 있는데 말이지!」

「그러게 말이야. 그런데 그럴 만도 해. 왜, 아가씨께서 누워 계시는 동안 렉스 전하께서 한 번도 아가씨를 찾지 않으셨잖아. 그래서인지 아가씨와 렉스 전하의 사이가 그리 좋지 않다는 소문이 퍼졌던 모양이더라고. 언제든 파혼이 가능한 사이라며…….」

「뭐? 언제 그런 말도 안 되는 소문이 퍼진 거야!」

「아마 그사이 렉스 전하께서 앨리스 아가씨와 시간을 보내시는 게 자주 목격되었기 때문이기도 하겠지. 하여간 그런 이유로 자기들한테도 기회가 있는 거라고 여겼던 건지도.」

「웃겨, 정말! 아가씨와 렉스 전하가 얼마나 잘 어울리는데!」

「그치? 어제 같이 춤추시는 모습, 정말 너무 아름답더라! 그렇게 잘 어울리는 한 쌍은 없을 거야!」

「맞아, 맞아! 없지! 암, 없고말고!」

없기는 왜 없어!

여기, 내가 있는데!

우드득.

다시 생각해도 그 발칙한 시녀들의 대화는 분노를 일으킨다.

반사적으로 주먹을 세게 움켜쥐고 있던 앨리스는 곁에 서 있던 안나가 '아가씨, 그만하세요! 그러다 피 나요!' 라고 외쳐 대는 것도 듣지 못했다.

'이브, 이브으으!'

자신의 앞에서 렉시어드에게 다른 여성과 춤을 추지 말아줄 것을 요구하던 루키나의 가련한 모습이 잊히지 않는다.

줏대 없는 렉시어드는 평소의 냉랭한 모습과는 달리 또 그런 그녀의 부탁을 덥석 들어주었다.

「앨리. 그런 게 아니다. 네가 생각하는 그런 게 아니야. 만약 그때 내가 이브의 말을 들어주지 않았다면…… 다른 귀족들이 우리를 얼마나 오해하겠니.」

저를 달랜답시고 속삭이던 렉시어드의 말은 쉽게 믿기 힘들었다.

적어도, 루키나와 춤을 추던 렉시어드의 시선은 다른 파티에서와는 달리 자신이 아닌, 오로지 루키나에게만 닿아 있었으니까.

두근두근.

미친 듯이 뛰기 시작하는 심장의 박동이 불쾌감을 일으켰다.

아무래도 심상찮다.

루키나가 못 본 반년 동안 그렇게 살을 빼고 온 것은 둘째 치고서라도, 그녀를 바라보던 렉시어드의 시선이 마음에 들지 않는다.

투득, 투득.

이렇게 불안해진 것은 꽤나 오랜만이었던지라 앨리스는 손톱까지 물어뜯고 있었다.

다과회가 열리는 공작성의 정원까지 불과 몇 걸음도 남지 않은 상황.

한 번 시작된 상상이 도무지 끝을 맺지 않아 정신을 놓고 있던 앨리스는 앞서 걸어가고 있던 누군가의 커다란 등에 부딪쳐 뒤로 엉덩방아를 찧었다.

"악! 대체 뭐예요! 빨리빨리 걸⋯⋯!"

갑자기 주저앉은 앨리스의 모습에 안절부절못하는 안나가 손을 내밀었지만 세게 내려친 앨리스는 신경질적으로 소리치다 눈을 동그랗게 떴다.

스윽.

쿵쿵, 이번엔 조금 전과는 다른 의미로 가슴이 뛰기 시작했다.

앨리스는 느릿하게 뒤를 돌아본 남자의 모습에 반사적으로 숨을 들이마셨다.

'이, 이 남자는⋯⋯!'

검은 가면 사이로 보이는 서늘한 눈동자가 무서울 정도로 푸르게 일렁였다. 고작 시선을 마주쳤음에도 온몸이 오싹해지는 것을 느끼며 앨리스는 입술을 파르르 떨었다.

미르티스 윈스턴.

황제가 가장 신뢰하는 귀족 중 한 명이자 제국의 그림자라 불리는 그의 무시무시한 모습에 앨리스는 침을 꼴깍 삼켰다.

그 어떤 자리에서도 결코 가면을 벗지 않기로 알려진 그에 대한 소문은 말로는 다 설명이 되지 않을 정도다.

앨리스는 긴장한 표정을 지으며 그를 올려다보았다. 그리고는 애써 빙긋 웃으며 말했다.

"윈스턴⋯⋯ 공작 각하셨군요. 호호. 이렇게 뵙는 건 처음이네요."

입꼬리를 올리는 앨리스의 말에도 그는 미동하지 않고 서 있었다. 저를 보고도 꿈쩍 않는 남자는 처음이었던지라 잠시 인상을 쓰던 앨리스는 활짝 미소 지으며 말을 이어 나갔다.

"실례가 되지 않는다면, 저를 일으켜 주시겠어요? 드레스가 무거워서 그런지, 혼자 일어나기 힘드네요. 호호호."

"……."

"각하?"

"스스로 일어나도록."

……뭐?

"내 손은 아무나 일으켜 세울 만큼 한가하지 않으니까."

뭐, 뭐라고?

그 말을 끝낸 뒤, 홱 몸을 돌려 버리는 윈스턴 공작의 검은 망토가 펄럭였다.

앨리스는 서늘하게 말을 뱉어낸 뒤 다시 앞으로 걸어나가려는 그의 등을 어처구니없이 응시하다 소리치려 했다.

"방금……."

"어머, 앨리 아니니?"

여전히 바닥에 주저앉아 있던 앨리스는 그런 제 말을 끊어버린 또 다른 이의 등장에 고개를 돌렸다.

억지 미소로 가득했던 앨리스의 얼굴은 제 뒤에 서 있는 사람을 발견하곤 곧 일그러졌다.

"그렇게 앉아서 뭘 하고 있는 거야?"

"이, 이브……."

"어휴, 애도 참. 그렇게 바닥을 좋아하면 어떡하니? 자, 얼른 일어나."

가슴을 한껏 끌어 모아 아찔한 느낌을 주는 빨간 드레스의 루키나가 싱긋 웃으며 제게 손을 내밀고 있었다.

앨리스의 시선은 그런 그녀가 아닌 그녀의 옆에 있던 남자에게 꽂혀 있었다.

"그래, 앨리. 얼른 일어나 거라. 추하게 거기서 뭘 하고 있었던 거냐."

추, 추해?

쯧, 혀를 차며 중얼거리는 렉시어드의 말은 앨리스를 충격에 빠뜨렸다.

루키나의 입꼬리가 올라갔다는 것을 아직 눈치채지 못했는지, 그는 계속해서 앨리스에게 일어나라고 독촉하고 있었다.

얼굴이 새빨갛게 물드는 것을 느끼며 앨리는 자리에서 벌떡 일어났다.

"아가씨!"

앨리스의 시녀인 안나는 자신의 도움 없이 일어난 앨리스가 루키나와 렉시어드에게 불만에 가득한 표정을 지으며 묵례를 한 후 정원 쪽으로 성큼성큼 걸음을 사라지자 깜짝 놀라 소리쳤다.

렉시어드는 성이 난 것이 분명해 보이는 앨리스를 바라보다 낮은 한숨을 흘리며 중얼거렸다.

"또 화가 난 건가. 이브. 그대가 이해해라. 워낙 어릴 적부터 알고 지내서인지, 저 아이는 가끔 그대와 내가 저보다 신분이 높다는 걸 잊고 살아."

"걱정하지 마세요, 오라버니. 앨리가 아직 어려서 그렇죠, 뭐."

루키나는 별거 아니라는 듯 웃었다.

"이해해 줘서 고맙구나. 그래도 저 성질을 고치기는 해야 할 텐데……."

"오라버니."

"왜 그러니, 이브."

"이만 앨리한테 가보세요. 얼굴 보니 쉽게 풀릴 화가 아니더라고요."

"그, 그래? 헌데…… 그래도 되겠니?"

"그럼요. 우리가 한두 해 알고 지낸 사이도 아니고. 오라버니께서 앨리와 몹시 친하다는 걸 모르지도 않으니."

"……!"

"어서요. 그러다 더 삐치겠어요."

루키나는 주저하는 렉시어드에게 재촉했다.

왠지 떠미는 느낌이었지만 그렇게까지 말하는 루키나의 말을 무시할수 없었던 렉시어드는 고맙다고 대답한 뒤 앨리스가 간 방향으로 달려갔다.

씩, 미소 지으며 정원으로 향하는 길을 주시하고 있던 루키나는 멀지않은 곳에서 느껴지는 시선에 고개를 돌렸다.

"어머! 거기 계신 걸 몰랐어요. 이제 인사드려서 죄송합니다. 루키나로델린이라고 해요."

루키나는 검은 가면을 쓴 검은 예복의 남자를 아래위로 훑어보았다. 드레스 자락을 들어 올리는 루키나를 지켜보던 남자 역시 살짝 고개를 까딱였다.

루키나는 싱긋 웃었다.

"윈스턴 공작 각하 맞으시죠?"

"……나를 알고 있나?"

"그럼요. 저의 파티인걸요. 어젯밤엔 너무 경황이 없어 각하께 감사 인사를 드리지 못했네요. 보잘것없는 저의 파티에 참석해 주셔서 무한한 영광이에요."

한 번 더 인사하는 루키나를 윈스턴 공작은 가만히 내려다보았다.

'……응?'

미르티스 윈스턴.

어제는 앨리스의 분노를 극대화시킬 생각으로 계속해서 렉시어드와 함께 있었던지라 그에게 인사할 시간이 없었다.

어차피 파티의 기간은 길었고 그 역시 나흘 동안 모든 일정에 참가한 다는 이야기를 들었으니, 차차 감사를 표할 생각이었다.

게다가 다른 귀족들과 어울리지 않는 윈스턴 공작은 일찍 나이트홀을 빠져나갔다는 이야기를 들었었다.

'어라? 그런데……'

저 눈빛 어디선가 본 것 같은데.

루키나는 말없이 저를 쳐다보고 있는 윈스턴 공작의 뜨거운 시선이 이 상할 정도로 익숙하다는 것을 알아차렸다.

뭐지. 왜 이렇게 익숙한 거야?

"그대는 정말 재미있는 사람이군."

순간 의문에 휩싸인 루키나를 지켜보던 윈스턴 공작이 툭 말을 던졌 다.

뜬금없는 그의 말이 귓바퀴를 타고 흘러들어 와 루키나의 머리에 사뿐 히 내려앉았다. 루키나는 멍하니 그를 쳐다봤다.

'으응?'

이상했다.

이 목소리, 귀에 익어도 너무 익은데…… 헉!

"미스터…… 라펠?"

"……!"

"당신, 미스터 라펠이죠? 그렇죠?"

웬만해서는 잊기 힘든 얼굴과 목소리였다. 일렁이는 벽안의 눈동자는 도통 속내를 알 수 없어서 더욱 힘겨웠던 기억이 난다.

확신에 찬 루키나의 말에 검은 가면의 사내는 영원히 떨어질 것 같지 않던 입술을 움직이기 시작했다.

"하긴. 웬만한 신분으로는 바클리 자작이나 밀리크 후작 영애와 맞서기가 쉽지 않지. 그러고 보니 로델린 공의 여식이 은발의 소유자라는 것을 잠시 잊고 있었어."

"저, 정말 미스터 라펠인 거예요?"

"……정식으로 인사하지. 내 이름은 미르티스 윈스턴. 그대의 파티에 나를 초대해 주어서 영광이다, 레이디 로델린."

아!

여전히 검은 가면을 벗지는 않은 상태였지만 제 손등에 입을 맞추며 인사를 하는 라펠의 모습엔 절제미가 가득했다.

루키나는 얼떨결에 그의 손 키스를 받고 서 있을 수밖에 없었다.

'어쩐지! 단순히 돈만 많은 귀족이 제 소유의 기사단을 가지고 있을 리 없지!'

제국의 중앙 귀족들 중에서도 웬만한 고위급 귀족에 속하지 않는다면 자신의 이름을 내건 기사단을 가질 수는 없다.

영지 하나쯤은 다스릴 수 있어야 기사단을 소유할 수 있건만, 어째서 그 '기사단'이라는 단어를 무심코 넘겼던 걸까!

"라펠이 성(姓) 아니었어요?"

제 옆에 서 있던 라펠의 귀에만 들릴 만큼 작은 목소리로 속삭이는 루키나의 질문에 정면을 바라보고 있던 남자의 붉은 입술이 움직였다. 그의 낮고 굵은 음성이 귓가로 들어오는 것은 순식간이었다.

"정체를 모르는 자에게 성을 알려줄 만큼 난 오픈된 사람이 아니야. 게다가 엄연히 말하면 난 적어도 틀린 이름을 가르쳐 주지는 않았어."

그게 무슨?

"라펠은 내 미들 네임이니까."

아니, 그걸 내가 어떻게 아냐고!

루키나는 있는 힘껏 소리를 지르려다 말았다. 미르티스 윈스턴. 혹은 팬텀 공작으로 불리는 그의 미들 네임까지 알고 있는 사람들은 흔치 않으리라. 셰리 역시 라펠을 가리키며 윈스턴 공작 혹은 팬텀 공이라 불렀으니까.

황당한 표정으로 그를 올려다보자 가면 아래로 스윽 올라간 입꼬리가 왠지 신경을 자극했다.

이 남자가 정말!

"그러는 그대는?"

"제가 뭘요?"

툭툭 내뱉는 루키나의 작은 목소리를 들으며 그가 물었다.

"그대 역시, 그대의 이름을 속이지 않았나."

루키나는 흥, 코웃음 쳤다.

"어머. 무슨 소리를! 속이다뇨? 이브는 제 애칭이에요. 윈스턴 공처럼, 저도 미들 네임이 있거든요? 이베타라는!"

"그럼 이베타인 거지, 이브는 뭐야. 그러니 몰라보는 게 아닌가."

뭐라고?

"오호호. 두 분, 무슨 대화를 그렇게 즐겁게 하세요? 왠지 즐거워 보이는데, 저희들도 끼워주세요!"

"맞아요, 레이디 로델린! 윈스턴 공!"

"무슨 말씀을 나누고 계셨나요?"

나지막한 그의 말에 라펠에게 미간을 좁히려던 루키나는 어느새 그들을 흥미로운 시선으로 주시하고 있는 몇몇 귀부인들을 발견했다.

루키나는 깃털이 날리는 부채를 입가에 대고선 호호호, 웃음을 흘리는 그들을 향해 어색하게 웃어 보였다.

"그럼 레이디들. 사냥 준비를 하러 가야 해서 이만."

……응?

루키나의 곁에 말없이 서 있던 라펠은 자신들에게 다가오는 그녀들을 향해 묵례를 하고선 몸을 돌려 어딘가로 발걸음을 움직였다.

루키나는 바람에 흩날리는 그의 검은 망토를 멍하니 응시했다.

"레이디 로델린! 레이디!"

"아, 네? 부르셨어요, 레이디 에리스?"

넋을 놓고 서 있던 루키나는 라펠과의 거리가 꽤 멀어지자 갑자기 자신을 부르는 누군가의 목소리에 고개를 돌렸다.

루키나의 시야로 들어온 빨간 머리카락의 영애는 갈색 눈을 반짝반짝 빛내며 루키나를 올려다보고 있었다.

"팬텀 공과 아는 사이세요?"

"예?"

"저, 팬텀 공께서 영애와 그렇게 오랫동안 대화를 나누시는 모습은 처음 봤어요!"

"맞아요! 윈스턴 공작 각하는 많은 귀족 영애들이나 부인들이 보내는 사교 파티의 초대장도 업무 때문에 사양하시기로 유명한 분이신데. 레이디 로델린의 파티에 참석하신 걸 보니…… 친하신가 봐요?"

그게 무슨…….

"호호, 소문엔 이런 이야기도 있었죠. 팬텀 공께서 결혼 적령기를 넘긴 지 한참인데 아직 솔로이신 건 혹 여성에 관심이 없는 것이 아닌가 하고 말이죠. 여태껏 저는 다른 레이디들의 초대도 거부하시는 걸 보며 어렴풋이 그쪽이 아닐까 하고 생각하고 있었는데, 이번에 완전히 생각을 바꿨지 뭐예요!"

287

"아, 그 루머는 저도 들었어요!"

"하아. 웬만해서는 레이디와 두 마디 이상을 주고받지 않는 팬텀 공과 많은 대화를 주고받으시는 것 같던데……. 대체 무슨 말씀을 나누셨어요? 팬텀 공께서 뭐라고 하시던가요?"

"레이디 로델린. 한 가지만 약속해 주세요! 윈스턴 공은 우리의 공공재라고요. 이미 렉스 전하도 낚아채셨으면서, 윈스턴 공은 내버려 두시면 안 돼요?"

"맞아요, 레이디 로델린!"

"레이디 로델린!"

묻지도 않았건만, 알고 싶지 않은 정보까지 읊으면서 이젠 아예 제 드레스 자락을 잡을 태세로 외치는 귀족 영애들의 얼굴에는 간절함이 한껏 묻어나 있다.

루키나는 자신들의 공공재를 제게 빼앗길 수 없다는 의견을 피력하는 그들의 모습에 어이없는 웃음이 터져 나오려는 것을 겨우 참고선 라펠이 걸어갔던 방향을 흘긋거렸다.

눈앞에 그의 앞에서 아기 돼지고기를 허겁지겁 먹었던 제 모습이라든가, 검을 휘둘렀던 제 모습, 그를 끌고 마을을 돌아다녔던 제 모습들 등등이 스쳐 지나간다.

쉬지 않고 재잘거리고 있는 레이디들의 말은 이미 한 귀로 듣고 한 귀로 흘리고 있던 중인 루키나의 얼굴은 사색으로 물들었다.

'나…… 괜…… 찮은 거야?'

"사람이 어찌 그렇게 달라질 수 있는지, 저는 정말 깜짝 놀랐습니다.

하하하!"

파브렌 남작이 멀리서 다과회를 즐기고 있는 레이디들 쪽을 흘긋거리며 호쾌한 웃음을 흘렸다.

"그러게 말입니다. 로델린 공작 각하. 각하께선 정말 아름다운 따님을 두셨습니다. 레이디 로델린께선 제가 아는 그 어떤 레이디들보다 아름다운 것 같습니다!"

파브렌 남작에게 사냥 외투를 건네던 리센트 남작이 존경을 가득 담아 크게 외쳤다.

"다들 고맙소. 우리 이브에게 그대들이 한 말을 꼭 전해주리다."

"하하, 부끄럽게 전달까지!"

"부디 그래 주십시오!"

루키나의 파티에 초대받은 여성 귀족들이 다과회를 즐기는 동안, 남성 귀족들은 로델린 공작과 함께 공작성 뒤편에 위치한 작은 산에서 소소한 사냥 경기를 가지기로 했다.

다른 동물들과는 차별을 두기 위해 분칠을 한 하얀 사슴에 로델린 공작가를 상징하는 붉은 장미꽃으로 만든 목걸이를 건 채 뒷산에 풀어준 다음, 그 사슴을 가장 먼저 잡는 이가 승자가 된다는 간단한 룰의 경기였다.

젊은 남자 귀족들에게 있어선 마음에 둔 귀족 영애들에게 자신의 능력을 선보일 수 있는 자리였던지라, 소소한 경기였음에도 불구하고 파티에 초대받은 귀족들의 대부분이 참가 신청을 했다.

그저 그들의 모습을 지켜보기 위해 사냥 준비를 하고 있던 에드문드는 사냥용 외투를 걸쳐 입으며 루키나의 칭찬을 늘어놓는 젊은 귀족들의 모습에 입꼬리가 올라가 있는 상태였다.

참으로 사랑스러운 딸이 아닐 수 없다.

처음 그녀를 만났을 때도 느꼈고, 몰라보게 살이 쪘을 때도 그랬지만,

요즘의 루키나는 더더욱 그의 기쁨이자 자랑이었다.

그녀가 행복할 수 있다면 그 어떤 요구든, 무엇이든 들어주겠다고 다시 한 번 다짐하던 에드문드는 금빛 망토를 휘두르며 제게 다가오는 두 명의 남성을 발견했다.

"오셨습니까, 렉시어드 전하. 휴이렌 전하."

"무슨 이야기를 나누고 있었길래 그렇게 흐뭇한 표정을 짓던 거요, 로델린 공?"

"그러게 말입니다. 파브렌 남작이 이번엔 무슨 농담으로 공을 웃게 한 겁니까?"

"하하, 두 분 전하들! 제가 실없이 농만 하는 사람인 줄 아십니까! 전 단지, 레이디 로델린의 미모에 대한 찬양을 하고 있었던 것뿐이라고요."

"이브에…… 대해서?"

옅은 미소를 지으며 걸치고 있던 금색 망토를 시종에게 건넨 렉시어드가 사냥용 금색 외투를 건네받다 미간을 찌푸렸다.

휴이렌은 그런 그의 변화를 포착하고선 아무 말도 하지 않았다.

눈치 없는 파브렌 남작은 싱글벙글 웃으며 말을 이어 나갔다.

"예! 아아, 어젯밤도 그랬지만 오늘 붉은 드레스를 입으신 레이디 로델린은 과연 로델린가를 대표할 만하더군요. 붉은 장미와 너무 잘 어울리지 않습니까?"

"……."

"다시 한 번 느끼는 거지만 정말로 놀랍습니다. 너무 아름다워 눈이 부실 정도입니다!"

"이브는 언제나 아름다웠다, 파브렌 남작. 살이 쪘을 때나, 빠졌을 때나 마찬가지란 이야기다."

"……예?"

"그대들의 태도는 정말이지 역겹군. 이브가 살을 빼자 이제 와 그녀를 칭송하는 꼴이라니. 그동안 우리 이브를 어떻게 봐왔을지, 생각하기도 싫다!"

인상을 찌푸리며 외치는 렉시어드의 말에 분주히 준비하면서도 루키나에 대한 이야기를 주고받던 뭇 귀족들의 얼굴이 파리하게 질려갔다.

'웃기는군.'

누구보다도 앞장서서 루키나를 홀대하던 사람이 그런 말을 뱉어내니 재미있기 그지없다.

휴이렌은 실소가 터져 나오려는 것을 꾹 삼켜야 했다.

"하하, 이 즐거운 날 왜 그러십니까, 전하. 진정하시지요."

"로델린 공. 하지만……."

"아! 윈스턴 공 아니오?"

고개를 아래로 떨구는 파브렌 남작에게 한 번 더 폭언을 내뱉으려던 렉시어드는 그를 달래던 에드문드가 돌연 다른 사람을 향해 말을 걸자 신경질적으로 고개를 돌렸다.

머리부터 발끝까지, 온몸에 흑칠을 한 듯 검게 물들인 남자가 검은 망토자락을 흩날리며 그들을 향해 다가오고 있었다.

렉시어드는 서늘한 눈을 빛내며 그들을 향해 인사하는 라펠에게 퉁명스럽게 물었다.

"그대도 이번 사냥에 참가하는 거요, 윈스턴 공?"

검은 가면 아래 속내를 숨긴 라펠은 빙긋 미소를 지으며 고개를 끄덕였다.

"허락만 해주신다면, 기꺼이."

"허락하고 말 게 어디 있소! 공께서 함께해 준다면 더할 나위 없이 좋겠지! 안 그렇습니까, 전하?"

"……."

"전하?"

"뭐, 그러든가 말든가."

온몸으로 불만을 표시하는 렉시어드의 행동에 에드문드는 어색하게 웃으며 라펠을 쳐다봤다.

"조금 전 공이 오기 전에 전하의 기분이 상하는 일이 있었소."

"저는 괜찮습니다, 로델린 공. 그것보다…… 훌륭한 따님을 두셨습니다."

검은 가면으로 얼굴을 가린 남자의 붉은 입술이 보기 좋게 휘어졌다. 올라간 라펠의 입꼬리에 놀란 사람은 비단 에드문드뿐만이 아니다. 라펠은 아랑곳하지 않고 레이디들이 있는 곳을 흘긋거리며 중얼거렸다.

"이미 약혼자가 있다는 사실이 안타까울 정도로 말입니다."

"……!"

가면에 가려 잘 보이지는 않지만, 분명 그의 날카로운 눈매가 휘어진 것은 틀림없다.

라펠의 발언을 가만히 듣고 있던 렉시어드가 얼굴을 처참하게 일그러뜨렸다. 휴이렌의 부드럽게 일렁이던 자색 눈동자 역시 순식간에 가라앉았다.

살얼음판 위를 걸어도 이보다 아슬아슬할 수는 없다 생각하던 에드문드는 하하, 어색한 웃음을 터뜨리며 손을 휘휘 내저었다.

"하하. 과찬이오, 윈스턴 공. 아직 부족한 것이 많은 아이입니다."

"천만에요. 등장 후 이미 많은 사내들의 눈을 사로잡지 않았습니까. 충분히 훌륭한 따님이십니다."

"이봐, 윈스턴 공. 공은 그런 레이디의 약혼자가 누구인지 정녕 모르……."

"흠흠! 이런! 슬슬 사냥을 떠나야 할 시간이군요! 자, 다들 움직입시다!"

"……."

제 말을 가로막은 에드문드의 행동이 무엇을 뜻하는지 알고선 입술을 꿈틀거리던 렉시어드는 마음에 들지 않는다는 표정을 지으며 에드문드와 라펠 일행을 쳐다보다 칫, 입술을 삐죽이며 앞서 나갔다.

그의 뒷모습에 겨우 한숨을 내쉬던 에드문드는 속속들이 등장하는 남자 귀족들 사이에서도 사냥용 외투를 갈아입지 않고 서 있는 휴이렌을 발견했다.

"전하께서는 참가하지 않으십니까?"

렉시어드가 사라진 방향을 응시하던 휴이렌이 고개를 돌려 에드문드에게 빙긋 눈웃음을 그렸다.

"아시잖습니까. 형님께서는 형제끼리 경쟁하는 것을 싫어하십니다."

"아……."

"게다가 저는, 사냥은 취미가 아니라서 말이지요. 공들께서 사냥을 즐기시는 동안 레이디들을 보살피고 있겠습니다."

"그걸 핑계 대며 신붓감을 찾으시려는 계획은 아니시고요?"

"하하, 공께는 숨길 수가 없……."

히이잉―

"다들 뭐 하고 있는 겁니까! 이러다가 해 지겠습니다! 얼른 출발합시다!"

멋쩍게 웃던 휴이렌의 말이 채 끝나기도 전에 말 울음소리가 들려왔다.

에드문드가 난감한 표정으로 휴이렌을 쳐다보았지만 휴이렌은 아무렇지도 않게 손을 휘저으며 얼른 가라는 손짓을 했다.

에드문드를 필두로 한 남자 귀족들이 웃고 있는 제게 고개를 숙이며 몸을 돌리는 모습을 휴이렌은 말없이 지켜보고 서 있었다.

"어머, 정말 이게 바로 그 부채예요?"

"어디 부채뿐이겠어요? 여기 이 팔찌도 전부 그분께서 주신 거랍니다!"

"너무 아름다워요, 레이디 밀리크!"

"정말이지 부럽습니다, 레이디 밀리크!"

남자 귀족들이 뒷산에서 한창 사냥 경기를 가지고 있던 시점.

흰 장미, 분홍 장미, 초록 장미, 그리고 로델린을 상징하는 붉은 장미까지.

대륙 곳곳에서 공수해 온 형형색색의 장미들로 꾸며진 로델린 공작성 내의 장미 정원에는 활짝 핀 꽃만큼이나 여성 귀족들의 웃음꽃이 만개한 상태였다.

'놀고 있네.'

아마도 일부러 그러는 것이 분명한 앨리스의 자랑질에 루키나는 속에 든 말을 꺼내려다 말았다.

이 빌어먹을 년이 아까부터 무슨 짓을 하고 있는 거야?

오늘만큼은 마음속으로도 욕을 하지 않으려 노력했지만 결국 험악한 말이 입안을 감돈다.

호호, 억지로 웃고 있지 않았다면 아마도 주먹이 번쩍 날아갔을지 모르겠다.

루키나는 번들거리는 입술로 제 몸에 걸친 각종 장신구들을 다른 레이디들에게 자랑하는 중인 앨리스를 바라봤다.

"그래서인지, 가끔은 부담스러울 때가 있어요. 약혼녀인 이브보다 제가 더 사랑을 받는 것 같아서 말이죠. 호호호. 아, 참! 이 머리 장식도 렉스 전하께서 주신 거예요."

"어머, 그건 페이센 제국의 레이디들이 없어서 못한다던 바로 그 헤어핀 아니에요? 돈 주고도 못 구한다던데!"

"정말 깊은 애정을 가지고 계신가 봐요!"

분명히 루키나가 그들과 함께 앉아 있음에도 불구하고 자신과 렉시어드의 친분을 자랑하는 데 주저함이 없는 앨리스는 뻔뻔함의 극치를 달리고 있었다.

이쯤 되면, 과거의 루키나가 이런 상황에서 어떤 표정을 짓고 있었을지 궁금해진다.

앨리스가 자랑하는 장신구들에 하나하나 반응하며 감탄을 늘어놓고 있는 저 여자 귀족들도 마찬가지겠지.

어쩌면 모두가 한통속인 건지도.

저만 빼고 모두가 렉스의 정인이 앨리스라는 것을 알고 있는 게 분명했다.

'어째서 그걸 몰랐던 거야, 루키나.'

쯧. 속으로 혀를 차며 루키나는 결국 참고 있던 실소를 흘렸다.

"어머, 이브. 왜 그러니? 혹시…… 내 말들이 기분 나빠서 그래?"

싱글벙글 말을 잇던 앨리스의 눈동자가 루키나를 향한 것은 당연했다.

그녀가 웃음을 터뜨리기가 무섭게 반응하는 앨리스는 어지간히 루키나의 반응을 주시하고 있었던 모양이다.

루키나는 입가에 만연한 미소를 지우지 않고 고개를 가로저었다.

"그럴 리가. 예전에도 느꼈지만 렉스 오라버니는 너를 참 좋아하는 것 같아, 앨리."

"호호. 당연하지. 우린 아주 어릴 적부터 함께했었으니까."

그리고 아주 제대로 루키나의 뒤통수를 쳤고 말이야.

루키나는 픽 웃었다.

태연하게 미소를 건네는 루키나에게 전혀 지지 않는 눈빛을 보내는 앨리스의 눈싸움이 한동안 이어졌다.

동그란 테이블에 둘러앉아 있던 레이디들의 얼굴이 창백해졌다.

침묵이 오가는 그 상황을 깨뜨린 건 앨리스의 옆에 앉아 있던 미리어트 남작 부인이었다.

"참! 렉시어드 황자 전하의 말이 나와서 말인데요. 황자 전하께서는 이번에도 밀리크 영애께 상품을 건네시겠죠?"

루키나는 호호 웃는 그녀를 바라봤다.

"무슨 소리세요, 미리어트 남작 부인! 그동안은 레이디 로델린께서 파티에 참석하지 않으셔서 그랬던 거지, 이번에는 레이디 로델린이 계시잖아요. 당연히 황자 전하께는 레이디 로델린께 선물을 드리겠죠!"

"당연한 말씀! 엄연히 약혼녀가 여기 있는데, 설마 레이디 밀리크께 드리겠어요?"

"맞아요, 맞아!"

미리어트 남작 부인의 말에 회심의 미소를 짓던 앨리스의 얼굴이 반대 의견을 표출하는 카리먼 남작 영애의 말을 듣고선 처참하게 일그러졌다.

하나둘씩 카리먼 남작 영애에게 동조하는 것을 보고 저를 죽일 듯 노려보는 앨리스가 왠지 모르게 가소롭게 느껴져 루키나는 그저 웃음을 참을 수밖에 없었다.

"오라버니. 오라버니께선 어떻게 생각하세요?"

제게 상황이 불리하게 돌아가기 시작하자 앨리스는 그들과 조금 떨어진 테이블에서 다과를 즐기고 있던 휴이렌에게 말을 던졌다.

그들의 대화를 주시하고 있으면서도 딴청을 부리고 있던 휴이렌이 놀란 표정을 지으며 제게 쏠린 시선을 받아냈다.

하하, 어색하게 웃는 휴이렌의 자색 눈동자가 고요하게 일렁였다.

"글쎄. 아마도……."

루키나는 질문을 던진 앨리스가 아닌 저를 빤히 바라보는 휴이렌을 보고 몸을 움찔거렸다.

저 인간이 무슨 소리를 하려고?

"관례대로 게임의 승자는 최고의 레이디에게 우승 상품을 선물하겠지."

자연스럽게 경계의 시선을 보내던 루키나는 이어지는 휴이렌의 말을 듣고 짐짓 놀란 표정을 지었다.

히이잉—!

그때, 말발굽 소리와 함께 울음소리가 들려왔다.

"왔나 봐요!"

"우리 어서 가봐요!"

"누가 이겼을까?"

루키나는 한껏 상기된 표정을 지으며 자리를 박차고 일어나는 레이디들의 모습이 한 마리의 물소와 같다고 생각했다.

다들 무지하게 빠르네.

"누가 이겼을 것 같아?"

고개를 절레절레 저으며 자리에서 일어난 루키나는 어느새 제 곁에 선 휴이렌이 부드럽게 웃으며 묻자 흥 콧방귀를 뀌었다.

"그 빌어먹을 바람둥이면 좋겠네요. 내 계획대로 되려면."

"저기 이브. 계속 잊나 본데, 난 형님의 친동생이야."

"알 게 뭐예요. 어차피 오라버니는 내 편이라면서요."

심드렁하게 대답하는 루키나를 보며 휴이렌은 어깨를 으쓱였다.

그건 그렇긴 하지.

나지막하게 중얼거리는 그의 말을 듣던 루키나는 정원을 지나 남자 귀족들의 말들이 모여 있는 본성의 정문 쪽으로 걸어갔다.

'……어?

막 모든 이들이 모여 있는 곳에 멈추어 선 루키나는 제 예상과는 다른 모습이 시야로 들어오자 눈을 동그랗게 떴다.

"카일! 얼른 의원을 불러 와라! 전하께서 조금 다치셨다!"

"예, 각하!"

……뭐?

"어머, 전하께서 낙마하셨나 봐요!"

"어떡해요, 레이디 로델린!"

"가보셔야 하지 않아요?"

루키나의 눈에는 에드문드의 부축을 받아 절뚝거리는 렉시어드의 모습이 보였다.

곁에 서 있던 몇몇 레이디들이 다급하게 외치자 인상을 찌푸리려던 루키나는 '오라버니!' 하고 그를 향해 달려가는 앨리스를 목격했다.

"오라버니, 괜찮으세요? 어디 다치셨어요? 많이 아프세요?"

"아, 애, 앨리……."

"어딜 다치신 거예요! 사냥 따위가 뭐가 그리 중하다고! 흐흑!"

"애, 앨리. 왜 이러느냐! 우, 울지 마라. 울지 마."

……참 나.

이젠 아예 다른 사람들의 시선 따위는 안중에도 두지 않는 앨리스의 무례한 행동에 루키나의 주변에 서 있던 몇몇 레이디들이 그녀의 눈치를 살폈다.

루키나는 '저 망할 것들' 하고, 이를 갈며 그들을 노려보고 서 있었다.

다그닥—

렉시어드와 앨리스의 행동에 분노를 겨우 삭이던 루키나는 갑자기 제 주변이 웅성거리자 의아한 표정을 지었다.

다그닥—

'어……?'

말발굽 소리.

정확히 제게 향하는 것이 틀림없는 그 말발굽 소리는 렉시어드와 앨리스를 향해 있던 루키나의 시선이 정면으로 이동하는 데 일조했다.

'……어어?'

루키나는 다그닥, 소리를 내며 멈추어 선 흑마에서 사뿐히 내린 검은 예복의 사내가 제 앞에 서 있는 것을 빤히 바라보았다.

"레이디 로델린."

루키나는 제 얼굴 위로 드리워진 검은 그림자에 놀랄 틈도 없이 이어지는 남자의 행동에 큰 숨을 들이마셨다.

"이걸, 받아주겠소?"

남자의 손에 들린 것.

그것은 하얀 사슴의 목에 걸려 있던 붉은 장미 목걸이였다.

'어어?'

렉시어드와 앨리스의 모습에 잔뜩 약이 올라 반응하고 있던 심장의 박동이 조금 더 빨라졌다.

으르렁거리며 분노를 표출하고 있던 루키나는 갑작스러운 상황에 눈을 동그랗게 떴다.

두근두근, 가슴이 급격하게 뛰기 시작했다.

제길! 이 남자, 대체 무슨 생각인 거야!

루키나는 속내 따윈 드러내지 않는 가면 쓴 남자의 푸른 눈동자를 바라보며 속으로 미간을 찌푸렸다.

"받아주지 않을 거요, 레이디 로델린? 이대로 있다간 내 손이 민망해질 것 같은데."

쥐 죽은 듯 고요해진 주변이 라펠의 굵고 나른한 목소리로 가득 울려 퍼졌다. 꿀꺽, 누군가는 침을 삼켰고 누군가는 말없이 심장 부근을 만지작거리기만 했다.

루키나 근처의 영애, 영식들은 물론이거니와 휴이렌, 렉시어드, 앨리스, 심지어 에드문드까지 그녀를 호기심 어린 눈빛으로 바라보고 있었다.

쿵쾅쿵쾅.

루키나는 딱딱하게 굳은 얼굴을 억지로 펴며 빙긋 눈꼬리를 휘었다.

그리고는 말없이 그를 향해 팔을 내밀었다.

"감사합니다, 윈스턴 공작 각하. 설마 각하께서…… 제게 이것을 주실 거라고는, 생각하지 못했어요."

생각은커녕, 꿈도 꾼 적이 없다.

당연히 여태껏 그래 왔던 것처럼 사냥에 참가한 사람들 중 가장 높은 신분인 렉시어드가 경기에서 이겨, 바로 이 붉은 장미 목걸이를 저 혹은 앨리스에게 건네야 했는데!

완벽하게 틀어진 계획으로 인해 잠시 혼란스럽기는 했지만 분노로 가득 찬 표정을 지으며 저를 노려보고 있는 앨리스의 모습을 보자니 이 상황도 그리 나쁘지는 않은 것 같다.

라펠을 쳐다보는 렉시어드의 무시무시한 눈빛 역시 제게 이득이면 이득이지 결코 불리하지는 않을 테니.

루키나는 말없이 제 손목에 장미 목걸이의 끈을 묶어주고 있는 남자의 검정색 머리카락을 내려다보았다.

'대체 꿍꿍이가 뭐야?'

형편없다고 할 때는 언제고…… 흥.

작게 입술을 삐죽이던 루키나는 제 손목 위에서 활짝 핀 붉은 장미꽃을 내려다보다 가슴이 울렁거리는 것을 느꼈다.

속을 알 수 없는 남자가, 하나 더 늘었다.

쨍그랑!

"그 개자식이 진짜!"

칠흑이 드리워진 밤.

루키나 로델린의 파티에 초대받은 대부분의 귀족들이 본성 뒤편의 부속 건물에 머물고 있는 반면, 황족이라는 이유로 본성의 게스트 룸에 머물던 렉시어드는 결국 쥐고 있던 유리잔을 바닥으로 내던지며 성난 음성을 뱉어냈다.

"전하! 괘, 괜찮으십니까!"

렉시어드와 함께 공작성으로 온 시종 로이는 렉시어드의 발아래 산산조각이 난 유리잔을 발견하곤 눈을 크게 떴다.

아연실색하며 어쩔 줄 몰라 하는 로이의 모습을 무심히 응시하던 렉시어드는 깨진 유리 조각들을 하나씩 줍고 있는 로이를 향해 다가갔다.

우드득.

"크윽!"

살갗을 파고드는 깨진 유리 조각이 로이로 하여금 신음이 터져 나오게 만들었다.

하지만 이 이상의 큰 소리를 냈다간 렉시어드가 더 길길이 날뛸 것을 알기에 로이는 입술을 악물며 아픔을 참았다.

신고 있던 검은 가죽 구두로 로이의 손을 짓누르던 렉시어드는 고통에 휩싸인 시종의 파리한 얼굴을 내려다보며 중얼거렸다.

"빌어먹을 윈스턴 자식⋯⋯."

하아, 하아.

거칠게 숨을 몰아쉬고 있는 로이를 냉랭하게 응시하던 렉시어드는 피를 뚝뚝 흘리고 있는 시종 따윈 안중에도 없었다.

그는 지금으로부터 몇 시간 전에 있었던 일을 떠올리는 중이었다.

「내기를 해볼까, 윈스턴 공?」

황태자인 유리안 아이너 리우드만큼 싫어하는 자가 있다면 두 번 생각할 것도 없이 미르티스 윈스턴을 꼽을 것이다.

그런 그와 사냥을 나오게 되리라고는 상상해 본 적이 없어서 렉시어드는 조용히 말을 몰고 있는 윈스턴 공작을 향해 말했다.

기분 나쁜 가면을 쓰고 있던 윈스턴 공작이 천천히 고개를 돌렸다.

「내기?」

「그렇소, 내기. 사슴을 먼저 잡는 자가 이기는 아주 간단한 내기지. 내기에서도 이기고, 사냥에서도 이기면 기분이 좋잖아. 안 그렇소? 승자는⋯⋯ 무엇을 하는 게 좋을까?」

「⋯⋯.」

「공은 원하는 것이 따로 있소? 내 무엇이든 들어주리다! 아, 물론 내기에서는 내가 이기겠지만. 하하하!」

크게 웃는 렉시어드를 바라보던 윈스턴 공작의 속을 도통 읽을 수 없었다.

그래서 팬텀 공작이라 불리는 거겠지.

렉시어드는 여전히 기분 나쁜 작자라 중얼거리며 윈스턴 공작의 답변을 기다렸다.

「그럼, 전하의 레이디께 제가 장미를 바쳐도 되겠습니까?」

「내 레이디?」

설마, 윈스턴 공작이 앨리스를 마음에 두고 있었던 건가!

렉시어드는 조심스레 말을 던지는 윈스턴 공작을 응시하다 픽 웃음을 흘렸다.

「얼마든지! 고작 그런 것에 마음이 상할 만큼 나는 소인배가 아니거든! 대신 그 일을 하기 위해서는 공께서 나를 이겨야 할 거요.」

「…….」

「내기까지 걸려 있으니 더 흥이 나는군! 자, 그럼 본격적으로 사냥을 시작해 볼까!」

윈스턴 공작이 꺼낸 '전하의 레이디' 라는 말에 앨리스가 떠오른 것은 아주 자연스러운 일이었다.

설마하니 윈스턴 공작이 이미 약혼자가 있는 자신의 약혼녀에게 장미 목걸이를 갖다 바칠 줄은 상상도 못했다.

「윈스턴 공작도 재미있는 구석이 있군요. 여자 따위엔 관심 없는 목석인 줄로만 알았는데 말이죠.」

미르티스 윈스턴이 루키나 로델린에게 장미 목걸이를 건네는 것을 보고 누군가 조용히 중얼거리는 소리가 들렸다.

윈스턴 공작과의 사냥에서 패한 것으로도 모자라 돌아오는 도중 낙마까지 했던 렉시어드의 자존심은 그로 인해 처참하게 뭉개졌다.

"크으윽!"

우드득, 무슨 꿍꿍이인지 알 수 없는 미르티스 윈스턴이 장미꽃을 건네자 루키나 로델린이 어쩔 줄 몰라 하던 모습이 눈앞에 아직도 아른거린다.

렉시어드는 헉헉 거친 숨을 내쉬던 로이의 손을 더욱 지르밟으며 주먹을 세게 움켜쥐었다.

똑똑—

"뭐냐!"

신경질적으로 외친 렉시어드의 시야로 문을 열고 들어온 낯선 얼굴의 시녀가 보였다.

렉시어드에게 밟히고 있는 로이의 모습에 잠시 움찔하던 시녀는 이내 후우, 숨을 고르며 고개를 숙인 채 렉시어드에게 다가오더니 뭔가 작게 중얼거렸다.

인상을 쓰며 그 말을 듣고 있던 렉시어드는 로이의 손등을 밟고 있던 발을 떼어내며 말했다.

「일어나라, 로이. 볼일이 생겼다.」

그 말이 떨어지기가 무섭게 몸을 일으킨 로이의 손바닥에는 뚝뚝, 붉은 선혈이 떨어지고 있었다.

❖

"아가씨, 아가씨! 들어왔어요! 소식, 들어왔어요!"

벌컥, 침실 문을 열며 외치는 셰리의 말에 어김없이 소중한 레이피어를 손질하던 루키나의 고개가 홱 돌아갔다.

루키나는 잔뜩 상기된 얼굴로 제게로 쿵쿵 다가오는 셰리의 팔을 붙잡고 눈을 동그랗게 떴다.

"뭐래? 뭐래!"

그 큰 눈을 어찌나 들이대는지, 셰리는 부담스러울 정도로 얼굴을 내미는 루키나를 보며 풋 웃음을 터뜨렸다.

"장난치지 말고 어서."

지난 며칠 동안 기다리기만 했던 일이 드디어 일어난다는 사실에 입꼬리를 올리던 루키나는 셰리의 입술이 움직이기를 고대했다.

두근두근, 그 짧은 시간 동안 루키나 로델린의 심장은 미친 듯이 벌렁거렸다.

"오늘 자정, 은매화가 산사나무 근처에서 바람에 흩날릴 예정이래요!"

은매화.

그것의 꽃말이 사랑의 속삭임이라는 것을 알게 되었을 때, 얼마나 속이 부글거렸는지 모른다.

물론 그들에게 수도 없이 당한 것은 과거의 루키나 로델린이었지만, 이젠 그녀가 루키나 로델린이 되어버렸기에 저도 모르는 사이 감정이입이 되었던 것이다.

그 은매화를 암호 코드로 사용하며 수도 없이 루키나를 속이며 만남을 가졌겠지.

등나무 아래서든, 산사나무 아래서든, 버드나무 아래서든.

야밤에 만나 무슨 대화를 주고받았을지 눈에 선해 그 사실을 알게 된 후 한동안은 밤잠을 이루질 못했다.

"아가씨이! 정말 혼자 가시려고요? 그럼 저는요?"

아직 상황이 클라이맥스에 이른 것은 아니지만 적어도 어떻게 돌아가고 있는지 파악은 필요했다.

셰리의 정보통에게서 두 발칙한 남녀의 밀회 소식을 전해 듣고선 로브를 입고 나서려던 루키나는 제 발목을 붙잡는 셰리의 외침에 사뭇 진지한 표정을 지었다.

"넌 내 알리바이가 되어줘야지, 셰리."

"예? 알…… 알 뭐요?"

"이거 입어."

"이게 무…… 헉!"

루키나는 오늘 밤 입으려던 잠옷을 셰리에게 던지고는 명령했다.

"한 시간 이내로 돌아올게. 나 대신 저기서 자는 척하고 있어. 조금 있으면 유렐이 올 테니 꿈쩍하지 말고. 만약 들키면 재미없을 줄 알아. 알았어?"

'아가씨!'를 외쳐 대는 셰리의 외침을 사뿐히 무시하며 루키나는 주변을 살폈다.

오전부터 있었던 다과회와 사냥 경기 때문인지, 피곤에 지친 공작성은 고요했다.

높으신 귀족들이 방문을 한 상태였기에 공작성을 지키는 기사들의 경계도 삼엄하기는 했지만 공작성을 집으로 둔 루키나에게 있어선 그들의 눈을 피하는 방법 정도야 식은 죽 먹기였다.

셰리가 일러준 비밀 통로 등을 이용하여 수월하게 본성 밖을 나온 루키나는 근처 나무 숲 사이에 숨어 고개를 갸웃거렸다.

'산사나무가 어디 있었더라.'

그 얄미운 계집애가 짧은 시간 사이 공작성에 있는 산사나무까지 캐치해 냈다. 만약 그것이 아니라면 루키나 로델린이 의식을 잃기 전, 공작성을 줄기차게 방문하며 둘만의 비밀 장소를 만든 건지도 모르겠다.

제기랄.

투덜거리며 입술을 삐죽이던 루키나는 이내 장미 정원 뒤편에 위치한 연못 앞에서 그토록 찾던 산사나무가 있다는 사실을 떠올렸다.

그리고…….

'렉시어드!'

낙마로 인해 팔을 다친 건지, 흰 천으로 돌돌 감긴 팔로 갈색 머리카락을 뒤로 매만지던 황금색 예복의 남자가 정확히 연못 쪽으로 걸어가는 모습이 시야로 들어왔다.

어쩜 저렇게 튀는 모습을 하고 움직이는 건지.

루키나는 호위 하나 없이 움직이는 그가 지나칠 정도로 무방비하다고 생각했다.

하긴. 긴 세월 동안 이곳에 자주 드나들면서 한 번도 들킨 적이 없었기에 저렇게 의심조차 하지 않는 거겠지.

루키나는 쓰게 웃으며 렉시어드의 뒤를 밟으려 했다.

"……로델린?"

헉!

살금살금, 몸을 움직이려던 루키나의 귀에 귀 익은 음성이 들려온 것은 바로 그때였다.

루키나는 무심코 고개를 들다 익숙한 로브색의 남자가 제 앞에 서 있는 것을 발견했다.

"다, 당신이 왜 여기 있어요!"

다행히 렉시어드와의 거리는 아직 한참 멀었기에 루키나는 눈에 힘을 주며 소리쳤다.

가면을 벗어 던진 라펠은 루키나와 처음 만난 그때와 같은 회색 로브를 걸치고 있었다.

"그러는 그대는 어째서 여기 있는 거지?"

"여긴 내 집이에요! 난 언제든 아무 데나 갈 수 있다고요! 그러는 공작 각하는 어째서……."

"나는……."

당신은 뭐!

"…… 바람을 쐬러 나왔다."

거짓말하지 마! 라고 외치려다 말았다.

그 말을 꺼냈다가는 어쩐지 목소리 톤이 높아질 것 같았으니까.

루키나는 은근히 제 시선을 피하며 중얼거리는 라펠을 수상쩍게 노려보았다.

"사실이에요?"

"내가 그대에게 숨길 이유 따위가 있는가?"

"……."

"왜 그렇게 보지?"

"후우. 아니에요. 뭐 어쨌든, 바람 계속 쐬세요. 아! 그리고 이왕이면 이쪽 말고 저쪽으로 움직이시고요! 그럼, 저는 볼일이 있어서 이만!"

살짝 묵례한 뒤 다시금 렉시어드가 움직인 곳으로 발을 내딛으려던 루키나는 등 뒤에서 느껴지던 인기척이 도통 사라지지 않는 것을 인지했다.

"뭐…… 하시는 거예요?"

루키나는 큰 체격의 사내가 아무렇지도 않게 제 뒤를 밟는 것을 보고 걸음을 멈추었다.

잿빛 로브의 라펠은 검은 로브를 꽁꽁 뒤집어쓴 채 어둠과 한 몸이 된 루키나를 내려다보며 말했다.

"왠지 그대가 재미있어 보여서."

……뭐?

"그래. 괜찮다면 함께 산책이라도 하지. 레이디가 밤중에 혼자 다니는 건 위험하니. 게다가 그대에게 할 말도 있고. 마침 잘됐군."

루키나는 아무렇지도 않게 제 옆에 선 라펠을 올려다보며 인상을 썼다.

"각하! 호의는 고맙지만, 전 지금 매우 중요한 일을 앞두고 있다고요! 미안하지만 산책은 무리일 것 같으니, 여기 말고 저리로 가세요. 네?"

"……."

"윈스턴 공작 각하!"

"……."

젠장!

"미스터 라펠!"

"저곳에서 무슨 일이 벌어질 예정인가?"

크게 소리를 지르지도 못하고, 최대한 작은 외침을 이어 나가던 루키나는 붉어진 얼굴이 어둠에 가려져 다행이라고 여겼다.

어떻게 해서든 자신을 내쫓으려 하는 그녀를 말없이 내려다보던 라펠은 루키나가 향하려던 장미 정원 쪽을 흘긋거리며 말했다.

루키나는 숨을 크게 들이마셨다.

"무, 무슨 일은요. 아무 일도 없어요. 호호. 아무 일도, 전혀!"

"……."

어색한 미소를 흘리던 루키나의 변명에도 불구하고 라펠은 어찌 된 셈인지 한 번 주기 시작한 시선을 도통 옮길 생각을 않았다.

괜히 급박해진 마음에 초조한 숨만 들이켜던 루키나는 이젠 아예 장미 정원 쪽으로 걸음하려는 라펠을 향해 손을 뻗었다.

"진짜라니까요? 진짜라…… 헉! 미스터 라펠! 잠깐만요! 잠깐!"

"……"

라펠은 갑자기 제 로브 자락을 잡고선 하아, 하아 호흡을 내쉬고 있는 그녀를 내려다보았다. 루키나는 정신없이 뛰는 심장의 박동을 무시하며 느릿하게 고개를 들어 올렸다.

"알겠어요. 알겠으니, 그렇게 쿵쿵 움직이지 말고 일단 같이 가요. 무슨 일인지 말해줄게요. 네?"

"……"

"미스터 라펠!"

"그리하지."

후우.

루키나는 낮게 대답하며 고개를 까딱이는 라펠의 모습에 안도의 한숨을 내쉬었다.

'그래, 좋은 쪽으로 생각하자.'

어차피 목격자 한 명이 있었으면 했는데, 저와는 아무 관계도 없는, 생판 남인 윈스턴 공작이 그 대상이 되는 것도 나쁘지는 않을 거다.

아직 무엇이 목적인지 모르는 이 남자에게 제 비밀을 드러낸다는 사실이 걸리기는 하지만, 그의 앞에서 이미 검을 사용한 적도 있었으니, 뭐.

'다행히 입은 무거운 것 같고, 렉스 놈과도 사이가 좋은 것 같지는 않아.'

라펠을 죽일 듯 노려보던 렉시어드의 모습을 떠올리며 스스로를 납득시킨 루키나는 그녀의 입술이 열리기를 기다리고 있는 라펠을 올려다보았다.

"윈스…… 아니, 미스터 라펠. 지금부터 일어날 일은 일단은 저와 당신, 둘만 알고 있었으면 하는 일이에요. 이곳에서 무엇을 목격하든, 지금 당장은 밝히지 말아주셨으면 해요. 그것을 약조해 주신다면 제가 무슨 일을 할 건지 말씀드릴게요. 어때요? 비밀, 지킬 수 있으세요?"

두근두근. 고요한 가슴에 파문이 인다. 루키나는 침을 꼴깍 삼키며 그의 붉은 입술이 열리기를 기다렸다.

자신을 담고 있는 푸른 눈동자엔 미동이라곤 없다. 루키나는 무슨 생각을 하고 있는지 알 수 없는 그를 올려다보며 노심초사했다.

거절하면 어쩌지? 에이, 설마. 설마 그럴 리가.

"미스터…… 라펠?"

조심스럽게 그의 이름을 한 번 더 불렀을 때, 라펠의 붉은 입술은 움직였다.

"알겠다."

됐어!

루키나는 쾌재라도 부르짖고 싶은 생각으로 주먹을 불끈 쥐었다.

"좋아요, 그럼 저기 저곳으로 들어가면서부터는 몸을 깊이 숙여야 해요. 그리고 지금부터 대화는 모두 속삭이는 듯한 작은 목소리로 나눠요. 저 안에 있는 사람들한테 우리의 모습을 들켜서는 안 되거든요!"

"들키면 안 된다?"

"일단 현장까지 가서 설명할게요. 조용히 움직일 수 있으시죠?"

루키나의 물음에 라펠은 내키지는 않지만 알겠다는 듯 고개를 끄덕였다.

그래, 이제 됐어.

라펠의 답변까지 받아낸 루키나는 그에게 손가락으로 동그라미 신호를 보낸 뒤 장미 정원으로 가기 위한 발을 한 발자국, 내밀 수도 있었다.

"이브?"

장미 정원 쪽이 아닌 본성 쪽에서 들려온 또 다른 목소리가 아니었더라면.

'망할!'

루키나는 제 입에서 반사적으로 흘러나올 뻔했던 욕설에 칫, 입술을 삐죽이다 천천히 고개를 돌렸다.

바로 뒤에 라펠이 서 있다는 것을 잊을 만큼 그녀는 어색하게 웃었다.

"휴, 휴…… 이 오라버니."

도통 도움이라곤 안 되는 휴이렌이 저를 향해 고개를 갸웃거리며 걸어오고 있었다.

되는 일이 없어!

루키나는 여전히 휴이렌에게서 등을 돌리고 서 있는 라펠과 자신을 주시하던 휴이렌이 로브를 쓴 라펠을 흘끔거리는 것을 보며 이마를 문질렀다.

"밤이 늦었는데 여기서 뭘 하는 거야?"

"아, 그게……."

"곁에는 누구지?"

어쩐지 경계가 서린 그 말투에 입이 바짝 말라간다.

침착해, 루키나.

호랑이 굴에 들어가도 정신만 차리면 살잖아.

기억이 날 듯 말 듯한 옛말을 떠올리며 숨을 고르던 루키나는 빙긋 웃었다.

라펠에 대해 알려진 소문 중 다행스러운 점은 그가 쓰고 있던 가면을 쉬이 벗지 않는다는 이야기였다.

어쩌면 휘이렌이 이 남자의 본 얼굴을 모를지도 모른다.

루키나는 그에 희망을 걸며 말하려 했다.

"아, 오라버니. 그러니까 이분은 말이죠……."

"신 윈스턴, 4황자 전하를 뵙습니다."

물론, 세상은 루키나 로델린의 계획대로 진행될 만큼 녹록지 않다.

휘이잉—

어쩐지 삭막한 바람이 불고 있는 지금 이곳은, 로델린 공작성 내의 장미 정원 뒤편에 위치한 연못 근처의 한 덤불숲.

꿀꺽.

정확한 위치도 표현하기 쉽지 않은 이곳에는 루키나 로델린이 마른침을 삼키며 무언가를 주시하고 있다.

그녀의 녹안은 사물을 꿰뚫을 기세로 덤불숲 너머로 보이는 누군가를 향해 짜릿한 눈빛을 쏘아대고 있었는데, 그것은 그녀의 뒤편에 쭈그리고 앉아 서로를 흘깃거리고 있는 잿빛 로브의 사내와 남색 로브의 사내들에게 있어선 관심 밖의 일이었다.

"윈스턴 공."

"예, 전하."

"공은 우리 이브와 원래부터 알고 있던 사이인가?"

먼저 말을 던진 것은 휘이렌이었다.

물론 장미 정원에 들어서기 직전, 이미 루키나가 찌릿 하는 시선을 날린 상태였으므로 대화를 나누는 그들의 목소리는 평소의 톤보다 훨씬 다운되어 있었다.

"그게 정말 궁금하신 겁니까?"

"아니. 막 정말 궁금한 건 아닌데, 그냥 좀 궁금하군."

"그걸 정말 궁금하다고 하는 겁니다, 전하."

"……."

픽 웃으며 대답한 라펠의 말에 휴이렌이 살짝 미간을 찌푸리는 것 같았으나 루키나는 신경 쓰지 않았다.

루키나의 머릿속엔 아직도 약속 장소에 도착하지 않은 웬 여자로 가득 차 있었기 때문이다.

'이 계집애가 대체 왜 이렇게 안 오는 거야.'

두 남자의 대화에 눈도 깜빡이지 않던 루키나를 내버려 두고 그들은 다시금 말을 이어 나갔다.

"그럼 정말 궁금하다 치고, 뭔가 이상한 점이 한두 가지가 아니군. 내가 알던 이브는 공작성을 빠져나간 적이 없는 것 같은데. 그대들 두 사람이 만날 기회가 있었나? 아까 보니 공은 우리 이브와 스스럼없이 대화를 주고받는 것 같던데. 레이디와는 대화를 나누지 않는다던 그대답지 않군."

"저에 대한 소문이 어떤 식으로 퍼졌는지는 모르겠지만, 제게도 입이란 것이 존재합니다. 그 어떤 상대와도 대화를 할 수 있다는 거죠. 게다가 레이디 로델린과는 우연히 이곳에서 마주쳐 평범한 대화를 주고받았을 뿐입니다."

"평범? 이런 야심한 시각에, 아직 혼인도 하지 않은 두 남녀가 평범한 대화라? 윈스턴 공. 공이 느끼기에는 그 말이 상당히 설득력 있다고 생각하는가?"

"글쎄요. 그것은 전하께서 어떻게 받아들이느냐에 따라 달라지는 것 같은데 말입니다."

"하하. 그동안은 잘 몰랐는데, 공은 정말 재미있는 사람이군."

"별말씀을. 칭찬해 주셔서 감사합니다, 전하."

"아, 좀 조용히 해요!"

팔딱거리는 심장을 겨우 진정시키며 덤불 너머로 고개만 빼꼼 내밀고 있던 루키나는 아까부터 계속해서 신경전을 벌이고 있는 두 남자의 대화에 결국 펑 터져 버렸다.

생글생글 웃으며 도통 알아들을 수 없는 말들을 주고받던 두 남자는 쪼그리고 있기에도 왠지 버거워 보이는 몸을 겨우겨우 덤불숲 뒤에 숨긴 상태였다.

언제 들켜도 모자랄 일촉즉발의 상황.

루키나는 사뭇 진지한 표정을 지으며 그들을 불렀다.

"두 귀하신 분들!"

그들을 노려보는 루키나의 녹안엔 엄청난 힘이 서려 있었다.

서로를 응시하고 있던 두 커다란 남자가 올리고 있던 꼬리를 스르륵 내린 것은 말할 필요도 없는 사실이다.

루키나는 말했다.

"만약, 지금부터 두 분이 쓸데없는 말을 한마디라도 더 뱉어낸다면!"

서슬 퍼런 녹안을 일렁이는 그녀의 입꼬리가 서늘하게 움직였다.

"내 남은 인생 동안, 당신들을 평생 저주하며 살 거예요!"

흡, 약속이나 한 듯 숨을 들이마시는 남자들의 눈동자가 살짝 흔들렸다.

루키나는 음산하게 경고했다.

"지금부터 저기서 일어날 일은 앞으로의 내 인생이 걸린 중요한 일이라고요. 그러니 두 분 다, 그 가벼운 입 열지 말고 그냥 지켜만 보세요. 알았어요?"

"……."

"……."

"알았냐고요!"

"아…… 알겠다, 이브."

휴이렌은 루키나의 살벌한 시선에 결국 고개를 끄덕였다.

그녀는 아무 대답 없이 푸른 눈으로 저를 쳐다보고 있는 라펠을 노려
보았다.

"윈스턴 각하는 왜 대답이 없어요?"

그에게 대답을 촉구하는 루키나를 보며 잠시 멈칫하던 라펠은 휴이렌
을 한 번 흘긋거리더니 말없이 고개를 끄덕였다.

진작 그럴 것이지.

두 남자에게서 답변을 들은 루키나가 속으로 흥, 코웃음을 치고 있을
때였다.

"오라버니!"

그녀는 몇 분 전, 저들 일행이 지나온 장미 정원에서 붉은 로브를 걸치
고 폴짝폴짝 뛰어온 앨리스를 발견했다.

'레이디 밀리크?' 하고 작게 중얼거리는 라펠에게 쉿, 검지를 들어 올
리던 루키나는 초록색 눈동자를 빛내며 그녀를 노려보았다.

연못 근처를 서성이던 렉시어드가 앨리스의 모습에 천천히 고개를 돌
리는 게 보였다.

"앨리. 뛰어오지 말거라. 그러다 넘어져."

"괜찮아요. 그것보다…… 팔은 좀 어떠세요? 괜찮으세요? 얼마나 걱정
했다고요!"

"나는 괜찮다. 멀쩡해."

천으로 감긴 팔을 공중에 휘휘 내저으며 렉시어드가 웃었다.

어디서 센 척이야.

루키나는 당장이라도 그들에게 달려가 주먹을 뻗어버리고 싶은 충동을 겨우 가라앉혔다.

"그런데 어쩐 일이냐. 이 시각에 나를 불러내고. 그러다 누가 우리의 모습을 보기라도 하면 어쩌려고."

"호호, 그럴 리가요! 오라버니도 참. 걱정도 많으셔라. 우리가 이곳에 올 때마다 누구한테 들킨 적이 있었어요? 걱정 마세요. 바보 같은 이브는 우리 두 사람이 이렇게 만나고 있다는 것도 까맣게 모를 테니."

저 빌어먹을 년이, 아직까지도 내가 바보인 줄 아나.

루키나는 톤도 낮추지 않고 저를 비웃고 있는 앨리스를 향해 이를 갈았다.

그런 그녀를 걱정스럽게 흘긋거리던 휴이렌의 시선이 느껴지긴 했으나 루키나는 무시했다.

"그래도 이브가 깨어난 뒤로는 상황이 묘하게 돌아가니, 앞으로 이런 밀회는 더 이상 가지지 않는 것이 좋겠다."

그나마 머리가 돌아간 렉시어드는 호호 웃고 있는 앨리스를 진정시키며 말했다.

빙긋 미소 짓던 앨리스의 얼굴이 그의 말에 갑자기 굳어졌다.

"그게…… 무슨 소리예요, 오라버니?"

"그러니까, 앨리. 조금 더 조심할 필요가 있……."

"지금, 저랑 더 이상 만나지 않겠다고 말씀하시는 거예요?"

"……뭐?"

렉시어드는 저를 빤히 노려보는 앨리스의 말에 적잖이 당황한 듯싶었다.

그의 유려한 얼굴이 순식간에 당혹으로 물들었다.

루키나는 씩 입꼬리를 올렸다.

"오라버니. 얼마 전부터, 아니, 정확히는 이브의 파티가 시작된 이후로 저를 대하는 태도가 달라지셨어요. 그거 아세요?"

"애, 앨리. 무슨 소리를 하는 거냐?"

"오라버니도 다른 남자들처럼 이브의 그 여우 같은 외모에 홀린 거예요?"

"쉿, 앨리! 말이 심하구나!"

"심하긴 뭐가 심해! 맞네! 맞아! 이브한테 홀려 버린 거죠! 그렇죠?"

우드득, 앨리스의 가지런한 치아가 부딪치는 소리가 났다.

루키나는 픽 웃음을 흘렸다.

아무리 단단한 그릇이라도 조금씩 균열이 생기기 시작하면 와장창 깨지는 건 순식간이다. 일부러 역겨운 렉시어드와 춤을 추고 그와 대화를 나눈 보람이 있었다.

루키나는 씰룩거리는 입꼬리를 주체하지 못했다.

"아니다, 앨리! 나한텐 너밖에 없다!"

"뭐가 저밖에 없어요! 이럴 줄 알았으면 약을 두 배로 넣을 걸 그랬어! 제기랄! 이브, 그 발칙한 계집애가 오라버니까지 홀려 버릴 줄 어떻게 알았겠어!"

"앨리, 진정해라!"

흥분하는 앨리스의 목소리가 올라갈수록 잠들어 있는 손님들을 깨워 버릴까 렉시어드는 노심초사하는 눈치였다.

이 난감한 상황을 저 빌어먹을 황자는 어떻게 빠져나갈 것인가.

루키나는 가만히 그 모습을 지켜보기로 했다.

"진정? 제가 진정하게 생겼어요? 진정하게 생……!"

렉시어드는 양팔을 크게 들어 올려 앨리스를 와락 끌어안았다.

루키나의 미간이 좁아진 것은 순식간이다.

"오라…… 버니."

렉시어드의 넓은 품에서 정신을 차린 건지, 앨리스가 나지막한 신음을 흘리며 그를 불렀다.

렉시어드는 부드러운 손길로 앨리스의 작은 등을 쓸어내리며 말했다.

"나한텐 너밖에 없다, 앨리. 알지 않느냐. 아무리 이브가 몰라볼 정도로 변했다고 하더라도 너밖에 없어. 우리가 함께한 지 몇 년이냐. 걱정 말거라. 내 마음은 변하지 않아."

"오라버니……."

아주 놀고들 있다.

누가 보면 루키나 로델린이 그들 사이에 끼어든 못된 악녀라도 된 듯싶다.

아주 절절하기 그지없는 그들의 사랑 고백에 입술이 비틀거리는 것을 루키나는 겨우 참아야 했다.

"이브, 괜……."

"나 멀쩡하니 입 닫으세요, 오라버니."

"아, 응."

루키나는 제가 걱정됐는지 작게 속삭이는 휴이렌을 바라보지도 않고 대답했다.

그녀의 시선은 오로지 뻔뻔하기 그지없는 두 남녀에게 꽂혀 있었다.

"오라버니."

"왜 그러니, 앨리."

"저…… 부탁이 하나 있어요."

"부탁?"

폭풍전야의 심장이 지나칠 정도로 낮게 가라앉아 있었다.

루키나는 말없이 두 남녀의 애정행각을 훔쳐보며 굳은 얼굴을 하고 있었다.

앨리스는 그들을 지켜보는 이들이 있다는 사실을 전혀 눈치채지 못했는지 하얀 얼굴을 렉시어드에게 고정시키며 갈색 눈동자를 반짝였다.

렉시어드가 흔쾌히 고개를 끄덕이자 앨리스는 말을 이었다.

"내일 열리는 마상 시합에서 우승을 해주세요."

"내가?"

"네. 그리고 반드시 우승하셔서 제 손수건을 원한다고 말해주세요."

"……!"

"만약 그래 주신다면, 저는 오라버니께서 앞으로 무슨 일을 하든 믿고 따르겠어요."

보통 마상 시합에서 우승을 한 기사가 마음에 둔 레이디의 손수건을 요구하는 일은 흔한 일이다.

그로 인해 인연이 되어 결혼에 골인한 커플들도 여럿 있었기에, 수많은 사람들 앞에서 공개 프러포즈를 하는 의미로 기사들이 레이디들의 손수건을 요구하는 경우가 꽤 많이 있었다.

때문인지, **뻔뻔**하게 그 말을 하는 앨리스의 음성을 듣자마자 루키나는 입술을 잘근 깨물었다.

'저 망할 계집애가 아주 대놓고 나를 비참하게 만들 생각이군.'

이미 약혼녀가 있는 렉시어드가 약혼녀가 아닌 다른 여자의 손수건을 요구하게 된다면 그 파장은 불 보듯 **뻔**하다.

설마하니 그렇게까지 생각이 없을까— 라고 속으로 중얼거려 보았지만 저 남자는 충분히 그러고도 남을 작자였다. 빌어먹을. 으드득, 이를 가는 소리를 낼 **뻔**하던 루키나는 대답 대신 머뭇거리는 렉시어드의 등을 쳐다보았다.

'잠깐.'

쉽게 대답하지 못하는 것을 보면 아마도 재고 있는 것이 틀림없다. 루키나는 눈을 크게 뜨며 입꼬리를 스윽 올렸다. 문득 스치는 아이디어가 참신하게 다가왔기 때문이다.

"오라버니. 왜 대답이 없으세요?"

말을 하지 않는 렉시어드를 재촉하던 앨리스는 우물쭈물하던 그에게서 결국 만족스러운 답변을 얻어냈다. 그가 알겠다고 대답하는 순간 루키나 역시 생글거리는 웃음을 참지 못하고 어깨를 들썩였다. 박장대소하지 못하고 큭큭거리는 루키나를 바라보던 그녀 곁의 두 남자들이 의아한 표정을 지었지만 루키나는 굳이 그들의 의문을 해소시켜 주지는 않았다.

'이거 잘만 하면 결정타가 되겠는데?'

앨리스를 향해 힘차게 고개를 끄덕이는 렉시어드를 보며 루키나는 속으로 중얼거렸다.

「오라버니가 해줄 일이 있어요.」

어젯밤, 숙소로 돌아가기 직전 루키나가 제게 당부한 말이 불현듯 떠오른다.

「내가 할 일?」

「오라버니는 제 편이라고 했잖아요. 그러니까 진정한 제 편이 되기 위한 일을 한 가지 해줘야겠어요.」

「…….」

「왜요. 싫으세요?」

저를 빤히 올려다보던 루키나의 눈빛이 잊히지 않았다. 휴이렌은 빙긋 웃었다.

「그럴 리가.」

"후우우."
긴 숨소리가 천막 안으로 울려 퍼지자 창을 손질하던 휴이렌이 고개를 들었다.
"무슨 걱정거리라도 있으십니까, 형님."
"……휴이."
"말하십시오. 무슨 일이십니까?"
온 세상의 고뇌를 다 짊어진 표정을 짓던 렉시어드가 얼굴에서 어둠을 걷지 않고 관자놀이 근처를 문질렀다. 고뇌로 가득한 그의 모습에 입을 다물고 있던 휴이렌의 귓가로 한숨 섞인 렉시어드의 말이 들려왔다.
"여자들 때문에 머리가 깨져 버릴 것 같다."
"이브와 앨리스, 말씀이십니까?"
"그래. 하필 둘 다 똑같은 걸 원하고 있으니…… 어찌하면 좋을까 싶구나. 제기랄."
휴이렌은 낮은 욕설을 흘리는 렉시어드를 말없이 응시했다.
휴이렌은 '이브와 앨리, 둘 다 어떻게 해야 하느냔 말이다' 하고 중얼거리는 렉시어드에게 물었다.
"정확히 두 영애들이 무엇을 요구했습니까?"
"그렇지, 휴이 너라면 좋은 방편이 있을지도 모르겠군."

휴이렌은 말없이 어깨를 으쓱였다. 조금 안도한 표정을 짓던 렉시어드가 말했다.

"어젯밤 앨리가 오늘 경기에서 이긴다면 제 손수건을 청해달라더군. 그런데……."

"그런데?"

"이브도, 오늘 아침…… 똑같은 부탁을 했다."

흐응.

"만약 앨리의 것을 요구한다면 이브가 걸리고, 이브의 것을 요구한다면……."

"앨리가 마음에 걸리신다는 거군요."

렉시어드는 대답 대신 고개를 까딱였다. 어떻게 하면 좋냐는 표정을 짓는 렉시어드에게 휴이렌은 말했다.

"고민할 것이 있습니까?"

"그게 무슨 소리지?"

"고민할 필요도 없다는 말입니다. 이브의 것을 요구하십시오, 형님."

"……!"

"아무리 앨리가 형님의 정인이기는 하나, 일개 후작 영애일 뿐. 지금 형님이 신경 쓰셔야 할 존재는 앨리가 아닌 이브입니다."

"그렇게…… 생각하나?"

휴이렌은 떨떠름한 표정을 짓는 렉시어드를 향해 일말의 망설임도 없이 대답했다.

"물론이죠. 그러니 반드시 우승하신 뒤, 이브의 앞으로 걸어가십시오, 형님."

"……."

"형님?"

"알겠다. 네 의견이 그렇다면…… 그것도 고려해 보마."

렉시어드의 대답을 들은 휴이렌은 들고 있던 창을 다시 문지르기 시작했다.

"오늘 열리는 마상 시합에는 팬텀 공께선 참가하지 않으시나 봐요?"

루키나 로델린의 파티 셋째 날.

다른 귀족 영애들의 사교 파티와는 스케일부터가 다른 루키나 로델린의 파티 셋째 날에는 둘째 날의 사냥 경기에 이어 무려 마상 시합이 예정되어 있었다.

특별히 황실의, 그것도 황제의 허가를 얻은 파티였던지라 더욱 명분이 있었던 이번 마상 시합에는 리우드의 젊은 귀족들뿐 아니라 무려 황자들까지 참석한다는 이야기가 있어 그 인기는 상상을 초월했다.

로델린의 영주민들도 참석하여 구경할 수 있도록 따로 관중석을 만들어놓은 에드문드 로델린 공작의 배려 덕택에 로델린 영지의 한가운데 위치한 마상 경기장에는 이른 아침부터 많은 영주민이 걸음 했다.

영주민들의 관중석과는 차별을 둔 특별 관람석에는 공작 영애의 초대를 받은 많은 귀부인들과 영애들이 이번 경기의 우승자를 예상하며 웃음꽃을 피우고 있었다.

그런 그녀들의 사이에서 어제 사냥 경기에서 우승을 했던 윈스턴 공작에 대한 이야기가 나온 것은 당연했다. 루키나는 아마도 저를 보고 말하는 것이 분명한 슈나이더 백작 영애의 말에 부채로 입을 가렸다.

"전해 듣기로는, 어제 사냥을 하시다 팔을 조금 다치신 모양이더라고요. 저희 총관에게 이번 경기에는 참가하지 않으신다는 말씀을 전해오셨다고 했어요."

"어머, 그래요? 너무 안타깝네요!"

"그러게 말이에요. 팬텀 공께서는 제국에서도 내로라는 창술의 달인이시라 들었는데. 이번에야말로 그 모습을 볼 수 있을 거라 생각했거든요!"

"맞아요. 정말 아쉬워요!"

진심으로 아쉬워하는 귀부인들과 영애들을 보자니 어쩐지 미안한 마음이 들었다. 휴이렌을 보내고 난 뒤, 라펠과 둘만 남았을 때 그에게 꺼냈던 말들이 떠올랐기 때문이다.

「윈스턴 공작 각하. 외람되지만, 제가 각하께 부탁 하나만 드려도 될까요?」

「내게도 부탁이 있는 건가?」

「별로 어렵지 않은 부탁이에요.」

「……말해보시오, 레이디.」

「내일 열리는 마상 경기에는, 참석하지 말아주세요.」

「……!」

「부탁드려요. 만약 들어주신다면, 후일 어떤 일이든 보답할 날이 올 거예요. 네?」

뜬금없는 그녀의 말에 묘한 표정을 짓던 라펠은 이내 승낙의 표시를 보냈다. 이번에야말로 계획대로 돌아가는 상황에 루키나는 후우, 안도의 한숨을 내쉬며 라펠에게 활짝 미소를 지어 보였다. 그런 그녀를 보며 라펠의 미간이 잠시 꿈틀거렸지만 그는 곧 목례를 한 뒤 루키나의 시야에서 사라져 버렸다.

"만약 윈스턴 공작 각하께서 참가하셔서 우승을 하셨다면, 어떤 레이디의 손수건을 원하셨을지 궁금했었는데 말이죠!"

"호호, 그러게요! 어제 사냥 때는 딱히 드릴 분이 없어서 파티의 주최자이신 레이디 로델린께 드린 걸로 기억하는데…… 그렇죠, 레이디 로델린?"

간밤에 일어났던 회상에서 벗어난 루키나는 싱긋 웃으며 고개를 끄덕였다.

"예. 맞아요. 아는 레이디들이 없어서 제게 주셨다고 하더라고요."

"역시나!"

"하긴. 팬텀 공께서 약혼자가 있는 레이디를 노릴 만큼 파렴치한은 아니시죠, 호호호호!"

루키나의 대답에 저들에게도 기회가 왔다고 생각했는지 입꼬리를 올리는 영애들의 눈에는 탐욕이 가득했다. 루키나는 풋 웃음을 터뜨리며 멀리서 관람석으로 걸어오고 있는 낯선 이를 향해 눈빛을 보냈다.

"어머, 앨리. 왔어?"

사뿐사뿐, 옹기종기 모여 있던 귀족 여성들에게 다가온 앨리스는 첫날과 둘째 날보다 한층 더 업그레이드된 모습을 하고 있었다.

"오늘 날씨가 좋네, 이브."

약간은 심플하게 느껴지는 루키나의 초록색 드레스와는 달리 염색하기도 쉽지 않다는 자주색 드레스를 입은 앨리스는 한껏 힘을 준 상태였다. 루키나의 키가 신경 쓰였던 모양인지, 찰랑거리는 검은 머리카락을 있는 힘껏 올린 앨리스의 헤어스타일이 괜히 신경 쓰였다. 루키나는 입가가 간지러운 것을 겨우 참고선 미소 지었다.

"그러게 말이야. 마상 시합이 개최되기 딱 좋은 날씨 아니니?"

"그러게. 오늘은 누가 우승을 할지 정말 기대돼!"

"나도 그래. 아, 그렇게 서 있지 말고 얼른 앉아."

루키나는 제 옆자리를 가리키며 앨리스에게 손짓했다.

"고마워, 이브."

미소 짓던 앨리스는 묘한 향기를 풍기며 루키나에게 다가왔다. 루키나는 앨리스가 앉은 모습을 지켜보더니 자신의 맞은편 발코니에서 저를 쳐다보고 있는 에드문드를 향해 고개를 까딱였다.

웅성웅성.

조금씩 들어차기 시작한 관중들은 어느새 마상 경기장을 빼곡하게 채울 만큼 늘어났다. 에드문드는 그런 그들의 모습을 발코니석에서 지켜보더니 힘차게 손을 들어 올렸다.

와아아—

명예에 살고, 명예에 죽는 리우드 귀족들의 토너먼트가 시작됐다.

"큭큭큭. 크크크큭."

매일 밤마다 슈비트 에단에게 선물을 받은 레이피어 날을 닦는 것이 습관이 됐는지, 곳곳을 문지르고 있던 루키나의 고개가 서서히 들렸다.

루키나는 무엇이 그렇게 좋은지 계속해서 실실대고 있는 소녀를 향해 픽 웃음을 흘렸다.

"셰리. 대체 뭐가 그리 재미있길래, 아까부터 그렇게 혼자 웃어?"

셰리가 한 번 터져 버린 웃음을 참지 못한 것은 정확히 한 시간 전부터였던 것 같다.

제 침대의 이불을 정리할 때도, 머리를 손질해 줄 때도, 잠옷을 입혀줄 때도 홀로 큭큭거리던 셰리에게 딱히 이유를 묻지 않았던 건 그녀가 왜 웃고 있는지 알고 있었기 때문이다.

하지만 이쯤에서 한번 물어봐 줘야 되겠지.

루키나는 아량을 베풀기로 했다.

"그게 말이에요, 아가씨. 너무— 너무 웃기잖아요!"

웃겨?

"아까 밀리크 후작 영애의 얼굴 보셨어요? 저, 말똥 위에 엎어진 빌리의 얼굴보다 일그러진 얼굴은 난생처음 봤어요!"

빌리라고 하면, 로델린 공작가의 마구간을 책임지고 있는 프레도의 아들이었다.

그렇게 처참했어?

루키나는 미처 그 모습은 보지 못했기에 고개를 갸웃거렸다.

셰리는 '말도 마세요!' 라고 외치며 손을 휘휘 저었다.

"진짜 최악 중의 최악이었어요! 밀리크 후작 영애의 입에서 욕설이 흘러나온 걸 못 들은 사람이 없을 정도라니까요? 정말 대박이었어요!"

"흐응. 그랬단 말이지?"

"얼마나 열 받았는지, 시상식도 안 보고 성으로 돌아갈 정도면 말 다 했죠! 게다가 저녁 연회에도 참석하지 않았고요!"

"엄청 화났나 보네."

"그럼요! 앨리스 아가씨가 숙소의 물건들을 너무 부숴서 소문을 들은 유렐 님이 총관님께 후작가에다가 이걸 배상해 달라고 건의를 해야 할지 말아야 할지 고민이라고 하시는 것도 들었는걸요?"

"하여간 걔는, 화나면 물건 던지는 습관부터 버려야 해. 얼마나 폭력적이니?"

"호호, 맞아요!"

루키나는 제 말에 동조하는 셰리를 보며 옅게 웃었다.

「레이디 로델린, 나의 이브여. 부디 그대의 손수건을 내게 주는 영광을 선사해 주겠소?」

창술의 1인자라 칭해지는 라펠이 참석하지 않은 마상 경기에는 2황자의 지위를 넘보는 젊은 귀족은 존재하지 않았다.

전날과는 달리 팔 부상의 여파에도 불구하고 보란 듯이 우승을 차지한 렉시어드가 하얀 말 위에 올라탄 채 귀족 영애들이 모여 있는 관람석으로 다가오자 루키나와 앨리스는 서로를 흘긋거렸다.

당연히 제게 말을 걸 것이라 여겼는지, 루키나에게 승자의 미소를 지어 보이던 앨리스의 얼굴은 투구를 벗은 렉시어드가 꺼낸 말에 처참하게 구겨졌다.

「기꺼이.」

루키나는 그런 앨리스에게 붉은 입술을 올려 미소를 그려준 뒤 제 손에 감아둔 하얀 레이스 손수건을 렉시어드에게 던져 주었다.

와아아!

렉시어드가 그녀의 손수건을 하늘 높이 치켜들자 마상 경기장이 뒤흔들릴 만한 함성이 울려 퍼졌고, 앨리스는 그 모습을 더 이상 보기 힘들었는지 자리를 박차고 뛰쳐나갔다.

루키나는 씩씩거리며 사라진 그녀의 뒷모습을 흘긋거리며 입가에 만연한 웃음을 그렸었다.

복수의 2단계.

미세한 균열로 인한 신뢰의 파괴는 계획대로 잘 실행되고 있는 상태다.

이제 결정타를 때릴 3단계가 필요한 시점.

모든 것은 파티의 마지막 날인 내일로 미루어두었던 루키나는 아직까지도 앨리스를 떠올리며 키득거리는 셰리에게 질문을 던졌다.

"그런데 셰리."

"예, 아가씨!"

"준비는…… 어떻게 되어가?"

"아마 내일 연회가 시작되기 전, 도착할 것 같다는 연락이 왔어요."

"그래? 그럼…… 그건?"

"아. 그것도 역시 내일 아침 빌리의 편으로 들어올 예정이에요. 아가씨가 말씀하셨던 그 로이트 상단 쪽을 이용하니까 생각보다 일이 잘 풀렸다고 하더라고요!"

당연하지. 내가 어떻게 키운 상단인데. 그 정도 물건을 못 구했을 리 없어.

루키나는 빙긋 웃으며 들고 있던 레이피어를 내려놓았다.

스릉―

불빛에 반짝이는 레이피어가 날카로운 자태를 뽐내고 있었다.

"이제 내일이야, 셰리."

루키나는 눈부신 빛을 뿜어내는 레이피어를 내려다보며 조용히 중얼거렸다.

셰리가 말없이 고개를 끄덕였다.

두근두근.

가슴이 뛰는 것을 느끼며 루키나는 숨을 크게 들이마셨다.

그렇게 루키나 로델린이 주최한 파티의 마지막 날.

즉, 결전의 날이 밝았다.

리우드 제국의 4대 공작 중 가장 큰 세력을 자랑하는 로델린 공작의 사랑스러운 여식, 루키나 로델린의 파티 마지막 날 아침 해가 떴다.

남들 몰래 새벽부터 자신의 특별 훈련실에서 검술 훈련을 마치고 돌아온 루키나는 침실에서 저를 기다리고 있던 셰리를 발견했다.

"오늘 입으실 드레스는 미스 미레이께서 오늘을 위해 지난 삼 개월 동안 준비한 바로 그 드레스입니다."

평소와는 달리 자못 진지한 표정을 지으며 그녀를 반긴 셰리의 얼굴에선 비장함이 가득했다.

루키나는 입가가 간질거리는 것을 겨우 참고선, 셰리의 손에 들려 있는 드레스를 내려다보았다.

칠흑처럼 어둡지도 않고, 그렇다고 푸른 바다처럼 완전히 파랗지도 않은 곤색 드레스가 루키나의 시야에 들어왔다.

쇄골 부분과 가슴골 부분이 드러날 수 있도록 살짝 파인 드레스의 앞부분은 속살을 가리는 검은 망사의 존재로 인해 금욕적인 분위기를 풍겼다.

길게 늘어진 팔소매의 끝엔 로델린을 상징하는 붉은 장미가 수놓아 있었고, 은색의 허리띠는 이젠 잘록해진 그녀의 허리를 강조하기 위해 존재하는 듯했다.

루키나는 파니에를 입혀준 뒤 예의 드레스를 입는 것을 도와주고 있는 다른 시녀들 몰래 셰리에게 작게 속삭였다.

"그건?"

"준비됐어요!"

"그럼 차 두 잔을 준비해 달라고 해."

"두 잔이요?"

"두 잔 중 하나에만 그걸 타라고 전해줘. 그리고 일이 시작되면 내게 가져와 달라고 하고."

루키나의 명에 힘차게 고개를 끄덕인 셰리는 그녀의 말을 전하기 위해 침실을 빠져나갔다.

루키나는 펄럭이는 셰리의 치맛자락을 쳐다보다 치장에 집중했다.

시간은 빠르게 흐른다.

어제, 종일 치러진 마상 시합으로 인해 파티의 마지막 날인 오늘 일정은 저녁 연회뿐이었다.

그동안 루키나 로델린의 파티에 초대받은 귀족들은 며칠간의 피로를 풀며 로델린령을 산책하거나 아니면 개인적인 시간을 가졌다.

물론 루키나처럼 이른 아침부터 저녁에 열릴 연회를 준비하는 이들도 적잖았지만, 그건 대부분 혼기가 꽉 찬 귀족 레이디들에 해당되는 사항이었다.

"레이디 로델린 아니세요!"

해가 서서히 질 무렵, 검은 구두를 신은 채 연회가 열릴 나이트홀로 걸음을 옮기던 루키나는 저를 부르는 귀 익은 음성에 고개를 돌렸다.

"어서 오세요, 레이디들. 그대들도 나이트홀로 가시는 중이신가요?"

고작 나흘뿐이지만 어느새 리우드 사교계에서 그 어떤 레이디들보다 많은 주목을 받은 루키나 로델린은 더 이상 그녀들에게 있어 무시할 수 있는 존재가 아니었다.

조금은 경직되어 있던 첫날과는 다르게 얼굴에서 여유가 흘러넘치는 루키나를 보며 묘한 눈빛을 주고받던 뭇 귀족 영애들은 고개를 끄덕였다.

루키나는 그런 그들을 향해 함께 나이트홀로 가자는 제의를 하며 걸음을 다시 옮겼다.

"저는 정말 깜짝 놀랐지 뭐예요, 레이디 로델린. 이번 파티는 너무나도 환상적이었어요! 그런데 더욱 놀란 건, 하나부터 열까지 모두 레이디 로델린께서 계획하셨다면서요? 그게 사실인가요?"

파티 초반에는 제게 적대적인 시선을 마구 쏘아대던 리데츠 백작 영애는 어제 열린 마상 시합 이후 완벽하게 태도를 달리했다.

2황자인 렉시어드가 앨리스가 아닌 루키나를 선택하면서 그녀의 태도 역시 변하게 된 것이다.

루키나는 제게 살갑기 그지없는 물음을 던지는 리데츠 백작 영애를 내려다보며 빙긋 웃었다.

"부끄럽습니다. 아직 많이 부족해요. 다음번엔 더욱더 잘할 수 있을 테니, 또 열게 된다면 흔쾌히 참석해 주시길 바라요."

"호호, 당연하죠! 레이디 로델린의 파티라면 무조건 참석이죠! 안 그렇습니까, 레이디들?"

"그럼요!"

"저도 반드시 또 올 테니 그때도 초대해 주세요, 레이디 로델린!"

리데츠 백작 영애의 외침을 시작으로 복도를 함께 걷고 있던 영애들이 너도나도 할 것 없이 소리쳤다.

루키나는 불과 몇 개월 전, 델론트 후작성에서와는 너무도 달라진 상황에 쓴웃음을 삼키며 고개를 까딱였다.

"첫날은 무도회, 둘째 날은 티 파티와 사냥 경기, 셋째 날은 마상 시합. 오늘은 무슨 일이 일어날 예정인가요?"

또각또각.

얼마 남지 않은 나이트홀로의 발걸음을 함께 옮기던 여자 귀족들 중 미리어트 남작 부인이 루키나에게 흥미로운 시선을 던졌다.

루키나는 옅은 미소를 지으며 대답했다.

"이번에는 눈요깃거리를 하나 준비했습니다."

"눈요깃거리요?"

"연회가 시작되면 알 수 있을 거예요. 기대해 주세요, 미리어트 남작부인."

의미심장한 미소를 지으며 들고 있던 빨간 부채로 입가를 가린 루키나는 자신들의 등장에 닫혀 있던 자주색 문을 열어주는 시종을 향해 고개를 까딱였다.

"이제 오십니까, 레이디 로델린!"

"멋진 저녁입니다, 레이디 로델린!"

"어서 오세요, 레이디 로델린!"

함께 걸어온 영애들 중 가장 먼저 나이트홀로 들어선 루키나를 향해 주변을 서성이던 젊은 남자 귀족들이 기다렸다는 듯 외쳤다.

루키나는 그런 그들을 향해 미소를 짓고선 이미 나이트홀에 도착해 있던 누군가를 향해 걸어갔다.

"앨리, 여기 있었구나?"

못마땅한 얼굴로 루키나가 걸어오는 모습을 지켜보고 있던 앨리스가 자신의 앞에 멈춰 선 루키나의 목소리에 그녀를 빤히 응시했다.

평소에 잘 입지 않는다는 보라색 드레스를 입고 서 있는 앨리스의 눈에는 적대감이 가득했다.

루키나는 걱정스러운 표정을 지으며 앨리스에게 말했다.

"어제 네가 그렇게 가버린 뒤에 다들 얼마나 걱정했는지 몰라. 무슨 일이었니? 눈이 퉁퉁 부은 것 같은데. 울기라도 했어?"

루키나가 스윽, 손을 내밀며 앨리스의 눈가를 어루만지려 했지만 매정하게 그 손을 내친 앨리스는 싱긋 웃으며 붉은 입술을 달싹였다.

"일…… 은 무슨. 아무 일도 없어, 얘. 그것보다 드레스가…… 참 예쁘구나.”

감정이라곤 실리지 않은 그 말에 루키나는 더욱 짙은 미소를 그렸다.

“그렇지? 우리 성의 재단사인 미스 미레이가 몇 달 동안 만든 드레스
야. 어때, 나랑 잘 어울리니?”

빙그르, 일부러 앨리스의 앞에서 한 바퀴 회전을 하며 루키나는 환
하게 웃었다.

앨리스의 표정이 순간적으로 일그러졌지만 이내 그녀는 원래의 청순
한 가면을 쓰고 고개를 까딱였다.

루키나는 ‘어, 아주 예쁘네’ 하고 중얼거리는 앨리스를 향해 수줍게 속
삭였다.

“사실 렉스 오라버니께서 곤색을 매우 좋아한다고 하셔서 이 드레스를
만들어달라고 했어. 앨리, 네가 보기에도 오라버니께서 이 드레스를 입은
나를 좋아하실까?”

“……”

“앨리?”

“아…… 어어. 그, 그래. 매우…… 좋아하실 거야. 조, 좋아하시고말고.
호호. 좋겠다, 이브. 네가 예쁨받는 모습이 눈에 선해. 미리 축하할게, 이
브.”

축하는 무슨.

마음 같아서는 이 드레스를 갈기갈기 찢어버리고 싶을 테지.

루키나는 말과는 달리 눈에 힘까지 주며 제 드레스를 노려보고 있는
앨리스를 향해 대답했다.

“네가 그렇게 말해주니 더욱 힘이 나, 앨리!”

“……”

“어머, 곧 연회가 시작되겠다. 우리 저기 가서 앉자.”

"응?"

루키나는 첫날과는 달리 나이트홀의 벽 쪽에 놓여 있는 의자 몇 개를 가리켰다.

앨리스의 손목을 덥석 잡아버린 루키나의 행동에 미처 방비하지 못한 앨리스는 그런 루키나의 손에 끌려 걸음을 옮겨야만 했다.

"왔느냐, 이브."

이미 몇 개의 의자 근처에는 에드문드를 비롯한 두 황자와 높은 신분의 중앙 귀족들이 모여 있었다.

루키나는 저를 반기는 에드문드를 향해 묵례를 하고선 두 황자를 응시했다.

앨리스의 따가운 시선을 애써 무시하고 있는 렉시어드와 저를 빤히 바라보고 있는 휴이렌이 보였다.

루키나는 그들과 인사를 나눈 뒤 어느새 꽉 찬 나이트홀을 흘긋거리며 에드문드의 뒤에 서 있던 총관 카일에게 고갯짓을 했다.

루키나의 신호를 받은 카일이 입술을 천천히 움직이기 시작했다.

"친애하는 리우드의 고귀하신 여러분들. 연회를 본격적으로 시작하기에 앞서 로델린의 공작 영애께서 이번 연회를 위해 직접 초빙한 제국 최고의 유랑 극단, 일루시온의 무희 알리시아를 소개합니다!"

「촉매…… 요?」

루키나 로델린의 다이어트가 절정에 이르렀던 두 달 전의 어느 날, 목표로 잡은 반년째가 가까워지면서 루키나는 셰리를 불렀다.

은밀하게 저를 부른 루키나가 심각한 표정을 지으며 이야기를 하자 가만히 듣고 있던 셰리는 도통 이해가 가지 않는다는 얼굴로 고개를 갸웃거렸다.

　루키나는 씩 웃었다.

「화학반응에 참여해서 속도를 변화시키지만 결코 스스로의 성질은 변하지 않는 것. 그걸 바로 촉매라고 하지. 미래를 위해서라도 그 촉매가 될 만한 무언가가 필요한 시점이야.」

「어…… 저기, 아가씨. 제가 머리가 나빠서인지 아가씨께서 무슨 소리를 하는 건지 잘 모르겠어요. 촉매? 화학? 그게 다 뭐죠?」

「간단하게 말해서 셰리. 이제 곧 내가 날뛸 수 있는 상황을 만들어줄 '무언가'가 필요한 시점이 왔다는 거야. 나를 날뛸 수 있게 만들어주지만, 결코 본인은 아무 피해를 입지 않는.」

「무언…… 가?」

「그래. 이 역겨운 관계를 무너뜨릴 만큼 파급력이 있는 무언가여야만 해. 황실과는 연이 닿지도 않고, 그렇다고 내 편이라고 알려져 있어선 안 돼. 마음 같아서는 이 빌어먹을 관계를 모두 알고 있는 휴이렌을 이용하고 싶지만, 그 능글맞은 인간이 제대로 내 손에 놀아나 줄 리 없으니…… 셰리. 넌 뭐 들은 거 없어?」

「들은 거라뇨?」

「아무거나 좋아. 렉시어드와 앨리스, 두 연놈들에 관한 어떤 소문이든. 카더라도 좋고, 실제 이야기도 좋아. 뭔가…… 들은 거 없어?」

　고요한 연못에 돌을 던지지 않는다면 파동도 일지 않는다.

　지금의 루키나 로렐린에게는 렉시어드 황자와의 관계를 재정립하기 위한 명분이 필요했다.

　물론, 솔직한 심정으로는 갈아 마셔도 시원찮을 앨리스와 렉시어드가 제게 독약을 먹여 의식을 잃게 만들었다는 모든 일들을 에드문드에게 고하고 싶었지만 증거가 없으니, 아무리 딸 바보인 에드문드라 할지라도 쉽게는 그들의 죄를 입증하기 어려울 테지.

해서 루키나는 차라리 미끼를 던지는 것을 선택했다. 아마도 모험이 될 것이 분명하지만, 지금의 그녀에게 있어선 그 모험에 모든 것을 걸어야 할 판이었으니까.

「아가씨께는 알리기 죄송스럽지만…… 사실 두 분과 관련된 소문은, 많기는 해요.」

한때는 렉시어드가 루키나를 진정으로 아낀다고 생각했었던 셰리는 루키나의 기나긴 설득 끝에 그에게서 등을 돌린 상태였다.

앨리스와 렉시어드의 이야기만 나오면 간혹 저보다 더 흥분한 상태를 보였기에 그녀를 진정시키기도 했던 루키나는 제가 상처받을까 싶어 말하기를 주저하는 셰리를 향해 픽 웃음을 흘렸다.

「셰리. 예전에도 말했지만 난 그런 자식 전혀 신경 안 쓴다니까? 어떻게 하면 최고의 복수를 할 수 있을지만 생각 중이니 걱정 말고 말해봐. 네가 들은 소문 중, 가장 최근의 소문은 뭐야?」

「최근…… 이요?」

「이왕이면 내가 의식을 잃고 지냈을 때 일어난 일이면 좋겠는데.」

「그게…… 딱 하나, 있기는 한데.」

「얼른 말해봐.」

「음…… 아가씨께서 한창 의식을 잃고 계실 때, 렉시어드 전하께서 아가씨의 병문안을 오지 않으시고 황도 근처의 개인 별장에 머무시면서 검무를 보시는 걸 즐기신다는 이야기를 전해 들은 적이 있어요.」

「검무?」

「네. 일루시온이라는 유랑 극단이 있는데, 거기의 무희가 검무를 잘 춘다고 정평이 나 있거든요. 개인적으로 그 무희를 데려다 개인 별장에서 한동안 지내셨다고 들었는데…… 당시 전하와 함께 계시던 분이 밀리크 후작 영애인지는 확신하지 못해요.」

「그거면 됐어.」

「네?」

「어차피 방아쇠만 당기면 되는 거니까. 사실인지 아닌지는, 상황이 닥쳤을 때 알 수 있겠지.」

슥—

"이브가 준비를 아주 단단히 했군요, 로델린 공."

제국 최고의, 아니, 대륙 최고의 유랑 극단이라 불리는 일루시온은 비단 리우드에 머물지 않고 대륙 전체를 다니며 공연을 하는 것으로 유명했다.

그중에서도 가장 대표적인 존재가 환상적인 검무를 자랑하는 무희, 알리시아라는 사실은 그 누구도 부정하지 않았다.

황실에서도 황제의 명이 떨어진다면 일 년에 서너 번 정도 불러들이는 일루시온을 일개 공작 영애가 자신의 파티에 초빙했다는 것은 확실히 리우드의 귀족들을 놀랍게 만들었다.

"그러게 말이오, 밀리크 후작. 나도 오늘 아침에 이브에게서 그 이야기를 듣고 깜짝 놀랐지 뭡니까, 하하하."

갑작스러운 상황에 술렁이는 나이트홀 안으로 들어와 검무를 출 준비를 하는 무희를 바라보던 에드문드는 빙긋 웃고 있는 루키나를 흘긋거리며 대답했다.

"정말 확실한 눈요기가 되겠습니다!"

"그러게 말입니다. 아! 시작하나 보군요!"

"쉿. 모두들 집중합시다!"

밀리크 후작은 다른 귀족들과 마찬가지로 기대가 서린 표정을 지으며 나이트홀의 정중앙을 응시했다.

자그마한 두 손에 수많은 칼을 움켜쥔 흰 의상의 무희가 붉은 면사로 입가를 가린 채 루키나의 파티에 모인 귀족들에게 인사를 했다.

짝짝짝짝―

일제히 손을 들어 박수를 치는 귀족들을 바라보던 무희는 날카로운 검 끝을 천장 쪽으로 들어 올리며 움직이기 시작했다.

"저, 저 여잔……!"

아주 낮은 탄성이었지만 바로 곁에서 들려오는 말이었기에 결코 놓치지 않았다.

루키나는 모든 이들이 화려하게 시작된 검무에 빠져 있는 사이 미간을 살짝 좁히고 있는 누군가를 발견할 수 있었다.

옆자리에 앉은 앨리스가 예의 무희를 알아본 듯 몸을 움찔거리는 게 느껴졌다.

'다행히 아예 없는 이야기는 아니었던 모양이군.'

이로써 이 빌어먹을 연놈들에 대한 죄목이 하나 더 추가된다.

약혼녀이자 친구를 독살시키려 든 걸로도 모자라, 침대에 드러눕게 만들어놓고선 저들끼리 희희낙락 검무를 즐겼다 이거지.

'내 이것들을 가만두나 봐라.'

루키나는 이를 살짝 갈며 점점 절정으로 치닫는 무희의 검무를 무심하게 응시했다.

챙!

눈이 부실 정도로 화려하게 흩날리는 검들이 마지막으로 두 손을 모아 검날을 부딪치는 무희의 손에 의해 기묘한 소리를 냈다.

무희 알리시아가 선사한 환상적인 검무는 과연 소문 그 이상이었다.

와아아아—!

나이트홀에 모여 있던 리우드의 고위 귀족들은 완벽한 검무를 선보인 후 포즈를 취하는 무희를 향해 우레와 같은 박수를 보냈다.

루키나 역시 활짝 웃으며 일부러 그녀에게 박수를 보냈다.

"아주 멋진 검무였다, 무희 알리시아. 그대의 검무는 언제 봐도 멋지군."

공작성의 사람들 중에서 가장 높은 신분을 지닌 렉시어드가 자연스럽게 자리에서 일어나 무희를 향해 칭찬을 건넸다.

"감사합니다, 황자 전하."

붉은 면사의 무희는 고개를 숙이며 대답했다.

렉시어드는 그런 그녀를 흐뭇하게 바라보더니 이내 슬며시 뒤로 고개를 돌렸다.

그의 시선이 향한 곳은 루키나와 앨리스가 있는 곳이었다.

아마도 정확히는 루키나를 바라본 것이 틀림없는 렉시어드가 빙긋 입꼬리를 올리자 루키나는 싱긋 웃어 보였다.

'망할 놈. 그게 아마 마지막 미소가 될 거다.'

루키나는 부글부글 끓어오르는 화를 겨우 삭이며 속으로 중얼거렸다. 그리고 다시 정면으로 고개를 돌린 렉시어드는 루키나가 정확히 예상했던 말을 뱉어냈다.

"너를 이 귀한 자리까지 불러 많은 이들에게 네 검무를 볼 수 있게 만들어준 로델린의 사랑스러운 공작 영애에게 감사의 인사를 표하도록 해라, 알리시아."

루키나는 그 말을 들은 무희가 서서히 고개를 들어 올려 한 번 인사를 하고선 두 여자가 있는 곳으로 걸어오는 것을 지켜보았다.

들고 있던 검을 근처에 내려놓았던지라 깃털처럼 가볍게 느껴지는 무희의 걸음이 가까워질수록 루키나의 심장은 거세게 뛰었다.

한 걸음,

두 걸음.

두근두근―

루키나는 점점 다가오는 무희의 갈색 머리카락이 허공에 흩날리는 모습을 멍하니 지켜보았다.

두근―

그리고 루키나가 앉아 있던 곳 근처까지 도착한 무희는 붉은 입술을 움직이며 부드러운 목소리를 흘리기 시작했다.

"비천한 저를 이곳에 불러주시고, 보잘것없는 검무를 출 수 있도록 허락해 주신 로델린의 공작 영애께 진심 어린 감사를 표합니다."

그 말을 뱉어낸 그녀의 주변이 싸한 침묵에 휩싸인 것은 무희의 인사가 향한 곳이 로델린의 공작 영애의 방향이 아니었기 때문이리라.

살얼음판 위를 걷는 기분이 바로 이 느낌일까.

조금 전까지만 하더라도 정신없이 뛰던 심장이 놀라울 정도로 차분하게 가라앉았지만 온몸에 돋아난 소름은 사라질 기미를 보이지 않는다.

수군수군―

순간 흐르는 정적으로 인해 입을 다물고 있던 리우드의 귀족들이 입을 가리며 무언가 쑥덕이는 소리가 들려왔으나, 루키나는 평정을 유지해야 했다.

꿀꺽. 침을 삼키는 소리는 정확히 그녀의 옆에서 들려왔다. 얼마나 긴장한 건지 침묵이 흐르는 나이트홀을 깨뜨릴 만큼 커다란 소리였다.

무의식적으로 웃음이 터져 나오려는 것을 루키나는 겨우겨우 참아냈다.

'고마워요, 알리시아.'

루키나는 붉은 면사의 여인을 향해 인상을 쓰는 척하며 속으로 중얼거렸다.

제 말이 닿을 리는 없겠지만 카일 편으로 그녀의 일당을 약속했던 것 이상으로 챙겨줘야겠다고 다짐하며 입꼬리를 올렸다.

그녀의 고요한 녹색 눈동자는 천천히 옆으로 돌아갔다.

"무…… 무슨 소리를 하는 거야!"

누구 하나 먼저 말을 던지지 않는 묘한 상황이 이어지자 난감해진 것은 장내 모든 이들의 주목을 받은 사건의 당사자였다.

앨리스 밀리크라는 이름을 가지고 있는 후작 영애는 본의 아니게 로델린의 공작 영애를 대신해 인사를 받게 되었다.

얼굴이 사색이 된 앨리스는 변명이라도 하듯 자리에서 벌떡 일어나 고개를 숙이고 있던 붉은 면사의 무희를 향해 소리를 내질렀다.

"나는 로델린 공작 영애가 아니란 말이다!"

감히 저보다 훨씬 높은 신분들이 가득한 나이트홀 안에서 앨리스 밀리크는 큰소리를 내질렀다.

어찌나 당황했는지 그녀의 하얀 목덜미는 이미 빨갛게 부어오른 상태였다.

루키나는 '저 여자가 대체 무슨 소리를 하는 거야!' 라고 중얼거리고 있는 앨리스를 쳐다보다 자리에서 일어났다.

"앨리."

"이, 이브!"

"알리시아가 뭔가 착각을 했나 봐."

빙긋 눈꼬리를 휘며 루키나가 작게 속삭였다.

그리고는 여전히 고개를 숙이고 있던 무희를 향해 부드러운 음성을 흘렸다.

"고개를 들어요, 알리시아."

"아……."

루키나는 붉은 면사의 무희가 얼굴을 들어 올리자 일부러 더욱 환한 미소를 지었다.

그녀와 눈이 마주친 무희의 입꼬리가 살짝 떨리기는 했으나, 일전에 이미 약속했던 대로 무희는 아무 말도 하지 않고 루키나의 말이 이어지길 기다리는 눈치였다.

루키나는 호호, 웃으며 좌중을 둘러보더니 붉은 입술을 달싹였다.

"아무래도 이번 연회를 위한 화려한 검무에 집중하느라 알리시아가 뭔가 실수를 했던 것 같아요. 리우드의 귀족 여러분들, 그리고 두 전하. 부디 알리시아의 무례를 용서해 주시길 대신 간청드립니다."

"……이브, 네가 그렇다면야."

"어려울 것 없지."

루키나는 떨떠름한 기색으로 대답하는 렉시어드와 흔쾌히 답변하는 휴이렌에게 미소 지은 채 다시 무희를 내려다보았다.

"헌데, 일루시온의 알리시아. 제가 한 가지 물어도 될까요?"

상황이 일단락되는 것 같아 보이자 앨리스가 씩씩거리던 상태를 가라 앉히며 후우, 한숨을 내쉬는 것이 보였다.

아직 안도하기는 이르지, 앨리.

루키나는 큰 눈을 굴리며 일부러 호기심 가득한 표정을 지어 보였다. 알리시아가 말없이 고개를 끄덕이자 루키나는 물었다.

"어째서 우리 앨리를, 로델린의 공작 영애라고 생각한 거죠?"

차츰 안정을 찾으려던 나이트홀이 다시금 긴장에 휩싸였다. 상황을 정리해 줄 거라 여겼던 루키나가 꺼져 가는 불씨를 살리는 것을 보고 앨리스는 작게 신음을 흘렸다.

루키나는 그 소리를 무시하며 알리시아의 입술이 움직이기를 기다렸다.

"단순히 궁금해서 그래요, 알리시아. 말해줄 수 있겠어요?"

루키나는 일부러 주저하는 시늉을 하는 알리시아를 다독이며 말했다. 그녀의 다정한 음성에 용기를 얻었는지 한번 힘차게 얼굴을 까딱인 알리시아는 렉시어드가 있는 곳을 흘긋거리며 대답했다.

"몇 달 전…… 2황자 전하의 앞에서…… 검무를 춘 적이 있었습니다."

"호오, 그랬습니까, 전하?"

"그래서 알리시아에게 먼저 말을 건네신 거군요!"

밀리크 후작을 필두로 리데츠 백작이 호탕한 음성으로 외쳤다.

뒤를 돌아보지는 않았지만 루키나는 그 말을 들은 렉시어드의 얼굴이 처참하게 일그러졌을 것이라는 확신을 했다.

루키나는 '그래서요?' 하고 되물었다.

우물쭈물거리던 알리시아는 말을 이어 나갔다.

"아마도…… 지금으로부터 일곱 달쯤 전이었던 것 같습니다. 저는 황도 근처에 위치한 전하의 개인 별장에 초대되어 검무를 출 계획이었는데, 그곳에서 황자 전하의 옆에 계시는 저 아름다운 영애를 보게 되었습니다."

"……!"

"두 분께서 몹시 가까워 보이시고, 또 서로를 바라보는 눈길이 부드러우셨습니다. 제가 듣기로는 2황자 전하께는 공작 영애이신 약혼녀가 계시다고 해서, 저는 당연히 그분이 저분인……."

쨍그랑—!

"닥쳐라!"

루키나는 순간적으로 제 곁을 스치고 지나간 무언가가 알리시아의 발 근처에 떨어지자 눈을 동그랗게 떴다.

휙 뒤를 돌아본 그녀의 눈에는 언제 움직인 건지, 샴페인 글라스가 놓인 곳으로 달려가 알리시아에게 그것을 던져 버린 앨리스의 모습이 보였다.

씩씩거리고 있는 앨리스의 흥분한 얼굴은 쉽게 가라앉을 기미가 보이지 않았다.

"감히 여기가 어느 안전이라고 일개 무희 주제에 그런 헛소리를 지껄이는 것이냐!"

당황한 다른 귀족들이 보이지 않는 건지, 앨리스는 검은 흑발을 흩날리며 소리쳤다.

루키나는 당장이라도 그녀를 죽일 듯 노려보던 앨리스가 갑자기 털썩 주저앉아 무릎을 꿇는 모습을 지켜보았다.

"억울합니다, 두 분 전하! 로델린 공작 각하! 아버지! 제가 일개 무희에게 농락을 당하게 되다니…… 리우드의 고귀한 귀족으로서 일어날 수 없는 치욕을 겪는 것 같습니다! 저 무희의 말은, 제가 꼭 렉시어드 황자 전하와 밀회라도 즐겼다는 말이 아닙니까!"

발악하듯 외치는 앨리스의 말에 나이트홀의 귀족들은 아무 말도 하지 않았다.

그럼 그게 사실이 아니라고 말할 참인가?

루키나는 어쩐지 웃음이 흘러나오려는 것을 견뎌냈다.

'흐응, 아무도 동조를 하지 않는다 이거지?'

본격적으로 자신이 나서기에 앞서 일단 상황을 지켜보던 루키나는 섣불리 나서지 않는 리우드의 귀족들을 흘긋거리며 실소를 터뜨렸다.

지난 몇 달 동안 겪었던 수많은 일들로 짐작해 보건대, 아마도 앨리스와 렉시어드가 루키나를 속이며 만나고 있었다는 것을 모르고 있는 자들은 루키나를 비롯한 공작성의 식구들밖에 없을 것이다.

그게 아니라면 사교계엔 정말 관심이 없는 귀족들이겠지.

2황자의 권위가 두려워 그 누구도 먼저 이 일에 대해 발설하지 않았고, 루키나의 중독으로 인해 정신이 없었던 로델린 공작이 사실인지도 밝혀지지 않은 헛소문에 신경 쓸 겨를 따위 있을 리 만무했다.

그래서 촉매제가 필요했던 거다. 다음 단계로 넘어갈 수 있도록 반응을 촉진하는 촉매제.

알리시아는 훌륭히 그 임무를 수행해 주었다. 방아쇠를 당겨 총알을 발사함으로써, 루키나가 날뛸 수 있는 무대를 마련해 주었다.

이제 남은 것은 제 스스로 만들어 나가야 한다.

"렉시어드 황자 전하! 사악한 혀로 우리 두 사람을 모욕한 저 무희에게 큰 벌을 내려……!"

털썩―

"아버지께 간청드릴 것이 있습니다."

인상을 쓴 채 알리시아를 노려보고 있던 렉시어드에게 소리를 빽빽 질러대는 앨리스의 곁을 지나친 루키나는 2황자 일행과 나란히 서 있던 에드문드에게 무릎을 꿇고 말했다.

로델린의 공작 영애가 보인 갑작스러운 행동에 장내가 다시 술렁였다.

"무슨 일이니, 이브. 무릎은 왜 꿇는 것이야?"

당황한 에드문드가 얼른 그녀를 일으켜 세우라는 지시를 내렸지만 루키나는 미동조차 하지 않고 말을 이어 나갔다.

"알리시아는 지난 몇 달 동안 이번 연회를 위해 하루도 빠지지 않고 그녀에게 서신을 보냈던 제 간절한 부탁에 못 이겨 어렵게 이곳에 왔습니다. 비록 오늘 저와 앨리스를 헷갈리는 치명적인 실수가 있기는 했지만, 악의는 없었을 거예요. 허니 부디 아버지께서 알리시아의 안전을 지켜주시기를 부탁드립니다."

"이…… 이브! 너 지금 무슨 소리를 하는 거야! 저 망할 무희가 나와 황자 전하에 대해 무슨 소리를 했는지 네 귀로 똑똑히 들었잖아! 그런데도…… 헉!"

소리치려던 앨리스의 입이 다물어진 것은 그녀의 말이 들리기가 무섭게 고개를 돌린 루키나의 녹안이 지독할 정도로 냉랭했기 때문이었다.

앨리스는 그런 루키나의 차가운 시선이 놀라웠는지 뒤로 주춤거렸다.

"아버지……."

간절한 루키나의 시선에 망설이던 에드문드는 크게 한숨을 내쉬며 대답했다.

"좋다. 내 모든 명예를 걸고 너를 위해 저 무희를 보호해 주마."

"로델린 공!"

에드문드의 곁에 있던 렉시어드가 무슨 소리를 하는 거냐며 외쳤지만 에드문드의 결심은 매우 굳건했다.

에드문드는 감사를 표하는 루키나에게 말했다.

"하지만 이브, 저 무희가 너와 황자 전하, 그리고 밀리크 후작 영애까지 모욕했다는 것을 잊어서는 안 된다. 알지 못하는 것 역시 죄다. 정확히 알지 못하면서 이런 중요한 자리에서 헛소리를 늘어놓는다는 건……."

"만약 근거 없는 소리가 아니라면요?"

에드문드의 말을 끊어버린 루키나의 발언에 나이트홀이 들썩였다.

"이브, 그게 무슨 소리니. 근거 없는 소리가 아니라니?"

에드문드는 고개를 치켜든 채 제 옆에 서 있던 렉시어드를 노려보는 루키나를 놀란 눈으로 응시했다.

이제부터 시작이지.

루키나의 시선에 당황한 나머지 렉시어드가 몸을 움찔거리는 것이 보였지만 루키나는 개의치 않았다. 그리고는 긴 한숨을 흘리며 천천히 닫혀 있던 입술을 움직이기 시작했다.

"이 자리에서 이런 말을 꺼낸다면, 제 자신이 얼마나 한심하고 우스워 보일지 감히 상상할 수 없지만…… 상황이 이렇게 됐으니 어쩔 수 없겠지요."

"이…… 브?"

루키나는 냉정을 되찾은 녹안으로 렉시어드를 직시했다.

"렉스 오라버니. 여쭙고 싶은 게 있습니다."

렉시어드는 이제 제게로 향한 화살에 미간을 좁히며 그녀를 바라봤다.

그에게서 말하라는 대답이 떨어지지 않았지만 루키나는 붉은 입술을 움직였다.

"그제 자정쯤, 장미 정원에 가셨던 적이 있지요?"

"……!"

"혹시 그곳에서 누구와 만났는지 말씀해 주실 수 있나요?"

파르르.

속은 놀라울 정도로 냉정한데 일부러 입술을 떨자니 이거 여간 힘든 게 아니다.

그래도 끝까지 가봐야지.

짜릿한 승리를 맛보기 위해 루키나는 일부러 가련하기 그지없는 표정을 지으며 렉시어드의 답변을 기다렸다.

"나, 나는……."

렉시어드는 설마 루키나가 그날의 밀회를 봤을 거라고 생각하지 못했던 모양이었다.

당연한 일이다.

그렇게 숨을 죽여가며 덤불숲 뒤에 숨어 있었으니, 알아챌 수 있을 리 없지. 게다가 당시의 렉시어드는 앨리스를 달래기 급급했던 터라 주변을 살필 겨를 따위도 없었다.

루키나는 후드득 떨어지는 눈물방울을 닦지 않고 중얼거렸다.

"앨리…… 였지요."

"무슨 소리냐!"

"그게 무슨 말이야, 이브!"

발칙한 두 연놈들은 약속이나 한 듯 일제히 소리쳤다.

이럴 땐 호흡이 잘 맞네.

루키나는 비웃음을 흘려주고 싶었지만 꾹 참아냈다.

"부정하실 필요 없어요, 오라버니, 앨리. 이미…… 저 말고도 목격자들이 있으니까요."

"……뭐?"

"목격자라니!"

루키나는 흑흑, 일부러 더욱 어깨를 들썩여 가며 굽혔던 무릎을 다시 폈다.

그리고는 많은 귀족들 틈 사이에 끼어 상황을 주시하고 있던 누군가를 찾기 시작했다.

'미안하지만 나 좀 도와줘야겠어요.'

허공에서 눈이 마주치자 그의 미간이 좁아졌다.

루키나는 천천히 손가락을 들어 올려 누군가를 가리켰다.

"저 말고도, 저기 계시는 윈스턴 공작 각하도…… 두 사람이 한밤의 밀회를 가지는 것을 목격했다고요!"

으흐흑!

처량한 울음소리를 터뜨리며 루키나가 외치자 나이트홀이 소란스러워졌다.

"황자 전하가 공작성까지 와서 대놓고 밀회를 했다고?"

"저렇게 아름다운 로델린 공작 영애를 두고도?"

"아니, 그럼 그 소문이 사실이었단 소리야?"

"그럴 리가!"

모르는 척 상황을 넘기기엔 사건이 점점 파국으로 치닫자 리우드의 귀족들은 렉시어드 황자와 앨리스, 그리고 루키나의 얼굴을 번갈아 쳐다보다 라펠을 바라봤다.

루키나는 라펠이 픽 웃음을 터뜨리는 것을 똑똑히 목격했다.

"윈스턴…… 공. 방금, 우리 이브가 한 말이…… 사실이오?"

"로델린 공! 무슨 소리를 하시는 겁니까! 당연히 사실일 리 없잖……."

"안타깝지만 사실입니다."

두근—

루키나는 렉시어드의 말을 끊어버린 라펠을 직시했다. 가면 아래 감추어져 있는 그의 벽안은 미동이라곤 없었다. 침착한 그의 답변에 장내가 더욱 술렁였다.

'윈스턴!' 하고 외쳐 대는 렉시어드를 무시한 라펠은 에드문드를 바라보며 말을 이었다.

"그제 밤, 산책을 위해 우연히 각하의 정원을 거닐다 낯익은 두 분을 발견했습니다. 놀랍게도 짙은 애정 행각을 나누시던 두 분은 2황자 전하와 저기 계시는 밀리크……."

쾅—

"윈스턴! 감히 내가 누구인 줄 알고 그런 망언을 지껄이는 거냐! 나는 이 나라의 황자다! 황자!"

"진정하시지요, 전하."

당장이라도 검집 속의 검을 뽑아 라펠에게 달려들 태세를 취하는 렉시어드를 막은 것은 다름 아닌 에드문드였다.

렉시어드가 싸늘한 에드문드의 목소리에 멈칫하는 사이 라펠은 다음 말을 이었다.

"황자 전하. 그 모습을 목격한 건 비단 저뿐만이 아닙니다."

"그건 또…… 무슨 소린가, 윈스턴 공."

에드문드의 질문에 라펠은 시선을 옮겼다. 라펠의 벽안과 또 다른 자색 눈동자가 조우했다. 라펠은 서늘한 얼굴의 남자를 쳐다보며 말했다.

"당시 그 장소에는 휴이렌 전하도 계셨으니까요."

휘이잉—

아마 황야에 부는 바람이 있다면 이런 소리를 냈을까.

루키나는 제가 생각했던 대로 휴이렌까지 엮는 라펠을 향해 박수라도 쳐 주고 싶은 심정이었다.

많은 시선이 제게 향하자 루키나는 아무 말도 하지 않는 휴이렌이 자신을 쳐다보는 것을 알아차렸다.

'이젠 선택할 수밖에 없을 거야, 휴이렌.'

속이 조금 쓰려왔지만 어쩔 수 없는 일이다.

매번 그녀의 편이라 주장했던 휴이렌의 마음이 진짜인지 아닌지 알아볼 수 있는 절호의 기회이기도 했다.

"휴이!"

그를 부르는 렉시어드가 얼른 부정이라도 하라는 듯 외치는 게 보였다. 휴이렌의 자색 눈동자가 풍랑을 만난 것처럼 일렁였다.

"휴이!"

한 번 더 그를 부르는 렉시어드의 외침을 듣던 휴이렌은 쓴웃음을 흘리며 나지막하게 중얼거렸다.

"이번엔…… 도저히 부정할 수가 없군요."

"휴이렌!"

"죄송합니다, 형님."

휴이렌은 소리치는 렉시어드의 시선을 외면하며 입을 닫아버렸다. 그를 바라보던 렉시어드의 눈꺼풀이 파르르 떨렸다.

궁지에 몰린 렉시어드가 어떻게든 상황을 타개하기 위한 방법을 찾으려 눈을 굴리는 게 보였다.

'그렇게 둘 수는 없지.'

루키나 로델린은 그 일을 실행할 때가 왔다는 것을 직감했다.

"셰리. 그걸 준비해 줘."

"예, 아가씨."

벽에 붙어 고개를 숙이고 있던 셰리를 향해 지시를 내리자 갈색 머리 소녀는 짧게 대답한 후 나이트홀에서 사라졌다.

"무엇을 준비하라고 한 거냐, 이브."

도미노처럼 발생한 일들을 아직 받아들이지 못했던 에드문드가 입술을 잘근잘근 깨물고 있는 렉시어드와 파리하게 질린 앨리스, 그리고 그들을 쳐다보고 있는 루키나와 외면하고 있는 휴이렌을 흘긋거리며 물었다.

루키나는 쓰게 웃었다.

"아버지. 아버지께선…… 언제나 궁금해하셨죠. 어째서 제가 지금으로부터 칠 개월 전, 그렇게 쓰러져 버린 건지. 왜 지나칠 정도로 건강하던 제가 그렇게 힘없이 누워 한 달이나 깨어나지 못한 건지. 무슨 일을 당했기에 그런 변고를 당한 건지 언제나 궁금해하셨죠?"

"이…… 브?"

"오늘 그 답을 드리려 해요."

슥—

"준비됐습니다, 아가씨."

루키나는 작은 트레이에 두 잔의 물이 담긴 유리잔을 들고 제 앞에 나타난 셰리를 발견하곤 옅게 미소 지었다.

"뭐 하는 짓이냐, 이브."

의미심장하게 돌아가는 상황에 불안함을 느꼈는지, 좌중을 한번 둘러보는 루키나를 보며 렉시어드가 음산한 말을 던졌다.

애정이라곤 한 톨도 담겨 있지 않은 그 말투가 왠지 모르게 반갑게 느껴져 루키나는 속으로 입꼬리를 올렸다.

"게임을 하나 할까 해요."

"지금 이 상황에서 그런 말이 나오느냐!"

"오라버니와 할 게임은 아니니, 걱정 마세요. 제가 게임을 하고 싶은 상대는……."

루키나는 고개를 돌려 안절부절못하고 있는 사람을 바라보았다. 그녀는 셰리에게서 받아 든 트레이를 들고서 또각또각 발을 뻗어 나갔다.

또각.

"……!"

렉시어드 황자는 의심이 많다.

아마 자신이 준비한 이 게임에 어울려 줄 만큼 어리석지는 않겠지. 하지만 여기 지금 일어나고 있는 상황에 대해 두려움이 가득한 이 소녀는 다르다.

루키나는 어느새 제 앞에 우뚝 멈추어 선 자신을 발견하곤 눈이 튀어나올 정도로 뜨고 있는 앨리스를 향해 빙긋 미소 지었다.

"앨리."

"이, 이브! 사, 사실이 아니야! 네가 뭔가 착각하고 있어! 우린 단지…… 단지 너무 가까웠을 뿐이야! 오라버니는 그제 밤, 날 위로해 주려고……."

"그제 밤에 일어났던 일 따위는 중요하지 않아."

"……뭐?"

"단지 증명이 필요했을 뿐이니까. 네가 나를 속이고 나의 약혼자와 몰래 만나고 있다는 것을 공식 석상에서 밝힐 필요가 있었거든."

헉— 숨을 크게 들이마시는 앨리스의 얼굴엔 핏기라곤 없었다. 휘몰아치는 상황으로 인해 정신을 못 차리는 듯했다.

아주 살짝, 진짜 발톱에 내려앉은 먼지만큼 안쓰러운 마음도 들기는 했지만 그뿐.

'너 때문에 순진한 루키나는 개죽음을 맞이했었지.'

제게 몸을 내어줄 수밖에 없었던 루키나에게 보답하는 것은, 이 빌어먹을 두 연놈들에게 짜릿한 복수를 하는 방법뿐이다. 루키나는 덜덜 이를 부딪치고 있는 앨리스를 향해 섬뜩한 미소를 그려주었다.

"여기 이 두 잔이 보이니, 앨리?"

"이, 이브?"

"여기 이 잔들 중 하나에는 7개월 전의 그날, 네가 나를 위해 준비했던 바로 '그것'이 들어 있어."

"……뭐?"

앨리스가 영문 모를 소리를 늘어놓는 루키나의 말에 미간을 좁혔다.

루키나는 한 발자국, 더 가까이 앨리스를 향해 다가가서는 그녀의 귀에 입술을 댄 채 작게 속삭였다.

"네가 델론트 후작성에서 언급했던 '그거' 있잖니. 무색무취의 바로 그거 말이야.”

뽀얀 얼굴에 별처럼 박혀 있는 갈색 눈동자가 이리도 흔들리는 모습을 본 적이 없다. 적어도 그녀가 루키나의 몸에 빙의를 하게 된 후로는 말이지.

무슨 소리를 하는 거냐는 표정을 짓고 있기는 하나, 반사적으로 일어나는 몸의 변화는 숨기지 못한다.

루키나는 쓰게 웃었다.

‘정말이었네.’

그래도 혹시나 했다.

이미 모든 것을 확신하고 있었지만, 어쩌면 제가 잘못 생각하고 있는 건지도 모른다고— 손톱 사이에 낀 때 정도로 의심을 한 적이 있었다.

그래도 나름 친구 사이인데 아무리 루키나를 무시하고, 그녀 몰래 그녀의 약혼자와 바람을 피우고 있더라도, 혹시나 자신이 그녀를 잘못 판단하고 있는 것은 아닌가라는 생각.

만약 그렇다면 이 일에 대한 의문이 생기는 거니까.

하지만 다행인 건지, 그 반대인지 상대의 귓가에만 들릴 만한 작은 음성의 제 속삭임에 앨리스 밀리크는 눈에 띌 정도로 커다란 반응을 보이며 동요한다.

사슴처럼 예쁘고 큰 눈을 어디에 둘 줄 몰라 하며 루키나와, 그녀의 손에 들린 트레이 위의 잔 두 개만 번갈아 보고 있었다. 왠지 모르게 헛웃음이 터져 나오려는 것을 겨우 참으며 루키나는 한층 더 차분한 표정을 지었다.

‘입이 아주 바짝 말라가다 못해 미쳐 버릴 거다.’

최대한 티를 내지 않으려 애썼지만 인생 최고의 위기 앞에는 아무리 앨리스라도 어쩔 수 없는 노릇. 파르르 떨리는 기다란 속눈썹의 움직임과

덜덜 부딪치는 치아가 내는 미세한 소리가 루키나의 귓가로 들려왔다.

대체 루키나와 앨리스가 무슨 대화를 나누고 있는 건지 알지 못한 렉시어드가 '대체 뭘 하고 있는 거냐!' 하고 소리쳤지만 루키나는 깔끔히 그것을 무시하며 앨리스를 내려다보았다.

"앨리. 어떤 걸 마실래?"

서늘해진 녹안을 앨리스에게 고정시킨 루키나는 빙긋 미소를 그렸다. 앨리스에게 있어 사악하기 그지없는 미소를 짓는 이 상황이 이상할 정도로 짜릿해, 루키나는 손끝에 전율이 일어나는 것을 느꼈다.

루키나는 망설이고 있는 앨리스에게 말을 이어 나갔다.

"네게만 말했던 대로, 이 두 잔 중 하나엔 바로 그것이 들어 있어. 너를 배려해서 네게 먼저 선택권을 줄게. 어떤 것이든 골라봐."

"나, 나는……!"

새하얗게 질린 앨리스의 얼굴은 이미 경악으로 물들어 있었다.

무색무취의 그것이라는 이야기를 듣자마자 파리하게 질려 버린 그녀의 머릿속은 텅 비어버렸겠지.

그런 상황이 이어질수록 루키나의 가슴은 더욱더 냉정해졌다.

쾅!

"지금 대체 뭘 하고 있는 겁니까!"

모두의 시선이 두 개의 잔을 들고 있는 루키나와 입술을 깨물기만 하는 앨리스에게 쏠리자 결국 렉시어드가 주변을 환기시키려 했는지, 근처의 벽을 내려치며 소리쳤다.

"당장 저 아이를 막지 못하겠습니까? 로델린 공!"

"……"

"이보시오, 로델린 공! 젠장! 여봐라! 뭘 하고 있느냐! 당장 요상한 짓을 하고 있는 저 로델린의 공작 영애를 막지 못하겠……!"

"칼튼의 기사들은 들어라."

버럭 외치고 있는 2황자의 말을 뚝 끊어버린 에드문드 로델린 공작이 손을 들어 올리자 혹시나 모를 상황에 대비하여 나이트홀에 배치되어 있던 로델린 공작가의 칼튼 기사단원들이 척— 일제히 무릎을 굽혔다.

에드문드 로델린은 냉정하기 그지없는 녹색 눈동자를 빛내며 외쳤다.

"이브의 일이 끝날 때까지 그녀를 보호하도록 해라. 누구도 그녀를 막아서는 안 될 것이다."

"예!"

힘차게 외친 칼튼의 기사들이 철컥거리는 갑옷을 입은 채 루키나와 앨리스의 주변을 둘러싼 것은 순식간이었다.

갑작스러운 상황에 당황하는 귀족들과 그 모습을 지켜보던 렉시어드의 얼굴이 찌푸려진 것은 당연했다. 렉시어드는 붉어진 얼굴로 곁에 서 있던 에드문드를 향해 외쳤다.

"로델린 공! 지금 뭐 하는 겁니까! 감히 내게 반기를 드는 겁니까? 내가 누군지 잊은……."

"그럴 리 있겠습니까, 2황자 전하."

이마에 핏대까지 세우며 소리치던 렉시어드의 말은 한 번 더 끊어졌다.

언제 싸늘한 표정으로 지시를 내렸냐는 듯, 싱긋 미소를 짓기까지 한 에드문드의 얼굴에 렉시어드가 움찔거리는 사이 에드문드는 웃음 섞인 음성으로 말을 이어 나갔다.

"단지 궁금했을 뿐입니다."

"무엇이 말이오!"

"진범 말입니다."

에드문드는 움찔하는 렉시어드에게 고개를 숙였다.

"이브가 정체 모를 독에 중독되었다는 이야기를 들었을 때, 저는 우리 이브에게 그 독을 탄 진범을 찾기 위해 부단히 애썼습니다. 그런 제 모습이 가여웠는지, 상황을 지켜보시던 황제 폐하께서 제게 도움을 주겠다고 하셨을 만큼 저는 진범을 찾는 데 혈안이 되어 있었습니다만…… 아무리 노력해도 결코 진범을 찾을 수 없었죠. 그런 못난 애비였는데 말입니다. 깨어난 이브가…… 진범을 밝히겠다고 하니, 하나밖에 없는 딸자식을 위해서라도 제가 도와줄 수밖에 없지 않겠습니까? 허니, 협조 부탁드립니다, 황자 전하. 휴이렌 황자 전하께도 양해를 부탁드립니다. 이곳에 계신 모든 귀족 여러분들. 부탁드립니다. 이 일이 어떻게 진행되는지, 지켜봅시다."

나이트홀의 귀족들을 흘긋거리며 허리를 굽히는 에드문드 로델린의 행동에 대한 파급력은 상당했다.

물론 2황자인 렉시어드가 이곳에서는 가장 높은 신분이기는 했지만 그래 봤자 지금까지 에드문드 로델린이 쌓아온 모든 명성과 명예, 그리고 존경에 비할 바는 못 됐다.

게다가 나이트홀을 지배하고 있는 실질적인 주인은 '손님'으로 참석한 렉시어드가 아니다.

로델린 공작성의 칼튼 기사단이 황실의 아그노스 기사단만큼 강력한 무위를 자랑한다는 것을 모르는 이들은 없었다.

귀족들은 침묵했다.

"그렇대, 앨리."

에드문드를 향한 울컥 차오르는 감정을 겨우 억누르며 루카나는 앨리스를 향해 웃음을 그려 보였다.

어떻게 해서든 빠져나갈 궁리를 마련하려 노력하던 앨리스의 입술이 부르르 떨리는 게 보인다.

루키나는 후우, 한숨을 내쉬며 말했다.

"만약 네가 선택하기 어렵다면 내가 먼저 선택할게. 음, 어떤 걸 선택하지? 그래. 이게 좋겠……!"

루키나 로델린이 두 잔의 유리잔 중 왼쪽에 놓인 유리잔을 집어 들려 할 때였다.

작게 중얼거리며 한 손으로 트레이를 들고 다른 한 손으로 왼쪽의 잔을 들려는 순간, 루키나는 제 손에 든 유리잔을 낚아채는 앨리스를 발견할 수 있었다.

부들부들 떨리는 몸으로 그녀에게서 유리잔을 낚아챈 앨리스는 꼭 '너는 어디에 그걸 탔는지 알고 있잖아!' 라고 외치는 것 같았다.

'기대 이상으로 멍청한 애였어.'

그녀를 향한 실소가 목구멍까지 차올랐다.

만약 방금 전, 앨리스가 반응하지 않았더라면 난감해지는 것은 자신이었을 텐데 말이지.

아마도 이렇게 머리가 돌아가지 않기에 아무렇지도 않게 공작성에서, 후작성에서 렉시어드와 밀회를 가질 수 있었던 건지도 모르겠다.

루키나는 씩씩거리고 있는 앨리스를 내려다보며 풋 웃음을 그리더니 오른쪽의 잔을 들어 올렸다.

셰리에게 트레이를 건넨 루키나는 고요에 휩싸인 앨리스를 바라보며 붉은 입술을 달싹였다.

"한잔할까, 앨리?"

또르르— 잔을 기울이는 루키나의 움직임에 자연스럽게 따라가는 유리잔 속의 물은 투명하기 그지없다.

그 모습을 홀린 듯 응시하던 앨리스가 결국 말라 버린 입술 사이로 소리를 뱉어냈다.

"이브. 너 대체 무슨 생각인 거야! 네가 분명 이 두 잔 중 하나에 그걸 탔다고 했잖아!"

"그래. 그랬지."

"그런데도 마시자는 이야기야?"

"문제 있어?"

"······뭐?"

앨리스는 루키나의 되물음에 멈칫했다. 루키나는 눈꼬리를 휘며 말했다.

"나는 단지 알고 싶을 뿐이야, 앨리. 네가 정말 그것을 내게 사용한 건지. 그래서 나를 죽이려 들었던 건지. 하지만 만약 사실이 아니라면······ 나는 잘못 없는 네 명예를 더럽힌 파렴치한 영애가 되는 거겠지."

"······!"

"앨리. 누군가를 의심할 때, 그 의심이 틀렸을 경우까지 생각해야 한다고 나는 생각해. 만약 그 의심이 틀린 거라면 상대의 명예를 더럽힌 책임을 져야 한다고 말이야."

"그, 그게 무슨······."

"만약 내 의심이 틀렸을 경우를 대비해서 나는 책임을 지려고 해. 네가 만약 그날, 내게 그것을 타지 않았고, 그래서 그 잔 안에 든 물을 마시고도 멀쩡하다면 너를 의심한 죄로 기꺼이 죽음을 맞이할게."

일말의 망설임도 없는 루키나의 답변에 앨리스는 들고 있던 유리잔을 거세게 흔들었다.

"무, 무슨 소리를 하는 거야! 네, 네가 왜 죽음을······."

이를 달달 떨며 중얼거리는 앨리스의 얼굴엔 두려움이 가득했다.

그럼 마지막 카운터펀치를 날릴 시점인가.

루키나는 저를 구원해 줄 사람 따위는 없어 보이는 지금 이 상황에 애써 태연을 유지하려 노력하는 앨리스가 대단하다고 생각하기는 했지만 질질 끌었다간 유리해지는 것은 그녀였다.

루키나는 짧게 숨을 내쉰 뒤 유리잔을 입술 쪽으로 가져다 댔다.

"너, 너! 이브!"

루키나는 투명한 유리잔에 담긴 물을 입속으로 털어 넣었다. 꿀꺽꿀꺽, 목구멍을 타고 넘어가는 물소리가 앨리스의 귓가에 들릴 만큼 크게 울려 퍼졌다.

크으— 루키나는 마지막 한 방울까지 모두 마신 뒤 작게 탄성을 흘렸다. 그리고는 입을 열 생각을 못 하는 앨리스를 내려다보며 한동안 서 있었다.

"곧바로 반응이 오지는 않지만 적어도 그날 마셨던 그것과는 다른 것 같네."

"너…… 너, 기억이…… 기억이……!"

났을 리가 있냐, 이 멍청아.

루키나는 새하얗게 질린 얼굴로 손가락질을 하는 앨리스의 중얼거림에 일갈해 주고 싶은 심정이었다.

대신 묘한 미소만을 지은 채 앨리스를 향해 웃어 보였다.

"이제 네 차례야, 앨리."

"헉!"

"그날, 내게 아무 짓도 안 했다면…… 당당하게 그걸 마셔. 그럼 아무 일도 일어나지 않겠지. 별일 있겠어?"

"나, 나는…… 나는……!"

"뭐가 그리 두려워? 아마 금방일 텐데. 7개월 전 내가 그랬던 것처럼, 금방. 앨리. 넌 언제나 그러지 않았어? 떳떳하잖아. 나한테 아무 짓도 안 했으면 이곳에서 떳떳하게 그걸 마시면 되겠네. 아니면……."

스윽, 다가가는 루키나를 보고 앨리스는 뒷걸음질 쳤다.

루키나는 빙긋 웃었다.

"'두 배로 넣을 걸 그랬는데', 그러지 못해서 아직도 아쉽니?"

"아악!"

쿵— 주저앉은 앨리스의 입술이 파르르 떨렸다.

원래부터 하얀 얼굴이지만 이제는 핏기조차 없는 여인의 눈에는 두려움이 가득했다.

"……만."

응?

"나만 그런 게…… 아니야!"

……!

"내 잘못만 있는 게 아니라고! 나 혼자만 그런 게 아니란 말이야!"

혼돈에 빠진 여자가 무너지는 것은 눈 깜짝할 사이에 일어난다.

강한 압박을 견디지 못하고 주저앉아 버린 여자의 모습은 평소의 위풍당당한 모습과는 거리가 멀다. 아마 이런 일이 익숙하지 않아서 더욱더 당황스러웠겠지.

"오라버니도! 오라버니도 함께 계획한 거란 말이야!"

결국 들고 있던 유리잔을 내던지며 뒷걸음질 치던 앨리스가 얼굴을 구기고 있는 렉시어드를 가리키는 것을 루키나는 무심하게 지켜보았다.

"무슨 소리를 하는 거냐, 앨리스!"

낭떠러지에서 혼자 떨어질 생각 따위는 전혀 없는 앨리스는 사색이 된 얼굴로 외쳤다.

그녀의 외침을 듣고 장내의 시선이 저를 향하자 렉시어드가 앨리스를 부른 건 거의 반사적이었다.

'아니나 다를까.'

예상했던 발언이다.

궁지에 몰린다면 앨리스가 잡을 밧줄은 렉시어드밖에 없었으니까.

게다가 지금까지의 상황으로 짐작해 오건대 앨리스는 머리가 그리 좋은 편이 아니었으므로 틀림없이 렉시어드를 물고 늘어질 것이 분명했다.

그래서 루키나는 렉시어드가 아닌 굴리기 쉬운 앨리스를 선택했다. 황위 다툼으로 이미 이런 간단한 두뇌전을 수도 없이 겪었을 렉시어드는 간단히 요리할 수 있을 만큼 쉬운 상대는 아니었다.

'고마워, 앨리.'

루키나는 털썩 바닥에 앉아 '나는 잘못 없어! 오라버니가 시킨 거라고! 오라버니가 네게 독을 타라고 시켰단 말이야!' 하고 외쳐 대고 있는 앨리스를 바라보다 홱 몸을 돌렸다.

그리고 그녀는 걸어갔다.

"이, 이브."

앨리스에게서 등을 돌린 루키나가 제게로 다가오자 렉시어드는 뒷걸음질 쳤다.

"이브, 아니다! 정말 아니야! 앨리가 미쳤어! 미쳐서 헛소리를 늘어놓고 있는 거란 말이다!"

또각.

"이브! 믿어다오! 나의 이브, 제발! 난 결코 네게 독을…… 큭!"

모두의 시선이 뒷걸음질 치는 렉시어드와 그에게 다가가는 루키나에게 향했다.

어떻게든 부정하려고 손을 휘휘 젓는 렉시어드의 입술은 쉬지 않고 움직였지만 루키나는 멈추지 않았다. 그녀는 렉시어드가 나이트홀의 벽과 부딪치는 순간까지 그에게로 걸어갔다.

"헉!"

렉시어드가 숨을 크게 들이마셨다. 쿵, 소리와 함께 그의 구두가 벽과 닿자 루키나는 씨익 웃었다. 경악한 렉시어드가 어쩔 줄 몰라 하는 얼굴이 보인다.

루키나는 자신들을 향한 사람들의 시선을 똑똑히 느끼며 숨을 골랐다. 루키나 이베타 로델린 주연, '통쾌한 복수'라는 타이틀을 가진 연극의 클라이맥스.

'드디어…… 이 상황까지 왔군.'

심장이 마구 두근거린다.

지난 몇 달간 이날을, 그리고 지금 이 순간을 얼마나 기다렸던가.

불현듯 지옥과도 같았던 나날들이 눈앞을 스쳐 지나가 괜히 눈물이 한 방울 찔끔 흘러나오려는 것을 겨우 참아냈다.

"후우."

루키나의 짧은 심호흡에 렉시어드가 몸을 움찔거리는 것이 보였다. 루키나는 그녀의 행동 하나하나에 신경을 곤두세우고 있는 렉시어드를 바라보더니 이내 그의 귓가로 입술을 가져다 댔다.

"되도 않은 변명은 집어치워, 이 새끼야. 이젠 다 끝났어."

"……!"

갑자기 다가온 루키나의 입김에 렉시어드가 흠칫 놀라는 것이 느껴진다. 아니, 그녀의 입술 사이로 흘러나온 말이 전혀 다정하지 않아 당황한 건지도 모르겠지만.

루키나는 제 귀를 의심하며 저를 멍청하게 쳐다보고 있는 렉시어드의 자색 눈동자를 바라보다 뒤로 다시 물러났다.

그러고선 그들을 주목하고 있는 다른 이들에게 들릴 만한 과장된 몸짓으로 눈가를 슥 닦더니, 또랑또랑한 목소리를 흘렸다.

"오라버니."

물론.

"저와…… 파혼해 주세요."

기겁하는 렉시어드는 아랑곳 않고.

타인이 보기에 최대한 처량한 척— 흐느끼는 것 역시, 잊지 않고.

가늘고 긴 삶을 꿈꾸는 레이디 루키나 이베타 로델린이 생존하기 위한 네 번째 법칙.

레이디의 복수는 통쾌해야 한다.

"아가씨, 아가씨! 아가씨이이—"

휙휙!

허공을 가르며 레이피어의 블레이드를 휘두르던 루키나의 움직임이 뚝 멎었다.

훈련실의 문을 벌컥 열고 들어온 셰리가 잔뜩 흥분한 얼굴로 무언가를 들고 있었기 때문이다.

루키나는 주르륵 흘러내리는 땀방울을 닦으며 셰리를 바라보았다.

"무슨 일이야?"

힘들어 죽겠는데, 잠시 쉬어야겠다.

루키나는 슈비트 에단과 약속했던 수직 베기 100회 중 78회를 한 상태였다.

그녀는 들고 있던 레이피어를 아래로 내리며 셰리를 바라보았다. 셰리는 두 볼에 홍조를 잔뜩 띠어놓고 머리 위로 무언가를 흔들었다.

"왔어요! 왔다고요!"

와? 뭐가?

"파혼 증서요! 황제 폐하께서 직접 작성하신, 파혼 증서 말이에요!"

"뭐? 진짜야?"

어디 좀 봐!

루키나는 셰리만큼이나 흥분한 표정을 지으며 얼른 그녀에게서 그것을 낚아챘다.

심각한 표정을 지으며 처음 적힌 글귀부터 마지막 글귀까지 한 자, 한 자 놓치지 않던 루키나는 침을 꼴깍 삼켰다.

"아가씨, 뭐라고 적혀 있길…… 왁!"

자기도 좀 가르쳐 달라며 루키나에게 애원하던 셰리는 갑자기 홱 몸을 돌리더니 저를 빤히 내려다보던 루키나가 양팔을 뻗어 자신을 끌어안자 탄성을 터뜨렸다.

루키나는 얼떨떨해하는 셰리를 향해 소리쳤다.

"끝났어!"

"……예?"

"끝났다고, 셰리! 나 해방이야! 해방이라고! 황제의 허락까지 떨어졌으니, 나는 완벽한 자유의 몸이야! 나한테 혹은 더 이상 없어! 그 누구도 막지 못하는 솔로가 된 거라고, 셰리!"

"그렇게…… 좋으세요?"

"당연하지! 셰리. 황제가 그 증서를 보냈다는 게 무엇을 의미하는지 아니?"

"……뭔데요?"

고개를 갸웃거리는 셰리에게 루키나는 소리쳤다.

"이제 그 누구의 눈치도 보지 않고 내가 원하는 사람들을 만나도 된다는 말이야!"

"아!"

"두고 봐, 셰리. 나 황실이랑은 전혀 거리가 먼, 평범하기 그지없는 사람이랑 결혼해서 오랫동안 가늘고 길게 길게 잘살 거니까. 흐흐흐. 그래, 그래야지. 반드시 그래야 해!"

루키나는 주먹을 불끈 쥐며 의지를 다졌다.

지난 7개월 동안 애쓴 보람이 있었다. 완벽하게 파혼을 끝낼 때까지 파티 이후 한 달이 더 걸리기는 했지만 뭐, 만족스러운 결과를 얻어냈으니 그 정도의 시간은 괜찮다.

"헌데 아가씨. 저기 저것 좀 보세요."

루키나의 눈이 셰리의 손끝이 향하는 곳을 따라 움직이다 멈칫했다.

셰리는 당황하는 루키나에게 말했다.

"아가씨께서 렉스 전하께 파혼을 요구하시고 일주일도 채 되지 않아 구애의 편지가 저렇게 쌓여 버렸잖아요. 아가씨께서 원하든, 원하지 않든 아가씨는 이미 사교계의 중심에 서 계세요. 밀리크 후작 영애가 강제로 수녀원에 보내진 이후 차기 사교계의 꽃으로 아가씨의 이름이 거론되는 거 모르셨어요? 아가씨께선 더 이상 가늘게 사시기는 글렀다고요."

고개를 절레절레 흔드는 셰리의 말에 루키나는 인상을 썼다.

가늘게 살기는 글렀다고?

"아가씨?"

셰리는 돌연 고민에 빠진 루키나를 의문 가득히 응시했다.

셰리가 한 번 더 '아가씨?'라는 말을 뱉어내자 자못 진지한 표정을 지으며 얼굴을 든 루키나는 초록빛으로 가득한 눈에 힘을 주며 붉은 입술을 달싹였다.

"조금 이른 감이 없잖아 있지만…… 다음 단계로 나아갈 때가 온 것 같아."

"예?"

"그래, 가늘게 살 수 없다면 일단은 굵지만 길게 살 수 있는 발판이라도 마련해야지. 안 그래?"

셰리는 의미를 알 수 없는 루키나의 발언에 미간을 좁혔다. 루키나는 말이 나온 김에 당장 움직이자며 훈련실을 빠져나가기 위해 몸을 돌렸다.

그날 밤, 파티에서 일어난 일이 완벽하게 정리된 것은 아니었지만 흐트러졌던 일상이 원래의 궤도에 오르는 것은 한 달도 걸리지 않았다.

물론 그렇게 빠른 일처리를 가능하게끔 한 사람은 다름 아닌 에드문드였다.

루키나는 사건이 일어난 직후 황궁으로 달려가 렉시어드의 만행을 하나도 빠짐없이 밝히고 로델린 공작 영애의 중독 사건에 대한 재수사를 요구한 에드문드의 추진력에 혀를 내둘렀다.

저녁 식사 시간이 되자마자 자신을 찾아온 루키나를 발견한 에드문드는 부드러운 미소를 지으며 그녀를 반겼다.

긴 식탁에서의 식사를 마친 뒤 잠깐의 티타임을 가지자는 루키나의 제안을 흔쾌히 받아들인 에드문드는 하나밖에 없는 딸을 사랑스러운 눈으로 바라보며 입술을 움직였다.

"갑자기 티타임을 제안한 이유가 무엇인지 물어도 되겠니, 이브?"

"어머, 아버지도 참. 제가 꼭 일이 있어야 아버지께 티타임을 제안하나요."

"이브."

가끔 보면 정말 귀신같다니까.

루키나는 피식 웃으며 두 손을 들어 올렸다.

"아버지께서 본론을 원하시니, 저 주저 않고 말할게요!"

에드문드는 인자하게 미소 지었다. 루키나는 저와 똑같은 그의 녹안이 자신을 향하자 숨을 크게 들이마신 뒤 속에 든 말을 한 자, 한 자 뱉어내기 시작했다.

"사랑하는 아버지. 저는 말이에요, 적당한 남자를 만나서, 지극히 평범한 연애를 하고, 그러다 그 남자와 결혼을 해서 올망졸망한 아이를 낳아 오랫동안 살고 싶은 평범한 꿈을 꾸고 있어요!"

부디 이번 생애만은 스물다섯을 넘기자는, 매우 평범한 꿈.

아주 평범하다 못해 소박할 지경이다.

확고한 의지를 다지는 루키나의 말이 생각지도 못했던 말인 건지, 눈을 크게 뜨던 에드문드는 빙긋 웃으며 고개를 까딱였다.

"좋다, 이브. 그럼 내가 너를 위해 제국에서 적당한 사내를 찾아보마."

"아뇨!"

휙휙. 에드문드가 말을 잇기가 무섭게 손사래를 치는 루키나의 몸은 부르르 떨리고 있었다.

그 모습을 바라보던 에드문드가 풋 웃음을 칠 정도로.

루키나는 쿡쿡 웃는 에드문드를 따라 씩 미소 짓더니 말을 이어 나갔다.

"물론 사랑을 사랑으로 잊는 것이 가장 좋은 방법이라는 걸 잘 알고 있지만, 지금 당장은 마음을 정리할 시간이 필요할 것 같아요. 워낙 충격적인 일이었잖아요? 게다가 만들어지는 인연보다는 자연스러운 인연이 더 좋은 것 같고요."

"아. 그런가?"

흐음, 턱 끝을 매만지는 에드문드를 향해 루키나는 고개를 끄덕였다.

"그래서 곰곰이 생각해 봤어요. 이 불안한 마음을 정리하기 위해 내가 해야 할 일이 무얼까. 비참하기 그지없는 이 상황을 잊기 위해 내가 할 수 있는 일. 하고 싶은 일. 해야만 하는 일. 원하는 일에 대해서 말이죠."

"하하."

에드문드는 과장된 표현과 말투를 사용하는 루키나를 부드럽게 응시하다 웃음을 흘렸다.

"대체 무슨 말을 하려고 이리도 뜸을 들이는 거니, 얘야."

루키나는 다정하기 그지없는 표정을 지으며 저를 쳐다보고 있는 에드문드를 향해 씩 웃었다.

"그게 말이죠, 아버지……."

"괜찮다, 이브. 말하거라. 난 네가 하는 일이라면 그 어떤 일이든 지원할 준비가 되어 있어."

……진짜?

"아버지. 정말 제가 무엇을 하든 지원해 주실 건가요?"

에드문드는 그녀를 향해 힘차게 고개를 까딱였다.

"당연하지. 너를 위해 내가 하지 못할 일이 있겠느냐? 내 사랑하는 딸이 원하는 일을 허락하지 못할 만큼, 나는 소인배가 아니다!"

혹시나 해서 한 번 더 묻는 루키나에게 가슴을 탕탕 두드리며 크게 외쳤다. 루키나의 입꼬리가 길게 찢어진 것은 바로 그 순간이다.

그녀는 자리에서 벌떡 일어나더니 소리쳤다.

"그럼, 제가 기사가 되려는 데 협조해 주세요, 아버지!"

"그래! 까짓것 그게 뭐가 어렵겠느냐! 당연히 협조해야……."

좋아.

그럼 카운트다운.

쓰리.

투.

원.

"……뭐?"

제 생각에도 렉시어드와 앨리스의 목숨을 거두어들이지 못한 것이 약간 찜찜하기는 하지만, 적어도 얻어낸 결과는 몹시 만족스러웠다.

일단 오래전부터 계획했던 파혼에 성공했고, 파혼이 이루어졌으며, 파혼이 완벽하게 성립됐으니까!

황제에게서 증서까지 받아낸 이상 자신은 그 누구에게도 얽매이지 않는 자유의 몸이 된 것이다.

렉시어드를 세력 하나 없는 변방으로 쫓아내고, 앨리스를 수녀원으로 보낸 결과는 그 옵션으로 따라온 일이라 여기며 더 이상 그 일에 대해 생각하지 않기로 했다.

하지만 그럼에도 불구하고…….

'신경이 쓰여.'

저 몰래 만남을 가지고, 농락한 것으로도 모자라 독살까지 시도했던 렉시어드와 앨리스가 살아 있는 것만으로도 불안해지는 것은 어쩔 수가 없다.

그래서인지 더욱 검술 훈련에 집착했던 건지도.

네 번이나 되는 인생도 제대로 지켜내지 못했는데 이번만큼은 절대로 개죽음을 맞이할 수 없었다.

'단련해야 해. 헛된 죽음을 맞이하지 않기 위해선!'

혹여나 저를 못마땅하게 여길 이들이 또 생길 것을 방지하기 위해 루키나는 그날 이후 검술 훈련에 더욱더 매진했다.

목검을 내려놓고 진검인 레이피어를 들어 올려 휙휙, 허공을 가르는 그녀의 눈빛이 좋아졌다며 슈비트 에단이 칭찬을 했던 것이 기억난다.

그런 시간들이 이어지다 보니…… 저도 모르게 차오르는 욕망을 막지 못했다.

「레이디로서 형편없었던 그대는 한 명의 검사로서는 완벽했다.」

아마도 그 욕망의 시작은 미스터 라펠, 윈스턴 공작이 했던 그 말 때문이었을지도.

「그게 이브 네가 정녕 원하는 것이라면…… 원대로 하도록 해라.」

딸 바보.
딸 바라기.
딸만 사랑하는 남자.
딸밖에 모르는 아버지.
딸을 사랑하기로는 제국에서도 손꼽히는 남자, 에드문드는 힘껏 외치는 루키나의 말을 멍하니 듣고 있다 결국 입술을 움직였다.
그의 대답을 들은 루키나는 제 귀를 의심할 수밖에 없었다.

「정말이세요, 아버지? 진짜죠? 물리지 않으실 거죠?」
「……그래. 말했듯…… 나는 대인배다, 이브.」
「만세! 역시 우리 아버지밖에 없어요! 아버지, 사랑해요! 아버지 아이 러브 유!」
「아이 러브 유……? 그게 무슨 말이냐?」
「헤헤, 그런 게 있어요! 어쨌든 우리 아버지, 최고예요, 최고!」

엄지손가락을 들어 올리며 소리치는 루키나를 쳐다보며 픽 웃음을 흘리던 에드문드는 이제 됐다며 뛸 듯이 좋아하는 루키나를 향해 질문을 던졌다.

「하지만 이브. 한 가지만 물어도 되겠니?」
「얼마든지요!」
「어째서…… 기사가 되고 싶은 거니?」
「아…….」
「너도 알겠지만, 우리 제국에는 '여기사'는 존재하지 않는다. 여자 용병 중에서 검을 든 이들이 있다는 이야기는 들었지만 어디까지나 용병일 뿐. 여태까지 황제께 여기사로 인정받은 이는 없었다. 쉽지는…… 않은 길이 될 거야.」

그녀의 앞날이 걱정된다며 한숨 섞인 말을 꺼내는 에드문드의 얼굴엔 염려가 가득했다.
그가 왜 그런 말을 한 건지 왠지 알 것도 같아 쓰게 웃던 루키나는 비장한 표정을 지으며 대답했다.
붉은 입술을 움직이는 루키나의 얼굴엔 확고한 의지가 들어가 있었다.

「아버지. 저는 아버지와 피는 섞이지 않았지만, 로델린가의 여식입니다.」
「……!」
「검술로 이름을 떨친 가문의 일원으로서 아버지께서 닦아놓으신 길을 걸으며 편하게 살아가고 있는데, 그 은혜에 보답하기 위해서라도 제 이름 정도는 떨쳐야 할 거라는 생각이 들었어요. 그리고 그러기 위해서 가장 좋은 방법은 기사, 그것도 제국 최초의 여기사가 되어 가문의 영광을 세우는 게 좋을 것 같다고 지난 몇 달 동안 생각했습니다.」

「이브. 난 네게 그런 것을 바라지 않아. 내가 네게 바라는 건 그저 아무 탈 없이 좋은 사람을 만나 행복하게……」

「물론 이게 제가 기사가 되고 싶어하는 이유의 모든 것은 아니에요, 아버 지!」

루키나를 설득하려던 에드문드는 얼른 그의 말을 끊고선 외치는 제 여 식을 의아하게 바라봤다.

루키나는 씩 웃으며 그를 쳐다보다 짓궂게 속삭였다.

「전 허약한 사내는 평생의 반려로 맞이하기 싫거든요.」

「뭐?」

「제국의 기사가 된 제 검 정도는 아무렇지 않게 받아낼 줄 아는 남자가 저 의 낭군감으로 적합하지 않겠어요? 우리 로델린가에도 어울리고 말이죠! 호 호호, 이게 다 꿩 먹고 알 먹는 일이라고요, 아버지! 제 평범한 연애 사업도 순탄하게 풀리고, 우리 가문의 명예도 드높이는! 얼마나 멋진 일이에요? 안 그래요?」

「…….」

「왜 그러세요, 아버지? 동의하지 않으세요?」

「……이브. 너의 '평범'은, 보통 사람들의 '평범'과는 거리가 있구나.」

「네?」

「아니다. 후우, 그래. 알겠다. 좋다. 내, 네가 그렇게 원하는 기사가 될 수 있는 방도를…… 마련해 보도록 하마.」

「정말이시죠? 정말이시죠, 아버지?」

「내가 언제 네게 거짓말을 한 적이 있었니, 이브?」

두근두근.

아직도 사흘 전의 그날 밤을 떠올리면 가슴이 쿵쿵 뛴다.

이런 남자의 딸로 빙의할 수 있어 다행이야— 라고 몇 번이고 중얼거렸는지 모르겠다.

루키나는 자신이 기사가 되고 싶다고 선언한 이래로 줄곧 한숨만 푹푹 내쉬고 있는 셰리를 내려다보며 하얀 이를 드러냈다.

"가슴이 막 뛰지 않니, 셰리? 다른 나라들과는 달리 아직 보수적인 리우드에는 아직 여기사가 없잖아. 그런 와중에 내가, 이 내가 최초의 여기사가 되는 거라고!"

잔뜩 흥분한 루키나의 외침에 셰리는 고개를 절레절레 저었다.

"아가씨께서 물론 검술에 소질이 있으시긴 하지만, 기사가 되는 건 차원이 다르다고요. 하아. 평범한 검사들은 기사가 되기 어렵다니까요."

얘가, 얘가 날 무시해도 정도가 있지. 이래 봬도 난 왕년의 검객이었다고! 결코 평범하지 않다니까?

똑똑.

제 주인의 험난한 앞날이 눈앞에 그려진다는 듯, 울상을 짓던 셰리가 긴 숨을 다시 한 번 내쉬는 걸 들으며 픽 웃던 루키나는 문 쪽에서 들려오는 노크 소리에 고개를 돌렸다.

"제가 가볼게요!"

정신을 차린 셰리가 후다닥 문 쪽으로 달려가 달칵 문을 여는 모습을 그녀는 말없이 지켜봤다.

"각하께서 부르십니다, 아가씨."

비켜나는 셰리의 뒤에서 부드러운 음성을 흘리는 사람은 다름 아닌 공작성의 총관, 카일이었다.

❖

"내가 알아본 결과 반년쯤 뒤에 황도의 기사단들이 일제히 신입 단원들을 모집할지도 모른다는구나."

"어머, 정말이요? 거기가 어디죠, 아버지?"

"아직 모집 요강이 정식으로 나온 것은 아니지만 다음 주 중으로 공식 배포된다니 그걸 가져오도록 하마."

"감사합니다! 정말 감사드려요!"

"좋아하기는 이르다, 이브."

한밤중, 은밀히 저를 부르는 에드문드의 호출에 들뜬 마음으로 그의 집무실로 향한 루키나는 진지하기 그지없는 표정을 짓던 그의 말에 눈에 힘을 주었다.

왠지 불안한 예감이 들었다.

"신입 단원 모집에는…… 전제가 있어."

"전제?"

후우, 긴 한숨을 쉬는 에드문드의 얼굴엔 어둠이 가득하다.

대체 무슨 일이길래 저래?

루키나는 의아한 표정을 지으며 그의 도톰한 입술이 움직이길 기다렸다.

얼마 지나지 않아 에드문드는 말했다.

"기사단의 단원들은, 오직 남자만 받는다는구나."

"……!"

젠장.

왜 그걸 잊고 있었던 걸까.

루키나는 기사가 될 수 있다는 희망에 부풀어 잠시 잊고 지냈던 현실의 벽에 부딪쳤다. 저만큼이나 심각해진 표정을 지으며 말을 잇지 않는 에드문드는 고심하는 루키나를 향해 입을 열지 않았다.

'흠.'

루키나는 미간을 좁히며 생각했다.

생각하고 또 생각했다.

그러던 그녀는 곧, 손을 들어 올려 제 가슴팍을 만지작거렸다.

가만히 루키나를 주시하던 에드문드가 눈을 동그랗게 떴다.

"뭐, 괜찮을 것 같네요."

"······이, 이브?"

"남장을 할게요, 아버지!"

천으로 가슴 부위를 심하게 압박하면 평면까지는 아니더라도 옷으로 가릴 정도는 될지도 모른다.

루키나는 그 정도 위험은 감수하겠다는 듯, 손을 휘휘 내저으며 걱정 말라는 듯 배시시 웃었다.

에드문드의 얼굴이 사색이 되는 것은 순식간이다.

루키나는 눈을 빛내며 외쳤다.

"아버지. 아버지도 아시다시피 아직 제국에는 여기사가 없잖아요!"

"그, 그렇지."

"'최초'가 되는 일이라고요. 최초. 그런 일이니만큼 이 정도 모험이나 위험쯤은 감수해야죠!"

"······그, 그런····· 가."

"그럼요! 허니, 그 기반을 다지기 위해 처음엔 남장을 해서 기사단에 들어간 다음······ 혁혁한 공을 세우고 폐하께 여자인 기사로서 인정을 받 겠어요! 맞아, 그러는 게 좋겠어!"

주먹을 불끈 쥐는 루키나를 향해 에드문드는 뭔가 말하고 싶은 눈치였지만 끝내 반대의 말은 하지 못했다.

"그…… 래. 네가…… 원한다면. 후우, 그래. 알겠다. 이브 네가 어려움 없이 기사단에 들어갈 수 있도록…… 위장할 수 있는 신분을 만들어보도록 하마."

정말 대단한 능력자가 아닐 수 없다. 그러니 황제가 거의 은퇴한 그를 황도로 불러들이려는 거겠지.

루키나는 환하게 웃으며 '아버지, 사랑해요!' 를 외친 뒤 에드문드의 볼에 입을 맞추었다.

"허허, 녀석 참."

쑥스러운 표정을 짓던 에드문드는 볼을 빨갛게 붉혔다.

루키나는 모든 일들이 너무 순탄하게 풀린다고 생각하며 그를 향해 싱글벙글 미소를 보냈다.

"그럼 아버지, 전 언제 황도로 출발하면 될까요?"

쿵쿵쿵.

심장이 급격하게 뛴다.

올림픽 대표로 선발되었다는 이야기를 들었을 때도 이렇게 떨리지는 않았는데.

루키나는 희망에 부푼 눈으로 에드문드를 응시했다.

'……어라?'

인자한 얼굴의 에드문드가 이번에도 어김없이 '네가 원하는 대로' 라는 말을 할 줄 알았던 루키나는 갑자기 얼굴에서 미소를 지우는 그의 변화에 몸을 움찔거렸다.

에드문드 로델린.

리우드 제국의 제일가는 노련한 검사이자, 제국 최고의 검술 가문을 이끌고 있는 수장인 사내는 의아해하는 루키나를 향해 빙긋 입꼬리를 올리며 대답했다.

　"이브 네가 내 검을 받아내는 순간이라면, 언제든지."

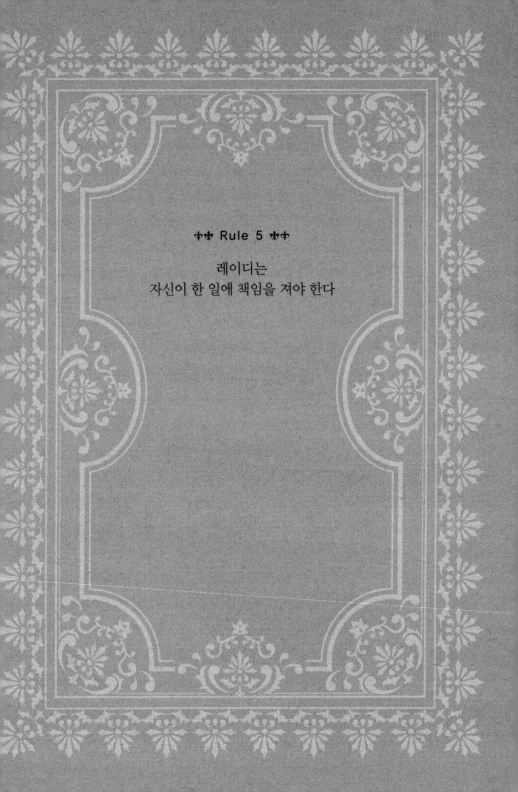

✦✤ Rule 5 ✤✦

레이디는
자신이 한 일에 책임을 져야 한다

서걱서걱―

고요한 집무실에서 서류를 작성하고 있던 그의 손길이 뚝 끊어진 것은 문득 '그날 밤' 일어났던 일이 떠올랐기 때문이다.

로델린 공작령에서 일어났던 잊지 못할 일들.

「너…… 네가 감히…… 감히 내게! 젠장!」

저조차도 처음 보는 그런 아수라장이 그토록 빨리 정리될 줄은 몰랐다.

갑작스럽게 일어난 상황으로 인해 얼이 빠진 좌중들에게 마치 보란 듯이 파혼 요구를 한 로델린의 공작 영애는 서럽게 울기 시작했다.

닭똥과도 같은 굵은 눈물방울을 떨어뜨리는 로델린 공작 영애가 어찌나 처량한지, 지켜보던 몇몇 귀부인들이 따라 눈물을 훔칠 정도였다.

그 모습을 황당한 표정으로 지켜보던 렉시어드 황자는 그녀를 향해 뭐라 소리치기 위해 입을 벌렸지만 이내 주위를 둘러보며 그 생각을 접는 듯했다.

자신을 향한 서늘한 시선. 좌중의 뭇매 어린 시선에 입술만 잘근 깨물던 렉시어드 황자는 처참하게 얼굴을 일그러뜨리며 나이트홀을 벗어났다.

놀랍게도 그를 막는 이는 아무도 없었다.

미묘한 얼굴을 하고 서 있던 휴이렌 황자가 렉시어드 황자의 뒤를 이어 공작성을 떠나자 우물쭈물하던 귀족들은 너도 나도 할 것 없이 몸을 돌렸다.

밀리크 후작이 자신의 여식의 손을 이끌고 수도 없이 로델린의 공작을 향해 머리를 조아리는 모습을 흥미롭게 지켜보고 있던 것은 오직 자신뿐이었다.

그날 일어난 일을 황제께 제기할 것이라며 도망치는 렉시어드에게 외친 로델린 공작은 사건이 일어난 뒤 얼마 지나지 않아 실제로 황도인 세이번까지 친히 발걸음을 했다고 한다.

루키나 로델린 공작 영애의 화려했던 파티가 시작과는 달리 비극적인 결말을 맞이하자 초대받은 귀족들은 로델린 공작에게 인사를 하는 둥 마는 둥 하며 공작성을 떠났다.

저 역시 아무 이유 없이 남아 있을 수는 없었던 터라 수족인 드미트리와 함께 마차를 오르려 했다. 그런 그를 멈춰 세운 것은 귀 익은 음성이었다.

「미스터 라펠!」

「레이디 로델린.」

뒤를 돌아본 그의 눈에 들어온 사람은 다름 아닌 이번 사건의 주동자나 마찬가지인 로델린의 공작 영애였다.

아름다운 녹안에서 굵은 눈물방울을 뚝뚝 떨어뜨리며 뭇 귀족들의 마음을 가슴 아프게 만들었던 그녀는 생글생글 웃으며 제게 걸어오고 있었다.

비련의 여주인공처럼 행동하던 여자가 미소를 지으며 다가오는 모습이 어딘가 괴리가 있다고 생각했지만, 파티 둘째 날 밤 일어났던 일을 떠올리니 어느 정도 이해가 가기도 했다.

그는 작게 미소 지으려다 말고선, 딱딱한 음성으로 그녀를 향해 고개를 까딱였다.

「왜 말도 없이 떠나려 하세요? 하마터면 배웅도 못할 뻔했잖아요.」

「다들 그냥 떠나는데, 굳이 말할 이유를 느끼지 못했지. 헌데…….」

「예?」

「괜…… 찮은가?」

달빛처럼 영롱한 은색 머리카락을 지닌 레이디는 머뭇거리다 뱉어낸 그의 말에 풋 웃음을 터뜨렸다.

주위에 아무도 없다는 것을 치밀하게 확인한 그녀가 아예 제 앞에서 대놓고 웃기 시작하자 그는 미간을 좁혔다.

이 여자가 왜 이러는 걸까.

그의 의문이 점점 더 짙어지려고 할 때, 풀잎처럼 반짝거리던 눈을 그에게 고정시킨 여자는 작게 속삭였다.

「진짜 나이스 타이밍이었어요!」

「……?」

「완벽했다고요! 전 사실 조마조마했거든요! 윈스턴 각하, 아니, 미스터 라펠, 당신이 도와주지 않았더라면 아마 이번 파혼이 성사되는 게 쉽지는 않았을 거예요! 당신은 제 연애 사업의 은인이에요! 아니, 생명의 은인이에요!」

그렇다고 생명의 은인까지야.

제 손을 잡고 마구 흔들어대는 여자의 얼굴엔 기쁨과 환희가 가득했다.

그 모습을 지켜보던 드미트리가 '각하!' 하고 갑작스럽게 여자에게 손이 잡힌 자신을 보고 기겁했지만, 그는 쉽게 동요하지 않고 말없이 여자를 내려다보았다.

그가 알고 있기로는 로델린의 공작 영애는 렉시어드를 황자를 몹시 사랑한다고 들었었는데, 소문은 역시 완전히 믿을 것은 되지 못하는 듯했다.

그는 자신이 라펠의 손을 잡고 있다는 걸 조금 뒤에 인지한 루키나가 '어머!' 탄성을 흘리며 손을 떼어내는 것을 보고 말했다.

「이런 말을 해본 적은 없지만…… 파혼, 축하해.」

「고마워요, 미스터 라펠!」

자신이 마주쳤던 레이디들 중 가장 특이한 성격을 지닌 여자가 아닐 수 없다고 그는 생각했다.

「궁금한 게 있는데.」

「얼마든지 물어보세요! 이번 일이 이뤄지도록 도와주시기까지 했는데, 질문에 답하는 것 정도는 어렵지 않죠!」

「…….」

「미스터 라펠?」

「이제부터, 무엇을 할 생각이지?」

「저요?」

의아한 표정을 지으며 되묻는 로델린의 공작 영애를 향해 라펠은 고개를 끄덕였다. 루키나는 그런 그를 빤히 올려다보더니 스윽, 입꼬리를 올렸다.

「글쎄요. 아직 딱히 정한 건 없지만 하고 싶다고 생각한 건 있어요!」

「그게 뭔지 물어도 되나?」

「호호, 그게 뭐냐면 말이죠, 미스터 라펠…….」

달칵—

"주인님, 말씀하신 계획서를 다시 작성…… 헉!"

응?

"……디마. 왜 그러고 서 있는 거지? 유령이라도 본 얼굴이군."

머리를 울리는 부드러운 음성에 취해 잠시 드미트리의 등장을 눈치채지 못했다.

뒤늦게 알아차린 라펠이 얼이 빠진 얼굴로 자신을 바라보는 드미트리를 발견하고선 고개를 갸웃거리자 드미트리는 심각하기 그지없는 표정을 지으며 그를 향해 다가왔다.

라펠은 말없이 손에 무언가를 잔뜩 든 채 책상 앞까지 다가와 저를 빤히 들여다보는 드미트리를 황당하게 응시했다.

"뭐 하는 짓이지, 드미트리."

라펠의 입술 사이로 드미트리의 애칭이 나오지 않은 것은 드미트리가 결의에 찬 표정으로 손을 뻗어 라펠의 이마를 짚었기 때문이다.

라펠은 서늘한 음성을 흘렸다.

"어디 아프신 것 같지는 않은데……."

"드미트리."

"아, 죄, 죄송합니다, 주인님! 제가 실례를 저질렀습니다. 죽여주십시오, 주인님!"

"……."

라펠은 제 행동의 의미를 알아차리고선 바닥에 머리를 박을 태세로 외치는 드미트리를 무심히 내려다보았다.

드미트리는 말 없는 라펠을 향해 열심히 변명했다.

"주인님께서 몹시 환하게 우, 웃으시길래, 혹시 아프신가 해서 저도 모르게……. 죽여주십시오, 주인님! 감히 주인님의 얼굴에 손을 댔습니다!"

"……."

"주인님!"

"됐다, 디마. 일어나라."

"……가, 감사합니다. 감사합니다, 주인님!"

후우— 긴 한숨을 내쉰 드미트리가 슬며시 몸을 일으키는 것을 지켜보며 라펠은 손을 들어 올려 입가를 만지작거렸다.

'몹시…… 환하게?'

내가 언제?

"헌데 주인님. 대체 무슨 생각을 하고 계셨길래 그렇게 웃고 계셨던 건지 여쭤도 되겠습니까?"

"시끄럽다, 디마. 들고 온 계획서나 내놔라."

"예? 아, 예!"

묘한 미소를 짓는 드미트리를 향해 짧게 일갈한 라펠은 손을 쭉 뻗었다.

씩 웃으려던 드미트리는 얼른 차렷 자세를 취하고선 들고 있던 서류들을 라펠을 향해 내밀었다.

"반년 뒤?"

찬찬히 서류를 들여다보던 라펠이 마지막 글자까지 읽은 뒤 입술을 움직였다.

긴장한 기색으로 그의 말이 나오기를 기다리던 드미트리가 세차게 얼굴을 흔들었다.

"예! 아무래도 새로 인원을 충당하는 일이다 보니 그 정도의 기간이 필요한가 봅니다. 주인님도 아시다시피 신입 단원을 뽑는 게 쉬운 일은 아니잖습니까."

"……."

"어떻게 할까요? 진행…… 할까요?"

조심스레 묻는 드미트리와 서류의 내용을 번갈아 응시하던 라펠은 이내 말없이 고개를 까딱였다.

드미트리가 환하게 웃으며 '감사합니다, 주인님!' 하고 외치곤 집무실을 벗어나는 것을 지켜보던 라펠은 달각 닫히는 문을 바라보다 들려오는 음성에 행동을 멈추었다.

「큰일을 처리했으니, 일단 조금 쉰 다음에…… 그 어떤 레이디도 시도하지 않을 일에 도전해 보고 싶어요!」

「도전?」

「모두를 놀라게 할 계획이죠. 오호호호!」

……설마.

라펠은 책상 위에 놓인 서류를 내려다보며 중얼거렸다.

'이건 아니겠지.'

그런 라펠의 시선 끝에 놓여 있는 서류 상단에는 다음과 같은 글귀가 적혀 있었다.

―오노르 기사단 신입 단원 모집 계획서.

똑똑―

정적을 깨뜨리는 소리에 요즘 한창 시끄러운 일로 온통 도배되어 있는 제국 신문을 읽고 있던 그의 시선이 문 쪽을 향했다.

들어오라는 지시를 딱히 내리지 않았지만 문을 열고 들어온 시종이 바닥에 조아릴 듯 고개를 숙이며 그의 앞까지 다가왔다.

무슨 일이냐는 표정을 짓는 그를 향해 시종은 부드러운 음성을 흘렸다.

"취침 전 드셔야 할 약을 가져왔습니다."

그 말에 고운 자색 눈동자가 잠시 흔들렸지만 이내 체념한 듯, 그는 고개를 끄덕이며 손을 내밀었다. 아시아타를 호령하는 리우드 제국 황실의 장자임에도 불구하고 다른 건강한 황자들과는 달리, 약에 의존하는 삶을 살고 있던 그의 얼굴에 좌절감이 스친다.

물이 담긴 유리잔과 알약 하나를 건네는 시종에게서 그것을 받아 든 그는 시종이 보는 앞에서 물과 약을 마신 뒤 됐냐는 표정을 지어 보였다.

"훌륭하십니다, 전하."

"훌륭하기는."

일갈하는 그의 말에 시종은 어색한 표정을 지으며 뒷머리를 긁었다.

그러다 곧 그의 손에 들린 무언가를 바라보더니 눈을 동그랗게 떴다.

"지금까지 그 신문을 읽고 계셨습니까?"

"아아. 조금 무료해서."

"무리하시면 안 됩니다, 전하! 회복하신 지 얼마 되지 않으셨잖습니까. 신문은 금방 눈을 피곤하게 한단 말입니다. 어휴."

책망하듯 외쳤지만 사실은 자신의 안위를 걱정하여 꺼낸 말이라는 것을 알고 있기에 그는 딱히 시종을 질책하진 않았다.

워낙 어릴 적부터 제 뒷바라지를 하느라 그가 조금이라도 비틀거리면 세상이 무너질 듯 경악하는 착한 시종이 아닌가.

그는 쓰게 웃으며 제국 신문 쪽으로 시선을 옮겼다.

"마릭. 아무도 내게 그 일에 대해 말해주지 않으니, 직접 알아보는 수밖에 없지 않느냐?"

"하오나 전하……."

"결국 렉스가 베르겐으로 간 모양이다."

"베르겐이라면……."

"그래. 북쪽의 국경 지역이지. 라호크 왕국과 닿아 있는."

눈을 동그랗게 뜨는 시종 마릭을 향해 그는 옅은 미소를 흘렸다.

리우드 제국의 북편에 위치한 베르겐 지방은 중앙 귀족들이 가기 제일 꺼려하는 곳이었다.

북쪽의 까다로운 이웃인 라호크 왕국과 맞닿아 있어 잦은 분쟁이 이어졌는데, 호전적인 라호크 왕국의 사람들은 호시탐탐 베르겐의 곡식과 여자를 탐내곤 했었다.

유흥을 일삼는 리우드의 중앙 귀족들에게 베르겐을 맡긴 적도 있었지만 한 달도 채 되지 않아 춥고 심심하다며 다시 영지를 반납하기 일쑤라 황실에서 직접 관리하고 있는 몇 안 되는 영토였다.

바로 그런 영토로 단순한 귀족도 아닌 제국의 2황자가 강제로 보내졌다는 사실은 황위 다툼의 지각변동을 의미했다.

렉시어드 필립 리우드.

중앙 귀족 출신의 2황후인 로레나 미티 알프네 리우드의 장자로 호시탐탐 황태자 자리를 노리던 야심가인 제국의 2황자가 헤어 나올 수 없는 스캔들의 늪에 빠져 버린 것은 지금으로부터 한 달 전의 일이다.

「억울합니다, 폐하! 정말 억울합니다! 저는 절대로 로델린의 공녀를 독살하려 들지 않았습니다! 밀리크 후작 영애가 정신이 어떻게 된 것이 틀림없습니다! 이것은 엄연한 황실 모독입니다, 폐하! 저는 정말 아무 잘못이 없습니다! 모든 것이 다 조작된 것이란 말입니다!」

대전에서 무릎을 꿇은 채 소리를 질러 대는 렉시어드의 얼굴이 그렇게 처참하게 일그러진 모습은 처음 보았다.

그는 새삼 놀랐다.

언제나 저를 깔보고 무시하며 오만한 행위를 일삼던 렉시어드가 처음으로 모든 것을 내려놓은 채 발악하고 외치고 있었기 때문이다.

'아바마마'라는 친근한 표현 대신 '폐하'라는 표현을 사용해 가며 소리치는 렉시어드의 얼굴엔 여유란 없었다.

'정말 소문이 사실인 건가.'

그는 무심코 그렇게 중얼거리고 말았다.

렉시어드가 공작성에서 돌아왔다는 이야기를 듣고 난 후 충격에 빠져 있던 셀레스틴 황제는 가장 사랑하는 아들을 죽일 듯 노려보고 있었다.

이 모든 일의 시작은, 제국의 중심부인 황도 세이번이 아닌 로델린령에서 일어났다.

「렉스가…… 뭘…… 해?」

2황자인 렉시어드의 약혼녀이자 황제의 측근인 로델린 공작의 하나밖에 없는 여식, 로델린 공작 영애가 처음으로 주최한 파티는 많은 이들의 주목을 받았다.

비록 그는 초대받지 못했기에 아쉬운 마음이 들기는 했으나 단지 그뿐. 일개 공작 영애의 파티에 초대되지 않는다 하더라도 기죽을 것은 없었다. 어차피 로델린 공작가는 그와는 다른 길을 걷고 있었으니까.

하지만 로델린 공작 영애의 파티가 피날레를 장식하던 와중 일어난 일은, 당시 로델린 공작령에 초대받았던 손님들은 물론이거니와 참석하지 못했던 귀족들, 그리고 더 나아가 리우드 제국을 한바탕 뒤집어놓았다.

세기의 로맨스라 불리며 많은 이들의 축복을 받았던 로델린 공작 영애와 2황자인 렉시어드의 약혼이 사실은 빈껍데기였다는 것뿐 아니라, 렉시어드가 무려 로델린 공작 영애의 절친한 친구인 밀리크 후작 영애와 밀통하는 상태였고, 그것으로도 모자라 로델린 공작 영애를 혼수상태로 빠뜨렸던 장본인이 그들 두 사람일지도 모른다는 주장이 나오게 된 것이다.

로델린 공작 영애의 행복한 파티가 출구라곤 보이지 않는 깊은 구렁텅이에 빠진 것은 순식간이었다.

그가 전해 듣기로는 로델린의 공작 영애는 처량하기 그지없는 커다란 눈에서 굵은 눈물방울을 뚝뚝 떨어뜨리며 렉시어드에게 파혼을 요구했다고 한다.

그 모습이 어찌나 가슴 아픈지 남몰래 눈물을 훔치는 귀부인들이 있었다는 말이 들려올 정도로.

「렉스…… 렉시어드 이 자식을, 당장 불러들여라! 당장!」

공작성에서 일어난 일을 접한 황제가 물건을 집어 던지며 분노를 표출한 것은 어찌 보면 당연한 일이었다.

1황후의 소생이고, 황위 계승 1위에 올라 있기는 하나 여러모로 병약한 황태자와는 달리, 언제나 자신감 넘치고 때론 영악하기도 한 2황자를 더욱 아꼈던 셀레스틴 황제는 은연중에 황태자와 2황자 간의 황위 다툼을 조장하고 있었다.

그런 대립의 균형이 깨어지는 것을 지독하게 꺼려했던 셀레스틴 황제는 황실과 로델린 가문과의 사이를 악연으로 몰아세워 버린 2황자의 일을 전해 듣고 노발대발했다.

확실한 증거가 없어 무조건 부정하고 있던 2황자 렉시어드의 변명은 황제에게 먹히지는 않았다.

그리고 그 일이 제 귀에 들어온 지 한 달이 지난 지금, 황제는 당시 로델린 공작 영애에게 일어난 사건에 대한 재수사를 요구한 로델린 공작을 겨우 달랜 뒤 결단을 내렸다.

바로, 이 제국 신문에 쓰인 대로.

"본디 과욕은 화를 부르기 마련이다. 렉스는…… 욕심이 너무 컸어."

제국 신문에는 황제가 특별히 명을 내려 2황자인 렉시어드를 베르겐으로 보내 수시로 국경을 드나드는 라호크의 도적들을 막으라는 엄명을 내렸다고는 하나, 사실상 그것은 축출이나 다름없었다.

로델린의 공작 영애를 독살하려 든 렉시어드를 괘씸하게 여겨 황위 계승권까지 박탈해 버린 황제는 그것으로도 모자라 자신이 가장 사랑했던 황자인 렉시어드를 변방으로 쫓아내는 강수를 뒀다.

'아바마마니 가능한 일이겠지.'

부드러운 미소로 모든 이들을 대하고 있기는 하나, 결정을 내려야 할 때는 혈육이라도 내칠 줄 아는 강단이 있었기에 대륙의 패권을 가지고 있던 리우드 제국의 6황자에서 황태자로, 그리고 지금의 황제까지 오르게 된 거겠지.

그는 오한이 드는 것을 느끼며 짧은 한숨을 내쉬었다.

「형님. 그 자리가 언제까지나 영원할 거라고 생각하지는 마십시오. 형님께는 버거운 자리일 수도 있지 않습니까?」

언젠가 비릿한 미소를 지으며 제 곁을 지나치던 렉시어드가 뱉어낸 말이 불현듯 떠오른다.

그는 황제에게서 축객령을 듣고서도 자신을 믿어달라며 소리를 질러대던 렉시어드의 마지막 모습이 겹쳐져 낮게 중얼거렸다.

"영원할 거라 생각한 적은 단 한 번도 없다."

렉스가 했던 말처럼 제게 버거운 자리일 수도 있겠지.

하지만 주어진 이상 나아갈 수밖에 없는 것도 제 운명이기도 했다.

방 안을 맴도는 작은 바람에 흔들리는 불빛을 쳐다보던 그의 중얼거림에 시종 마릭이 걱정스러운 표정을 지으며 자신을 바라보는 시선이 느껴졌다.

그는 웃으며 별거 아니라는 듯 손을 내저었다.

"그나저나……."

방 안의 촛불에 반사되어 더욱 반짝이는 그의 금색 머리카락이 고개를 돌리는 행동에 의해 살짝 흩날렸다. 그는 눈을 동그랗게 뜨는 마릭을 보며 말했다.

"사랑하는 남자에게 배신당한 로델린의 공작 영애가 본의 아니게 날 도와준 셈이 됐군."

"그러게 말입니다! 로델린 공녀가 아니었더라면 렉시어드 전하께서 그렇게 쫓겨날 리가 없었겠지요!"

열심히 얼굴을 흔들어대는 마릭의 입가가 요란하게 움직였다. 그는 한층 차분해진 표정으로 말을 이어 나갔다.

"정말로 아무것도 몰랐던 건지, 아니면 모르면서도 그날을 기다렸던 건지는 모르겠지만, 내가 듣던 것보다 훨씬 영리한 것 같아. 그런 여자가 어떻게 그렇게 바보같이 렉스의 손에서 놀아났던 걸…… 콜록콜록!"

"전하! 전하, 괜찮으십니까! 황태자 전하!"

"콜록콜록! 콜록콜…… 크윽!"

"전하! 제기랄. 여봐라! 거기 아무도 없느냐!"

"하아아, 마릭, 난…… 후우, 괜찮…… 다."

흥분하는 마릭을 진정시키기 위해 손을 뻗은 그, 유리안은 입가에 묻은 핏물을 손등으로 닦으며 어색하게 웃었다.

마릭은 '전하!' 하고 거의 울 듯한 표정을 짓더니 이내 글썽글썽 눈가에 방울을 단 채 외쳤다.

"정말이지…… 무리는 하지 말아주십시오. 제발!"

"하하, 그래. 알겠다. 헌데 마릭."

"예, 전하!"

"왜 그다음 이야기를 하지 않는 거지?"

"무슨 말씀이신지……?"

"렉스를 쫓아낸 폐하께서 새로운 인물을 세우지 않을 리 없는데."

"……!"

"폐하께서 렉스 대신 세운 이가 있을 거 아니냐."

가슴이 콕콕 아려오는 것을 애써 무시하며 묻는 유리안의 말에 마릭은 흠칫거렸다. 당장은 말하고 싶지 않았던 건지, 입을 열기를 주저하는 마릭을 대신하여 유리안은 중얼거렸다.

"아마도…… 휴이겠군."

마릭은 대답하지 않았다.

"그나마 중립을 지키고 있던 녀석인데. 휴이도 곤란하게 됐어."

"후우, 그러게 말입니다. 2황후 마마 세력 중에서도 유일하게 저희에게 호의적인 분이셨는데 말이지요."

낳아준 어미는 다르지만, 아비는 같다.

서로만 보면 쌍심지를 켜던 저와 렉시어드의 관계와는 다르게, 2황후 소생인 휴이렌은 자신을 봐도 빙긋 미소 지을 뿐, 적대감을 드러내지는 않았다.

유리안은 작게 말하던 마릭을 가만히 응시했다.

"전해 듣기로는 폐하께서도 휴이렌 전하가 렉시어드 전하의 자리를 채우는 데 동의하셨답니다."

그럼 그렇지.

현 황제이자 자신의 아버지인 셀레스틴 황제가 허약한 체질의 자신을 탐탁잖아 하는 것은 굳이 따로 언급할 필요도 없을 만큼 유명한 일이었다.

그가 은근히 렉시어드를 편애하는 것 역시.

쓴 물이 밑바닥에서 올라오는 것을 느끼며 픽 웃던 유리안은 마릭의 이어질 말을 기다렸다.

"휴이렌 전하의 세력을 확고히 하기 위해 황자비 간택에 대해서도 거론하셨다고 하더군요."

"황자비?"

"렉시어드 전하에 비해 휴이렌 전하의 세력은 거의 전무할 정도니까요. 황자비가 생긴다면 휴이렌 전하를 지지해 줄 기반이 생기는 것이니 더더욱 그런 거겠지요. 급한 건 오히려 저희 쪽 아닙니까. 황태자비가 공석이 된 지 벌써 몇 년째인데······."

투덜거리는 마릭이 저를 생각하여 하는 말이라는 것은 알지만 그 말을 듣고 있자니 심장이 아려왔다.

몸이 약하다 못해 죽음만을 기다리고 있다는 말이 들리는, 힘없는 그에게 시집을 오겠다는 레이디들은 전무했다.

"거론되는 후보는?"

"리데츠 백작 영애, 슈나이더 백작 영애, 포프너 후작 영애 등등이 리스트에 오르내리고 있습니다. 아! 그러고 보니 한 명이 더 있군요."

더?

"로델린 공작 영애 역시 황자비로 거론된다고 합니다."

유리안은 미간을 좁혔다.

"로델린 공작 영애도?"

하지만 그 여자는 렉시어드의 약혼녀였지 않은가.

렉시어드의 약혼녀였던 로델린의 공작 영애가 파혼하기 무섭게 휴이렌과 이어주려는 황제의 행동이 놀라울 정도로 냉정해서 미간을 찌푸리는 유리안을 향해 마릭은 부연 설명을 덧붙였다.

"폐하께서 유독 로델린 공작가를 아끼시는 건 유명하니까요. 비록 렉시어드 전하와는 불행하게 끝이 났지만, 그렇게 해서라도 곁에 두고 싶으신 거겠죠."

"로델린 공작가의 반응은?"

"현재 로델린 공작가 쪽은 폐하의 관심을 꺼려하는 눈칩니다."

"아무래도 황족과 한 번 얽혀 된통 당했던 터니 그럴 만도 하지."

"……."

"일이 어떻게 진행되는지 보고하도록 해."

"예."

알겠다고 대답하며 몸을 일으키려던 유리안이 현기증으로 인해 비틀거리자 시종 마릭은 급하게 달려와 그를 부축했다.

고맙다는 듯, 한 번 고개를 끄덕인 유리안은 문득 스치는 생각에 마릭의 어깨를 부여잡았다.

"참. 그런데 어떻게 진행되고 있느냐?"

"'요양 계획' 말씀이십니까?"

유리안은 흠칫 놀라는 마릭을 향해 고개를 끄덕였다.

"렉스가 이리된 지금이 가장 좋은 기회인지도 모른다. 휴이렌에게 모든 시선이 쏠린 지금, 내가 잠시 궁을 비운다 할지라도 의심할 자들은 없겠지. 요양을 핑계 대어 '그들'과 만날 수도 있을 테니 더할 나위 없이 적절하다. 하지만……."

"하지만?"

"폐하께 주청을 드린 지 꽤 된 것 같은데 답이 없군. 그래도 허락이 떨어져야 궁을 벗어날 수 있는 것을."

황제의 명이 없다면 영원히 새장 속의 새처럼 황궁에 갇혀 지내야 하는 것이 자신이다.

쓸쓸함을 입안에 담은 채 눈을 내리까는 유리안을 향해 마릭은 외쳤다.

"그러게 말입니다. 제가 내일 다시 알아보도록 하겠습니다!"

"⋯⋯고맙구나, 마릭."

빙긋 웃는 하얀 얼굴의 황태자를 안쓰럽게 지켜보던 마릭은 찔끔 흘러나온 눈물을 얼른 닦으며 의지를 다잡았다.

무슨 일이 있어도 이 병약한 황태자께서 황위에 오르실 수 있도록 자신이 미약한 힘이나마 보태야겠다며 주먹을 불끈 쥔 그는 침대로 향하는 유리안을 부축했다.

다섯 달.

5일도 아니고, 50일도 아닌, 자그마치 다섯 달이다.

5개월!

무려 반년간 죽을힘을 다해 살을 뺐더니, 그 후로 반년보다 한 달 모자라는 시간 동안 그녀는 공작성의 특별 훈련실에 갇혀 검만 휘두르며 지냈다.

덕분인지 살을 뺐을 때보다 훨씬 더 몸매가 보기 좋아진 것은 당연했고, 매일같이 운동을 해서인지 근육이 촘촘해지기까지 했다.

곰곰이 생각해 보면, 몸과 마음을 단련하며 시간을 보내는 것은 확실히 좋은 일이었다.

본디 한 번 잡은 검은 계속해서 단련해야 하는 법이니까. 그래야 발전을 하고, 더 성장할 수 있는 것이니.

과거 그녀가 펜싱 선수로 활동할 때, 그녀는 태릉선수촌의 코치들이 휴식을 해야 한다며 말리기 전까지 절대로 펜싱 검을 놓지 않았다.

그래. 그랬었지. 하지만…….

'이건 정도가 심하잖아요, 아버지!'

황도에 거점을 둔 기사단들이 신입 단원들을 모은다는 모집 요강을 공식 발표한 지 벌써 다섯 달이 흘렀다.

각 기사단이 신입 단원을 모으는 시기가 무려 한 달 앞으로 다가와 있다는 소리.

그녀가 원하는 기사단에 지원서를 넣고, 입단 테스트를 받기 위해서라도 지금쯤은 황도인 세이번으로 출발하여 준비를 해야 할 시기이건만 어찌 된 셈인지 그녀는 여전히 공작성을 벗어나지 못했었다.

이게 다…… 말로는 그녀를 보내준다고 했으면서 절대로 놓아줄 생각이 없어 보이는 저 딸 바보 아버지와의 무지막지한 대련이 원인이었다.

「지금…… 뭐라고 하셨어요?」

제 귀를 의심할 수밖에 없었다. 꿈인가 생신가.

에드문드가 너무 빙긋 웃으며 말하길래 처음엔 장난처럼 말하는 줄 알았던 루키나는 싱글벙글 미소 짓는 그를 보며 어색한 물음을 던졌다.

에드문드는 뭘 그리 묻느냐는 표정으로 말을 이었다.

「듣지 못한 것이냐? 그럼 다시 한 번 말해주겠어. 이브 네가 나의 검을 한 번이라도 받아낸다면 언제든 공작성을 떠나도 좋다고 했다.」

「…….」

「이브? 왜 그런 표정을 짓느냐? 하하, 꼭 유령이라도 본 얼굴이구나.」

「…….」

「이브?」

「아버지. 저…… 하나만 물어도 되죠?」

「무엇이든.」

「……아버지…… 소드 마스터시죠? 검술 달인 아니세요? 검술 마스터하셨잖아요! 검이랑 한 몸이라면서요!」

「하하. 이브, 과찬이다. 검을 쥐는 자가 등급을 어찌 나눌 수 있겠느냐. 마스터라니. 어림도 없다. 단순히 나는, 남들보다 아주 조금, 정말 조금 잘 다룰 뿐이야.」

아주 조금.

정말 조금─ 잘 다루던 소드 마스터 에드문드 로델린은 루키나에게 인정사정을 봐주지 않았다.

그의 칼끝이 어찌나 매섭고 날카로운지, 루키나는 몇 번이고 죽음의 위기를 넘나들었다.

고작 단 한 번.

딱 한 번만 그의 공격을 받아내면 되는 일이 지난 오 개월 동안 왜 그리 어려웠던 건지.

「각하께서는 특히 오른쪽 팔꿈치 부분이 약하십니다. 12차 대륙 전쟁에서 그 부분을 다치셨거든요. 아마 그곳을 노리면 될 겁니다. 그럼, 저는 이만.」

심지어 보다 못한 그녀의 검술 스승, 슈비트 에단이 일부러 루키나에게 찾아와 일러주었던 비책을 이용해서 대련을 한 적도 있었지만, 그럼에도 불구하고 루키나는 에드문드의 검을 받아내지 못했다.

'이젠 정면 돌파뿐이야.'

겉으로는 자신이 기사가 되는 것을 허락해 주겠다고 밝혔던 에드문드의 속내는 그가 한 말과 달라도 너무 달랐다.

온갖 수단과 방법을 이용하여 그를 공략하는 데 실패했던 루키나는 최후의 방법을 쓰기로 결정했다.

아무리 상대가 소드 마스터라고는 하나 저 역시 오랜 기간 검을 잡았던 몸.

새로 빙의하게 된 몸이 검을 쓰는 데 아직 익숙지 않아서 시간이 걸렸을 뿐이지, 저 역시 자신의 검술 스승인 슈비트 에단에게서 검술에 천부적 소질이 있다는 이야기를 들은 몸이었다.

'할 수 있다. 할 수 있어, 루키나!'

루키나는 에드문드 로델린과의 503번째 대련을 앞두며 깊게 숨을 몰아쉬었다.

그리고 풀빛으로 가득한 녹색 눈을 빛내며 제게 오라는 손짓을 하고 있던 에드문드를 향해 달려들었다.

쿠쿵―!

휘몰아치는 그녀의 목검을 이리저리 피해 가며 춤추듯 움직이던 에드문드를 향해 회심의 일격을 날린 루키나는 검과 검이 맞닿아 발생한 바람에 몸을 멈칫했다.

챙― 딱딱한 나무의 블레이드 부분끼리 부딪치는 소리가 들려왔고 상황을 지켜보던 에드문드가 전신을 비틀었다.

루키나는 조금의 빈틈도 허용하지 않는 에드문드에 대해 열을 올리며 이내 제게 다가오는 그를 막기 위해 이를 악물면서까지 날을 세워 방어를 했다.

'……응?'

보통 지난 502번의 대련에서는 지금과 같은 상황에 루키나는 뒤로 내동댕이쳐지거나, 혹은 앞으로 고꾸라지고, 혹은 들고 있던 검을 공중으로 날리기 일쑤였다.

하지만—

'어라?'

이번만큼은, 달랐다.

루키나는 자신이 여전히 목검의 힐트 부분을 쥐고 있다는 것을 인지했다.

두근두근, 석고상처럼 굳어버린 루키나의 심장이 미친 듯이 떨려왔다.

"아가…… 씨."

적막이 흐르는 특별 훈련실 안.

호흡 소리도 신경을 곤두세워야지만 들려오는 바로 그곳에서 먼저 입을 연 것은 셰리였다.

"아가씨……. 아가씨이이이!"

숨을 죽이며 두 부녀의 대련을 지켜보던 셰리가 얼마나 크게 소리를 질러댔는지 모르겠다.

루키나는 멍하니 목검의 힐트를 쥐고 있던 자신의 손을 내려다보았다.

쿵쿵, 심장이 일렁였다.

"아가씨이이!"

셰리가 질러대는 소리가 워낙 커 귀가 얼얼할 정도다.

엉엉 울면서 루키나를 향해 달려가는 셰리의 갈색 머리카락이 허공에 흩날리는 모습은 괴기스러웠다.

땀에 흠뻑 젖은 제 주인을 와락 끌어안으며 '아가씨, 아가씨!' 하고 루키나 로델린을 부르는 셰리의 모습은 환희에 빠진 상황.

루키나는 그럼에도 불구하고 아직 상황을 인지하지 못한 채 가만히 서 있었다.

"정말 대단하세요, 대단하세요! 너무 멋져요! 멋지다고요, 아가씨!"

"셰…… 리?"

"받아내셨어요! 받아내셨다고요, 아가씨!"

……뭐?

"아가씨께서, 각하의 검을 받아내셨어요! 드디어 해내신 거라고요!"

"내…… 내가……?"

루키나가 얼마 뒤 모든 걸 인지하고 기쁨의 눈물을 뚝뚝 흘린 것은 당연한 일이었을지도.

❖

집을 떠나기 전에는 최대한 몸을 가볍게 해야 한다.

꼭 챙겨야 할 것은 챙기고, 그리 중요하지 않은 물건들은 과감하게 제외하는 일은 짐을 꾸리는 데 있어서 필수적인 일이다.

차곡차곡 셰리가 준비해 준 짐 꾸러미 안에 물건들을 챙겨 넣고 있던 루키나는 화장대 앞에서 무언가 익숙한 물체를 발견하곤 미간을 좁혔다.

'이건…….'

빙의 초반엔 항상 목에 걸어두다가 어느 순간부터 화장대의 서랍 안에 고이 간직해 온 목걸이가 시야로 들어온다.

「이번 생은 쉽게 죽지 말라는 의미로 본왕이 그대에게 선사하는 선물이다. 꼭 필요한 상황에서 그것을 사용하기를 바란다.」

총 네 가지 보석이 박힌 목걸이.

각각의 보석 속 액체엔 현실에서는 찾아보기 힘든 신비로운 효능이 서려 있었다.

물론, 아직 한 번도 사용해 본 적이 없었기에 그 말이 사실인지 아닌지는 알 수 없지만.

"흐음……."

필요할까, 이게?

심각한 표정을 지으며 목걸이를 내려다보던 루키나는 이내 결심한 표정으로 손을 뻗었다.

'혹시 알아?'

보험은 일단 들어두는 것이 좋다.

루키나는 손에 쥔 목걸이가 목에서 떨어지지 않게 단단히 묶은 뒤 거울을 바라보았다.

검은 로브로 몸을 꽁꽁 가린 것으로 모자라 갈색 가발을 쓴 키 큰 사람이 예의 목걸이를 건 채 저를 바라보고 있었다.

이 정도면 완벽하군.

루키나는 화장대 옆에 세워둔 레이피어를 집어 든 채 짐 꾸러미를 들고 침실을 나섰다.

"어?"

이미 어젯밤 그녀의 계획을 아는 이들만 모여 조촐한 송별회를 벌였던지라 떠나는 날인 오늘만큼은 최대한 조용하게, 비밀리에 공작성을 나서려 했었다.

정문이 아닌 후문으로 향하던 루키나의 걸음이 뚝 멈춘 것은 저를 기다리고 있던 몇몇 낯익은 얼굴들 때문이었다.

"아가씨."

"가시는 겁니까?"

"아가씨, 흑흑!"

"……."

루키나 로델린의 다이어트 전담 팀의 네 명의 전문가들이 그녀를 배웅하기 위해 후문으로 향하는 복도 앞에 쪼르르 서 있었다.

그 끝에는 에드문드와 그의 총관 카일이 빙긋 웃으며 그녀를 응시하는 중이다.

루키나는 잠시 동요했지만 이내 미소를 그리며 그들에게 다가갔다.

"어쩐 일로 다들……."

"당연한 거 아니겠습니까? 우리 아가씨께서 먼 길을 떠나신다니 배웅을 하러 왔지요!"

"아가씨. 여기 먹을 것 좀 챙겼습니다. 가는 길에 출출하시면 드세요."

"아가씨! 이 의상들은 아가씨를 위해 특별히 제작됐습니다. 거기 들어가면…… 어쩔 수 없이 남장을 해야 할 텐데, 아무 옷이나 입고 있을 순 없지요. 가슴을 압박하기는 하지만, 움직이긴 편하실 겁니다."

"저는 뭐 챙겨 드릴 건 없고…… 이걸 준비했어요, 아가씨!"

"유, 유렐?"

"만약 아가씨한테 겁도 없이 추파를 던지거나, 혹은 달려드는 파렴치한 놈들이 있다면…… 이걸로 그 부분을 콱―!"

작은 단도를 루키나에게 건네며 매서운 눈을 부라리는 유렐의 말에 근처에 서 있던 몇몇 남자들이 몸을 움찔거렸다.

씩 웃는 유렐이 엄지를 들며 뒤로 물러나자 이번엔 슈비트 에단이 무언가를 내밀었다.

"이건……?"

"호리온에게 특별히 제작을 부탁한 갑옷입니다. 광물의 원석은 각하께서 제공해 주셨습니다. 무게가 가벼워서 항상 입고 다니시면 될 겁니다."

은빛으로 빛나는 갑옷을 내미는 슈비트 에단에게서 그것을 건네받은 루키나는 고개를 끄덕였다.

"모두들…… 고마워요."

어젯밤 이미 한바탕 눈물바다를 건넜으면서도 이상하게 울컥 차오르는 감정을 막을 수가 없다.

루키나는 세게 입술을 악문 뒤 그들을 향해 미소를 지으며 자신을 기다리는 에드문드와 카일에게 걸어갔다.

"이브."

"아버지."

허공에서 마주친 두 쌍의 녹안이 풀빛으로 일렁였다.

루키나는 고마움을 가득 담아 에드문드를 바라봤다.

"허락해 주셔서…… 감사해요."

쉽지 않은 일이었음에도 불구하고 제 부탁을 들어준 에드문드가 고맙기 그지없다.

루키나는 진심을 담아 말했다.

에드문드의 눈꼬리가 부드럽게 휘어졌다.

"카일이 손을 써놨다. 네 이름은 이제부터 아이반 밀드레드다. 남쪽의 반스 남작령에서 한때는 평민이었지만 기사를 배출해 낸 밀드레드가의 삼남으로서, 아버지 멜포드의 유언에 의해 황도의 기사단에 입단하고자 하는 걸로 말이지."

세세한 설정에 웃음이 났다.

역시 치밀한 아버지답네.

루키나는 싱글벙글 웃으며 그를 응시했다. 에드문드는 아직 마음을 놓지 못하고 있었다. 그는 그녀의 어깨에 손을 얹으며 경고했다.

"하지만 이브. 만약 상황이 심상찮다면 입단이고 뭐고 다 때려치우고 돌아와야 할 것이다. 아니면 즉시 내게 연락을 취해라. 나도 곧 황도로……."

"아버지! 걱정 마세요! 제가 누구예요? 대 로델린가의 유일한 영애, 루키나라고요!"

"……이브."

탕탕, 가슴을 두드리며 외치는 루키나의 외침에 에드문드가 입을 다물었다.

루키나는 자신만만하게 외쳤다.

"게다가 아버지의 검도 받아낸 미래 리우드 최초의 여기사―가 될 사람이란 말이죠! 걱정 마세요. 반드시 기사가 돼서 돌아올 테니!"

남자만 뽑는 기사단에 들어가 일단은 자리를 굳힌 뒤 정체를 밝힐 것이다.

물론 최초의 여기사가 되기까지는 쉽지 않은 여정이 될 테지만 한 번 마음을 먹었는데 물릴 수는 없지!

가늘고 길게 사는 게 어렵다면, 굵지만 길게 사는 것도 좋다.

루키나는 주먹을 불끈 쥐며 씩 웃었다.

말없이 그녀를 내려다보던 에드문드는 픽 웃으며 카일에게 일러 그녀에게 여윳돈을 챙겨주라 지시했다.

"그런데―"

누가 안 보이는데?

"아버지. 셰리는……."

"아가씨이이!"

이 자리에 당연히 있어야 할 소녀가 보이지 않자 의아해하던 루키나는 등 뒤에서 들려오는 요란한 발걸음 소리에 고개를 돌렸다.

오래전 제가 그녀에게 던지듯 건넨 로브를 입은 채 무언가를 잔뜩 등에 메고 달려오는 셰리가 보였다.

루키나는 흠칫 놀랐다.

"너, 너 뭐 하는 거야?"

"뭐 하긴요? 아가씨랑 같이 가려고 그러죠!"

루키나는 황당한 표정을 지었다.

셰리는 암! 하고 외치며 중얼거렸다.

"우리 아가씨를 홀로 보낼 순 없죠! 그렇고말고!"

"야, 셰리 미우! 너는 너 자신도 못 지키는 애가 괜히 짐만……."

"아, 레이디 미우는 걱정 마십시오, 아가씨. 왠지 이런 일이 있을 것 같아 제가 레이디 미우에게 몇 가지 훈련을 시켰습니다."

슈비트 에단이 셰리와 눈빛을 주고받더니 부드럽게 웃었다.

그렇게 환한 슈비트 에단의 미소는 처음 보는지라 루키나는 얼떨떨한 얼굴로 그들의 눈빛 교환을 지켜볼 수밖에 없었다.

"그래. 셰리가 곁에 있다면 나도 조금은 안심할 수 있겠구나."

"아버지!"

"셰리. 만약 이브에게 무슨 일이 생기면 곧장 이곳으로 연락하도록 해라. 나도 곧 황도로 갈 예정이지만, 혹시 모르니까."

"예, 각하!"

아마도 황도로 가는 길목 곳곳에 배치되어 있는 자신의 세력들에 대해 알려준 것인지, 에드문드가 셰리에게 작은 쪽지를 건네는 것을 지켜보던 루키나는 결국 후우 한숨을 내쉬었다.

'어쩔 수 없지, 뭐.'

셰리는 루키나가 로델린 공작성에 입양되어 온 이후로 단 한순간도 그녀와 떨어진 적이 없다고 들었다.

슈비트 에단의 특별 지도를 받았다면 제 한 몸 정도는 건사할 수 있을 것 같기도 하고.

그래서 요즘 계속 보이지 않았던 건가— 생각하던 루키나는 저를 향해 손을 흔들고 있는 공작성의 사람들을 흘긋거리며 마차 위로 올라탔다.

히이잉!

일단 황도 근처에 도착할 때까지는 마차를 타고 갈 계획이었던 루키나는 점점 멀어지는 공작성을 멍하니 응시했다. 아주 가끔, 정말 가끔은 작게 느껴졌던 로델린 공작성이 오늘은 왠지 모르게 커 보인다.

"그럼 아가씨. 곧바로 세이번으로 가실 거예요?"

루키나가 전담 팀과 에드먼드, 그리고 카일에게 받았던 것들을 정리하고 있던 셰리가 자신의 레이피어를 문지르고 있는 루키나를 향해 물은 것은 바로 그 시점이다.

세차게 뛰는 가슴을 진정시키며 공작성이 시야에서 사라질 때까지 창문 밖을 응시하던 루키나는 그녀의 말에 시선을 옮겼다.

"원래는 그럴 생각이긴 했는데……."

"했는데?"

"아직 나흘 정도 시간이 있으니까, 어딜 좀 들르려고."

"어디를요?"

루키나는 의아해하는 셰리를 향해 하얀 이를 드러내며 씩 웃었다.

리우드 제국의 황도인 세이번으로 가는 길목에 위치한 아르시는 황도인 세이번에서 자리를 잡지 못한 지방 귀족들이 숙식을 해결하기 위해 터를 이룬 곳이었다.

때문에 황량한 느낌을 주는 낮과는 달리 세이번에서 일을 마치고 돌아온 밤은 수많은 영주민들로 붐비곤 했다.

밤에 비해 낮의 인구가 턱없이 부족했고, 바로 옆이 세이번이었기에 아르시의 상권은 크게 발달한 편은 아니었다.

그럼에도 불구하고 아르시가 도시로 발전할 수 있었던 것은 외곽 쪽에 위치한 온천 및 여러 휴양 시설 덕분이었다.

제국민들은 황도와 가장 가까운 곳에서 휴식을 취할 수 있는 아르시를 자주 찾곤 했다.

그리고 한낮의 아르시 외곽.

온천을 즐기기 위해 거리를 걷고 있는 몇몇 휴양객들을 제외하곤, 그 흔한 개미 새끼 한 마리도 보이지 않는 이곳은 대륙 최고의 상단이라 불리는 로이트 상단의 아르시 지부.

세이번의 중심부에 위치한 로이트 상단의 거대한 본부와는 달리 소도시의 잡화 상점만 한 크기의 아르시 지부엔 오늘도 어김없이 먼지바람만이 일고 있다.

그런 아르시 지부의 출입구 앞을 빗자루로 쓸고 있던 한 남자는 돌연 불어오는 바람에 긴 하품을 터뜨리며 주변을 둘러보았다.

"하암."

'손님이라곤 하나도 없네.'

그나마 사람이 있다는 온천으로 향하는 길에 위치해 있음에도, 손님이 찾아오지 않는 것은 지난 몇 년과 마찬가지다.

어차피 버리는 카드라 생각하고 저를 이곳으로 보내 버렸다는 것을 알면서도 그는 입술을 삐죽였다.

후계자 다툼에서 잘못된 줄을 선 이후 아르시로 좌천된 지 벌써 30년째.

한때는 대륙을 횡단하며 새로운 문물을 접해 리우드로 들여오는 일을 도맡아 했던 자신이 고작 이런 쓸쓸한 지점 앞을 쓰는 노인으로 전락했다는 사실이 새삼 씁쓸하게 느껴졌다.

"할아버지! 제가 할게요, 제가 할 테니 들어가 쉬세요!"

아무리 깨끗이 쓸어도 손님이 찾아올 것 같지 않은 지부 앞을 비질하던 하얀 머리의 노인, 로건 미치는 슥슥 하는 소리에 밖으로 나온 낯익은 얼굴을 발견하곤 빙긋 웃었다.

"제이미."

"아휴, 진짜 왜 매일 이러시는 거예요? 이런 건 제가 할 수 있다고요. 보세요!"

슥슥—

제게서 빗자루를 빼앗아 힘차게 비질을 하기 시작하는 소년은 로건의 하나밖에 없는 손자 제이미였다.

3년 전 그의 아들 내외가 귀족과의 마차 사고로 먼저 하늘로 가버린 뒤, 함께 살게 된 제이미는 그의 무료함을 달래주고 있는 몇 안 되는 존재였다.

로건은 얼른 들어가서 쉬라는 제이미의 닦달에 못 이겨 쓰게 웃음을 흘린 뒤 지부 안으로 걸음을 옮겼다.

"후우."

비교적 편안한 느낌을 주는 안락의자에 몸을 맡긴 로건은 빽빽하게 꽂힌 책장을 들여다보며 긴 한숨을 내쉬었다. 대륙 곳곳을 다니면서 수집했던 책들은 누렇게 바래진 상태. 쓸쓸하게 그것들을 응시하며 시선을 옮기던 그의 시야로 무언가가 들어왔다.

"……."

로건은 슬며시 의자에서 일어나 책장으로 향했다.

뒤집어놓았던 액자를 바로 하자 두 명의 남녀가 씩 웃고 있는 그림이 시야로 들어온다.

풍성한 갈색 머리카락을 자랑하는 앳된 얼굴의 여자가 환하게 웃으며 젊은 시절의 제 목에 팔을 걸치고 있었다.

울컥 눈물이 차오르려는 것을 꾹 참고선 로건은 이젠 앙상해진 손으로 그림을 쓸어내렸다.

"소단주……."

제이미가 오고 난 후 액자를 덮어버렸기에 한동안은 잊고 지냈었는데.

어째서 갑자기 생각난 건지 모르겠다.

로건은 방울방울 맺힌 눈가를 슥 닦으며 짧은 숨을 내쉬었다.

가슴에 돌을 얹은 것처럼 무거운 마음이 로건에게 짐처럼 내려앉았다.

그의 귓가로 타타타— 급박한 발걸음 소리가 들려온 것은 바로 그때였다.

"할아버지! 할아버지! 소, 소……."

"제이미?"

호흡도 제대로 내쉬지 못하고 헐떡이는 제이미의 모습에 로건은 고개를 갸웃거렸다.

저 녀석이 왜 저러지?

잔뜩 흥분한 기세의 제이미는 뭔가 이상했다.

액자를 다시 뒤집어 책장 안으로 밀어 넣은 로건은 등을 돌려 제이미에게 옅게 웃었다.

"무슨 일이냐, 제이미? 왜 그러는 게야?"

"하, 할아버지! 할아버지이!"

이 녀석이 뭘 잘못 먹었나.

로건은 제 코앞까지 달려와 자신의 손을 덥석 부여잡는 제이미를 놀란 듯 응시했다.

제이미?

의아한 말을 뱉어내기 직전, 제이미는 비틀거리는 로건을 잡아끌며 그를 향해 소리쳤다.

"소…… 손님이 왔어요! 손님이 왔다고요!"

로건은 눈을 동그랗게 떴다.

누가 와?

제이미는 멈칫하는 로건을 얼른 이끌고 그를 상점 밖으로 데리고 나갔다.

조금 전과는 달리 다리를 뻗어 나가는 로건의 발에는 묵직한 힘이 실려 있었다.

두근두근——

손님이라니.

대체 얼마 만에 오는 손님이란 말인가!

'그녀'가 앞으로 상단을 이끌 소단주로 임명되었다는 이야기를 들었을 때만큼이나 벅차오르는 가슴에 로건의 호흡이 가빠졌다.

"저기 저분들이에요, 할아버지!"

그를 상점 밖으로 데리고 나온 제이미는 로이트 상단의 아르시 지부 건물을 흘긋거리고 있는 두 로브 차림의 사람들을 가리키며 속삭였다.

로건은 슬며시 고개를 들었다.

……응?

로브를 입은 두 명의 사람들.

로브 아래로 보이는 것은 틀림없이 평민 남자들이 입고 다니는 복장이긴 했으나 왼쪽은 남자라는 것을 의심하게 할 만큼 작은 체구였다.

그에 반해 오른쪽은 큰 키를 자랑하고 있어서인지 자세히 보지 않으면 성별을 의심하게 만들었다.

'남자야, 여자야?'

의아해하며 그들을 흘끔거리던 로건은 상점 주변을 살피다 저를 발견했는지 제게 시선을 고정시키는 오른쪽 로브를 향해 싱긋 입꼬리를 올렸다.

"로이트 상단, 아르시 지부에 오신 여러분들을 환영합니다. 무슨 일로…… 이 누추한 곳까지 오셨는지요?"

입고 있는 로브의 재질이 꽤나 고급스러웠고 신고 있는 신발도 고가의 물품이다.

순식간에 그들의 차림을 파악하며 신분을 유추해 보던 로건은 아마도 귀족 집안의 자제라 생각하며 부드러운 미소를 날렸다.

아르시의 온천 부근은 귀족들의 출몰이 가끔 있었던지라 최대한 허리를 굽신거려야 했다.

이미 상단의 후계 다툼에서도 밀려난 지 오래여서 힘을 잃은 로건이 귀족들의 분을 산다면 아르시 지부도 운영하지 못할 테니.

"로건 미치?"

왼쪽 로브보다는 오른쪽 로브가 주도권을 가지고 있는 것으로 보였기에 그쪽으로 고개를 숙인 로건의 귀로 낭랑하기 그지없는 목소리가 들려왔다.

'여자였…… 헉!'

제 이름을 알고 있을 줄은 몰랐다는 표정을 지으며 얼굴을 든 로건은 제 앞에서 스스럼없이 쓰고 있던 로브의 후드를 뒤로 젖히는 오른쪽 로브를 발견하고선 눈을 크게 떴다.

짧은 갈색 머리카락의 소유자가 자신을 바라보며 씩 웃고 있었다.

풀빛으로 일렁이는 녹안이 몹시 아름답게 반짝거려 로건은 한동안 말을 잃었다.

그가 로이트 상단 본부에서 일할 때 수많은 사람들을 상대하곤 했었지만 눈앞의 사람처럼 시선을 잡아끄는 외모의 소유자를 만난 것은 손에 꼽을 정도였다.

짧은 갈색 머리카락 때문에 귀공자의 느낌을 풍기기도 했지만 낭랑한 목소리 덕분에 아름다운 소녀 같아 보이기도 했다.

로건은 저도 모르게 입을 벌리며 성별을 쉬이 가늠할 수 없는 오른쪽 로브를 홀린 듯 응시했다. 붉은 입술이 열린 것은 그 순간이다.

"쯧. 로건. 어째 예쁜 사람만 보면 성별을 안 가리고 침을 질질 흘리는 그 버릇, 아직도 못 고쳤어?"

······뭐?

혀를 차는 갈색 머리의 말에 로건의 미간이 좁아졌다.

잠시 오른쪽 로브의 외모에 홀려 버려 정신을 판 사이 들려오는 말은 귀를 의심하게 만들었다.

잘못 들은 거겠지 생각하며 그 사람을 다시 바라보았지만 세 살 어린 아이를 보듯 저를 바라보고 있는 로브의 행동은 변하지 않는다.

로건은 황당한 숨을 터뜨리려다 말고선 그래도 미소를 지으려 애썼다.

참자, 참아.

귀족인 것 같으니.

"하, 하하. 미, 미스터 아니 레⋯⋯ 레이디? 흠흠. 누구신지는 모르겠지만 표현이 너무⋯⋯."

"왜. 직설적이었어? 그나저나 로건! 너 진짜 많이 늙었다. 예전의 그 팔팔함이라고는 다 사라졌어! 헉. 그, 그거 설마 흰머리야? 대박!"

"……."

웬 쌈박한 미친년이군.

아니, 미친놈인가.

이 구역이 외진 곳이라서 미친 연놈을 보기 힘들지마는, 이런 식의 첫 만남이라니.

로건 미치는 깔깔 웃는 갈색 머리의 행동에 깜짝 놀라 동료를 진정시키려는 작은 체구의 로브를 흘긋거리며 어이없는 표정을 지었다.

그런데…….

'대박?'

왠지 모르게 그 단어가 이상할 정도로 익숙하게 느껴졌다.

「로건? 들었어? 젠장! 그 개자식이 나한테 또 엿을 먹였어! 그것도 대박 엿! 빅 엿! 으아아, 빌어먹을 마일로오오! 이 개자식!」

「대박! 로건. 너 우리 수입이 얼만 줄 알아? 큭큭큭! 완전 초대박이야! 마일로 자식, 지금쯤 배 아파서 뒹굴고 있을걸? 꼬시다, 이 자식아!」

「로건. 걱정 마. 내가 무슨 일이 있어도 이 상단 꼭 차지해서 이번에야말로 젠장할 스물다섯, 꼭 맞이하고 만다. 넌 나만 믿어. 마일로 그 자식한테 넘어갈 생각 따위는 추호도 하지 말고. 알았어?」

어디서 배워 왔는지 모르겠지만, 요상하다 못해 저급하게 느껴지는 용어를 서슴없이 사용하던 자신의 주인이 불현듯 떠오른다.

조금 전 괜한 걸 봐서 그런가.

눈앞의 갈색 머리와 자신의 주인은 티끌만큼도 닮지 않았지만 어쩐지 그리운 느낌이 났다.

아마도 저 부자연스러운 갈색 머리카락이 그녀를 연상케 했으리라.

로건은 그리운 마음을 겨우 접고선 쓴 물을 삼켰다.

"당신께 실례를 하고 싶지 않으니 용건이 없다면 이만 돌아가 주시지 요."

"어릴 적부터 로건 네 콤플렉스는 왼쪽 네 번째 발가락에 난 사마귀였 지."

"……!"

평민 신분인 자신이 귀족에게 달려들었다가는 뼈도 못 추릴 것이 틀림 없다. 도통 무슨 생각으로 이곳까지 찾아온 건지는 모르겠으나 이곳에 유 령이 나타난다는 소문을 들었을지도 모르겠다.

흥미로 찾아온 귀족들을 상대할 시간 따위는 내고 싶지 않아 고개를 숙이며 축객령을 날리려던 로건은 툭 던지는 로브의 말에 행동을 멈추었 다.

씩 웃던 로브의 말은 이어졌다.

"열두 살 때였나? 넌 잠자다가 오줌을 싼 적이 있었어. 꿈에서 네가 살 던 마을의 유령이 나타났다는 이유로. 그렇지?"

"……이, 이보십……."

"스물, 그때 넌 처음으로 네 첫사랑을 만났어. 에바였나? 아마 그런 이 름이었던 것 같은데. 그런데 그 망할 여자가 너와 네 친구를 사이에 두고 양다리를 걸쳤었지. 그 여자랑 결혼까지 약속했었는데 침대에 두 사람이 누워 있는 걸 보고 돌아버려서 한바탕 난리를 친 후 넌 네 마을을 떠났어. 그랬지?"

"다, 당신……."

"로이트 상단에 들어온 건 스물여덟, 가을이었어. 한동안 제국을 방랑하던 넌 로이트 상단의 본부 앞에 쓰러졌지. 그런 널 구해주고 먹여주고, 입혀주고 상단에 입단시킨 건 열다섯 소녀였고. 안 그래?"

두근두근—

로건의 심장이 쿵쾅거렸다.

'할아버지?' 하고 저를 부르는 제이미의 소리가 들렸지만 그의 귀에는 아무것도 들리지 않았다.

오로지 눈앞에서 미소 짓는 로브의 목소리만이 그의 머릿속에 가득 퍼져 나갈 뿐이었다.

갈색 머리 로브는 말을 이었다.

"그리고 언젠가 말했었지. '내'가 만약 '또' 죽게 된다면……."

헉.

「로건. 만약에 말이야. 그럴 리 없겠지만 만약에, 이번에도 내가 죽게 된다면 말이지. 나 아마도 또 돌아오게 될 거야. 그 아저씨, 틀림없이 그럴 거거든. 그렇게 된다면 로건. 난 다른 사람은 모르겠지만 네게는…….」

"네게는 반드시……."

"찾아, 오겠어."

쿵—

저도 모르게 뱉어낸 그 말에 로건 스스로가 충격을 받은 사이 갈색 머리는 환한 미소를 지으며 그에게로 한 걸음 다가갔다.

"오랜만이야, 로건. 나, 약속 지키러 왔어."

"미, 믿어지지 않는군요. 정말…… 정말 우리 소단주십니까? 소단주가 맞는 겁니까?"

그렇게 긴 세월이 흐를 줄은 몰랐다.

제게는 고작 몇 시간이 흘렀을 뿐인데 그사이 로건이 이렇게 늙어버렸을 줄이야.

물론 한때 제게 군수물자를 요구했던 애송이 '로델린 후작'이 공작이 되어 자신의 아버지가 된 것을 보고 약간은 짐작하기는 했었지만……

루키나는 경악에 가득 찬 얼굴로 자신을 뚫어져라 응시하는 로건을 향해 고개를 끄덕였다.

"맞아. 못 믿겠으면 나만 알고 있던 네 치부, 더 드러내 줄까?"

"헉! 아, 안 됩니다! 사양하겠습니다, 그것만은 사양하겠습니다, 소단주! 저도 이제 손자가 있는 몸이란 말입니다, 흠흠!"

휘휘, 두 손을 내젓는 로건의 얼굴은 잔뜩 상기되어 있었다.

건장한 체구를 자랑했던 로건이 이젠 앙상해진 팔을 내젓자 어쩐지 씁쓸한 기분이 든다.

나 없는 사이 고생을 많이 했나 보네.

루키나는 쓴웃음을 삼키며 그에게 속삭였다.

"로건. 내가 깜짝 놀랄 만한 얘기해 줄까?"

"……예?"

"나 이제 공녀야."

"공……녀요?"

"그래, 공녀. 공작 영애. 몰라?"

로이트 상단 아르시 지부 내의 로건의 집무실.

루키나는 그와 단둘이 남게 되자 하얀 이를 드러내며 말했다.

멍하니 그 말을 듣고 있던 로건의 눈이 휘둥그레졌다.

루키나는 그런 로건을 향해 그간의 일을 하나둘씩 읊어주기 시작했다.

'호오?', '헉!', '그랬습니까?', '저, 정말 대박이군요!' 등의 감탄사를 늘어놓던 로건은 얼마 전 로델린 공작과의 대련 이후 기사단에 입단하기 위해 공작성을 나왔다는 말을 꺼낸 뒤 '네 생각이 나서 들러봤어'하며 샐쭉 웃는 루키나를 넋 놓고 응시했다.

"바로 소단주셨군요."

"어?"

"그 약을 준비하라고 하신 분 말입니다. 그 일로 인해 상단 내에서도 말이 많았다고 들었습니다. 고위 귀족 쪽에서 흘러나온 명령이라고는 하는데, 누구인지 통 알 수 없어서 곤란을 겪고 있다고. 뭐…… 저랑은 상관없길래 무시하고는 있었습니다만."

앨리스를 무너뜨린 바로 그 무색무취의 약을 준비하기 위해 로이트 상단에 연락을 취한 적이 있었다.

자신이 누구인지 숨기며 로이트 상단의 사람이라면 누구나 받아들일 수밖에 없는 암호를 댄 뒤, 그것을 준비하라 일렀기에 아무 탈 없이 제게 그 약이 손안에 들어왔었고 말이다.

이제야 납득이 간다는 듯한 표정을 짓는 로건의 얼굴엔 숙변이 해결된 것 같은 개운함이 가득했다.

루키나는 어깨를 으쓱였다.

"마일로 녀석, 아마도 내가 누군지 알려고 엄청 애썼을걸? 아마도 그 이후로 암호도 바꿨을 거야, 그렇지?"

"예. 워낙…… 민감한 상황이라. 헌데 그 약은 쓰셨습니까? 저희 쪽에서도 어렵게 구한 건데."

"아, 뭐 사용하지는 않았어. 옷장 어딘가에 깊숙이 박혀 있지. 여차하면 쓸 생각도 있었는데, 앨리스가 그 정도로 똑똑할 것 같지는 않아서 말이지."

"잘하셨습니다. 헌데…… 소단주."

루키나는 수긍하던 로건의 눈동자가 매서워지자 의아한 표정을 지었다.

로건은 숨을 고른 뒤 다시금 그녀를 향해 물었다.

"오늘 이곳까지 발걸음 하신 이유를 여쭤도 되겠습니까?"

"어?"

"혹시…… 상단을 찾으러 오신 겁니까? 마일로 님께…… 복수를 하기 위해서?"

은근한 희망이 깔려 있는 그 말에 루키나는 잠시 멍한 표정을 지었다. 그러다 풋 웃음을 터뜨리며 대답했다.

"하하. 내가 미치지 않고서야 그럴 리가!"

"……네?"

"로건. 나 이제 그런 시답잖은 짓은 안 해. 으으, 후계 다툼이라니. 그건 저번 생애에서 질리도록 한 걸로 충분히 만족한다고. 게다가 못 들었어? 나 공녀라니까? 무려 공작 영애! 상단 따위 없어도 충분히 먹고살 만하단 말이지."

가슴을 탕탕 두드리는 루키나의 발언에 로건은 짧게 탄성을 흘렸다.

루키나는 눈을 부라렸다.

"그리고 이번 생은 정말 무슨 일이 있어도 평범하게 살기로 결심했거든. 가늘고 길게. 이걸 모토로 삼았어. 아, 물론…… 근래에 일어난 일로 가늘고 길게 보단 굵고 길게—로 모토를 바꾸긴 했지만 뭐."

"……."

"……뭐야, 로건?"

"아, 아뇨……. 아무것도 아닙니다."

"아무것도 아닌 게 아닌데? 왜 그렇게 찝찝한 표정이야?"

루키나는 미간을 찌푸렸다.

로건은 잠시 머뭇거리다 입술을 달싹였다.

"그래도…… 괜찮으시겠습니까?"

"뭐가."

"마일로 님이 소단주를 독살시켰다는 것을 아는 사람은 소단주와 저뿐인데…… 복수, 하지 않으셔도 됩니까?"

아. 의아해하던 루키나가 입을 다무는 것을 지켜보며 로건은 말을 이어 나갔다.

"지금 마일로 님은 대륙을 누비며 로이트를 확장시키고 계십니다. 바로 소단주께서 하셨어야 할 일을 말입니다."

"……."

"소단주. 화가 나지 않으신……."

"이봐, 로건. 나 그동안 충분히 스펙터클한 삶을 살았다고 생각되지 않아?"

굳이 대답하지 않아도 로건이 어째서 고개를 갸웃거린 건지 대충은 짐작한다.

스펙터클은 또 뭡니까, 라는 말을 하고 싶었던 거겠지.

루키나는 씩 웃으며 고개를 가로저었다.

"기 빨리게 신경전 벌이면서 사는 건 더 이상 사양이야. 이젠 진짜 평범하게 살래. 게다가 날 도와주기엔 너도 이미 너무 늙어버렸잖아."

"소단주……."

"하지만 뭐, 나중에 수틀리면 마일로 녀석을 손봐주기는 해야겠어. 짜식이 말이야, 누님 무서운 줄 모르고 감히 누님 술잔에 독을 타? 개자식."

입술을 삐죽이며 으르렁거리는 루키나를 말없이 응시하던 로건은 픽 웃음을 흘렸다.

그는 이내 후우, 긴 숨을 고르며 몇 번 고개를 주억이다 갈색 눈동자를 그녀에게 고정시켰다.

"허면 소단주. 제가…… 무엇을 도와드리면 될까요?"

루키나는 그 말이 떨어지기를 기다렸다는 표정을 지으며 소리쳤다.

"너, 예전에 내가 만들었던 정보 길드 말이야. 아직도 운영하고 있지?"

"무, 물론입죠! 돌아가신 소단주…… 아, 아니, 하여간 '아는 것이 힘이다!' 라고 하셨던 소단주의 의지를 이어서 계속 운영해 왔습니다. 30년이 지난 지금은 제국 최고까지는 아니지만 세 손가락 안에 꼽히는 정보 길드로 자리를 잡았고요!"

"역시 내 훌륭한 보좌관이야."

"하하, 뭘요."

"마일로는 그 사실을 알아?"

"그럴 리 있겠습니까? 꿈에도 모를 겁니다. 제가 입단속을 단단히 시켜서 길드원들도 마스터가 누구인지 알지 못합니다."

"매우 훌륭해."

"소단주, 정보가…… 필요하신 겁니까?"

루키나는 조심스레 묻는 로건에게 하얀 이를 드러냈다.

"몇 가지 수고해 줘야 할 일이 있는데, 할 수 있겠어?"

"당연하죠. 제가 소단주를 위해 못할 일이 뭐가 있겠습니까? 무슨 정보가 필요하십니까? 소단주의 적에 대해 알아봐 드릴까요? 아니면 쫓겨난 렉시어드 황자가 어떻게 지내고 있는지 염탐이라도……."

"하하, 그런 일은 아니고 간단한 일이야. 다음 주쯤 세이번에 거점을 둔 기사단들이 신입 단원들을 모집한다는 소식 들었지?"

"아, 예. 뭐…… 듣기는 했습니다만…… 서, 설마?"

"바로 그거야. 그 신입 단원 모집에 지원서를 낸 지원자들이 어떤 실력을 갖췄는지, 알아봐 줄 수 있어?"

적을 알고 나를 알면 백전백승이다.

얄밉기 그지없는 이복동생, 마일로 로이트와 후계 다툼을 벌일 때마다 정보전에서 지는 바람에 판도가 뒤집힌 경우를 꽤 많이 겪었다.

지금 루키나가 처한 상황은 살벌하기 그지없던 당시와는 꽤 차이가 있지만 그래도 미리 알아두어서 나쁠 건 없으니까.

대체 왜 그런 묘한 차림으로 제게 찾아온 건지 묻지 않던 로건이 그제야 이해한다는 얼굴로 자신을 머리부터 발끝까지 한 번 더 훑어보는 걸 지켜보며 루키나는 어깨를 으쓱였다.

알겠다는 대답을 듣고 나서야 잠시 산책을 하러 가겠다며 로이트 상단 아르시 지부를 나온 루키나는 로델린령을 떠나온 이후 느꼈던 피로를 풀기 위해 온천이라도 향할 생각이었다.

'아르시의 온천은 꽤 특이하단 말이지.'

마일로와의 후계 다툼 도중, 피로에 지친 루키나를 향해 건넨 로건의 제안으로 아르시에 들렀을 때 온천 여관에 들렀던 그녀는 무척 놀랐다.

보통 아시아타 대륙에서의 모든 것들은 굳이 따지자면 이전 생에서 알던 유럽을 연상케 했는데, 아르시에 위치한 여관 안의 온천들은 한국에서의 온천과 크게 다를 바 없었기 때문이다.

정확히 따지자면 일본 쪽에 가까우려나.

염라에게서도 차원을 넘어왔다는 사람의 이야기를 들어본 적은 없었으므로 아르시의 온천이 이러한 형태를 띠게 된 것은 단순한 우연이라 생각했던 루키나는 보글보글 연기가 피어오르는 노천탕을 생각하며 흐흐, 낮게 웃었다.

"아가씨."

로건을 만날 때부터 줄곧 말이 없던 셰리는 루키나 옆에서 로브를 뒤집어쓴 채 걸음을 옮기다 이제야 입을 열었다.

루키나는 천천히 고개를 돌렸다.

"아까 그 할아버지랑은 대체 어떻게 아는 사이세요?"

아.

"저 아가씨가 그렇게 반가워하시는 분은 처음 봤어요. 엄청 오래전부터 알고 지내오신 분 같던데……. 이상한 건, 아가씨께서는 줄곧 공작성에서……."

"페, 펜팔 친구야!"

"예?"

아니나 다를까, 의심의 눈초리로 저를 바라보는 셰리의 말에 루키나는 미리 생각해 두었던 대답을 뱉어냈다. 셰리가 눈을 동그랗게 뜨는 게 보였다.

아까는 너무 흥분해서 셰리의 앞에서 로건을 향해 바로 전생에서 사용하던 말들을 흘려버렸다. 그 때문에 셰리가 저를 수상쩍게 여기는 거겠지.

내 이런 일이 있을 줄 알았지.

루키나는 언젠가 로건을 만날 때를 대비해서 생각해 두었던 알리바이를 이용하기로 결심했다.

"셰리 너, 내가 예전에 편지를 한창 쓰던 때 기억나니? 왜, 다이어트를 하면서 말이야. 편지를 주고받은 적이 있잖니."

"아! 기, 기억나요! 그럼 아까 그 할아버지가 미스터리 엑스이신 거예요?"

"어? 어어, 그래. 바로 그거지!"

한 달에 한 번 정도, 루키나가 셰리를 속이기 위해 홀로 편지를 쓰고, 답장을 했던 바로 그때를 떠올리며 말하자 셰리가 얼굴에서 의문을 지워 냈다.

미스터리 엑스.

제가 만들었지만 꽤나 있어 보이는 이름이라 생각하던 루키나는 '그 할아버지가 바로 그분이구나' 하고 중얼거리는 셰리를 보고 가슴을 쓸어 내렸다.

"편하게 대해달라 해서 나도 모르게 그렇게 대했나 봐. 놀랐지?"

"아, 아녜요! 그때 그분이 아가씨의 버팀목이 되어주셨잖아요. 젊으신 분인 줄 알았는데 나이가 있으셔서 조금 놀랐을 뿐이에요."

"하하, 그래?"

"그나저나 아가씨. 정말 온천을 즐기실 생각이세요?"

응?

"아르시 최고의 휴양지라더니, 사람이 없어도 너무 없네요. 물론 사람이 없는 건 휴양하기엔 편하지만 너무 없으니 걱정이 되기도 하고……."

"사람이 없긴 왜 없어? 저기 저 사람들도 가고 있잖아."

루키나는 저들보다 살짝 앞서 걸어가고 있는 로브 차림의 사람들을 가리켰다.

흐응.

소문대로 꽤 영험한 온천인가 보네.

기사 입단 시험을 본격적으로 치르기 직전, 피로를 회복하는 것도 나쁘지 않은 방법이다.

루키나는 씩 웃었다.

"셰리, 걱정 말고 몸 푹 담그러 가자. 어차피 수집하려면 시간이 좀 걸릴 테니까."

"수집이요?"

"그런 게 있어. 자, 빨리……."

꺄악—

셰리의 손을 잡아끌려던 루키나는 온천 쪽에서 들려오는 비명 소리에
고개를 돌렸다.

「예? 단둘…… 말씀이십니까?」

자신의 제안에 마릭의 얼굴이 딱딱하게 굳어지는 것을 눈치챘지만 그
는 웃을 수밖에 없었다.

기침을 하는 그를 안쓰럽게 바라보던 마릭도 현재 그가 처해 있는 상
황을 알고 있었기 때문이다.

현 리우드 제국의 황제인 셀레스틴은 온갖 질병에 자주 걸리는 유리안
이 황위를 이을 가장 유력한 후보라는 것을 못마땅하게 여겼다.

그럼에도 불구하고 여태껏 유리안을 황태자의 자리에 앉혀둔 것은 자
신과 같은 절차를 밟게 하고 싶지 않았던 까닭이다.

저보다 훨씬 황위 계승에 앞서 있던 황자들을 제치고 황태자, 그리고
황제의 자리에 오르기까지 셀레스틴은 적잖은 피를 흘렸다.

그로 인해 가끔 악몽에 시달릴 만큼 고통을 겪었던 그는 자신의 아들
들에게는 그 전철을 잇게 하지 않으려 장자인 유리안에게 황태자 자리를
물려주었던 것이다.

그러나 겉으론 멀쩡해 보여도 속은 문드러진 위태한 상태의 유리안이

황위를 이을 것이라고 생각하는 이들은 그 어디에도 없었다.

심지어 황제인 셀레스틴마저도 언젠가 유리안이 죽을지도 모른다는 생각을 하며 유리안과 대결 구도를 이루는 황자에게 더 관심을 가질 정도였으니.

때문에 어릴 적부터 유리안은 남들의 이목을 끄는 것을 극도로 꺼려했다.

황태자의 신분으로 숨을 죽이고 사는 것이 쉬운 것은 아니었지만 병상에 자주 누워 있었던 유리안이었기에 그 누구도 그를 신경 쓰지 않았다.

간혹 렉시어드가 경쟁자인 유리안의 동태를 살피곤 했었지만 돌아오는 답변은 언제나 병치레 중이라는 말뿐이었던지라 어느 시점부터는 렉시어드도 유리안을 살피지 않게 됐다.

아마도 유리안이 제게 수행원 없이 가겠다고 선언한 것은 그러한 여러 가지 복합적인 이유 때문이 아닐까.

"콜록콜록!"

"전하……."

마릭은 아르시 내의 온천으로 가는 내내 마차 안에서 기침을 하는 유리안을 부축하며 깊은 한숨을 내쉬었다.

황족으로, 그것도 황태자로 태어났음에도 불구하고 눈치를 보고 살아야 하는 힘없는 존재.

마릭의 주인은 아름다운 1황후와 잘생긴 황제를 쏙 **빼닮아** 귀족 영애들을 홀릴 만큼 조각 같은 외모를 지녔지만 서른을 넘길 때까지 여자 한 번 사귀어보지 못한 숙맥이었다.

황태자비를 찾기 위해 여러 번 간택전도 벌이기도 했으나 간택전이 이루어지는 과정에서 몸이 좋지 않아져 매번 중단되곤 했다.

그가 직접 개최하는 무도회 역시 마찬가지였던지라 황태자비의 자리를 노리고 눈을 빛내던 귀족 영애들이 더 이상 유리안에게 시선을 보내지 않게 됐다.

'피로라도 더셔야 할 텐데…….'

부디 이번 온천 휴양이 그의 몸을 회복하는 데 도움이 되어 제대로 된 배필이라도 만났으면 하는 게 마릭의 작은 소망이었다.

"전하, 저기가 바로 그 온천이 있는 여관입니다!"

히이잉— 말 울음소리와 함께 마차가 멈춰 서자 마릭은 건물 하나를 발견하곤 손을 뻗었다.

피로 회복에 도움이 되는 온천을 소유하고 있다는 여관이 유리안의 눈에 들어왔다.

흐리게 웃는 유리안에게 미소 짓던 마릭은 계속해서 싱글거렸다. 그런 마릭을 주시하던 유리안이 말했다.

"마릭. 이곳에 머무르는 동안 나를 전하라고 부르지 마라. 그래, 도련님이 좋겠다."

"하오나 전하……."

"마릭."

"……예, 도련님."

터벅터벅.

마차에서 내려 어쩐지 무거워 보이는 발걸음을 힘겹게 옮기는 유리안의 말에 마릭은 한 번 더 한숨을 내쉬었다.

가끔 유리안이 저런 강경한 태도를 보일 때면 군말 없이 고개를 끄덕이는 편이 나았다.

안 그래도 수행 기사 없이 궁을 빠져나왔다는 이야기가 퍼지면 언제고 유리안을 끌어내리려는 중앙 귀족들이 들고일어날 것이 분명한데.

초탈한 표정의 유리안을 흘긋거리던 마릭은 입을 꾹 다물었다.

"인적이 드물군."

주위를 두리번거리던 유리안이 여관을 향해 걸음을 옮길 때 그들 뒤에서 걷고 있는 두 명의 로브 차림의 사람들을 제외하고는 길을 걷는 이들은 없었다.

낮은 유리안의 말에 마릭은 세차게 고개를 끄덕였다.

"아, 예! 아르시는 세이번의 바로 옆에 위치해 있지만 지금과 같은 낮 시간대엔 사람이 거의 없다고 봐도 무방합니다. 여기 온천을 고른 것도 다 전…… 도련님을 위해서지요. 사람이 많은 것을 싫어하시지 않습니까."

유리안은 희미하게 미소 지었다.

"……고생 많았다, 마릭."

"아닙니다."

"저긴가?"

여관 입구를 가리키는 유리안을 보며 마릭은 대답하려 했다.

"예. 전…… 도련님. 무리하지 마십…… 헉, 도, 도련님!"

"콜록콜록― 괜찮다, 마릭. 아무래도 어렵게 발걸음을 해서 그런가 보다. 여기 온천이 몸을 회복하는 데 좋다니 들어가서 쉬면 좀 낫겠지. 어서 가자."

네― 하고 말하며 다시 유리안을 부축하려던 마릭은 여관 쪽에서 들려오는 날카로운 비명 소리에 고개를 들었다. 슬쩍 옆을 흘긋거리니 유리안 역시 여관 쪽을 놀란 듯 응시하고 있었다.

"이거 놔요!"

"뭐 하는 거야?"

"당신들 미쳤어?"

여관의 입구 쪽에서 몇몇 사람들 간에 실랑이가 벌어지고 있었다.

"아니, 우리가 뭐 별말 했어?"

"그러게. 그냥 알고 지내자 이거지. 여기까지 놀러 왔는데 그냥 가면 재미없잖아, 안 그래?"

"서로 이득 좀 보자 이거지. 왜 이렇게 앙탈을 부려?"

세 명의 여자들을 둘러싼 거구의 세 남자가 싫다는 그녀들을 향해 추파를 던지고 있었다.

곤란하다는 얼굴로 그들을 거절하려던 여자들이 마침 유리안과 마릭을 발견하고는 도와달라는 듯 소리쳤지만 두 남자는 굳은 채 멈춰 서 있었다.

'큰일이군.'

마릭은 유리안을 불안한 눈으로 바라보았다. 유리안의 움켜쥔 주먹에 꽉 힘이 들어가는 것이 보였다. 그의 마음을 이해하지 못하는 것은 아니었지만 마릭은 나지막하게 중얼거렸다.

"신경 쓰지 마십시오. 귀찮아질 뿐입니다."

"마릭."

"평민들 간의 일입니다. 도련…… 전하께서 신경 쓰실 일이 아닙니다."

"마릭!"

"우리가 도울 수 있는 것은 없습니다. 전하께서도…… 그 몸으로 저 여인들을 도울 수 없고요."

"……!"

"회복이 우선입니다, 전하. 전하를 가로막은 벌은 전하께서 몸을 회복하시면 달게 받겠습니다."

마릭은 단호하게 고개를 가로젓고선 유리안에게 그들을 외면하라고

청했다.

입술을 세게 짓누르던 유리안은 자신의 힘없는 손을 내려다보다 결국 다시 발을 내딛을 수밖에 없었다.

"정말 뭐 하는 거야! 싫다니…… 이, 이봐요! 우리 좀 도와줘요! 이 남자들 좀 치워줘요!"

"저기요! 이봐요! 꺅! 싫, 싫어!"

마릭은 애써 발걸음을 옮기고 있는 유리안이 다른 마음을 품지 않기를 바라며 일부러 그들이 보이는 곳을 가로막으며 걷기 시작했다.

"싫긴 뭐가 싫어? 재미 좀 보자니까."

"맞아. 우리가 나쁜 짓을 하려는 것도 아니고 얘기를 하려는 거라니까?"

"엄청나게 튕기네, 그래."

여자들을 대하는 세 거구의 행동은 마릭 자신이 보기에도 지나쳤다. 이런 상황을 묵인할 수밖에 없다는 것이 치욕스러울 정도로.

하지만 힘이 없는 이상 그들에게 달려들 수는 없다. 수행 기사도 붙지 않은 지금 이 상황에서는 더더욱. 제게는 저 여인들보다 바로 옆의 황태자의 안전이 더 중요했으니.

스슥—

'응?'

여관의 입구로 향하는 발걸음이 돌을 얹어놓은 것처럼 무겁다 여기며 걷고 있던 마릭의 곁을 누군가가 스쳐 지나간 것은 바로 그 시점이다.

마릭은 검은 로브 차림의 누군가가 날카로운 무언가를 들고 그들을 향해 달려가는 것을 멍하니 지켜보았다.

굳은 얼굴을 하고 있던 유리안의 눈이 어느새 세 거구의 앞을 가로막은 낯선 사람에게 닿았다.

"뭐, 뭐야?"

"넌 뭐냐!"

"뭐 하는 놈이야!"

각자 여인들의 팔을 잡아끌려던 세 거구는 자신들을 향해 날카로운 검 끝을 겨눈 검은 로브를 향해 외쳤다.

"헌팅도 정도껏 해야지. 그런 식의 막무가내에 어느 여자가 따라오나?"

검은 로브를 쓴 사람은 낮은 음성을 흘리며 그들을 비웃었다.

세 거구가 그 말에 얼굴을 찌푸린 것은 당연했다.

"너 이 자식, 방금 뭐라 그랬어?"

"이 자식이 주제도 모르고! 우리가 누군지 알아?"

"미친 새끼 아니야? 너 뭐야? 뭔데?"

코웃음 치는 검은 로브를 향해 침을 튀기던 세 거구는 여인들을 움켜쥐던 손을 놓아버리고선 당장이라도 검은 로브를 향해 달려들 준비를 했다.

"잘됐군. 스스로 얼마나 발전했는지 궁금했는데, 너희가 내 상대가 되어주면 되겠어. 하나씩 상대하면 시간만 허비되니까, 이왕이면 한꺼번에 덤비도록."

……뭐?

곁에 서 있던 유리안이 눈을 크게 뜨며 낮게 탄성을 흘리는 게 들려왔다.

마릭은 자신만만해 보이는 검은 로브가 검을 바로잡을 준비를 하는 것을 멍하니 응시했다.

갑작스럽게 도발을 당한 세 거구는 험악한 얼굴을 일그러뜨리며 소리쳤다.

"이 자식이 진짜 미쳤나!"

"시비를 걸었다 이거지?"

"비실비실한 놈이 입만 살아가지고!"

팔을 걷어 검은 로브를 향해 쿵쿵 다가가는 세 거구를 마릭은 숨을 죽이며 응시했다. 유리안 역시 불안한 표정을 지으며 그들을 바라보았다.

쿵—

커다란 고함을 내지르며 그들보다 작은 키의 검은 로브에게 달려들던 세 남자들이 살짝 검을 휘두른 검은 로브의 몸짓에 튕겨 나가듯 뒤로 엉덩방아를 찧은 것은 얼마 후의 일이다.

"기사님! 기사님이 아니었더라면 정말 큰일 날 뻔했어요! 저희를 구해 주셔서 너무너무 감사해요!"

부담스러울 정도로 눈을 반짝이던 빨간 머리 여인은 생글생글 웃으며 루키나를 향해 소리쳤다. 그 말을 시작으로 곁에 서 있던 나머지 여인들도 저마다 입을 벌렸다.

"맞아요, 기사님이 아니었더라면 정말 어쩔 뻔했는지…… 흑흑. 생각만 해도 끔찍해요!"

"기사님처럼 용맹하고 늠름한 분은 처음이에요! 그 건달들을 쫓아내실 때 어찌나 멋있으시던지! 실례가 되지 않는다면 성함이 뭔지 여쭤봐도 될까요, 기사님?"

아…….

대체 이 난감한 상황은, 무엇이란 말인가.

루키나는 등 뒤로 식은땀이 주르륵 흘러내리는 것을 느끼며 애꿎은 출입구를 흘긋거렸다.

「여기서 잠깐만 기다리세요! 안에 사람이 있는지 없는지 확인하고 올게요!」

쿵 소리를 내며 내동댕이쳐진 세 명의 거구들이 루키나의 검에 맥없이 물러나 도망치는 것을 목격한 셰리는 후우, 숨을 내쉬며 살짝 맺힌 땀을 닦던 그녀에게 속삭였다.

슈비트 에단이 선물했던 레이피어를 검집에 밀어 넣으며 고개를 끄덕이던 루키나는 셰리가 돌아올 때까지 여관 입구에 서서 그녀를 기다릴 참이었다.

「기사…… 님. 저희를…… 구해주신 건가요……!」

실력이 는 건지, 아니면 상대가 너무나 허접했던 건지.

고작 검을 몇 번 휘두르지도 않고 승부가 끝이 났던지라 어쩐지 허전한 감을 느끼고 있던 루키나는 바로 곁에서 들려오는 감격스러운 음성에 몸을 움찔거렸다.

슬며시 고개를 돌리자 거구들에게 꼼짝 없이 붙잡혀 비명을 지르던 세 명의 여인이 자신을 선망 어린 눈길로 바라보고 있는 것이 보였다.

'진작 도망갔어야 했는데…….'

젠장.

허락하지도 않았건만 어느새 자신을 포위하듯 둘러싸곤 얼굴을 들이밀고 있는 세 여인들의 행동에 루키나는 입술을 잘근 깨물었다.

돌아버리겠군, 정말.

두 눈에 하트를 그리며 생글생글 웃는 여인들은 마치 루키나에게 반하기라도 한 표정을 지었다. 아마도 보통의 여자들보단 큰 키를 자랑하는 루키나였기에 저를 남자로 확신하는 것이 틀림없었다.

그녀는 제게 미소를 보내고 있는 세 여인들을 향해 어색한 웃음을 흘리며 일부러라도 굵은 음성을 뱉을 수밖에 없었다.

"할 일을 했을 뿐입니다. 고마워하지 않으셔도 됩니다."

사실 이번 일이 일어나게 된 것은 모두 우연찮은 타이밍 덕택이었다.

마침 루키나는 여관을 향해 걸음을 옮기고 있었고, 우연히 이 여인들이 곤란을 겪는 모습을 목격하게 됐다.

앞서 나가던 두 로브가 그녀들을 구하지 않고 외면하는 것을 보게 됐고, 아주 우연하게도 루키나는 레이피어를 허리춤에 차고 있었다.

게다가 결정적인 것은 당시의 루키나는 기사 입단 시험을 치르기 직전 실전 훈련이 필요한 상태.

기막힌 타이밍.

굳이 따지자면 순전히 자신의 필요에 의해 검을 들어 올렸던 루키나였기에 우연찮게 구해진 그들이 제게 전혀 고마워할 필요가 없건만……

"고마워하지 않아도 된다니요! 당연히 고마워해야죠! 저희는 은혜를 모르는 염치없는 여자들이 아니란 말이에요!"

"맞아요. 그러니 이름이라도 알려주세요. 평생 고마워하고 살게!"

"기사님이 아니시라면 기사 후보생이신가요? 그러고 보니 요즘 기사단들이 신입 단원들을 모집한다는 소문을 들었는데, 거기에 지원서를 내러 오셨군요!"

"어머, 정말? 기사님이라면 틀림없이 늠름한 기사님이 될 수 있을 거예요!"

"맞아요, 기사님!"

"기사님!"

반짝반짝 눈을 빛내는 그녀들의 시선을 외면하기가 어째 쉽지 않다. 루키나는 하하, 쓴웃음을 흘리며 뒤로 주춤거릴 수밖에 없었다.

'셰리, 대체 뭘 하고 있는 거야……'

저보다 한발 앞서 여관 안으로 들어갔던 셰리가 아직도 나오지 않자 루키나는 괜한 그녀를 향해 원망의 화살을 돌렸다.

"아가…… 주, 주인님?"

그 순간 들려온 셰리의 낭랑한 목소리는 루키나를 늪에서 구해주는 한 줄기의 빛과도 같았다. 루키나는 여인들의 뒤에서 저를 의아하게 바라보고 있는 셰리를 향해 손을 흔들었다.

"여기야, 셰…… 셰필드!"

"……예?"

루키나는 셰리를 향해 다가가는 제게 시선을 꽂는 뭇 여인들의 눈빛을 무시하며 외쳤다.

셰리의 얼굴이 뜻하지 않은 이름에 구겨지는 것이 보였지만 그것 역시 깔끔하게 외면했다.

루키나는 손을 들어 올려 셰리의 등을 탁탁 두드렸다.

"하하, 대체 왜 이렇게 늦은 거야? 주인이 뭐래. 빈 방 없다지?"

"……컥! 아, 아프…… 윽!"

"그럴 줄 알았어. 역시 아르시에서 가장 유명한 휴양지답군. 어쩔 수 없지. 그럼 다음번에 기회가 되면 다시 들를 수밖에."

"대체 무슨 소리를…… 억!"

"레이디들."

루키나는 도대체 무슨 소리를 하느냐는 표정을 짓는 셰리의 발을 세게 짓누르며 등을 돌렸다.

자신과 셰리를 빤히 바라보고 있던 세 명의 빨강, 초록, 파란 머리의 여인들이 고개를 갸웃거리는 게 보였다.

루키나는 로브를 뒤집어쓴 그 상태로 그들을 향해 살짝 허리를 굽히더니 나름의 굵은 음성을 뱉어내며 말했다.

"뵙게 되어 영광이었습니다. 저는 볼일이 있어서 이만 가봐야 할 것 같군요. 그럼, 좋은 하루 보내시길."

루키나는 '어어, 잠깐만요!'를 외쳐 대는 그녀들에게 묵례를 하며 셰리의 손목을 붙잡았다.

어찌나 빠른 걸음으로 그녀를 끌어당기는지, 셰리가 자신과 발걸음을 맞추기 위해 숨을 헉헉거리는 것이 들려왔지만 루키나는 앞만 보고 발을 쭉쭉 뻗어갔다.

'어쩜 뒷모습도 멋져!'라든가, '이름이라도 알려주시지!'라든가, '기사님!' 하고 저를 향해 외치는 듯한 여인들의 말이 들려온 것은 착각이었으면 좋겠다고 생각하며.

"모두 준비됐습니다."

호로록, 찻잔 속의 차를 들이켜던 그의 움직임이 멎었다. 나지막하게 속삭이는 마릭의 말에 그는 고개를 들어 마릭을 응시했다.

'전하?' 하고 말없이 쳐다보기만 하는 자신을 의아하게 내려다보고 있는 마릭의 모습에 실소가 터져 나왔다.

"마릭."

그는 슬며시 자리에서 일어나 창문이 있는 곳으로 걸어갔다. 활짝 열린 창문 밖에는 불과 몇 시간 전, 소동이 일어난 곳이라고 생각되지 않을 만큼 고요했다.

유리안은 나지막한 목소리로 중얼거렸다.

"언제나 버티기 쉽지는 않았지만, 오늘따라 내 몸이 원망스러웠던 적은…… 없었다."

"저, 전하!"

"……빌어먹을."

잘근 입술을 깨무는 유리안의 미간이 세게 좁아졌다.

공손히 손을 모으며 서 있던 마릭이 바닥에 머리를 조아릴 태세로 외쳤지만 유리안의 시선은 여전히 창문 밖에 고정되어 있었다.

「와라.」

한낮의 태양이 뿜어내는 강렬한 기세만큼이나 검을 들어 올린 검은 로브의 자세는 완벽했다.

두근두근, 미동 없던 제 심장이 뛸 만큼 아름다운 자세라고 유리안은 생각해 버렸다.

자신은 결코 선보일 수 없는 자신감. 검은 로브 사이로 보이는 녹안이 그 어떤 별보다 빛나 보였다. 춤을 추듯 우아한 손짓 몇 번에 저보다 머리 하나는 더 큰 덩치들을 와르르 무너뜨리는 것을 보며 동경이 일기도 했다.

자신도 그처럼 건강했더라면, 미래의 제 백성이 될 그 여인들을 구할 수 있었을까?

쓴 물이 가슴 밑바닥부터 끓어오르는 것을 느끼며 유리안은 입을 다물었다.

"그자와 전하는 다릅니다."

"……."

"검을 쓸 만큼 건강한 자이지 않습니까. 부러우시다면 전하께서도 건강을 회복하시면 됩니다."

"……마릭."

"주인장에게 말해 지금은 온천을 사용하는 이들이 없도록 조치를 취해 두었습니다. 조금 전의 일은 신경 쓰지 마시고 회복부터 하시지요."

"……."

유리안은 어떻게 해서든 제 마음을 진정시키기 위해 노력하는 마릭을 내려다보았다.

만약 제 시종이 아니었더라면, 그래서 더 건강한 황자를 만났더라면 이렇게 안절부절못하며 살지는 않았을 텐데.

마릭을 향한 안쓰러움이 치밀어 오르는 것을 느끼며 유리안은 말없이 웃었다.

'회복이라…….'

그것이 말처럼 쉬운 일이었다면 저도 이렇게까지 숨죽이며 지내지는 않았을 거다.

렉시어드의 세력에서 쥐도 새도 모를 정도로 은밀하게 그의 음식에 독을 타왔다는 사실을 알게 된 후, 유리안은 황위에 대한 의지를 상실했다.

비열한 수를 쓸 거라 생각하고 있었지만 설마하니 혈육에게 직접적으로 손을 쓸 줄은 몰랐다.

그래도 스스로 물러나는 것은 자존심이 허락하지 않았기에 최대한 렉시어드가 자신을 무너뜨리기 전까지는 버텨볼 생각이었는데, 로델린 공작 영애의 활약으로 렉시어드가 스스로 자멸할 것이라고는 예상하지 못했다.

「큰 형님. 저는…… 황위에 크게 관심이 없습니다. 그래서 이 상황들이 매우 곤란하군요.」

렉시어드의 스캔들이 일어난 이후 황궁에서 휴이렌과 마주친 적이 있었다. 렉시어드의 편에 서 있기는 했으나 자신과 사이가 좋았던 휴이렌이었기에 그는 먼저 제게 차를 마시길 청했다.

어두운 얼굴로 낮게 말하던 휴이렌의 말에 저도 모르게 안심하기는 했지만 사실은 황위를 잇기에는 저보다 휴이렌이 더 좋은 조건이라는 것은 부정할 수 없었다.

유리안은 몇 마디 나누지 않고 자리에서 일어나던 휴이렌의 널찍하고 건강한 등을 부러워했던 자신이 문득 생각나 한숨을 내쉬었다.

'얼마나…… 남은 건가.'

콜록콜록—

기침을 흘리는 빈도가 잦아질수록 몸이 망가지는 것이 느껴진다. 마릭은 눈치채지 못했지만 이미 몇 차례 각혈을 한 적도 있었다. 아무리 영험한 온천일지라도 썩을 대로 썩어버린 제 몸을 낫게 하기는 불가능할 것이다.

유리안은 나비처럼 가볍게 날아올라 벌처럼 건달들을 쓰러뜨리던 검은 로브를 떠올리며 눈을 내리감았다.

"전하. 그래도 온천에 들어가 피로를 푸시는 게……."

쾅—!

"여기야?"

응?

"누구냐, 너희들은!"

유리안의 눈이 다시 떠진 것은 눈꺼풀을 아래로 내린 지 몇 초도 지나지 않은 시점이었다.

숙소의 문 쪽에서 요란한 소리가 들리자 고개를 돌린 유리안의 시야로 우락부락한 체구를 자랑하는 덩치들이 시야로 들어왔다. 마릭이 얼른 유리안의 앞을 막아섰지만 덩치들의 무시무시한 기세는 수그러들지 않았다.

"키 큰 놈과, 작은 놈. 그리고 검은 로브. 맞네, 이 녀석들! 이 녀석들이야!"

……뭐?

"네 녀석들이 우리 동생들을 죽사발로 만든 그 빌어먹을 놈들이지? 잘 걸렸다! 감히 겁도 없이 누구를 건드려!"

유리안은 자신과 마릭을 향해 침을 튀기는 덩치들을 황당한 눈으로 바라보다 입술을 움직였다.

"뭔가 오해가 있는 것 같은데. 우린 그대들을……."

"변명 따윈 안 들을 거니까 조용히 닥치고. 얘들아, 뭐 해? 얼른 저 자식들 끌어내지 않고!"

❖

"그게 사실인가요, 미우 양? 정말로 우리 소단…… 아니, 레이디 로델린께서 그 건달들을 쓰러뜨렸습니까?"

도저히 믿기 어렵다는 표정을 지으며 로건이 입술을 달싹였다. 셰리는 그의 질문이 끝나기가 무섭게 소리쳤다.

"당연하죠! 할아버지! 우리 아가씨가 어떠셨는지 아세요? 샤샤— 샤샥! 하고 요 검, 바로 요 검을 휘두르면서 그 남자들을 다 때려눕혔다니까요?

그렇죠, 아가씨?"

샐쭉 웃는 셰리를 향해 루키나는 픽 실소를 터뜨렸다.

과장되기는.

뭐, 그녀의 검날이 매우 날카로웠고, 그것을 피하기 위해 뒤로 주춤거리던 세 거구들이 엉덩방아를 찧은 것은 확실한 사실이었다.

루키나는 '호오' 하고 콧소리를 흘리고 있는 로건을 바라보다 물음을 던졌다.

"로건 할아버지."

"예, 레이디 로델린."

정말 적응 안 되네.

보는 눈이 있어 하던 대로 반말은 꺼내지 못할 것 같아 어색하게 웃던 루키나는 내내 의문이었던 말을 꺼냈다.

"그런데 이곳 아르시에는 그런 양아치들이 많은 편인가요?"

"예? 아아…… 예, 뭐. 간혹 그런 행위들을 노리고 그 여관 주변을 기웃거리는 불량스러운 무리들이 있다고 들은 적은 있습니다."

"그런데도 조치는 없고요?"

"있을 리가요. 한낮의 아르시는 거의 유령 마을이나 마찬가지입니다. 가끔 세이번에서 순찰병들이 순찰을 나오기는 하지만 높으신 귀족들이 올 때나 가능한 일이지요. 레이디 로델린께서 겪으셨다던 그런 일은 그 여관 근처에서 자주 일어나던 일입니다."

"……."

곤란하군.

루키나는 심각한 표정을 지으며 입을 다물었다.

로건을 비롯한 셰리가 굳은 얼굴로 고심에 빠진 자신의 눈치를 살피는 게 느껴졌지만 반응하지는 않았다.

'이 이상 시선을 끌면 정말이지 곤란한데…….'

정말 기막힌 타이밍으로 그 세 여인들을 건달들에게서 구해내기는 했지만 그로 인해 피로를 풀려고 했던 온천욕도 즐기지 못했다.

남장을 한 채로 기사단에 입단을 해야 하는 중요한 기로에서 지금보다 더 남들의 주목을 끌게 되면 의심의 눈초리를 보내오는 이들도 분명히 존재하게 될 터.

하지만 제국 최초의 여기사가 될 사람으로서 약자를 괴롭히는 강자를 벌하지 않는다면 그것도 모순이 된다.

루키나는 인상을 썼다. 이대로 그 세 건달들을 내버려 두었다가는 틀림없이 앞으로 똑같은 일을 저지를 것이 분명하다.

"레이디 로…….."

"헉헉, 할아버지! 할아버지!"

입술을 짓누르며 생각을 정리하던 루키나는 쾅— 문을 열고 들어오는 로건의 손자, 제이미를 발견하고선 눈을 동그랗게 떴다. 제이미가 숨을 헐떡거리며 로건을 향해 무어라 외치는 것이 보였다.

"큰일 났어요!"

"무슨 일이냐, 제이미? 손님이 계신 게 안 보이…….."

"클락 일행이 여관에서 웬 남자 두 명을 끌고 나갔대요!"

"그게 무슨 소리야? 끌고 나갔다니?"

벌떡 일어나는 로건을 따라 루키나 역시 의자에서 몸을 일으켰다.

클락이라면 루키나가 혼쭐을 내주었던 바로 그 세 거구들의 형을 일컬었다. 이 근방에서 클락 일행의 만행은 모르는 이들이 없다고 할 정도로 유명하다고 로건이 말한 것이 머리를 스쳤다.

제이미는 외쳤다.

"정오쯤, 클락의 동생들이 여관 앞에서 웬 로브 차림의 남자들과 시비가 붙었나 봐요. 완전 죽사발이 돼서 집으로 돌아온 걸 보고 복수를 한답시고 크라시 여관으로 쳐들어간 모양이더라고요."

'설마.'

"여관 곳곳을 뒤져서 예의 로브남들을 찾아서 데리고 나갔다는데……
그 사람들이 아직 안 돌아온다고 마리 아줌마가 그러더라고요!"

목청껏 외치는 제이미의 말을 듣던 루키나의 얼굴이 사색이 됐다. 가만히 손자를 지켜보던 로건 역시 불안한 표정을 지으며 고개를 돌렸다.

"레, 레이디 로델린. 혹시……."

젠장!

루키나는 벽에 세워두었던 레이피어를 든 채 집무실 밖을 뛰쳐나갔다.

로브 차림의 두 남자.

아마도 클락 일행이 찾는 이들은 그들이 여관에서 끌고 나갔다던 그 두 남자가 아닌 저와 셰리, 특히 자신일 것이다.

'빌어먹을!'

단순히 쫓아낸 것만으로는 문제가 있었다.

후일까지 생각했어야 하는 건데.

루키나는 제이미가 여관의 주인장에게 들었다는 방향으로 미친 듯이 달려가며 숨을 헐떡였다.

"아, 아가씨! 같이…… 하아, 같이 가요!"

셰리가 먼저 앞서 나가는 자신을 향해 외쳐 대는 게 들려왔지만 대답할 시간은 없었다.

끌려 나간 지 꽤 됐다는 이야기를 들었던지라 괜스레 마음이 더욱 불안해졌다.

'나 때문이야. 나 때문에…… 제길!'

좋지 않은 예감이 온몸을 엄습했다.

루키나는 쿵쿵, 미친 듯이 뛰는 심장을 가라앉히지 못하고 풀숲을 내달렸다.

휙휙—

여관으로 향하기 전 언뜻 보았던 그들의 로브 색들을 떠올리며 이리저리 고개를 움직이던 루키나의 시선이 검은 풀숲 사이에 툭 삐져나온 무언가를 발견한 건 바로 그때였다.

"아가씨?"

"셰리, 얼른 로건을 불러와! 의원도 부르고!"

"……예?"

"어서!"

'아, 네!' 하고 외치며 돌아서는 셰리를 바라볼 시간은 없었다.

루키나는 덤불 사이로 보이는 긴 다리를 향해 달려갔다.

쿵—

심장이 바닥으로 내려앉는 소리가 귀를 울리는 듯했다.

루키나는 흙먼지로 범벅이 된 로브를 걸친 채 땅에 쓰러져 있는 길쭉한 남자를 발견하곤 눈을 크게 떴다.

"이……."

아찔한 예감이 들어 잠시 멈칫하던 그녀는 이내 깊게 숨을 들이마신 후 그를 향해 달려갔다.

"이…… 이봐요! 이봐요, 정신 차려요!"

하아, 하아. 얕은 숨을 흘리고 있는 남자의 입술 근처가 작게 찢어져 있었다. 루키나는 핏물이 흘러내리는 그의 얼굴이 지나칠 정도로 창백하다는 것을 깨닫고선 남자의 경동맥에 손가락을 가져다 댔다.

'아직 맥은 있어.'

약하긴 하지만 맥박이 뛰고 있는 상태다.

그러나 방치한다면 죽는 것은 순식간이다.

루키나는 파리하게 질린 남자의 입술이 파르르 떨리는 것을 발견하고선 미간을 좁혔다.

'어떻게…… 어떻게 해야 하지?'

저로 인해 위기에 처한 사람을 목격하니 머릿속이 백짓장처럼 하얗게 물든다.

의도하지 않았지만 그를 죽음으로 몰아세운 것은 자신이다. 그 누구보다 죽음이라는 것을 많이 겪어서인지 이 남자가 현재 얼마나 불안하고 무서울지 상상이 됐다.

루키나는 바짝 말라가는 입술을 혀끝을 쓸었다.

'진정해야 해, 루키나. 너 예전엔 의학도 배웠었잖아! 제기랄!'

본과에 재학 도중 죽어버렸던지라 전문의까지 가지는 못했지만 그래도 병원 실습을 나갈 만한 정도의 의학 지식은 존재했다.

덜덜 떨리는 손을 진정시키며 조금이라도 이 상황에 도움이 될 만한 것들을 찾으려 노력했다.

이를 악물며 주위를 두리번거리는 그녀는 점점 흐려지는 그의 의식을 도울 수 있을 만한 것들을 찾지 못했다.

애석하게도 이 세계는 확실히 의학이 발달한 곳은 아니었으니까.

"하아."

"이, 이봐요! 정신이 들어요? 이봐요!"

"……신."

루키나는 어렵게 눈꺼풀을 들어 올리는 그가 힘겹게 손을 들어 올리자 얼른 그것을 붙잡았다.

"걱정 마요. 내가 당신 살려줄 테니까! 의식 잃지 말라고요!"

루키나는 크게 외친 뒤, 혹 다른 부상을 당한 곳은 없는지 살피기 위해 그의 상체로 손을 뻗었다.

다 큰 남자의 몸을 이렇게 더듬는 것은 본과 1학년 때 이후 오랜만이다.

이마에 송골송골 맺혀 있던 땀방울이 주르륵 흘러내리는 것을 느끼며 루키나는 그의 몸을 살폈다.

"……에게 ……하다고."

……뭐?

신경을 써야 겨우 캐치를 할 정도로 작은 음성이 귓가로 흘러들어 왔다.

루키나는 파란 입술을 억지로 움직이던 남자가 제게 무언가 전하려 한다는 것을 깨달았다.

"잘 안 들려요. 방금 뭐라고 했어요? 이봐요, 정신 잃지 마요! 이봐요! 제기랄!"

내가 할 수 있는 일.

여기서 내가 할 수 있는 일.

틀림없이 내가 이 남자를 도울 방법이 있을……!

「그 목걸이에 박혀 있는 네 가지 색의 보석 안에는 각각의 효능을 가진 액체가 담겨 있다. 먼저 붉은 보석 속의 액체를 마신다면 죽은 사람을 소생시킬 수 있지.」

머리를 울리는 음성.

불현듯 떠오른 목소리가 루키나의 심장을 멈칫하게 만들었다.

「죽은 사람을 살릴 수 있다는 거예요?」

「그렇다. 비단 죽은 사람뿐 아니라 각종 질병에 걸린 사람도 한 번에 완쾌
시킬 수 있어. 허니 함부로 써서는 안 될 것이야.」

그녀 스스로 윤회의 구멍으로 들어가기 직전까지 당부에 당부를 거듭
하던 염라의 목소리가 떠오른 것은 우연이다.

루키나는 비어 있던 한 손을 들어 올려 목을 만지작거렸다.

'……!'

혹시나 해서 들고 온 것이 이런 식으로 쓰이게 될 줄은 몰랐다.

아주 조금.

정말 조금, 모르는 사람을 위해 이 귀한 걸 쓴다는 사실이 약간 아깝게
느껴지기도 했으나 결론적으로 그가 이러한 위험에 빠진 것은 바로 저 때
문이었다.

저로 인해 발생한 위급한 상황. 이런 상황에서 그의 목숨을 책임져야
할 사람은 루키나 그녀였다.

'까짓것 뭐……!'

가늘고 긴, 아니, 이제는 굵고 긴 삶을 꿈꾸는 레이디 루키나 이베타
로델린이 생존하기 위한 다섯 번째 법칙.

레이디는 자신이 한 일에 책임을 져야 한다.

루키나는 찝찝한 마음을 떨쳐 내고선 얼른 목에서 목걸이를 풀었다.

'그러니까 빨간색이…….'

죽은 사람을 소생시키는 효능을 지닌 것. 한마디로 만병통치약이나 다

름없다는 이야기.

루키나는 결의에 가득 찬 표정을 지으며 빨간 보석을 향해 손을 뻗었다. 셰리가 아무리 떼어내도 꿈쩍 않던 보석이 의지를 담은 루키나가 몇 번 건드리기가 무섭게 툭 떨어져 나왔다.

'어떻게 액체로…… 헉?'

딱딱하기 그지없는 보석 안에 든 액체를 어떻게 꺼내야 할지 고민하고 있던 루키나는 갑자기 붉은 보석을 쥐고 있던 손이 뜨끈해지는 것을 느꼈다. 그녀의 손바닥에 붉은 액체가 가득 차기 시작한 것이다.

그녀는 깜짝 놀라 손을 내저으려다 말고는 얼른 남자의 입가에 손바닥을 가져다 댔다.

뚝— 뚝—

그의 푸른 입술을 억지로 벌려 붉은 액체를 떨어뜨렸다.

쿵쾅쿵쾅, 발작처럼 뛰는 가슴이 이번 일에 대한 불안감을 증폭시키는 것만 같다.

'제발. 제발—!'

두근, 두근, 두근.

남자의 숨결이 옅어지면 옅어질수록 심장이 미친 듯이 들썩인다.

마치 자신이 또다시 그 빌어먹을 저주의 늪으로 빠져든 것처럼 긴장한 상태를 유지하던 루키나의 눈동자는 하얗게 질린 얼굴과 파란 입술에 혈색이 돌지 않자 얼굴을 일그러뜨렸다.

"대체 뭐야! 염라 이 아저씨 또 나한테 사기 친 거야?"

1초, 2초, 3초, 4초.

약효가 돌 때까지 시간을 기다려 보았지만 어찌 된 셈인지 남자의 맥박은 점점 느려지기만 할 뿐 정상을 되찾지 못했다.

로건에게 보낸 셰리는 도통 돌아올 생각을 하지 않는 상황.

이대로라면 정말 저로 인해 이 남자의 목숨이 위험해질 수도 있어서인
지 눈앞이 아찔해졌다.

루키나는 하늘을 올려다보며 소리쳤다.

"아저씨! 내가 처음은 넘기지만 두 번은 못 넘기죠! 나한테 이러는 게
어디 있어요! 보험이라면서요! 그런데 무슨 보험이 아무짝에도 쓸모
없—"

"쿨럭!"

……!

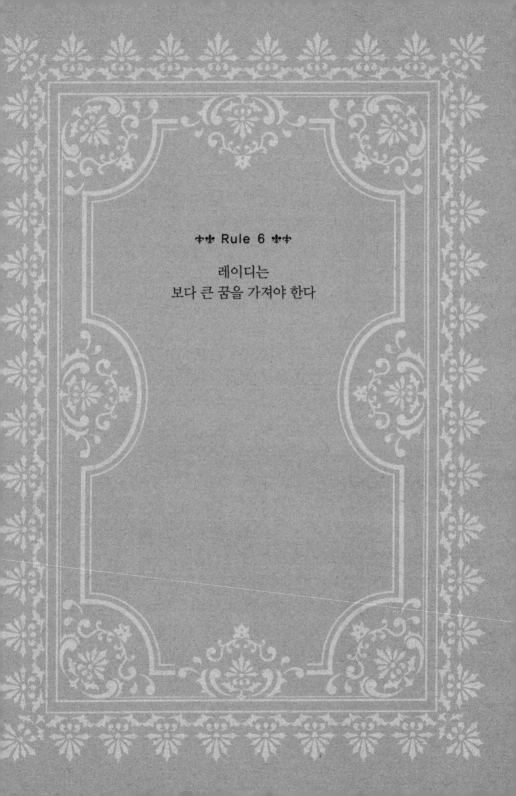

❧❧ Rule 6 ❧❧

레이디는
보다 큰 꿈을 가져야 한다

짹짹짹.

스르륵, 눈을 떴을 때는 따뜻한 햇살이 얼굴을 비추고 있었다.

청량한 바람이 불어왔고, 귓가로는 새가 지저귀는 소리가 흘러들어 왔다.

'이곳이……'

말로만 듣던 천국인가.

기다란 속눈썹이 떨렸다.

껌뻑껌뻑, 눈꺼풀을 내렸다 다시 들어 올리는 그의 입술 사이로 쓴웃음이 흘러나왔다.

'허무하군.'

정말 웃기는 일이 아닐 수 없다.

남들보다 빨리 죽음을 맞이할 것이라 여기기는 했지만 이런 식의 죽음은 예상하지 못했다.

만약 이렇게 죽을 줄 알았더라면 렉시어드와 그렇게 치열하게 황위 다툼을 벌이지도 않았을 것이고, 어떻게 해서든 건강을 회복하기 위해 노력하지도 않았을 텐데.

아래에서부터 밀려오는 후회에 유리안은 눈꺼풀을 아래로 내렸다.

「다시 한 번 생각해 주시면 안 되겠습니까? 수행 기사 하나 없이 돌아다니시는 건 정말 너무도 위험한 일입니다, 전하!」

제게 머리를 조아리며 황궁을 떠나올 때까지 소리치던 마릭의 간절한 목소리가 이제야 귓가를 맴돈다.

많이 원망하고 있겠지?

유리안은 덩치들에 의해 여관 밖으로 끌려 나가는 자신을 향해 엉엉 울던 마릭의 마지막 모습이 생각났다.

'무사해야 할 텐데······.'

자신은 그렇다 치더라도 마릭까지 큰 봉변을 겪지 않았으면 싶었다.

여태껏 자신의 병치레를 감당하느라 힘들었을 마릭이 그동안 짊어지고 있던 짐을 덜었으면 하는 바람이다.

유리안은 긴 숨을 흘리며 멍하니 천장을 응시했다.

'천국도 지상과 다를 바 없군.'

옛말로는 순백으로 물들어 있다던 천국은 의외로 낡은 분위기를 자아내는 평범한 가정집과도 같았다.

몸을 덮고 있는 이불에서 약간의 냄새도 나는 것을 느끼며 피식 실소를 터뜨리던 유리안은 고요하게 일렁이는 심장 소리를 느끼며 생각했다.

이제 겨우 서른의 나이.

만약 건강하기만 했다면 백 살도 넘길 수 있는 요즘 시대에 요절을 해

버렸다.

아마도 그의 아버지이자 황제인 셀레스틴은 전투에 참전해 죽어버린 것이 아니라, 평민들에게 맞아 죽어버린 자신을 아들로서도 취급하지 않을지도 모르겠다.

유리안은 자신의 비참한 죽음에 이를 악물었다.

'시신은 잘 수습했을까 모르겠네.'

숲 속에 내던져진 채 헐떡이고 있던 제 마지막 모습이 떠올라 유리안은 속으로 중얼거렸다.

만일 그대로 내버려 둔다면 동물들의 먹이가 되겠지.

차라리 그렇게 된다면 그의 비화가 알려지지는 않을 테니 오히려 다행인 건지도.

유리안은 이어 나가면 이어 나갈수록 암담해지는 생각을 접기로 결심한 후 슬며시 자리에서 일어나려 했다.

'꽤…… 실감나는군.'

분명 자신은 천국에 있건만 어찌 된 셈인지 창문 밖 풍경이 익숙하다.

인간이 죽으면 제 생애 가장 행복했던 장소로 꾸며진 천국으로 향하게 된다던데, 이곳이 그곳인가.

유리안은 실제로 사용하고 있는 듯한 침대에서 벗어나 똑바로 섰다.

'가벼워.'

이미 죽어버려 이전의 질병들을 모두 내려놓았기에 방 위에 선 그의 몸은 깃털처럼 가볍게 느껴졌다.

매일 침대에서 몸을 일으킬 때마다 겪었던 고통스러운 기침도 더 이상 반복되지 않았다.

그 점이 죽음에 대한 이점인지도.

유리안은 죽고 나서야 건강을 되찾은 제 모습에 옅게 웃었다.

달칵―

이제부터 뭘 해야 하나.

죽음을 맞이한 이상, 더 이상 황위에 연연할 필요가 없다.

게다가 일평생 동안 그를 괴롭히던 병마가 완벽하게 물러난 느낌.

지금 이 상태라면 밖으로 나가 그의 소원 중 하나였던 온종일 뜀박질도 가능할 것 같은데.

왠지 모를 기쁨이 차오르는 것을 느끼던 유리안은 갑작스럽게 들려오는 문 여는 소리에 고개를 돌렸다.

"아! 깨어나셨어요?"

유리안의 시야로 갈색 머리의 벽안 소년이 들어왔다.

아니, 소년이라기보다 소녀라는 표현이 더 어울릴 것이다.

저 부자연스러운 짧은 머리는 틀림없이 가발일 테니.

재미있군. 천국에는 가발 쓴 천사도 있다니.

유리안은 픽 웃으며 고개를 끄덕였다.

그의 대답을 들은 벽안의 천사는 하얀 이를 드러내며 웃었다.

"얼른 미스터 마릭을 불러올게요!"

……뭐?

벽안의 천사는 저를 향해 크게 외친 뒤 뒤를 돌아 사라졌다.

유리안은 멍한 눈으로 천사로 짐작되는 이가 일으키는 바람에 의해 닫혀 버린 문을 멍하니 바라보고 있을 수밖에 없었다.

'마릭을 불러온다니? 그게 무슨 소리지?'

그가 의문을 품은 지 얼마 지나지 않아 쿵쾅쿵쾅 하고, 요란한 발걸음 소리가 들려왔다.

달칵 열리는 방문 너머로 두 눈에 눈물방울을 가득 안고 있던 익숙한 얼굴의 사내가 모습을 드러냈다.

유리안의 눈은 큼지막해졌다.

"전ㅎ…… 도련님! 도련니임! 으흐흑, 도련님!"

이, 이게 무슨…….

"흐흡, 얼마나 걱정했는지 모릅니다! 다행입니다, 다행이에요!"

"……."

"엉엉엉! 흐어어엉!"

"마…… 릭?"

그가 말릴 사이도 없이 힘껏 자신을 끌어안고선 엉엉 울어대는 마릭의 퉁퉁 부운 얼굴은 몹시 인상적이었다.

유리안은 '그러게 수행 기사를 데리고 오자고 하지 않았습니까! 제발 제 말을 좀 들어주십시오, 부탁입니다!' 하고 외치며 제 허리를 놓아주지 않는 마릭에 의해 한동안 꼼짝도 하지 못했다.

'대체…….'

이게, 무슨 상황이지?

휙휙!

진정한 검사는 언제 어디서든 훈련을 게을리하지 않아야 한다.

그녀의 검술 스승인 슈비트 에단뿐 아니라 에드문드까지 매일 그녀와 검을 맞대면서 경고했던 말이다.

날카로운 레이피어의 블레이드를 앞으로 쭉 뻗었다가 옆으로, 그리고 팽그르르 돌려서 다시 앞으로 찌르기를 반복하고 있던 루키나는 '아가씨, 아가씨!' 하고, 뒷마당으로 달려와 저를 불러 대는 낭랑한 목소리에 행동을 멈추었다.

"아, 셰리."

"깨어났어요!"

"어?"

"잠자는 왕자 말이에요, 깨어났다고요!"

잠자는 왕자.

예의 붉은 약을 먹고 혈색을 되찾은 남자가 쉽게 의식을 차리지 못하고 온종일 누워 있자 루키나가 무심코 뱉어낸 말이었다.

찰랑거리는 금색 머리카락부터 잡티 하나 없는 고운 피부, 오똑 솟은 코와 탐스럽고 붉은 입술까지.

어디 사는 누군지는 모르겠지만 눈을 감고 있는 남자는 확실히 왕자라는 표현이 적절해 보일 만큼 고귀한 티가 났다.

제가 중얼거린 말을 용케도 캐치해 낸 셰리의 재빠름에 감탄하며 루키나는 눈을 반짝이고 있는 셰리를 향해 픽 웃어 보였다.

"몸이 회복된 모양이네."

"그런가 봐요! 그 남자의 시종이라던 미스터 마릭이 입을 옷을 준비해 달라며 로건 할아버지한테 부탁드리러 가는 걸 보고 오는 길예요!"

"흐응, 그래?"

"만나보실래요?"

"어?"

"그분을 구해주셨잖아요, 아가씨께서!"

루키나는 활짝 웃으며 외치는 셰리를 가만히 들여다보았다.

사실 따지고 보면 그에게 먼저 해를 끼친 것은 자신이다.

자신으로 인해 그가 죽을 위험까지 갔으니, 그의 목숨을 구해주려고 노력하는 건 당연한 일일 터.

루키나는 그녀가 그를 만나야 한다고 생각하는 것이 분명한 셰리를 향해 손을 뻗었다.

"읔!"

슥슥, 자신의 풍성한 가발이 흔들릴 정도로 마구 흐트러뜨리는 루키나의 행동에 셰리가 짧은 숨을 터뜨렸다.

루키나는 '아가씨이' 하고 입을 쭉 내밀며 볼을 빵빵하게 부풀리는 셰리에게 눈웃음을 그리며 들고 있던 레이피어를 내려놓았다.

"깨어났다니 다행이야. 적어도 오늘쯤은 깨어나 줬으면 했는데 말이지. 후우, 이제 마음 편히 떠날 수 있겠네."

"네? 떠나다니요?"

"잊었어, 셰리?"

루키나는 셰리에게서 건네받은 수건으로 흘러내린 땀을 닦은 뒤 근처에 던져 두었던 로브를 뒤집어썼다.

"내일모레가 모집 마지막 날이야."

"⋯⋯!"

"로건을 불러줘. 더 이상 지체하면 곤란해."

히이잉—!

"말씀대로 마차를 준비했습니다. 세이번에서 머무르실 숙소 역시 미리 마련해 두었으니 그곳에 가서 지내고 계시면 저 역시 이곳 일을 마무리 짓고 따라가도록 하겠습니다. 이곳과 세이번의 지리는 제이미 녀석이 잘 알고 있으니, 가고 싶은 곳이 있으시면 어디든 말씀하십시오. 제이미에게 소단주를 잘 보좌하라 일러두었습니다."

제게 무언가가 두둑하게 든 주머니 하나를 건네며 말하는 로건의 얼굴엔 비장함이 가득했다.

루키나는 말 울음소리를 내며 마부석에 앉아 있는 제이미의 모습에 피식 웃음을 흘렸다.

"고마워, 로건."

"별말씀을. 다시 한 번 소단주를 모실 수 있는 기회를 주셔서 제가 더 감사드립니다."

……짜식.

루키나는 제게 묵례하는 로건의 모습에 옅은 미소를 그렸다.

"그런데 말입니다."

응?

"그 '도련님'과는 말씀을 나누어보셨습니까?"

곧 다시 보자고 손을 흔들며 마차에 몸을 실으려던 루키나는 뭔가 생각났다는 듯 말을 꺼내는 로건을 응시했다.

"나눠야 해?"

"예? 아, 뭐 꼭 그럴 필요는 없지만……."

"그러니까. 나 때문에 다친 거고, 다행히 나로 인해 목숨을 건졌으니 빚진 건 없잖아. 그냥 그렇게 넘어가면 되지 뭐."

"아……."

"너무 신경 쓰지 마, 로건. 대충 길을 지나가던 사람이 마침 쓰러져 있는 그 사람을 발견해서 알맞은 시기에 구해줬다고 둘러대고."

"……."

"로건?"

"예, 알겠습니다. 그것이 소단주의 뜻이라면."

'고마워' 하고 눈꼬리를 휘던 루키나는 먼저 마차에 올라타 제게 손짓하고 있는 셰리에게 고개를 끄덕이며 발을 뻗으려 했다.

"잠깐."

그런 그녀를 막아 세운 것은 결코 로건의 걸걸한 쇳소리가 아니다.

루키나는 등 뒤에서 들려오는 부드러운 미성에 반사적으로 행동을 멈추었다.

고개를 돌린 루키나의 눈에 태양처럼 찬란한 금발을 뽐내고 있는 자색 눈동자의 남자가 들어왔다.

'뭔가 익숙한 얼굴이네.'

눈을 감고 있을 때는 몰랐는데, 뜨고 있으니 어디서 본 것 같은 느낌이 든다.

루키나는 묘한 기시감에 움찔하다 이내 제게로 걸어오고 있는 큰 키의 남자를 주시했다.

"그대인가? 나를…… 구해준 이가?"

로건을 지나쳐 제게 걸어온 금발의 미남자는 달콤하게 느껴지는 미성을 흘리며 물었다.

그의 말을 무시하고 제 갈 길을 갈 수 있었음에도 이상하게 고개가 돌아가지 않았다.

조금 더 빨리 움직일걸.

지체하지 않았더라면 그와 마주치지 않고 세이번으로 떠날 수 있었을 것을.

투덜거리며 입술을 삐죽이던 루키나는 이내 아무렇지 않은 척 빙긋 미소 지은 채 그를 똑바로 응시했다.

"아, 깨어나셨습니까? 무사히 회복하신 것 같아 정말 다행입니다. 하마터면 큰일이 날 뻔했습니다."

그의 앞에 서 있는 자신은 남장을 한 상태였기에 루키나는 낮은 목소리를 흘릴 수밖에 없었다.

그런 그녀의 변화를 눈치채지 못한 남자는 말없이 루키나를 내려다보았다.

'뭐, 뭐야?'

고요하게 일렁이는 자색 눈동자가 어쩐지 신경 쓰인다.

꼭 누군가를 연상케 하는 그 모습에 더더욱.

루키나는 입을 굳게 다문 채 자신을 바라보는 그에게서 시선을 떼지 못했다.

"그대, 사내…… 인가?"

어?

"……뚫어져라 봐서 미안하다. 조금 헷갈려서. 나도 모르게 그만 쳐다보고 말았어."

루키나는 나지막하게 중얼거리는 그를 향해 이제 와 자신은 여자라고 밝히는 것이 곤란해졌다는 것을 깨달았다. 그녀는 고개를 가로저었다.

"괜찮습니다. 자주 받는 오해입니다."

"……"

"그럼 전…….."

"이름이 뭐지?"

남자는 다시금 돌아서려 하는 루키나를 잡아 세웠다.

그의 질문에 곤란한 표정을 짓던 루키나는 이내 로건과 눈을 마주쳤다.

잠시 고민하던 루키나의 붉은 입술이 움직였다.

"……아이반입니다."

공작성을 떠나기 직전 에드먼드가 제게 말했던 바로 그 이름을 이곳에서 처음으로 쓰게 될 줄은 몰랐다.

그의 붉은 입술 사이로 흘러나오는 평어가 전혀 위화감이 없었기에 태클을 걸 생각도 하지 못하고 받아들이던 그녀는 문득 이 남자가 누구인지 궁금해졌다.

"아이반······."

마치 자신의 뇌리에 그녀의 이름을 새기려는 듯 중얼거리는 남자의 얼굴엔 신중함이 가득했다.

루키나는 묘한 시선으로 그를 응시하다 입술을 달싹였다.

"당신은?"

"······?"

"당신의 이름을 물어도 되겠습니까?"

루키나는 '아' 하고 탄성을 터뜨리는 남자의 대답을 기다렸다.

남자는 그녀의 말에 고민하듯 답변을 주저했다.

'왜 저러지?'

루키나는 의아한 표정을 지으며 그가 입을 열기를 기다렸다.

얼마 지나지 않아 결심한 듯 그녀에게 시선을 고정시킨 남자가 미성을 흘렸다.

"유리안."

유리안?

"하지만 그대는 특별히, 나를 유리라고 불러도 좋다."

위에서 아래로 내려다보는 눈빛이 오만하기 그지없었지만 이질감이 느껴지지는 않았다.

매우 자연스럽게 느껴진다는 소리.

아마 그의 얼굴 뒤에서 뿜어져 나오는 특유의 후광이, 그 태도와 말투가 더욱 그렇게 만든 건지도 모르겠다.

입술 사이로 흘러나오는 태연한 평어에 불만을 품을 만도 한데, 루키나는 아무렇지도 않게 고개를 끄덕였다.

'아르시에 휴양 온 높으신 집안의 자제인가 보네.'

온몸에서 느껴지는 그의 고귀함은 숨길 수 없는 것이었다.

어느 집안의 자제일까.

눈앞에 서 있는 '유리'라는 남자에 대해 아주 살짝, 흥미가 일기는 했으나 길게 이어지지는 않았다.

루키나는 제 소개를 마친 뒤 가만히 서 있는 남자를 보며 아아, 하고 낮게 탄성을 흘린 뒤 몸을 돌리려 했다.

"세이번으로 돌아가는 길인가?"

"예?"

"그렇다면…… 세이번까지 동행할 수 있겠나? 물론, 그대에게 폐가 되지 않는 선에서."

어렵게 말을 꺼내는 남자의 얼굴이 딱딱하게 굳어 있었다.

하루라도 빨리 지원서를 제출해야 하는 급박한 상황에서, 평소였다면 싫다고 했을 대답이 이상하게 입 밖으로 흘러나오지 않았다.

루키나는 멈칫하며 그를 응시했다.

타고난 기품을 숨길 수는 없지만 확실히 현재 그의 몰골은 꽤나 처참했다.

로건에게 일러 피가 덕지덕지 묻어 있던 옷을 갈아입히기는 했지만 원래의 값비싼 복장과는 확연하게 달라진 상황.

게다가 발견 당시 맨몸만 덩그러니 있던 것으로 짐작해 보건대 아마도 그는 세 명의 건달들에게 자신의 소지품 등을 빼앗긴 것이 틀림없었다.

후일 상황을 전해 들은 루키나는 그를 이렇게 만든 세 건달들을 응징하는 데 집중을 했었던 터라 그의 소지품을 챙겨올 생각은 하지 못했다.

그래서인지 그의 시종이라는 자가 남자가 깨어나기를 기다리며 어두운 표정을 지었던 건지도.

물론 하루라도 빨리 지원서를 제출해야 했던 루키나는 그의 말을 한 귀로 듣고 다른 한 귀로 무시할 수 있었지만, 남자의 부탁을 들어주기로 했다.

사실 그가 저런 꼴을 당한 것도 제 영향이 없잖아 있기도 했으니까.

다그닥 다그닥—

고삐를 잡은 제이미의 능숙한 채찍질 아래, 경쾌한 말발굽 소리를 흘리는 말들이 세이번으로 바쁘게 달려가고 있었다.

그 마차 안에서 루키나는 묵묵히 창밖을 응시하고 있는 금발의 미청년을 흘긋거렸다.

'이상하게 익숙하단 말이지.'

태양을 머금은 금빛 머리카락과 자수정을 담은 자색 눈동자.

이러한 미남자를 마주할 기회가 그리 흔하지 않음에도 불구하고 눈앞의 남자가 왠지 모르게 낯이 익다.

루키나는 미간을 좁히며 그를 흘끔거리다 곧 고개를 휘휘 내저었다.

"그러고 보니 제대로 인사를 하지 못했군."

남자의 청량하기 그지없는 미성이 들려온 것은 그때였다.

루키나는 창밖을 쳐다보던 자색 눈동자를 서서히 제게 고정시키고 있는 그를 마주 봤다.

"나를 도와줘서, 아니, 살려주어서 고맙다. 그대가 아니었더라면 허망하게 목숨을 잃을 뻔했어."

씁쓸하게 느껴지는 그의 말이 가슴을 쿡쿡 찌른다.

하긴. 저 역시 그가 그대로 목숨을 잃었다면 이런 기분이 들었을 테지.

루키나는 손을 휘휘 내저으며 싱긋 웃었다.

"당연히 해야 할 일이었습니다. 게다가 사실 굳이 따지고 보면 유리 님께서는 저 때문에 휘말리신 거나 다름없습니다. 오히려 제가 사죄를 드려야 할 판입니다."

고개를 숙이는 루키나를 보며 그가 흐리게 웃었다.

루키나는 그런 그를 빤히 쳐다보다 조심스럽게 입술을 움직였다.

"헌데, 유리 님. 실례가 되지 않는다면 한 가지…… 여쭤도 되겠습니까?"

"그대라면, 무엇이든."

흔쾌히 승낙하는 유리안을 뚫어져라 응시하던 루키나는 결심한 듯 다음 말을 꺼냈다.

"혹시…… 원래부터 몸이 약하신 편이셨습니까?"

"……!"

"아. 사실, 유리 님을 발견했을 때 우연히 맥을 짚었는데, 유리 님의 혈액 흐름이 보통 사람들과는 약간 다른 듯해서……."

'약간 다르다'고 치부하기에는 혈맥이 뒤엉켜 있는 느낌을 피하지 못했다.

정식으로 의사가 된 것은 아니었지만 그래도 의대생이었던 전적으로 인해 사람의 맥을 짚는 방법 정도는 알고 있었다.

그 때문에 그가 살았는지, 죽었는지 살피기 위해 맥을 짚는 과정에서 그녀는 꽤나 고생을 했다.

유리안처럼 마구잡이로 날뛰는 맥박은 처음이었기 때문이다.

이러한 증상은 무언가에 중독된 사람, 혹은, 중병을 앓고 있는 사람에 국한되어 있었기에 더더욱.

루키나는 제 말에 흠칫 놀라 눈을 크게 뜨는 유리안을 발견하고선 말을 덧붙였다.

"대, 대답하기 어려우시다면 굳이 답변하지 않으셔도……."

"검술에만 자질이 있는 줄 알았더니, 의술에도 일가견이 있는 편이었군."

루키나는 픽 웃는 유리안을 바라봤다.

그는 작게 고개를 끄덕이며 말을 이어 나갔다.

"그대의 짐작대로야. 내 몸은 그 일을 겪기 전부터 그리 좋은 편은 아니었지. 아니, 솔직히 말하자면 회생이 불가능할 정도로 망가져 있었다는 표현이 옳을지도 모르겠어."

역시나.

쓴웃음을 짓는 그의 말에 루키나는 속으로 탄성을 터뜨렸다.

유리안은 말을 이어 나갔다.

"하지만 지금은 어찌 된 셈인지 몸이 가볍기 그지없어. 대체 그대가 어떻게 나를 살린 건지 모르겠지만 덕분에 새로운 사람으로 태어난 기분이다."

'당연히 그럴 수밖에.'

그의 뒤엉켜 있던 혈관들은 염라가 준 보석의 효능으로 인해 완벽하게 제자리를 되찾았을 거다.

백짓장처럼 새하얗던 그의 얼굴에 혈색이 도는 것을 보면.

루키나는 의미심장한 미소를 지으며 어깨를 으쓱였다.

꼭 필요한 사람에게 그것을 사용한 것 같은 안도감이 스스로를 흐뭇하게 만들었다.

"······답을 하고 싶은데."

그때였다.

루키나는 잘 들리지 않는 그의 음성에 의아한 표정을 지었다.

유리안은 그런 루키나를 빤히 응시하며 한 번 더, 입술을 달싹였다.

"나를 구해준 것에 대한 보답을 하고 싶다. 내가 할 수 있는 선에서, 무엇이든."

"어떻게 하시겠습니까?"

세이번에 위치한 리우드 제국의 황궁, 카르디아 궁전의 후문 쪽에는 삼엄한 경계 태세를 유지하고 있는 제국군들이 자리를 지키고 있었다.

세상을 밝히던 태양이 저물고 나서야 카르디아 궁전의 후문 근처까지 도달한 유리안은 저를 향해 묻는 마릭의 말에 고개를 돌렸다.

"글쎄."

예전의 그였다면 험한 일을 겪자마자 황태자의 처소인 라몬 궁으로 돌아가 휴식을 취했을 테지만 이번만큼은 망설이고 있었다.

그런 유리안의 고뇌를 예상하기라도 했다는 듯, 마릭은 더는 말을 잇지 않고 그의 대답이 나오기를 가만히 기다렸다.

유리안은 불과 몇 분 전 마차 안에서 있었던 일을 떠올렸다.

「보답이요?」

눈을 동그랗게 뜨며 자신을 쳐다보다 이내 반달처럼 휘어지던 녹색의 눈.

맑게 일렁이는 그 눈동자는 그가 황궁에서 만났던 뭇 사람들의 눈빛과는 많은 차이가 있었다.

고개를 끄덕이는 자신을 향해 옅은 미소를 머금으며 고개를 가로젓던 그 모습은 유리안을 꽤 놀라게 만들었다.

「대가를 바라고 한 일이 아니었습니다. 말씀드렸다시피, 저로 인해 발생한 일이기도 하니까요. 허니 굳이 빚이라고 생각하지 않으셨으면 좋겠군요. 절대로 빚이 아니니, 굳이 보답하실 필요도 없습니다.」

치열한 권력 다툼이 이어지던 황궁에서는 그가 무엇을 원하면 상대는 그에 상응하는 대가를 돌려받기를 원했다.

당연히 받는 게 있으면 주어야 한다고 생각했던 유리안에게는 보답을 거절하는 모습은 무척이나 생소했다.

갈색 머리 사내는 세이번에 도착했다며 멈춰 서는 마차 문을 열며 자신을 향해 미소 지었다.

「이 마차는 아무래도 저보다 당신께 더 필요할 듯싶군요. 그럼, 살펴 들어가십시오.」

황궁 쪽이 아닌 마을 광장으로 들어가는 초입에서 문을 활짝 연 갈색 머리의 사내는 갑작스러운 상황에 당황한 유리안을 내버려 둔 채 고개를 까딱이며 사라졌다.

한때 유리안이 천사라고 착각했던 또 다른 갈색 머리 시종, 그리고 마부 소년과 함께 사라지는 그의 뒷모습을 멍하게 응시하며 유리안은 열린 마차의 문을 닫지 못했다.

"전하?"

피식, 입술 사이로 작은 웃음이 흘러나왔다.

저도 모르게 지어진 미소를 알아차릴 사이도 없이 제 곁에 있던 마릭이 의아한 표정을 짓는 게 보였다.

유리안은 밤이라는 것도 잊게 만들 정도로 환한 불빛을 쏟아내고 있는 황궁을 말없이 쳐다보다 중얼거렸다.

"함께하고 싶은 자가 생겼다, 마릭."

스윽 올라가는 유리안이 그린 뜻밖의 미소가 마릭의 심장을 두근거리게 만들었다.

매우, 불길한 의미로.

❖

"아가씨. 그럼 오늘 바로 지원서를 제출하러 가실 건가요?"

세이번에 도착하자마자 제이미가 안내하는 숙소로 발을 옮기느라 하루가 가 버렸다.

정신을 차리고 보니 환한 빛이 창틈을 파고들고 있었다.

눈을 뜬 루키나에게 다가온 셰리가 그녀에게 우유 한 잔을 건네며 묻는 말에 루키나는 셰리를 멍하니 응시했다.

'흐응.'

푸른빛이 감도는 셰리의 눈동자에는 왠지 모를 기대감이 서려 있었다. 무슨 꿍꿍이가 있는 얼굴인데.

입가에 미소를 머금은 채 저를 빤히 바라보고 있는 셰리는 척 보기에도 수상쩍었다.

침대에서 벗어나 세안을 하고, 남장을 하던 루키나는 셰리의 말이 무엇을 뜻하고 있는지 알면서도 모르는 척 어깨를 으쓱였다.

"글쎄. 최종 모집일은 내일 정오까지라 아직 시간은 조금 있는 편인데…… 어쩔까?"

일단 미끼를 던졌다.

셰리의 눈이 큼지막해지는 것을 애써 모르는 척하며, 루키나는 의자에 걸려 있는 외투를 집어 들었다.

셰리는 기회를 놓치지 않고 소리쳤다.

"그, 그러면 말이죠, 아가씨! 우리 오늘 하루는 느긋하게 세이번을 둘러보는 게 어때요?"

"둘러봐?"

"네! 아가씨도 세이번은 처음이시잖아요!"

목적은 이거였니?

루키나는 힘차게 고개를 끄덕이며 '처음'을 강조하는 셰리를 흘긋거렸다.

반짝반짝 빛나는 셰리의 푸른 눈동자에는 흥분이 가득했다.

무심코 풋 웃음이 터져 나오려는 것을 꾹 참았다.

아시아타 대륙에서도 가장 중심부에 위치한 리우드 제국의 황도, 세이번.

각 나라의 문물이 모두 모여든다 해도 과언이 아닌 이곳은 언제나 수많은 사람들로 붐볐다.

그러고 보니 로델린령을 떠나오기 직전, 셰리가 세이번에 대한 기대감을 마구 표출했던 일이 떠올라 루키나는 고개를 절레절레 저었다.

"그럼 그럴까?"

루키나의 답변이 나오기가 무섭게 꺄아악, 소리를 지르며 그녀의 목을 와락 끌어안은 셰리의 입은 길게 찢어져 있었다.

정말 못 말린다 싶으면서도 덥다는 핑계를 댄 후, 그녀를 떼어낸 루키나는 식당에서 그녀를 기다리고 있던 제이미에게 잠깐 황도 구경을 하고 오겠다고 말한 뒤 여관을 나섰다.

"와, 아가씨. 저기 저 레이디들 좀 보세요! 저게 황도에서 유행 중인 헤어밴드인가 봐요! 다들 똑같이 착용 중이네. 어머. 저건 뭐지? 설마. 말로만 듣던 안경이라는 걸까요? 헉, 아가씨! 저것 좀 보세요! 파예 왕국에서 온, 시계라는 물건이래요! 이걸로 뭘 할 수 있는 거지?"

세이번의 중심이라고 할 수 있는 피레트 광장에는 각국에서 몰려온 상인들이 자신들의 물건을 뽐내며 제국인들을 유혹하고 있었다.

그에 홀린 사람처럼 눈을 빛내는 것은 루키나의 옆에 있던 셰리 역시 마찬가지였다.

루키나는 콧김을 쌕쌕 내뿜으며 물건 하나하나를 유심히 들여다보는 셰리를 못 말린다는 표정을 지으며 바라보았다.

'확실히 황도는 황도네.'

피레트 광장의 장터는 로델린령에서 열리던 야시장 규모의 다섯 배는 되어 보였다.

장터 뒤편에는 광장이라는 이름에 걸맞게 넓은 공간이 마련되어 있었는데, 그 한가운데는 시원한 물줄기가 쏟아지고 있는 분수가 자리를 잡고 있었다.

리우드를 건국한 초대 황제 에이든 브렛 리우드의 동상의 손끝에서 물줄기를 뿜어내는 이 분수는 피레트 광장의 랜드 마크이기도 했다.

루키나는 분수 근처에 자리 잡고선 대화를 나누고 있는 제국인들을 흘긋거리며 속으로 중얼거렸다.

'괜찮겠지?'

전국 각지에서 날고 긴다 하는 사람들이 몰려오는 제국의 황도, 세이번.

세이번에 거점을 둔 기사단들에서 일제히 모집하는 이번 모집에는 아마도 엄청난 실력자들이 지원할 것이다.

그들과 겨뤄도 뒤지지 않을 실력이 되어야지, 어려움 없이 기사가 될 수 있을 터.

루키나는 두근거리는 마음을 부여잡고 후우, 숨을 내쉬었다.

이러고 있을 때가 아니군.

"셰리. 아무래도 황도 구경은 너 혼자…… 어?"

1차 시험은 서류 전형일지라도 2차부터는 실전일지도 모른다.

매일 수련을 해도 모자랄 판에 한가하게 황도 구경을 하고 있을 때가 아니다.

루키나는 결심한 듯 주먹을 불끈 쥔 뒤, 장터를 누비고 있던 셰리를 부르려 했다.

그런 루키나의 눈에 꽤 낯익은 얼굴의 누군가와 대화를 나누고 있는 셰리의 모습이 보였다.

"아, 주, 주인님!"

뒤늦게 그녀의 시선을 알아차린 셰리가 뒤를 돌아보며 손을 까딱였다.

루키나는 셰리의 옆에 서 있는 남자의 부드러운 미소에 얼떨결에 인사를 건넸다.

"그럼 그대는 기사가 되고자 세이번으로 온 것인가?"

짐짓 놀란 표정을 짓는 그의 말에 루키나는 일말의 주저 없이 고개를 끄덕였다.

"예. 아버지께서도 기사셨고, 형님들도 얼마 전 기사가 되셨습니다. 저 역시 놀고먹을 순 없다는 생각에 기사가 되고자 황도까지 오게 되었고요."

눈앞에 놓인 플레이트 위엔 잘 손질된 고기들이 보기 좋게 놓여 있었다.

포크를 집어 든 루키나는 힘껏 고기 한 점을 꾸욱 누른 뒤, 그것을 입안으로 밀어 넣었다.

그녀를 빤히 바라보고 있던 금발의 미남자가 루키나의 행동에 잠시 놀란 듯 눈을 크게 뜨다 이내 빙긋 웃는 모습이 보였다.

「어제는 경황이 없어 그렇게 헤어졌네만, 오늘은 그냥 보내줄 수 없군. 어떤가? 그대만 괜찮다면 밥 한 끼를 대접하고 싶은데.」

다시는 볼일이 없을 거라 생각했던 사람을 조우하게 될 줄이야.

금발의 미청년에 대해 루키나가 알고 있는 것이라곤, 저로 인해 괜한 일에 휘말려 목숨을 잃을 뻔했다는 사실과 그의 몸 상태가 그리 좋지 않았다는 것, 이름이 유리라는 것, 그리고 세이번에서 돈깨나 있는 부유한 집안의 자제라는 것 정도뿐이다.

어떻게든 제게 보답하고 싶어하는 그의 마음을 모르는 것은 아니지만, 금전적인 무언가를 바라고 한 행동이 아니었기에 계속 거절했던 루키나는 밥을 사겠다는 제안을 거절할 수는 없었다.

처음 발견했을 때는 하얗다 못해 핏기 하나 없어 보이던 유리안의 얼굴이 염라의 보석으로 인해 건강해 보이기까지 하자 속으로 혀를 내두르던 루키나는 무언가 말을 걸어야겠다는 생각에 입술을 움직였다.

"헌데 유리 님을 이곳에서 다시 만날 줄은 몰랐습니다. 사시는 곳이 이 근처십니까?"

아주 미세하게. 정말 미세하게— 유리안의 어깨가 살짝 떨리는 것 같았지만 크게 신경 쓰지는 않았다.

루키나는 제 앞에 남아 있는 또 다른 고기를 꾹 집었다.

"이 근처…… 이기는 하지."

근처면 근처지, 이기는 하지는 뭐야.

"그나저나 그대는 형제들과 사이가 꽤 좋은가 보군."

……응?

"아, 예! 저희 형제의 우애는 매우 깊은 편입니다. 형님들이 어찌나 멋있으신지, 그 모습을 보고 있자니 기사가 되지 않을 수 없더라니까요?"

카일이 지시한 대로 밀드레드가의 삼남으로서, 우애 깊은 형제 코스프레를 이어 가던 루키나는 고개를 끄덕였다.

그런 루키나를 바라보던 유리안의 입가에 씁쓸한 미소가 내려앉은 것은 그 순간이었다.

"그렇군. 나는…… 그런 적이 없어. 왠지 그대가 부럽군."

말끝을 흐리며 한숨을 푹 내쉬는 유리안의 모습에 루키나는 가슴이 철렁거리는 것을 느꼈다.

'이 녀석…… 뭐지?'

단순히 스쳐 지나가는 만남이었을 뿐인데, 아주 우연하게도 재회해 버렸다.

계속 거절만 할 수는 없어 일단 함께 식사를 하고 있기는 하지만, 쓰게 웃으며 긴 숨을 뱉어내는 것을 보자니 다시 묻지 않을 수가 없다.

그의 말을 받아주었다가는 말려들어 갈 거라는 것을 확신했지만 몰려 버린 이상 어쩔 수가 없었다.

루키나는 눈에 띄게 침울해진 유리안을 바라보다 입술을 움직였다.

"유리 님께서는 형제분들과 사이가 좋지 않습니까?"

"……!"

이런. 질문이 잘못됐나?

본인이 물어주길 바라는 것 같아 말을 걸었건만, 아래로 숙였던 고개를 번쩍 들어 올리는 유리안의 행동은 예상하지 못했던 일이었다.

루키나는 식은땀이 주르륵 흘러내리는 것을 느끼며 어색한 미소를 지었다.

저를 빤히 응시하던 유리안의 붉은 입술이 열린 것은 몇 초 뒤의 일이다.

"아니, 그럼 그걸 그냥 두고 봤단 말입니까?"

해도 해도 이리 답답한 사람이 있나.

루키나는 얼굴을 찌푸리며 결국 소리를 내질렀다.

그런 그녀의 말에 잠시 움찔하던 유리안은 흐리게 웃었다.

"그럴 수밖에 없지 않은가. 내 편은…… 어디에도 없는데."

힘없이 고개를 떨구는 모습이 처량하다 못해 안쓰러울 정도다.

세상에나. 이렇게 답답하고 불쌍한 사람이 또 있을 줄이야.

루키나는 조금 전, 그가 제게 말해주었던 가정사를 떠올리며 혀를 끌끌 찼다.

유리안에게서 들었던 그의 가정사에 대해 간략하게 설명하자면 다음과 같다.

세이번에서 알아주는 명문가에서 태어난 그는 어릴 적부터 몸이 허약했다고 한다.

저 말고도 신체 건강한 자식들을 거느리고 있던 그의 아버지는 정실의 장자인 유리안을 가문의 후계자로 인정하면서도 은근히 그의 바로 아래 동생을 더욱더 사랑했다고.

세월이 흐르면 흐를수록 유리안의 아버지는 유리안과 그의 동생의 후계 구도를 자극하며 이미 정해진 후계 다툼에 대한 불씨를 이어가는 데 일조했다고 한다.

후계에 욕심이 있었던 유리안의 동생은 자신의 자리에 만족하지 않고 직접적으로 유리안의 신변까지 위협하며 그의 자리를 노렸다.

유리안이 사태의 심각성을 알게 된 것은 이미 그의 주변 사람들이 모두 동생의 뒤편에 서게 된 후라고.

그의 동생은 유리안의 편을 모두 자신의 세력으로 끌어들인 것으로도 모자라 하루하루 겨우 생명을 이어가던 유리안에게 극단적인 수를 쓰기까지 했는데.

「내 혈맥이 이상하다고 했었지? 그럴 수밖에. 피를 나눈 혈육에게서 매번 독약을 얻어 마셨으니, 혈맥이 뒤틀릴 만도 하지.」

쓴웃음을 지으며 눈앞에 놓인 물을 벌컥벌컥 마시는 유리안의 모습이 마치 바로 전 생애의 자신을 연상케 만들어 루키나는 하마터면 테이블을 세게 내리칠 뻔했다.

복장이 터져 버릴 지경이다.

어쩌다 보니 그의 이야기를 듣게 되었지만, 지금 그녀는 완벽하게 유리안의 이야기에 몰입한 상태.

"허면, 유리 님께선 이대로 당하고만 계실 겁니까?"

루키나는 눈을 크게 뜨며 그를 향해 소리쳤다.

유리안은 옅은 미소와 함께 어깨를 으쓱였다.

"그럼 그대는 내가 반격을 해야 한다고 생각하나?"

"당연하죠! 감히, 지엄하신 형님 무서운 줄 모르고 그런 못된 일까지 저지른 못된 동생을 응징하기 위해서는 더더욱이요!"

주먹을 불끈 쥐고 외치는 루키나를 보던 그의 자색 눈동자가 크게 일렁였다.

'유리안의 동생이라는 놈, 하는 짓이 마일로 녀석이랑 똑같아.'

전생의 동생이었던 마일로에게 복수는 하지 않기로 했지만, 유리안의 말을 듣고 있자니 자신이 당했던 일들이 떠올라 속이 부글부글 끓는다.

루키나는 미간을 찌푸리며 눈에 힘까지 줬다.

그리고선 대답하지 않고 있는 유리안에게 물었다.

"한 가지만 묻겠습니다, 유리 님. 후계라는 그 자리, 유리 님도 원하시는 것 아닙니까?"

"……!"

마음이 바다처럼 넓지 않다면, 웬만해선 자신이 당연히 쥐어야 할 자리를 다른 사람에게 빼앗기는 것을 지켜보며 태연할 사람은 없다.

저 역시 그랬고, 아마 눈앞의 남자 역시 마찬가지겠지.

이 남자에게는 아마도 동기부여가 부족한 것 같아 보인다.

이렇게 나서는 것이 오지랖으로 느껴질 수도 있겠지만 과거 자신이 겪었던 일이 떠올랐기에 그냥 지나칠 수 없다.

"약한 신체 때문에 쉽게 나서지 못했다고 하셨습니까? 그럼 지금은 일이 해결된 것 아닙니까?"

"……!"

"포기하지 마십시오, 유리 님! 건강도 이리 좋아지지 않으셨습니까! 그 못된 동생의 앞에서 보란 듯이, 당신의 자리를 차지하셔야죠!"

"……."

제…… 젠장.

심각하게 그에게 이입한 것이 틀림없다.

과거의 자신, 아리아나의 상황을 떠오르게 만드는 유리안으로 인해 과하게 흥분해 버렸다.

루키나는 저를 놀란 표정으로 흘긋거리고 있는 세리에게 어색한 미소를 지어주며 손을 휘휘 흔들더니 이내 숨을 골랐다.

후우, 자제해야지, 자제.

그때였다.

"정말…… 욕심내도 되는 걸까?"

루키나는 조심스럽게 입술을 움직이는 남자의 부드러운 음성에 그를 바라봤다.

자색의 눈동자를 제게 고정시키고 있는 유리안이 제게 답을 구하고 있었다.

루키나는 팔을 뻗어 그의 손을 덥석 잡고선 외쳤다.

"당연하죠! 사내로 태어난 이상 당신 역시, 보다 큰 꿈을 꾸어야 하는 법입니다!"

나는 심지어 여자인데도 기사가 되기 위해 황도까지 왔잖아!

그깟 후계 자리를 지키는 게 뭐가 어렵다고!

할 수 있다고, 당신도!

루키나의 녹안은 불꽃이 튈 만큼 이글거렸다.

가만히 그녀의 시선을 마주하던 유리안이 벌떡 자리에서 일어난 건 그 시점이다.

'응?'

"……도련님!"

바로 옆 테이블에 있던 유리안의 시종이 갑자기 일어나 루키나의 앞에 무릎을 꿇는 유리안을 보며 크게 외치는 소리가 들렸다.

루키나는 예기치 못한 상황에 멍하니 그를 바라보고 있었다.

"아이반."

결의에 가득 찬 그의 음성이 자신을 향했다.

이 남자가 갑자기 왜 이러는 거지?

루키나는 황당하기 그지없는 표정을 지으며 유리안의 다음 말이 이어지길 기다렸다.

금발의 사내는 현 상황에 의아해하는 루키나를 올려다보며 입술을 움직였다.

"날 좀 도와주게."

도와줘?

뭘?

"내가 후계를 차지할 수 있도록, 내게 힘이 되어주게."

"힘…… 이요?"

"그래, 힘."

의지를 불태우며 눈을 빛내는 금발의 사내를 보자니 괜히 가슴이 미어졌다.

얼마나 다급하면, 만난 지 겨우 이틀밖에 되지 않은 자에게 힘을 요구할까.

루키나는 속으로 혀를 차며 어색하게 웃었다.

"유리 님. 제가 당신을 북돋아주기는 했지만 사실 저도 이제 막 기사가 되고자 하는 일개 지망생일 뿐입니다. 헌데 어떻게 제가 당신을 도울 수 있겠습니까. 도움이 되지 못해…… 죄송합니다."

물론 로델린의 공작 영애라는 신분으로는 눈앞의 남자를 도울 수 있겠지만, 그에 대해 아는 것이라고는 이름뿐인데 무엇을 믿고.

쓸데없는 시간을 허비했다 싶어 미안하다는 표정을 지어 보이던 루키나는 자리에서 일어나려 했다.

"내가 그대에게 바라는 것은 그런 거창한 것이 아니야. 나는 그대가 내 친구가 되어주었으면 좋겠어."

……뭐?

사실 힘이 되어달라고 하길래, 무력적인 면에서나 세력 등을 거론할 것이라 생각했다.

때문에 입 밖으로 흘러나온 그의 말에 루키나는 꽤 놀랐다.

'친…… 구?'

루키나는 여전히 무릎을 꿇고 저를 올려다보고 있는 금발의 미청년을 말없이 내려다보았다.

두근두근.

친구라는 단어에 심장이 거세게 요동친다.

그녀는 쉬이 입을 열지 못했다.

'친구…… 라.'

빙의를 하자마자 자칭, 타칭 친구라는 여자에게 뒤통수를 거하게 얻어
맞았다.

물론 뒤통수를 얻어맞은 뒤, 그에 상응하는 복수를 거하게 하기는 했
지만, 그 후로는 친구의 친 자도 꺼내지 않고 누군가를 사귈 생각도 하지
않고 있었는데 말이지.

루키나는 간절함을 가득 담은 유리안의 자색 눈동자를 바라보며 잠시
망설였다.

그러다 후우, 길게 숨을 뱉어내며 말했다.

"좋습니다. 까짓것 뭐, 친구 정도는 어렵지 않죠."

"……!"

직접적으로 대화를 나눈 건 고작 이틀 정도지만, 눈앞의 남자는 그리
나쁜 인상을 주진 않는다.

자신이 목숨을 구해주기도 했고, 그가 처한 상황이 과거의 저를 떠오
르게 만들어 이상하게 신경이 쓰인달까.

당장의 힘은 되어주지 못하겠지만 이런 친구를 사귀는 것도 나쁘지는
않겠지.

물론 금발의 미청년은 자신을 남자로 알고 있다는 것이 문제이기는 한
데— 그건 나중에 가서 생각해 볼 문제고.

"그럼, 정식으로 다시 인사드리죠."

예기치 못했던 곳에서, 예상하지 못했던 인연이 닿았다.

루키나는 왜인지 모르겠지만 경악하고 있는 그의 시종을 흘긋거리다
이내 싱긋 웃으며 다시 한 번 손을 내밀었다.

"아이반 밀드레드입니다. 친구로서 부족한 점이 많을 테지만, 앞으로 잘 부탁드립니다."

무릎을 꿇고 있던 남자의 얼굴이 미소 짓는 루키나를 따라 서서히 들렸다.

저렇게 감동받을 일인가.

루키나는 요동치는 자색 눈동자에서 시선을 떼지 않고 더욱 짙게 웃었다.

덥석— 그녀의 손을 잡은 그가 자리에서 일어나더니 높아진 눈높이에서 그녀를 내려다보며 대답했다.

"나는 유리안 아이너 리우드다. 잘…… 부탁해."

세게 그녀의 손바닥을 움켜쥐는 남자의 입술 사이로 굵은 음성이 흘러나왔다.

루키나는 미동 없는 그의 자색 눈동자를 바라보며 픽 웃었다.

'리우드?'

이 동네는 리우드라는 성이 흔한가?

어째, 보는 사람마다 다 리우드라는 성을 가지고 있는 거야?

'리우드라.'

이 남자도 휴이렌이나 렉시어드처럼, 리우드라는 성을 쓰는…….

「내 자리를 탐내는 못된 동생이 꽤 오랫동안 나를 괴롭혀 왔었지.」

……어?

「황태자 전하의 이름이요? 어휴, 아가씨! 제가 몇 번이나 가르쳐 드렸잖아요. 마지막으로 가르쳐 드릴 테니, 이제 절대로 잊지 마세요! 아셨죠?」

자, 잠깐.

잠깐만. 자, 잠깐 이거…….

「유리안. 고귀하신 황태자 전하의 성함은 유리안 아이너 리우드세요! 유
리안 아이너 리우드요!」

"어어?"

루키나의 얼굴이 급속도로 일그러졌다.

'아니, 왜 하필이면…….'

리우드 제국에는 수많은 사람들이 터를 이루어 살아가고 있었다.

그중에는 많지는 않지만, 적어도 20%의 인구가 금발 머리다.

자색 눈동자를 지닌 것은 황족의 일원이라는 증거였기에 흔한 편은 아
니었으나 그 많은 제국민들을 뒤져 본다면 백 명 정도는 나오겠지.

눈부신 금발에, 보석 같은 자색 눈동자.

'망할 놈의 리우드!'

루키나는 저도 모르게 주먹을 불끈 쥐었다.

하필이면 저 때문에 죽을 뻔했던 사람이 다른 이도 아닌 휴이렌의 큰
형이자, 렉시어드의 바로 위의 형, 게다가 제국의 황태자이기도 한 남자
라는 것을 깨달아 버린 루키나의 등 뒤로 식은땀이 주르륵 흘러내렸다.

그러고 보니 그가 제게 뱉어냈던 모든 말을 사실이었다.

그가 꺼낸 가정사에 대해 아주 약간의 의심도 하지 않았던 허술한 스

스로를 타박하며 루키나는 고개를 아래로 떨구었다.

어떻게 제국의 황태자가 이런 곳에 수행 기사 하나 대동하지 않고 시종과 단둘이 나오게 된 건지 짐작조차 하기 싫었다.

만일 자신이 이 남자의 몸을 미친 듯이 만지작거렸다는 것을 들켜 버린다면…… 으으, 끔찍하기도 하지.

게다가 한때는 렉시어드의 약혼녀이기도 했던 자신이 남장을 한 채 그의 몸을 더듬었다는 사실이 알려지기라도 한다면.

그것으로도 모자라 2황자의 편이나 다름없었던 자신이 그 사건이 일어난 뒤, 황태자와 친구가 되었다는, 아니 될 '뻔' 했다는 것을 알게 되면……. 젠장.

시집은커녕, 목숨이 위험해질 것이다.

'무슨 일이 있어도 들켜선 안 돼.'

일단 내가 살고 봐야지.

루키나는 자신의 정체를 어떻게든 숨기겠다 다짐하며 주먹을 불끈 쥐었다.

탁—

"대체 어디까지 따라오실 겁니까?"

"응?"

"환궁, 안 하십니까!"

황도, 세이번.

상대의 정체를 알아차리기가 무섭게 유리안이 안내했던 고급 식당에서 뛰쳐나온 루키나는 목적지를 향해 발걸음을 옮기다 말고 멈춰 섰다.

그런 그녀가 홱 고개를 돌려 신경질적으로 외치자 로브를 쓴 채 그의 뒤를 따르던 유리안의 걸음이 덩달아 멈췄다.

씩씩거리는 루키나의 외침에 유리안은 빙긋 웃었다.

"친구는 원래 함께하는 것이 아닌가? 그대는 내가 처음으로 마음을 준 친구다. 그런 그대와 하루를 함께 보내는 것은 내게 큰 의미가 있어."

아니, 당신이 언제 내게 마음을 줬다 그래!

그리고 누가 당신 친구야!

있는 힘껏 소리치고 싶었지만 웃는 낯짝에 차마 속에 든 말을 뱉어내지는 못했다.

게다가 안 그래도 이목을 끄는 한 남자와 남자를 가장한 여자가 황도의 길목에서 소란을 피운다면 곤란해지는 것은 루키나였다.

루키나는 끓어오르는 마음을 가라앉히고 어색한 입꼬리를 올렸다.

"저기, 황태…… 아니, 미스터 리우…… 아니…….."

"유리."

"아, 그래요. 유리. 흠흠, 유리 님. 이보세요. 제가 아까 식당에서…… 뭐라고 했는지 기억하십니까?"

루키나는 최대한 공손하게, 웃는 얼굴을 일그러뜨리지 않으려 노력하면서 입술을 달싹였다.

유리안은 그런 루키나를 빤히 내려다보더니 힘차게 고개를 끄덕였다.

"기억한다."

"뭐라고 했습니까?"

"꺼지라고 했지."

"……예?"

"친구 따위는 키우지 않는다고도 했고."

"하하, 황…… 아니, 유리 님. 제가 언제 그렇게 상스러운 말투를 썼다고 그러십니까. 감히 누구에게…… 하하하!"

"그래? 하지만 그대는 분명히 내게 그랬다 '미안하지만 저는……'."

「미안하지만 저는, 더 이상 친구 따위는 키우지 않습니다! 그러니 꺼지십시오.」

……망할.

앨리스의 얼굴이 불현듯 떠올라 눈앞의 남자가 누군지 알면서도 버럭 소리를 질러 버리고 말았다.

이미 깨달았을 때는 깜짝 놀란 유리안이 눈을 깜빡이고 있었다.

그 후로 몇 분간 그 누구도 입을 열지 않았다.

"아마 잘못 들으신 걸 겁니다. 감히 제가 어느 안전이라고 그런 상스러운 발언을 할 수 있겠습니까. 제가 아무리 예의가 없다지만 그런 눈치는 있지요."

"……."

"그런 의미에서 말입니다, 유리 님. 저는 당신의 친구로서 너무나 부족하니 다시 한 번 친구 제안을 재고해 주시면 어떻……."

"전혀 부족하지 않다."

쫓아내는 것이 무리라면 이젠 회유책을 펼치기로 했다.

생글생글 웃으며 말하려던 루키나는 단호하게 제 말을 끊어낸 그를 넋 놓고 응시했다.

유리안은 차분하기 그지없는 말을 이어 나갔다.

"그대는 첫째로, 내 목숨을 구했다."

"아, 그건……."

"둘째로는 내가 누군지 알면서도 알기 전과 같은 반응을 보였지."

"그것 역시……."

"그리고 셋째로, 그대는 곤경에 처한 백성들을 무시하지 않을 만큼 훌륭한 성품을 지니고 있다. 그날 그 여인들을 구해주던 그대는, 충분히 내

존경을 받을 만한 사람이었다."

"……."

"그런 이유로 아이반, 그대는 내가 처음으로 친구로 삼고 싶은 자다."

미간을 좁히며 말하는 남자의 말에는 쉽게는 표현할 수 없는 힘이 실려 있었다.

이게 황태자의 위엄인가?

루키나는 가만히 시선을 고정시키며 그를 쳐다보았다.

유리안은 말을 이었다.

"내게 이대로 당하고만 있지 말라고 충언했던 자는 마릭 외 처음이었다."

여기서 마릭은 유리안의 시종을 가리킨다.

저를 죽일 듯 노려보며 유리안의 뒤를 졸졸 쫓아오고 있는 바로 저 시종.

루키나는 마릭의 뜨거운 시선을 애써 무시하며 입술을 움직이는 유리안을 직시했다.

"나는 그대의 친구가 되고 싶다. 그대라면 내 친구가 되어도 좋아. 물론……."

물론?

유리안은 말끝을 흐리며 잠시 주저하다 중얼거렸다.

"물론 지금까지의 내겐 친구가 없어, 이러한 내 행동이 적절한지 의문이 들기는 하지만……."

"……!"

"그럼에도 불구하고, 그대에게 내 첫 친구가 될 수 있는 기회를 줄 생각인데. 어째서 그대는 이렇게 거부를 하는 거지? 이것은 그대에게 기회일지도 모른다. 다른 이도 아닌 황태자의 친구가 될 수 있는 절호의…… 읍!"

유리안의 진지하기 그지없는 말을 듣고 있던 루키나는 순간 유리안의 어깨 너머로 보이는 누군가를 발견하곤 눈을 크게 떴다.

소리를 뱉어내던 유리안의 입을 제 손으로 막아버리는 실례를 저지른 그녀는 근처에 있던 모퉁이로 유리안을 끌고 온 뒤 다른 한 손을 들어 올려 검지로 입을 막았다.

"쉿! 알겠어요. 알겠으니까, 좀 조용히 하세요!"

"읍읍?"

두근두근―

심장이 미친 듯이 벌렁거렸다.

귓가에서 느껴지는 유리안의 숨결 때문이 아니라―

"디마. 그 일은 어떻게 되어가고 있지?"

"내일이 모집 마지막 날입니다. 참관하시겠습니까?"

"글쎄. 시간이 날지 모르겠군."

"일단 참석 여부는 불투명하다고 일러놓겠습니다."

"그렇게 해."

잿빛 로브 자락을 흩날리며 조금 전까지 루키나와 유리안이 서 있던 곳을 지나쳐 가는 남자의 등에서 그녀는 시선을 떼지 못했다.

두근두근― 괜히 긴장을 해버리는 바람에 입술을 잘근 짓누르고 있던 그녀는, 어느새 제 입을 막고 있던 손을 내린 그녀에게 '아이반?' 하고 속삭이는 유리안의 목소리를 듣고 정신을 차렸다.

"아, 죄, 죄송합니다. 제가 잠시……."

"아는 자인가?"

유리안은 잿빛 로브와 갈색 로브를 펄럭이며 길을 걸어가고 있는 두 남자를 흘긋거리며 물었다.

루키나는 손을 휘휘 흔들었다.

"아뇨. 모르는 사람입니다. 전혀 모르는. 하하. 저기 그런데, 유리 님. 아까 우리 무슨 얘기를 나누다⋯⋯."

"허락을 했다."

⋯⋯뭐?

"잘 부탁한다, 내 친구 아이반."

유리안은 놀라 대답을 잃은 루키나를 향해 환하게 웃었다.

투명하기 그지없는 맑은 미소를 보자니 가슴이 철렁 내려앉는 것만 같다.

"셰⋯⋯ 셰필드!"

무심코 셰리라고 외칠 뻔했던 루키나는 가까스로 방향을 틀었다.

등을 돌려 제이미와 이야기를 나누고 있던 셰리가 귀 익은 음성에 고개를 돌리는 게 보였다.

"오셨군요! 안 그래도 방을 잡아뒀어요! 그런데 왜 며칠 전부터 자꾸 저를 셰필⋯⋯ 헉!"

무척이나 자연스러워 보이는 루키나의 짧은 가발과는 달리 어딘가 조화를 이루지 못한 셰리의 가발이 살짝 흔들렸다.

불안한 마음을 이끌고 그녀를 향해 터벅터벅 걸어가던 루키나는 저를 향해 말하던 셰리가 그녀의 등 뒤에 서 있는 누군가를 발견하곤 숨을 크게 들이마시는 걸 알아차렸다.

그래, 나 역시 너와 같은 심정이야, 셰리.

루키나는 눈물을 머금었다.

"대체 어떻게 된 일이에요, 아가씨!"

셰리는 빙긋 웃으며 제게 손을 흔들고 있는 금발의 미남자, 유리안을 멍하니 응시하다 자신의 앞에 서 있던 루키나의 팔을 잡아끌어 그와의 거리를 벌린 뒤 속삭였다.

루키나는 길게 호흡을 내쉬었다.

"안 그래도 머리가 아파 죽겠어."

"아가씨!"

"셰리 미우. 경고하는데, 너 저 남자 앞에서 날 아가씨라고 불러선 절대로 안 돼. 무조건 주인님이라고 불러야 해. 알았지?"

"예?"

"젠장. 빌어먹을 자식. 뭐 저런 인간이 다 있어? 망할!"

무심코 흘러나온 욕설이 입안을 맴돈다.

루키나는 흘긋 뒤를 돌아보며 자신의 시종과 대화를 나누고 있는 금발의 남자를 응시했다.

"마릭. 숙소는 어제와 동일한가?"

"예."

"그럼 옷을 갈아입고 내려오도록 하지."

"그리하겠습니다."

맙소사.

이미 이곳에 숙소를 마련해 둔 건지, 자연스럽게 2층으로 올라가는 유리안의 뒷모습을 루키나는 어이없는 표정으로 응시했다.

그동안 두 명의 황자들을 만났던 루키나였지만 그들은 저 정도로 막무가내이지는 않았다.

저 인간의 약혼녀가 아니어서 천만다행이네.

루키나는 만약 자신이 유리안의 약혼녀였다면 어땠을까 잠시 떠올려 보다 얼른 생각을 떨쳐 냈다.

"헌데 아가씨. 저기 저 잠자는 왕자님 말이에요, 진짜 황자님…… 이신 거예요?"

식당에서의 일을 바로 곁에서 들었기에 유리안이 다름 아닌 황태자라
는 사실을 셰리 역시 접했다.

그녀에게 먼저 숙소로 가 있으라는 명령을 하기는 했지만 아마 제가
돌아올 동안 내내 궁금했을 거다.

어렵게 말을 꺼내는 셰리를 향해 루키나는 이를 갈며 중얼거렸다.

"황자 맞아."

그것도 그냥 황자도 아니고, 1황자, 황태자.

다른 나라도 아니고 무려 리우드 제국의 황태자.

유리안 아이너 리우드.

"그런데 왜 황궁으로 돌아가시지 않으시고 이런 누추한 곳에 오신 거
예요?"

내가 묻고 싶은 게 바로 그거야!

이해가 되지 않는다는 듯 미간을 살짝 좁히는 셰리를 향해 버럭 소리
를 지르려다 말았다.

「우리 황실에는 이런 말이 있지. 친구를 사귀게 된 첫날은, 반드시 술을
함께 마셔보아라. 그런 의미로 나는 오늘 그대와 술을 마셔야겠다, 아이반.」

「예?」

「그대가 머무는 여관이 있지? 아마 그곳에는 술을 팔지도 모르겠군. 가도
록 하지.」

「아, 아니, 이봐요! 자, 잠깐…… 아니, 뭐 저렇게 걸음이 빨라! 이봐요! 유
리 님!」

불과 얼마 전 바닥에서 헐떡이고 있던 그를 마주했을 때는 핏기 하나

없던 얼굴이었는데, 그 말을 할 당시는 혈기가 흐르다 못해 넘칠 지경이었다.

루키나는 당황하는 자신을 향해 능청스레 말을 꺼내는 유리안을 멍하니 지켜볼 수밖에 없었다.

'미치겠군, 정말.'

황도의 길거리를 아무렇지도 않게 다니고 있는 '그'를 피하려다 더 곤란한 상대에게 발목이 잡혀 버렸다.

이건 '그'에게 자신이 남장을 하고 있다는 것을 들켜 버리는 것보다 더 위험한 상황이 아닌가.

졸지에 2황자의 약혼녀에서 황태자의 친구가 되어버린 루키나는 콩닥콩닥 뛰는 심장을 진정시키며 이마를 짓눌렀다.

'이렇게 된 이상, 강제로라도 마음을 돌리게 할 수밖에 없어.'

루키나는 옷을 갈아입고 내려온 유리안을 향해 2차를 시작하자며 손짓했다.

순식간에 돌변한 그녀의 태도에 의아함을 느끼던 유리안은 흔쾌히 그녀의 제안을 받아들였다.

자신이 그의 친구가 되면 안 되는 가장 큰 이유.

그래. 이게 먹히지 않는다면, 일단 한발 물러나도록 하자.

"평민…… 출신이라고?"

그가 제 앞에 자리를 잡자마자 밀맥주 두 잔을 시킨 루키나는 '밀드레드' 가문이 평민 출신 기사 집안이라는 것을 피력했다.

아니나 다를까, 제 말에 반응하는 유리안이 보였다.

입꼬리가 올라갈 뻔했지만 가까스로 속내를 감추며 루키나는 눈을 부릅떴다.

"왜 그러십니까, 유리 님? 혹, 제가 평민이라…… 걸리시는 겁니까?"

"……?"

"후우, 그렇다면 어쩔 수 없지요. 하긴. 황족에게 평민 출신의 친구가 있을 수 있겠습니까! 우리가 친구가 된 지 겨우 하루밖에 되지 않았지만, 그 사실이 걸리신다면 저는 기꺼이 유리 님을 위해……."

"그게 아니다."

……제기랄!

평민 출신 기사의 아들이라고 자신을 소개한 루키나의 말에 곰곰이 무언가를 생각하는 듯했기에 기회는 지금뿐이라 여겼다.

아쉬움을 가득 담은 목소리를 뱉어내며 '어쩔 수 없이' 그와 친구가 될 수 없다는 것을 피력하려던 루키나는 픽 웃으며 손을 내젓는 유리안을 향해 주먹을 날릴 뻔했다.

유리안은 눈앞에 놓인 술잔을 집어 들더니 한 모금 마신 뒤 빙긋 웃었다.

"단지 그대의 행동들이 평민 출신 가문이라기에는 꽤 익숙해 보여서 잠시 의아했을 뿐이야. 그대는 마치, 고위 귀족 영식의 느낌을 풍기고 있거든."

"……!"

"게다가 나는 친구를 사귀는 데 신분의 구애를 받지는 않는다. 나의 어머니 역시 평민 출신이시거든. 그리고 그대는 내 생애 처음 사귄 친구다. 그런 그대의 신분이 무엇인지는, 내게는 딱히 중요하지 않아."

"……."

"술잔이 비었군. 한 잔 더 하자고. 몰랐는데, 이곳의 밀맥주는 매우 맛있어. 내 취향이야."

입가에 하얀 맥주 거품을 묻히며 말을 잇는 남자는 결코 제국의 황태자라고 보이지는 않는다.

루키나는 벙찐 표정을 지으며 그를 응시했다.

유리안 아이너 리우드는 원래 이런 성격인 건가?

황제를 제외하고는 가장 고귀한 신분으로 태어났지만, 어딜 가나 환영받지 못하는 황실의 천덕꾸러기.

그 누구도 황위를 이을 것이라 여기지 않는 병약한 황태자.

사교성이라곤 존재하지 않고, 음침한 얼굴을 하고 있는 리우드 황실의 수치.

빙의 직후 자신의 주변 사람들에 대한 정보를 파악하던 루키나에게 셰리가 설명해 주었던 유리안 아이너 리우드에 대한 이야기는 바로 그러했다.

물론 그렇게 말하던 셰리 역시 이곳저곳에서 주워들었다고 설명을 덧붙이기는 했으나 간혹 렉시어드와의 티타임, 혹은 다른 귀족 레이디들과의 티타임 도중 흘러나온 유리안에 대한 이야기 역시 크게 다를 바 없었기에 그렇게 믿고 있었는데 말이지.

'사람은 얼굴을 마주하고 볼 일이군.'

한때 루키나가 화려한 등장을 위해 저에 대한 소문을 굳이 정정하지 않았던 것처럼 유리안 역시 그 소문 뒤에 몸을 숨기고 있는 건지도.

잠시 그를 오인할 뻔했던 자신의 무지를 반성하며 앉아 있던 루키나는 무언가 뜨거운 시선이 느껴지는 것을 알아차리고선 고개를 들었다.

'헉!'

유리안이 들고 있던 술잔을 아래로 내려놓은 채 자신을 빤히 직시하는 것이 보였다.

부, 부담스럽게 왜 이래?

"유, 유리 님? 왜 그러시는……!"

루키나는 그의 보석 같은 눈동자가 제 얼굴에서 떨어지지 않자 의아함을 느끼며 말하려 했다.

하지만 그녀의 말이 끝나기도 전에 남자의 손가락이 제 왼쪽 뺨에 닿는 것이 느껴졌다.

어…… 라?

"부드럽군."

유리안은 굳어버린 루키나의 뺨을 아무렇지도 않게 스윽 쓸어내리며 중얼거렸다.

"사내의 얼굴 같지 않아."

……!

"아이반. 그대는 어릴 적 꽤 놀림을 많이 받았겠는걸?"

싱긋 눈꼬리를 휘며 웃던 유리안은 천천히 그녀의 뺨에서 손을 떼어내고선 다시 술잔의 손잡이를 잡았다.

콸콸, 그의 붉은 입술 사이로 흘러들어 가는 밀맥주의 소리가 경쾌할 정도로 귀를 울렸다.

루키나는 꽤나 기분이 좋은 건지, 달아오른 얼굴로 무어라 더 중얼거리던 유리안이 '한 잔 더!'를 외치다 테이블 위로 얼굴을 박을 때까지 단 한 마디도 뱉어내지 않았다.

으윽—

극심한 두통에 신음을 흘린 그는 천천히 눈꺼풀을 올렸다.

눈부신 햇살이 자신을 향해 달려들 듯 열기를 뿜어내고 있었다.

일어날 수밖에 없군.

어쩐지 머리가 지끈거리는 것을 느끼며 이마를 문지르던 그는 주위로 손을 뻗었다.

"……물."

"여기 있습니다, 전하."

"……!"

홀로 중얼거린 그 말에 대답이 들려올 줄은 몰랐다.

유리안은 놀란 얼굴로 고개를 돌렸다.

그러자 제 옆에서 꼬박 밤을 새운 것인지, 의자에 앉아 자신을 지켜보고 있던 마릭이 벌떡 일어나 물 잔을 건네는 것이 보였다.

유리안은 어색하게 웃으며 마릭에게 옅은 미소를 보냈다.

"계속 거기 있었느냐?"

"예. 혹…… 또 아프신가…… 해서."

말을 마친 뒤에도 저를 걱정스러운 눈으로 바라보는 마릭의 모습 때문인지 미안한 마음이 들었다.

그동안 고생을 많이 시켰던 모양이군. 환궁을 하게 되면 마릭에게 상을 내려줘야겠다고 생각하며 유리안은 고개를 가로저었다.

"내 몸은 멀쩡하다. 물론 약간의 두통이 있기는 하지만, 일전의 증상과는 달라. 아마도 숙취로 인해 생긴 것 같다."

"숙취요? 어쩐지! 술을 드시긴 했군요!"

이런.

"전하. 전하는 아직 조심하셔야 한다고 몇 번을 말했습니까? 황실 의원들이 확답을 내리기 전까지는 모르는……."

"마릭."

"……예."

그의 한마디에 입을 다물어 버리는 마릭을 보고 유리안은 픽 웃었다.

"난 정말 괜찮다. 말하지 않았느냐. 아이반이 준 약을 먹은 이후, 몸이 놀라울 정도로 가벼워졌다고. 마치 새로 태어난 것 같다고 말이다."

"……하지만 전하."

"물론 네 말대로 황실 의원들에게 진찰을 받도록 하겠다. 그러면 되겠느냐?"

"예! 그럼 이 마릭, 너무나 행복할 것 같습니다!"

힘차게 고개를 주억이는 마릭의 입꼬리가 귀에 걸릴 정도로 찢어졌다.

못 말린다는 표정을 지으며 낮게 웃던 유리안은 뭔가 이상한 것을 느꼈다.

"헌데 어째서 네가 여기 있는 거지? 난 분명……."

「……봐요! 이봐요, 황태자 나으리! 정신 좀 차려요!」

기억을 더듬던 유리안의 눈앞에 어젯밤의 일이 스쳐 지나갔다.

누군가 끙끙거리며 자신을 부축하고 있었다.

그것도 아주 짜증을 가득 담은 목소리를 내며.

「젠장! 술을 잘 못하면, 못한다고 얘기를 해야지! 아니, 왜 이렇게 무거워. 으아악, 거긴 아니라고요!」

「……냐. ……면 되지 않아…….」

「뭐라는 거야. 이봐요, 정신 차려요! 유리 님! 여보쇼!」

풋.

신경질적으로 소리치던 작은 사내는 아마도 그와 술잔을 기울였던 바로 그 남자일 것이다.

아이반 밀드레드.

처음 그를 보았을 때도 기묘한 느낌을 받았는데, 이렇게 인연이 이어질 줄이야.

유리안은 말없이 웃었다.

"전하?"

"마릭. 날 이곳으로 데려온 사람이 아이반인가?"

유리안은 미소와 함께 물었다.

아, 하고 낮은 탄성을 터뜨리던 마릭이 고개를 끄덕였다.

"예, 전하. 그 아이반이라는 자가 감히 전하의 몸에 손을……."

"아이반은 어제부로 내 친구가 되었다. 앞으로 그를 나와 동등하게 대하도록 해라."

"……네? 바, 방금 뭐라고……."

"참. 생각난 김에 아이반에게 아침 인사를 하러 가봐야겠군. 아무래도 어제 내가 큰 실례를 한 것 같으니 말이야."

유리안은 당황해서 입을 쩍 벌리고 있는 마릭의 반응을 무시하곤 침상에서 벗어났다.

아이반과 친구가 된 지 둘째 날.

그 평생, 친구를 사귀게 되면 반드시 하고 싶었던 리스트 중 첫 번째였던 술 마시기를 성공했으니 두 번째 단계로 나아갈 참인가— 생각하며 입꼬리를 올리던 유리안은 '전하!' 하고 외치는 마릭의 외침에 행동을 멈추어야 했다.

"저기예요, 아가씨!"

셰리가 가리킨 건물은 갈색 벽돌로 된 웅장한 건물이었다.

루키나는 헉헉, 숨을 몰아쉬며 들고 있던 지원서를 세게 움켜쥐었다.

"저기가 마지막이에요. 만약에 저기도 받아주지 않으면…… 어떡하죠?"

"재수 없는 소리 그만해, 셰리. 저긴 어떻게 해서든 들어가야 한다고!"

루키나는 걱정이 가득한 얼굴로 저를 올려다보는 셰리에게 경고한 뒤후우, 숨을 내뱉으며 호흡을 골랐다.

셰리의 말대로 저곳이 마지막 보루다.

오노르 기사단이라는 간판이 떡하니 달려 있는 건물을 올려다보며 루키나는 미친 듯이 뛰는 심장을 진정시켰다.

「키사…… 드안?」

「어, 저기, 많이…… 취하신 것 같은데.」

「아냐아! 치한…… 끄, 아니…… 다! 키스아단이라니. 내카 그대를 위해! 키사탄 정도는 만드러줄, 꼭, 만드러줄 수 이써!」

「……하하.」

「아이반! 내, 키사가 돼라!」

「저기요, 유리 님. 많이 취하신 것 같은데……. 술 깨면 후회할 겁니다. 정신 좀 차리시죠.」

「하하하, 술? 나 하나도 안 취해써! 안 취해따니…… 억!」

하필이면 황도의 기사단들이 신입 단원을 모집하는 최종일 새벽까지술을 마신 것이 실수였다.

저는 고작 두세 모금 정도 마셨을 뿐이지만, 제 눈앞에서 무려 다섯 잔을 마셔 버린 유리안은 혀를 배배 꼬며 소리쳤다.

마음 같아서는 자신과 유리안을 보고 큭큭 웃는 다른 손님들의 눈을 피해 그 자리를 벗어나고 싶었지만, 홀로 남은 유리안의 신변이 걱정되었기에 그러지도 못했다.

젠장. 너무 착해도 탈이다.

자신의 넓다 못해 하해와 같은 도량은 결국 술에 취해 고꾸라진 유리안을 그의 방까지 데려다주는 기사 정신을 발휘하게 만들었고, 덕분에 기진맥진하며 방으로 돌아온 루키나는 하필 늦잠을 자버렸다.

'다시 그놈을 보나 봐라!'

정오가 되기 전 이미 모집을 마감했다던 황도의 유명한 기사단들에게 모조리 퇴짜를 당한 뒤, 루키나가 향한 곳은 바로 이곳, 오노르 기사단의 세이번 본부.

정체를 밝히지 않은 이름 모를 귀족이 후원을 하고 있다는 오노르 기사단은 황도의 기사단 중에서도 급이 낮기로 소문난 곳이었다.

웬만하면 귀족 자제들을 중심으로 단원들을 모집하는 기사단과는 달리 오노르 기사단은 평민 출신부터 시작하여 심하면 천민 출신도 실력만 좋다면 받는다는 이야기가 있었기 때문이다.

오노르 기사단은 입단하고 싶은 기사단 목록에도 두지 않고 있던 루키나는 벼락을 맞은 기분이었지만 어쩔 도리가 없었다.

'여기라도 들어가야 해.'

루키나는 주먹을 불끈 쥔 채 곁에 서 있던 셰리를 내려다보았다.

"셰리. 넌 여기 있어."

"예? 왜요! 저도 같이……."

"안 돼. 너는 누가 봐도 여자 같단 말이야. 만약 너와 같이 들어간다면 나까지 의심을 살 게 분명해."

"그게 무슨 소리예요, 아가씨! 저도 아가씨와 같이 갈 거예요! 아가씨를 지켜야⋯⋯."

"셰리!"

버럭 소리를 지르는 루키나의 외침에 셰리는 입을 쭉 내밀며 고개를 끄덕였다.

"⋯⋯알겠어요. 뜻대로 하겠어요, 아가씨."

자신을 걱정하는 그녀의 불안한 마음을 이해하지 못하는 것은 아니지만, 저 남자 소굴에는 루키나 혼자 들어가는 편이 맘 편했다.

셰리의 답변을 들은 루키나는 고맙다고 빙긋 미소 지은 뒤 셰리의 머리를 슥슥 쓰다듬어 주었다.

그게 기분 좋았는지, 셰리가 헤헤 입을 헤실거렸다.

"후우. 그럼⋯⋯ 가볼까?"

"다녀오세요, 아⋯⋯ 주인님!"

루키나는 두 주먹을 불끈 쥐며 외치는 셰리의 응원을 받으며 당당하게 오노르 기사단의 문을 열어젖혔다.

끼이익―

손바닥에 힘을 주어 밀자 요란한 소리를 내며 빛이 제게 쏟아졌다.

웅성웅성.

이미 수많은 남자들로 가득 차 있던 오노르 기사단 본부의 로비에는 아마도 신입 단원에 지원하기 위해 제국 각지에서 모여든 건장한 체격의 남자들로 가득했다.

"뭐야, 저건?"

"꼬마가 구경이라도 왔나 본데?"

"큭큭. 재미있는 녀석이군. 우리한테 얻어터지러 온 건가?"

"쉬, 듣겠어."

우락부락한 그들에 비해 상대적으로 왜소한 체격인 자신을 발견하곤 비웃는 지원자들의 목소리가 들려왔으나 루키나는 대응하지 않았다.

"안녕하세요?"

신입 단원 모집 지원서를 제출하는 곳으로 보이는 긴 탁자 앞으로 다가간 루키나는 무언가 정리하고 있던 심드렁한 표정의 여인을 향해 미소를 보냈다.

스윽, 고개를 들어 올린 여인이 뚱한 얼굴로 입술을 달싹였다.

"오노르의 단원으로 지원하러 오셨나요?"

"아, 네!"

"……주세요."

"예!"

루키나는 제게 손을 내미는 그녀를 향해 들고 있던 지원서를 건넸다.

빨간 머리의 여인은 주근깨가 가득한 얼굴을 숙여 루키나의 지원서를 찬찬히 들여다보더니 그녀를 쳐다보지도 않고 중얼거렸다.

"1차 합격자 명단은 이틀 후 건물 앞 벽면에 붙을 예정이에요."

"아, 네!"

"……가세요."

루키나는 손을 휘휘 내저으며 하암, 하품까지 하는 그녀를 멍하니 응시하다 고개를 끄덕였다.

"예!"

됐다.

됐어.

드디어, 지원서를 제출했다고!

두근두근—

가슴이 격하게 반동한다.

루키나는 벅차오르는 감동을 느끼며 쾌재를 부르짖고 싶은 것을 겨우 억눌렀다.

한발 내딛게 된 것이다.

가늘게 사는 것이 글러 버린 지금 이 상황에서 굵고 강한 임팩트를 퍼부어줄 수 있는 제국 최초의 여기사로서의 길이 바로 이 순간, 시작된 것이다.

물론 1차 서류 전형을 통과하고, 2차, 3차, 그리고 최종 관문까지 남아 있겠지만 현재의 그녀는 그 모든 관문들을 통과할 준비가 되어 있었다.

'반드시 되고 만다.'

기사!

'자고로 굵고 긴 삶을 꿈꾸는 레이디라면, 누군가의 부인이 되는 데 인생의 목표를 두지 않고 보다 더 큰 꿈을 가져야지!'

이제는 굵고 긴 삶을 꿈꾸는 레이디 루키나 이베타 로델린이 생존하기 위한 여섯 번째 법칙.

레이디는 보다 큰 꿈을 가져야 한다.

그리고 그보다 큰 꿈, 제국 최초의 여기사라는 타이틀을 달기 위해 루키나는 오늘도 한 걸음 앞으로 나아…… 흠흠, 나, 나아…… 나아……가야…….

쿵—

함박웃음을 지으며 셰리가 기다리고 있을 저 문 너머로 향하기 위해 터벅터벅 걸음을 옮기던 루키나의 심장이 바닥으로 떨어졌다.

그 어떤 소리도 내쉴 수가 없었다.

루키나는 천천히, 아주 천천히 고개를 들어 올렸다.

왼쪽 가슴 아래 위치해 있던 그녀의 심장은 터져 버리기 직전이다.

루키나는 어느새 제 앞을 막아선 까만 머리의 남자가 자신을 내려다보고 있음을 발견하곤 헤헤, 어색한 미소를 흘렸다.

남자는 무슨 말을 꺼내야 할지 감을 잡지 못하는 그녀를 향해 무뚝뚝한 음성을 뱉어냈다.

"여기서, 뭘 하고 있는 거지?"

"이곳에서 잠시 기다리고 계십시오. 와이너 단장에게 주인님께서 오셨다고 알리고 오겠습니다."

공손히 속삭이던 드미트리의 말에 살짝 고개를 끄덕였다.

그의 대답을 듣자마자 드미트리는 건장한 덩치들이 모여 있는 로비에 자신을 내버려 둔 채 어딘가로 향했다.

말없이 드미트리의 뒷모습을 지켜보던 그는 푸른 눈동자를 서서히 옆으로 옮겼다.

"이번에야말로, 정말!"

"크하하하, 그건 내가 할 소리! 기사, 까짓것 되어주겠다고!"

"나 같은 사람을 뽑아야 한다니까? 아가씨, 그렇게 생각하지? 응?"

"어이, 어이, 네놈보단 내가 기사로 제격이지! 머리부터 발끝까지, 안 그러냐?"

다른 기사단들이 이미 신입 단원 모집을 마감한 현 시점에서 마지막으로 단원을 모집하기 위해 문을 열어둔 오노르 기사단의 본부 로비엔 다양한 부류의 사람들이 모여 있었다.

저마다의 자신감을 뽐내고 자신들의 몸을 자랑하고 있는 그들의 모습은 제국의 기사가 갖추어야 할 기품과 교양을 소지하고 있다고 하기에는 거리가 있었다.

이는, 신분의 제약을 두지 않고 단원들을 모집하고 있는 오노르 기사단에서만 볼 수 있는 광경이기도 했다.

그런 그들에게 기사의 정신을 심어주어 제국의 황제를 위해 움직이게 만드는 것이 바로 그, 미르티스 라펠 윈스턴이 할 일이다.

백여 명이 넘는 저 지원자들 중 열 명 정도는 쓸 만한 녀석들이 있겠지.

'……?'

라펠은 오합지졸로 보이는 그들을 가만히 주시하다 갑자기 저를 향해 뻗어오는 낯선 손을 발견하곤 미간을 좁혔다.

"어서 줘요."

트레이드마크나 다름없는 검은 가면을 쓰고 오지 않았던지라 그를 제국의 4대 공작 중 한 명인 윈스턴이라고 생각하는 이들은 없었다.

게다가 오노르가 바로 그 팬텀 공작의 후원을 받고 있는 기사단이라는 사실이 밝혀진 적도 없었기에, 그 누구도 자신을 의심하지 않을 것이라 여겼다.

드미트리가 돌아올 때까지 지원자들을 살펴볼 생각이었던 라펠은 어느새 제 앞에 다가와 손을 흔들고 있는 붉은 머리 여자를 의아하게 내려다보았다.

"무엇을?"

"지원서요."

"……지원서?"

"빨리요. 그거 내려고 거기 서 있는 거 아니었어요?"

뚱하다 못해 귀찮음이 가득한 표정을 지으며 제게 손을 까딱이는 여자의 뻔뻔스러운 태도에 라펠은 멈칫했다.

그는 잠시 동요할 뻔했지만 이내 서늘하기 그지없는 목소리로 대답했다.

"지원을 하기 위해 온 것이 아니다."

"아니, 그럼 왜 거기 서 있어요?"

……뭐?

"방해 말고 얼른 비켜요. 당신이 거기 서 있으면 다른 지원자들이 서류를 못 내잖아. 쳇."

훠이훠이—

손을 저어버리는 그녀를 황당한 듯 응시하던 라펠은 자신이 지원자들을 살피기 위해 걸음을 옮기다 접수처까지 걸어왔다는 것을 알아차렸다.

아마 이 빨간 머리 여자는 그래서 자신을 그렇게 오해한 거겠지.

퉁명스레 말을 하고선 툴툴거리며 서류를 정리하던 그녀가 다시 자리에 앉는 것을 지켜보며 그는 생각했다.

「와이너 단장이 지원자들의 서류 접수를 맡아줄 사람이 부족하다 하여 얼마 전 제 사촌 여동생을 추천해 주었습니다. 괜찮을까요?」

그러고 보니 드미트리를 아주 약간 닮은 것 같기도 하다.

무표정한 얼굴로 그녀를 쳐다보다 걸음을 옮긴 라펠은 접수처와 약간 떨어져 있는 벽 앞에 서선 로비를 둘러보았다.

수북이 쌓인 지원서는 어느 시점을 기준으로 더 이상 늘어나지 않았다.

슬슬 마감 기한이 다가오는 건가, 하고 생각하던 라펠의 귀에 끼이익— 문이 열리는 소리가 들렸다.

'착각…… 인가?'

눈을 의심했다.

처음엔 잘못 본 줄 알았다.

하지만 입술을 세게 악물며 걸음을 옮기고 있는 갈색 머리의 다부진 얼굴은 이상할 정도로 익숙했다.

그는 미간을 좁히며 예의 빨간 머리 접수원 아가씨와 대화를 주고받는 갈색 머리를 뚫어져라 응시했다.

'……착각이 아니군.'

눈부신 은발이 아니라는 것이 의심스럽기는 했지만 머리색 따위는 염색이나 가발을 쓰면 되는 일.

풀빛을 가득 담은 녹안이 기대에 부풀어 반짝이는 것을 보자니 틀림없다.

한 번 보면 쉽게 잊을 수 있는 얼굴도 아니었으므로 라펠의 의심은 점점 확신으로 변해갔다.

'어째서……?'

대체 어째서, 저 남자, 아니, 저 여자가 이곳에 와 있는 건지 모르겠다.

짧은 갈색 머리는 대체 무엇이고, 입은 복장은 또 무엇이란 말인가.

자신의 영지에 남장을 하고 돌아다닐 때부터 보통의 레이디들과는 다른, 특이한 여자라고 생각하기는 했었지만…….

그, 아니, 그녀가 왜 이곳에 있는 건지 라펠은 쉬이 이해하지 못했다.

저 여자는 비통에 빠져 밤낮을 울고 있다는, 제국에서 가장 불쌍한 '공작 영애'가 아닌가.

"됐어, 됐다고!"

큭큭큭— 웃고 있는 그녀의 얼굴은 뭇 사람들이 넋을 놓고 볼 만큼 시선을 잡아끌었다.

겉으로 보기에는 꽤나 예쁘장한 남자 취급당하기 쉬운 그녀를 얼굴만 번지르르한 기사 지망생으로 여긴 몇몇 무리들이 콧방귀를 뀌며 '걸리기만 해라'라고 중얼대고 있는 것을 아는지 모르는지.

그녀는 뛸 듯이 기뻐하며 깃털처럼 가벼운 발걸음을 옮기려 했다.

하지만 사뿐사뿐 움직이며 출구를 향해 걸어가고 있던 그녀를 막아선 것은 다름 아닌 라펠이었다.

"……어?"

갑자기 드리워진 어둠에 입꼬리를 올리고 있던 그녀의 행동이 멈추었다.

라펠은 슬며시 고개를 드는 여자의 얼굴이 의아에서 경악으로 물드는 것을 똑똑히 목격했다.

행복에 젖어 있던 녹색 눈동자가 폭풍을 만난 듯 요란하게 요동치는 모습이란.

딱히 남의 불행을 즐기는 편은 아니었지만 그 모습은 무감각하다고 불리는 그의 얼굴에 미소가 서리게 만들기 충분했다.

"어…… 어어……."

쉽게 말을 꺼내지 못한 여자가 손가락을 들어 올려 자신을 가리켰다.

차마 뒷말을 잇지 못하는 여자를 향해 붉은 입술을 움직였다.

"여기서, 뭘 하고 있는 거지?"

그 차림새와 머리는 또 뭐고.

라펠의 차분하게 가라앉은 눈동자가 제 얼굴에 꽂히는 것을 확인한 여자는 말없이 입술을 부르르 떨었다.

무슨 변명을 할까.

이제는 은근히 기대가 되기도 해서 라펠은 가만히 대답을 기다렸다.

'응?'

한동안 그 어떤 말도 하지 않고 어버버, 말을 더듬기만 하던 여자는 어느 순간 갑자기 눈에서 빛을 뿜어내더니 싱긋 미소를 그렸다.

라펠은 순식간에 태도를 달리한 여자의 태도에 짐짓 놀랐다.

"저를…… 아십니까?"

과연 어떤 답변을 할 것인가.

라펠은 생글생글 웃으며 오히려 제게 되묻는 여자를 향해 커다란 웃음을 터뜨릴 뻔했다.

모르는 척을 할 셈이군.

그는 뻔뻔스럽게 어깨를 으쓱이는 여자를 지켜보았다.

"하하. 누구신지는 모르겠지만, 길을 막는 것은 좋지 않습니다. 제게 따로 용건이 없으시다면 비켜주셨으면 좋겠습니다만."

남자처럼 행동하려는 건지 굵은 음성을 뱉어내며 말을 잇던 그녀가 제 곁을 지나치려 하자 라펠의 닫혀 있던 입술이 움직였다.

"우리 장난은 치지 말도록 하지, 레이…… 윽!"

라펠의 혀끝에 맴돌던 '레이디 이브'라는 말은 결코 끝을 맺지 못했다.

그는 눈 깜짝할 사이에 제게 손을 뻗어 복부를 강타해 버린 그녀에게 대응하지 못했다.

"하하하!"

그녀는 미간을 좁히며 허리를 살짝 굽힌 라펠의 목에 팔을 두르더니 큰 웃음을 흘렸다.

"이야, 너였어? 정말 신기하네! 널 여기서 보게 될 줄이야! 반갑다, 친구!"

……뭐?

기습 공격에 대비하지 못해 배를 문지르던 라펠은 제게 어깨동무를 한 그녀, 루카나가 과장된 웃음을 흘리며 외치고는 자신의 귓가에 낮게 으르렁거리는 소리를 들었다.

　"지금부터 한마디만 더 하면 제 모든 명예를 걸고 당신께 무슨 일을 저지를지 몰라요. 그러니 조용히 따라와요, 미스터 라펠."

　음산한 목소리를 끄집어낸 여자의 말에 그는 무언가에 홀린 듯 고개를 끄덕였다.

　리우드 제국 내부뿐 아니라 외부의 인사들도 결코 만만하게 보지 않는 제국의 팬텀 공작은 서늘한 눈빛으로 저를 위협하는 여자의 협박에 못 이겨 마침 비어 있던 로비 근처의 방으로 걸음을 옮겨야 했다.

　달칵.

　한 남자와 남자를 가장한 여자가 빈 방에 들어가자마자 문이 잠기는 소리가 들려왔다.

　"미스터 라펠. 많이…… 아프셨죠?"

　생글생글 웃으며 말을 걸자 라펠은 픽 웃며 대답했다.

　"꽤."

　"어, 어머. 꽤라니. 별로 세지는 않았는데……."

　"그대의 손길이 매우 매섭더군."

　"그, 그랬나요?"

　"레이디 이브. 아니, 레이디 로델린. 우리 빙빙 둘러 말하지 말고 바로 본론으로 들어가지."

　"예? 보, 본론이라니 무슨……."

"그대, 어째서 여기에 있는 거지? 그 꼴은 또 뭐고?"

머리부터 발끝까지.

루키나의 행색을 푸른 눈동자로 훑던 그의 말에 가슴이 쿵쿵 뛴다.

심장을 꿰뚫을 것 같은 그 시선에 불안함을 느끼던 루키나는 어색한 미소를 거두며 후우, 숨을 내쉬었다.

"그, 글쎄요…… 제가…… 왜 대체 여기에 있는 걸까요, 오호호호."

"……레이디 로델린."

루키나는 미간을 살짝 좁히며 제게 다가오는 남자의 접근에 움찔 놀라며 뒷걸음질 쳤다.

'윽!'

그녀가 뒤로 주춤거리는 것을 뻔히 알고서도 앞으로 길쭉한 다리를 뻗던 남자는 결국 벽에 부딪친 그녀를 무심하게 내려다보며 붉은 입술을 달싹였다.

"혹시나 해서 묻는 말이지만……."

가깝다.

거리가.

너무 가까워서 심장이 터질 것 같다.

루키나는 눈꺼풀을 파르르 떨며 그를 올려다보았다.

남자의 푸른 눈동자에 비친 제 모습은 영락없이 사자 앞에 선 양이나 다름없다.

루키나는 침을 꼴깍 삼켰다.

"그대, 설마……."

에라, 모르겠다!

"그, 그러는 당신은 왜 여기에 있는 거예요!"

이러다가는 사자의 입에 쏙 들어가고도 남을 것이다.

가만히 당하고 있을 수만은 없지. 내가 어떻게 여기까지 왔는데!

루키나는 의심스러운 눈으로 저를 압박하는 라펠을 향해 소리쳤다.

"오노르가 당신의 기사단인 거예요, 미스터 라펠?"

자신이 가진 무기는 오직 추측뿐이다.

이런 수법까지는 사용하고 싶지 않았지만 결국 그녀는 그 말을 뱉어내고 말았다.

그녀를 내려다보던 라펠의 벽안이 요동쳤다.

"역시, 그랬어! 오노르가 윈스턴 공작가의 비호를 받고 있었을 줄이야! 이걸 욕심 많은 중앙 귀족들이 알면 어떻게 되려나 몰라!"

제발 반응해 줘.

제발.

제발!

"……하고 싶은 말이 뭔가, 레이디 로델린."

"윈스턴 공작 각하. 우리, 거래를 해요."

"……거래?"

"네, 거래! 저는 당신이 오노르의 후원자라는 이야기를 절대로 발설하지 않을게요. 대신…… 각하, 아니, 미스터 라펠, 당신도 오늘 저를 이곳에서 봤다는 걸 잊어주세요."

라펠의 푸른 눈동자는 미동이 없다.

루키나는 숨이 막히는 것을 느꼈다.

뭐라고 말이라도 해줘, 이 남자야.

그녀는 아무런 대답도 하지 않은 채 그저 자신을 내려다보고 있는 남자의 모습에 목구멍이 말라가는 것을 느꼈다.

'왜 말이 없냐고!'

도통 속을 읽을 수 없는 남자의 눈빛에서 위기를 느낀 루키나는 협박이 통하지 않는다는 것을 인지했다.

그렇다면 이번엔 인정에 호소할 수밖에!

"사, 사실 따지고 보면…… 제가 이곳까지 찾아오게 된 건, 모두 미스터 라펠 당신 때문이라고요!"

"나 때문?"

줄곧 입을 다물고 있던 라펠의 입술 사이로 미성이 흘러나왔다.

루키나는 열심히 고개를 끄덕였다.

"당신께서 그러셨잖아요! 제가 레이디로서는 형편없지만 검사로는 완벽했다고!"

라펠이 황당한 듯 저를 내려다보는 게 보였다.

그녀는 주먹을 불끈 쥐며 눈을 부라렸다.

"저 안 들킬 자신 있어요!"

"……레이디 이브."

"좋아요! 그럼 딱 지금만 넘어가 주세요! 네?"

"……지금?"

"네, 지금! 당신이 지금 저를 모르는 척하고 넘어간다면 혹시 모르죠! 제가 서류 전형에서 떨어질 수도 있는 거잖아요, 안 그래요? 아, 물론 그 과정에 당신이 개입하셔선 안 된다는 건 아시죠?"

샐쭉 웃는 루키나의 말에 라펠의 미간이 좁아졌다.

루키나는 고민하는 것이 분명한 그를 향해 결정타를 날렸다.

"저 입 다물고 있을게요. 당신이 기사단을 운영하든, 상단을 운영하든 비밀 지킬게요. 그러니까 이번 한 번만 묵인해 주세요, 네? 네?"

"……."

푸른 눈동자의 남자는 고민에 휩싸인 듯 더 이상 말을 하지 않는다.

루키나는 말라 버린 목구멍 너머로 침을 삼키며 숨을 골랐다.

후우― 길게 숨을 내쉰 그녀는 이내 싱긋 웃으며 라펠의 손을 덥석 잡았다.

"그럼 승낙하신 걸로 알고…… 만나서 반가웠어요, 미스터 라펠!"

"……!"

"저는 이만!"

휙휙― 그의 손을 꽉 잡고선 몇 번 흔든 그녀는 당황하는 라펠을 내버려 둔 채 방을 나섰다.

쿵쾅쿵쾅.

아까부터 터질 듯 요동치던 심장은 여전히 정상으로 돌아오지 않는다.

그럼에도 불구하고 루키나는 성큼성큼 걸음을 옮겼다.

"주, 주인님!"

초조한 기색으로 오노르 본부 밖에 서선 자신이 나오기를 기다리고 있던 셰리가 핏기 하나 없는 얼굴로 걸어오는 루키나를 발견하고선 소리치는 것이 들려왔다.

"왜 이렇게 늦게 오셨어요? 다른 사람들은 진작 나오던데!"

"……."

"그나저나, 어떻게 됐어요? 서류는 제출하셨어요? 뭐래요? 결과가 바로 나온대요? 어떻게 될 것 같아요?"

"……."

"주인님?"

윙윙, 귀가 울릴 정도로 질문을 쏟아내는 셰리를 향해 루키나는 아래로 내렸던 고개를 들어 올렸다.

어리둥절해하는 셰리를 보자니 괜히 눈물이 핑 돌았다.

"셰리……."

나, 왠지 망한 것 같아.

「제가 이곳까지 찾아오게 된 건, 모두 미스터 라펠 당신 때문이라고요! 당신께서 그러셨잖아요! 제가 레이디로서는 형편없지만 검사로는 완벽했다고!」

두 눈에 힘을 주며 소리치던 여자의 말에 흔들리지 않았다면 거짓이다.

얼마나 진심을 담아 외치던지 하마터면 깜빡 속아 넘어갈 뻔했다.

고요한 밤.

적막이 감도는 자신의 집무실에 앉아 있던 그는 목청껏 소리를 높이던 남장 여자를 떠올리며 픽 코웃음을 흘렸다.

"말도 안 되는 소리."

뭔가 다른 꿍꿍이가 있는 것이 분명했다. 그것이 아니라면 남장을 해서 이곳까지 들어올 리 없으니.

그는 활짝 웃으며 제 손을 흔들더니 이내 도망치듯 사라지던 그녀의 뒷모습을 떠올리며 고개를 내저었다.

「당신이 지금 저를 모르는 척하고 넘어간다면 혹시 모르죠! 제가 서류 전형에서 떨어질 수도 있는 거잖아요, 안 그래요? 아, 물론 그 과정에 당신이 개입하시면 안 된다는 건 아시죠?」

아마 그가 딱히 손을 쓰지 않아도 그 여자가 기사단에 입단할 수 있을

리 없었다.

아무리 그녀가 바클리 자작의 검을 막아섰다고는 하나, 그래 봤자 레이디일 뿐.

다른 귀족 영애들에 비해서는 조금, 아니, 꽤 검을 잘 다룰 줄 알지만 그뿐이다.

그 왈가닥이 어렵기 그지없는 오노르의 입단 시험을 통과할 리 없다.

하지만 어째서 이리도…….

'신경이 쓰이는 거지?'

똑똑―

한 번만 묵인해 달라며 그에게 사정하던 여자의 뻔뻔스러운 낯짝이 눈앞을 아른거린다.

그의 푸른 눈동자가 잠시 일렁이고 있을 때, 문 두드리는 소리가 들려왔다.

휙, 반사적으로 날카로운 반응을 보이던 그는 문을 열고 들어오는 드미트리를 발견했다.

"주인님?"

"……무슨 일이지?"

서늘한 시선으로 저를 노려보고 있는 그의 시선에 움찔하던 드미트리가 놀란 음성을 흘리자 라펠은 눈가에 주었던 힘을 스르륵 풀었다.

드미트리는 자신을 경계하는 주인을 의아한 표정으로 응시하더니 이내 들고 있던 서류를 그에게 내밀었다.

"어제 있었던 신입 단원 모집의 1차 합격자 명단입니다. 와이너 단장이 직접 오려고 했는데, 아무래도 보는 눈이 있는지라 제게 전해달라고 하더군요."

빙긋 웃는 드미트리에게서 서류를 건네받은 라펠은 무표정한 얼굴로 그것을 건네받았다.

그는 손에 들린 종이 속의 명단을 차례로 훑었다.

"기뻐하십시오, 주인님. 이번 모집에는 무려 사백삼십 명이나 되는 지원자가 지원서를 제출했습니다. 아마도 마감 기한을 늦춘 게 많은 지원자가 몰리는 데 한몫을 한 것 같다고 와이너 단장이 그러더군요."

'로델린······.'

"작년에 비해 쓸 만한 인재들도 꽤 되는 것 같았습니다. 물론 서류로만 봤을 때 말이지요."

'로델린······. 로델······ 아.'

"주인님?"

"디마."

"예, 주인님."

1차 합격자 백오십 명의 이름을 차례대로 훑어보던 라펠은 순간 스치는 생각에 행동을 멈추고 고개를 들었다.

아까부터 영 이상하기 그지없는 제 주인을 의아하게 내려다보던 드미트리는 고개를 갸웃거렸다.

라펠은 머뭇거리다 입술을 움직였다.

"보통 제 신분을 숨기는 자들은······ 자기 이름을 쓰지 않지?"

드미트리는 무슨 소리를 하냐는 표정을 지으며 라펠을 바라보다 떨떠름한 얼굴로 대답했다.

"네? 아······ 네. 뭐, 당연한 거 아니겠습니까? 주인님께서도 밀행을 하실 때는 윈스턴이 아닌 다른 이름을 사용하시잖습니까."

라펠은 들고 있던 서류를 내려놓으며 인상을 썼다.

그러고 보니, 그녀를 만났다는 사실에 너무 놀라 로델린의 공작 영애가 사용하는 가명을 묻지 않았다.

'젠장.'

그 사소한 실수 때문에 제 선에서 그녀를 떨어뜨리는 것은 불가능해졌다.

라펠은 굳은 얼굴로 책상 위에 있는 1차 합격자 명단을 노려보았다.

"주인님?"

드미트리가 심상찮은 표정을 짓는 라펠의 모습에 의문을 표했지만 그는 대꾸하지 않았다.

그러고는 피식 옅은 웃음을 흘리며 중얼거렸다.

"운이 좋군, 레이디 이브."

"크으으!"

톡 쏘는 맥주가 목구멍을 타고 넘어갔다.

부드러운 샴페인과는 또 다른 맛이 느껴지는 맥주를 꿀꺽꿀꺽 마시던 루키나, 아니, 이곳에서는 아이반이라는 가명을 사용하고 있는 제국의 공작 영애는 탁— 소리를 내며 테이블 위에 커다란 술잔을 내려놓았다.

고작 두 잔 정도 마셨음에도 불구하고 얼굴이 빨갛게 달아오른 아이반은 딸꾹질을 이어가면서도 술잔으로 손을 뻗고 있었다.

"아이반. 이제 그만하지."

그런 아이반의 모습을 아까부터 연신 지켜보던 유리안은 걱정이 가득한 표정을 지으며 입을 열었다.

후우우, 숨을 흘리며 술잔만 들여다보던 아이반은 홱 고개를 들더니 그를 노려보았다.

"구만하기는 머를 구만해여!"

"……아이반?"

"씨이이. 이게 다…… 당신, 당신 때무니야!"

아이반은 고운 미간을 좁히더니 손을 뻗어 그의 멱살을 잡을 태세로 소리쳤다.

잔뜩 달아오른 얼굴로 자신을 응시하는 아이반의 모습이 당황스러웠는지 유리안은 대답하지 못했다.

"즈에엔장……."

술이 취하기는 했어도 아직 이성은 남아 있었기에 유리안을 향해 뻗어가던 손을 다시 거두어들인 아이반은 입술을 삐죽이며 일어났던 몸을 다시 의자 위로 앉혔다.

그리고 고개를 아래로 떨궜다.

"하피리면…… 하아아. 쪼끔만 빨라써도…… 거기에 안 가는 건데……."

"아이반."

"후우. 이모! 여기 한 즈안 더 주쎄여!"

"어허. 그만 마시도록 해라. 이미 많이 취한 것 같다."

"흥! 대기 먼데 나보고 이래라저래라예여! 나눈 마실 거야! 마실…… 헤헤."

소리치던 아이반이 돌연 배시시 웃자 유리안은 눈썹을 꿈틀거렸다.

저만 보면 귀찮다는 기색을 풍기던 자신의 첫 친구가 이렇게 환하게 웃어주는 것이 익숙하지 않았던 것이다.

어두운 불빛 아래서 웃고 있는 아이반의 모습이 낯설었다.

유리안이 아이반을 저지하는 것을 머뭇거리는 사이 어느새 맥주가 가득 담긴 술잔을 가져온 여주인이 탁, 테이블 위로 술잔을 내려놓았다.

"흐흐, 술이다, 술!"

"……."

그게 그렇게 실망할 일인가?

황태자인 자신이 친구로 삼아주겠다고 했을 때도 콧방귀만 뀌던 그가 기사단 입단 시험에 1차 관문도 통과하지 못할 것 같다며 상심한 모습이 유리안에게 있어선 이상하게만 느껴진다.

아이반이 고개를 푹 숙인 채 연신 술만 들이켜자 유리안은 말없이 상대를 주시했다.

"아이반."

"웅?"

동그란 녹색 눈동자가 저를 향한다.

'……!'

눈을 크게 뜬 아이반이 자신을 뚫어져라 응시하자 유리안은 순간적으로 가슴이 쿵쿵 뛰는 것을 느꼈다.

'이상한 일이군.'

딱히 남자를 좋아하는 취향은 없는데, 저 눈을 보자니 기분이 이상해졌다.

묘한 생각이 들어 다음 말을 떠올리지 못하던 유리안은 겉으로 내색하지 않고, 생각을 떨쳐 낸 후 입술을 달싹였다.

"그대가 그렇게 기사가 되고 싶다면…… 내가 그리 만들어줄 수 있다."

"우웅?"

유리안은 무슨 소리를 하냐는 표정을 짓는 아이반에게 말을 이었다.

"나는 제국의 황태자다. 현재는 물론 힘이 없기는 하지만 그깟 기사단 하나 창단하지 못할 정도는 아니지."

"······."

"아이반 그대가 그토록 제국의 기사가 되고 싶다면 내가 직접 그대를 위해 기사단을 창단하면 되는 일이야."

"후웅······."

"그리고 그대가 그것을 허락한다면 고작 신입 기사부터 시작할 것이 아니라, 그대를 기사단장으로 임명하지."

"······."

"어때? 그렇게 할 텐가?"

옅은 미소를 띠며 말을 건넸다.

왠지 가슴이 두근두근 뛰는 것이 느껴질 정도다. 유리안은 상대의 대답이 나오기를 기다렸다.

"풋."

테이블 위에 턱을 괴고 말을 하던 자신을 빤히 응시하던 아이반의 입에서 웃음이 터져 나온 것은 얼마 후의 일이다.

"큭큭큭— 하하하!"

유리안은 저를 앞에 두고 큰 웃음을 터뜨리는 아이반을 멍하니 응시했다.

내가 말도 안 되는 이야기라도 한 것인가?

의아한 표정을 짓던 유리안은 이내 손을 휘휘 젓는 아이반의 말에 귀를 기울여야 했다.

"어휴, 우리 즈언하— 사라미 조아도 너무 조차나여!"

"아이반?"

"하지만 죤하. 그렇게 마구 퍼주려고 하다가는, 호구 돼요, 호구. 내카 누군지도 모루몬서 나를 위해 키사단은 무슨—"

"그대를 모른다니? 그대는 아이반이 아닌가?"

"크런데 죤하? 아까부터 자꾸 나한테 아이반이라고 하시는데, 대체 아이반이 누…… 읍!"

응?

"하하하, 주인님. 이렇게 술을 많이 드시면 어떡해요! 집에 계실 때도 이렇게 많이 드신 적은 없었잖아요!"

유리안은 감히 주인의 입을 막고선 크게 웃는 아이반의 시종을 올려다보았다.

셰필드라는 이름의 시종이 '죄송합니다, 공자님. 먼저 들어가 봐야 할 것 같습니다!' 하고 제게 고개를 숙인 뒤 아이반을 일으켜 세우려는 것이 보였다.

누가 봐도 여자가 남장을 한 것이라는 의심을 살 만큼 왜소한 체격의 소유자인 셰필드는 저보다 훨씬 건장한 체격의 아이반을 부축하기 위해 끙끙거렸다.

유리안은 그들이 사라지는 모습을 가만히 지켜보았다.

"전하."

제게 손을 흔들며 자신의 숙소로 올라가는 아이반과 셰필드의 뒷모습을 응시하던 유리안은 저를 부르는 목소리에 고개를 돌렸다.

어느새 제 옆으로 다가온 마릭이 날카로운 시선으로 그 두 사람을 흘긋거리다 제게 말을 걸고 있는 모습이 보였다.

유리안은 마릭을 쳐다보았다.

마릭은 이해가 되지 않는다는 표정을 지었다.

"어찌하여 계속 저자의 곁을 맴도시는 겁니까?"

마릭은 내내 품고 있던 의문을 쏟아냈다.

"전하를 구한 은인이기는 하나, 여러모로 수상한 자입니다. 시종이라는 자 역시 마찬가지고요. 저들과 어울리는 것은 위험합니다. 허니 속히 환궁하시는 게 어떠신지요?"

"……."

"전하?"

"마릭. 아이반은 내가 처음으로 사귄 친구다. 그가 비록 내게 아직 모든 마음을 열지는 않았지만, 그의 성격이나 실력, 행동들을 보건대 나의 좋은 친구가 될 수 있을 거야. 난 내 평생 친구를 사귈 수 있는 이 기회를 놓치고 싶지 않다."

"……전하."

"어차피 폐하께서 허락해 주신 요양 기간은 한 달간 아니었더냐? 내가 없다고 신경 쓰실 분이 아니니, 크게 걱정할 일도 없다."

"하오나 이렇게 오랫동안 자리를 비우시면 휴이렌 전하께서……."

"마릭. 주제넘구나."

"……주, 죽여주십시오!"

쿵! 그의 차가운 말을 듣자마자 바닥에 머리를 찧으며 소리친 마릭의 행동에 술을 마시고 있던 다른 손님들이 의아한 표정을 지으며 그들을 응시했다.

뭇 사람들의 시선을 느낀 유리안은 쓰고 있던 로브의 후드를 더욱 아래로 내리며 자리에서 일어났다.

"올라가도록 하지."

"……예."

고개를 까딱인 마릭이 제 뒤를 따라오는 것을 보고 숙소로 향하던 유리안은 뚝 걸음을 멈추었다.

갑자기 우뚝 서버린 유리안을 마릭이 의아한 눈으로 올려다보았다.

유리안은 뒤를 돌아 마릭을 응시했다.

"그러고 보니 마릭, 너는 오노르의 기사단장과 알고 지낸 사이라고 하지 않았더냐?"

"네? 아, 예에. 제가 황궁에 들어오기 전까지 같은 마을에서 나고 자랐습니다."

"……."

"전하?"

"네가 해줘야 할 일이 있다."

유리안은 눈을 큼지막하게 뜨는 마릭을 향해 씩 웃었다.

터벅터벅. 걸음을 옮기는 것이 이렇게 가슴이 무거운 일일 줄이야.

루키나는 아까부터 연신 새어 나오려는 숨을 겨우 참아내며 입술을 잘근 악물었다.

마음 같아서는 도망치고 싶은데 그럴 수도 없다니.

그녀는 도살장에 끌려가는 소처럼 힘겹게 발을 내딛었다.

"무엇을 하고 있는가, 아이반. 이러다가 늦겠어."

"……늦긴 뭐가 늦습니까. 어차피…… 떨어질 건데."

"아닐 수도 있지 않나. 얼른 가서 확인을 해보자고."

확인은 무슨…….

루키나는 얼른 1차 합격자 명단이 붙어 있는 오노르 기사단 세이번 본부로 향하자고 재촉하는 유리안을 황당한 눈으로 응시했다.

자세한 사정도 모르면서 저를 그곳까지 끌고 가려는 그의 노력이 가상하기는 하다만…….

'붙을 리가 없지.'

루키나는 참혹한 심정으로 울상을 지었다.

「그대, 어째서 여기에 있는 거지? 그 꼴은 또 뭐고?」

심장을 덜컹거리게 만드는 서늘하고도 차가운 푸른색 눈동자.

루키나는 그의 입술 사이로 흘러나온 그 말에 동요하면서도 잘 빠져나온 스스로가 대견하다고 여겼다.

만약 다른 곳으로 화제를 돌리며 그곳을 빠져나오지 않았더라면 더한 말을 들었을지도 모른다.

'망할 팬텀 자식.'

리우드의 팬텀 공작은 피도 눈물도 없다더니, 루키나는 냉랭한 얼굴을 펴지 않던 그를 떠올리며 온몸을 부르르 떨었다.

"내 이름, 어디 있어!"

"있다, 있어!"

"허어엉, 아버지! 저 1차 붙었어요!"

"떠, 떨어졌어…… 젠장!"

웅성웅성— 마감 기한의 영향 때문인지, 아니면 신분의 제약이 없어서인지, 황도의 기사단 중에서도 가장 많은 지원자를 끌어모았던 오노르의 1차 합격자 명단이 붙어 있는 벽면 앞에는 수많은 사람들이 벽보를 뚫어져라 응시하고 있었다.

루키나는 깃털처럼 가벼워 보이는 발걸음을 떼고 있는 유리안의 뒤를 이어 움직이다 걸음을 멈추었다.

'……하아아.'

긴 한숨이 터져 나왔다.

그동안 갈고 닦았던 검술 훈련이 아무짝에도 쓸모없어질 위기에 닥쳐 있었다.

저를 차갑게 응시하던 라펠의 벽안으로 짐작해 보건대, 아마도 저 벽보에는 제 이름이 없겠지.

고작 1차 서류 전형에서 떨어질 줄은 예상도 하지 못했던 터라 눈앞이 아찔해졌다.

"가보자고, 아이반."

"……."

"아이반?"

"아…… 네."

결과를 이미 뻔히 알고 있음에도 어쩔 수 없이 확인을 해야 할 시간이다.

루키나는 자신을 재촉하는 유리안을 흘긋거리다 힘없이 고개를 끄덕였다.

"좀 비켜주십시오. 지나가겠습니다!"

유리안의 앞에 서 있던 마릭이 유리안과 루키나에게 길을 터주기 위해 손을 뻗으며 군중들을 비집고 들어갔다.

"아이반, 얼른 확인…… 아이반? 아이반!"

어라?

루키나는 제 앞에 서 있던 유리안의 목소리가 점점 멀어지자 의아한 표정을 지으며 고개를 들었다.

어디…… 있지?

거의 땅만 보고 걸어가던 루키나는 틀림없이 제 앞에 있던 유리안이 보이지 않자 고개를 갸웃거렸다.

잠깐.

분명히 황태자가 내 손을 잡고 있었……!

루키나가 너무도 꾸물거리자 답답했는지, 그녀의 손목을 잡으며 앞으로 끌어당기던 유리안의 손이 잠시 떨어져 나가는 것을 느꼈지만 이내 다시 손목을 잡길래 크게 개의치 않았었는데.

'헉!'

슬며시 얼굴을 든 루키나는 잿빛 로브를 입은 남자가 제 손목을 움켜쥐고 있는 것을 발견하곤 눈을 크게 떴다.

"다, 당신……!"

"아이반이었군. 그대의 가명."

쿵—

심장이 바닥을 찧었다.

루키나는 입술을 파르르 떨며 충격을 받은 얼굴로 푸른 눈동자의 사내를 올려다보았다.

그녀의 짧은 갈색 가발이 바람에 흩날렸다.

"미스터…… 윽!"

목이 꽉 막힌 듯 소리가 터져 나오지 않아 입만 뻐끔거리던 루키나의 입술 사이로 겨우 소리가 흘러나오는 순간 그녀의 몸이 흔들렸다.

"……!"

루키나는 앞으로 고꾸라질 뻔한 자신을 안아 든 그의 손길을 느끼며 서서히 얼굴을 들었다.

그런 그녀를 향해 남자가 살짝 고개를 숙이더니 속삭였다.

"좋아. 그대의 뜻대로 하지."

두근두근, 조용히 반응하던 심장이 거칠게 들썩이기 시작한다.

"하지만 이번 한 번뿐이야. 그대의 말이 사실인지 아닌지는 알 수 없지만, 이곳까지 온 그대의 노력이 가상하니 묵인해 주겠어."

……뭐?

그에게 거의 안긴 꼴로 가쁘게 호흡을 내쉬던 루키나는 이해가 되지 않는다는 표정을 지었다.

로브를 쓴 채 그녀를 내려다보고 있던 라펠은 말을 이었다.

"하지만 오노르의 2차 관문을 만만히 봤다간 곤란해질 거야. 2차부터는 실전이거든. 지켜보겠어, 레이디 이브."

아니, 이 남자가 대체 무슨 소리를 하고 있는 거야!

루키나는 나지막하게 중얼거린 그가 자신을 똑바로 서게 만든 뒤 손을 놓자 눈을 크게 뜨며 소리 지르려 했다.

"자, 잠깐—"

"주인님!"

로브 자락을 펄럭이며 제게서 등을 돌린 라펠을 향해 소리치려던 루키나는 저를 부르는 것이 분명한 셰리의 음성에 뒤를 돌아보았다.

"어딜 가셨던 거예요? 한참을 찾았어요!"

"셰필드의 말이 맞다. 깜짝 놀랐어."

루키나는 외치는 셰리와 그녀의 뒤를 따라 제 앞에 모습을 드러낸 유리안, 그리고 그의 시종인 마릭을 멍한 눈으로 응시했다.

"아."

그리고는 조금 전 제 귓가에 속삭이던 남자의 숨결이 남아 있는 목덜미를 문지르며 그가 떠난 곳을 흘긋거렸다.

"아이반? 왜 그러나?"

유리안이 슥슥 목덜미를 매만지는 루키나를 의아하게 응시했다.

아무것도 아니라는 듯 고개를 내젓던 그녀는 어색하게 웃었다.

"그나저나 축하드려요!"

묘한 생각이 들어 복잡한 얼굴을 하고 있던 루키나는 씩 웃는 셰리의 말에 미간을 좁혔다.

축하?

"뭘?"

아니 대체 다들 무슨 소리를 하는 거야?

현 상황을 이해하지 못하는 루키나를 향해 셰리는 엄지를 치켜들었다.

"1차 관문을 통과하신 거 말이에요!"

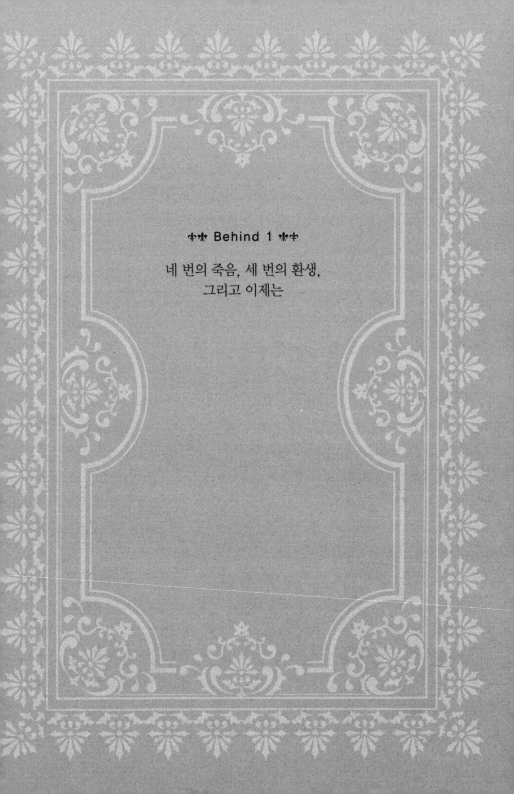

❉❉ Behind 1 ❉❉

네 번의 죽음, 세 번의 환생,
그리고 이제는

돌이켜 보면 그날, 머리 위로 펼쳐진 하늘에서는 별이 유독 반짝였다.

스물.

태린은 난생처음 출전한 올림픽 대회에서 금메달을 땄다. 아무도 그녀
에게 기대하지 않았기에 그녀의 메달 획득은 충격적이었고, 커다란 반향
을 일으켰다. 특히나 지고 있던 경기를 역전에 역전을 거듭하면서 올림픽
포디움에 올라섰던 터라 더더욱 유명세를 탔다.

그러나 갑자기 받게 된 스포트라이트는 태린의 어린 마음을 흔들리게
만들었고, 올림픽 후 2년 동안은 세계 랭킹 1위 자리를 유지하지 못한 채
비틀거렸다. 이곳저곳에 불려 나가 방송과 신문 인터뷰를 하다 보니 그만
마음이 붕 떴던 까닭이다. '펜싱 여제'라 불리며 대한민국 여자 펜싱 사
브르를 호령할 것만 같았던 그녀의 추락은 다시금 재기 불가능할 정도로
가팔랐다.

하지만 태린은 가까스로 마음을 되잡았다. 밑바닥까지 추락하면서 느꼈던 모멸감과 치욕을 갚고, 또 저를 의심하는 사람들에게 증명하기 위해. 4년 만에 돌아온 새로운 올림픽에 국가대표로 맞이하기 위한 준비를 했다.

해서 지난 2년 동안, 밤낮을 가리지 않고 오로지 훈련에만 매진했다. 그녀를 지켜보던 주위 사람들이 걱정을 할 만큼 펜싱검을 들고 구슬땀을 흘렸다.

노력은 사람을 배신하지 않는다고 했던가. 첫 올림픽 후 줄곧 국가대표로 부름받지 못했던 태린은 올림픽을 앞두고 열린 국가대표 선발전에 나가 우수한 성적을 거둘 수 있었다.

"하아."

앞으로 남은 시간은 단 한 달.

앞으로 한 달 뒤면, 펜싱검을 든 보람을 느끼게 해준 올림픽에 다시 출전할 수 있었다.

태린은 태극기가 그려진 마스크를 벗어 던지며 긴 한숨을 흘렸다. 오늘은 오전 훈련밖에 없었던지라, 다른 선수들이 일찍이 돌아간 태릉선수촌 개선관의 펜싱 훈련장에는 오로지 그녀만이 남아 있었다.

'한 달……'

송골송골 맺힌 땀방울을 글러브를 벗은 손등으로 닦으며 그녀는 호흡을 골랐다. 태린은 지난 몇 년 동안의 슬럼프를 극복하기 위해 높은 강도로 훈련을 소화하고 있었기에, 온몸이 피로하기 그지없었다. 이쯤에서 그만두지 않는다면 내일 무리가 갈 수 있으므로 그녀는 오늘 훈련을 마무리하기로 결정했다.

"태린 선배! 선배!"

한밤중까지는 아니었지만, 하늘에 떠 있던 해는 어느덧 져버린 상황.

찌뿌듯한 몸을 이끌고 집으로 돌아가서 샤워를 할 생각이었던 그녀는 개선관을 나오는 길에 들려오는 목소리에 걸음을 멈추었다. 뒤를 돈 그녀의 시야로 들어온 익숙한 목소리의 주인공은 이번에 국가대표로 발탁되어 화제에 오른, 태권도 선수인 민강우였다.

"민강우?"

"하아, 하아. 선배! 왜 그렇게 걸음이 빨라요? 하마터면 놓칠 뻔했다고요!"

민강우. 올해 스물셋의 태권도 국가대표 간판선수인 그는 출전하는 대회마다 포디움의 가장 높은 자리에 올라 환한 미소를 짓는 걸로 유명한 남자였다. 웬만한 연예인 부럽지 않은 깔끔한 마스크와 시원시원한 동작으로 상대를 쓰러뜨리는 기술 때문에 소녀팬들도 몰고 다닐 만큼. 듣기로는 같은 선수들 중에서도 그에게 호감을 가지고 있는 사람들이 많다고 했다.

태릉선수촌 내에서도 같은 개선관을 사용하고 있었던지라 복도에서 그와 자주 마주치곤 했었던 그녀는 일부러 헉헉거리는 것이 분명한 강우를 가늘게 뜬 눈으로 바라봤다.

"왜 그렇게…… 보세요?"

"아니. 무슨 볼일 있어?"

그러고 보니 요 근래, 강우가 제 주변을 맴돌며 자꾸만 말을 걸었던 것이 떠올랐다. 의아해하는 강우의 빛나는 눈동자에 움찔하던 그녀는 고개를 내저으며 말했다. 강우는 방긋 웃더니 허리를 쭉 펴고선 태린의 곁으로 다가왔다. 그리고는 일말의 망설임도 없이 그녀의 어깨에 손을 턱 얹으며 씩 미소 지었다. 갑작스러운 강우의 행동에 태린의 미간이 좁아졌다.

"뭐, 뭐야. 안 떨어져?"

땀 냄새…… 난단 말이야.

태린이 인상을 쓰며 그의 팔을 떼어내려 했지만 강우는 배시시 미소 지으며 그녀에게 얼굴을 들이밀었다. 스스럼없는 그의 행동에 태린의 냉랭한 얼굴이 구겨졌다.

"선배. 내일, 생일이죠?"

……뭐?

"으음. 정확히는 몇 시간 뒤네요? 우와. 이제 조금만 더 있으면 스물다섯이야. 나랑 두 살이나 차이나게 되네?"

"빠…… 빠른 스물셋인 주제에. 어디서 한 살을 더 올려."

"어? 제가 빠른 년도 생인 건 알고 계셨어요? 우와! 선배 저한테 관심이라곤 눈곱만큼도 없을 줄 알았더니, 제 나이도 아실 만큼 은근 관심 있었네요?"

"……!"

정곡을 찔려 버린 태린의 얼굴이 화끈 달아올랐다. 그녀는 왠지 모를 갈증을 느끼며 침을 꼴깍 삼켰다. 자, 잘못하다가는 말려 버리겠어. 그녀는 후끈거리는 열기에 침착함을 유지하려 애썼다. 생글생글 웃고 있는 후배의 눈웃음이 꽤나 공격적이어서 남자에 면역력이 없었던 그녀에게는 치명적이었지만, 빠르게 평정을 되찾았다.

"윽!"

능글맞은 미소를 그리고 있던 강우의 얼굴은 툭, 그의 배를 강타한 태린으로 인해 일그러졌다. 태린은 '선배애!' 하고 볼멘소리를 내고 있는 그를 향해 싸늘하게 말했다.

"민강우. 하고 싶은 말이 뭐야?"

"하하하, 선배. 꼭 하고 싶은 말이 있어야 말을 거나요. 훈련은 지금 끝나신 거예요? 너무 늦게까지 훈련하시다가 몸 상해요!"

"민강우."

"내일 뭐 하세요? 저랑 데이트하실래요?"

얼굴 가득 번지던 미소를 순식간에 거두고 진지한 눈빛을 쏘아대는 그의 질문에 태린은 눈을 깜빡였다. 전혀 예상하지 못했던 말이었던지라 대답할 타이밍을 놓쳐 버렸다.

"손 좀 줘보세요."

"어?"

······!

강우는 당황한 태린의 손목을 잡더니 그녀의 손바닥에 뭔가를 쥐어주며 방긋 웃었다.

"제가 소문으로 듣기론 선배, 내일이 생일인데도 훈련장에 나오신다고 하더라고요. 하지만 선배. 너무 강도 높은 훈련을 이어가다 보면 지치기 마련이에요. 하루 정도는 휴식을 취하는 것도 나쁜 건 아니에요!"

"너······ 이게 무슨—"

"그 표에 적힌 영화관에서, 그 시간에 만나요! 참. 우리 둘 다 나름 유명인이니 약간의 분장 정도는 하고 오는 센스, 아시죠? 그럼 내일 봐요, 선배! 생일 축하해요!"

"자, 잠깐. 잠깐만, 너 이거······ 야, 미, 민강우! 민강······."

가······ 버렸다.

태린은 얼떨결에 손에 쥐게 된 영화 티켓을 내려다보며 인상을 썼다.

올림픽이 얼마 남지도 않았는데, 대체 무슨 짓이야. 제 분야에서 세계 랭킹 1위라고 너무 자만하고 있는 거 아냐?

그의 손가락이 닿았던 곳이 뜨겁다. 태린은 제 말만 늘어놓고선 쏜살같이 사라져 버린 강우의 뒷모습을 멍하니 좇다 속으로 투덜거렸다.

"옛날에나 먹힐 법할 수법을······."

그러고는 손에 들린 영화표를 내려다보며 입술을 삐죽이던 태린은 결국 풋 웃음을 터뜨렸다.

'웃기는 녀석.'

저만 보면 꼬리를 살랑살랑 흔드는 것이 어릴 적 키우던 대형견과 닮아서인지 이상하게 눈이 가던 후배였다. 풍성하고 찰랑거리는 갈색 머리카락도 그렇고.

'생일…… 이라.'

강우의 말대로 태린은 몇 시간 뒤, 자정이 지나면 스물다섯 생일을 맞게 된다. 지금까지 오로지 펜싱에만 모든 신경을 집중하고 살았던 터라 누군가가 축하해 주는 생일은 무척 오랜만이었다. 이상할 정도로 가슴이 따뜻해져 와 입꼬리가 간질거렸다. 태린은 '꼭 오세요! 올 때까지 기다릴 거예요!' 하고 손을 흔들며 사라지던 강우를 떠올리며 고개를 절레절레 저었다.

어라?

그러고 보니…….

"집에…… 입을 만한 옷이 있나."

터벅터벅.

걸음을 걷던 태린의 얼굴이 돌연 딱딱하게 굳어졌다. 곰곰이 생각해 보니 옷장 속의 옷들은 대부분이 바지 혹은 훈련할 때 입기 편한 트레이닝복이었다. 팔랑거리는 원피스라든가, 짧은 미니스커트라든가 하는 또래 여성들이 입는 옷들은 잠시 방송 활동을 할 때 입고는 했었지만 슬럼프 이후로는 한데 모아 버려 버렸기에 눈앞이 컴컴해졌다.

'어떡하지.'

태린이 강우와 사귀는 것은 아니었다. 하지만 그와 아무 사이가 아니라고 해서, 제 생일을 축하해 주기 위해 먼저 데이트 신청까지 한 후배와의 약속 장소에 후줄근한 트레이닝복을 입고 나갈 수는 없는 법.

아무래도 내일 아침. 약속 시간이 되기 전, 일찍 백화점이라도 들러 입을 만한 옷이라도 구해봐야겠다고 생각하며 태린은 멀지 않은 지하철 입구로 걸어가려 했다.

끼이익!

'……응?'

고된 훈련으로 피곤에 지칠 만도 한데, 이상할 정도로 콩콩 뛰는 가슴으로 인해 가벼운 발걸음을 옮기고 있던 태린은 등 뒤에서 들려오는 요란한 소리에 고개를 돌렸다.

그리고 그런 그녀를 향해 힘껏 액셀러레이터를 밟은 빨간 차가 미친 듯이 돌진하는가 싶더니, 놀라 멈춰 선 태린의 몸을 받았다.

쾅!

불빛이라고는 주변의 가로등밖에 없는 황량한 거리. 컴컴한 그 거리를 홀로 걸어가던 도중 갑자기 차에 치어버린 태린은 공중을 한 바퀴 돌더니 툭, 하고 차가운 바닥 위로 떨어졌다.

"흐흑……."

흐려지는 의식 속, 거친 호흡을 내쉬며 겨우 눈꺼풀을 뜨고 있던 태린의 귓가로 누군가가 울먹이는 소리가 들려왔다.

"내, 내 잘못이 아니야……. 네가…… 네가 잘못한 거라고! 전부 네 탓이야! 네 탓이란 말이야!"

태린은 붉은 피를 흘리고 있는 저를 내려다보며 외치던 한 여자의 목소리를 인지할 수 있었다. 제대로 얼굴을 쳐다보지는 않았지만, 아마도 그 여자의 정체가 짐작이 갔다. 그녀는 지난 1년 동안, 태린과 국가대표 자리를 두고 크고 작은 일로 경쟁하여 사이까지 나빠졌던 미호가 아니었을까.

'약속, 못 지키겠네.'

태린은 자꾸만 감겨오는 의식의 끈을, 그렇게 놓아버렸다.

❖

"들었어? 우리 병원 VIP 룸에 있던 환자. 민강우 환자 말이야. 오늘 아침에 죽었다더라."

무심코 노트를 들여다보던 그녀의 움직임이 뚝 멎었다. 심장이 바닥을 찧는 기분이었던지라 그녀는 귀를 의심했다. 그런 그녀의 마음과는 무관한 대화는 칸 밖에서 이어졌다.

"민강우? 그게 누군데?"

"예전에 유명했던 태권도 선수래. 우리나라 최초로 올림픽 4연패를 한 선수라나?"

"와. 그런 사람이 우리 병원에 있었어? 그런데 왜 죽었대?"

"왜 죽기는. 나이가 많아서 죽었지. 당뇨 합병증이 심해져서 입원했는데 어제 급속도로 안 좋아져서 죽었대."

"뭐야. 난 또, 젊은 사람인 줄 알았네."

사람 죽는 것을 한두 번 보냐고 혀를 차던 간호사들의 대화에 순간적으로 머리가 멍해졌다. 설마 이곳에서 너무도 귀 익은 그 이름을 들을 거라고는 생각하지 못했기에 더더욱 그랬다. 하얀 가운을 입고 있던 그녀의 입술 사이로 쓴웃음이 흘러나왔다.

'그렇구나, 너도 어느새…… 그런 나이가 되었구나.'

인간이 살다가 죽는 것은 지극히 평범한 일이지만 이미 한 번 죽어놓고, 새로운 삶을 시작하게 된 그녀에게 있어서는 저번 생애에서 알고 지냈던 사람의 죽음을 접하는 것이 씁쓸하기 그지없다. 태린, 아니, 이제는 진경이라 불리는 그녀는 후우 한숨을 내쉬며 문을 열고 나가려 했다.

"그런데 이번에 너희 과 실습 들어간 MS(Medical Student) 중에 말이야. 양진경이라고 있지 않아?"

"어어, 있어, 있어. 갑자기 왜?"

"네가 볼 때는 걔 성격이 어때?"

"어? 갑자기 왜?"

"아니. 저번에 우리 과에 와서 한 번 같이 실습한 적이 있었는데. 애가 까칠해도 너무 까칠한 것 같아서 말이야."

"원래 의대생들이 다 좀 그렇잖아."

"걔는 좀 유별나더라고. 다른 애들보다 좀 뛰어나고, 또 우리 과 선생님들이 걔를 예뻐하시는 것 같아서 나도 칭찬한답시고 말을 걸어봤거든?"

"그랬는데?"

"사람 말에 대꾸도 안 하고 째려보기만 하는 거야."

"아아! 맞아. 걔가 그런 성향이 좀 있더라."

"그치? 내가 착각하는 거, 아니지?"

"얼굴 반반한 거 믿고, 선생님들한테만 끼 부리는 거야, 뭐야."

"그러게. 아직 MS 주제에 뭐가 그리 고고한지. 이번에 실습 나온 애들 중 제일 별로야. 안 그래?"

귀가 간질간질하다.

진경은 저를 두고 하는 것이 분명한 두 여자의 대화를 가만히 들으며 얼굴을 굳혔다. 목소리로 누군지 알아보지는 못하겠지만 얼마 전 심장내과 실습을 끝냈고, 지금은 호흡기내과의 실습을 한창 진행 중이니 아마도 두 사람이 속한 과는 대충 예상이 간다.

그녀는 조금 더 그들의 대화를 듣고 있을까 하다가 문고리를 잡아 돌렸다.

"아무래도 본때를 보여줘야 하지 않을까?"

"그렇지? 역시 그러는 게…… 헉, 지, 진경 샘! 어, 언제부터 거기 계셨어요?"

어린 학생샘이라고 저를 두고 깔깔거리는 그들의 태도를 묵인하려다 정면 돌파를 결심한 진경이 칸 밖으로 나서자, 거울 앞에서 수군거리던 두 간호사의 얼굴이 파리하게 질려갔다. 진경은 저를 보고 어쩔 줄을 몰라 하는 두 사람을 무심하게 흘긋 바라보다 이내 세면대의 수도꼭지를 돌리며 싸늘한 말을 뱉어냈다.

"한가하시네요. 두 분 다."

"……!"

"수고하세요."

그 말을 뱉어낸 뒤 몸을 돌려 나가 버리는 그녀의 움직임엔 망설임이 없다. 진경은 '언제부터 저기 있었던 거야!' 하고 자신이 화장실을 벗어나기가 무섭게 소리치는 그들의 외침을 한 귀로 듣고, 다른 한 귀로 흘리며 또각또각 걸음을 앞으로 내딛었다.

「기억이…… 지워지지 않는다고?」

살다 보면 죽음을 맞이하기 마련이고, 그 죽음의 끝에서 새롭게 다시 시작하는 것이 인간 윤회의 굴레라더니. 특이하게도 진경은 전생을 기억하고 있었다.

생생하게 떠오른다. 차에 치여 죽을 때의 그 고통과 사후 세계라 불리는 명계에 가서 얼굴을 마주했던 명계의 제왕의 모습이. 지난 생애를 잊게 해준다는 망각의 강물을 마셔도 똑똑히 '이태린'이었던 시절을 읊어대는 저를 보고 기겁하는 명계의 제왕은 그녀에게 두 번째 삶의 기회를 선사해 주었다.

이번에야말로, 그렇게 허무하게 죽지 않겠다.

한때는 태린이었지만, 이제는 진경이 된 그녀는 전생의 모든 기억을 가진 채 대한민국에 환생했고 24년이 지난 지금은 어엿한 의과대학 본과 3학년 학생이 되어 병원 실습을 나와 있었다.

이미 한 번, 죽음을 경험했던 터라 진경은 조금 더 냉정해졌다. 다시는 그 고통을 느끼지 않기 위해 자신이 잘하던 펜싱이 아닌 의학도의 길을 걷기로 결심한 것은 오로지 그 이유 때문이었다.

누군가 나를 살릴 수 없다면 나 스스로를 살릴 수 있는 위치에 오르자─라는 결의를 품었으니까.

하지만 역시 환경의 변화가 있었기 때문일까.

저를 둘러싼 세상이 달라진 후 그녀 역시 변했다.

과거의 자신, 그러니까 태린이 냉랭한 성격이기는 하나, 다가오는 사람들을 내치지 않는 편이었다면 다시 태어나게 된 진경은 제게 다가오는 모든 이들을 경계하고, 사람들을 의심하며 또 신경질적인 모습을 내비쳤다. 그랬기에 과거 저를 둘러싼 사람들이 많았던 태린에 비해 현재의 진경은 언제나 홀로 다니며 고독한 삶을 이어가고 있었다.

물론 그런 삶을 선택한 덕분에 다른 사람들에게 크고 작은 오해를 받고 있기는 했지만─

"양진경!"

간혹, 그녀의 철벽은 깔끔하게 무시하는 경우도 존재했다.

'이런.'

진경은 다른 환자들과 함께 있는 복도의 끝에서 저를 부르며 달려온 한 남자를 발견하고선 얼굴을 구겼다.

너무도 반갑게 달려오는 그의 모습에 마침 복도에 서 있던 간호사들이 저를 부르는 줄 알고 움찔거리다 실망하는 모습도 보였다. 다른 사람들도 있는 복도에서 왜 저렇게 큰 목소리를 뱉어내는 건지. 진경은 제게 다가오는 그를 바라보며 인상을 썼다.

"너, 오늘 왜 내 차 안 탔어? 내가 아침에 너 얼마나 기다렸는지 알아? 하마터면 지각할 뻔했다고."

"……알아들을 수 없는 소리를 하십니다, 선배님. 제가 왜 선배님의 차를 타야 하는 건지 도통 모르겠군요."

"왜 타야 하기는! 너랑 나랑 같은 아파트에 살고 또 바로 옆집이니…… 읍!"

"따라와요."

진경은 주위의 시선 따위는 신경 쓰지 않고 제게 말하던 남자의 입을 틀어막았다. 그녀의 행동에 잘생긴 남자의 앞머리가 찰랑거리는가 싶더니, 그녀가 끌고 오는 방향으로 말없이 끌려왔다. 진경은 비상구의 문을 열고 인적을 살피다 벽에 서서 저를 내려다보고 있는 검은 머리카락의 남자에게 눈을 부라렸다.

"선배. 몇 번을 말했어요. 병원에서는 저랑 아는 척하지 말자니까요? 그러다 선배가 오해받는다고요."

"오해? 무슨 오해?"

"……이준 오빠!"

대체 무슨 소리를 하는 건지 모르겠다며 고개를 갸웃거리고 있는 남자의 행동에 절로 한숨이 흘러나왔다. 진경은 번지르르한 얼굴로 병원 내의 간호사들과 여환자들의 마음을 사로잡은 신장내과 레지던트이자, 자신의 오랜 옆집 이웃인 한이준에게 소리쳤다.

이준은 씩씩거리고 있는 진경을 내려다보더니 그녀의 머리 위로 손을 얹고는 슥슥 문질렀다.

"오빠!"

"이야, 세월 참 빠르지?"

뭐?

"예전에는 완전 코흘리개 꼬맹이더니. 어느새 이렇게 커서는 벌써 우리 병원 학생샘으로 실습을 나오고. 양진경, 너 많이 컸다?"

"뭐 하는 거예요! 이거 안…… 윽!"

투덜거리는 진경을 웃으며 지켜보던 이준은 제 손을 뿌리치려는 그녀의 손목을 덥석 잡았다.

"너, 내일 생일인 거 다 알아."

"……네?"

"나 오늘 당직이라 자정까지는 같이 못 있어주지만, 내일 아침에 미역국은 끓여줄 수 있을걸?"

"무, 무슨 소리를……."

"이래도 못 알아듣는 거야? 내일 너, 실습 없잖아. 그러니까 나랑 놀자고."

"……!"

"아주 질릴 때까지 놀아준 다음에, 너한테 할 얘기 있으니까. 각오 단단히 하고 오는 게 좋을 거야. 헉, 나 호출 왔다. 그럼 저녁에 다시 연락할게!"

"자, 잠깐…… 기다……."

제길.

쾅 닫히는 비상계단의 문을 허망하게 바라볼 수밖에 없었다. 정신없이 휘몰아치는 바람에 대꾸할 타이밍을 잡지 못했다. 진경은 이미 제 앞에서 사라지고 없는 이준의 뒤를 좇으며 멍하니 서 있다가 고개를 떨구었다.

'생······ 일?'

그러고 보니 오늘이 스물넷의 마지막 날이었나.

정신없이 앞만 보고 달려오다 보니 생일도 챙기지 못했다. 이웃집 오빠가 나서서 미역국을 끓여준다는 말을 할 만큼, 스스로에 대해 무감각하게 지냈던 것이다. 어떻게 해서든 의사가 되어야 한다는 열망만 품으며 앞으로 달려온 결과였다.

'생일······ 이라.'

그간 잊고 지냈던 과거의 기억들이 물밀듯 밀려왔다. 진경은 목구멍 아래서 솟구치는 쓴물에 비릿한 실소를 터뜨렸다. 정말이지 지독한 우연이군. 레퍼토리가 어찌 된 셈인지, 지난번 죽음을 맞이하기 전과 비슷하다. 그때도 이런 식의 대시를 받았던 것 같기는 한데.

진경은 두근두근 뛰는 심장의 박동을 냉정하게 가라앉히며 호흡을 가다듬었다. 단순히 친한 오빠가 혼자 살고 있는 저를 동정하여 제안한 일일 뿐이다. 크게 흔들릴 이유도, 설렐 이유도 없다. 하지만—

'쳇.'

멋대로 뛰는 가슴의 떨림은 도통 가라앉지를 않는다.

진경은 그가 나간 후 진정하지 못하는 왼쪽 가슴 근처를 문지르며 입술을 삐죽였다.

'미역국 정도는······.'

그 정도는, 괜찮겠지.

진경은 '연락할게!' 라 외치던 그의 말을 떠올리며 주머니 속의 핸드폰을 만지작거렸다.

입꼬리가 슬며시 올라가는 것을 막을 수 없다. 저번 생애의 트라우마 때문인지 매해 생일 전날은 의식적으로 누군가와 함께 있는 것을 피하곤 했었는데. 오늘 하루만큼은, 적어도 오늘 하루 정도는 저도 다른 이의 따스함을 함께 공유하고 싶어졌다.

'이러고 있을 때가 아니지.'

잠깐 화장실에 들러 볼일을 본다는 것이 시간을 너무 지체했다. 다행히 점심시간이라 망정이지, 그렇지 않았다면 저와 실습을 함께 나온 동기들에게 피해를 끼칠 수 있었다. 얼른 돌아가 오후 실습을 준비해야겠다고 생각하던 진경은 어느새 닫혀 있는 비상계단의 문을 활짝 열었다.

와장창!

그리고 사건은, 일어났다.

「어라? 그, 그대, 또…… 왔어?」

자신이 올 줄 몰랐다는 얼굴로 묻는 명계의 제왕, 염라의 말은 그녀 스스로도 놀라웠다. 하긴. 그 역시 오염된 주삿바늘에 찔려 그녀가 죽음을 맞이할 것이라고는 예상하지 못했겠지. 그것도 그녀와 그간 사이가 좋지 않던 간호사의 운반 실수로 일어난 일이니 더더욱.

과연 이것이 우연일까.

아니면 필연일까.

그에 대한 의문은 막연한 두려움마저 안겨주었다. 하여 긴 한숨을 내쉬며 다시 한 번 대한민국에서 환생시켜 주겠다는 염라의 말에 있는 힘껏 고개를 내저었다.

「차원…….」

「응?」

「이 세상에 다른 차원도 있죠?」

「뭐?」

「한국에, 아니, 지구에 있고 싶지 않아요. 문명화가 되어 있지 않아도 좋아요. 우주 어디라도 좋으니까 이 세상이 아닌 다른 차원으로 절 보내주세요. 네?」

간절하기 그지없는 그녀의 바람이 이루어진 것은 명계의 제왕이 나름 힘을 써준 까닭이었다. 한 번도 아니고 두 번씩이나 망각의 강물이 통하지 않은 영혼은 저뿐이었기에 어쩔 수 없는 선택이라는 말까지 덧붙이며.

태린이었고, 진경이었던 그녀는 그렇게 '로레인 테아'가 되었다.

똑똑.

"들어와."

이제는 로레인이 된 그녀가 새로 태어나게 된 세계는 총 여섯 개의 대륙이 존재하는 세계, 리온. 리온의 여섯 대륙 중 '아시아타' 대륙의 동쪽에 위치한 페이센 제국의 지배를 받는 마브리 공국에서 환생하게 된 그녀는 어느덧 어엿한 수사관이 되었다.

앞선 두 번의 전생에 대한 기억을 교훈 삼아 '이번에는 정말로 헛되이 죽지 않겠다!'라는 의지를 표출하며 하루하루를 살았다. 또다시 허망한 죽음을 맞지 않으려고 죽음을 자주 마주하는 범죄 수사관까지 되어서 이쪽 분야에 대한 해박한 지식을 쌓다 보니 벌써 스물다섯, 생일이 코앞으로 다가와 있었다.

로레인은 '테아 님' 하고 제 집무실로 들어와 고개를 숙이는 남자를 바라보았다. 그녀와 시선이 마주치자 로레인의 앞에 있던 사내의 파란 눈이 크게 일렁였다.

로레인과 함께 범죄 수사관으로 일하고 있는 알프레드 지키스는 근래

마브리 공국을 들끓게 만드는 살인 사건을 조사하는 중이었다. 로레인은 갑자기 들어와 얼굴을 굳히는 지키스에게 물을 수밖에 없었다.

"무슨 일이지, 지키스?"

"……."

"프레디."

"밤이 늦었습니다."

"……?"

"이만, 집으로 귀가하시는 것이 어떨는지요."

로레인은 조심스레 권유하는 그의 말에 벽에 걸린 시계를 바라봤다.

"그러고 보니 귀가를 할 시간이군. 내가 경을 너무 오랫동안 잡아둔 모양이야."

"그건 아닙니다."

"좋아. 퇴근하도록 하지. 경도 퇴근할 준비를 하도록 해."

로레인은 저를 주시하고 있는 지키스에게 말을 한 뒤, 주섬주섬 서류를 챙겨 들었다. 뒤돌아 나서려던 지키스의 눈썹이 흔들렸다.

"테아 님."

"응?"

"그건…… 뭡니까?"

로레인은 뭔가를 가리키며 대답을 기다리는 지키스의 굳은 얼굴에 아, 하고 낮은 탄성을 터뜨렸다.

"윌리가 오전에 탐문 조사를 나섰다가 발견한 거야."

"……."

"어쩌면 범인이 자주 차고 다니던 펜던트와 관련 있지 않을까 하더라고."

"……아."

"내일쯤 아서에게 건네서 이 펜던트를 어디서 구할 수 있는지, 그리고 누가 구매를 했는지에 대한 조사를 맡길 예정이야. 어쩌면 서른두 명을 살해했던 이번 살인 사건의 범인을 붙잡을 수 있을지 모르겠어."

빙긋 웃는 로레인의 말에 잠깐 동안 대답하지 않던 지키스가 옅은 미소로 고개를 끄덕였다. 로레인은 그런 그를 쳐다보더니 함께 집무실 밖으로 나가며 말했다.

"저기, 지키스."

"예, 테아 님."

"……."

"테아 님?"

"혹시 말이야. 오늘 밤은, 나랑 같이 있어줄 수 있을까?"

"네?"

지키스의 눈이 동그래졌다. 로레인은 이해한다는 듯 쓰게 웃었다. 깜짝 놀랐겠지. 평소엔 무뚝뚝하기 그지없던 상관이 갑자기 제게 놀라운 부탁을 하니. 고지식하고, 엄격했던 제가 뱉어낸 말인 만큼 지키스가 당황하게 하는 것을 이해한다. 로레인은 멈칫하는 지키스에게 말했다.

"나와 어떤 관계를 맺어달라는 건 아니고. 그냥. 오늘 밤에는…… 왠지 혼자 있기 싫어서 그래."

특히나 오늘 밤, 그렇다.

내일, 마브리를 두려움에 휩싸이게 한 범인을 잡을 거사를 앞두고 있어서이기도 하고 또…….

'이번만큼은, 스물다섯을 꼭 넘겨야 하니까.'

되짚어보면 꼭 혼자가 되었을 때, 사건이 일어났다. 너무도 눈 깜짝할 사이에 일어난 일인지라 방지할 틈도 없었다. 하지만 스물다섯 생일을 맞기 직전, 동행이 있다면 다르지 않을까?

로레인은 묵묵히 입을 닫고 있는 지키스에게 말했다.

"만약 그대가 부담스럽다면 다른 이를 알아보도록……."

"알겠습니다."

"……!"

"함께, 있어드리도록 하지요."

"아."

"어쩌면, 긴 밤이 될지도 모르겠군요."

빙긋. 유려하게 휘어지는 그의 눈웃음에 순간 움찔거렸다. 로레인은 왠지 얼굴이 붉어지는 것을 느끼며 먼저 앞서 나가기 시작했다. 만약 뒤를 돌아본다면 빨간 얼굴을 그에게 들킬 것 같았기 때문이다.

'진정하자.'

스물다섯의 생일을 맞기까지 앞으로 몇 시간도 채 남지 않은 상황.

마브리 공국의 범죄 수사본부를 나서며 로레인은 후우, 숨을 고르며 마음의 안정을 찾기 위해 노력했다. 오랫동안 함께 일해온 동료, 지키스도 곁에 있는 만큼 스물넷의 마지막 밤을 보내는 그녀에게는 두려울 것이 없었다.

앞으로 몇 시간만 그와 함께 있으면.

몇 시간만, 견디면 지독한 스물넷의 굴레에서 벗어날 수 있겠지.

본부 건물을 떠나 마차를 탈 수 있는 큰길가로 나서기 위해 좁은 골목을 걸어가던 로레인은 어쩐지 들리지 않는 발걸음 소리에 뚝, 걸음을 멈췄다.

"지키스?"

분명 제 뒤를 따르던 알프레드 지키스의 인기척이 느껴지지 않았다. 로레인은 의문을 품으며 미간을 좁혔다.

"지키스. 어디 있어? 마커…… 이봐, 프레디! 장난치지……."

퍽!

"……!"

힘껏 알프레드 지키스의 이름을 외치던 로레인의 복부에 참을 수 없는 고통이 느껴졌다. 소리를 뱉어내던 로레인의 얼굴이 복부를 관찰하기 위해 아래로 향한 것은 당연했다.

뚝. 뚝.

그녀는 제 복부에서 흘러나오는 붉은 선혈이 처음에는 방울방울 땅으로 흘러내리다가, 뭔가를 뽑아내기가 무섭게 분수처럼 솟구치는 것을 목격하며 털썩, 주저앉았다.

"크으……."

어둠 속에서 무언가가 달려든 것 같았지만 예기치 못한 통증에 신경 쓰느라 눈앞이 흐려졌다.

또각, 또각―

헉헉. 거친 숨을 몰아쉬는 로레인의 귓가로 발자국 소리가 들려왔다. 흐려지려는 의식의 끈을 겨우 붙든 그녀가 서서히 고개를 들었다. 그러자 짙은 어둠의 터널을 뚫고 나온 한 남자가 조금 전까지 로레인의 복부에 꽂혀 있던 작은 단도를 꽉 움켜쥐고 있었다. 로레인의 눈이 큼지막해졌다.

"너…… 으윽, 너는……!"

"그러게, 왜 하필 내 앞에서 펜던트 얘기를 했어요."

"……하아, 뭐…… 어?"

쿵쾅쿵쾅, 심장이 미친 듯이 들썩였지만 이미 힘이 빠진 몸은 제 의지와는 상관없이 축 늘어져 있었다. 로레인은 쯧쯧 혀를 차던 상대가 제 허벅지를 짓누르는 것을 느끼며 아악, 커다란 비명을 흘렸다. 물론, 안타깝게도 그녀를 구해줄 사람은 존재하지 않는다.

"아악!"

"쉬."

"크으으!"

"한때, 같이 일했던 정을 생각해서……."

"으읍!"

"금방 보내 드릴 테니, 너무 원망하지는 마세요."

"너, 그, 그마아악!"

덜덜 떨며 소리치던 로레인의 말은 가슴을 꿰뚫는 비수의 침범에 의해 비명으로 변질됐다. 그녀는 온몸이 갈기갈기 찢기는 고통을 느끼며, 그간 잘 알고 지내온 사람의 손에, 그것도 자신이 믿었던 사람의 손에 의해 끝을 맞이했다.

그것도 언제나 그랬듯, 스물넷의 마지막 밤애.

한 번도 아니고 두 번도 아니고, 무려 세 번을 죽었다.

우연과 필연을 떠나 이쯤 되면 명계의 장부가 뭔가 잘못된 것이 아닌 가라는 의심마저 들 지경이다. 성격을 바꿔보아도, 의술을 배워봐도, 차원을 달리해도 스물넷, 마지막 밤을 넘기기는 어려웠다.

「부잣집?」

「예. 부잣집이요! 아무래도 제가 이 세계를 너무 만만하게 봤던 게 틀림없어요. 그러니까 부잣집 딸로 태어나게 해주세요.」

「흐음…….」

「아! 이왕이면 상단을 이끄는 사람의 자식으로 태어나는 게 좋겠어요! 안 그래도 요즘 상거래에 관심이 생겨서 말이죠. 호호호!」

설상가상으로, 세 번째 죽음 이후 다시 마주한 망각의 강물은 이번에도 어김없이 통하지 않았다. 여전히 전생의 일들을 기억하는 자신을 보고 명계의 일원들이 한숨을 흘리는 모습이 흔하게 보아왔던 일상처럼 느껴졌다. 해서 나름 밝은 태도를 유지하고 크게 외칠 수 있었다.

정말, 마지막이야.

정말 마지막.

만약 또 잘못된다면, 다시 환생은 하지 않겠어.

그녀는 네 번째 삶을 시작하면서 생각했다.

이미 세 번이나 죽었던 과거를 지니고 있고, 그 모든 일들을 똑똑히 경험해 본 바. 저를 품었던 어머니에게서 태어나 말을 배우고, 교육을 받고, 사람들과 사귀는 경험을 다섯 번이나 반복하고 싶지는 않았다.

환생은, 마지막이다.

리우드 제국 제일가는 상단인 로이트 상단의 후계자 중 한 명인, 아리아나 로이트로서의 삶을 시작하면서 그녀는 단단히 결의를 다졌었다.

"으윽."

하지만 운명은 또다시 그녀의 편을 들어주지 않았다.

"으으으! 또야? 또냐고!"

반드시 넘기겠다던 스물넷의 벽의 앞에, 그녀는 또다시 좌절하고야 말았다.

"빌어먹을 마일로 녀석!"

모든 피는 섞이지 않았지만, 그래도 반쯤 저와 같은 피가 흐르는 이복동생 마일로의 손에 독살을 당할 줄은 꿈에도 몰랐다.

「소단주. 마일로 님을 조심하십시오. 생각보다 음험한 분이십니다.」

그녀의 충실한 수하인 로건이 간혹 제게 그런 주의를 주긴 했었지만, 어디까지나 후계를 다투기 위한 '경쟁' 의 일부분이라 생각했던 그녀는 마일로에게 커다란 뒤통수를 맞은 셈이 됐다.

독주를 마시고 의자에서 바닥으로 떨어지는 저를 향해 크하하, 웃어버리던 마일로의 마지막 모습이 눈앞에 선하다.

"후우, 진정하자. 진정하자고, 아리아나."

음산한 분위기가 풍기는 이곳은 인간의 사후를 관장하고 있는 세계, 명계.

보통 사람은 한 번도 오기 힘들다는 이곳을, 온전한 기억을 가진 자신은 무려 네 번이나 방문을 했다.

"조금만 기다리시오. 곧, 대왕과 알현할 시간이 다가올 거요."

차례를 기다리는 수많은 영혼들이 하나둘씩 앞으로 나아가는 모습을 지켜보던 그녀, 아리아나는 제게 다가온 명계의 집행관의 말에 손을 휘휘 저었다.

"제가 뭐 이 일을 한두 번 겪나요? 윤회의 절차는 훤하게 알고 있어요! 저 문을 통과하면 되는 거잖아요. 그렇죠?"

"아, 뭐, 그, 그렇지."

—다음!

"어머. 집행관님! 이제 제 차례네요!"

아리아나는 끼이익 열리는 커다란 문을 가리키며 활짝 웃었다. 너무도 스스럼없는 그녀의 태도에 당황하던 집행관이 고개를 얼떨결에 끄덕이자, 아리아나는 '다음에 또 만나요! 그땐 지긋지긋한 스물넷을 넘기고요!' 라 외치며 그의 시야에서 사라졌다.

쿵쿵.

네 번의 죽음.

각기 다른 사정을 지니고 있기는 하나 결국은 또다시 스물넷을 넘기지 못했다. 그런 네 번의 죽음 앞에 초탈해질 수 있는 사람은 아마도 이 세상에는 존재하지 않을 터.

'좋아. 이번에는 방법을 달리하는 거야.'

모든 것을 처음으로 되돌리는 '환생'이 아닌, 색다른 방법으로.

제 의지와는 상관없이 계속 반복하고 있는 이 빌어먹을 스물넷을 넘기기 위해.

아리아나는 크게 호흡을 가다듬은 뒤 환한 빛을 뿜어내고 있는 장소를 향해 성큼성큼 발을 내딛었다.

그리고—

"아저씨, 오랜만이에요!"

1권 끝